匹克威克外传 下

〔英〕查尔斯·狄更斯 著
莫雅平 译

狄更斯文集

人民文学出版社

第二十九章　妖怪抓走教堂司事的故事

“那是很久很久以前的事——其久远足以说明一定是真的，因为我们的曾祖父那辈人对它绝对相信——那时候，在本乡的一座古老的修道院里，有一个名叫盖布列尔·格拉布的教堂司事兼掘墓人。绝不是由于他是一个教堂司事，并且经常处在死亡的象征物的包围之中，就推定他是一个乖戾忧郁的人；承办丧事的人是世界上最快乐的人；我一度有幸和一个送葬人往来密切，在不履行职务的时候，他在个人生活方面的确是一个诙谐有趣的家伙，嘴里总是在哼着一支鬼知道是什么曲子，快快活活没有丝毫牵挂，喝起烈酒来一口气可以喝下一大杯。但是，尽管有这些相反的先例，盖布列尔·格拉布却是一个脾气古怪、暴躁乖张的家伙——一个乖戾孤单的人，他跟谁都合不来，除了他自己，以及塞在又大又深的背心口袋里的柳条花纹的旧酒瓶——凡是有欢快的脸孔从他身边经过，他都会投去恶意和暴戾的目光，很难找到比这更叫人难受的目光了。

“有一次圣诞前夕，快要天黑的时候，盖布列尔扛着铲子，打着灯笼，向那古老的教堂墓地走去；因为有一个墓穴要在第二天早上之前挖好，而他当时恰好心情很坏，他满以为假如他马上去干活的话，也许可以借此打起精神来。从古老的街道上走过的时候，他看见了从那些老窗框里透露出来的熊熊炉火的欢快亮光，还听见了围在火炉边的人们洪亮的欢声笑语；他注意到了人们在忙着为第二天的佳节欢庆做着准备，也闻到了从各家厨房的窗口冉冉飘出的各种香味。所有这一切都令盖布列尔·格拉布打心底里痛恨。成群的孩子跳出屋子,活蹦乱跳地蹿到街对面想去敲门,半路上已有半打鬈发小流氓迎上去围住了他们,然后大伙儿一道拥上楼去,准备在那里玩圣诞游戏来打发那天晚上的时光;看到这一切,盖布列尔狞笑了一下,把铲子的柄握得更紧了,同时想到了麻疹、猩红热、鹅口疮、百日咳等很多东西聊以自慰。

"盖布列尔在这种快乐的心境下大步走着,时而有邻居从他身旁走过,向他好意地打招呼,他则恶声恶气地以短促的咆哮回报,这样一直走到通往墓地的那条黑暗的小巷。现在,盖布列尔非常盼望走上这条黑暗的小路,因为一般地说来,这是一个阴森凄凉的去处,镇上的人除非在太阳高照的大白天是不太想去的;从古教堂初建时至今,从光头僧侣的时代,这里就被叫做棺材胡同,因此当盖布列尔在这么一个神圣的地方听见有一个小顽童在高声欢唱圣诞的欢乐时,他的愤怒可真是非同小可。盖布列尔继续往前走,歌声越来越近,他发现声音是一个小男孩发出的,他正急急忙忙赶往老街参加孩子们的一个聚会——他以最大的嗓门吼着那首歌,一方面是为了排遣寂寞,另一方面也是为参加聚会做练声准备。于是盖布列尔就停住等那孩子走上来,然后把孩子推到一个角落,用手里的灯在他头上打了五六下,教他把嗓门调节一下。那孩子抱头逃窜,唱的调子完全变了,盖布列尔·格拉布非常开心地格格大笑大乐了一阵子,然后他走进了墓地,随手关上了门。

"他脱掉外衣,放下灯笼,跳进没有挖完的墓穴,高高兴兴地干了一个钟头左右的活儿。但由于泥土冻结了,要把它掘松和铲出来不是件容易事儿;再说,天上虽然有月亮,但那是一弯新月,因此并没有把多少亮光洒入处在教堂的阴影之下的墓穴里。要是在别的任何时候,这些阻碍都会使盖布列尔·格拉布神情沮丧、郁闷不乐,但他这会儿却由于阻止了孩子的歌唱而大感高兴,根本不在意工作的进展缓慢；他做完夜间的活儿，怀着阴森的满意神情看了看下面的墓穴，一边收拾东西，一边喃喃地哼唱起来：

这住所真棒呀，这住所真是棒，
冷土下几尺深，当生命已死亡；
一块石头靠头，一块石头靠脚，
地里的蛆虫呀，多了一份佳肴；
上面青草茂盛，周围全是湿泥，
多棒的住所呀，在这神圣之地。

"'嗬！嗬！'盖布列尔·格拉布放声大笑，在一块平整的墓碑上坐下，这块墓碑是他最喜爱的休息处；然后他掏出了柳条花酒瓶，'圣诞节来口棺材！好一个圣诞礼盒！嗬！嗬！嗬！'

"'嗬！嗬！嗬！'在他身后不远的地方，有一个声音在重复他的笑声。

"盖布列尔吃了一惊，停住了举到嘴边的酒瓶，回过头去向四周张望。他周围的那些最古老的坟墓，可不比苍白月光下的墓地更寂静和安宁。冰冷的白霜在墓上闪着亮光，有如在这古老教堂的石雕之间熠熠闪光的一排排宝石。雪又硬又脆地冻在地上，覆盖着那些密布的坟冢，又白又光洁，仿佛是一具具尸体躺在那里，只裹着尸衣，没有丝毫沙沙声打破这肃穆场面的那种深深的寂静。连声音好像都被冻住了，一切是那么冷峻，那么寂静。

"'是回声吧。'盖布列尔·格拉布说，再次把酒瓶举到嘴边。

"'不是。'一个深沉的声音说。

"盖布列尔跳了起来，因惊讶和恐惧在原地僵住了，因为他的目光落到了一个足以使他的血冻结的形体上。

"紧靠着他，在一块竖立的墓碑上，坐着一个奇特怪异的人物，盖布列尔一眼就感觉出不是人间的生物。他怪异的长腿本来是可以踩到地上的，可它们却高高地跷着，古怪地盘在一起；肌肉发达的双臂赤裸着；两只手搭在膝盖上。他那又短又圆的身躯上，穿着一件紧紧的衣服什么的，上面有很多裂缝；一件短短的披风垂在他的背后；衣领被裁成尖齿形，算是那妖怪的皱领或围巾；鞋子的前端又尖又长地向上翘着。头上呢，戴的是一顶宽边的宝塔糖似的帽子，上面插着孤零零的一根羽毛。帽子上结了一层白霜；那个妖怪看上去好像已在那同一块墓碑上舒舒服服地坐了两三百年似的。他完全静止地坐在那里，舌头吐在外面，好像在表示嘲弄；他还向盖布列尔·格拉布露出惟有妖怪才有的龇牙咧嘴的怪笑。

"'不是回音。'妖怪说。

"盖布列尔吓得瘫住了，什么话也答不出来。

"'圣诞前夕，你上这儿来干什么？'妖怪厉声问道。

"'我来挖一个墓穴，先生。'盖布列尔·格拉布结结巴巴地说。

"'这样的夜晚在坟堆墓地游荡的人是谁？'妖怪叫道。

"'盖布列尔·格拉布！盖布列尔·格拉布！'很多的声音像强烈的合唱似的尖叫道，那和音仿佛充满了整个墓地，盖布列尔恐惧地四处查看——什么也看不见。

"'你的瓶子里装了什么？'妖怪问道。

"'杜松子酒，先生。'教堂司事答道，比先前抖得更厉害了；因为那酒是从走私贩子那里买来的，他担心盘问者是妖怪里的国产税务部门的人。

"'在这样的晚上独自在坟场喝杜松子酒的是谁？'妖怪说。

"'盖布列尔·格拉布！盖布列尔·格拉布！'那些狂暴的声音再一次喊道。

"妖怪恶意地斜了那个吓坏的教堂司事一眼，然后提高声音说：

“‘那么,我们的正当合法的俘虏是谁呢?’

“那个看不见的合唱队又对这一询问做出了回答,那声音就好像很多合唱者在跟着古老教堂的风琴那强有力的节奏歌唱——那声音好像是随着一阵风进入司事的耳朵,随即又随风飘逝了;但是回答的内容却是一样的:‘盖布列尔·格拉布!盖布列尔·格拉布!’

“妖怪的怪笑比先前更狞厉了,他说:‘那么,盖布列尔,你有什么话说?’

“教堂司事直喘粗气。

“‘你对这有什么感想,盖布列尔?’妖怪说道,一边把脚在墓碑两边的空中踢来踢去,同时非常满意地看着那两个上翘的鞋尖头,仿佛他正在打量全邦德街最时髦的一双威灵顿牌鞋子似的。

“‘这事儿——这事儿——太古怪了,先生,’司事答道,已吓得半死,‘太古怪了,太离谱了,不过我想我要回去把工作做完了,先生,对不起。’

“‘工作!’妖怪说‘什么工作?’

“‘坟墓,先生;挖一个墓穴。’司事结结巴巴地说。

“‘噢,坟墓,呃?’妖怪说,‘在所有其他人快活的时候,这个独自挖坟墓并自得其乐的人是谁呀?’

“那些神秘的声音再一次答道:‘盖布列尔·格拉布!盖布列尔·格拉布!’

“‘恐怕我的朋友们需要你,盖布列尔。’妖怪说,把舌头伸得更长了,舔着了他的脸颊——那是一个极其惊人的舌头呀——‘恐怕我的朋友们需要你,盖布列尔。’妖怪说。

“‘不敢当,先生,’吓得要死的司事答道,‘我觉得他们不见得需要,先生;他们不认识我;我想那些先生从来没见过我,先生。’

“‘噢,没错,他们见过你,’妖怪答道,‘我们认识这个一脸的恼怒、目光凶凶的人，今天晚上从街上走过来时，他朝孩子们投去了邪恶的目光，还更紧地抓住了他那埋人的铲子。我们认识这个出于内心嫉妒的恶意而打了那个男孩的人，他打他是因为那孩子能够快乐，而他却办不到。我们认识他，我们认识他。'

"说到这里，那个妖怪发出一声响亮而刺耳的大笑，回音又把它放大了二十倍。然后他向空中一翻腿，用头——或者不如说用他的宝塔糖帽子的尖顶——倒立在墓碑的窄边上，接着又以惊人的敏捷翻了一个跟斗，刚好落在司事的脚边，然后以裁缝坐在柜台上的姿势在那里坐了下来。

"'我——我——恐怕一定要告辞了，先生。'司事说着，挣扎着想走开。

"'告辞！'妖怪说，'盖布列尔·格拉布要离开我们了。嗬！嗬！嗬！'

"在妖怪大笑的时候，司事突然发现教堂所有的窗户里闪出辉煌的亮光，好像整座教堂都开了灯似的；但那亮光转瞬即逝，紧接着是管风琴奏起了欢快的曲子，一大群和第一个妖怪极其相似的妖怪拥进了坟场，开始用墓碑玩跳背游戏；他们一刻也不歇气地跳着，玩着，一个接一个地'打破'前面的最高纪录，技巧娴熟得惊人。第一个妖怪跳得最棒，没有哪个妖怪能比得上他；即使是在极度的恐惧之下，司事还是注意到了，他的朋友们跳过普通高度的墓碑就心满意足了，而他却跳过家族坟群的拱顶、铁栅栏等所有的东西，轻松得仿佛它们不过是街边的路碑似的。

"最后游戏达到了最高潮；风琴弹得越来越急；妖怪们跳得也越来越快，一会儿把身体卷成一团在地上翻跟头，一会儿又像足球似的从墓碑上方蹦过去。司事被那快速的动作旋晕了头，随着妖怪在他眼前飞来舞去，他的腿杆子摇晃起来；突然，那个妖王朝他冲了过来，抓住他的衣领，把他带到了地下。

“迅速的下降一时间夺去了盖布列尔·格拉布的呼吸,当他好歹喘过气来时,他发现自己好像是到了一个大大的地洞里,处在大群丑恶狞厉的妖怪的重重包围之中;在洞穴的中央,他那位坟场上的朋友坐在一个抬高的座位上;他自己则站在妖王旁边,一点儿动弹的力气都没有。

“‘今晚冷呀,’众妖之王说,‘好冷啊。来一杯暖暖身子,上酒!’

“听见这一命令,半打殷勤的妖怪匆匆地退了下去——这些妖怪脸上总是带着微笑,因此盖布列尔·格拉布认为他们是王宫的臣仆——他们很快就带来一高脚杯流质的火,把它呈献给了众妖之王。

“‘啊!’那个妖怪叫道,他一喝下那杯流火,脸颊和喉咙便变成了透明的,‘这玩意儿暖身子啊,真暖!给格拉布先生也弄一杯来。’

“不幸的司事申辩说他没有晚上喝热东西的习惯,可是毫无用处;妖怪中的一个抓住他,另一个把那燃烧的液体从他的喉咙灌了下去;在吞下那燃烧着的酒之后,他又咳又呛,不停地擦从眼睛里大量涌出的痛苦的泪水,引得全体妖怪哈哈大笑。

“‘好了,’妖王说,一边想入非非地用他的宝塔糖帽子的尖顶戳司事的眼睛,给他造成极其剧烈的痛苦,‘那么,就让这个悲惨阴郁的家伙看看我们的火仓库里的几幅画面吧!’

“在妖怪说完之后,一团原来遮住地洞更远的那一端的浓云渐渐卷开了,露出一个显然在远处的陈设简单却整齐清洁的小小的房间。一群小小的孩子聚在一个明亮的炉火边,抓着母亲的袍子,在绕着她的椅子跳来跳去。那位母亲时不时地站起来,把窗帘拉开,仿佛在找期望中的什么似的;一顿节俭的便饭已经在桌上摆好了,还有一把有扶手的椅子放在火炉边。传来一声敲门声,母亲去打开门,孩子们簇拥在她四周,欢快地拍手,那位父亲进来了。他湿漉而又疲倦,把衣服上的雪抖落下来,而孩子们则拥在他身边,兴高采烈地忙着从他手里抢过披风、帽子、手杖和手套,拿着它们走出了房间。然后,他在火边坐下来吃晚饭,孩子们爬上他的双膝,那位母亲坐在他身边,一切看上去是那么幸福而舒畅。

"但是在不知不觉之间,场景发生了变化。背景换到了一个小小的卧室,那里那个最可爱最年幼的孩子躺着快死了;玫瑰色已从他脸颊上褪去,光芒已从他眼里消失;就连司事都怀着前所未有的兴趣看着他,但他死了。他年轻的兄弟姐妹们挤在他的小床边,握住他的一只小手,它是那么冰冷而沉重;他们松开并缩回了手,害怕地看着他的小脸;因为虽然环境是那么宁静安详,而那个美丽的孩子好像是安安静静地睡着了,但他们看得出他死了,他们知道他已变成光明、幸福的天堂的一个天使,正从那里俯视着他们,在为他们祝福。

"掠过画像,主题又换了。那家的父亲和母亲都已年老不中用,而且他们膝下的儿女已减少了不止一半;但是他们每一张脸上都流露出满意和欢快的表情,每个人的眼里都闪烁着光芒,一家子围坐在火炉边,在讲着和听着往昔的古老故事。那位父亲缓慢而安详地沉入了坟墓,过了不久,那个与他分担过所有患难的人也随他去了一个安息之地。那些为数不多的没死的人跪在他们的墓边,用泪水浇灌着覆盖在他们坟头的青草;然后站起来离去,既哀伤又痛心,但是没有哀号或绝望的叹息,因为他们知道总有一天一家人会重逢;他们再一次与忙碌的世界混到了一起,于是他们的满足和欢快又重新得到了恢复。云团遮住画面,司事看不见它了。

"'你看了那个有什么感想?'妖怪把他的大脸转向盖布列尔·格拉布说。

"当妖怪用他火辣辣的目光盯着盖布列尔的时候,盖布列尔才喃喃地说场景非常好看，并且显出有点儿害臊的样子。

“‘你这可怜的人！’妖怪说道，语调里含着极度的轻蔑，‘你！’他看上去想再说些话，但是愤怒哽住了他，于是他抬起一条非常柔韧的腿，在比脑袋高的地方挥动了一下，以便瞄准，然后就扎扎实实地踢了盖布列尔·格拉布一脚；紧接着这一脚，所有等在那儿的妖怪立即一起扑向那个倒霉的司事，毫不留情地踢他——完全按人世间的朝臣们一成不变的既定习惯，踢圣上所踢的人，捧圣上所捧的人。

“‘再给他看几幅！’妖王说道。

“话刚说完，云雾消散了，一幅富饶而美丽的景致展现在眼前——时至今日，在离古老修道院镇半英里的地方，恰好还有另外一片这样的景象。太阳从明净的蓝天照耀着，河水在阳光下闪闪发亮，在阳光欢欣的影响下，树显得更绿，花显得更欢了。河水泛着涟漪潺潺而流；树木在微风中簌簌作响，微风在叶丛中喃喃低语；鸟儿在枝头歌唱，百灵在高空欢唱着欢迎早晨的赞歌。是的，那是早晨；明媚芬芳的夏日之晨；最小的树叶，最小的草花，都充满了生机。蚂蚁爬行着进行日常的操劳，蝴蝶在温暖的阳光下翻飞和取暖；无数的昆虫展开透明的翅膀，纵情地过着短暂而幸福的生活。人类奋然前行，为这片景象欢欣鼓舞；一切是那么明媚而壮观。

“‘你可怜的家伙！’妖王说，语调比先前更轻蔑了。他又把脚挥舞了一下，那脚又落到了司事的肩上；仆臣们又学起首领的样子来。

“那云雾来来去去，好多次给了盖布列尔·格拉布很多教训，而他呢，尽管双肩因被众妖的脚踢来踢去而刺痛，却始终怀着什么也没法减弱的兴趣观看着。他看见很多人辛勤地操劳，为少得可怜的一点面包历尽苦辛，却过得欢快而幸福；他发现对那些最蒙昧无知的人来说，大自然甜蜜的脸容便是永不衰竭的欢乐的源泉。他看见那些在细心抚养和温情教导下成长的人，身处贫困却快快乐乐，面临痛苦却能超然处之——虽然那种痛苦足以压垮很多不如他们的人——这是因为他们自己内心蕴藏着构成幸福、满足和安宁的原料。他看见，女人们虽然在上帝创造的万物中最柔情、最脆弱，却往往最能超越苦难、厄运和悲伤；而且他还看出那是因为她们内心里有一股永不枯竭的深情与奉献的源泉。另外，他发现像他本人这样的男人，以咒骂别人的快乐与欢笑为能事，不过是美丽大地上最污秽的杂草而已；对比世界上所有美好的事物和所有丑恶的东西，他得出结论：这个世界无论如何都是非常可亲可敬的。他刚刚得出这一结论，那遮住最后一幅画的云好像马上笼罩了他的知觉，并安抚他入睡。妖怪一个接一个从他眼前消失；到最后一个消失的时候，他沉睡过去了。

“盖布列尔醒来时天已经亮了，他发现自己直挺挺地躺在坟墓里那块平坦的墓碑上，柳条纹酒瓶空空地躺在他身边，他的上衣、铲子和灯笼则散在地上，全都被昨夜的霜染成了白色，他第一次看见妖怪坐在上面的那块墓碑，笔直地竖立在他面前，他昨晚干活的那个墓穴也离他不远。他开头还对自己的历险的真实性表示怀疑，但是他想站起来时双肩感觉到剧痛，这使他确信妖怪踢过他是千真万确的。接着他又动摇了，因为他在妖怪用墓碑做跳背游戏的雪地上没有发现任何足迹，但是他很快又明白过来了，因为他想到了他们既然是妖怪，就不会留下看得见的印痕。盖布列尔·格拉布费了很大劲才挣扎着站起来，因为他的背还在痛哩；他拂掉上衣的霜，穿上它，转身向镇子走去。

“但他已经换了一个人，而且他一想到要回到以前的地方就受不了，因为他担心在那里他的悔改会遭到嘲笑，没有人会相信他已改过自新。他犹豫了一会儿；然后扭头踏上了漫无目的的流浪之路，到别的地方找法子餬口去了。

“那一天，人们在坟场发现了灯笼、铲子和柳条纹酒瓶。开头，大家对司事的命运有多种多样的猜测，但是很快大家就认定他是被妖怪抓走了；少不了有些非常可信的证人证实说，他们清清楚楚地看见他骑着一匹栗色的马掠过天空，那匹马瞎了一只眼睛，长着狮子的后腿和熊的尾巴。最后，所有这一切得到了深信；那位新来的司事还常常拿出一件证物来给好奇的人看，以便换取微薄的报酬，那是教堂顶上的一个规格不小的风信鸡，据说那是被那匹马凌空飞过时偶然踢落的，事过一两年之后他本人在坟场上捡到了它。

“不幸的是，这些故事被盖布列尔·格拉布十年后出人意料的重新露面扰乱了一点，那时候他已是一个衣衫褴褛、心满意足的患风湿病的老人了。他把他的故事告诉了牧师，也告诉了市长；随着时间的推移，它开始被当做历史遗事接受了，并且以这种形式流传到了今天。那些相信风信鸡故事的人，错信了一次，就很难被说服而改过来了，因此他们尽可能装出聪明的样子，耸耸肩膀，摸摸前额，含含混混地说是盖布列尔·格拉布喝多了杜松子酒，在那块平坦的墓碑上睡了过去；他们还故意用他见了世面，变得更聪明了的说法，解释他想象他在妖怪的地洞里目睹的一切。但是，这种意见任何时候都没有得到普遍的认同，它渐渐也就消亡了；且不管到底是怎么回事，既然盖布列尔·格拉布患上了风湿病，到死那天都还受着折磨，那么这个故事至少蕴含着一个教训，假如没有更多的话——那就是，假如一个人郁闷不乐，在圣诞节独自一人喝酒的话，那他是决计得不到任何好处的，即使那是再好不过的好酒，即使那酒像盖布列尔在妖怪的地洞里见过的酒那样超出标准浓度很多度，也是白搭的。”

第三十章　匹克威克同仁们如何结识了两位自由职业的好青年；他们如何在冰上自娱自乐；以及他们的第一次访问如何结束

“喂，山姆，”当那位得宠的仆人在圣诞节早晨端着热水走进主人的卧室时，匹克威克先生问，“还结着冰吗？”

“洗脸盆里的水都结着一层冰哩，先生。”山姆答道。

“真是大冷天呀，山姆。”匹克威克先生说。

“对穿得暖暖和和的人来说正是好时光呀，就像北极熊在溜冰时自言自语说的那样。”威勒先生答道。

“我十五分钟以后下楼，山姆。”匹克威克先生说，一边解开睡帽。

“太好了，先生，”山姆答道，“楼下有两个锯骨头的。”

“两个什么？”匹克威克先生叫道，在床上坐了起来。

“两个锯骨头的。”

“什么锯骨头的？”匹克威克先生问道，不太清楚那到底是什么活的东西还是吃的东西。

“什么？你居然不知道什么是锯骨头的，先生？”威勒先生问道，“我想谁都知道锯骨头的就是外科大夫啊。”

“噢，外科大夫，呃？”匹克威克先生说，微微一笑。

“正是的，先生。”山姆答道，“不过，现在在楼下的这两个，不是挂牌开业的正规外科大夫；他们还在学着哩。”

“换句话说，他们是医科学生，对吗？”匹克威克先生说。

山姆·威勒点头称是。

“我很高兴，”匹克威克先生说，一面使劲把睡帽扔在床单上，“他们是好样的；棒极了的伙计，具有因观察和思考而成熟起来的判断力，还有通过阅读和钻研得到提高的品位。我对此感到非常高兴。”

“他们正在壁炉边抽雪茄。”山姆说。

“啊！”匹克威克先生说，一边搓着双手，“精力充沛，血气方刚。正是我喜欢看到的。”

“其中的一个，”山姆说，他不理会主人的插话，自顾自地往下说，“把两条腿搁在桌子上，在喝没有对水的白兰地，而另一个——戴眼镜的那个，膝盖之间夹着一桶牡蛎，正在飞快地把牡蛎剥开来吃，还把壳儿对准那个沉睡在烟囱角落的小瞌睡虫扔。”

“天才人物是有好多怪癖的，山姆，”匹克威克先生说，“你可以走了。”

于是山姆就走了。一刻钟之后，匹克威克先生便下楼吃早饭了。

“他总算来了！”老华德尔先生说，“匹克威克，这位是艾伦小姐的哥哥，本杰明·艾伦先生。我们叫他本，你要是乐意也可以这样叫。这位绅士是他非常要好的朋友——”

“鲍勃·索耶先生。”本杰明·艾伦先生插话说；话音一落，鲍勃·索耶先生和本杰明·艾伦先生同声大笑起来。

匹克威克先生对鲍勃·索耶先生鞠躬，鲍勃·索耶先生也鞠躬回敬；然后鲍勃和他的好友极其专心地吃起他们面前的食物来，于是匹克威克先生得以有机会偷偷观察他们。

本杰明·艾伦先生是一个粗俗、强壮而又矮胖的年轻人，有一头剪得很短的黑发和一张长得很长的白脸。他戴着眼镜，围着白围巾。在他那件一直扣到下巴的单排纽扣的黑色紧身外套下面，露出通常数目的椒盐色的腿，腿下面是一双油擦得不好的靴子。虽然他的上衣袖子很短，却丝毫看不到衬衫的袖口的踪影；虽然他的脸有足够的空间供一条衬衣领侵占，却没有丝毫这样的附属物来为它增光。整个儿来说，他显出一副发霉的样子，并且发出加足香料的古巴斯①的气味。

鲍勃·索耶先生穿着一件粗蓝布上衣，它既不是大衣又不是紧身衣，而是两者的性质兼而有之，这使他具备了一种不修边幅的帅气，以及高视阔步的架势，这可是某些青年绅士所独有的派头——他们白天在大街上抽烟，晚上在同样的街上叫嚷，喊茶馆时直呼他们的教名，此外还做很多类似的闹着玩的事情。他穿着一条方格呢裤子，以及一件又大又粗的双排扣的背心；外出的时候，他总带着一根柄头很大的粗手杖。他不戴手套，总体上看去，像一个放荡的鲁滨孙·克鲁索②。

匹克威克先生圣诞节早上在餐桌边就座时，被介绍给了这样两位人物。

"多好的早上啊，绅士们。"匹克威克先生说。

鲍勃·索耶先生微微点头表示同意这一看法，接着就叫本杰明·艾伦先生把芥末递给他。

"你们今天早上是大老远赶来的吗，绅士们？"匹克威克先生问道。

"从玛格尔顿的蓝狮旅馆。"艾伦先生简要地回答说。

"你们要是昨晚来就好了。"匹克威克先生说。

"是呀，"鲍勃·索耶答道，"但白兰地太好了，匆匆忙忙抛开

① 古巴盛产优质雪茄烟，古巴斯估计是一种雪茄的名牌。

② 鲁滨孙·克鲁索，《鲁滨孙漂流记》的主人公。

做不到呀,是不是,本?"

"当然,"本杰明·艾伦先生说,"雪茄也不坏,还有猪排也是的,对吗,鲍勃?"

"那当然。"鲍勃说。两位好友再一次对早餐发起猛攻,比先前更放肆了,好像对昨天晚餐的回忆为眼下的饭菜加了佐料似的。

"加油呀,鲍勃。"艾伦先生给他的同伴鼓劲说。

"可不嘛。"鲍勃·索耶答道。说句公道话,他的确是加了油的。

"说到开胃口呀,没有比解剖更好的了。"鲍勃·索耶先生说,环顾了一下其他用餐的人。

匹克威克先生轻微地哆嗦了一下。

"对啦,鲍勃,"艾伦先生说,"你把那条腿解剖完了吗?"

"差不多了,"索耶说,一边说一边吃他那半只鸡,"就小孩子来说,这算是肌肉发达的了。"

"是吗?"艾伦先生问道,一副不在乎的样子。

"够发达了。"鲍勃·索耶说,嘴里塞得满满的。

"在学校,我已经报名登记了一条手臂,"艾伦先生说,"我们准备凑钱合伙解剖一具尸体,报名的单子差不多满了,只是我们找不到任何一个愿认领脑袋的人。我希望你把它认领下来。"

"不行,"鲍勃·索耶答道,"这么昂贵的享受我可吃不消。"

"胡说!"艾伦说。

"真的吃不消,"鲍勃·索耶重申说,"一副脑子我倒不在乎,但一整个脑袋我真吃不消。"

"嘘,请别说了,绅士们,"匹克威克先生说,"我听见女士们的声音了。"

匹克威克先生话音刚落,女士们便在斯诺格拉斯、温克尔和图普曼三位先生的殷勤陪伴下回来了,他们刚做完早上的散步。

"哇，本!"艾拉贝拉说，从语调来说，她见到哥哥与其说是高兴，不如说是感到惊讶。

"来接你明天回家。"本杰明答道。

温克尔先生脸色都白了。

"你没看见鲍勃·索耶吗，艾拉贝拉?"本杰明·艾伦先生用有点责备的口吻问道。艾拉贝拉优雅地伸出手，表示注意到了鲍勃·索耶在场。鲍勃·索耶握住那只伸给他的手，可以感觉出他在手上使劲捏了一下，顿时温克尔先生心头掠过一阵仇恨的震颤。

"本，亲爱的!"艾拉贝拉说，脸红了起来，"我——我——给你介绍过温克尔先生了吗?"

"还没有，但我很高兴你介绍一下，艾拉贝拉。"她兄弟阴郁地说。于是艾伦先生冷漠地向温克尔先生鞠了一躬，而温克尔先生和鲍勃·索耶先生则从眼角向对方投去彼此不信任的目光。

两位新客的来临，以及由此产生的对温克尔先生和那位靴口镶毛的年轻女士的制约，很可能会给盛会的欢快造成不快的阻碍，幸亏匹克威克先生的欢快劲儿和东道主的勃勃兴致发挥到了极致，使大伙儿得以大获其益。温克尔先生巧妙地渐渐获得了本杰明·艾伦先生的好感，甚至和鲍勃·索耶先生友好地交谈起来；后者因白兰地、早餐和谈话而渐渐进入了极其诙谐有趣的活跃状态，乐呵呵地讲了一件从一位绅士的脑袋里切除一个瘤子的趣事，并且用一把开牡蛎的刀和一块两磅的面包做了模拟，使在座的众人大长见识。然后，全体人员去了教堂，本杰明·艾伦先生在那里呼呼大睡；鲍勃·索耶先生则用一种独具匠心的办法来使他的心思摆脱尘世事物的困扰，那就是把他的名字刻在座位上，字母刻得大大的，每一个足有四英寸高。

"喂，"在吃完一顿丰盛的午餐，享用够了烈性啤酒和樱桃白兰地之后，华德尔说，"你们觉得到冰上玩一个钟头怎么样呀? 我们有的是时间。”

“太棒了!”本杰明·艾伦先生说。

“好极了!”鲍勃·索耶先生叫道。

“你当然会溜冰啰,温克尔?”华德尔先生说。

“是——是的,是的,”温克尔说,“我——我——有点儿生疏了。”

“噢,一定得溜一溜,温克尔先生,”艾拉贝拉说,“我可爱看溜冰啦。”

“噢,那多优美啊。”另一位年轻女士说。

第三位年轻女士说那很优雅,第四位则说那就像“天鹅一般”。

“我会非常快乐的,我相信,”温克尔先生说,脸红起来,“可是我没有溜冰鞋。”

这一困难马上就被克服了。特伦德尔有两双,而且胖孩子说楼下还有半打;听这么一说,温克尔先生表示他极其高兴,并且也表现得极度不安。

老华德尔领大伙儿走到一大片冰场那里;胖孩子和威勒先生铲除并扫掉头天晚上落在上面的雪,鲍勃·索耶先生穿好了冰鞋,其熟练程度令温克尔先生惊异不已,然后他开始用左脚在冰面上画圆圈以及阿拉伯数字 8 的图案,而且他还一口气不歇地在冰面上滑出了很多其他可喜可惊的花样,令匹克威克先生、图普曼先生和年轻女士们感到莫大的满足——推波助澜地使这种热烈的情绪达到顶峰的是,老华德尔和本杰明·艾伦在鲍勃·索耶的帮助下完成了一些神秘的旋转动作,他们称之为晕旋。

在这期间,脸和手冻得发青的温克尔先生,在远不如一个印度人懂溜冰的斯诺格拉斯先生的帮助下,先是强行把螺丝钉往鞋底里旋,接着又把鞋前后穿反了,并且使鞋带纠缠不清地绞到了一起。不过最后,在威勒先生的帮助下,那对倒霉的冰鞋总算被牢牢地旋好了螺丝,系好了带子,而温克尔先生也被扶着站了起来。

“现在好了,先生,”山姆以鼓励的口气说,“溜吧,让他们领教一下怎么滑。”

“停,山姆,停!”温克尔先生说,他抖得很厉害,同时像溺水的人似的死死地抓住山姆的手臂,“好滑呀,山姆。”

“这在冰上没什么稀奇的,先生,”威勒先生答道,“站隐,先生。”

威勒先生的最后一句话是对温克尔先生的告诫,因为后者片刻之间异想天开,想把脚跷到空中,把后脑勺往冰面上撞。

“这——这——这双鞋子真怪别扭的;不是吗,山姆?”温克尔先生问道,踉踉跄跄的。

“恐怕是穿它们的绅士别扭吧,先生。”山姆答道。

“喂,温克尔,”匹克威克先生叫道,完全没有意识到出了什么岔子,“来吧,女士们都等急了。”

“好了,好了,”温克尔先生答道,带着面无人色的微笑,“我这就来。”

“这就开始吧,”山姆说,他企图脱身,“那么,先生,开始滑吧。”

“等一下,山姆,”温克尔先生喘着气说,同时非常依恋地抓着威勒先生,“我发现我家里有两件用不上的外衣,山姆。你可以拿去穿,山姆。”

“谢谢你,先生。”威勒先生答道。

“不用敬礼,山姆,”温克尔先生连忙说,“你不必拿开手向我行礼。我今天早上就想给你五先令作为圣诞礼钱了,山姆。我下午给你吧,山姆。”

“你真好,先生。”威勒先生答道。

“开头要扶着我，山姆，好吗?”温克尔先生说，“对——这就对了。我很快就会熟练起来的，山姆，山姆。不要太快了，山姆;不要太快。”

温克尔先生在威勒先生的帮助下弯着腰在冰面上滑动，弯到了身子几乎对折起来的程度，那样子实在古怪，丝毫不像天鹅;这时候匹克威克先生不明就里地在冰场对面喊了起来:

“山姆!”

“先生?”

“过来。我有事找你。”

“放开吧，先生，”山姆说，“你没听见主人在叫我吗?放开吧，先生。”

随着猛烈的一挣，威勒先生从那位痛苦的匹克威克分子的紧抓之中挣脱出来，给了不幸的温克尔先生一个巨大的推力。于是，这位不幸的先生以熟练的技巧都难以企及的准确性飞快地直冲冰场的中心，而这时候鲍勃·索耶先生刚好正在表演一个美妙得无与伦比的花样。温克尔先生猛烈地撞在他身上，随着砰的一声，两人重重地摔倒在地。匹克威克先生向出事地点奔去。鲍勃·索耶已经爬了起来，但穿上冰鞋的温克尔先生太明智了，他才不会那么干哩。他坐在冰面上，拼命地扭着脸想挤出点微笑来，但是他脸上的每个轮廓都只流露出痛苦的神情。

“你受伤了吗?”本杰明·艾伦先生极其焦急地问道。

“不厉害。”温克尔先生说，一边使劲揉背。

“希望能为你效劳放血①。”本杰明先生非常热心地说。

“不用，谢谢。”温克尔先生赶忙答道。

“我真的觉得你最好还是放一放。”艾伦说。

---

① 旧时有放血治疗法。

"谢谢你,"温克尔先生回答说,"我看还是不放的好。"

"你觉得呢,匹克威克先生?"鲍勃·索耶问道。

匹克威克先生既激动又气愤。他转向威勒先生,用严厉的声音说:"把他的冰鞋脱下来。"

"不,我真是几乎还没有开始哩。"温克尔先生抗辩说。

"把他的冰鞋脱下来。"匹克威克先生坚决地重复道。

这一命令是不可抗拒的。温克尔先生一声不吭地让山姆执行了它。

"扶他起来。"匹克威克先生说。山姆帮助他站了起来。

匹克威克先生退到离观众们几步远的地方,招呼他那位朋友过去,以探询的目光盯着他,用低沉却清楚的强调语气说出了以下值得注意的字眼:

"你是个吹牛皮的家伙,先生。"

"是个什么?"温克尔先生说,大感惊讶。

"吹牛皮的家伙,先生。你要是想听,我愿说得更明白一些。一个骗子,先生。"

说完这些话,匹克威克先生慢悠悠地扭转身子,走到他那些朋友之中去了。

在匹克威克先生发泄上述情绪的同时,威勒先生和那个胖孩子齐心合力开辟出一片滑坡,然后以极其老练和优美的姿势在上面玩开了。尤其是山姆·威勒,他正在表演一个美丽的花样滑冰动作,该动作的流行叫法是"敲补鞋匠的门",其具体做法是,一只脚在冰面上滑行,另一只脚时不时地像邮差敲门似的在冰上敲。滑道又长又好,而滑的动作又有某种特殊的东西,令因站着不动而感到很冷的匹克威克先生禁不住羡慕不已。

"看上去真是一项挺好的取暖运动啊,不是吗?"他问华德尔;后面这位绅士已累得完全喘不过气来,因为他把自己的双腿变成了一副圆规，正不屈不挠地在冰上画各种复杂的图案。

“啊，真是的，”华德尔答道，“你滑冰吗？”

“小时候我经常在沟里面滑。”匹克威克先生答道。

“现在试一试吧。”华德尔说。

“噢，一定要滑，求你了，匹克威克先生！”所有女士叫道。

“能让大伙乐一乐，我本来是很高兴的，”匹克威克先生回答说，“但是我已有三十年没沾这玩意儿了。”

“胡扯！胡扯！别说废话了！”华德尔说，一边以他的所有做派中特有的那种风风火火脱下溜冰鞋。“来，我陪你滑，来吧！”于是，这个好脾气的老夫子沿滑道滑了起来，其速度几乎追上了威勒先生，把那个胖子则完全抛在了后头。

匹克威克先生暂停下来，考虑了片刻，脱下手套，把它们放进帽子里，小滑了两三段短距离，又照老规矩突然停下来，最后才再滑了起来，把双腿岔开一又四分之一码，在全体观众满意的欢呼声中缓慢而庄严地滑下了滑坡。

“鼓足干劲挺住，先生！”山姆说；于是华德尔再一次滑下坡道，接着是匹克威克先生，然后是山姆，然后是温克尔先生，然后是鲍勃·索耶、然后是胖孩子，然后是斯诺格拉斯先生，一个紧跟着一个滑下去，又一个紧接一个追上来，瞧那种急切劲儿，仿佛他们未来的前途完全取决于他们的迅速似的。

最为紧张而有趣的事情，是观察匹克威克先生在这一盛事中扮演角色的神态；看他眼看后面紧追的人简直要把他撞翻时那种急得要命的难受劲儿；看他渐渐消耗开头时鼓起的那股勉为其难的冲劲，在滑道上慢慢转过身来，把脸对着他出发的地点的样子；看他滑完这段距离后脸上显出的好玩的微笑，以及笑过之后他扭转身子去追前面的人的那种着急劲儿：他的黑鞋子欢快地在雪里滑行，眼睛从眼镜后面射出活泼与欢乐的亮光。当他被撞倒的时候(平均每三个来回发生一次),那更是你所能想象的最激动人心的场面;他捡起帽子、手套和手绢,脸上容光焕发,重新加入滑冰队伍,那种热火朝天的兴致是任何东西都没法减弱的。

游戏达到高潮,滑冰达到最高速,欢笑也是最响亮的时候,突然传来尖利而猛烈的破裂声。大家都向冰场的岸边冲过去,女士们发出狂乱的尖叫,图普曼先生在大喊。一大块冰消失了;水冒了上来;匹克威克先生的帽子,手套和手绢浮在水面;任何人所能看到的匹克威克先生就只剩这么多了。

每一张脸上都流露出沮丧和痛苦的表情。男士们脸色苍白,女士们晕过去了;斯诺格拉斯先生和温克尔先生相互拉着对方的手,怀着疯狂的焦虑盯着他们的领袖掉下去的地方;与此同时,为提供最迅速及时的帮助,并且让听得见的所有人都对已发生的灾难有尽可能清楚的概念,图普曼先生以他最快的速度穿过田野,一路拼命地大喊:"失火了!"

就在这会儿,老华德尔和山姆·威勒小心翼翼地走近那个冰洞,而本杰明·艾伦先生则正在和鲍勃·索耶紧急商议,看要不要给大家都放一放血,也算是做一番提高医术的小实验吧——正是在这个时候,从水下面冒出一张脸、一个头和两个肩膀,显出了匹克威克先生及其眼镜的尊容。

"你可得挺住一会儿——只要一会儿!"斯诺格拉斯先生哭丧着脸叫道。

"是呀,可得挺住;我求你——看在我的分上!"温克尔先生大为感动地叫道。这种恳求完全没有必要;因为,即使匹克威克先生不愿看在任何人的分上挺住,他也会想到为自己的缘故那么做的。

"你踩到底了吗,老兄?"华德尔说。

"是的,当然,"匹克威克先生答道,一边抹头上和脸上的水,一边直喘粗气,"我是仰天跌下去的。开头我站不起来。"

匹克威克先生的外衣上沾着很多泥浆，证明他的话一点儿不假；那个胖孩子突然记起冰窟里的水不过五英尺深，这大大地减轻了旁观者的恐惧，于是把他救出冰窟的英勇壮举开始了。在溅了很多水，碎了很多冰，经过了好一番挣扎之后，匹克威克先生终于彻底摆脱了他那不愉快的处境，再一次站到了干地上。

"噢，他会冻死的。"艾米莉说。

"亲爱的老夫子！"艾拉贝拉说，"让我把这条围巾给你裹上吧。"

"啊，这再好不过了，"华德尔说，"裹好围巾以后，你就放开脚杆子尽量快地跑回家去，马上钻进被窝。"

马上有一打围巾被贡献出来。挑选了三四条较厚的，匹克威克先生被裹了起来，然后在威勒先生的引导之下跑开了；于是人们看到一个奇特的场面：一位上了年纪的绅士，浑身水淋淋的，没有戴帽子，双臂被裹在身体两侧，正以足足每小时六英里的速度在田野上狂奔，却没有明确的目的。

但在这样的非常时刻，匹克威克先生也顾不上外表仪态了，他在威勒先生的催促之下以最快的速度奔跑，一直跑到了迈诺庄园的大门口；斯诺格拉斯先生比他先到大约五分钟，并且已把老太太吓得心脏狂乱起来，使她坚信厨房的烟囱起火了——只要她周围有人表现出一丝一毫的狂躁，她脑子里就会热火朝天地涌现出这种灾难的情形。

匹克威克先生一刻也没有停顿，一直到钻进被窝。山姆在房间里生了一个旺旺的火，还替他端来了晚饭；饭后又端来一碗多味酒，要为庆祝他安然无恙畅饮一顿。老华德尔不让他起床，因此他们把床当成主席尊座，匹克威克先生在床上主持了酒会。第二碗、第三碗酒相继叫来；匹克威克先生第二天早上醒来时，他身上一点儿风湿病的症状都没有出现——关于这一点，鲍勃·索耶先生的说法颇有见地:在这种情况下热乎乎的多味酒是再好不过的;假如多味酒居然没有起到预防剂的作用,那完全是由于病人犯了通常人的错误——没有喝够。

欢乐的聚会第二天早上散了。在我们的学生时代,分别是一件美妙的事情,然而在往后的生活中它却令人痛苦不堪。死亡、个人的利益和命运的乖戾,每天都在拆散很多快乐的群体,使其成员天各一方;男孩女孩们欢聚的时代一去不回了。我们并不是说眼下的情形是完全如此;我们要告诉读者的不过是,这个群体中的人们各自打道回府了;匹克威克先生和他的朋友们再一次爬上了玛格尔顿驿马车顶上的座位;艾拉贝拉·艾伦找回了她的归宿,不管那是什么地方——我们敢说温克尔先生是知道的,但是我们承认我们不能这么说——总之她是处在她哥哥本杰明及其知心好友鲍勃·索耶先生的照料与呵护之下。

不过,在分手之前,那位绅士和本杰明·艾伦先生带着一丝神秘的神气把匹克威克先生拉到一边;鲍勃·索耶先生用食指在匹克威克先生的两根肋骨之间戳了戳,一举两得地以此既表明他天生的诙谐,又显示他对人体解剖学的精通。他问道:

"喂,老伙计,你住在哪儿呀?"

匹克威克先生回答说他暂时住在乔治与兀鹰旅馆。

"我希望你来看我。"鲍勃·索耶说。

"那是我最高兴不过的事儿。"匹克威克先生答道。

"这是我的住址,"鲍勃·索耶先生说着,拿出一张名片,"鲍洛区兰德街;就在盖伊医院附近,对我来说很方便,你知道的。你走过圣乔治教堂之后就没多远了——从大街朝右手边拐弯就是了。"

"我会找到的。"匹克威克先生说。

"下个星期四来吧,把另外几个伙计也带来,"鲍勃·索耶先生说，“到那一天晚上我要和几个医学界人士聚会。”

匹克威克先生表示他乐意会见医学界人士；鲍勃·索耶先生告诉他那天晚上准备舒舒服服地欢聚一场，而且说他的朋友本也将到场，然后他们就握手告别了。

我们觉得叙述至此自然有人会问，在上述短暂的交谈期间温克尔先生是否在和艾拉贝拉·艾伦说悄悄话；假如说了，那么说的又是什么呢？另外，斯诺格拉斯先生是否在单独和艾米莉·华德尔交谈；假如交谈了，那他又谈了些什么呢？对这些问题，我们的回答是，不管他们对女士们说了些什么，他们在二十八英里的行程中没有跟匹克威克先生或图普曼先生说一句话，他们一路上只是不停地长吁短叹，拒绝喝啤酒和白兰地，显得非常忧郁。假如我们的善于观察的女性读者们能从这些事实中推出满意的结论，我们恳请她们一定要这么做一做。

第三十一章　本章完全是有关法律的；各种精通法律的伟大权威亮相其中

法学院的各种洞穴和角落，到处散布着阴暗而肮脏的房间，在假期的整个早上和开庭期的半个晚上，都可以看到律师们的办事员们几乎毫不间断地在这些房间里外穿梭，他们忙忙碌碌地出出进进，不是手臂下夹着成捆的文件，就是口袋里插满了文件。这些办事员分好几等。有一种是签约学习的办事员，他付过一笔学费，未来有望成为律师；他和裁缝店有金钱往来，常接到请客的帖子，与高尔街某家族相识，又同塔维斯托克广场的另一家族有交情；每逢放长假，他都要回乡下看望父亲，他父亲养的马匹不计其数；总而言之，他是办事员中惟一的贵族。有一种是拿薪水的办事员——无论外勤内勤，他总是要把每周三十先令的薪水大部分花在个人享受和打扮上，每周至少到艾德尔菲戏院花半价看三场戏，看完戏之后就到卖苹果酒的地下室里去气派非凡地放纵狂饮一番，那架势有如半年前已消亡的一幅时尚的拙劣漫画。还有一种是中年的书记员，他有一个人口众多的家，总是穿得破破烂烂，常常喝得醉醺醺的。还有办公室的勤杂工们，他们穿着他们的第一件紧身服，他们对日间学校的勤杂工们抱着相当的轻蔑；他们晚上一回家就凑在一起合伙吃干腊肠和喝黑啤酒：他们觉得什么都不如生活过瘾。这些办事员种类繁多，不胜枚举，但无论怎么个多法，在某些特定的工作时段，总是能看到所有这些人等在我们上面说过的地方出出进进，忙忙碌碌。

这些与世隔离的角落便是法律行当公开的办事场所，正是在这里，传票被发出，判决书被签署，申诉被受理，还有其他无数精巧的机器被开动起来，旨在对国王陛下的忠诚的子民们施加痛苦与折磨，同时给法律的操作者们带来安乐与报酬。这些房间，大部分屋顶低矮，霉味十足，里面存放着无数卷在过去的一个世纪里一直在回潮发霉的羊皮纸，它们发出的宜人气味在白天与干燥的腐物的气味相混，在夜里则与潮湿的斗篷、发霉的雨伞及最粗劣的牛油蜡烛发出的气味合而为一。

匹克威克先生及其朋友们回到伦敦大约十天或两个星期以后，有一天傍晚七点半左右，有一个人匆匆地进了这些办公室中的一间。这个人穿着缀有黄铜纽扣的褐色外衣，长长的头发乱七八糟地纠缠在他那顶磨掉了绒毛的帽子下面，沾满泥污的裤子在他的半统靴上面扎得那么紧，以至于他的两个膝盖随时有绷破裤管暴露出来的危险。他从外衣口袋里掏出一张又长又窄的羊皮纸，当班的办事员在上面盖了一个难以辨认的黑色印章。然后他拿出四张尺寸相似的纸，上面印着与羊皮纸上一样的文字，文字中间留着填写姓名的空白；在填上所有的姓名之后，他把五份文件装进口袋，然后就急匆匆地离开了。

这个穿褐色外衣、口袋里装着神秘文件的男人不是别人，正是我们的老相识，康希尔的弗里曼胡同的道森和福格律师事务所的杰克逊先生。他从那个事务所来，却没有返回那里，而是径直向太阳胡同走去，一直走到乔治和兀鹰旅馆，在店里打听有没有一位匹克威克先生住在那里。

“去叫匹克威克先生的仆人来，汤姆。”乔治和兀鹰旅馆的酒吧女招待说。

“不用麻烦了，”杰克逊先生说，“我来这里有公务。你们要是告诉我匹克威克先生住在哪里,我可以自己去。"

"贵姓呀,先生?"侍者说。

"杰克逊。"办事员答道。

侍者上楼去通报杰克逊先生的来访;但杰克逊先生为他省去了这一麻烦,他紧跟在侍者后面,侍者还没来得及说出一个字,他已经自己进房间了。

那一天匹克威克先生刚好邀请他的三位朋友吃饭;他们正围坐在火炉边喝酒,这时杰克逊先生突然不期而至。

"你好吗,先生?"杰克逊先生说,一边对匹克威克先生点点头。

那位绅士鞠了一躬,有点儿感到意外,因为他对杰克逊先生的长相已经没什么印象了。

"我是从道森和福格律师事务所来的。"杰克逊先生以解释的口吻说。

听到这一名称,匹克威克先生跳了起来。"你去找我的代理律师好了,先生;格雷院的佩克尔先生,"他说,"招待,送这位先生出去。"

"对不起,匹克威克先生,"杰克逊说,从容不迫地把他的帽子放在地板上,同时从口袋里掏出羊皮纸来,"在这一类的案子中,你知道吧,匹克威克先生,面对办事员或代理人登门拜访——在所有的法律事务中,还有什么比谨慎行事更重要的呢,先生?"

说到这里,杰克逊先生瞟了一眼羊皮纸,他把双手按在桌上,一边带着动人的、有说服力的微笑环视大家,说道:"来吧,不要让我们为了这么一丁点儿小事弄得大家无话可说。你们之中有哪一位叫斯诺格拉斯呀?"

听到这一询问,斯诺格拉斯先生显然无法掩饰地怔了一下,这使得进一步的答复成了多余的。

"啊!我想是你,"杰克逊先生说,态度比先前更和蔼了,"我有一点儿小事要麻烦你,先生。”

“我!”斯诺格拉斯先生叫道。

“只不过是一张传票,请你在巴德尔诉匹克威克案中替原告作个证。”杰克逊答道,一边从那些纸里挑出一张来,并且从背心口袋里掏出一个先令,“大审期一过,接着就开庭;我们希望是二月十四日;这是一个特别陪审团审理的案子,本该有十二人的陪审团现在只有十个成员。给你,斯诺格拉斯先生。”杰克逊先生这样说着,一边把那张羊皮纸亮在斯诺格拉斯先生面前,一边把那张传票和那个先令塞进他手里。

图普曼先生目瞪口呆地看着这一过程,突然,杰克逊先生出其不意地转向他,说:

“我想我没有弄错吧,你叫图普曼,是吗?”

图普曼先生看了看匹克威克先生,但是从那位绅士睁得大大的眼睛里他看不出任何鼓励他否认的意味,因此他说:

“是的,我就是图普曼,先生。”

“我想,那一位绅士是温克尔先生吧?”杰克逊说。

温克尔先生吞吞吐吐地做了肯定的回答。于是,办事利索的杰克逊先生给这两位绅士都各塞了一张传票和一个先令。

“好了,”杰克逊先生说,“恐怕你们要嫌我麻烦了,但是我还要找一个人,假如没有什么不方便的话。我这里有塞缪尔·威勒先生的名字,匹克威克先生。”

“招待,去把我的仆人叫来。”匹克威克先生说。侍者退了下去,相当吃惊;匹克威克先生示意杰克逊坐下。

一阵痛苦的停顿,但它终于被那位无辜的被告打破了。

“我想,先生,”匹克威克先生说,一边说一边来了火气,“我想,先生,你主子的用心是不是要让我自己的朋友们作证来证明我的罪名呢?”

杰克逊先生用食指在自己的鼻子左侧敲了几下[1]，表示他不愿在那里泄露监狱里的秘密，他只是以玩笑的口吻说：

“不知道，不好说。”

“那还有什么理由呢，先生？”匹克威克先生追问道，“假如不是为了这事儿，那为什么要给他们发传票呢？”

“真是老谋深算，匹克威克先生。”杰克逊答道，一边缓慢地摇头。“但那是没有用的。试一试也无妨，但从我口里是套不出什么话来的。”

说完，杰克逊先生再一次朝大伙微微一笑，一边用左手的拇指按在鼻尖上，一边用右手在周围画圆圈，想象那是在推一个咖啡磨[2]，就这样表演了一出非常优美的哑剧（以前这种剧是挺流行的，不幸的是现在几乎绝迹了），这玩意儿通常被叫做“推磨”。

“不，别费劲了，匹克威克先生，”杰克逊先生下结论说，“佩克尔那伙子人准能猜出我们发这些传票的用意的。假如他们猜不出来，那他们就得等到开庭了，到那时他们会弄明白的。”

匹克威克先生朝他的不受欢迎的访客投去极其厌恶的目光，而且假如不是山姆进来打断了他的话，他很可能会对道森和福格两位先生破口大骂一通。

“是塞缪尔·威勒吗？”杰克逊询问地说。

“这么多年来你所说的话，这一句算是最对了。”

“这里有你一张传票，威勒先生。”杰克逊先生说。

“那用本地话怎么称呼？”山姆问道。

“这是原件。”杰克逊先生说，以此拒绝答复对方所要求

---

① 按英国民间说法，左边是不吉利的。杰克逊的举动旨在暗示匹克威克要倒霉了。

② 英国成语有 grind the coffee mill，意为：用手模拟推磨动作表示轻蔑。此处该动作表示要对方别白白绞尽脑汁了。

的解释。

“哪一张?”山姆说。

“这张。”杰克逊答道,一边晃了晃那张羊皮纸。

“噢,那是原件呀,是吗?”山姆说,“唔,我很高兴看到了原件,因为这是一件很令人满意的事,看到了就大可以放心了。”

“这是一先令,”杰克逊说,“是道森和福格事务所给的。”

“道森和福格可真是非比寻常地慷慨大方呀,虽然跟我没什么交情,却送了礼物来,”山姆说,“我觉得这是一份非常贵重的礼物,先生;这对于他们也是一件十分光荣的事,因为他们凡是有劳他人之处,总是知道怎么报答呀。而且,这确实挺感人啊。”

说这一席话的时候,威勒先生用上衣的袖子在右眼皮上轻轻地擦了一下,他模仿的是演员表演亲情的悲哀时那种最受观众赞赏的动作。

杰克逊先生好像被山姆的这些言行弄得有点糊涂了;但是,既然已把传票送达,又没什么话可说了,他就大模大样戴上他那双平常不戴、只是拿在手里显派头的手套;然后他就返回事务所汇报去了。

匹克威克先生那天晚上几乎没有睡什么觉;他的脑子里老是萦绕着与巴德尔太太的官司那件烦人的事。第二天早上他按时吃了早饭,然后叫山姆陪他上格雷院广场去。

“山姆!”走到奇普赛德大道的尽头时,匹克威克先生回过头来说。

“先生?”山姆说,跨一步走到主人旁边。

“走哪条路?”

“走新门街。”

匹克威克先生没有马上拐弯,而是茫然地对山姆的脸看了几秒钟,深深地叹了一口气。

“怎么回事呀,先生?”山姆询问道。

"这场官司，山姆，"匹克威克先生说，"预计在下个月的十四号开庭。"

"真是太巧了，先生。"山姆答道。

"此话怎讲，山姆？"匹克威克先生问道。

"那一天是情人节呀，先生，"山姆答道，"真是个审理毁弃婚约案的好日子啊。"

威勒先生的微笑并没有在主人的脸上唤起一丝笑意。匹克威克先生突然转过身，一声不吭地自己向前走去。

他们这样走了一段路，匹克威克先生以小而急的快步走在前头，同时沉浸在苦思冥想之中，山姆则跟在后头，脸上带着一副对一切人和事都无所谓的极其令人欣羡的悠然神情；但总是特别热衷于把自己所知道的任何独特情况告诉主人的山姆，突然加快步伐赶到了匹克威克先生背后；他指着他们正好经过的一座房子说道：

"多漂亮的一家猪肉店啊，先生。"

"是呀，好像是的。"匹克威克先生说。

"有名的香肠制造厂。"山姆说。

"是吗？"匹克威克先生说。

"是吗！"山姆有点儿气愤地重复他的话，"我认为它是的。嘿，先生，保佑你无辜的眉毛，这就是四年前一个可敬的商人神秘地失踪的地方呀。"

"你的意思不是说他被人勒死了吧，山姆？"匹克威克先生说，一边连忙环顾四周。

"不，我不是那个意思，先生，"威勒先生答道，"我倒希望是那么个意思；事情要命得多呀。他是那个店铺的老板，先生，是那台永远有专利权的蒸汽香肠机的发明者；这台机器呀，假如人行道上的一块大石头放得离它太近，它会轻而易举地把它吞下去并碾成香肠，就好像那是一个稚嫩的婴儿似的。他对那台机器很自豪，这是自然而然的事儿;他常常站在地下室里看着它开足马力碾磨,直到因高兴而变得十分忧郁。除了那台机器,他还有两个可爱的女儿,假如他老婆不是一个蛮不讲礼的泼妇的话,先生,他本来是可以过得非常幸福的。那女人总是寸步不离地跟着他,在他耳边唠叨个没完,直到最后他再也受不了了。'我跟你说实话吧,亲爱的,'有一天他说,'我要是不去美国的话,我就不是人;没什么好说的。''你是一个懒鬼,'那女人说,'我希望美国人生意红火。'她接连不断地骂了他半个小时,接着又冲进铺子后面的一个小厅里尖叫,说他简直要她的命,就这样天翻地覆地发作了一顿,折腾了整整三个钟头——有一阵子整个就是又哭号又顿脚。好了,第二天早上,那位丈夫不见了。他没有从钱柜里拿走任何东西——他甚至连大衣都没有穿——因此很显然,他没有去美国。第二天他没有回来;第二个星期也没有回来;老板娘印发了寻人启事,说只要他回来,一切都原谅他(既然他什么都没有做,这样待他也算够宽宏大量的了);所有的沟都淘过了,接下来的两个月里,凡是有尸体出现,都被例行公事地抬到肉店去。可是哪一个都不是他;因此大家都说他离家出走了,而她则照常做生意。有一个星期六的晚上,有一个瘦小的老绅士情绪激动地跑来店里,说道:'你就是这家店的老板娘吗?''是的,我就是,'她说。'那么,老板娘,'他说,'我登门拜访是要告诉你,我和我家人可不想无缘无故被噎死啊;另外,老板娘,'他说,'请允许我再说一句,既然你们不肯用最好的肉来做香肠,那么我想你们会发现牛肉和纽扣成本差不多。''和纽扣成本差不多,什么意思?先生!'她说。'是纽扣,老板娘。'矮个子绅士一边说,一边打开一个纸包,亮出二三十片裂成两半的纽扣,'用裤子纽扣做香肠作料真是不错呀,老板娘。''是我丈夫的扣子!'寡妇说着,要晕过去了。'什么!'那矮个子老绅士尖叫道,脸马上变得死白。'我全明白了,'那位寡妇说,'他一时间发了神经，轻率地把自己变成了香肠！’他正是这么干的，先生，”威勒先生说，一边目不转睛地盯着匹克威克先生那张吓坏了的脸，“或者，他也有可能是被卷进了机器里；但无论是怎么一回事，那位一辈子都特别喜欢香肠的矮个子老先生，发了疯似的冲出铺子，然后就再也没有他的音信了！”

在讲述这一关于私生活的伤心事件的过程中，主仆两人不知不觉已到达佩克尔先生的办公室。劳顿先生把着半开的门，正在同一个衣着破旧、模样可怜的人谈话，这个人穿着鞋头已破的靴子，戴着没有指套的手套。他那瘦长的、饱经风霜的脸上有贫穷、苦难——几乎是绝望——的痕迹；他显然感觉到了自己的穷酸，因为匹克威克先生走上前去时他退缩到了楼梯较阴暗的那一边。

“真是倒霉。”那个陌生人说，叹了一口气。

“太倒霉了，”劳顿答道，一边用鹅毛笔在门柱上写下他的名字，然后又用羽毛把它擦掉，“你要不要给他留个信呢？”

“你觉得他什么时候会回来呢？”陌生人问道。

“一点儿也说不准。”劳顿答道，当陌生人低下眼睛看着地上的时候，劳顿朝匹克威克先生眨了眨眼睛。

“你觉得我在这儿等他一点儿也没用吗？”陌生人说，一边眼巴巴地朝办公室里面张望。

“噢，是的，我相信毫无用处。”那位办事员答道，稍微挪向门口的中间，“他这个星期是肯定不会回来的；下个星期回不回还说不定哩；因为佩克尔先生每一次离城下乡，总是不急着回来的。”

“下乡了！”匹克威克先生说，“哎哟，真是倒霉！”

“别走，匹克威克先生，”劳顿说，“有一封信要交给你。”陌生人好像犹豫不决，再次低头看着地面；办事员偷偷地朝匹克威克先生眨了眨眼睛，仿佛在暗示有一件很微妙的幽默事在进行着似的，而至于那到底是什么，匹克威克先生八辈子也猜不出来。

“进来吧，匹克威克先生，”劳顿说，“那么，你是留个话呢，华迪先生，还是下次再来？”

“请跟他说一声，劳驾一定把我的事情进行得怎样了告诉我，”那个男人说，“看在上帝分上，请千万别忘了，劳顿先生。”

“不会，不会的；我不会忘的，”办事员答道，“进来吧，匹克威克先生。再见，华迪先生；这是一个散步的好天气啊，不是吗？”他看见那位客人仍然逗留着不走，便招呼山姆·威勒先生跟主人进门，然后就对那人迎面关上了门。

“我相信，自开天辟地以来，从没见过这么讨厌的破落鬼！”劳顿说，一边带着仿佛受到了伤害的样子把笔丢开，“他的案子送到法院还不满四年，可他却一个星期要跑来麻烦两次，真见鬼！这边来，匹克威克先生。佩克尔在家，他会见你的，我知道。冷得要命，”他严声恶气地补充说，“居然站在那门口，跟一个破落的流浪汉白费时间！”这位办事员用一根特别小的拨火棍把一个特别大的火猛地拨了一下，然后就领路走向他上司的密室，并通报了匹克威克先生的来访。

“啊，我亲爱的先生，”小个子的佩克尔先生说着，急忙从椅子上起身，“喂，我亲爱的先生，你那件事有什么消息吗，呃？我们那些弗里曼胡同的朋友有新情况吗？他们没有在睡大觉，我是知道的。啊，他们都是些非常精明的家伙——非常之精明，真的。”

小个子说完这些话之后，捏了一大撮鼻烟猛吸起来，俨然在对道森和福格两位先生的精明表示敬意。

“他们是一些大恶棍。”匹克威克先生说。

“哎，哎，”小个子说，“那只是各人见仁见智的问题，你知道的，我们不会为字眼争执；因为当然不能指望你用行业的眼光看这些话题。反正，我们已经把必要的一切事都做了。我聘请了斯纳宾大律师。”

“他是个好人吧?”匹克威克先生问道。

“好人!”佩克尔答道,“上帝保佑你的心和灵魂,我亲爱的先生。斯纳宾大律师是他这一行里的顶尖高手。在法庭上他的身手相当于任何人的三倍——每次办案都是如此。你不必对外人说;但是我们——我们行内人士——都说斯纳宾大律师牵着法庭的鼻子走。”

在说这话的时候,小个子又吸了一撮鼻烟,并向匹克威克先生神秘地点了点头。

“他们给我的朋友们发了三张传票。”匹克威克先生说。

“啊!他们当然会的,”佩克尔先生说,“重要的证人嘛;亲眼看见了你的微妙处境。”

“可她是自己昏过去的,”匹克威克先生说,“她自己倒进了我怀里。”

“很可能,我亲爱的先生。”佩克尔答道,“很可能,也很自然。没有比这更可能、更自然的了,我亲爱的先生。但谁来证明呢?”

“他们还给我的仆人也发了传票。”匹克威克先生说,避开了那一点;因为佩克尔先生的问题有点叫他说不出话来。

“山姆吗?”佩克尔先生说。

匹克威克先生做了肯定的回答。

“当然啰,我亲爱的先生;那是当然的。我知道他们会的。我本来一个月以前就可以告诉你的。在把你的案子委托给律师之后,假如你又自作主张,那你必定会自食其果的。”说到这里,佩克尔带着自觉的尊严挺直了身子,并且掸掉了落在衬衣褶边上的鼻烟屑。

“他们想要他证明什么呢?”在沉默了两三分钟之后,匹克威克先生说。

“我想嘛,是证明你曾派他往原告家提议达成妥协,”佩克尔答道，“不过嘛，那也关系不大；我想人家也问不出他多少话来。”

“我想也是的，”匹克威克先生说；虽然烦恼在身，但想到山姆出庭作证的情景，他禁不住微笑起来，“我们采取什么措施呢？”

“我们只有一条出路，我亲爱的先生，”佩克尔先生答道，“盘问证人；信任斯纳宾的口才；往法官眼里投灰；把我们自己投给陪审团。①”

“假如裁决不利于我呢？”匹克威克先生说。

佩克尔先生微微一笑，长时间地吸了一大撮鼻烟，拨了一下火，耸了耸双肩，意味深长地保持着沉默。

“你的意思是在那种情况下我必须付赔偿金啰？”在非常严肃地观察了对方这一富于意味的无声表态之后，匹克威克先生说道。

佩克尔先生又很不必要地拨了一下炉火，说道：“恐怕是这样。”

“那么对不起，我告诉你吧，我绝不会付任何赔偿金，这是我不可动摇的决心。”匹克威克先生极其强调地说，“一个子儿也不付，佩克尔。我的钱哪怕是一镑、一个便士，也绝不进道森和福格的腰包。这是我深思熟虑、不可更改的决定。”匹克威克先生在他面前的桌子上重重地捶了一下，以证实他主意已定，绝不更改。

“很好，我亲爱的先生，很好，”佩克尔说，“你最清楚不过了，当然。”

“当然。”匹克威克先生急匆匆地回答，“斯纳宾大律师住在哪儿？”

“在林肯院广场。”佩克尔答道。

“我要去见他。”匹克威克先生说。

---

① “往某人眼里投灰”是英语成语，意为“蒙骗某人”；“把自己投给陪审团”意为“听候发落”。

“见斯纳宾大律师,我亲爱的先生!”佩克尔说,大吃一惊,“啐,啐,我亲爱的先生,那是不可能的。见斯纳宾大律师!保佑你,我亲爱的先生,这种事可从来没听说过呀,除非事先交咨询费,预约了会面时间。那是办不到的,我亲爱的先生,办不到的。”

但是匹克威克先生已经认定,那不仅能够办到,而且也应该办;其结果是,在他听完那不可能办到的断语之后十分钟,他便被他的代理人领到了伟大的斯纳宾大律师的办公室的外房。

那是一个没有铺地毯的相当宽敞的房间,有一张大大的写字桌放在炉火边——桌面上的粗呢早已失去它原有的绿色,除了被墨水的污渍隐去其本色的部分,它整个儿已因灰尘和年岁的关系变成了灰色。桌子上面是众多用红带子扎在一起的小捆小捆的文件;文件后面坐着一个上了年纪的办事员,他那亮堂的脸容以及沉甸甸的金表链,令人欣羡地表明斯纳宾大律师先生生意兴隆,财源广进。

“大律师在家吗,马拉德先生?”佩克尔问道,极其彬彬有礼地把他的鼻烟壶递了过去。

“在家,”对方答道,“不过他非常忙。瞧,这些案子,他一个都还没签意见哩;而且都是已付过办理费的呀。”办事员说着微微一笑,他兴致很高地吸着那撮鼻烟,仿佛是鼻烟和办理费同时使他雅兴大发。

“那才像生意啊。”佩克尔说。

“是呀,”大律师的办事员说,一边掏出自己的鼻烟壶,非常友善地把它递给佩克尔,“最来劲儿的是,世界上除了我没有任何人认得出大律师的字,在他签好了意见之后,他们还得等我把它们抄出来,哈——哈——哈!”

“那我们就知道除了大律师之外,还有谁在让客户多破费了,呃?”佩克尔说。“哈,哈,哈!”听了这话,大律师的办事员又笑了起来；那不是一种喧闹暴躁的笑，而是一种在体内搐动的低沉的笑，匹克威克先生是不喜欢听的。当一个人内部出血时，那对他本人是危险的；而当他在体内发笑时，那对别人可没有好处。

“你还没有把我所欠的费用开出来吧，是吗？”佩克尔说。

“是的，还没有。”办事员答道。

“我希望你开出来，”佩克尔说，“把账单给我，我会送支票来的，但我想你是太忙了，收现金还忙不过来哩，哪还有工夫去管欠账呢，呃？哈，哈，哈！”这一打趣好像令办事员大感高兴，所以他又暗示独享了一番那无声的笑。

“但是马拉德先生，我亲爱的朋友，”佩克尔说，他突然恢复了庄重，拉着那位伟人手下的伟人的衣襟把他扯到一个角落，“你可得说服大律师接见我，还有我的这位当事人。”

“得了，得了，”办事员说，“那可真不赖呀。要见大律师！得了吧，那太荒唐了。”不过，尽管这一提议很荒唐，但办事员还是让自己被轻轻拉到了匹克威克先生听不清的地方；在以耳语进行了短暂的交谈之后，他轻轻地穿过一条阴暗的小过道，消失在那位法律界泰斗的私室；不久他从那里踮着脚回来了，告诉佩克尔先生和匹克威克先生说大律师被说服了，决定打破所有既定的规矩，立即接见他们。

斯纳宾大律师是一个脸庞瘦削、面带病容的人，大约四十五岁，或者如通常的小说所说，也许有五十岁了。他那双毫无神采的浮肿的眼睛，常常可以在长年埋头于乏味的艰苦研究的人们的脑袋上看到；而且光是它们已足以提醒客人他是非常近视的，根本无需那副吊在一根套在脖子后面的黑色宽带子上的眼镜来说明问题。他的头发稀疏而又柔软，这一方面是因为他从来没有花很多时间去打理它，另一方面是因为他二十五年来一直在戴那副挂在他身边的架子上的出庭用的假发。外衣领子上发粉的痕迹、脖子上那洗得不干不净且系得别别扭扭的白领巾，表明他自离开法庭以来还没有找到闲暇更换衣服——不过他的其他衣着的不整洁足以表明，即使他有时间更换衣着，他的外表也不会有多大的改观。大量的业务书、成堆的文件和拆开的信件散布在桌上，杂乱无章，看不出丝毫企图整理的迹象；房间里的家具破旧不堪，东倒西歪的；书柜门的合页已经锈蚀；每走一步，地毯上就会腾起一阵飞尘；窗帘由于年岁和灰尘之故变成了黄色；房间里每件东西的状况都明白无误地表明，斯纳宾大律师过分专注于业务，因此对个人的舒适也就不太注意了。

当事人进房的时候，大律师正在写什么；在匹克威克先生被他的代理人介绍过之后，大律师心不在焉地鞠了一躬；然后，大律师一边示意他们就座，一边小心翼翼地把笔插进墨水瓶中，抱起左腿，等着别人跟他说话。

“斯纳宾大律师，匹克威克先生是巴德尔诉匹克威克案的被告。”佩克尔说。

“那个案子聘请了我，是吗？”大律师说。

“是呀，先生。”佩克尔说。

大律师点了点头，等着进一步交谈。

“匹克威克先生急着要拜访您，斯纳宾大律师，”佩克尔说，“他想在您着手案子之前告诉您，他否认对他的指控有任何根据或借口；他绝不行贿，并且凭良心坚信拒绝原告的要求是对的，否则他是根本不会到庭的。我相信我正确地表述了你的观点，不是吗，我亲爱的先生？”小个子男人说着，转向匹克威克先生。

“非常正确。”那位绅士答道。

斯纳宾大律师打开眼镜，举到眼睛前面；在十分好奇地打量了匹克威克先生几秒钟之后，他转向佩克尔先生，露出些许微笑，一边说：

“匹克威克先生胜诉的把握大吗?”

代理人耸了耸肩膀。

“你们打算找些证人吗?”

“不。”

大律师脸上的微笑更加明显了;他的腿也摇晃得更猛烈了;他往安乐椅背上一靠,咳嗽起来,露出半信半疑的神情。

大律师这些显示其对案件的预感的迹象虽然细微,但是匹克威克先生没有忽略它们。他把眼镜更紧地按在鼻梁上——他正是通过它注视大律师允许自己流露出来的表情的;而且他还全然不顾佩克尔先生通过皱眉头和眨眼睛表示的劝阻,以很大的劲儿说道:

“我为了这么一个目的来拜见您,先生,我敢说,在您这位必然见识过很多此类事情的绅士看来,这一定是很不寻常的吧。”

大律师竭力严肃地看着炉火,但微笑再一次在他脸上显露出来。

“你们这个行业的绅士们,先生,”匹克威克先生继续说,“看到的是人性最坏的一面,它的所有纷争、所有恶意和憎恨,全都亮在你们面前。你们从审案的经验知道效果是如何重要(我绝无诽谤您或他们的意思);你们常常说别人为达到欺骗和自私的目的而渴望要手腕;而这些手腕,也恰恰是你们出于纯粹的诚实,为达到光荣的目的,并且是怀着为当事人竭尽全力的可嘉愿望而不断使用的,这使得你们对它们的功能和价值了如指掌。在这种情势下,我真的相信针对你们的那种鄙俗却很流行的看法是不无道理的,那就是:就总体而言,你们多疑、不信任人并且过分小心。我很清楚,先生,在目前形势下跟您说这番话对我不利,但是我到这里来,是因为我希望能让您清楚地了解,正如我的朋友佩克尔所说,我是无辜受到指控的;我很清楚您的帮助具有无法估量的价值,先生,但是我不得不请求您允许我说一句,除非您真诚地相信我是无辜的,否则,我与其获得您的才干的助益,还不如失去它们。"

我们不能不说匹克威克先生这番个性化的讲话是非常乏味的,在讲话还远远没有结束的时候,大律师早已沉浸在心不在焉的状态之中。但是在几分钟之后——这期间他已拿起了笔——他好像又再次意识到了他的顾客的存在;他抬起头来不再看纸,有点儿不耐烦地说:

"是谁在和我办这个案子?"

"是范基先生,斯纳宾大律师。"代理人答道。

"范基,范基,"大律师说,"我以前从来没听说过这个名字。他一定很年轻吧。"

"是呀,他很年轻,"代理人答道,"他不久前才出庭办案的。我想想看——他出庭还不到八年哩。"

"啊,我想也没到,"大律师说,用的是人们谈到一个非常没辙的小小孩子时常用的那种怜悯的语调,"马拉德先生,去请——请——"

"范基先生,他在霍尔朋胡同,格雷院。"佩克尔先生插话说。(顺便提一句,霍尔朋胡同即现在的南广场。)

"是范基先生;请告诉他,假如他能来一下,我深感荣幸。"

马拉德先生执行任务去了;斯纳宾大律师又陷入心不在焉之中,直到范基先生被引荐进来。

虽然作为律师他如婴儿般幼稚,但范基先生却是一个已完全成人的男子。他的举止非常神经质,说话时带有一种痛苦的犹豫不决;这一点看来不是什么天生的缺陷,倒像是畏怯的结果,而这种畏怯又是因缺少财富、势力、关系或脸皮不够厚而产生的"愧不如人"的自我意识所致。他被大律师震慑住了,对代理人佩克尔也敬畏有加。

“以前无缘拜识阁下，范基先生。”斯纳宾大律师说道，谦恭背后隐含着傲慢。

范基先生鞠躬致敬。他可是拜识过大律师的，而且还怀着一个穷人的所有嫉妒心对他羡慕了八年零三个月哩。

“你和我一起办这个案子，我想是这样吧?”大律师说。

假如范基先生是个有钱人的话，他可以马上派人把他的办事员叫来问问；假如他是一个聪明人的话，他会用食指按着额头苦苦寻思，看他所受理的众多案子中是不是有这一件；可是他既不富有，也不聪明(至少在这个意义上是如此)，因此他除了脸红，就是鞠躬，此外就再没有别的招数了。

“你看过那些文件了吗，范基先生?”大律师问道。

再次面临考验，范基先生本来是该说他已把案子的详情忘记了的；可是自打他受聘担任斯纳宾大律师的助手以来，他不仅读完了办案过程中送到他面前的所有文件，而且两个月来无论是睡觉还是醒着，他都在一门心思地想案子的事，没有为任何别的事儿分过心，也正因为如此，他的脸变得更红了，并且再一次鞠躬。

“这位是匹克威克先生。”大律师说，把手中的笔朝那位绅士站立的方向挥了一下。

范基先生向匹克威克先生鞠躬致礼，那种毕恭毕敬的态度足以让一个初次打官司的人永远铭记不忘；然后他转向他的领袖，再一次俯首听命。

“也许你可以带匹克威克先生去，”大律师说，“呃——呃——听听匹克威克先生或许想说的话，我们到时候可以合计一下，当然是的。”在这样暗示了他已被打扰得够久了之后，早已逐渐变得越来越心不在焉的斯纳宾大律师把眼镜往眼睛上戴了一下，微微朝四周哈了哈腰，然后就再次沉浸到了他面前的案子里；那是一场没完没了的官司，因某个已去世大约一百年的人的行为而起——那人曾堵死了一条小路,而那条路呢,从来没有人从它的一头进来过,也从来没有谁从它的另一头出去过。

范基先生推来让去的,非得等匹克威克先生及其代理人在他之前出门他才肯退出,因此他们费了很多工夫才走到广场;到了广场之后,他们在那里走过来走过去,谈了好长时间,得出的结论是:判决到底会怎样很难说;谁都难以料定诉讼的结果;他们没有让对方请到斯纳宾大律师可以说是不幸中的大幸了。另外还谈了一些值得疑虑和足以自慰的话题,不外乎是在这种处境下常见的那些。

威勒先生被主人从长达一个小时的甜蜜酣睡中唤醒过来,在和劳顿先生道过别之后,他们返回到市区。

第三十二章　比历来的宫廷记者远为详尽地描写一次单身汉聚会——鲍勃·索耶在其位于鲍洛的寓所款待宾客

鲍洛的兰特街有一种安宁的氛围,予人以淡淡的忧郁之感。街上总是有很多房子出租——由于是偏僻小街,它的沉闷足以抚慰人心。严格意义上说,兰特街上的房屋称不上一流的住宅,但无论如何,那里却是一个极其令人中意的居住地。假如有人想摆脱尘世的喧嚣,远远地离开诱惑,在一个没有诱使他张望窗外的任何可能性的地方索居,那他怎么说都应该选兰特街。

在这个幸福的隐居之地,住着一些浆衣匠、为数不多的订书工、破产法庭的一两个狱官、受雇于船坞的几个小管家、屈指可数的几个女服裁缝以及几个包工的裁缝。大部分的街民不是把精力用于出租带家具的房间,就是献身于那有益健康、使人生气勃勃的砍肉生意。街上的安宁生活的静态标志主要是绿色百叶窗、招租启事、黄铜门牌和门铃把手;而代表其动感的主要是馆子里的跑堂、做松饼的小伙子和烤马铃薯的人。人口是流动的,通常在每个季度的结账日这些人就没了踪影,而且往往是在夜里失踪的。国王陛下的赋税在这一幸福之谷难以征收;房租是变化不定的;自来水也经常停。

在约请匹克威克先生的那天晚上,鲍勃·索耶先生老早就在装饰他那位于二楼前部的火炉的一边了;收拾火炉另一边的是本·艾伦先生。迎接来宾的准备工作看上去已经完成。过道里的雨伞已被堆到后厅门外的那个小角落里;女房东的女仆的帽子和披肩已经从楼梯扶手上被拿走;当街的门口的擦鞋垫上只摆着不过两双雨天穿的木屐;一支厨房用的蜡烛,灯芯长长的,在楼梯口的窗台上欢快地燃烧着。鲍勃·索耶先生亲自到大街上的一家地下室酒馆买了酒,并且赶在送酒人之前回了家,以杜绝送错人家的可能性。多味酒已在卧室里的一个红色浅底锅里准备好了;一张铺着绿色粗绒台布的小桌子已被客厅借了过来,准备供打牌之用;屋子里原有的所有杯子,连同特意从酒馆借来的那些,都在一个托盘里摆好了,全放在门外边的楼梯口那儿。

尽管这一切布置已相当令人满意,但鲍勃在炉火边坐下的时候脸上却笼罩着一层阴云。不仅如此,紧盯着煤火发愣的本·艾伦先生脸上也带有同情的神情;在沉默了好一阵子之后,他以忧郁的语调开了腔:

“唉,真是倒霉,她偏偏在这个时候发难。她好歹至少也该等到明天呀。”

“她就是这么歹毒,歹毒啊,”鲍勃·索耶先生没好气地回答,“她说既然我能请得起客,就应该有能力付她那该死的‘小账’。”

“拖了多长时间了?”本·艾伦先生问道。顺便说一句,账这玩意儿可真是人类的天才所创造的最了不起的火车头呀,它可以永远拖拉下去,拖的时间长过人最长的寿命,而且绝不会自动停止哪怕一回。

“不过一个季度零一个月左右。”鲍勃·索耶先生答道。

本·艾伦先生绝望地咳嗽一声,像在搜寻什么似的把目光投向火炉上部的两根铁条之间。

“假如他们来了之后,她偏偏在那个时候找茬,那可就太扫兴了,不是吗?”本·艾伦先生最后说。

“可怕，”鲍勃·索耶答道，“真可怕。”

门口传来轻轻的敲门声。鲍勃·索耶先生意味深长地看了他的朋友一眼，说了一声“请进”。一个穿着黑色棉袜子的邋里邋遢的女孩应声探进头来——别人准会以为她是一个落魄不堪的老垃圾夫的没人照料的女儿，她说道：

“对不起，索耶先生，拉德尔太太想和你说几句话。”

鲍勃·索耶先生还没来得及答话，那女孩一扭头就突然不见了，仿佛有人在背后猛地拉了她一把似的。这神秘的退场刚刚结束，门上又响起了敲门声——这回是尖锐刺耳的声音，仿佛在说：“我来了，我要进来。”

鲍勃·索耶先生脸带可怜巴巴的诚惶诚恐瞟了他的朋友一眼，再一次说了一声“请进”。

这声招呼根本就是多余的，因为鲍勃先生的话还没有出口，一个凶悍的小个子女人已闯进房来，因激动而浑身发抖，因愤怒而一脸铁青。

“喂，索耶先生，”那个凶悍的小个子女人说道，一边强作镇定，“假如你发发慈悲把我那点儿小账付了，我对你千谢万谢，因为我今天下午也得付房钱，房东正在楼下等着哩。”说到这里，小个子女人搓了搓手，目光越过鲍勃·索耶先生的头顶，死死地盯着他身后的墙壁。

“我非常抱歉给您添这么多麻烦，拉德尔太太，”鲍勃·索耶毕恭毕敬地说，“可是——”

“噢，不是什么麻烦不麻烦，”小个子女人说道，发出一声嗤笑，“在今天之前我并不特别想催这笔账；反正也是房东的钱嘛，你拿着和我拿也没什么两样。可是你答应过今天下午给的，索耶先生，在这里住过的每一个绅士都是守信用的，因为既然自称为绅士，当然就得说话算话，先生。”拉德尔太太昂了昂头，咬了咬嘴唇，更用劲地搓了搓手，更加死硬地盯着墙壁。显然，正如鲍勃·索耶先生在后来的某个场合用东方寓言式的口吻所说的，她正“气不打一处来”。

“非常抱歉，拉德尔太太，”鲍勃·索耶说，谦卑到了难以想象的地步，“可事实是这样的，我今天去城里是大失所望。”——城市真是个古怪的地方，总是有数目惊人的男人们在那里大失所望。

“得了，索耶先生。”拉德尔太太说，牢牢地站在那块基德明斯特地毯上的一株紫色花椰菜上，“那关我什么事，先生？”

“我——我——确信无疑，拉德尔太太，”鲍勃·索耶说，对最后一个问题避而不答，“在下个星期三之前我们可以把账全部清掉，然后以更好的方式进行下去。”

这正是拉德尔太太所求。她风风火火闯到倒霉的鲍勃·索耶先生的房间里来，原本就是很想发作一通，因为讨账的事很可能是徒劳无功的，只会令她大失所望。由于她刚刚在前面的厨房里同拉德尔先生唇枪舌剑切磋过几个回合，因此来这里以这种方式消遣一下也是顺理成章的事儿。

“那么你是以为，索耶先生，”拉德尔太太说，把嗓音提得高高的，足以让邻居们都听得见，“以为我会一天又一天地让人白占着我的房子，不但决不想付房租，不想付买新鲜黄油和方糖给他吃早饭的钱，就连每天送到大门口来的牛奶的钱都不付啰？你以为一个辛辛苦苦、勤勤快快的女人，一个在这条街上住了二十年的女人（十年在街对面，九年零九个月在这座房子里），她没有别的事可做，只好为一帮懒鬼白白累到死，好让他们把本该用来做点什么事去付账的工夫用到抽烟、喝酒和游手好闲上吗？你以为——”

“我的好心人。”本杰明·艾伦先生劝慰地插嘴说。

“有高见请自己留着，先生，”拉德尔太太说，她突然打住了她的语言激流，带着感人的从容与庄严对第三者说，“先生，我不知道你有什么权利对我说话。我想我并没有把房子租给你,先生。”

“那当然,你是没有租房给我。”本杰明·艾伦先生说。

“那很好,先生,”拉德尔太太答道,客气中带着傲慢,“那么,先生,你最好还是自己管好自己的事,去弄断医院里那些可怜人的手脚好了,自己管好自己的事,先生,不然的话,说不定这里就有人要管你了,先生。”

“你可真是一个蛮不讲理的女人。”本杰明·艾伦先生抗议道。

“请原谅,年轻人,”拉德尔太太说,气得直冒冷汗,“是不是请你再那么说我一次,先生?”

“我用那个字眼并没有什么要得罪你的意思,夫人。”本杰明·艾伦先生答道,越想越觉得自己是自找麻烦。

“对不起,年轻人,”拉德尔太太以更响亮、更断然的语调质问道,“你所说的女人是指谁?你那样说是指我吗,先生?”

“唉,老天爷!”本杰明先生说。

“你是指我吗,我问你呀,先生?”拉德尔太太恶狠狠地打断他的话,猛地一推把门敞开得大大的。

“没错,是指你。”本杰明·艾伦先生说。

“没错,你当然是的。”拉德尔太太一边说,一边逐渐退到门口,把嗓音拉到最高,特意让厨房里的拉德尔先生听得见,“是的,你是指我!每个人都知道他们可以放心大胆地在我自己的屋子里侮辱我,而我的丈夫却坐在楼下睡觉,就当我是街上的一条狗似的毫不在意。他应该为自己感到害臊啊(说到这里拉德尔太太抽泣了一下),居然让他的妻子遭受这帮对活人敲骨吸髓的年轻家伙这样的欺辱,任由他们使家门蒙羞,任由她受尽他们的凌辱(又抽泣了一下);他是一个卑贱、没有骨气的胆小鬼呀,居然不敢上楼来,不敢来面对这些无赖汉——不敢呀——不敢上来呀!”拉德尔夫人停顿了一下,在听她这些几经重复的责骂是否把她丈夫激将起来了;由于发现这一招不管用,她就带着数不清的抽泣走下楼去。正好在这时候,大门口传来接连两声响亮的敲门声。一听到敲门声,她便立即爆发出一阵歇斯底里的哭泣,还带着悲伤的呻吟,这样一直持续到敲门声重复到第六次的时候,她在无法控制的内心痛苦之下突然把所有的雨伞掀翻在地,紧接着一溜烟钻进了后客厅,随着可怕的砰的一声把门关上了。

“索耶先生住在这里吗?”门打开的时候,匹克威克先生问道。

“是的,”那个女仆说,“在二楼。走上楼梯后,正对着的那扇门就是。”做过这番指点之后,那个在骚斯瓦克的土著人之中长大的女仆就沿着下厨房的楼梯走下去了,手里拿着一支蜡烛;她非常洋洋自得,觉得自己把在这种场合下可能要求她做的一切都做了。

最后进门的是斯诺格拉斯先生,他白费了很多手脚才扣上门链把门锁好;朋友们踉踉跄跄地上了楼,受到了鲍勃·索耶先生的接待,他不敢下楼去迎接,生怕拉德尔太太半路杀出来。

“各位好吗?”这位狼狈的学生说,“很高兴见到你们,——当心那些杯子。”这是在提醒匹克威克先生,因为他把帽子放到了托盘里。

“哎呀,”匹克威克先生说,“请原谅。”

“没什么,没什么,”鲍勃·索耶说,“我这儿地方太小了,你们可得海涵海涵,你们来看望的是个单身汉嘛。请进。我想你们以前见过这位绅士吧?”匹克威克先生和本杰明·艾伦先生握了握手,他的朋友们也照着做了。他们刚刚落座,又传来两声敲门声。

“我希望是杰克·霍普金斯!”鲍勃·索耶先生说,“听。是的,果然是他。上来吧,杰克,上来呀。”

楼梯上传来一阵沉甸甸的脚步声,杰克·霍普金斯出现了。他穿着一件黑色天鹅绒背心,上面缀有黑白对比分明的纽扣;他那件有蓝色条纹的衬衫配了白色的假领。

“你迟到了,杰克!”本杰明·艾伦先生说。

“在巴索洛缪家耽搁了。”霍普金斯答道。

“有什么新闻吗?”

“没有,没什么特别的事儿。只是有一个挺好的偶然事件,已经送到临时救济所去了。”

“那是怎么回事,先生?”匹克威克先生问道。

“只不过是一个男子从四层楼的窗户跌了下来——这可是个好病例——真是好极了。”

“你是说那个病号很容易康复吗?”匹克威克先生问道。

“不,”霍普金斯毫不在乎地说,“不,我倒是愿说他康复没指望。不过明天的手术会非常精彩——假如是史拉舍操刀,那可就有看头啦。”

“你们认为史拉舍的手术技艺很高超吗?”匹克威克先生说。

“盖世无双。”霍普金斯答道,“上星期他把一个孩子的腿从关节里卸了下来——那个男孩吃了五个苹果和一个姜汁饼——就在一切完成了两分钟之后,那男孩说他不愿躺在那儿让大家取笑;假如他们再不开始,他就要告诉他母亲了。”

“天哪!”匹克威克先生惊讶地说。

“嗨,那算不了什么,算不了什么,”杰克·霍普金斯说,“对吗,鲍勃?”

“根本不算什么。”鲍勃·索耶先生答道。

“顺便告诉你,鲍勃,”霍普金斯说,一边很难察觉地对匹克威克先生聚精会神的脸瞟了一眼,“昨晚我们收了一个奇怪的意外病号。是一个小孩,他吞了一副项链。”

“吞了什么,先生?”匹克威克先生插话说。

“一副项链,”杰克·霍普金斯先生答道,“不是一口吞下去的，你知道，那分量太多了——你都吞不下，别说是个孩子了——呃，匹克威克先生，哈！哈！”霍普金斯先生看上去对自己的诙谐大感得意，他继续说，“不，事情是这样的。孩子的父母很穷，住在一条小巷子里。孩子的大姐姐买了一副项链——普普通通的项链，用又黑又大的木头珠子串起来的。那孩子喜欢玩具，偷偷拿走了项链，藏起来偷偷地玩儿，弄断了绳子，吞下了一颗珠子。那孩子觉得挺好玩儿，第二天又吞下一颗。”

“我的天哪，”匹克威克先生说，“太可怕了！请原谅我插嘴，先生。请往下说吧。”

“下面一天，那孩子吞了两颗珠子；再下面一天他吞了三颗，这样下去，他一个星期就能把整条项链干掉了——总共二十五颗。他的姐姐呢，本是一个勤快的人，难得戴什么装饰品的，由于失去了那串项链，哭得眼珠都快掉出来了；她四处找呀找呀，但是，不用我说，找也是白搭。几天以后，全家人在吃晚饭——吃的是烤羊肉，下面配土豆——那孩子不饿，在屋子里玩儿，这时候突然传来一阵可怕的噪音，像下冰雹似的，‘别弄那种声音，孩子。’父亲说。‘我什么也没有弄呀。’孩子说。‘好了，别再弄了。’父亲说。短暂的沉寂，接着噪音又开始了，响得比先前更厉害。‘你要是再不听话，小子，’父亲说，‘我就把你丢到床上去，看你还能不能像猪一样哼哼唧唧。’为了让孩子服从，他抓住孩子摇晃，结果却摇出一阵从来没谁听到过的吱嘎声。‘嘿，活见鬼，声音是从孩子的肚子里面发出来的！’父亲说，‘他哮喘病生错了地方！’‘不是的，我没病，爸爸，’孩子说，开始哭了起来，‘是项链在作怪；我把它吞到肚子里去了，爸爸。’——那位父亲把孩子抱起来，直奔医院：孩子肚子里的珠子一路上震得吱嘎直响；人们朝天空张望，往地窖里探寻，不知那声音是从哪里发出来的。现在他在医院里住着了，”杰克·霍普金斯说，“他走动时发出的声音实在太大了，因此他们只好用守夜人的大衣把他包起来，生怕他把别的病人吵醒。”

“这可真是我听到的最不同寻常的病例。”匹克威克先生说，拍了一下桌子加强语气。

“噢，算不了什么，”杰克·霍普金斯说，“对不对，鲍勃？”

“当然算不了什么。”鲍勃·索耶先生说。

“我实话告诉你吧，在我们这个行当里古怪又古怪的事儿可多啦，先生。”霍普金斯说。

“我想这是可想而知的。”匹克威克先生说。

又传来敲门的声音，进来的是一个戴黑色假发的大脑袋的年轻男子，他带来一个佩戴着宽领带的像患了败血症似的小伙子。第三位来客是一位衬衫上饰有一个粉红色船锚的绅士，紧随其后的是一个佩戴着镀金表链的脸色苍白的年轻人。最后是一个穿着干净的亚麻布衣服和布靴子的一本正经的人物登场，于是所有的来宾都到齐了。那张铺着绿色粗绒台布的小桌子被推了出来；第一道上的是多味酒，装在一个白壶子里拿了进来；接下来的三个小时花在了“二十一点”牌戏上，玩的规矩是输一打给六个便士，其间游戏只被患败血症似的青年和饰有粉红色船锚的绅士之间的一场小小的争执打断过一次。在争执的过程中，败血症青年暗示他有一种火烧火燎似的欲望，要去揪一揪那位佩戴着希望的象征物①的绅士的鼻子；作为回答，那位绅士表示坚决不愿在毫无代价的条件下接受任何“无礼冒犯”，无论它是来自那位败血症脸色的暴躁的年轻绅士，还是任何配有一个脑袋的其他人。

在最后的一个“天对”②宣布之后，所有的赌账都结清了，令全体玩友感到满意。鲍勃·索耶先生拉铃叫开晚饭，来宾们挤到角

---

① 指船锚。基督教以船锚为希望的象征。

② “二十一点”牌戏中一分出牌就赢的一对牌。

落里，以便于把晚饭端上来。

要把饭菜端上来可不像有些人想象的那么容易。首先，女仆脸贴着厨桌睡着了，有必要把她唤醒；这花费了一点时间，甚至在她回应了铃声之后，为了使她的脑袋恢复一点微弱的神志，又徒劳地耗费掉了一刻钟。那个遵嘱去买牡蛎的人，因没有受到吩咐而没有把牡蛎打开；用一把软晃晃的小刀或一把双齿餐叉剖牡蛎是一件很困难的事，因此这方面的工作几乎没做什么。牛肉也几乎没有准备好；火腿呢（也是从街角的德国香肠铺买来的），也是类似的境况。不过，马口铁罐子里有大量的黑啤酒；奶酪也正大显神通，因为它臭味够足的。所以总体来说，晚餐还不坏，因为所谓晚餐通常也就是那么回事。

晚餐之后，第二壶多味酒上了桌，一同上来的还有一包雪茄和两瓶酒。接下来，是一段可怕的暂停；这一可怕的停顿由在这种场合常有的一桩很普通的事引起，不过的确是很烦人的。

事实是这样的：女仆正在洗杯子哩。这座屋子足以自豪的只有四个杯子。我记述这一点绝无诽谤拉德尔太太的意思，因为从没有哪家公寓是不缺杯子的。女房东的杯子是又小又薄的吹玻平底杯，而从酒馆借来的那些则是害水肿症似的鼓鼓囊囊的大家伙，每一只都有一条粗大肿胀的腿。这本来是足以让在座的诸位大受其益的；但是那位包办这一切的青年女子消除了绅士们在心里就这一点产生任何误解的可能性，硬是把每个人手里的杯子拿走了，虽然杯中的啤酒远远还没有喝完；尽管鲍勃·索耶先生在使眼色和阻止，她却大声地宣称得把杯子拿下楼去马上洗干净。

凡事往往有弊也有利。在玩牌的整个过程中，那个穿布靴子的一本正经的人一直想说个笑话，却始终没有如愿，这会儿他总算逮着机会了，当然不会放过。杯子一拿走，他就开始讲起了一个长长的故事，讲的是一个他已忘记名字的大人物对一个有名的杰出人士做出的非常精彩的答辩——而后者是谁，他也从来没有弄清过。他把故事拖得长长的，详详细细地说起了一些附带的事情，都是与要讲的轶事隐隐约约有一丁点儿关联的，至于要讲的那件轶事到底是怎么回事，他却死活都记不起来了，虽然在过去的十年里他讲这个故事一向都是能博得热烈喝彩的。

“哎呀，”穿布靴子的一本正经的人说，“那真的是一桩不同寻常的轶事。”

“很遗憾你忘记了，”鲍勃·索耶先生说，一边眼巴巴地瞟了瞟门外，因为他认为他听到了杯子的丁当声，“非常遗憾。”

“我也感到遗憾，”一本正经的人答道，“因为我知道它会让大家雅兴大发的。没关系；我敢说，大约过上半个小时我会想起来的。”

一本正经的人说到这里，杯子刚好回来了，这时一直在专心倾听的鲍勃·索耶先生说，他很希望把故事听完，就已听到的来看，那一定会是他所听过的故事中最好的一个。

一看到杯子，鲍勃·索耶又恢复了某种程度的镇定，这是他自从与女房东交谈完后就没有了的。他的脸焕发出了光彩，他开始感到十分欢畅了。

“喂，贝特茜，”鲍勃·索耶先生非常和蔼地说，同时把女仆放在桌子中央的纷乱成一小堆的杯子分给大家，“喂，贝特茜，拿些热水来；快去吧，好姑娘。”

“没有热水给你。”贝特茜答道。

“没有热水！”鲍勃·索耶先生叫道。

“没有。”女仆说，摇了摇头，所表达的坚决否定的意思胜过千言万语，“拉德尔太太说热水没有你的份。”

客人们脸上露出的惊讶神情使东道主增添了新的勇气。

“马上拿热水来——马上！”鲍勃·索耶先生说，严厉得要命。

“不，我办不到，”女仆答道，“拉德尔太太在上床睡觉之前把炉火给扒掉了，把水壶也锁了起来。”

“噢，没关系，没关系，别为这么点儿鸡毛蒜皮的事烦心，”匹克威克先生说，他观察到鲍勃·索耶的内心痛苦已溢于言表，就好像刻画在脸上一样，“冷水也挺好了。”

“噢，好极了。”本杰明·艾伦先生说。

“我的女房东有点轻微的神经错乱，”鲍勃·索耶带着可怕的微笑说，“我恐怕得警告她一下才是。”

“不，别那样。”本·艾伦说。

“我恐怕非这样不可，”鲍勃·索耶以英勇的坚决态度说，“我欠她多少还多少，明天早上就下警告。”可怜的家伙，他是多么热切地希望他能够这样啊！

鲍勃·索耶先生在这最后一击之下企图挽回面子的痛心的努力，对大伙产生了沮丧的影响，为了振奋精神，大多数人以格外高的热情畅饮用冷水配对的白兰地，这样做首先产生的显著效果是败血症青年和那位穿船锚衬衫的绅士之间的敌意又复活了。争执的双方都以挤眉和嗤鼻表示对对方的轻蔑，相互对抗了一阵子，直到败血症青年觉得有必要在这件事情上分出个雌雄为止，于是就有了以下要见个分晓的过程。

“索耶。”败血症青年说，嗓门很大。

“呃，诺迪。”鲍勃·索耶先生答道。

“假如我在朋友的餐桌边造成任何不快的话，”诺迪先生说，“那我会感到非常抱歉，索耶，尤其是在你这儿——非常抱歉；但是我不得不利用这个机会告诉甘特先生，他不是一个绅士。”

“我也非常抱歉，索耶，假如我要在你住的这条街上引起什么骚乱的话，”甘特先生说，“但是我恐怕非得把刚才说那句话的人甩出窗去，让邻居们吃上一惊不可。”

“你这话是什么意思，先生？”诺迪先生问道。

“就是我说的意思，先生。”甘特先生答道。

“我倒要看看你能怎么着，先生。”诺迪先生。

“不出半分钟你就可以感觉到我怎么着了，先生。”甘特先生答道。

“我要求你惠赐你的名片①，先生。”诺迪先生说。

“我可不干那种事情，先生。”甘特先生说。

“为什么不干，先生？”诺迪先生问道。

“因为你会把它钉在你的壁炉台上，好蒙骗客人，使他们误以为一位绅士来拜访过你，先生。”甘特先生答道。

“先生，我的一位朋友明早会去登门拜访②。”诺迪先生说。

“先生，多谢你的提醒，我会特意关照仆人们把调羹锁起来③。”甘特先生答道。

说到这里，其余的宾客都来调解了，责备了双方的举止不当之处；诺迪先生要求为自己辩白，说他的父亲完全像甘特先生的父亲一样有头有脸；对此甘特先生回答说，他的父亲也完全像诺迪先生的父亲一样可敬，而且他父亲的儿子在任何时候都像诺迪先生一样是一条好汉。由于这番宣告看上去像是争执重新开始的前奏，因此大伙儿又来干预了；于是又是好一番热闹的谈话和喧哗，其间诺迪先生逐渐让自己服从了感情的支配，承认他一向对甘特先生是抱有强烈的好感的；听到这句认可的话，甘特先生回答说，就整个而言，他爱诺迪先生胜过爱自己的亲兄弟；听到这话，诺迪先生

---

① 要求对方给名片意指提议决斗。

② 意指去洽谈和安排决斗事宜。

③ “调羹”的英文是 spoon。英语中有俚语 to stick one's spoon in the wall，意为“死亡”。此处说把调羹锁起来，是顺着前文的拒给名片免得诺迪把它钉在壁灯台上的说法而说的，意为“不给诺迪找死的机会”。

宽宏大量地从座位上站了起来，向甘特先生伸出了手。甘特先生怀着感人的热忱握住了它；于是每个人都说在这场口角里，争执双方的态度自始至终都是非常体面可敬的。

“好了，”杰克·霍普金斯说，“为了使聚会再次好好进行下去，鲍勃，我倒是不在乎唱一支歌来助兴。”于是，在一片喧闹的喝彩声的鼓舞之下，霍普金斯立即唱起了《上帝保佑吾王》。他纵情地歌唱，唱出的是由《比斯开湾》和《一只青蛙》混合而成的新奇曲调。这首歌的精华所在是其合唱；由于每一位绅士都是依据其最熟识的曲调唱的，因此和声效果特别美妙惊人。

正是在第一段合唱结束的时候，匹克威克先生把手举到了耳边，一副在倾听的模样；合唱刚一打住，他就说话了：

“嘘！对不起。我想我听到有人在楼上叫唤。”

马上是一派深沉的肃静；看得出鲍勃·索耶先生的脸色变白了。

“我想我现在又听到一声，”匹克威克先生说，“请把门打开吧。”

门一打开，有关的所有疑问都解决了。

“索耶先生！索耶先生！”一个刺耳的声音在第三层楼梯上叫唤。

“是我的女房东，”鲍勃·索耶说，一边极其沮丧地看看大伙儿，“是的，是拉德尔太太。”

“你这是什么意思？索耶先生？”那个声音回应道，话说得既刺耳又急速，“赖掉了房租和垫付的钱不说，还要受到你那些自称是男子汉的朋友的辱骂和侮辱，难道这还不够吗？难道非要在这凌晨两三点时闹得屋子底朝天，好让喧闹声把消防车叫来不可吗？——叫这些家伙滚出去。”

“你们应该自己感到害臊。”这是拉德尔先生的声音，好像是从远远的某床被单下发出来的。

“什么自己感到害臊!”拉德尔太太说,“你为什么不下楼去把他们一个个打下楼去?你要是条汉子就该去!”

“我要是有一帮人的话会去的,亲爱的,”拉德尔先生好声好气地说,“可是他们人数占上风啊,亲爱的。”

“呸,胆小鬼!”拉德尔太太极度轻蔑地说,“你到底赶不赶他们走,索耶先生?”

“他们马上就走,拉德尔太太,马上就走。”可怜的鲍勃说,“恐怕你们最好还是走,”鲍勃·索耶对朋友说,“我早就感到你们的声音太大了点儿。”

“真是倒霉,”那个一本正经的人说,“恰恰是在我们兴头刚好上来了的时候!”事实上,一本正经的人已开始大有希望想起那个他先前已忘掉的故事了。

“这简直无法忍受,”一本正经的人说,一边环顾四周,“简直无法忍受,是不是?”

“是无法忍受,”杰克·霍普金斯答道,“我们来唱另一节吧,鲍勃;来吧,开始!”

“不,不,杰克,别这样,”鲍勃·索耶插话说,“这支歌是不错,不过我们恐怕最好还是不要再唱了。这个屋子里的人,都是些很粗暴的家伙。”

“我是不是要上楼去给房东一些颜色看看?”霍普金斯问道,“要么就是不停地拉铃,或者是上楼去吼他几声?你要我去做什么都行,鲍勃。”

“我非常感激你的友情和善意,霍普金斯,”可怜的鲍勃·索耶先生说,“但是我觉得避免进一步争执的最佳方案是我们马上散场。”

“喂,鲍勃·索耶!”拉德尔太太的尖利的声音嘶叫道,“那些畜生走了没有？”

“他们只是在找帽子啊，拉德尔太太，”鲍勃说，“他们马上就走。”

“就走！”拉德尔太太说，一边把戴着睡帽的脑袋从楼梯栏杆上方伸出来，恰好看见匹克威克先生和跟在他后面的图普曼先生从客厅里出来，“就走！他们到底为什么要来？”

“亲爱的老板娘。”匹克威克先生抬起头来，以劝谏的口气说。

“去你的，老家伙！”拉德尔太太答道，急忙把睡帽缩了回去，“老得都可以做他的爷爷了，你这混蛋！你比他们谁都坏。”

匹克威克先生发现为自己的无辜进行辩白是徒劳的，因此急匆匆地下楼到了街上；图普曼先生、温克尔先生和斯诺格拉斯先生也紧跟着他到了街上。因喝酒和激动而变得十分沮丧的本·艾伦先生陪着他们一直走到伦敦桥；一路上，他把温克尔先生当做一个特别值得向其吐露秘密的人，并告诉他说，除了鲍勃·索耶先生，无论是谁企图博取他妹妹艾拉贝拉的欢心，他都会割断他的喉管。他以得体的坚决态度表达了要履行这一做哥哥的痛苦职责的决心，然后就突然哭了起来，把帽子拉下来遮住泪眼，并且急急忙忙往回走，在鲍洛市场事务所的门上敲了两下，敲不开就在石阶上打盹，打完盹又去敲两下门，就这样轮流地一直折腾到天亮，因为他坚信他住在那里，只是忘了带钥匙而已。

客人们服从了拉德尔太太那咄咄逼人的驱客令，都离去了，留下鲍勃·索耶先生独自一人，坐在那里冥想明天可能发生的事情并回味今天晚上的乐趣。

第三十三章　老威勒先生对文章的做法提出一些批评意见，并且在儿子塞缪尔的协助下，把可敬的红鼻子绅士的旧账付了一点点

现在是二月十三日早晨，这部有根有据的故事的读者们和我们一样清楚，这一天刚好是审理巴德尔太太的案子的预定日期的前一天。这一天可把塞缪尔·威勒先生忙坏了，从上午九点到下午两点，并且包括这两个钟点在内，他不断地在乔治与兀鹰旅馆和佩克尔先生的事务所之间来回穿梭，跑过来又跑过去。并不是有什么事情要做，因商议已经完成了，要采取何种步骤也最终决定了；可是匹克威克先生处在极其激动的状态下，坚持要不断地送小条子给他的代理人，条子上只写上一句询问："亲爱的佩克尔，一切都进展顺利吗？"对这一问题，佩克尔先生总是一成不变地答复说："亲爱的匹克威克，尽可能顺利。"而事实是，正如我们已暗示过的那样，根本就没有什么进展不进展的，也无所谓好与坏，等到第二天法庭开庭就自然见分晓了。

不过，无论是自愿诉诸法律的人，还是被迫去打官司的人，第一次的时候遭受一些暂时的烦恼与焦虑的折磨也是情有可原的；而山姆呢，由于对人性天生的脆弱抱有相当的宽容，因此，始终带着从容的和蔼与泰然的镇定服从了主人的所有命令，正是这样的品性构成了他最感人也最可亲的性格特征。

山姆用一顿极为精美惬意的午饭慰劳完自己之后，正在吧台边等那杯匹克威克先生要他喝下去缓解一上午的奔波之累的温热混合饮料，这时候来了一个大约三英尺高的男孩，他戴着毛茸茸的便帽，穿着粗斜纹布工装裤，那一身行头表明一种可嘉的雄心，那就是他在适当的时候要荣升为马夫；他走进乔治与兀鹰旅馆的过道，先往楼上望望，然后看看过道里，接下来是瞅瞅酒吧间，好像是在找人托办什么事似的；见此情景，酒吧女招待猜想说不定是和店里的茶匙与汤勺有什么贵干哩，于是就和那男孩搭讪说：

"喂，小伙子，你有什么贵干？"

"这儿有人叫山姆吗？"那男孩问道，嗓音大大的，是应有的三倍。

"姓什么？"山姆·威勒说，一边扭过头来看看。

"我怎么知道？"毛茸茸便帽下的那位小绅士迅速答道。

"你真是个伶牙俐齿的孩子，真的，"威勒先生说，"不过假如我是你的话，我可不太愿意露那么好的俐齿，弄不好会被人拔掉的。你干吗莽莽撞撞像个印第安人似的，跑来这旅馆找山姆呢？"

"因为一个老绅士叫我来找。"那孩子答道。

"什么老绅士？"山姆问道，带着深深的鄙夷。

"他是赶伊普斯威奇的马车来的，住在我们的店里。他昨天早上告诉我今天下午到乔治与兀鹰旅馆来找山姆。"

"是我老爸，我亲爱的，"威勒先生说，以解释的神气转向吧台内的青年女士，"要是他不知道我姓什么，那就算我活该倒霉。那么，小花椰菜芽儿，有什么事？"

"呃，这个，"那孩子说，"就是要你六点钟去我们店里找他，因为他想见你——蓝色野公猪旅馆，在莱登霍尔市场。我可以回复说你要来吗？"

"你可以冒失点儿这么说，先生。"山姆答道。得到这一授权之后,那位小绅士就走了,一边走一边吹了几声声音特别洪亮饱满的口哨,那忠实而极端准确地模仿车夫们吹的口哨声在旅馆的院子里激起了满院的回音。

威勒先生从匹克威克先生那儿请到了假,后者当时处在既激动又焦虑的心境之下,是绝不会不乐意自个儿待着的。远远未到约定的时间,威勒先生就早早地出发了,由于可以自由支配的时间很多,他晃荡到了市长官邸,一边在那里逗留,一边带着冷静明达的神情注视着聚集在那个著名的热闹场所附近的众多流浪汉和短程马车车夫,这些人可是令那一带的老太太们大为恐惧和惶惑的。威勒先生在那里逗留了半个小时左右,然后就转身离开,穿过很多小街与胡同,向莱登霍尔市场走去。由于他是在消磨空闲时间,对目光触及的几乎每一件东西都要停下看看,因此,他在一个卖文具与版画的小店的橱窗前停下来也就丝毫不足为怪了;但是假如不进一步解释一下,那么他以下的举动的确还是让人奇怪的:目光刚一落到放在里面卖的一些版画上,他就突然怔了一下,用力猛拍了一下右腿,大声叫道:“要不是因为这个,我就全都忘掉了,等到再想起来就晚了!”

山姆·威勒先生说这话时眼睛盯着的是一幅色彩非常鲜艳的画,上面画着两颗人心被一支箭穿在一起,正在一堆旺旺的火上烤着;还画了一男一女两个穿着现代服装的食人生番——男士穿着蓝上衣和白裤子,女士穿着深红色大衣并打着一把同样颜色的阳伞——他们露出饥饿的眼神,沿着通往火堆的一条弯曲的石子路向那烤着的肉走去;还画了一个肯定粗野的小绅士,他有一对翅膀,什么都没有穿,看上去正在料理烧烤;还有伦敦蓝罕广场的教堂尖顶也出现在画面的远方;所有这一切构成了一幅“情人节”画面,橱窗里的题字说,店里备了很多这类的东西,店主保证向同胞们大量供应,优惠价为每张一先令六便士。

“不然我就忘记了；不然我就真的忘记了！”山姆说；他说着，立即跨进文具商的铺子，说要买一张最好的金边信纸，以及一支笔尖牢实、保证不溅墨水的笔。在很快地买了这些之后，他就迈着与刚才的闲荡截然不同的大步子直奔莱登霍尔市场而去。在那里四下里一张望，他看到了一个招牌，广告画家在上面画了一个有一丁点儿像一头天蓝色大象的东西，不过一个鹰的鼻子取代了粗大的象鼻子。他准确地猜想这就是所谓蓝色野公猪旅馆，于是就走了进去，打听起父亲的情况来。“过了这三刻钟他才会回来。”掌管蓝色野公猪旅馆内务的青年女子说。

“很好，亲爱的，”山姆答道，“给我来一杯九便士的对温水的白兰地，再拿个墨水瓶，好吗，小姐？”

对温水的白兰地和墨水瓶送进了小客厅，年轻女子小心地封好了煤块，以免它们旺燃起来；她还拿走了火钳，以杜绝未征得蓝色野公猪旅馆的赞同就擅自去拨火的可能性。于是山姆就在火炉边的一个箱上坐了下来，并且掏出了那张金边信纸和那支钢笔。接着，他先查看笔尖上有没有头发，掸掸桌子以免信纸下面沾上面包屑，然后就挽起衣袖，摆好胳膊肘，镇定下来开始写信。

对那些不习惯于从事写作实践的女士们和先生们来说，写信可不是一件容易事儿；在这种情况下，一般总是认为写信者有必要把头枕在左臂上，使得眼睛尽可能与信纸处在同一水平线，以便一边从旁边斜眼看写下的字，一边用舌头把想象中的那些字母构造出来。这些动作对写作无疑大有帮助，但却在某种程度上延缓了写作者的进度。山姆用小字写着信，写错的地方就用小指擦掉后改写，但改写的字往往要重复描过才能从墨渍中显现出来，这样不知不觉就写了一个半小时，直到房门打开，他父亲走进了房间，他才回过神来。

“喂，山米。”父亲说。

“喂,我的普鲁士蓝,”儿子答道,放下了笔,“关于后妈有什么最新公告呀?”

“威勒太太睡了一个好觉,不过今天早上异常乖张不乐。老威勒老爷宣誓签发。这就是最新公告,山米。”

“还没有好转?”山姆问道。

“所有迹象都说明更糟了。”威勒先生答道,一边摇摇头,“喂,你这是在干什么呀——在辛辛苦苦学知识呀,山米?”

“做完了,”山姆有点儿不好意思地说,“我在写信哩。”

“看得出来,”威勒先生答道,“我希望,不会是写给某个女人吧,山米?”

“唉,说不是也白搭,”山姆答道,“是一封情人节情书。”

“塞缪尔呀,塞缪尔,”威勒先生以责备的口气说,“我想不到你还会这样——你是从老爸的不良嗜好得到过教训的;关于这个问题我和你说过多少呀;你又不是没见过你后妈,又不是没有和她相处过,这样的教训我认为是谁也忘不了的呀,到死都忘不了啊!我想不到你会这样,山米,真想不到你还会这样!”这些感慨令这个好心的老人太不好受了。他把山姆的大酒杯举到唇边并且把酒喝了个精光。

“你怎么啦?”山姆说。

“没什么,山姆,”威勒先生说,“那将是我有生以来的非常痛苦的一劫,不过我挺强壮的,这倒是一种安慰,就像农夫说恐怕他不得不杀掉火鸡时那只老火鸡说的。”

“什么一劫呀?”山姆问道。

“看见你结婚呗,山米——看着你成为一个上当受骗的牺牲品,想着你平白无故遭那样的罪,”威勒先生答道,“这对一个父亲的感情来说是可怕的一劫呀,山米。”

“瞎说嘛,”山姆说,“我不会去结婚的,你不要为这点事儿自找烦恼;我知道你判别这种事是老行家了。叫人把你的烟斗拿来吧,我把信给你念念。就这么着!”

我们没法说清,到底是由于有烟斗在望,还是由于想到了下面这一点而感到了心安理得:家族中有一种老想结婚的遗传禀性,它既是致命的,又是无可更改的。总之,威勒先生的情绪平静下来,他的悲痛也渐渐消退了。我们宁愿说,这样的结果是以上两种安慰的共同作用所致,因为他不断地以低声重复着第二点,与此同时又拉铃叫人拿第一件东西。然后他脱掉了上衣,点上了烟斗,背对着火站在壁炉前,以便感受火的全部热力;他倚靠在壁炉壁上,带着因烟草的缓和作用而大感宽慰的神情转向山姆,叫他“开火”。

山姆把笔插入墨水瓶,以供必要的修改之用,然后以非常戏剧性的派头开始了:

“‘可爱的——’”

“且慢,”威勒先生说,一边拉了拉铃,“再来两杯一样的酒,我亲爱的。”

“好的,先生。”女招待说;她是来也匆匆,去也匆匆。

“他们好像了解你的脾气呀。”山姆说。

“是呀,”他父亲答道,“以前我常来,年轻的时候。往下念吧,山米。”

“‘可爱的人儿——’”山姆重复念道。

“不是诗吧,对吗?”他父亲插话说。

“不是,不是。”山姆答道。

“这就让人高兴,”威勒先生说,“诗是不自然的;一般人谁也不会去念诗,只有教区差役才在节礼日①念诗,不是沃伦的黑鞋

① 此为英国法定假日,又称圣诞礼馈赠日,是圣诞节的次日,如遇星期天则顺延一天。按习俗人们在这一天向雇员、邮递员等赠送礼品。

油，就是罗兰的油什么的，要不就是其他下三烂的家伙才念诗谈诗哩；你可千万不要降低身份去念诗呀，我的孩子。重新开始吧，山姆。”

威勒先生带着吹毛求疵的严肃表情重新拿起烟斗，山姆再一次开始念信，信是这样写的：

“‘可爱的人儿，我感到该死了——’”

“不得体。”威勒先生说，一边把烟斗从嘴边拿开。

“不，不是‘该死’，”山姆说，把信凑近灯光，“是‘羞死’，这里有一个墨水点子——‘我感到羞死了。’”

“很好，”威勒先生说，“继续念。”

“‘我感到羞死了，且完全受——’我忘记这里是个什么词了。”山姆说，一边用笔搔搔头，企图回想起来却不可得。

“那你为什么不看看呢？”威勒先生问道。

“我正在看呀，”山姆答道，“可这里又有一个墨点子。我只看清一个‘c’，一个‘i’，还有一个‘d’。”

“‘陷害’，也许是这个词吧。”威勒先生提醒说。

“不，不是那个词，”山姆说，“‘限制’①，对了，就是这个词。”

“‘限制’不如‘陷害’好，山米。”威勒先生严肃地说。

“你觉得不如吗？”山姆说。

“没有比那个词更好的了。”他父亲说。

“你不觉得那太过分了吗？”

“很可能你的说法更温和一些。”威勒先生思索片刻之后说，“念下去吧，山米。”

“‘我感到羞死了，完全受到和你谈谈的心愿的限制，因为你真是一个好女孩，的的确确是的。”

---

① “陷害”和“限制”的英语原文分别为 circumvent 和 circumscribe。

“这是一句非常好的情话。”老威勒先生说，为说话方便从嘴里拿开了烟斗。

“是啊，我觉得相当好。”山姆说，大感得意。

“我喜欢这种写法，”老威勒先生说，“是因为里面没有瞎叫名字——什么维纳斯呀，或者诸如此类的名字，称一个年轻人叫维纳斯或小天使有什么好处呢，山米？”

“噢，可不是嘛，有什么好处呢？”山姆答道。

“称她作鹰狮也一样，或者叫她独角兽，或者干干脆脆称她为纹章，谁都知道这些不过是神话传奇的动物而已。”威勒先生补充说。

“那倒也是。”山姆答道。

“念下去吧，山米。”威勒先生说。

山姆响应号召，继续往下念：与此同时，他父亲继续抽烟，脸带特别能予人以启迪的睿智与得意交融的表情。

“‘在认识你之前，我以为所有女人都没有区别。’”

“她们就是这样。”老威勒先生插话说。

“‘可是现在，’”山姆继续念道，“‘现在我发现自己以前真是一个呆头呆脑的多疑的大萝卜；因为你和谁都不一样，而我除了你谁也看不上。’我觉得说得过火一点更加好。”山姆说，抬头看看父亲。

威勒先生赞同地点点头，山姆又接着往下念。

“‘因此我想乘这个节日的特惠之便，玛丽，我亲爱的——正如那个处境艰难的绅士在一个礼拜天外出时所说——告诉你，自从我第一次也是惟一一次见到你之后，你的相貌就立即摄入了我的心头，比照相机（你也许听说过那玩意儿吧，玛丽我亲爱的）还要快得多也清楚得多，尽管用照相机拍好一张相片，装上带挂钩的玻璃镜框，总共只需要两分十五秒钟。’”

"恐怕有点儿像写诗了,山米。"威勒先生疑惑地说。

"不,不是。"山姆答道,一边很快地往下念,以免在这一点上发生争议。

"'拒绝[1]我做你的情人吧,好好想想我说的话。——我亲爱的玛丽,就此搁笔。'完了。"山姆说。

"收尾好像太突然,不是吗,山米?"威勒先生问道。

"一点儿都不突然,"山姆说,"她会希望还有下文,这正是写信的高超技巧所在。"

"唔,"威勒先生说,"这倒是有点儿道理;要是你的后妈说话时也遵循这一有涵养的原则就好了。你不签上名字吗?"

"头痛的就是这个,"山姆说,"我不知道签什么名好。"

"就签'威勒'好了。"这一姓氏中尚在人世的最长者说。

"不行,"山姆说,"绝不能在情人节的信中签自己的真名。"

"那就签'匹克威克'吧,"威勒先生说,"这个名字很好,容易拼写。"

"再好不过了,"山姆说,"我可以用一节诗来结尾,你觉得怎么样?"

"我不喜欢,山姆,"威勒先生答道,"我从没听说哪个可敬的马车夫写过诗,除了在大路上抢劫的那个,他在被送上绞架的头天晚上写了几节感人的诗;但他只是一个坎伯威尔人,因此不足为例。"

但山姆是不愿接受劝阻而放弃心中萌生的诗意念头的,因此他在信的末尾签上了:

你的相思者

匹克威克

---

① 山姆用错了词,本想说 accept(接受),却用了 except(排除)。

在很复杂地把信叠好之后，他在一个角上写了一行向下倾斜的挤得密密麻麻的字："萨福克郡伊普斯威奇市纳普金市长官邸之女仆玛丽收"；封好之后，他把信放进了口袋，准备到邮政总局去邮寄。在这件大事情办完之后，威勒先生开始着手其他的事情，他正是为此才把儿子叫来的。

"第一件事和你的东家有关，山米，"威勒先生说，"明天他就要受审了，是吗？"

"是要审了。"山姆答道。

"那么，"威勒先生说，"我猜想他需要找一些证人来证明他的人品，或者证明他当时不在场。我一直在琢磨这事儿，叫他放心好了，山米。我有几个朋友可以效劳，随便为他证明哪一点都成，不过我的忠告是这样的——不要去在意什么人品，咬定不在场就是了。没有比不在场更有说服力的了，山米，没有比这更好的了。"在发表这番法学见解的时候，威勒先生一脸高深莫测的神情，他把鼻子埋在大酒杯里，从杯沿的上方朝他那吃惊的儿子直眨眼睛。

"嗨，你这是什么意思？"山姆说，"你该不是以为他是到中央刑事法庭受审吧，对吗？"

"那不在目前的考虑范围之内，山米，"威勒先生答道，"无论他是在哪儿受审，我的孩子，证明不在现场可以使他摆脱干系。我们使汤姆·威尔德斯巴克免除了杀人罪，用的就是证明不在现场的招数，而当时所有的律师都说他是没救了。我的看法是，山米，假如你的东家不采用不在场证明，他就会像意大利人所说的那样倒霉定了，此外再没有别的结果。"

由于老威勒先生坚定不移地相信中央刑事法院是全国最高法院，并且它的审案原则和形式可以规范和制约其他法院的诉讼活动，因此对儿子提出的不能采用不在场证明的论证和争辩全然置之不理，并且强烈抗议说匹克威克先生即将"被牺牲"。山姆发现继续争论下去已毫无意义，便改变了话题，问他可敬的父亲要和他商谈的第二件事是什么。

“是一桩家务事，山米。”威勒先生说，“那个斯狄金斯——”

“红鼻子吗？”山姆问道。

“正是他。”威勒先生答道，“这个红鼻子男人，常来看你后妈，来得那么勤快，那么热乎，我从没见过有谁比得过他的。他和我们家可真是亲密到家了，一旦离开我们就觉得不舒服，非要等到又有什么事来找我们才会心安。”

“我要是你的话，非得给他一点像松油或蜂蜡似的东西——沾在他的记性上，十年也脱不了。”山姆插话说。

“待一会儿再说，”威勒先生说，“我正准备告诉你的是，他现在总是带一个可以装大约一品脱半的扁瓶子来，走的时候总要带走一瓶子的菠萝甜酒。”

“回来的时候瓶子又是空的，我想是吧？”山姆说。

“一干二净！”威勒先生答道，“瓶子里什么都没了，除了瓶塞子和酒味；相信好了，他总是那样的，山米。好了，我的孩子，今天晚上那些家伙要召开会议，也就是礼拜堂联合戒酒协会布里克街分会，每月的例会。你后妈本来是要去的，但她风湿病又发作了，去不成；于是我，山姆——就拿到了给她的两张票。”威勒先生得意洋洋地说出了这一秘密，接着便不知疲倦地使劲眨眼睛，致使山姆以为他准是右眼皮得了神经痉挛病。

“没事吧？”那位年轻绅士说。

“没事儿，”他的长辈继续说，一边小心地环顾四周，“你和我一起去参加，准时到会。助理牧师是不会准时的，山米；助理牧师不会准时的。”说到这里，威勒突然发出一阵格格的笑声，它逐渐又演变成了一个上了年纪的绅士尚能安然承受的类似哽噎的声音。

“唉，我这辈子还没见过你这样的老鬼呀，”山姆一边叫嚷，一边替老绅士揉背，劲儿大得足以让老夫子冒火，“你在笑什么呀，胖子？”

“嘘！山米，”威勒先生更加小心地看看四周，悄悄地说，“我的两个朋友，在牛津路赶车的，玩各种把戏都是老手，他们把助理牧师捏在手里了，山姆；去参加礼拜堂戒酒联合会的时候（他是一定会去的，因为他们会把他送到门口，必要的话还会把他推进门去），他一定会醉得一塌糊涂，就像在多尔金的格兰比侯爵酒店[①]一样，这是毫不夸张的。”说完这些，威勒先生再一次纵声大笑，结果又再一次陷入那种半哽噎状态。

有计划地暴露那个红鼻子男人真正的嗜好与品质，与山姆·威勒的心情再合拍不过了；由于开会的时间已临近，父子俩便立刻赶往布里克街；在去的路上，山姆没有忘记把那封信投进邮局。

礼拜堂联合戒酒协会布里克街分会的本月例会，在一段安稳宽阔的楼梯顶上的一间很大的房间里欢快而气派地举行。会议主席是直腿子安东尼·赫姆先生，一个已皈依的前消防队员，现在在做教师，偶尔也当当巡回传教士；大会秘书是乔纳斯·马奇先生，杂货店老板，一个既热心又无私的家伙，他卖茶给会员们。在会议开始之前，女士们坐在长凳上喝茶，一直喝到她们认为最好起身离座时为止；一个大大的木头钱箱显眼地放在会议桌的绿色粗绒桌布上，秘书站在钱箱后面，每当有人往那藏在钱箱里的大量铜币增捐一笔，他就带着和蔼的微笑表示谢意。

在这一特殊场合，女人们喝茶之多到了令人吃惊的地步；老威勒先生大感惊恐，完全不顾山姆劝诫式的轻推，瞪着眼睛四处张望，惊诧之色暴露无遗。

---

① 此酒店为山姆的后妈所开。

“山米，”威勒先生耳语道，“这些人里面有几个假如明天早上不需要剖开肚子放水的话，我就不是你老爸，这是铁板钉钉的事儿。嗨，我旁边的这个老太婆快要把自己淹死在茶里了。”

“别出声，不行吗？”山姆咕哝道。

“山姆，”过了一会儿威勒先生又悄悄地说，语调里有一种深沉的焦虑，“听我说，孩子。假如那个秘书再这么搞五分钟，他准会被烤面包和茶水胀破。”

“好了，由他去吧，只要他喜欢。”山姆答道，“不关你的事儿。”

“假如再这么搞下去，山米，”威勒先生说，还是那种低沉的语调，“我觉得，作为一个人，我有义务站出来对这些狂饮的人发表看法了。那边第二条凳子上有一个年轻女人，已经接连喝了九杯半；我眼睁睁地看见她明显地在胀大。”

毫无疑问，假如不是放下茶杯和碟子造成的一阵好不热闹的嘈杂声很幸运地宣告了茶会结束的话，威勒先生是准会把他的仁慈想法立即付诸行动的。瓷器被拿走了，那张铺着绿色粗绒桌面的桌子被抬到了房间中央，晚上的正事由一个个子矮小却令人刮目相看的男人拉开序幕——他脑袋光秃，穿着暗黄色裤子，冒着折断短裤里那两条细杆腿子的危险突然狂奔上楼，说道：

“女士们和先生们，我推举我们的杰出教友安东尼·赫姆先生担任主席。”

女士们听到这一提议，纷纷挥舞起精美的手绢表示响应，而那个性急的小个子男人真的就去抓住赫姆先生的双肩，把他推进了一个曾经是一张椅子的桃花心木框架里。又是一阵手绢挥舞；体弱脸白、永远冒汗的赫姆先生谦恭地鞠了一躬，令女士们倾慕不已，然后他正式就座上任。穿暗黄色短裤的小个子男人紧接着请求大家肃静，赫姆先生站起来致辞——他说，经到会的布里克街分会各位兄弟姐妹的允许，秘书可以宣读布里克分会委员会的报告；

这一提议又引起一阵手绢挥舞。

在秘书用一种非常感人的方式打了一个喷嚏之后，在有什么要事需通过集会解决时总会攫住与会者的那种咳嗽已恰如其分地完成之后，以下文件被宣读出来：

礼拜堂联合戒酒协会

布里克街分会理事会报告

理事会在过去的一个月里进行了他们的愉快劳动，并怀着无法形容的快慰汇报以下新入会的"戒酒会"会友的情况。

赫·沃克尔，裁缝，家有妻子和两个孩子。他承认在家境较好的情况下有经常喝麦酒和啤酒的老习惯；他说不能肯定二十年来他是不是每周尝两次"狗鼻子"，理事会经调查研究得知，那是一种由黑啤酒、糖浆、杜松子酒和豆蔻混合而成的饮料（一声呻吟，一个上了年纪的女士叫了一声"一点不错！"）。现在他失业了，一文不名；他认为一定是黑啤酒惹的祸（欢呼声），要不就是由于他的右手废了；说不准究竟原因何在，但他觉得有一点是很可能的：假如他一辈子只喝水不喝别的，那么工友们绝不会用一根生锈的针扎他，使他遭受横祸（热烈的欢呼）。只喝水不喝别的，那就永远不会感到干渴（热烈的鼓掌喝彩）。

贝茜·马丁，寡妇，有一孩子，有一只眼睛。白天出去打短工和替人洗东西；生来就只有一只眼睛，但是知道她母亲喝瓶装的黑啤酒，假如是这点导致她独眼的话也不足为怪（众人欢呼）。假如她历来就禁酒的话，也许这个时候有两只眼也未可知，她觉得这并不是不可能的（热烈的鼓掌）。无论去哪里干活，她过去总是索要十八便士、一品脱黑啤酒和一杯烈酒；但自从成为布里克分会的会员之后，她就总是要三先令六便士了(对这一引人入胜的事实的宣布,博得了震耳欲聋的热情响应)。

亨利·贝勒,多年来一直在各种社团的宴会上担任敬酒司仪,其间曾喝过大量的外国酒;也许有时还带一两瓶回家,对这一点他已不太有把握。但可以肯定的是,假如他真的带了酒回家,那么酒也被他喝光了。现在他感到非常消沉和忧郁,火烧火燎的,有一种持久不衰的焦渴;他认为准是过去喝的那些葡萄酒在作怪(欢呼声)。现在他失业了;再没有利用任何机会喝过一滴外国酒(喝彩声轰动全场)。

托马斯·伯顿(宣读这位绅士的姓名引起了全场屏息静气的高度兴趣),是市长和司法官以及市议会的几位议员的猫食承办人。他有一条木腿;由于发现在石子路上用木腿很破费,因此他常常使用二手货木腿,并且每天晚上都喝一杯热乎乎的对水杜松子酒——有时候是两杯(一阵深深的叹息)。他发现二手货木腿破裂和腐烂得很快;坚信那是它们遭到了杜松子酒的腐蚀所致(持久的喝彩声)。现在他买了新的木腿,只喝水和淡茶了。新木腿比以前那些旧的耐用两倍,这一点他完全归功于他戒了酒(胜利的欢呼)。

安东尼·赫姆这时候提议大家唱一支歌来自娱自乐。鉴于他们这一合乎理性与道德的享受的需要,莫德林教友把《谁没听说过快乐的水手》的美丽歌词配到了《老百首》①的曲调上,他唱的时候要求大家跟他合唱(热烈的掌声)。他要利用这一机会表达他的坚定信念,那就是:他认为这首歌是已故的狄布丁先生看到了自己早年生活的迷误而写来颂扬戒酒的好处的。它是一首戒酒的歌(旋风般的欢呼声)。那小伙子服饰的整洁、摇船动作的灵巧以

① 《老百首》,根据《圣经·诗篇》第一百首编成的赞美诗或其乐曲。

及那使他能如诗人的美丽诗句所说的那样

“摇啊摇，什么都不放在心上”

的令人羡慕的心境，一切结合起来证明他一定是一个喝水者（欢呼声四起）。噢，多么有德行的快乐！（欣喜若狂的欢呼）结果那小伙子赢得什么奖赏呢？请在座的小伙子们牢记在心吧：

“少女们全都欣然拥向他的小船。”

（响亮的欢呼声，女士们也参加进来了）多好的一个实例呀！妇女们、少女们正簇拥在那个年轻水手的身边，在激励他沿着责任与节制的河流前进哩。但是，难道只有出身卑微的少女们给予他温存、抚慰和支持吗？不！

“在漂亮的都市仕女心目中，
他永远是一流的划船手。”

（响彻全场的热烈欢呼）柔弱的性别像同一个人似的——他抱歉说，像同一个女人似的——一齐聚集在那个年轻水手的身旁，而对那些个喝酒的人则鄙夷地扭开头，不屑一顾（欢呼声）。布里克街分会的男会友们全都是水手（欢呼声和大笑声四起）。那间会议室是他们的船；听众们便是那些少女；而他（安东尼·赫姆先生），不管他多么卑微，则是“一流的划船手”（无限的赞美声）。

“他所说的‘柔弱的性别’①指的是什么呀，山米？”威勒先生悄悄地问道。

“指女人们。”山姆答道，同样是用耳语。

---

① 原文 the soft sex 直译为“温柔的性别”，特指女性，其中的 soft 一词有“温柔”、“柔弱”、“软弱”和“愚蠢”等义。威勒先生因学识有限，不知 the soft sex 特指女性，并且把 soft 作后面的两义理解，故有此谬误之趣，只可惜中文里难找到一个与 soft 完全对应的词。

“他这话倒是不太离谱，山米。”威勒先生答道，“她们肯定是一种软弱的性别——真是软弱到顶了——假如她们任由他这样的家伙蒙骗的话。”

由于唱歌就要开始了，这位愤愤不平的老绅士的进一步议论被打断了；在正式唱歌之前，安东尼·赫姆先生把歌词每次两行念了一遍，以便听众中不了解水手传说的人熟悉歌词。在唱歌的过程中，那个穿暗黄色短裤的矮个子男人不见了；歌一唱完他又马上赶了回来，并且与安东尼·赫姆先生低声咕哝了几句，一脸了不得的神情。

“我的朋友们，”赫姆先生说，同时以恳求的姿态举起手，请那些还有一两句没唱完的胖老太太们肃静下来，“我的朋友们，本协会多尔金分会的代表，斯狄金斯会友，就在楼下等着。”

手绢再一次出现，挥舞得比先前更起劲了；因为斯狄金斯先生在布里克街妇女界是颇受爱戴的。

“我想他可以上来，”赫姆先生说，一边带着愚蠢的微笑环顾四周，“泰德格尔会友，让他上来和我们会会面。”

被称作泰德格尔会友的那个穿暗黄色短裤的矮个子以很快的速度匆匆下了楼梯，紧接着又听见他和可敬的斯狄金斯牧师跌跌撞撞走上楼梯的声音。

“他上来了，山米。”威勒先生低语道，因强忍着不笑憋得脸色都发紫了。

“什么也别跟我说，”山姆答道，“因为我受不了。他快到门口了。我听见他的脑袋撞在墙板和灰泥上的声音了。”

在山姆·威勒说着的时候，小门突然打开了，泰德格尔会友进了门，紧跟着是斯狄金斯牧师，他一进门就引起一阵热烈的掌声、顿足声和手绢的狂舞；对这一切欢乐的致意，斯狄金斯先生毫无反应，只是向桌上蜡烛灯芯的最尖端投去狂乱的目光，脸上则带着呆滞的微笑；与此同时，他的身体晃来晃去，一副站不稳的模样。

“你不舒服吗，斯狄金斯教友？”安东尼·赫姆先生低声问道。

“我很好，先生，”斯狄金斯先生答道，用的是语气凶猛而发音又极度含糊的语调，“我很好。”

“噢，很好。”安东尼·赫姆先生答道，同时后退了几步。

“我相信这里没有谁胆敢说我不好，是吗，先生？”斯狄金斯先生说。

“噢，当然没有。”赫姆先生说。

“我劝他还是别那么说的好，先生；我劝他还是别那么说的好。”斯狄金斯先生说。

这个时候听众们完全肃静下来了，有点儿焦急地等待着会议进行下去。

“你对大家讲几句话吧，教友。”赫姆先生说，脸带盛情邀请的微笑。

“不，先生，”斯狄金斯先生说，“不，先生。我不讲，先生。”

全场会众都抬起眼皮你看我我看你，一阵惊讶的咕哝声传遍整个房间。

“在我看来，先生，”斯狄金斯先生说道，一边解开外衣纽扣，同时把嗓门扯得很大，“在我看来，先生，这个会议是一个醉鬼会，先生。泰德格尔，先生！”斯狄金斯先生说着，突然变得更加暴烈了，猛地扭头冲着穿暗黄色短裤的矮个子，“你喝醉了，先生！”这话一说完，斯狄金斯先生便怀着一种要提高会议的清醒程度并把所有不得体人物逐出会场的可嘉愿望朝泰德格尔会友打了一拳；这一拳准确无误地打在鼻尖上，致使暗黄色短裤如闪电一般立即消失了。泰德格尔会友被打下了楼梯，头朝下滚了下来。

见此情景，女人们发出一阵响亮而伤心的尖叫，同时三五成群地冲到她们最喜欢的男会友们身边，张开手臂抱住他们，以免使他们遭受危险。这一感情的表示，简直要了赫姆先生的命，因为他特别受爱戴，蜂拥而上的女信徒们吊在他的脖子上，把抚慰一股脑地堆向他，差不多把他闷死了。大部分的灯都熄灭了，四面八方只剩下喧闹和混乱。

“喂，山米，”威勒先生说，一边十分从容地脱下他大大的外套，“你出去吧，去叫一个守夜的人来。”

“那么，你留在这儿干吗？”山姆问道。

“你不用管我，山米，”老绅士答道，“我得和那个斯狄金斯有一个小小的了断。”山姆还来不及阻止，他英勇的父亲已经钻到会场远远的一个角落，身手敏捷地对斯狄金斯牧师发起进攻了。

“走吧。”山姆说。

“来呀！”威勒先生喊道；然后他不再邀请，朝着斯狄金斯牧师的脑袋打了第一拳，接着开始轻盈敏捷而又精神抖擞地在对手周围跳跃。对他这般年纪的绅士来说，这样的身手的确令人叹为观止。

山姆发现一切劝告都是徒劳的，便把帽子戴牢，把父亲的外套搭在臂弯，冲上去拦腰抱住老头子，死拖硬扯使他下了楼梯，然后到了街上；一路上山姆都不松手，一直拖到街角才让老头子停下来。到达街角后，他们听到居民们在大呼小叫，这是他们在观看可敬的斯狄金斯牧师被送去拘留所过夜；他们还听见人群朝各个方向疏散的喧闹声，那些人都是礼拜堂联合戒酒协会布里克街分会的会员。

第三十四章　本章完全用于详尽而忠实地报道巴德尔诉匹克威克案的值得铭记的审判

“我不知道陪审团团长——不管他是谁——早餐吃什么。”在二月十四日这个多事的早上，斯诺格拉斯先生这样说，实在是没话找话。

“啊，”佩克尔说，“但愿吃得好。”

“为什么这么说呢？”匹克威克先生问道。

“这一点事关重大；非常重要，我亲爱的先生。”佩克尔说，“陪审官早餐吃得心满意足的话，就好对付得多。假如他们没有心满意足或者饿着肚子，我亲爱的先生，那他们总是会偏袒原告的。”

“天哪，”匹克威克先生说，显得非常茫然，“他们为什么那样呢？”

“唉，我也说不出个所以然，”小个子男人漠然地说，“我想大概是为了节省时间吧。假如到了快要吃饭的时间，陪审官们退席的时候，陪审团长掏出表来，说：‘哎呀，先生们，差十分就是五点了！我是五点钟吃饭，先生们。’‘我也是。’其余的人也这么说，只有两个人例外——他们本来三点钟就该吃饭了的，这会儿看起来却好像想坚持到底似的。陪审团长微微一笑，收起表来，说：‘那么，先生们，我们该支持哪一方呢？原告还是被告呢，先生们？我倒是觉得，就我个人而言，先生们——我说呀，我倒是觉得——不过不要让这个影响你们——我倒是觉得原告有理。’听了这话，其他两三个人一定会说他们觉得也是如此——这是当然的事儿；然后他们会不约而同地、愉愉快快地就此达成共识。九点十分了！”小个子看着表说道，“我们该动身了，亲爱的先生；毁弃婚约的案子——审理这样的案子时法庭往往会人满满的。你最好是打铃叫一辆马车来，我亲爱的先生，不然我们就要迟到了。”

匹克威克先生马上打了铃；马车弄到之后，四位匹克威克同仁和佩克尔先生坐了进去，开始动身去吉尔霍尔；山姆·威勒、劳顿先生和那只蓝色的文件袋则在后面的一辆小马车里跟着。

“劳顿，”到达法院的外大厅的时候，佩克尔说，“带匹克威克先生的朋友们到学生席去；匹克威克先生本人最好是和我坐在一起。这边来，我亲爱的先生，这边来。”小个子男人拉着匹克威克先生的衣袖，把他领到了刚好处在“国王的律师团”的办公桌下面的低矮座位上，设置这种座位是为了方便律师们，他们从那里可以对案子的首席辩护律师耳语，在案子的审理过程中给他提供某些或许必要的指导。大部分到庭的听众看不见坐在这个位置上的人，因为他们所处的平面比律师或听众的低得多——律师和听众的座位是高出地面的。当然，他们是背对律师和听众而面对法官的。

“我想，那是证人席吧？”匹克威克先生说，指了指他左手边一处有黄铜栏杆的类似讲台的地方。

“是证人席，我亲爱的先生。”佩克尔答道，一边从蓝色文件袋里掏出一些文件来——劳顿刚刚把袋子放到他的脚边。

“那个呢？”匹克威克先生说，指了指右手边被圈起来的两排座位，“是陪审团席位，对吗？”

“正是，我亲爱的先生。”佩克尔先生说道，一边在拍他的鼻烟盒的盖子。

匹克威克先生非常激动地站起来，看了看法庭全场。走廊上已有了一大群旁听者，律师席上已集合起很多头戴假发的绅士——作为一个整体，他们展示了使英格兰律师界当之无愧的驰名全世界的令人开心且花样繁多的鼻子和胡须。那些有诉讼摘要书在手的绅士们，尽可能地把它们拿得显眼些，偶尔还用它们搔搔鼻子，旨在加强旁观者们对这一点的印象。那些没有摘要书可显示的其他绅士，则手臂下夹着气派的八开本大书，书后面拖着一条红色书签带子，封面颜色像半生半熟的面包皮，专业术语称之为“律师小牛皮”①。那些既无摘要书又无大本书的，则把双手插在口袋里，尽可能地显出睿智的模样来，还有一些呢，非常不安并充满企盼地走来走去，能唤起门外汉们的倾慕与惊讶也就大感满足了。使匹克威克先生大感惊奇的是，所有这班人马分成了一个个小群，在以完全没有感情色彩的态度闲聊着当天的新闻——好像根本没有开庭审案这回事儿似的。

范基先生的登场吸引了匹克威克先生的注意力，他走进来，向匹克威克先生鞠了一躬，坐到了国王律师团的席位背后的座位上。匹克威克先生刚刚回完礼，斯纳宾大律师又登场了，后面紧跟着马拉德先生，他把一个遮掉了大律师半个身子的大大的红色文件袋放在大律师的桌子上，在和佩克尔握完手之后他就退出了。然后又进来了两三位大律师，其中一位身体肥胖、脸色通红的朝斯纳宾大律师友好地点了点头，说了一句今天天气好的话。

“那个说今天天气好、向我们的律师点头的人是谁呀？”匹克威克先生说。

“大律师布兹弗兹先生，”佩克尔答道，“他是我们的对手；是对方的首席辩护律师。他后面那位绅士是斯金平先生，他的

① 原文为 Law calf，指法律书籍，因为当年英国的法律书籍大多配有以淡黄色的牛犊皮制作的封面。

助手。”

匹克威克先生对对手那种冷酷的卑鄙行径深感厌恶，正准备问为什么替对方辩护的布兹弗兹大律师居然有脸皮对替他辩护的斯纳宾大律师说什么天气很好，这时候律师们忽然全体站立起来，法庭的官吏们高声喊出的“肃静！”打断了他。他四下里一望，发现原来是审判官到庭了。

审判官斯泰莱先生（首席审判官因不舒服而缺席，他因此暂代其职）是一个矮得出奇的人，却又那么胖，看上去他仿佛只有面孔和背心。他摆动两条小小的变了形的腿，像球滚动似的进入法庭，庄严地向律师们鞠躬致意，律师们也向他庄严地鞠了躬，然后他把小腿放进桌子下面，把三角帽放在桌子上面，于是乎，你所能看到的审判官斯泰莱先生，也就只剩一双古怪的小眼睛、一张肥大的粉红色的脸和大约半副既大又很滑稽的假发了。

审判官刚刚入座，法庭正厅里的一位官吏便用命令的口气喊出了：“肃静！”作为响应，走廊里的另一位官吏又以愤怒的姿态高喊：“肃静！”接着，又有三四个司事员以愤慨的训斥的口吻大叫：“肃静！”在这一切完毕之后，坐在审判官下手的一位黑衣绅士开始一一宣读陪审员的名字；经过一大阵子喧闹之后，发现只有十名特别陪审官到庭。鉴于此点，布兹弗兹大律师请求补足缺额；于是黑衣绅士就着手找两位普通陪审员硬塞进特别陪审团；很快就找来了一位新鲜果蔬商人和一个药店店主。

“先要点你们的名，先生们，因为你们要宣誓的。”黑衣绅士说，“理查德·厄普维奇。”

“到。”新鲜果蔬商人说。

“托马斯·格洛芬。”

“到。”药店店主说。

“拿起《圣经》，先生们，你们要正直而忠实地履行——”

“请法庭原谅，”药店店主说，他是一个又高又瘦、脸色蜡黄的男人，“我希望法庭免除我的出席。”

“为什么呢，先生？”审判官斯泰莱先生说。

“我没有助手看店，大人。”药店店主答道。

“这我管不着，先生，”审判官斯泰莱先生说，“你应该去雇一个。”

“我雇不起，大人。”药店店主答道。

“那么你应该使自己雇得起，先生。”审判官说，脸色变红了；因为斯泰莱审判官的脾气属于易怒的那种，容不下别人的抗辩。

“我知道我应该，假如我过得像该过的那么好的话，但是我过得没那么好啊，大人。”药店店主答道。

“叫他宣誓。”审判官断然地下令说。

那位法庭司事刚刚说到“你要正直而忠实地履行”，药店店主又打断了他的话。

“要我宣誓，是吗，大人？”药店店主说。

“当然，先生。”那位暴躁的矮个子法官说。

“很好，大人。”药店店主以退让的姿态回答说，“不过，在审判结束之前可就有谋杀案要发生了；就这么回事儿。要宣誓就宣吧，随您的便，先生。”审判官还没有找到要说的话，药店店主已宣誓完毕了。

“我想说的只是，大人，”药店店主说道，一边非常郑重其事地就座，“我只留了一个打杂的孩子帮我看店。他是一个很好的孩子，大人，可是他不熟悉药品，据我所知，在他心目中占主导地位的印象是，开泻用的泻盐和漂白用的草酸是一码事儿，鸦片酊也就是旃那糖浆。就是这么回事，大人。”说完这些话，高高的药店店主镇定下来，显出一副坦然而又惬意的神情，看上去好像做好了最坏的打算。

匹克威克先生正怀着最深切的惶恐之情看着药店店主,这时一阵可以觉察得到的轻微的骚动掠过法庭;紧接着看见巴德尔太太由克拉平斯太太搀扶着被领进法庭,神情沮丧地在匹克威克先生所坐凳子的另一端坐了下来。然后道森先生送来一把特别大的雨伞,福格先生送来一对木屐,他们俩都带着特意为这一场合准备的同情和忧伤至极的表情。山德斯太太随后出现了,带来了巴德尔少爷。见到自己的孩子,巴德尔太太吃了一惊;她猛然定了定神,发狂似的吻起他来;然后陷入一种歇斯底里的痴呆状态,询问别人她是身在何处。作为回应,克拉平斯太太和山德斯太太把头扭开,凄然而泣,与此同时,道森和福格两位先生则在请求原告镇静一点。布兹弗兹大律师用一块大大的白手绢狠劲地擦眼睛,同时向陪审官们投去呼吁同情的目光,而陪审团显然被感动了,还有几个目击者则试图通过咳嗽来抑制自己的感情。

"真是个好主意呀,真的。"佩克尔对匹克威克先生说,"道森和福格这两个家伙真有两下子;增强法庭效果的好主意啊,我亲爱的先生,好极了。"

在佩克尔说话的当儿,巴德尔太太开始逐步恢复神志,与此同时,克拉平斯太太仔细地察看了一下巴德尔少爷没有扣好的领扣和对应的扣眼,然后让他坐在他母亲前面的地板上——这是一个足以左右全庭的有利位置,在那里他可以万无一失地唤起法官和陪审团完全的怜悯与同情。要让这位小绅士坐好可不是一件易事,他进行了强烈的反抗,还流了很多眼泪,因为他心存某种恐惧,满以为让他处在法官的炯炯目光的扫射之下只是履行某种正式的开头仪式,紧接着他就会马上被押出去杀掉,或者至少也是被流放到海外,一辈子再也回不来。

"巴德尔诉匹克威克案。"黑衣绅士叫道,表示记录在案的第一个案子正式开始审理。

“我是原告的律师，法官大人。”布兹弗兹大律师说。

“你的助手是谁呀，布兹弗兹兄？”法官说。斯金平先生鞠了一躬，表示是他。

“我是被告的代理，法官大人。”大律师斯纳宾先生说。

“有助手吗，斯纳宾兄？”法官问道。

“范基先生，法官大人。”斯纳宾大律师说。

“原告律师，布兹弗兹大律师和斯金平先生，”法官说，一边在记事簿上写下这两个名字，又一边写一边说，“被告律师，斯纳宾大律师和曼基先生①。”

“对不起，大人，是范基。”

“噢，好极了，”法官说，“很抱歉我从未听说过这位绅士的大名。”范基先生鞠躬微笑，法官也鞠躬微笑，然后范基先生一脸通红，连眼白都红了，他竭力装出不知道所有人的眼睛都在盯着他的样子——而这是从来没有人办到过的事，也是在一切合理的可能范围之内永远办不到的。

“继续下去。”法官说。

传令官们再一次喊“肃静！”然后，斯金平先生着手“打开话匣子”；但是他打开“匣子”之后，“匣子”里好像空空无物，因为他全然未让听者了解他所知的案件详情，所以过了三分钟光景他就坐下了，使得陪审团的智慧仍然停留在先前的阶段。

于是，布兹弗兹大律师带着当前事宜的庄严性所需要的威严肃穆站了起来，在与道森耳语了几句，又与福格简要地交换意见之后，他拉了拉双肩上的长袍，整了整假发，开始向陪审团陈辞。

布兹弗兹大律师开口便说，在他的整个职业生涯中——从他献身于法律的研究与实用的第一个片刻至今——他还从来没有遇

---

① “曼基”的原文为 Monkey，意为“猴子”，读音与 Phunky（范基）相近。

到过让他感触如此深切的案子，或者说，从来没有哪桩案子让他感到自己身上有如此重大的责任——这种责任，他可以说，沉重得令他简直无法承受，还多亏有一种强有力的信念在支持着他，让他能够挺住——这一信念就是，他完全相信真理与正义的事业，换而言之，也就是他那位饱受伤害与压迫的当事人的案子，一定会得到他面前的陪审官席上的十二位高尚而又睿智的陪审官的支持。

律师们往往总是这样开场的，因为这样可以拉近与陪审团的关系，也可以使后者自以为自己一定是精明无比。此举的效果可谓立竿见影；有几位陪审员开始以极度的热情做长篇记录了。

"绅士们，你们已经听见我的这位博学的朋友说过了，"布兹弗兹大律师继续说，其实他明明知道陪审团的绅士们根本没有从他所指的那位博学的朋友那里听到任何东西——"你们已经听见我的这位博学的朋友说过了，绅士们，这是一场毁弃婚约的诉讼，请求的损害赔偿标的是一千五百镑。但是你们还没有听说本案的有关事实与情节，因为这不在我的这位博学的朋友的职责范围之内，所以他没有说。那些事实与情节，绅士们，将由我来详细报告，并将由这位无可指责的女性加以证明，她就在诸位面前的原告席上。"

布兹弗兹大律师对"原告席"三个字眼特别加重了语音语调，同时响亮地拍了一下桌子，还对道森和福格看了一眼，而他们则点了点头，表示出对大律师的钦佩和对被告的义愤填膺的鄙夷。

"绅士们，"布兹弗兹大律师继续说，换成了温和而忧伤的语调，"原告是一个寡妇啊；是的，绅士们，是一个寡妇。已故的巴德尔先生，作为国税的守护人之一，多年承蒙国王的器重与信任，然后无声无息地飘然离世，到别的地方寻找税卡无法提供的安宁与和平去了。"

用如此哀婉动人的词句描述那位在地下室酒馆被人用一夸脱

的大酒壶砸在头上死掉的巴德尔先生，博学的大律师的声音颤抖了，他饱含感情地继续往下说：

“在去世之前的某个时候，他已经把他的相貌印在一个小男孩身上。巴德尔太太带着这个孩子——她的已故税吏的惟一的爱儿——离世隐居到高斯威尔街寻求安闲与宁静；她在自己家的前客厅的窗户贴了一个招贴，上面写着这样的字句——‘房屋带家具出租，单身男士有意者，可入内洽谈’。”说到这里布兹弗兹大律师停顿了一下，有几位陪审官把这一文件记录了下来。

“这一文件有日期吗，先生？”一位陪审官问道。

“没有日期，绅士们，”布兹弗兹大律师答道，“但是原告告诉我说贴这个招贴刚好是三年以前的事儿。我恳请陪审团注意招贴的措辞。‘单身男士有意者，可入内洽谈’！绅士们，巴德尔太太对异性的看法来源于对她已故丈夫的难以估量的好品质的长年观察。她对异性毫无恐惧，毫无猜忌，毫无怀疑，有的只是信任与信赖。‘巴德尔先生，’寡妇说，‘是一个堂堂正正的男子汉，巴德尔先生是一个说话算数的人，巴德尔先生从不骗人，巴德尔先生一度也是单身男士；对单身男士，我想从他们那里寻求保护，寻求帮助，寻求安慰与慰藉；而在单身绅士身上，我始终可望看到某种东西，让我想起当初赢得我少不更事的爱情时的巴德尔先生；所以，我要把房子租给单身绅士。’在这种美丽动人的冲动的驱使之下（在我们并不完美的天性之中，这可是最美好的冲动之一啊，先生们），这位孤独而寂寞的寡妇擦干了眼泪，收拾好了二楼，把她天真无辜的儿子拥在她母性的怀里，然后在客厅的窗子上贴了那张招贴。招贴是不是保留了很久呢？不是。毒蛇在守候，导火线已装好，地雷准备着，工兵在忙碌。招贴贴在窗户上还不到三天——三天，绅士们——就有一个两条腿的东西，看上去完全像一个男人，而不是像一个妖怪，来敲巴德尔太太的门了。他入内洽谈；租下了房子；

第二天他就搬进去住了。这个家伙就是匹克威克,被告匹克威克。”

如此的滔滔不绝使布兹弗兹大律师满脸通红,为了喘气他暂时停顿了下来。寂静唤醒了法官斯泰莱先生,他立即用其实根本没有墨水的笔写了些什么,并且显出异乎寻常的深沉表情,为的是使陪审官们相信他总是在闭上眼睛的时候思考得最深刻。布兹弗兹先生继续发言。

“关于这个匹克威克,我不打算多说;这个话题简直就是索然寡味;因为我,先生们,和你们一样,对令人作呕的没心没肝和有预谋的邪恶行径,是从不乐意去费脑筋的。”

本已在沉默中痛苦地挣扎了一阵子的匹克威克先生,听到这里猛烈地跳了起来,仿佛他心中浮现了一个模糊的念头,要在威严的法庭上把布兹弗兹大律师揍一顿似的。佩克尔的一个劝阻的手势阻止了他,他愤愤不平地听着那位博学之士继续往下说,脸色与克拉平斯太太和山德斯太太那钦佩的脸色形成强烈的对比。

“我说到有预谋的邪恶行径,绅士们,”布兹弗兹大律师说,他的目光仿佛要把匹克威克先生看穿,同时嘴巴也在对他开火,“既然我说到了有预谋的邪恶行径,假如被告匹克威克今天到庭应诉的话——我听说他到庭了——那么,不妨让我告诉他,假如他躲开的话,那对他反倒更加体面、更加得当、更加明智、更显见识。让我告诉他吧,绅士们,即使他在法庭上大胆放肆,有任何狡辩与抵赖的表示,那都是徒劳的,骗不了你们,你们知道如何评估它们;不妨让我再告诉他,正如法官大人会告诉你们的那样,绅士们,一个律师在为他的当事人尽职尽责的时候,是既不怕威胁,也不畏强暴的,也是不服压制的;而且任何这样做的企图,无论是想要这一花招,还是那一花招,无论是第一点还是最后一点,都只会令这样做的阴谋家自食其果,无论他是被告还是原告,无论他的名字是叫匹克威克还是叫诺亚克斯、斯托克斯、斯泰尔斯、布朗或者汤普逊。”

从正题上这么稍稍扯开一下，自然产生了预计的效果，使所有的目光都集中到了匹克威克先生身上。从通过自我鞭策达到的道德的升华状态中部分地回归常态之后，布兹弗兹先生继续说道：

“我要向你们证明，绅士们，匹克威克在巴德尔太太家里持续不断地居住了两年之久。我要告诉你们，在这整整两年里，巴德尔太太服侍他，照料他，为他煮饭做菜，把他的衣服拿去给洗衣妇清洗、缝补和晾晒，衣服拿回来之后，还要为他做让他好穿的准备工作，简而言之，她得到了匹克威克最完全的信赖。我还要告诉你们，有很多次他给过她的小儿子半个便士的铜板，还有几次甚至给他六便士；我还要请一位证人——他的证词是我的博学的朋友不可能削弱或驳倒的——向你们证明，有一次匹克威克轻轻地拍那孩子的头，问他最近是否赢了大弹子或小石珠（我知道这两者都是镇上的孩子们非常珍爱的特别的大理石玩意儿），然后还说了一句值得注意的话：‘你高兴有另一个爸爸吗？’我还要向你们证明，绅士们，大约一年之前，匹克威克突然开始常常不归家了，而且一走就是很多时日，好像是有意要和我的当事人逐渐疏离；但是我也要告诉你们，那时候他的决心还不够坚决，或者是他的某种高尚情操占了上风——假如他还有高尚情操可言的话，要么就是我的当事人的魅力与才能战胜了他那很没有男子汉气概的邪念；例证就是，有一次他从乡下回来，曾经清清楚楚、言之凿凿地向她求婚——不过，此事事先经过了特别小心的安排，旨在不让他俩之间的庄严契约有任何见证人，我可以向你们证明这一点，不妨请你们听听他本人的三位朋友的证词——他们是极不情愿作证的，绅士们——极不情愿的证人啊——那一天早上他们发现他正好把原告抱在怀里，正在用他的抚爱与亲昵安抚她激动的心情。”

博学的大律师的这一番陈词，在听众心中产生了明显的深刻

印象。他拿出两片很小的纸条来,继续说:

“那么现在,绅士们,只有一两句要说了。他们双方之间通过两封信,那明明白白是被告亲笔所写,它们的确是强有力的证据。这些信也说明了这个人的品性。它们不是那种坦白、热情、雄辩的书信,除了甜言蜜语之外别无其他。它们属于那种遮遮掩掩、偷偷摸摸、暧昧隐秘的通信,但有幸的是,它们比最热烈的词句和最诗意的形象主题鲜明得多——这些信是必须用细致和疑问的眼光去看的——这些信显然是匹克威克当时有意写的,旨在误导和蒙骗或许能拿到它们的任何第三者。让我来念念第一封信吧:‘加拉威咖啡店,十二点。亲爱的巴太太——排骨和番茄酱。你的匹克威克。’绅士们,这是什么意思呢?排骨和番茄酱!你的匹克威克!排骨!我的天!还有番茄酱!绅士们,难道一位敏感而又轻信的女性的幸福竟要被这样一些浅薄的诡计糟蹋掉吗?第二封信没有日期,这一点本身就是可疑的——‘亲爱的巴太太,我要明天才能回家。慢车。’接下来是下面这一句非常值得注意的话。‘你为暖床炉①烦心了。’暖床炉!哎,绅士们,谁会去为暖床炉烦心呢?什么时候有过一个男子或女子的平静心境被暖床炉破坏或扰乱过呢?那东西本身是无害的、有用的,而且我还要补充一句,绅士们,那可是一件令人舒适的家居用具呀。为什么要如此热心地叮嘱巴德尔太太不要为暖床炉烦心呢?——除非那是(而且无疑是)一种对隐秘的情火的掩饰——不过是某种亲昵字眼或诺言的委婉说法而已,是按照预先约好的通讯方式写成的,而且是匹克威克为实现其蓄谋已久的遗弃而狡猾地想出来的,而且也是我不宜于进一步解析的。还有所谓的慢车,它暗指的又是什么呢?在我看来,它可能指的就是匹克威克本人,在这整个事件之中他毫无疑

① 旧时人们在睡前用来暖床的一种长柄炭炉。

问就是一辆慢到了犯罪地步的车子，但是现在他的速度要非常出人意料地加快了，而他的轮子呢，绅士们，很快就得由你们来给他上油了，他会发现他要为此付出代价。”

大律师布兹弗兹先生说到这里停顿了一下，看看陪审团对他所说的戏谑话是不是微笑了；但是除了新鲜果蔬商人谁都没有笑，而那商人之所以对这句戏谑敏感，很可能是由于他这一天早上刚好为一辆轻便马车上过油的缘故。博学的大律师觉得在结束之前再稍微发泄一番哀怨才是上上之策。

“但这一点不用再说了，绅士们，”大律师布兹弗兹先生说，“心中有痛是难以笑出来的；在我们最深切的同情被唤起的时候，说笑话是不当的。我的当事人的希望与前途被毁了，而且可以毫不夸张地说，她的职业真的毁了。招租的告示已经不贴了——但是屋子里却没有房客。合格的单身绅士一个又一个地走过去——却没有叫他们入内洽谈或在外面谈谈的邀请。整个屋子笼罩在一片忧伤与死寂之中；连那个孩子的声音都沉寂下来了；在他的母亲哭泣的时候，他作为孩子的那些游戏全都被弃之不顾了；他的‘大石弹’和‘小石珠’全都被忽略了；他还忘记了他早就熟悉了的‘指关节贴地弹’的叫喊，指尖击弹和猜单双的游戏也与他的手无缘了。而匹克威克呢，绅士们，匹克威克，这个残酷无情地毁坏高斯威尔街沙漠中的家庭绿洲的家伙——匹克威克，这个堵塞了泉眼并在草地上撒了灰的家伙——匹克威克，这个今天带着他那没心肝的番茄酱和暖床炉来到你们面前的家伙——却仍然恬不知耻、没脸没皮地昂着头，一口气也不叹地对他造成的灾难视若无睹。损害赔偿，绅士们——重重的一笔损害赔偿——这是你们所能施加给他的惟一处罚；也是你们能判给我的当事人的惟一补偿。现在她为了这笔赔偿，她要求助于她的文明的同胞——开明的、高尚的、正直的、有良心的、不带偏见的、富于同情心的、慎思明察的陪审官们。”说完这句美丽的结束语之后，大律师布兹弗兹先生坐了下来，而大法官斯泰莱先生也醒过来了。

“传伊丽莎白·克拉平斯。”隔了一会儿之后，布兹弗兹大律师站起来说道，又重振了精神。

最近的那位传令官喊伊丽莎白·塔平斯；远一点的那位传令官喊伊丽莎白·吉普金斯；第三个传令官则气喘吁吁地冲进国王大街，声嘶力竭地大喊伊丽莎白·玛芬斯，直到把嗓门喊哑。

与此同时，克拉平斯太太在巴德尔太太、山德斯太太、道森先生和福格先生的联合协助下登上证人席；在她安稳地栖息在最高那一级之后，巴德尔太太则站在最下面那一级，一只手拿着手绢和木屐，另一只手拿一个大约可装四分之一品脱嗅盐的玻璃瓶子，随时准备应付任何紧急情况。眼睛紧盯着法官的脸的山德斯太太就站在巴德尔太太身边，拿着那把大雨伞——右手的大拇指按在伞的弹簧上，一副急切的神情，仿佛她完全做好了准备，一得到示意就会立即把伞撑开似的。

“克拉平斯太太，”布兹弗兹大律师说，“请镇静一点，夫人。”当然，一听到这句请她镇静的话，她也就哭得更加猛烈了，并且表现出很快就要昏厥的一系列令人警惕的迹象，或者如她后来所说的，感情丰富得不堪忍受的迹象。

“你还记得吗，克拉平斯太太？”在问了一两个不重要的问题之后，大律师布兹弗兹说道，“你还记得吗，在去年七月的某一天早上，你在巴德尔太太家的二楼后间，而她则正在替匹克威克的房间打扫灰尘？”

“是的，法官大人和陪审团，我还记得。”克拉平斯太太答道。

“匹克威克先生的起居室是在二楼的前间吧，对吗？”

“是的，没错，大人。”克拉平斯太太答道。

“那当时你在二楼后间做什么呢，夫人。”矮个子法官说。

“法官大人和陪审团,”克拉平斯太太说,带着令人感兴趣的激动神情,“我不会骗你们。”

“最好是不那样,夫人。”矮个子法官说。

“我在那儿,”克拉平斯太太继续说,“巴德尔太太是不知道的;我提着一个小篮子出了门,绅士们,要去买三磅红马铃薯,三磅是两个半便士,当时我看见巴德尔太太的大门半开着。”

“怎么开着[①]?”矮个子法官叫道。

“部分开着,大人。”斯纳宾大律师说。

“她是说半开着。”矮个子法官说,做了一个狡猾的表情。

“都是一样的,大人。”斯纳宾大律师说。矮法官表示怀疑,说要记录下来研究研究。克拉平斯太太继续说:

“我走进了门去,绅士们,只是想对她说声‘早上好’,并且以一种无妨害的方式上了楼梯,到了二楼后间。绅士们,前间里有说话的声音,而我——”

“而你就听了听,我想是这样的吧,克拉平斯太太?”布兹弗兹大律师说。

“对不起,先生,”克拉平斯太太严正地答道,“我不屑于做那种事。那声音非常之大,先生,它们自己强行钻进了我的耳朵。”

“好了,克拉平斯太太,你没有偷听,但是你听见了那些声音。其中有没有一个声音是匹克威克的呢?”

“有的,先生。”

于是,克拉平斯太太清清楚楚地说匹克威克先生在和巴德尔

① 此处作家玩了个文字游戏。“(门)半开着”原文为 on the jar,是一个固定词组,其中的 jar 有“罐子”之义,法官望文生义,把该词组理解为“在罐子上”,故有“On the what?”(在什么上?)之问。为行文方便,本处把“On the what”勉强译为“怎么开着”,难现原文妙趣,诚为憾事。

太太话语绵绵①,然后,凭借很多询问之助,慢慢地重复了读者诸君已经熟悉的那一番对话。

陪审团露出怀疑的神情,大律师布兹弗兹先生微微一笑并坐了下来。斯纳宾大律师申明说,他不准备盘问证人,因为匹克威克先生希望明白地表明一点,那就是,她那样说对她来说是合适的,而且她的讲话大体上是正确的,听这么一说,陪审团和大律师布兹弗兹先生显得极为愕然。

既然已打破沉默,克拉平斯太太觉得这倒也是一个大好机会,不妨稍稍扯一扯自己的家务事;因此,她当即向法庭如实汇报说眼下她是八个孩子的母亲,而且她还自信在大约六个月之后可望给克拉平斯先生添第九个孩子。刚好在这个有趣的节骨眼上,矮个子法官非常粗暴地干预了;结果是,这位可敬的女士和山德斯太太在杰克逊先生的陪护下被客客气气地带出了法庭,丝毫没有商量的余地。

"纳撒尼尔·温克尔!"斯金平先生说。

"有!"一个虚弱无力的声音答道。温克尔先生进了证人席,正式宣过誓之后,毕恭毕敬地朝法官鞠了一躬。

"别看我,先生,"法官凶狠狠地说,作为对致敬的答谢,"看着陪审官。"

温克尔先生服从命令,向他认为最有可能是陪审官们所在的地方看去;因为在他当时那种心乱如麻的状态下,看清任何东西都是不可能的。

---

① "话语绵绵",原文为"address",该词既有"对……讲话"之意,又有"向……求婚"之意,中文里难以找到双关的对应词。克拉平斯太太故意用此词,旨在予人以"求婚"的印象,而在必要时又可借一词多义进行狡辩。因译为"讲话"或"求婚"都可能执于一端而有失双关之趣,故勉为其难译为让人想到"情话绵绵"的"话语绵绵"。译事之尴尬,由此可见一斑。

于是斯金平先生对温克尔先生进行了一番盘问——斯金平先生作为一个前途无量的四十二三岁的年轻人，对一个众人皆知会偏袒对方的证人，当然是急于要尽最大努力把他弄得心烦意乱的。

“喂，先生，”斯金平先生说，“请你让法官大人和陪审官们知道你叫什么名字，好吗？”说完斯金平先生便尖刻地歪着脑袋倾听，同时瞟了陪审官们一眼，仿佛在暗示他料定温克尔先生会出于爱作伪证的天性而说出一个什么假名字似的。

“温克尔。”证人回答说。

“教名叫什么，先生？”矮个子法官怒气冲冲地问道。

“纳撒尼尔，先生。”

“丹尼尔——还有别名吗？”

“纳撒尼尔，先生——没有，大人。”

“是纳撒尼尔·丹尼尔，还是丹尼尔·纳撒尼尔？”

“不，大人，只是纳撒尼尔；根本没有丹尼尔。”

“那你为什么要对我说叫丹尼尔呢，先生？”法官问道。

“我没说，大人。”温克尔先生答道。

“你说了，先生。”法官答道，严厉地锁紧了眉头，“假如不是你说了，我怎么会在本子上记下丹尼尔呢，先生？”

这一论点当然是无可辩驳的。

“温克尔先生的记性很不好，大人。”斯金平先生插话说，又瞟了陪审官们一眼，“我敢说，我们得想办法恢复他的记性才能和他了断此事。”

“你最好是小心点儿，先生。”法官说，凶狠狠地瞪了证人一眼。

可怜的温克尔先生鞠了一躬，竭力装出安然无事的样子，但是在当时那种心乱如麻的状态之下，这只是使他显得更像一个狼狈的小偷。

“那么，温克尔先生，”斯金平先生说，“请听我说，先生，为你自己想，让我奉劝你一句，把法官大人叫你小心的警告牢记在心。我相信你是被告匹克威克的密友，不是吗？”

“根据我此时此刻的记忆，我认识匹克威克先生，几乎——”

“对不起，温克尔先生，请别回避问题。你到底是不是被告的密友？”

“我正打算说——”

“你到底愿不愿回答我的问题，先生？”

“你要是不回答问题，就会被扣押起来，先生。”矮个子法官插话说，从记事本上抬起了头。

“说吧，先生，”斯金平先生说，“是或者不是，悉听尊便。”

“是的，我是。”温克尔先生答道。

“没错，你是。你为什么不马上说出来呢，先生？或许你也认识原告吧？呃，温克尔先生？”

“我不认识她；我见过她。”

“噢，你不认识她，但你见过她？那么，请你告诉陪审团的绅士们那是什么意思，温克尔先生。”

“我的意思是说我和她不熟，但是我去高斯威尔街拜访匹克威克先生时见过她。”

“你见过她多少次，先生？”

“多少次？”

“是的，温克尔先生，多少次？我可以把这个问题重复十多次，假如你需要的话。”这位博学的绅士坚定而严厉地紧锁着眉头，双手叉在腰间，怀疑地对陪审官微微一笑。

在这个问题上出现了那富于启发性的吹胡子瞪眼睛威逼的一套——在这种节骨眼上这是常有的事儿。开头，温克尔先生说要说清他见过巴德尔太太多少次是完全不可能的。于是他被质问他有没有见过巴德尔太太二十次,他回答说:“当然有——还不止。”然后他被质问是否见过她一百次——他是否能发誓说见过她不止五十次——他是否可以确定至少见过她七十五次——以及诸如此类的问题;令人满意的混乱局面终于出现了,其结论是,他最好是小心点儿,记住他是在干什么。证人被用这些手段弄得陷进了必需的心志混乱状态,而盘问还在继续进行:

“请问温克尔先生,你还记得去年七月的一天早上,你去高斯威尔街的原告家里看过被告匹克威克吗?”

“是的,我去过。”

“陪你一同去的是不是有一个朋友名叫图普曼,另一个朋友叫斯诺格拉斯?”

“是的。”

“他们来了吗?”

“是的,来了。”温克尔先生答道,非常热切地看着他的朋友们所坐的地方。

“请注意我说的话,温克尔先生,不要去注意你的朋友们,”斯金平先生说,富于表情地看了看陪审团,“他们必须事先不和你作任何商量就供述证词,假如迄今为止还没有商量过的话(又看了陪审团一眼)。那么,先生,对陪审团的绅士们说说你那天早上走进被告的房间时见到的情景吧。说吧,说出来,先生;反正我们会听到的,只是迟早的事儿。”

“被告匹克威克把原告拥在怀里,两只手搂着她的腰,”温克尔先生带着自然而然的犹豫不决答道,“原告好像是晕过去了。”

“你听见被告在说什么吗?”

“我听见他称巴德尔太太为好人儿,听见他请她镇静一点儿,因为假如有人来撞见可不成体统,或者是表示这种意思的别的字眼。”

“那么,温克尔先生,我只有一个问题要问你了,而且我请求你牢记法官大人的警告。你能否发誓说被告匹克威克当时没有说‘我亲爱的巴德尔太太,你是一个好人儿,眼下你得镇静一点儿,因为这种处境你是免不了的’,或者表示这种意思的别的字眼?”

“我——我并不认为他是这个意思,当然不,”温克尔先生说,他对把他听到的字眼如此别有用心地拼凑在一起感到惊诧,“我当时在楼梯间,不能听清楚,我脑子里的印象是——”

“陪审团的绅士们不需要你脑子里的印象,温克尔先生,我估计那对诚实正直的人毫无用处,”斯金平先生插话说,“你是在楼梯间,听不清楚;但是你不能发誓说匹克威克没有说过我所引述的那些话吧。我没有弄错你的意思吧?”

“是的,我不能发誓。”温克尔先生答道;斯金平先生带着胜利的表情坐了下来。

事到如今,匹克威克先生的案子还没有进行到令原告方那么如意,以至于再没有余地供被告方提出任何疑问的地步——正因为可望使事态向更好的方向发展——尽可能吧——范基先生站起来盘问温克尔先生,试图问出一些重要的东西。至于他是否如愿以偿,马上就可见分晓。

“我相信,温克尔先生,”范基先生说,“匹克威克先生不年轻了。”

“噢,是的,”温克尔先生答道,“老得够做我父亲。”

“你已经告诉我的博学的朋友,说你认识他很长时间了。你有没有任何理由设想或相信他打算结婚呢?”

“噢,没有,当然没有。”温克尔先生答道,显得是那么迫不及待——鉴于此,范基先生真应该尽可能迅速地让他离开证人席,因为律师们公认有两种证人是特别糟糕的:一种是不情愿作证的证人,另一种是太情愿作证的证人——而温克尔先生的命运是同时扮演这两个角色。

“我还要进一步问你，温克尔先生，”范基先生以最温和、最诚恳的态度继续说，“在匹克威克先生对待异性的态度和行为中，你是否见过有任何东西使你相信他在近几年里曾考虑过结婚的事呢？”

“噢，没有，确实没有。”温克尔先生答道。

“他对待女性的行为举止，是否总是像一个已年过半百、对自己的职业与娱乐感到心满意足的男子汉，他是否只是像父亲对女儿那样对待她们呢？”

“那毫无疑问，”温克尔先生答道，情真意切，“那可不嘛——是的——没错——当然是嘛。”

“据你所知，他对巴德尔太太或任何其他的女性的行为，是不是从来没有过丝毫可疑之处呢？”范基先生说，同时准备坐下来，因为斯纳宾大律师正在朝他眨眼。

“呃——呃——没有，”温克尔先生答道，“只有一件小事例外，不过，我相信那是很容易解释的。”

假如不幸的范基先生在斯纳宾大律师朝他眨眼的时候坐了下来，或者，假如布兹弗兹大律师在一开头就阻止了这一不正当的盘问（他知道不阻止更加高明，因为他注意到温克尔先生的焦急，很清楚非常可能诱出一些于己有利的东西），那就不会诱出这段不幸的供词了。温克尔先生的话一落音，范基先生就坐了下来，斯纳宾大律师连忙叫温克尔先生退出证人席；温克尔先生迫不及待地想离席，不料却被布兹弗兹大律师阻止了。

“且慢，温克尔先生，等一等！”布兹弗兹先生说，“请法官大人明察，问一问他，那位年龄大得足以做他父亲的绅士对待女性的可疑行为的小实例，到底是什么？”

“听清这位博学的律师说的话，先生，”法官对可怜而又痛苦的温克尔先生说,“把你所提到的那件小事供出来。”

“大人,”温克尔先生说,因焦急而颤抖起来,“我——我宁愿不说。”

“也许吧,”矮个子法官说,“但你必须说。”

在整个法庭的深深的沉寂之中,温克尔先生吞吞吐吐地说,那件可疑小事便是发现匹克威克先生半夜在一位女士的卧室里;其结果是,他相信,那位女士预约的婚姻破裂了,而且,他知道,正是这件事使他们全体被强行押到了伊普斯威奇镇的行政长官兼治安长官乔治·纳普金斯老爷面前。

“你可以离开证人席了,先生。”斯纳宾大律师说。温克尔先生确实离开了证人席,他没头没脑、匆匆忙忙地向乔治与兀鹰旅馆冲去,几个小时之后,侍者发现他把头埋在沙发垫子里,在沉重而又凄凉地呻吟。

屈赛·图普曼和奥古斯都·斯诺格拉斯,也被分别叫进了证人席;两人都证实了他们的不幸朋友的证词;两人都被过分的纠缠逼到了濒临绝望的地步。

然后传唤了苏珊娜·山德斯,由布兹弗兹大律师提问,斯纳宾大律师盘问。她总是说并且相信匹克威克会娶巴德尔太太;她知道,自七月份的昏厥发生之后,巴德尔太太和匹克威克先生订婚的事是邻居们闲谈时的热门话题;她本人是从开轧布店的马德贝里太太和浆衣服的班金太太那里听说此事的,但是没看见这两位到庭。她听见匹克威克问过那孩子是不是乐意有另一个父亲。她不知道巴德尔太太那时候和面包师傅很亲近,但是知道面包师傅那时候是单身汉而现在结婚了。她不能发誓说巴德尔太太并不很喜欢面包师傅,但她倒是觉得面包师傅并不很喜欢巴德尔太太,否则他不会娶别人。她认为巴德尔太太在七月的那天早上昏过去,是因为匹克威克要她定吉日;她知道,当初山德斯先生叫她(证人自己）定吉日的时候她就晕厥过去，像块石头一样不省人事；而且她相信，任何一个自认为是淑女的人遇到这种情况，都会晕厥过去的。她听见匹克威克问过孩子有关大理石弹子的问题，但她可以发誓说她不知道大石弹和小石珠有什么区别。

附带陈述。——在和山德斯先生交往期间，她曾收到过一些情书，像其他女士们一样。在他俩的通信过程中，山德斯先生经常称她为“母鸭”，但从来没有称过“排骨”或“番茄酱”。他是特别喜欢鸭的。假如他也那么喜欢排骨或番茄酱的话，或许他也会用这些名称叫她，作为一种昵称。

布兹弗兹大律师现在站了起来，显出比他先前所表现的自以为了不得更胜一筹的神情——假如还有这种可能的话——并大声喊道：“传塞缪尔·威勒。”

其实根本就不需要去传唤塞缪尔·威勒；因为刚一说完塞缪尔·威勒的名字，他就麻利地登上了证人席；他把帽子放在地板上，手臂搭着栏杆，以一副显然非常高兴和快乐的姿态鸟瞰了一眼律师席，又对审判官席做了一番概览。

“你叫什么名字，先生？”法官问道。

“山姆·威勒，大人。”那位绅士答道。

“威勒的头一个字母是V还是W？”法官问道。

“这取决于写的人的嗜好和品位，大人，”山姆说，“我这辈子只有过一两次写它的机会，而我写的是V。”

这时候走廊里传来一个响亮的声音：“对极了，塞缪尔，对极了。写字母V，大人，写字母V。”

“那是谁，敢在法庭上这样说话？”矮个子法官说，昂起了头，“传令官。”

“有，大人。”

“立即把那人带上来。”

“是，大人。”

但是传令官没找到那个人，没有把他带上来；经过一大阵骚乱之后，所有站起来寻找犯事者的人重新又坐下来。矮个子法官等到气消得能够说出话时就对证人说：

“你知道那个人是谁吗，先生？”

“我猜那是我父亲，大人。”山姆答道。

“你看见他还在这儿吗？”

“没有，没看见，大人。”山姆答道，眼睛紧盯着法庭天花板上的灯笼。

“你要是把他指了出来，我早就把他押起来了。”法官说。

山姆鞠躬致谢，然后带着丝毫未损的快乐表情转向布兹弗兹大律师。

“那么，威勒先生。”布兹弗兹大律师说。

“那么，先生。”山姆答道。

“我相信你是替本案的被告匹克威克先生当差的吧。请说吧，威勒先生。”

“我是要说的，先生，”山姆答道；“我是为那位先生当差，而且那还是个大美差哩。”

“做事少，得的多，我想是吧？”布兹弗兹大律师以诙谐的口吻说。

“噢，得到的可不少呀，正如那个士兵在人家奉命打他三百五十鞭时所说的。”山姆答道。

“你不要告诉我们那个士兵或别的什么人说什么，先生，”法官插话说，“那不是证词。”

“很好，大人。”山姆答道。

“你还记得被告雇用你的第一天的早上发生过什么特别的事吗，威勒先生？”布兹弗兹大律师说。

“是的,我记得,先生。”山姆答道。

“请你告诉陪审官那是怎么回事。”

“那天早上我得到一套全新的衣服,陪审团的绅士们,”山姆说,“那对当时的我来说,可真是一件极其特别的不寻常的事儿。”

这话引起哄堂大笑;矮个子法官从桌子上方露出生气的脸色,冲着他说:“你最好当心点儿,先生。”

“匹克威克先生当时也是这么说的,大人,”山姆答道,“我对那套衣服很小心呀;真的很小心,大人。”

法官严厉地对山姆看了两分钟之久,但由于山姆的脸部表情是那么镇静和泰然,法官什么也没说,只是示意布兹弗兹大律师继续往下说。

“你是不是要告诉我,威勒先生,”布兹弗兹大律师说,一边装腔作势地交叠起手臂,一边半转身对着陪审团,仿佛在以默示保证他马上就要让证人难堪了,“你是不是要告诉我,威勒先生,对你已听见各位证人叙述的原告晕倒在被告怀里的事情,你是一点儿都没看见啰?”

“当然没看见,”山姆答道,“我是在过道里,等他们叫我上去时,那个老太太已经不在那儿了。”

“现在注意,威勒先生,”布兹弗兹大律师说,一边把一支大大的鹅毛笔插进他面前的墨水瓶里,旨在通过表示要把山姆的回答记录在案来威吓他,“你当时在过道里,对正在发生的事什么也没看见。你有眼睛吗,威勒先生?”

“有啊,我是有眼睛呀,”山姆答道,“可问题就出在这里。假如它们是一对获得专利、放大两百万倍的威力特别大的气体显微镜,那也许我就可以看穿一段楼梯和一扇松木板门了;可是,如你所见,它们只是眼睛,因此我的眼界是有限的。”

这一答复说得一点儿火气都没有,态度又是那么朴实而平静,旁听的人听了都哧哧窃笑起来，矮个子法官也微笑起来，而布兹弗兹大律师却显得特别愚蠢。在与福格和道森略作商量之后，这位博学的大律师转向山姆，难受地竭力掩饰着自己的恼火，说："那么，威勒先生，假如你高兴的话，我要就另一件事问你。"

"爱问就问吧，先生。"山姆答道，情绪好极了。

"你还记得去年十一月的一天晚上到巴德尔太太家去的事吗？"

"噢，是的，没错。"

"噢，你还记得，威勒先生，"布兹弗兹大律师说，又振作起了精神，"我想我们终于可以谈点什么了。"

"我想也是的，先生。"山姆答道；听了这话，旁听者们又窃笑起来。

"那么，我想你是去谈这桩诉讼的事吧——呃，威勒先生？"布兹弗兹大律师说，同时自以为得计地看了看陪审团。

"我去付房租；但我们的确谈了诉讼的事。"山姆答道。

"噢，你们谈了谈诉讼的事儿。"布兹弗兹大律师说，因预感到会有什么重大发现而容光焕发起来，"那么，关于诉讼的事儿你们谈了些什么，能不能请你告诉我们呢，威勒先生？"

"非常乐意，先生。"山姆答道，"在今天在这里被盘问过的那两位有德性的太太说了一些不重要的话之后，太太们就对道森和福格两位先生的可敬行为大大地赞赏了一番——就是现在坐在你身边的那两位绅士。"这句话当然把大家的注意力引向了道森和福格，而他们俩则尽可能装出很有德行的样子。

"他们是原告的代理人，"大律师布兹弗兹先生说，"好！那两位太太高度赞扬原告的代理人道森和福格两位先生的可敬行为，是吗？"

"是呀，"山姆说，"她们说他们是多么慷慨，把这桩案子当做投机风险生意来做，一点代理费都不收取，除非是从匹克威克先生身上弄出钱来。"

听到这一非常意外的回答，旁听者们又窃笑起来；道森和福格一脸通红，侧身凑近布兹弗兹大律师，急匆匆地在他的耳边嘀咕了几句。

"你们说得很对，"布兹弗兹大律师大声地说，强装出镇定自若的样子，"那是完全没有用的，大人，要想从这个死不开窍的傻证人身上得到任何证据是白费劲。我不再问他任何问题来麻烦法庭了。坐下吧，先生。"

"还有别的绅士乐意问我一点儿什么吗？"山姆问道，一边拿起帽子，极其从容不迫地环顾四周。

"我不问了，威勒先生，谢谢你。"斯纳宾大律师说，笑了起来。

"你可以下去了，先生。"布兹弗兹大律师说，一面不耐烦地挥着手。山姆于是就下了证人席，他已经给道森和福格的案子造成了他所能给予的最大的损害，同时尽可能少地说到匹克威克先生，而这恰恰是他一直抱着的目的。

"我不反对承认这样一点，法官大人，"斯纳宾大律师说，"假如可以免除对另一位证人的询问的话，我不妨承认，匹克威克先生已经退休，而且是一位拥有相当可观的独立财产的绅士。"

"很好，"布兹弗兹大律师说，同时交出读过的那两封信，"那我也不反对，大人。"

接着，斯纳宾大律师代表被告向陪审团发言；他发表了一篇非常长、非常有力的演说，对匹克威克先生的品质和行为极尽赞誉之能事；但由于我们的读者对匹克威克先生的价值和德行远比斯纳宾大律师更能做出正确的评价，因此我们觉得没有必要在此引述这位博学之士的任何赞美之辞了。他企图说明，对方所出示的那两封信仅仅只与匹克威克先生的饮食有关，或者只涉及当他从乡间旅行回来时为他准备房间的事。再补充说明一点就够了：他为了匹克威克先生，按通常的说法，已经尽力而为；而所谓“尽力而为”，正如大家所知，按这一古老成语的确切含义，也就是无能为力。

法官斯泰莱先生以早已成定规的最受认同的形式做了总结发言。他对陪审团宣读他所记的案情摘要，对这么短的总结发言尽可能多地予以阐述，一边读一边迅速对证据做出解释。假如巴德尔太太是对的，那么很显然匹克威克先生是错的，假如他们认为克拉平斯太太的证词值得相信，那么他们就该相信它，而假如他们不那么看，那么他们就不相信好了。假如他们确信发生了毁弃婚约的行为，那么他们就应该为原告要求一笔他们认为适当的赔偿金；而相反，假如他们认为根本不存在什么婚约，那么他们就该裁定被告不付任何损害赔偿。接着陪审官退席，到他们的密室里讨论案子，而法官也退到了**他的**密室，用一盘羊排和一杯葡萄酒提神去了。

令人焦急的一刻钟过去了；陪审团回来了；法官也被找回来了。匹克威克先生戴上眼镜，用激动的脸色和一颗快速跳动的心凝视着陪审团团长。

“绅士们，”那个穿黑衣服的人说，“你们商定好判决了吗？”

“商定好了。”陪审团团长说。

“你们是支持原告，还是支持被告呢，绅士们。”

“支持原告。”

“损害赔偿金是多少，绅士们？”

“七百五十十镑。”

匹克威克先生摘下眼镜，仔细地擦了擦镜片，折起来放进眼镜盒，把盒子放进口袋；他一边非常雅致地戴好手套，同时瞪着眼睛盯着陪审团团长，然后机械地跟着佩克尔先生和那个蓝色文件袋出了法庭。

他们在一间厢房里停了下来,佩克尔去付了开庭费。在这里,匹克威克先生和他的朋友们会合到了一起。在这里,他还遇到了道森和福格两位,他们搓着双手,整个一副喜形于色的自得模样。

“喂,绅士们。”匹克威克先生说。

“喂,先生。”道森说,既替自己也为搭档作答。

“你们以为可以捞到代理费了,是不是,绅士们?”匹克威克先生说。

福格说他们认为相当可能。道森微微一笑,说他们倒要试试。

“你们可以试试,试试看,试试看,道森和福格先生,”匹克威克先生激烈地说,“但是你们别想从我这儿弄到一个铜板的代理费或赔偿金,即使我把余生全耗在债务人监狱里。”

“哈,哈!”道森大笑起来,“在下个开庭期到来之前,你的想法会更明智的,匹克威克先生。”

“嘿,嘿,嘿!我们不久就眼见为实了,匹克威克先生。”福格龇牙咧嘴地说。

匹克威克先生因气愤而说不出话来,任由他的律师和朋友们把他拉到了门口,并且在门口被扶上了一辆出租马车,这辆车是由常备不懈的山姆·威勒特意租来的。

山姆刚刚收起踏板,正准备跳上驾驶座,突然他感到有人轻轻拍了一下他的肩膀,他扭头一看,发现他父亲站在面前。老绅士脸上笼罩着悲哀的表情,严肃地摇摇头,用训诫的口气说:

“我早就知道这样办事会有什么后果。啊,山米,山米,为什么不用‘不在场’的招数呢?”

第三十五章　匹克威克先生觉得还是到巴斯去的好;于是他就去了

“但是,当然啦,亲爱的先生,”在审判后的第一天早上,矮个子佩克尔站在匹克威克先生的房间里说,“你当然不是真的打定了主意——现在气也消了,实话实说吧——你不是真的打算不付代理费和赔偿金吧?”

“一个子儿也不付,”匹克威克先生坚决地说,“一个子儿也不付。”

“原则万岁!就像放债的人在不愿把借据延期时说的。”威勒先生说,他正在清理早餐的餐具。

“山姆,”匹克威克先生说,“请你下楼去吧。”

“当然,先生。”威勒先生答道,在匹克威克先生温和的示意下退了下去。

“不,佩克尔,”匹克威克先生说,态度极其严肃,“我这里的朋友们都努力劝我打消这一决心,但是没有用。我要一如既往,不改初衷,直到对方有能力通过法院发出强制执行令来对付我;而假如他们卑鄙到如此地步,也可以借此来拘捕我,那我就痛痛快快、心甘情愿地奉陪。他们什么时候可以这么做呢?”

“下一个开庭期,我亲爱的先生,他们便可以发出损害赔偿金和诉讼费用的强制执行令,”佩克尔答道,“离现在刚好两个月,我亲爱的先生。”

“很好,”匹克威克先生说,“在那一刻来到之前,我亲爱的朋友，别再让我听到有关这件事的话。而现在呢，”匹克威克先生继续说，带着愉快的微笑环顾了一下他的朋友们，目光里闪烁着任何眼镜都减弱或掩盖不了的火花，“惟一的问题是，我们下一站去哪里？”

图普曼先生和斯诺格拉斯先生被他们的朋友的英雄主义气概感动得什么话都答不出来。温克尔先生还没有完全从在审判中作证的记忆中回过神来，因而无法对任何问题发表看法，所以匹克威克先生等也是白等。

“那么，”那位绅士说，“假如你们让我来提议目的地，我建议去巴斯。我想我们谁都没去过那里。”

谁都没去过，并且由于这一提议得到佩克尔的热烈支持——他认为假如匹克威克先生稍微换换环境，目睹上一些欢快的事情，就会更好地考虑他的决定，对债务人监狱多往坏处想一想，这是极其可能的——因此提议获得一致通过。于是山姆立即被派了出去，到白马地下室车站去买五张明天早上七点半的马车票。

车内的座位仅剩两个了，车外的还有三个，因此山姆就全部预购了；售票员找给他的“零头”里有一枚白镴做的半克朗银币，山姆就此和对方闲扯了几句，然后便走回了乔治与兀鹰旅馆；一回旅馆他就忙得不亦乐乎，不是把外衣和内衣整得尽可能少占地方，就是施展其机械方面的天赋，用种种天才的办法把一个个箱子盖巧妙地紧盖在既没有锁也没有链子的箱子上，就这样一直干到了睡觉的时候。

第二天早晨很不宜于旅行——闷热，潮湿，细雨迷蒙。套在即将出发的马车上的马和拉着车从街上回来的马，全都冒着腾腾热气，使得坐在车外的乘客都被遮得看不见了。卖报的人看上去湿漉漉的，并且散发着霉味；卖橘子的把头伸进马车时，水从他们的帽子上直往车里滴，仿佛要给旅客冲洗一下以便提神似的。兜售五十刃削笔刀的犹太人绝望地合起了刀;兜售口袋笔记本的人真的把它们装进了口袋。表链和烤面包叉子都在折价,铅笔盒和海绵也同样不好销。

马车一停下来,便有七八名脚夫野蛮地扑向匹克威克一行的行李;匹克威克先生及其朋友们发现自己早到了大约二十分钟,便要山姆·威勒去拯救那些行李,他们自己则到旅客休息室躲雨去了——这可是人类沮丧的最后招数啊!

白马地下室车站的旅客休息室当然是不舒服的;假如不称之为旅客休息室的话,它还真的不是。它是右手边的一间客厅,里面那个趾高气扬的厨用大火炉,仿佛是在一根难以驯服的拨火棍、火钳和煤铲的陪伴下自己走进屋的。客厅被分成很多包厢,以便旅客们分别歇息;里面装有一个钟、一个穿衣镜和一个精力充沛的侍者——这最后一件设置被安排在房间角落的一个小水槽那儿洗杯子。

在这一特殊的时刻,包厢之一已经被一个四十五岁左右的目光严厉的男子占据了,他前额至头顶又秃又光滑,脑袋两边和后面有很多黑头发,还长着一部大大的络腮胡子。他穿着一件一直扣到了下巴的褐色大衣,戴着一顶大大的海豹皮旅行帽,一件大衣和披风搭在他旁边的椅子上。匹克威克先生走进去的时候,他暂时停止吃早餐,带着凶狠傲慢的神气抬起头来看看,那模样非常不可一世,在把那位绅士及其朋友们心满意足地打量够了之后,他大模大样地哼了一声,那架势好像是在说,他有点怀疑有人想占他的便宜,但那是行不通的。

"招待。"那位大胡子的绅士说。

"什么事,先生?"一个带着一张脏脸和一块同样脏的毛巾的男子答道,从前面提到的水槽那儿跑了过来。

"再来些烤面包。"

"好的,先生。"

"涂了黄油的,记住。"那位绅士恶狠狠地说。

"马上来,先生。"侍者答道。

那位绅士以先前那种做派哼了一声,在烤面包拿来之前走到火炉前面,把燕尾服的燕尾撩起来夹在手臂下面,并且盯着自己的靴子沉思起来。

"不知道车子在巴斯的什么地方停?"匹克威克先生温和地对温克尔先生说。

"哼——呃——说什么?"那个怪男人说。

"我在跟我的朋友们说话,先生,"匹克威克先生说,总是那副随时准备与人交谈的模样,"不知道马车在巴斯的什么旅馆停。也许你能告诉我吧。"

"你要去巴斯吗?"怪男人说。

"是的,先生。"匹克威克先生说。

"其他几位呢?"

"他们也是。"匹克威克先生说。

"不是内座吧——假如你们是内座我就倒霉了。"怪男人说。

"不是全部坐内座。"匹克威克先生说。

"啊,不是全部,"怪男人以强调的语气说,"我订了两张票,假如他们企图把六个人硬塞进只能坐四个人的该死的车厢,那我就去坐驿马车,还要告他们。我是付了钱的。那是不行的;买票时我就告诉过售票员,那是不行的。我知道有过这样的事。我知道每天都有这种事;但我从不吃那一套,永远不吃。最了解我的人都知道这一点。该死的!"说到这里,这位恶狠狠的绅士猛烈地拉铃,告诉那个侍者说最好是五秒钟内把烤面包送来,不然就让他知道厉害。

"我的好先生,"匹克威克先生说,"请允许我说一句,这么激动实在大可不必。我只买了两张内座的票。”

“很高兴听到这一点。”那个凶狠狠的男人说，“我收回所说的话。我表示歉意。这是我的名片。我们认识一下吧。”

“非常荣幸，先生。”匹克威克先生答道，“我们就要成为旅伴了，我希望我们会发现彼此相处很愉快。”

“我希望如此，”凶狠的绅士说，“我知道我们会的。我喜欢你的相貌，看了高兴。绅士们，握握手，通个名。和我认识一下。”

当然，继这彬彬有礼的话之后，便是交换友好的问候；接着那位凶狠的绅士便立即用那种同样的短促、突兀并且不连贯的句子告诉大家他的名字叫道勒；说他到巴斯是去玩的；说以前他在陆军里干过；说他现在像个绅士似的做起了生意；说他靠利息过日子；说他定的另一个座位是给他的夫人道勒太太的。

“她是个好女人，”道勒先生说，“我为她骄傲。我是言之有据的。”

“我希望能有幸见识一下。”匹克威克先生说，脸带微笑。

“你会见到的。”道勒先生答道，“她会认识你的。她会尊敬你的。我向她求婚的情景很特别。我发了个轻率的誓就赢得了她。是这样的，我看见了她；我爱上了她；我向她求了婚；她拒绝了我——‘你爱别人？’——‘别让我难为情。’——‘我认识他。’——‘是的。’——‘很好；假如他在这里，我扒了他的皮。’”

“天哪！”匹克威克先生不由自主地喊道。

“你是不是扒了那位绅士的皮呢，先生？”温克尔先生问道，脸色非常苍白。

“我写了个条子给他。我说这是一件痛苦的事，那确实也是。”

“当然是的。”温克尔先生插话说。

“我说我作为绅士说一不二，说扒他的皮就扒他的皮。我的名声危在旦夕。我别无选择。作为国王陛下的军队里的一名军官,我不得不去扒他的皮。我后悔不得不那么做,但那是非做不可的。他是个没主见的人,他看到军队里的规矩是说一不二。他逃走了。我娶了她。马车来了。那就是她的头。"

道勒先生一说完,就用手指了指一辆刚开来的马车;在马车的窗口处,有一张戴着一顶浅蓝色软帽的颇有几分姿色的脸正在朝人行道上的人群张望;八成是在找这个轻率的人。道勒先生付了账,急忙拿起旅行帽、大衣和披风冲了出去;匹克威克先生及其朋友们也赶紧走出屋子,以便落实座位。

图普曼先生和斯诺格拉斯先生已经在马车后面的座位上坐好了;温克尔先生已走进车厢;匹克威克先生正准备跟着进去,这时候山姆·威勒突然走了过来,凑在主人耳边悄悄说有话要对他讲,神态极其神秘。

"喂,山姆,"匹克威克先生说,"怎么回事呀?"

"这儿有件古怪事儿,先生。"山姆答道。

"什么?"匹克威克先生问道。

"这个嘛,先生,"山姆答道,"我很担心,先生,真担心这辆车的老板在跟我们过不去。"

"这怎么说呢,山姆?"匹克威克先生说,"是不是没有把我们的名字列在乘客表上呢?"

"不但把名字列上了乘客表,先生,"山姆答道,"他们还把其中一个名字用漆写在了马车的门上。"山姆一边说,一边用手指了指车门上的一个地方,通常那里是漆有车主的名字的;那上面有几个大大的金字,一点儿没错,写的正是"匹克威克"这个有魔力的名字。

"天哪,"匹克威克先生叫道,对这样的巧合大感震惊,"多么不寻常的怪事啊!"

"是呀,还不止这样哩,"山姆说,再次把他的主人的注意力引向车门，“写了‘匹克威克’还嫌不够，他们还在前面加了‘摩西’，我说这是伤害之上加侮辱，就像鹦鹉说的那样——人们不仅把它从故乡带走，还强迫它以后说英国话。”

“真是够古怪的，山姆，”匹克威克先生说，“但假如我们老是站在这里说话，那我们就没座位了。”

“怎么，难道就这样算了吗，先生？”山姆叫道，对匹克威克先生所表现的冷静大感惊诧，老先生好像是准备如此冷静地坐进车厢里了。

“算了！”匹克威克先生说，“不算了又怎么办？”

“有人如此大胆放肆，就不去揍他一顿吗？”威勒先生说，他期望至少是派他去向车管员和车夫挑战，当场和他们来一场拳击比赛。

“当然不，”匹克威克先生急迫地说，“无论如何都不行。马上跳到你的座位上去吧。”

“我真的很担心，”走开的时候山姆暗自咕哝道，“东家恐怕出什么毛病了，不然他不会这么安安静静地容忍这一切。但愿那场审判没有打垮他的精神，不过看来不妙，非常不妙。”威勒先生严肃地摇了摇头；值得一提的是，在车子到达肯辛顿的税卡之前，他始终没有再说一句话，这足以说明他是多么关心东家的事。对他这个人来说，这么长时间的沉默寡言实在是够长的了，可以说完全是史无前例的。

旅途中没有发生任何特别值得一提的事。道勒先生讲了众多逸事，全都是讲他个人的勇猛和拼命狠劲的，并且由道勒太太加以证实；道勒太太则一成不变地以附录的形式补充一些被道勒先生遗忘或是他因谦逊之故略去的值得注意的事实或情景，无非是想说明道勒先生是一个比他自己所显示的更了不起的人物。匹克威克先生和温克尔先生非常钦佩地听着，间或与非常可爱而又迷人的道勒太太交谈几句。就这样，道勒先生的故事的趣味、道勒太太的魅力、匹克威克先生的雅兴加上温克尔先生的好耳朵，使得内座的乘客们一路上都相处得极为融洽舒心。

外座的乘客们则做了外座的人们一向做的事情。他们在每一站的开头都非常欢快，谈笑风生的，中间则非常郁闷，恹恹欲睡，而到达终点的时候，又再次变得非常欢快和清醒了。有一位穿印度橡皮披风的年轻绅士，整天都在抽雪茄；还有一位穿着件像大衣的衣服的年轻绅士，也点了很多支雪茄，每次吸到第二口就显然感到不舒服了，于是就在他以为没谁看见的时候把它们扔掉。第三位年轻人坐在驾驶座上，他希望学点养牲口的知识；还有一个老年人坐在车尾，他对农事颇为熟悉。不断有一些穿工装和白上衣的、只知其名不知其姓的人被车管员招呼过来"搭便车"，他们认识在路上来来往往的每一匹马和每一个马夫。还有一顿午饭，假如当时吃饭的嘴巴数目合适的话，半个银币一个人，应该说是便宜的。到下午七点的时候，匹克威克先生和他的朋友们、道勒先生和他的妻子，都在他们各自的私人起居室歇息下来了；他们入住的白牡鹿旅馆就在巴斯的大水泵大厦对面，这里的招待们从服装上看让人误以为是威斯敏斯特的仆役，只是他们的举止好得多，足以纠正这一错觉。

第二天早上，早餐的餐具刚刚收走，就有一位招待拿来了道勒先生的名片，请求允许介绍一位朋友。名片刚刚送来，道勒先生马上便紧随而来，并且带来了他的朋友。

这位朋友是一个不出五十岁的年轻而有魅力的男子，穿着钉有亮闪闪的纽扣的浅蓝色上衣、黑色的裤子和一双皮子极薄、擦得亮极了的靴子。他脖子上用一条短而宽的黑色缎带挂住一副金边单镜眼镜；左手轻轻地抓着一个金质鼻烟壶；手指上有数不清的金戒指在闪闪发光；衬衫的褶边里闪耀着一枚镶着一颗大大的钻石的金质别针。他还有一块金表，外加一根带有大大的金印章的金质表链；他还拿着一根柔韧性很好的黑檀木手杖，手杖顶端是一个沉沉的金头。他的衬衫是最白、最精致并且浆得最硬的那种；他的假发也是最亮、最黑、最卷的。他的鼻烟是王子们用的混合鼻烟；他的香水是“帝王之花”①。他的脸部皱缩成一种永远的微笑；他的牙齿是那么整齐，以至于离得很近都无法分辨哪一颗是真的哪一颗是假的。

“匹克威克先生，”道勒先生说，“这是我的朋友，安吉洛·西鲁斯·班特姆老爷，礼宾官班特姆；这位是匹克威克先生。相互认识一下吧。”

“欢迎来到巴—斯，先生。真是不胜荣幸。非常欢迎来到巴—斯，先生。好久了吧——匹克威克先生，好久没喝这儿的水了吧。好像有一个世纪了，匹克威克先生。非同——小可啊！”

这就是礼宾官安吉洛·西鲁斯·班特姆老爷握住匹克威克先生的手时所说的话；他把那只手握住不放，同时耸着双肩连连鞠躬，好像他真的受不了要把那只手松开似的。

“我是好久没喝这里的水了，当然如此，”匹克威克先生答道，“因为就我所知，我以前根本就没来过这里。”

“从没来过巴—斯，匹克威克先生！”大礼宾官叫道，惊讶中让那只手落了下来，“从没来过巴—斯！嘿！嘿！匹克威克先生，你真会说笑。不坏，不坏。好，好。嘿！嘿！嘿！非同——小可啊！”

“实在惭愧，但我必须说我说的是实话，”匹克威克先生说，“我以前的确没有来过这里。”

“噢，我明白了，”礼宾官叫道，显出非常高兴的样子，“是的，是的——好，好——更好，更好。你就是我们早就听说过的那位绅

① 此处原文为法文。

士。久仰大名，匹克威克先生，久仰大名。”

“是那些该死的报纸关于那次审判的报道吧。”匹克威克先生想，“他们对有关我的一切都了解了。”

“你就是住在克莱普罕—格林的那位绅士，”班特姆继续说，“因为不小心，在喝了葡萄酒后着了凉，四肢都动弹不得；因为痛得不得了，连挪动一下都不行，于是就把皇家巴斯温泉的一百零三度①的温泉水装在瓶子里，用货车运进城里并送到他的卧室，他就用这水洗了澡，打了喷嚏，当天就好了。实在非同小可啊！”

匹克威克先生对这一假设所蕴含的恭维心领了，但无论如何，他还是有谢绝恭维的自我克制力的；趁礼宾官沉默片刻之机，他请求让他来介绍一下他的朋友图普曼先生、温克尔先生和斯诺格拉斯先生。这一介绍又使礼宾官不胜欢快和荣幸。

“班特姆，”道勒先生说，“匹克威克先生和他的朋友们是稀客。他们得留下大名才是。签名簿在哪儿？”

“来巴—斯的贵宾的签名簿，会在今天两点钟送到大水泵大厦去，”礼宾官答道，“你乐意把我们的朋友们带去那儿，以便我能获得他们的签名吗？”

“乐意。”道勒先生答道，“打扰的时间够长了。我们该走了。我过一个小时再来。走吧。”

“今天晚上有个舞会。”礼宾官说，站起来时他再一次握住了匹克威克先生的手，“巴—斯的舞会之夜有如从天堂攫取来的美妙时光；它们那么令人销魂，是因为有音乐、美、优雅、时尚和礼仪，而且——而且——更重要的是，因为没有商人参加，这种人与天堂是格格不入的；不过他们倒是每两个星期在商会聚会一次，那至少也是非同小可的。再会，再会！”就这样，礼宾官安吉洛·西鲁

---

① 华氏温度。

斯·班特姆老爷一边连连申明他极其满意、极其愉快、极其佩服、极其荣幸,一边走下楼梯,跨进在门口等候的一辆非常漂亮的马车,带着嘎嘎之声离去了。

在约好的时间,匹克威克先生和他的朋友们在道勒先生的陪护之下去了会议厅,在一本签名簿上签了名。这一赏光之举令安吉洛·西鲁斯·班特姆更觉得不胜荣幸之至。当晚的舞会的入场券是为大伙都准备了的,但由于它们不在手头,因此匹克威克先生决定派山姆下午四点钟到位于女王广场的礼宾官府上去取,尽管安吉洛·班特姆一再反对说要派人把票送来。在市里短距离地漫步了一会儿之后,他们不约而同地得出一致的结论,那派克街非常像一个人在梦中看见却永远无法到达的那条垂直的街道。于是他们返回了白牡鹿旅馆,并且打发山姆去完成他的东家要求他保证完成的任务。

山姆·威勒既随便又优雅地把帽子戴在头上,双手插在背心的口袋里,极其悠然自得地向女王广场走去,一边走一边吹口哨,吹的是几首当时最流行的曲子,用的是全新的节奏,旨在适应他那高贵的乐器——嘴巴或口腔。到达女王广场上那个指示他去找的门牌号之后,他停止了吹口哨,在门上欢快地敲了敲,立即就有人来开了门,那是一个穿着华丽制服、身材匀称、头上扑着粉的仆人。

"这是班特姆先生府上吗,老兄?"山姆·威勒问道,尽管眼前那个制服华丽、头上扑粉的仆人派头十足,山姆却丝毫没有自惭形秽之感。

"什么事呀,年轻人?"那个头上扑粉的仆人傲慢地问道。

"假如是这里,那你就拿这张名片进去给他,说威勒先生在等着,好吗?"山姆说。说着他就非常冷漠地走进客厅,坐了下来。

头上扑粉的仆人砰的一声用力把门关上,很威严地皱了皱眉头;但是摔门和皱眉都对山姆丝毫不起作用,他此刻正在端详一个用桃花心木做的雨伞架，以各种外在的迹象显示出其挑剔的赞赏。

显然，主人接受了名片后给头上扑粉的仆人留下了有利于山姆的印象，因为他递完名片回来的时候友好地微笑了一下，并且说马上就有回音。

“很好，”山姆说，“告诉那位老绅士不要忙出一身汗来。不用急，六尺大汉。我已经吃过晚饭了。”

“你吃得早啊，先生。”头上扑粉的仆人说。

“我发现早点儿吃晚饭胃口好些。”山姆答道。

“来巴斯很久了吗，先生？”头上扑粉的仆人问道，“我以前没有荣幸地听说过你的大名哩。”

“我还没在这里出过什么大风头，”山姆答道，“因为我和其他几位时髦人物是昨天晚上才来这儿的。”

“好地方啊，先生。”头上扑粉的仆人说。

“看来是这样。”山姆说。

“社交圈令人快活，先生。”头上扑粉的仆人说，“仆人们非常讨人喜欢，先生。”

“我想他们是的，”山姆答道，“是一些殷勤、真挚的、不对任何人乱说什么的人。”

“噢，完全如此，真的，先生。”头上扑粉的仆人说，把山姆的话当成了高度的恭维，“的确完全如此。你是不是有这个爱好呢，先生？”高个子仆人一边问，一边拿出一个小小的鼻烟壶，壶盖上是一个狐狸头。

“免不了打喷嚏呀。”山姆答道。

“唉，那可是件难事儿，先生，我承认。”高个子仆人说，“恐怕要一步一步地来，先生，喝咖啡是最好的实习。我喝咖啡很长时间了。它和鼻烟非常相像，先生。”

这时，一阵刺耳的铃声传来，使头上扑粉的仆人不得不屈辱地把狐狸头鼻烟壶塞进口袋，并且带着卑贱的脸色匆匆奔往班特姆先生的“书房”。顺便说一句，谁不知道有些人从不读书或写字，却偏偏要把自己的某个小后厅称为“书房”！

“这是回信，先生，”头上扑粉的仆人说，“我担心你会觉得太大了不方便。”

“没关系，”山姆说着，接下了那封内容不多的信，“我这筋疲力尽的身子骨刚好还吃得消。”

“我希望我们能再次见面，先生。”头上扑粉的仆人说，一边搓着双手，一边跟着山姆走到门口的台阶上。

“你真是热心肠呀，先生，”山姆说，“好了，别把自己给累坏了，那才是好样儿的。要想想你对社会的责任，千万别操劳过度伤了身体。看在你的伙伴们的分上，你可要尽可能使自己宁静点儿才是；想一想你对他们会是一个多么大的损失！”说完这些感人的话之后，山姆·威勒就告辞了。

“真是一个非常奇特的年轻人。”头上扑粉的仆人说着，目送威勒先生离去，露出显然对山姆捉摸不透的神情。

山姆什么都没有说。他眨眨眼睛，摇摇头，微微一笑，再次眨眨眼睛；脸上带着好像遇上什么非常开心的事儿似的表情，快快乐乐地走了。

刚好在当天晚上八点钟之前二十分钟，礼宾官安吉洛·西鲁斯·班特姆老爷在会议大厦门口从他的马车里走了出来，还是同样的假发、同样的牙齿、同样的眼镜、同样的表和图章、同样的戒指、同样的衬衫别针和同样的手杖。他的外表上惟一看得出来的变化是，他穿着一件颜色更浅的、有白色丝质衬里的浅蓝色上衣，与之匹配的是黑色紧身裤、黑色丝袜、黑色舞鞋和一件白背心，另外就是，假如还有可能的话，好像比先前更香了一点儿。

这样一身打扮的礼宾官，为了严格履行他那非常重要的职务的重大职责,站在晚会室各处招待大家。

巴斯是人山人海了,与会者和花六便士来喝茶的人成群结队地涌了进来。在舞会室、长方形牌室、八角形牌室、楼梯口和过道里,由众多人声和无数脚步声汇成的热火朝天的喧闹,使人非常着迷。衣服沙沙作响,羽毛摇来晃去,灯光亮堂堂,珠宝在闪光。还有音乐哩——不是四组舞乐队的演奏,因为那还没有开始;而是由轻盈柔和的小脚步奏出的乐音,时不时地还有一声清脆的欢笑——低微而轻柔,但是非常悦耳——女性的声音就是如此,无论在巴斯还是别处。闪闪发亮的眼睛,因充满欢快的期待而更加神采飞扬,把灼灼亮光闪向四面八方;无论你把目光投向哪里,都能看到一个美丽的身影从人群中优雅地滑过,刚刚一消失,又被另一个同样雅致迷人的身影取代了。

在茶室里,悠游在牌桌边的是很多模样奇怪的老太太和老态龙钟的老绅士,在谈论当天街坊上的闲言碎语,那副津津乐道的样子充分说明他们从这种闲谈获得的快乐是何等强烈。掺杂在这些团伙中的还有三四个在撮合婚姻的妈妈,她们看上去好像完全被所参与的谈话吸引住了,但却没有忘记时不时地斜着眼睛朝她们的女儿投去焦急的目光,而女儿们哩,也牢牢记住了母亲要她们好好利用青春的训谕,已经初步开始卖弄风情:失落围巾、戴上手套、放下杯子,等等;这些显然是雕虫小技,但假如由饱经情场的老手来操练,却可能获得惊人的好效果。

一群又一群愚蠢的小伙子在门口和偏远的角落晃荡,在展示他们的各种自以为是的愚蠢行径,以他们的蠢行和自负去逗乐周围有理性的人们,同时还乐滋滋地蛮以为他们自己真的是大家赞美的对象。这种赞美是一种明智而仁慈的施舍,没有哪个好人会反对的。

最后,坐在后排的一些凳子上并且已经把那里作为晚会的座位占据下来的，是几个已过“人生大关”①的未婚女士，她们不去跳舞，因为没有舞伴，也不去打牌，因为怕落到个无可救药地找不到搭档的下场；因此她们是处在可以骂任何人而不必自我反省的有利地位。简而言之就是，她们可以骂所有的人，因为所有的人都近在眼前。这是一个欢快、灿烂、壮观的场面；有的是穿着华贵的人们、美丽的镜子、打了滑石粉的地板、多枝烛台和蜡烛；而在这一壮丽场景中四处露面，沉静而温柔地从这里滑到那里，对这群人谄媚地鞠躬，对那群人熟悉地点头，对所有人满意地微笑的，正是服饰华丽的礼宾官安吉洛·西鲁斯·班特姆老爷。

“到茶室里去。请喝点六便士的茶吧。他们放了些热水，就把它叫做茶了。喝吧。”道勒先生一边大声说话，一边指引着匹克威克先生，匹克威克先生由道勒太太挽着手臂，走在这一小群人的前头。匹克威克先生于是进了茶室；班特姆先生一看见，就立即像个螺丝锥子似的从人群里钻了出来，热情如狂地对他表示欢迎。

“亲爱的先生，我感到无比荣幸。巴—斯的荣幸。道勒太太，你令晚会生辉啊。祝贺你戴了这样的羽毛。不同寻常！”

“都是些什么人呀？”道勒先生说道，面带疑色。

“什么人！巴—斯的精英呀，匹克威克先生，看见那位戴纱帽的女士了吗？”

“那位胖老太太吗？”匹克威克先生率真地问道。

“嘘，我亲爱的先生——巴—斯没有谁是胖的或老的。那位是富孀斯纳方纳甫夫人。”

“真的吗？”匹克威克先生说。

“一点儿没错，我向你保证，”礼宾官说，“嘘，靠近一点儿，匹

① “人生大关”，原文为 the grand climacteric，指六十三岁，旧时人们臆断此时会有人生大变故发生。

克威克先生。你看见朝这边走来的那个穿着气派的青年小伙子了吗?”

“是头发很长、额头特别小的那个吗?”匹克威克先生问道。

“正是。巴—斯目前最富有的年轻人。马坦海德小爵爷。”

“真的吗?”匹克威克先生说。

“真的。你马上就会听到他说话的,匹克威克先生。他会跟我说话的。和他在一起的另一位绅士,穿红色小背心并留着黑色八字胡的那个,是克拉希顿大人,他的知心好友。你好吗,爵爷?”

“好夜(热)呀,班特姆。”那位爵爷说。

“是够暖和的,大人。”礼宾官说。

“真要命。”克拉希顿大人赞同说。

“你看见爵爷的邮车没有,班特姆?”稍作停顿之后,克拉希顿大人问道,而在那段停顿里,马坦海德小爵爷一直在盯着匹克威克先生——一定要把他盯得不知所措方肯罢休,克拉希顿大人则一直在琢磨什么话题是小爵爷最喜欢的。

“天哪,没看见,”礼宾官说。“一辆邮车!多好的主意呀。不同寻常!”

“我的脑(老)天呀!”小爵爷说,“我以为没(每)个银(人)都见过那辆新邮车啦,那系(是)戏(世)上用轮几(子)跑的东西里头最精致、最漂亮、最油(优)雅的。漆了哄(红)漆,带走(着)奶油色的斑点。”

“有一个真正的信箱,应有尽有。”克拉希顿大人说。

“欠(前)面有小小的座位,装了铁烂(栏)杆,供开车几(子)的银(人)用的。”小爵爷补充说,“有一天早上我开着它香(上)布列希(斯)托尔,我穿着哄(红)色香(上)衣,有两个仆银(人)跟在后面戏(四)分鸡(之)一英里的地方;真系(是)活见鬼,那些银(人)都从他们的小屋几(子)跑出来,拦住我的路,问我系不系(是不是)邮差。妙！妙！”

为这件逸事，爵爷笑得非常开心，听的人当然也如此。然后，马坦海德爵爷挽起谄媚的克拉希顿大人的手臂走开了。

“欢快的年轻人呀，这位爵爷。”礼宾官说。

“我想也是。”匹克威克先生干巴巴地答道。

跳舞开始了，在做完必要的介绍，做好一切基本的安排之后，安吉洛·班特姆又回来找匹克威克先生，领着他去了牌室。

刚好在他们进去的当儿，那位富孀斯纳方纳甫夫人和另外两位旧式打扮、看上去喜欢“惠斯特牌戏”的女士正在一张空着的牌桌边逡巡；她们一看见安吉洛·班特姆陪护下的匹克威克先生，就相互使了个眼色，明白他正是她们玩牌所需要的那个角儿。

“我亲爱的班特姆，”富孀斯纳方纳甫夫人说道，像哄小孩似的，“给我们找个可爱的人来凑成一局吧，好样儿的。”匹克威克先生此刻刚好在看别处，所以那位夫人就朝着他点了点头，富于表情地皱了一下眉头。

“夫人，我的朋友匹克威克先生会非常高兴的，我确信如此，非同——寻常地高兴。”礼宾官说道，接受了那一暗示，“这位是匹克威克先生，这位是斯纳方纳甫夫人——这位是伍格斯比上校夫人——这位是波洛小姐。”

匹克威克先生向每位女士鞠了躬，由于发现开溜是不可能的，因此他切了牌。匹克威克先生和波洛小姐搭档，对斯纳方纳甫夫人和伍格斯比上校夫人。

在发第二手牌之初、王牌刚刚翻出来的时候，有两位年轻女士匆匆进入牌室，在伍格斯比上校夫人的两边坐了下来，耐心地等着这一手牌打完。

“喂，珍妮，”伍格斯比上校夫人一边说，一边转向女孩中的一个，“怎么回事呀？”

“我来问问你，妈，我可不可以和那个最年轻的克劳莱先生跳舞。”两个女孩中更漂亮也更年轻的那位耳语说。

“天哪，珍妮，你怎么会想出这种事情?”做妈的气愤地说，“你没有一再听说他父亲年薪只有八百，而且他一死就没了吗？我为你害臊。绝对不可以。”

“妈，”另一个女孩耳语说，她比妹妹大得多，并且十分乏味和做作，“马坦海德爵爷经人介绍给我了。我说我想我还没有订婚，妈。”

“你是个甜甜的小乖乖，我的宝贝，”伍格斯比上校夫人说，一边用扇子轻轻拍了拍女儿的脸颊，“你永远叫人那么放心。他阔得很呀，我亲爱的，祝福你!”说完这些话，伍格斯比上校夫人非常疼爱地亲了亲她的长女，又以警告的姿态朝另一位皱了皱眉头，然后开始整理她的牌。

可怜的匹克威克先生！他可从来没和这么精明的三位女玩家交过手啊。她们实在太厉害了，把他完全吓坏了。假如他出错一张牌，波洛小姐的目光就会看上去像生产匕首的兵工厂；假如他停下来考虑出哪张牌才对，斯纳方纳甫夫人就会往椅背上一仰，带着不耐烦和怜悯交集的目光朝伍格斯比太太冷笑；而伍格斯比太太的反应是耸耸双肩，咳嗽一声，仿佛在说她怀疑他是不是还要把牌打下去。然后，每打完一手牌，波洛小姐都会带着阴郁的脸色和责备的叹息质问匹克威克先生为什么不跟着出方片，或者为什么不先出梅花，为什么不垫掉黑桃，为什么不偷一偷红桃，为什么不连着出大牌，为什么不打尖子，为什么不配合老K，等等；作为对所有这些严厉责问的回复，匹克威克先生完全说不出任何理直气壮的理由，因为到这个时候他已经把牌的玩法忘得一干二净了。还有些人跑来观战，也弄得匹克威克先生不胜紧张。除了这一切，桌子边还有一场大大分散注意力的没完没了的谈话，那是安吉洛·班特姆在和两位马丁特小姐说话——这两位小姐孤孤单单的，正在向礼宾官大献殷勤，指望他说不定什么时候给她们弄到一两个没有伴的人做搭档。所以这一切，再加上人来人往的喧闹与骚扰，使匹克威克先生打牌打得很糟糕；而且那些牌也在和他作对；当他们在十一点十分罢牌的时候，波洛小姐非常有气地从桌边站了起来，泪水滂沱地坐着轿子径直回家去了。

和朋友们会合到一起时，大家异口同声地声明，说简直从没度过比这更欢快的夜晚；匹克威克先生和他们一道回到白牡鹿旅馆，在喝了点热东西镇静情绪之后上床睡觉，几乎一上床就睡着了。

第三十六章　本章主要是关于布拉都德王子的传说的可靠记载，以及温克尔先生遭受的无妄之灾

由于打算在巴斯至少住上两个月，匹克威克先生觉得租赁房屋给自己和朋友们做私寓是明智的；得益于一个很好的机会，他们以适中的价格租到了新月街的一所房屋的楼上部分；因房子太大，他们用不了那么多，于是道勒先生和夫人就提议分租一间卧室和起居室。这一提议马上被采纳了，于是三天之内他们就搬进了新寓所，匹克威克先生则极其勤勉地开始喝起矿泉水来。匹克威克先生喝矿泉水是讲究系统性的。他在早餐之前喝四分之一品脱，然后爬上一座小山岗；早餐之后再喝四分之一品脱，然后又爬下一座小山岗；每次喝完四分之一品脱，匹克威克先生都要用极其庄严而有力的字眼宣告说，他感觉好多了，对此他的朋友们大感欣慰，尽管他们以前从未注意到他身体有什么毛病。

大水泵大厦是一个宽敞的沙龙，里面有科林斯①式的立柱、一个音乐廊、一座大挂钟、一尊纳什②像，以及一段金色的铭文——这是所有喝矿泉水的人应当拜读的，因为它呼吁他们献身于善有善报的慈善事业。里面有一个大大的台子，上面有一个大理石花

---

① 科林斯，是古希腊南部一都市，以商业、艺术和奢华闻名，旧译为哥林多。

② 纳什（1567—1601），英国剧作家，讽刺作家。

瓶,水泵就是从那里面把水抽出来的;还有一些看上去黄澄澄的平底杯,人们就是用它们喝水的;看着他们把水吞下去的那种坚毅而庄严的模样,实在是非常让人深受启迪和倍感满意。附近处就有浴池,有一部分人就是在那里面泡矿泉澡,然后会有乐队演奏,祝贺其余的人也都泡过了。另外还有一间水泵房,体衰多病的女士们和绅士们坐在椅子或车子里被推进去,那些花样各异的椅子和车子多得令人吃惊,假如有某个敢于冒险的进去时脚趾头的数目还是正常的,那么出来的时候很可能就没那么多了;还有第三间水泵室,那是好静的人们去的,因为它比其他两室更安静。可以尽情地散步,可以拄拐杖,也可以不拄,可以带手杖,也可以不带,此外还有无尽的畅谈、活动与快乐。

每天早上,包括匹克威克先生在内的正规喝水者们都在水泵大厦会面,各自喝完自己的四分之一品脱之后,就为养生目的散步去了。在下午大散步的时候,马坦海德爵爷、克拉希顿大人、富孀斯纳方纳甫夫人、伍格斯比上校夫人,以及所有的大人物,以及所有早上去喝水的人,举行了声势浩大的聚会。在这之后,他们从大水泵大厦走出去,或乘车出去,或者坐在浴椅中被推出去,于是再次济济一处。在这之后,绅士们去到阅览室,与芸芸大众的一部分相会。在这之后,他们才打道回府。假如晚上有戏剧上演,也许他们又要在剧院里相遇;假如晚上有集会,他们就在会场相遇;假如两样都没有,那他们就第二天再碰头。这是一个令人非常愉快的程序,尽管也许稍嫌刻板。

在以这样的方式度完了一天之后,匹克威克先生一人独坐在那里,正在记事本上记日记——他的朋友们都上床休息了——这时一阵突如其来的轻柔的敲门声惊动了他。

“对不起,先生,”女房东克拉多克太太说道,一边探头往房里窥视,“你还需要点儿什么吗,先生?”

“不需要什么,夫人。”匹克威克先生答道。

“我的小女儿上床睡了,先生,”克拉多克太太说,“道勒先生可真够好的,他说他要等道勒太太回来才去睡,因为晚会估计要很晚才会散哩;因此我在想,假如你不再需要什么的话,匹克威克先生,那我就去睡了。”

“请去吧,夫人。”匹克威克先生答道。

“祝你晚安,先生。”克拉多克太太说。

“晚安,夫人。”匹克威克先生答道。

克拉多克太太关上了门,匹克威克先生继续写日记。

不出半个钟头日记就写完了。匹克威克先生小心地用吸墨纸擦干最后一页,合上日记本,用上衣的燕尾的衬里的下端擦了擦笔,打开放墨水瓶的抽屉把笔小心地放了回去。抽屉里有几张写字用的纸,上面密密麻麻地写满了字,纸是折叠起来的,圆体字标题折在外头,他可以看得清清楚楚。从标题看,那不是什么私人文件,又由于它好像是有关巴斯的,并且非常短,因此匹克威克先生就把它展开,点燃了他卧室里那支估计够他看完那些文字的蜡烛;他把椅子拉近炉火,读了起来。

布拉都德王子的真实传说

“在不到两百年以前,在本市的公共浴室之一里出现了一块碑,是纪念它的伟大建造者、著名的布拉都德王子的。现在那些碑文已被磨灭了。

“在那之前的好几百年里,有一个古老的传说代代相传,说是那位赫赫有名的王子在满载学问从雅典荣归故里时染上了麻风病,于是就远离他父王的宫廷,心情抑郁地去与农夫和猪做伴。在那些牲畜之中(传说这样说),有一头猪长相庄严,王子把它视为同道——因为它也是有智慧的——这头猪真有深思和持重的风度，是一头远比它的同类卓著的猪，不仅吼声吓人，而且利牙也可怕。一看到这头气度非凡的猪，王子就会深深地叹息；他会想到他的父王，并且泪水盈眶。

“这头睿智的猪喜欢在肥沃的泥淖里洗澡。并不是在夏天里洗澡，像现在普通的猪所做的那样——它们甚至在那些遥远的年代就这样做了（这证明文明的曙光已初露端倪，尽管还很微弱），而是在冬季寒冷刺骨的日子里洗。它的外衣是那么有光泽，面容又是那么清爽，因此王子决心去试一试他的朋友经常光顾的那片泥淖的净化功能。他真的去试了。在那片黑色的泥淖之下，气泡直冒的便是巴斯的温泉。他在其中洗了澡，病也就治好了。他匆匆跑去他父王的宫廷，向父王恭请圣安，然后又很快赶了回来，修建了这座城市，以及它那著名的浴池。

“他怀着由先前的友谊激发的所有热忱去寻找那头猪——可是，伤心啊！温泉断送了它的性命。它不小心到温度太高的温泉里去洗了澡，结果这位自然哲学家就不复存在了！它的后继者是普林尼①，他也是因渴求知识而做了牺牲。

“这只是传说。请听听真实的故事。

“很多个世纪以前，有一位威风凛凛的君王，那就是赫赫有名的鲁德·胡迪布拉斯，不列颠的君王。他是一位孔武有力的君主，他走路的时候大地都要抖动，因为他无比的肥硕。他的子民用他脸上的光芒取暖——因为它容光灿烂、又红又亮。他的确从头到脚每一寸都是个君王。他的尺寸真是够大的，足以匹配他君王的身份，因为他尽管个子不高，腰围却大得不得了，在高度方面有短

① 指老普林尼（23—79），古罗马博物学家，传世之作有多卷本《自然史》，因逼近观测火山喷发而死。

缺，在圆周上却弥补了不足。在一代不如一代的近代君王们之中，假如还有谁能在某种程度上与他匹敌的话，我想说恐怕也只有可敬的科尔王了。

“这位好国王有一个王后，她在十八年前生了一个儿子，名叫布拉都德。他被送进他父亲的疆土之内的一所初级神学院，一直读到十岁，然后，在一位忠实使者的照顾下，他被送进雅典的一所进修学校学习；由于在假期留校无需额外交费，而学生离校也无需事先通知，于是他在雅典待了八年之久，期满时他父亲派了侍从长去，替他付账，把他接回来；侍从长完成了使命，在欢呼声中回国，并且立即被赏以年俸。

“鲁德王见了王子，也就是他的儿子，发现儿子已长成一个很棒的小伙子，他立即觉得，假如马上让儿子成婚，那将是一桩莫大的好事，那样就可以生儿育女来延续鲁德王族的血脉，一直延续到世界的最后世纪了。基于这一想法，他派了一个特别使团到邻国去——使团由一些既无事可做又没有赢利差事的名门贵族组成——要求邻国国王把漂亮的女儿嫁给他的儿子；同时声明他渴望与他的兄弟加朋友缔结极其诚挚的情谊，但假如他们不同意这桩婚事的话，那么他迫于不愉快的必要性，将出兵侵犯他的王国，还要挖出他的眼睛。对这一要求，另一位国王（两位国王中的弱者）答复说，他很感激他的兄弟加朋友的所有好意与慷慨，并说他的女儿随时准备出嫁，随便布拉都德王子什么时候来带她走。

“这一答复一传到不列颠，举国上下都欣喜若狂。到处听到的只有宴饮狂欢的声音——此外就是金钱的丁当响，那是人们为支付快乐庆典的开销而向国库税收员缴纳金钱时发出的。正是在这一庆典之上，鲁德王从围满文武百官的高高宝座上满腔激情地站起来，命令司法大臣派人送来了最香醇的葡萄酒，还召来了宫廷乐师——这一皇恩浩荡之举，由于史学家的无知竟被归功于科尔

王名下,有关的著名诗句是这样描写国王陛下的:

> 要来他的烟斗,以及他的酒壶,
> 还召来他的三个提琴手。

从纪念的角度看,如此张冠李戴显然对鲁德王不公正,相反却不诚实地拔高了科尔王的功德。

“但是,在所有这一切宴饮和狂欢当中,有一个人对泡沫翻腾的美酒无心品尝,在乐师演奏时也无心起舞。这个人不是别人,正是布拉都德王子,此时此刻全国人民绷紧喉咙和勒紧钱袋来祝贺的便是他的幸福。原来事情是这样的:这位王子忘记了外交大臣享有代表他恋爱的毋庸置疑的权利,居然违背所有的政策与外交惯例,为自己的利益而擅自恋爱,同一位高贵的雅典人的漂亮女儿私订了终身。

“文明和教养的多方面的好处,由这一鲜明事例可窥一斑。假如布拉都德王子是生活在以后的时代,他可以马上与他父亲选定的对象结婚,然后拼命地工作,以缓解压在他身上的沉重负担。他也可以通过有计划的侮辱和怠慢千方百计地使她心碎;或者,即使她的女性精神,以及因意识到饱受冤屈而产生的自傲能支持她熬过这种虐待,他也还是可以想出法子来要她的命,从而有效地抛弃她。但是这两种解脱法布拉都德王子一样都没想到;因此他要求独自见驾,把自己的苦衷告诉父王。

“君王们由来已久的特权是,除了自己的感情什么都由自己管。鲁德王大发雷霆,把王冠扔向天花板,然后又伸手接住——因为那时候君主们的王冠是戴在头上,而不是藏在城堡的塔楼里的——他又顿脚,又捶额头,闹不清为什么他自己的亲骨肉会违抗自己的旨意,最后,他叫来了卫兵,下令立即把王子押到一座高高的塔楼里囚禁起来;古代的君王们通常都是用这样的办法来对付那些婚姻倾向与他们的相悖逆的儿子们的。

“布拉都德王子在高高的塔楼里被关了大半年，在他的肉眼之前除了一堵石墙没有更好的远景，他的精神视线前面也只有长期的囚禁，于是他自然而然地开始琢磨起越狱的计划来，经过几个月的准备，他达到了目的；他还非常体恤地将一把餐刀留在了看守他的狱卒的心脏里，以免那个可怜的人（他是有家室的）被误认为暗中参与了越狱计划并因此遭到暴怒的国王的惩罚。

“儿子的越狱令国王恼怒如狂。他不知道该向谁发泄痛苦与恼怒，好在他想到了把王子带回国的侍从长，于是就剥夺了侍从长的年俸以及他的脑袋。

“与此同时，年轻的王子经过有效的化装，在他父亲的领土上徒步四处流浪，那千辛万苦之中，对那位雅典姑娘的甜蜜思念给了他莫大的鼓舞和支持，她就是导致他遭受那令人疲惫的磨难的无辜的祸首啊。有一天，他在一个乡村停下来歇息；看见草地上有人在欢快地起舞，快乐的脸庞来来去去，于是他便壮着胆问站在他附近的一位作乐者这样作乐是为什么。

“‘你不知道吗，陌生人，’那人回答说，‘不知道我们的国王陛下最近发布的告示吗？’

“‘告示！不知道。什么宣告？’王子答道——由于他走的都是人迹罕至的小道，因此他不知道大路上发生的事。

“‘嗨，’那个农民答道，‘我们的王子希望娶的那个外国女士已经嫁给她本国的一个贵族了；国王宣告了这一事实，还号召大家要好好庆祝庆祝——因为现在布拉都德王子当然要回去娶他父亲所选定的女士了，据说她美丽得像正午的太阳哩。祝你健康，先生。上帝保佑吾王！’

“王子不再停下来听了。他逃离那里，钻进了附近一座森林的最茂密的深处。他漫无目的地走呀，走呀，不分黑夜与白昼，在炎热灼人的烈日下，也在清冷惨淡的月光中；既承受正午的燥热，又忍耐深夜的湿冷；既迎来凌晨灰暗的晨光，也送走黄昏的红彤彤的晚霞。他一心只想到雅典去，完全不注意时间和目的了，就这样在游荡中偏离了方向，来到了巴斯。

“巴斯所在之地那时候还没有城市。没有人类居住或涉足的任何迹象，也就谈不上什么巴斯城了；但是那里却有古今一样的高贵的田野，有古今一样的连绵的山岗和山谷，有古今一样的静静流向远方的美丽河道；还有那亘古未变的崇山峻岭，它们有如人生的苦难，远远地望去，一部分被早晨的薄雾掩盖着，失去了往日的崎岖和险峻，好像整个变得平易而温柔了。王子被眼前风景的柔美感动了，他颓然坐在绿草地上，用泪水来洗浴肿胀的双脚。

“‘噢！’不幸的布拉都德说，一边把双手握在一起，一边悲伤地仰望天空，‘但愿我的流浪在这里结束！但愿我现在用来哀悼我那错寄的希望和被蔑视的爱情的这些感恩的泪水，永远宁静地流淌！’

“这一愿望被神灵听到了。那时候恰好是异教神时代，异教神灵们常常是会接受人们的祷告的，有时兑现得干净利索，有时则极其笨拙。大地在王子的脚下裂开；他掉进了裂口；裂口马上又在他头顶合拢了，只留下他的热泪从地里涌出来的一个口子，自那以后它就永远从那里迸涌而出了。

“值得注意的是，时至今日，很多在求偶方面失望的年长的女士们和绅士们，以及差不多同样数目的急于找到伴侣的年轻人，每年都要到巴斯来喝这泉水，从中获取巨大的力量和安慰。这是对布拉都德王子的泪水的功德的一种赞美，也是对这个传说的真实性的强有力的证明。”

读完这篇小小的手稿之后，匹克威克先生打了几个呵欠，小心地把手稿折叠好,放回到放墨水瓶的抽屉里;然后,他带着极其困倦的面容点燃了卧室蜡烛,上楼睡觉去了。

他按照惯例在道勒先生的门口停了下来,并且敲门道晚安。

“啊!”道勒先生说,“要去睡了吗?但愿我已经睡了。多阴郁的夜晚。在刮风呀,不是吗?”

“风很大,”匹克威克先生说,“晚安。”

“晚安。”

匹克威克先生去了他的卧室,道勒先生则又坐回了火炉前的座位,以履行他那要等着他妻子回来的轻率诺言。

比坐着等人更难受的事是很少的,尤其是假如要等的人是在参加晚会的话。你禁不住会去想,对他们来说时间过得多么快,而对你来说却拖得那么慢;你越是这么想,你觉得他们快要回来了的希望就越是渺茫。再说,在你一人独坐的时候,时钟的“嗒嗒”声也特别的响亮,你仿佛感到自己穿上了一件由蜘蛛网织成的贴肉衣服。开头好像有什么东西在搔你的右膝,然后你的左膝又痒起来了。你刚刚换了个姿势,那种痒痒的感觉又到了手臂上;在你坐卧不安地把四肢扭曲成各种古怪姿势时,你的鼻子又突然痒病发作了,于是你狠劲地揉鼻子,仿佛要把它揉掉似的——无疑是会把它揉掉的,假如你能做到的话。还有眼睛哩,它们纯粹是碍事的累赘;你睡眼惺忪地在剪一根蜡烛的烛芯,而另一根却又有一英寸半长了。由于这些以及其他一些伤脑筋的烦心事儿,在别人都已睡去时,长时间枯坐守夜绝不是一件令人愉快的事情。

这以上正是道勒先生的看法;他坐在炉火跟前,一想到参加晚会的那些使他长夜枯坐的没有人性的人,就由衷地感到莫大的愤慨。虽然他想到在傍晚时分是他自己觉得有点儿头疼,于是他就留在了家里,但是这一反省也没有使他的心情有所好转。他有好几次瞌睡过去,打盹中脑袋朝火炉的铁护栏冲撞了好几回,每次都因及时缩了回来而避免了在脸上留下烙印，最后他决定还是躺到后房的床上去思考思考——不是去睡觉，当然。

“我是一个睡得很死的人，”道勒先生在床上躺下的时候说，“我必须醒着才是。我想我在这里是听得见敲门声的。是的。我想是这样。我听得见守夜人的声音。他走过去了。声音更微弱了。又弱了一点儿。他正在拐弯哩。啊！”道勒先生的思绪到了这个点上，然后他就拐过了那个一直令他犹豫不决的弯，进入了睡乡。

时钟刚好敲完凌晨三点，一顶轿子突然被刮到新月街来了，里面坐的是道勒太太；轿夫中的一位又矮又胖，另一位又高又瘦，他俩一路上光是使自己的身体保持垂直就已费尽周折，更不用说还要抬着轿子了。而在那一带高地以及新月街上，风刮起来团团转，其凶猛劲儿怪可怕的，仿佛要把地面上铺的石子卷走似的。因此他们很高兴地放下了轿子，并且在大门上实实在在、响当当地敲了两下。

他们等了一会儿，但是没有人来开门。

“仆人们在睡神的怀里，我想是的。”矮轿夫说，一边把手放到拿着火把照路的孩子的火把上去烘烤。

“我希望他捏他们一把，让他们醒过来。”高个子轿夫说。

“再敲敲看，请再敲一敲。”道勒太太在轿子里喊道，“请你们再敲两三次。”

矮个子轿夫是非常愿意尽快了结此事的；因此他站在台阶上敲了四五次极其惊人的双响，分开来算就是八下或十下之多；与此同时，高个子轿夫走到街上，抬头察看窗子里是不是点着灯。

没有人来开门。寂静和黑暗一如先前。

“天哪！”道勒太太说，“你可得再敲敲，请敲敲吧。”

“有没有门铃呀，太太？”矮轿夫说。

“有的，”拿火把的孩子插嘴说，“我一直在拉着哩。”

“只剩一个把手了，”道勒太太说，“线断了。”

“但愿断了的是那些仆人的脖子。”高轿夫吼道。

“我必须麻烦你们再敲一敲，有劳大驾了。”道勒太太极其礼貌地说。

矮轿夫的确又敲了几次，却没有丝毫效果。高轿夫非常不耐烦了，就上去代替他，两下两下连续不断地大敲起来，有如一个发了狂的邮差。

终于，梦乡里的温克尔先生进了一个俱乐部开会，那里的会员们非常自以为是，因此主席不得不大敲桌子维持秩序；然后他又迷迷糊糊地梦见一个拍卖行，里面没有人开价竞买，拍卖的人什么都自己买进；最后，他开始觉得可能是有人在敲大门。为了弄个明白，他又在床上躺了十分钟左右，一边仔细倾听；在把敲门声数到三十二三下时，他觉得足够了，完全深信自己是清醒的了。

“嘭嘭——嘭嘭——嘭嘭——嘭，嘭，嘭，嘭，嘭，嘭！”门环继续在响。

温克尔先生从床上跳了起来，一时根本弄不清到底可能是发生了什么事情，他匆匆穿上袜子和拖鞋，用睡衣裹住身子，借炉中的微火点燃一支扁蜡烛，匆匆奔下楼去。

“终于有人下来了，太太。”矮轿夫说。

“真希望我拿着一个钻子在后面扎他。”高轿夫咕哝道。

“谁呀？”温克尔先生喊道，一边解门链。

“别停下来问问题，你这个铁蛋脑袋，”高个子非常鄙夷地答道，想当然地以为问话的一定是仆人，“快把门打开。”

“开呀，快点，木头眼皮的家伙。”另一个轿夫帮腔说。

温克尔先生正处在半睡半醒之间，他机械地服从了命令，把门打开一点点，向外窥探。他看见的第一样东西是那个照路的小孩手里拿的红光耀眼的火把。突如其来的恐惧攫住了他，他满以为屋子着火了，于是慌忙地一推，把门敞开，同时把蜡烛举在头上方，急切地瞪着前面，弄不太清楚眼前所见的是一顶轿子还是一辆救火车。就在这一瞬间，一阵狂风吹来，把蜡烛吹熄了；温克尔先生感到自己不可抗拒地被推到了台阶上；门也随着砰的一声巨响被关上了。

“喂，年轻人，你干的好事儿！”矮个子轿夫说。

温克尔先生看见轿子的窗边有一张女人的脸，因此急忙转过身去，使出浑身力气拼命地敲门环，发疯似的喊轿夫把轿子抬走。

“抬走，抬走，”温克尔先生喊道。“有人从别的屋子里出来了；让我躲进轿子里。把我藏起来！帮帮我！”

这时候他正冷得直打抖；而每一次他抬起手去敲门环，狂风都把他的衣服吹得不成样子。

“人们走到新月街来了。里面有女士啊；用什么东西把我遮挡起来吧。站在我前面！”温克尔先生吼道。但轿夫们笑得要死，一点儿也帮不上他的忙，而那些女士们已越走越近。

温克尔先生最后绝望地敲了一下门；女士们只相隔几家大门了。他把熄灭的蜡烛扔掉——此前他一直都把它举在头上方——光明正大地跳进了道勒太太坐于其中的轿子。

现在，克拉多克太太总算听到了敲门声和人的声音；在挑三拣四地把比睡帽更像样的东西戴到头上之后，她跑到二楼的前客厅，想弄清是不是道勒太太回来了。她推上窗框的时候温克尔先生正在往轿子里冲，她一看见下面发生的事情，就立即发出一声猛烈而又凄惨的尖叫，并喊道勒先生马上起来，因为他妻子正要与另一位绅士私奔了。

一听到这话，道勒先生就像一个印度橡皮球似的猛地从床上蹦了下来，冲到前间，他到达一个窗口的时候正好匹克威克先生把另一个窗框推上去:他俩的目光触到的第一个景象,就是温克尔先生冲进了轿子。

“守夜的,”道勒先生狂暴地说,“拦住他——抓住他——抓牢他——关住他,等我下来。我要割断他的喉咙——给我一把刀,从这边耳朵割到那边耳朵,克拉多克太太——我要割!”于是,这位怒火中烧的丈夫挣脱正尖叫的女房东和匹克威克先生的劝阻,拿起一把小餐刀冲到了街上。

但温克尔先生并没有等他。他一听到凶猛的道勒先生的威胁,就跳出了轿子——就像他跳进去时一样迅速——他把拖鞋往街上一扔,光着脚在新月街上兜起圈子来,在后面紧追的是道勒先生和守夜人。他一直跑在前头;第二次从门前跑过时,大门是开着的,于是他就跑了进去,冲着道勒的脸砰地一声把门关上,上楼进到自己的卧室里,锁上房门,把一个脸盆架、一个带抽屉的柜子和一张桌子堆在门边顶住,还包好了一些生活必需品,准备天一有点亮光就逃走。

道勒先生赶到门外,通过钥匙孔表明了他第二天要割断温克尔先生的喉咙的坚定决心;客厅一片纷乱的喧嚷声,其中匹克威克先生的声音清晰可闻,他正在努力进行调解;喧嚷之后,住户们各自回到自己的卧室,一切又再次恢复了平静。

在这整段时间里,山姆上哪儿去了呢?这个问题并非不可能被提出来的。下一章我们要讲的便是山姆的行踪。

第三十七章　如实说明威勒先生不在场的原因，因而描写他应邀参加的晚会；并且叙述他受匹克威克先生之托去办的一件微妙而重要的差事

"威勒先生，"克拉多克太太说道，这时正好是那个多事之日的早上，"这儿有你的一封信。"

"真是奇怪啊，"山姆说，"恐怕是出什么事了，因为我记得我所认识的人之中没有人能够写信的。"

"也许是很不寻常的事发生了。"克拉多克太太说。

"一定是什么非常不寻常的事，所以我朋友中才会有人写出这么一封信来。"山姆答道，一边怀疑地摇头，"真是破天荒的事啊，就像那个年轻人在发病的时候说的。这封信不可能是老头子写来的。"山姆说，看着信封上的姓名和地址，"他总是写印刷体的，我很清楚，因为他是从售票房的大告示上学会写字的。不知这封信到底是从哪里来的，这事可真够古怪的了。"

山姆这样说着，像很多人在弄不清写信人是谁时常做的那样，看看封口，又看看正面，再看看反面，还看了看侧面，然后是看看姓名和地址；而作为最后的招数，他觉得最好还是看一看内容，那样说不定能有所发现。

"是用金边信纸写的，"山姆把信拆开时说，"是用大门钥匙的头头压在青铜色的蜡上封的口。现在就看一看吧。"于是，威勒先

生带着一脸严肃的神情读到了以下文字：

> 巴斯的仆人们中的精英们对威勒先生深表敬意，并恭请他光临今晚的友情晚晏①，席上有一条煮羊腿及其他常见配菜。晚晏定于九点半钟准时开席。

包着请柬的一张便条上写着以下文字：

> 约翰·斯莫克尔先生，也就是几天以前在共同的相识班特姆先生家有幸与威勒先生会面的那位绅士，向威勒先生恭奉上这份请帖。假如威勒先生能在九点钟光临约翰·斯莫克尔先生舍下，斯莫克尔先生乐意陪同赴会，以便向朋友们介绍威勒先生。
>
> （签名）约翰·斯莫克尔

信封上写的是寄到匹克威克先生家，呈××威勒老爷名；在左上角的一个括号里，写着"速弟"②字样，是给送信人的指示。

"嘿，"山姆说，"这未免也太过火了点吧，真的。以前我可从没听说过把一条煮羊腿称为宴会的。我不知道他们会把烤羊腿叫做什么。"

尽管如此，山姆没有花时间去深究这一点，而是径直走到匹克威克先生面前，请求允许他晚上外出，结果马上获准了。得到许可以后，山姆便带上大门钥匙，在约定的时间之前一会儿出发了，悠闲自在地朝女王广场漫步走去；一到达那里，他就满意地看见约翰·斯莫克尔先生站在前面不远的地方，把他那扑了粉的脑袋靠在一根灯柱上，同时在用一根琥珀烟嘴抽雪茄。

"你好吗，威勒先生？"约翰·斯莫克尔先生说，用一只手优雅

---

① 晚晏，本应为"晚宴"，原文 swarry 为 soirée（晚会）之误。

② 系"速递"之误。

地举了举帽子，同时以屈尊的姿态轻轻地挥了挥另一只手，“你好吗，先生？”

“哎，照理说是复原了。”山姆答道，“你怎么样，老兄？”

“只能说还凑合。”约翰·斯莫克尔先生说。

“啊，你工作太拼命。”山姆说，“我担心你太拼命了；那是不行的，你知道吧；你可绝不能放任那种毫不通融的犟劲儿呀。”

“那倒也没什么，威勒先生，”约翰·斯莫克尔先生说，“还是劣酒要命啊；恐怕我以前是太放纵了。”

“噢，那是呀，不是吗？”山姆说，“那是一种很糟糕的毛病啊。”

“可那是种诱惑，你知道的，威勒先生。”斯莫克尔先生说。

“啊，确实如此。”山姆说。

“陷进社交的漩涡里是身不由己的，你明白的，威勒先生。”约翰·斯莫克尔说着，叹了一口气。

“实在可怕。”山姆答道。

“不过历来都是这样的，”约翰·斯莫克尔先生说，“假如你的命运把你引向了社会生活，还有社会地位，那么，别人可以摆脱的各种诱惑，你对它们却只有屈服的份儿，威勒先生。”

“英雄所见略同啊，我叔叔走上抛头露面的道路时正是这么说的，”山姆说，“那位老绅士说得对极了，因为他不到三个月的样子就喝酒喝死了。”

约翰·斯莫克尔先生听见把他和那位老绅士相提并论，显得非常愤愤不平，但由于山姆的脸上是一副极其镇定自若的神情，他改变了想法，重新露出了和蔼的表情。

“也许我们该走了。”斯莫克尔先生说，看了看深藏在表袋底部的铜表；那只表是用一根黑带子拉出口袋的，黑带子的另一端系着一枚钥匙。

“也许是的，”山姆答道，“不然他们要是没有节制，宴会就砸锅了。”

“你喝过矿泉水没有，威勒先生？”向大街走去的时候，他的伙伴问道。

“喝过一次。”山姆答道。

“你觉得怎么样，先生？”

“我觉得特别不舒服。”山姆答道。

“啊，”约翰·斯莫克尔先生说，“你大概是不喜欢那种消毒矿的味道吧？”

“我不太懂那种玩意儿，”山姆说，“我觉得它们有一种很强烈的热熨斗的味道。”

“那正是消毒矿呀，威勒先生。”约翰·斯莫克尔轻蔑地说。

“得，假如是的，那也只是一个非常没有意义的字眼，仅此而已。”山姆说，“也许是吧，但我对化学不太在行，因此我说不出个所以然。”说到这里，山姆·威勒开始吹口哨，令约翰·斯莫克尔先生大为惶恐。

“对不起，威勒先生。”约翰·斯莫克尔先生说，为那大为不雅的口哨声痛苦不堪，“你挽住我的手臂，好吗？”

“多谢了，你人真好，不过我不想剥夺你的手臂，”山姆答道，“我把双手插在口袋里挺自在的，但愿你也如此。”山姆一边说，一边把所说的话付诸实践，同时口哨也吹得比先前更响亮了。

“这边走。”新朋友说，随着他们走进小巷，他显然轻松了许多，“我们马上就要到了。”

“是吗？”山姆说，对宣布他马上要与巴斯仆役界的精英们会面完全无动于衷。

“是的。”约翰·斯莫克尔先生说，“不要惊慌，威勒先生。”

“噢，不会的。”山姆说。

“你会看到非常气派的制服，威勒先生，”约翰·斯莫克尔先生继续说，“也许开头你会发现其中一些绅士有点儿高傲，你知道，但是他们很快会转过来的。”

“那他们可真够好的。”山姆答道。

“而且要知道，”约翰·斯莫克尔先生接着又说，脸上带着保护者的高贵派头，“要知道，由于你是一个陌生人，说不定刚开头他们会对你很不客气。”

“那他们不会很残酷吧，会吗？”山姆问道。

“不会，不会。”约翰·斯莫克尔先生答道，一边掏出狐狸头鼻烟壶，摆着绅士派头吸了一撮鼻烟，“我们中间有几个滑稽的家伙，他们会说很多笑话，知道吧；不过你可决不要在意，决不要在意。”

“我会好好地领教他们的高超本领的。”山姆答道。

“太好了。”约翰·斯莫克尔先生说，收起狐狸头，一边昂起自己的头，“我会帮你的。”

这时候他们来到一家小小的果蔬店门前，约翰·斯莫克尔先生走了进去，山姆跟在后头——他一落到后头，便故态复萌了，龇牙咧嘴地做了一系列最粗野、最纯粹的鬼脸以及其他放肆表情，以显示他是处在一种内心无比快乐的极其令人羡慕的状态。

穿过果蔬店，把帽子放在店后的小过道里的楼梯上，然后他们走进一个小客厅；厅里的壮观场面立即跃进了威勒先生的眼帘。

两张桌子在客厅中央被拼到了一起，上面铺着三四块年头和洗涤日期各不相同的台布，它们在目前条件允许的情况下被布置得尽可能像一块整的。这些台布上放着供六或八人使用的刀叉。有些餐刀是绿的，有些是红的，还有些是黄的；而叉子则全部是黑的，因此组合起来色彩格外耀眼。与客人数目相当的碟子放在火炉的围栏后面烘着，客人们自己则在围栏前面烘着——其中为首的最重要的一位似乎是个有点儿胖的绅士，他穿着一件燕尾很长、色彩鲜亮的深红色燕尾服和鲜红色的裤子，戴着一顶翻边帽，正背对炉火站着；他显然是刚刚才进来，因为除了头上还戴着翻边帽之外，他手里还拿着一根长长的手杖，这是他这个行当的绅士们常常斜举在马车顶上的。

"斯莫克尔，我的朋友，你的玉手。"戴翻边帽的绅士说。

斯莫克尔先生把右手的小指的第一个关节和翻边帽绅士的同一个关节勾了起来，并说看见他气色那么好而感到心醉。

"可不嘛，他们告诉我说我气色不错，"戴翻边帽的男人说，"这也是件奇事啊，在过去的两个星期里，我可是每天都要花两个小时跟着我们的老太婆转悠，她老是要把那件该死的薰衣草色的旧袍子背后的挂钩钩来瞧去的，假如老是看她那副德性还不足以使人消沉得简直不想活下去的话，那就扣掉我三个月的薪水好了。"

听了这话，在场的精英们全都开怀大笑起来，一位穿着镶花边的黄背心的绅士对旁边的一位穿绿色翻边短裤的绅士耳语说，塔克尔今天晚上雅兴十足。

"顺便说一句，"塔克尔先生说，"斯莫克尔，我的孩子，你——"下面的话是用耳语对约翰·斯莫克尔说的。

"噢，天哪，我居然忘了，"约翰·斯莫克尔先生说，"绅士们，这位是我的朋友威勒先生。"

"抱歉，挡住你烤火了，威勒。"塔克尔先生说，随便地点了点头。"但愿你不感到冷，威勒。"

"怎么着都冷不了，火爷儿①，"山姆答，"有你站在对面还觉

① 火爷儿，原文为 Blazes，该词既有"烈焰"之义，又有"地狱"之意，此词极易让人联想到 Old Blazes（意为"恶魔"），山姆以此富于暗示性的双关语戏称塔克尔，意在调侃其衣服之火红。因找不到双关的汉语对应词，将其权且译为"火爷儿"，辅以下文的"冷死鬼"。

得冷,那可真是冷死鬼转世了。假如他们把你放在办公室休息间的火炉的围栏后面,你可以节省好多煤啊。"

由于这一反唇相讥似乎是在影射塔克尔先生的深红色仆役服,那位绅士有几秒钟露出了严厉之色,但是他渐渐地离开了火炉,勉为其难地笑了笑,说那倒也不坏。

"多谢你的夸奖,先生,"山姆答道。"我说呀,咱们可得一步一步来,待会儿来点更精彩的。"

这时候谈话被打断了,因为到了一位穿橘黄色厚绒布衣服的绅士,以及另一位穿紫色号衣、露出一大截袜子的精英。在新来者领受了先来者的欢迎之后,塔克尔先生建议开席,这一提议得到了一致的赞同。

果蔬店主和他妻子于是把那条煮羊腿放到了桌上,热腾腾的,此外还有刺山柑果酱、萝卜和马铃薯。塔克尔先生坐在首席,在桌子的另一端与他呼应的是那位穿橘黄色绒布衣服的绅士。果蔬店主戴了一双便于传递碟子的软皮手套,在塔克尔先生的椅子背后站着。

"哈里斯。"塔克尔先生以命令的口气说。

"先生。"果蔬店主说。

"戴手套了吗?"

"戴了,先生。"

"那就把该(盖)子揭开。"

"是,先生。"

果蔬店主遵命行事,显出极为卑恭之态,并且谄媚地给塔克尔先生递上餐刀;递刀的时候,他无意中打了个呵欠。

"你这是什么意思,先生?"塔克尔先生非常粗暴地说。

"对不起,先生,"沮丧的果蔬店主答道,"我不是有意的,先生;我昨夜睡得很晚,先生。"

“我把我对你的看法告诉你吧，哈里斯，”塔克尔先生带着令人过目难忘的神气说道，“你是一个粗素（俗）的畜生。”

“我希望，绅士们，”哈里斯说，“希望对我不要太严厉，绅士们。我对你们真是万分感激的，绅士们，因为无论什么时候需要额外请帮手，你们总是关照我，举荐我。我希望，先生们，希望能令你们满意。”

“不，你没那能耐，先生，”塔克尔先生说，“差得远哪，先生。”

“我们认为你是一个三心二意的昏（混）蛋。”穿橘色绒布衣服的绅士说。

“是一个下流的小偷。”穿绿色花边短裤的绅士帮腔说。

“一个不可救药的下流皮（胚）子。”穿紫色号衣的绅士也在帮腔。

这些个骂名不过是最微不足道的暴戾作风的真实写照，可怜的果蔬店主在领受这些恩赐的时候一直在低声下气地鞠躬。在每个人都说了一些显示自己优越的话之后，塔克尔先生开始切割煮羊腿，给大伙分食。

这个晚上的这一重大事宜刚刚开始，房门被突兀地推开了，一位穿浅蓝色带铅色纽扣的号衣的绅士闯了进来。

“犯规，”塔克尔先生说，“来得太晚了，太晚了。”

“不，不，我实在没办法呀，”蓝色绅士说，“请大家注意，是一件向女人献殷勤的事，戏院里的一个约会。”

“噢，是嘛。”穿橘黄色绒布衣服的绅士说。

“没错；真的，用名誉担保，”蓝衣人说，“我许诺了在十点半去接我们那个最小的女儿，她可是一个难得的可爱女孩儿，我实在不忍心叫她失望。我可不想冒犯在座的诸位，先生，但是一个女的，先生，一个女的，先生，你是拗不过的。”

“我开始怀疑这里头有什么花招了。”新来的人在山姆旁边坐下的时候，塔克尔先生说，“我注意过，一两次吧，上下马车的时候她沉甸甸地倚在你的肩膀上。”

“噢，真是的，真是的，塔克尔，你不该这么说，”蓝衣人说，“这话不公平。我可能对一两个朋友说过，她是一个非常圣洁的可银（人）儿，拒绝过一两次求婚，没有任何显而以（易）见的理由，不过——不说了，不，不，真的，塔克尔——何况还是当着陌生人的面——那是不对的——你不该那么说。敏感话题，我亲爱的朋友，敏感话题啊！”然后蓝衣人拉了拉领带，整了整衣袖，点点头又皱皱眉，好像还有更多的话可说，假如高兴他可以说出来，但为了面子只好不说。

蓝衣人是一个发色浅淡、犟劲十足、不拘小节的仆人，有一种自傲的派头和一张孟浪的脸孔，他一开头便引起了威勒先生的特别注意；而当他这样地说了一番话之后，山姆就更想和他结识了；因此山姆便立即以其特有的独立自主的作风和对方交谈起来。

“祝你健康，先生。”山姆说，“我很喜欢你的谈话。我觉得它可爱极了。”

听到这话，蓝衣人微微一笑，仿佛那是一句他早已听惯的奉承话；但与此同时，他又以赞许的目光看着山姆，说希望和山姆相识，还说一点儿也不是说恭维话，山姆好像具有很可爱的人的那种素质，正是他很中意的那种人。

“你好客气，先生。”山姆说，“你真是个幸运儿啊！”

“这话说的是什么呢？”蓝衣绅士问道。

“那位小姐呗。”山姆答道，“她心里有数，她有数的。啊！我知道。”威勒先生闭上一只眼睛，脑袋往两边摆来摆去，这副模样令蓝衣绅士的个人虚荣心得到了莫大的满足。

“你这人恐怕是个老手，威勒先生。”那人说道。

“不，不，”山姆说，“这话该我对你说。和我比起来，你才是老道又老道啊，就像疯牛冲进胡同时花园围墙里的人对围墙外的人说的那样。”

“得，得，威勒先生，”蓝衣绅士说，“我想她是注意到了我的派头和风度的，威勒先生。”

“我料想她是难以摆脱的。”山姆说。

“你眼下是不是也有这种小小的韵事呢，先生？”自感得意的蓝衣绅士问道，一边从背心口袋里掏出一根牙签来。

“还真没有。”山姆说，“在我那儿可没有什么女儿，不然的话，我当然也可以弄上一个。话虽如此，我倒不觉得我会跟女侯爵以下的女人有什么瓜葛。我也许会接受一个没有爵位却有一大笔财产的女人，假如她对我爱得死去活来的话。其他人免谈。”

“当然免谈，威勒先生，”蓝衣绅士说，“人是难不倒的，你知道，而且我们很清楚，威勒先生——我们，见过大世面的人——很清楚一身好的制服是一定会对女人们起作用的，只是个迟早的问题。事实上，你我之间不妨说白了，这一行当之所以值得一做，也就是因为这一点啊。”

“正是，”山姆说，“正是这样，当然嘛。”

在推心置腹的对话进行到这里的时候，每个人的面前都摆好了杯子，趁酒馆还没有关门，各位绅士都叫了自己最喜欢喝的东西。蓝衣绅士和橘黄衣绅士，与会者中服饰最考究的两位，点了“冰镇对水果汁”，而对其他人来说，香甜的对水杜松子酒好像是中意的饮料。山姆把果蔬店主称作“不可救药的恶棍”，要了一大碗多味酒——这两件事似乎使他在那群精英分子的心目中大大提高了身价。

“绅士们，”蓝衣绅士说，一副十足的花花公子派头，“我把女士们给你们，来吧。”

“听呀，听呀！”山姆说，“年轻的太太们。”

这时要求保持会议“秩序”的叫喊响起了，约翰·斯莫克尔先生作为威勒先生的入会介绍人要求发表看法，告诉威勒先生他刚才所用的字眼不符合会议规范。

“是哪个字眼，先生？”山姆问道。

“太太们，先生，”约翰·斯莫克尔先生答道，同时警告地皱了皱眉头，“我们这里不认这种尊称。”

“噢，很好，”山姆说，“那么我就把刚才的话改一改，称她们为可爱的东西好了，假如火爷儿允许我这样的话。”

穿绿色花边短裤的绅士有些疑惑，不知道把主席称为“火爷儿”是否合适；但由于大家好像都只顾自己而不顾他，因此这一问题没有被提出来。那个戴翻边帽的人呼吸急促，对山姆盯了很久，但显然他觉得最好还是什么都不说，免得吃不了兜着走。

在短暂的沉寂之后，一个穿着长得拖到了腿跟的绣花大衣和长得罩住了腿部一半的背心的绅士，狠劲地晃了晃他的对水杜松子酒，猛烈地挣扎了一下后突然站了起来，说他很想对大伙说几句话。于是戴翻边帽的人就说无疑大家是很高兴恭听的，无论穿长大衣的人想说什么。

“今天来参加这个聚会，绅士们，我感到颇为尴尬，”穿长大衣的人说，“因为我不幸是一个马车夫，仅仅是作为名誉会员来参加这个愉快的宴会，但是我觉得自己不得不，绅士们——或者说是迫不得已，假如这样说不过分的话——告诉大家我所知的一件令人痛苦的事情，一件令我每天都苦思冥想的事情。绅士们，我们的朋友威惠斯（每个人都看了看那个穿橘黄色衣服的人），我们的威惠斯先生辞职了。”

听众们全都吃了一惊，每一个绅士都先看看邻座的人的脸，然后又把目光转向站着的马车夫。

“你们感到惊讶是情理之中的，绅士们，”马车夫说，“我不想贸然说明造成这一无法补救的行业损失的原因,不过我要请威惠斯先生自己来说说,好让羡慕他的朋友们参考借鉴。”

这一提议得到了热烈赞同,于是威惠斯先生开始解释。他说他当然希望能够继续担任他刚刚辞去的职务。那身制服是极为华丽昂贵的,那家的女人们非常和蔼可亲,至于他的职责嘛,他不能不说,并不繁重;要求他完成的主要工作是尽可能多地注意客厅窗户外面的情况,与他共同担负这一任务的是另一位绅士,那人也辞职了。他本来不想用那痛苦而可恶的详情来打扰大家的耳根清净,但既然是要求他加以说明,他别无选择,不妨就莽莽撞撞、明明白白地说了吧,那就是,他曾经被要求吃冷肉。

这一宣告在听众们胸中唤起的反感是不可想象的。“可耻!”的大声喊叫与呻吟和唏嘘之声夹杂在一起,持续了半个小时之久。

威惠斯先生接着补充说,追根溯源,这种暴行恐怕有一部分可归因于他自己的忍耐与随和的性格。他清楚地记得有一次自己同意了吃咸黄油,而且还有一次,那家有人生病,他达到了那么忘我的境地,竟然把一个煤斗扛到了三层楼上。他相信他不会因坦率道出自己的过失而在朋友们心目中掉价;而且他希望,他针对他所说的最后一次对他的感情的非人伤害,迅速地做出反应,愤然地拂袖而去,可以恢复他在朋友们之中的声誉,假如他已经在朋友们心目中掉了价的话。

威惠斯先生的演说博得一阵钦佩的欢呼,大家热情激昂地举杯祝这位有意思的殉道者健康;殉道者作了答谢,并且提议与他们的客人威勒先生干杯——虽然与他还不太熟悉,但他是斯莫克尔先生的朋友就够了,无论是在哪里的哪个绅士社交圈,这都是一份充分有效的推荐信。因此,假如朋友们喝的是葡萄酒,他乐意喝上满满一杯来祝威勒先生身体健康;但既然大家为换口味而喝起了烈酒,而每一次举杯都喝完一大杯或许有所不便,他提议说:情意要满，喝酒随意。

在这番发言结束时，每个人都啜了一小口表示对山姆的敬意。山姆为自己祝愿，舀出并喝干了两杯多味酒，然后以一段简洁的演说致谢。

“非常感谢你们，各位老兄，”山姆说，一边以极其随意自若的态度舀着多味酒，“多谢抬爱，这种抬爱乃是出自各位高朋，因此令本人不胜感激。我对诸位作为一个整体早已有所耳闻，但我绝没有想到你们是如此不同寻常地可爱，百闻不如一见啊。我只希望诸位多多保重，决不做有损自己尊严的事儿；走在街上的时候这种尊严的派头是很耐看的，是非常令人着迷的，我在很小的时候就老是喜欢看，那时候我还是个小男孩，只有我的非常可敬的朋友火爷儿的铜头手杖的一半高哩。至于对那位穿硫磺色衣服的压迫的受害者，我所能说的是，希望他能得到他应得的好职位，不再有什么冷菜宴会令他烦心了。”

说到这里，山姆带着欢快的微笑坐了下来，他的演说博得了热烈赞赏，然后大家就散了会。

“喂，你的意思不是说你马上要走吧，老兄？”山姆对他的朋友约翰·斯莫克尔先生说。

“我真的必须走了，”斯莫克尔先生说，“我答应过班特姆的。”

“噢，很好，”山姆说，“那就该另当别论了，假如你失约令他失望的话，他恐怕就要辞退你了。你不走吧，火爷儿？”

“要走，我要走。”戴翻边帽的人说。

“什么，还剩大半碗多味酒没喝完就要走！”山姆说，“胡扯，再坐下来吧。”

塔克尔先生经不住这一邀请。他把刚刚拿起的翻边帽和手杖放到一边，说为了友情之故，他愿意再喝上一杯。

由于蓝衣绅士和塔克尔先生是同路，他也被挽留下来。在多味酒喝完大约一半的时候，山姆又从果蔬店里买了一些牡蛎；这两者的效力是那么令人亢奋，以至于塔克尔先生用翻边帽和手杖打扮起来，对着桌上的牡蛎壳跳起舞来，蓝衣绅士则用一把梳子和一片卷片纸做成一件巧妙的乐器来为他伴奏。最后，多味酒全喝完了，夜也差不多要过去了。于是他们开始打道回府，互送回家。塔克尔先生一走到露天，就立即有一种要在人行道上躺下来的欲望涌上心头；山姆觉得反对他怪可惜的，因此也就让他遂了心愿。考虑到翻边帽留在那儿会被弄脏，山姆很体贴地把它扣到蓝衣绅士头上并且压扁，把那根大手杖也放到了他手里，还把他推到他的大门上倚着，拉了门铃，然后自己才静静地走回家。

第二天一大清晨匹克威克先生就起床了，比平常早得多，他穿着整齐地走下楼，拉铃叫人。

“山姆，”威勒先生跑来听候吩咐时匹克威克先生说，“关上门。”

威勒先生照办了。

“昨天晚上，这里发生了一件不幸的事儿，山姆，”匹克威克先生说，“它使得温克尔先生有理由担心道勒先生会行凶。”

“我在楼下已经听老太太说过了，先生。”山姆答道。

“而且说起来难过，山姆，”匹克威克先生继续说，一脸非常迷惘的神情，“由于害怕行凶，温克尔先生跑掉了。”

“跑掉了！”山姆说。

“今天早上很早就走了，事先一点儿也没有和我通气，”匹克威克先生答道，“跑掉了，我不知道去了哪里。”

“他本应该留下来干上一场，把事情摆平的，先生，”山姆答道，露出鄙夷之色，“对付那个道勒并不怎么费事啊，先生。”

“好了，山姆，”匹克威克先生说，“我对他有没有勇气和决心也不免有疑问。但是不管有没有吧，反正温克尔先生走了。必须找到他才是,山姆。去把他找回来见我。"

"假如他不肯回来呢,先生?"山姆说。

"一定要让他回来,山姆。"匹克威克先生说。

"谁去呢,先生。"山姆微笑着说。

"你呀。"匹克威克先生答道。

"很好,先生。"

说完这些话,山姆就离开了房间,紧接着就听到了临街的大门被他关上的声音。两个小时之后他就镇静自若地回来了,仿佛他是被派去办了一件最平常不过的差事似的,他带回的消息是:有一个在各方面都像温克尔先生的人当天早上去了布里斯托尔,坐的是由皇家饭店开出的马车。

"山姆,"匹克威克先生说,一边握住山姆的手,"你真是棒极了,是个无价之宝。你得去追他,山姆。"

"当然,先生。"威勒先生答道。

"你一找到他,就立即写信给我,山姆。"匹克威克先生说,"假如他想逃走,就把他打翻,或者把他关起来。你是我的全权代表,山姆。"

"我会非常小心的,先生。"山姆答道。

"你告诉他,"匹克威克先生说,"说我非常激动,非常恼火,而且自然是很愤慨,因为他自以为是地采取了非常不得体的做法。"

"我会的,先生。"山姆答道。

"你告诉他,"匹克威克先生说,"假如他不和你一起回到这个屋子来,那他就得和我一起回这儿来,因为我会去找他的。"

"我会这样对他说的,先生。"山姆答道。

"你觉得你能找到他吗,山姆?"匹克威克先生说,热切地注视着他的脸。

"噢,我会找到他的,无论他在哪里。"山姆非常自信地答道。

“很好，”匹克威克先生说，“那么你去得越早越好。”

做了这些指示之后，匹克威克先生把一笔钱递到他的忠实仆人手里，命令他立即赶往布里斯托尔，去追那个逃亡者。

山姆把少量必需品装进一个毡呢行李袋，准备出门。走到走廊尽头时他停住脚步，又静悄悄地折了回来，在客厅门口把头伸了进去。

“先生。”山姆低声说。

“哎，山姆。”匹克威克先生说。

“我完全明白对我的指示了，是吗，先生？”山姆问道。

“我希望如此。”匹克威克先生说。

“关于打翻之说，是通常那种理解，对吗，先生？”山姆问道。

“完全正确，”匹克威克先生答道，“一点儿没错。你认为有必要就做。你是执行我的命令。”

山姆点头表示明白，把头缩回门外，怀着轻松愉快的心情踏上了征途。

第三十八章　温克尔先生怎样爬出油锅，而后又斯斯文文、舒舒服服地跳进火坑

那位星运不佳的绅士不幸造成一场不同寻常的喧嚣和纷扰，以前面已描述的方式惊扰了皇家新月街的居民们，在度过一个极为惶惑和焦虑的夜晚之后，他离开了他的朋友们还在其中睡觉的房子，不知何去何从地走了。促使温克尔先生断然走出这一步的那些为他人着想的可嘉的情感，是怎么进行高度评价或者热情赞扬都不过分的。"假如，"温克尔先生在心里盘算着，"假如这个道勒企图（我相信他一定会的）把对我行凶的威胁付诸实施，那么我就有义务把他叫出来①。他有一个妻子；那个妻子依恋他，也依赖他。天哪！假如我一气之下盲目地杀了他的话，那我往后在情感上怎么受得了！"这一痛苦的顾虑对这位仁厚的青年人的感情产生了强烈作用，致使他的两个膝盖打起架来，他的脸色也流露出了他内心的惊恐。在这些思虑的驱使下，他抓起行李包，偷偷地爬下楼梯，尽可能轻地关上那扇讨厌的大门，溜之大吉了。他向皇家饭店走去，发现有一辆马车正准备去布里斯托；他觉得对他来说去布里斯托和去其他地方没什么两样，就上了马车，任由那两匹每天在这条路上跑两个或更多来回的马在估算的时间内把他拉到目的地。

① 指约出来决斗。

他在布什旅馆开了房间，决定暂时不给匹克威克先生去信，等到道勒先生的怒气多少可能消散了一点儿再说，于是他就在城里漫步观光，可这个城给他的印象是，它比他所见过的任何一个地方都要脏。在看了船坞和船舶之后，又看了大教堂，然后他问了问去克里夫顿的路，根据指点向那儿走去。但是，正如布里斯托的人行道不是世上最宽阔的和最干净的，它的那些街道也完全不是最直的或最不复杂的；温克尔先生被它们翻来覆去的拐弯抹角完全弄糊涂了，他四下里张望着，想找一个合适的旅店问一问路。

他的目光落到一所新近油漆过的房屋上，它是新近改装过的，既像店铺又像住家；一盏红灯挂在大门上面的扇形窗上方，即使在那以前曾是前客厅的房间的窗户上方没有用金漆在壁板上写着“诊所”二字，也足以看出那是一个开业医师的住所。温克尔先生觉得这是一个合适问路的地方，便跨进了那个里面摆着有金字标签的抽屉和瓶子的小店铺；他发现里面没有人，便用一枚半克朗的银币在柜台上敲了敲，以便引起说不定在后面的里间的某个人的注意；里间的门上也写着“诊所”二字——这回用的是白漆，旨在避免单调重复——他据此断定这是房子的内室。

第一次敲柜台时，先前听得很清楚的某种像是有人在用火钳之类对打的声音突然停止了；第二次敲柜台时，一个戴绿眼镜、手里拿着一本很大的书、看上去颇为用功的青年绅士静悄悄地溜进铺里，走到柜台后面来问来客有何贵干。

“对不起，有劳大驾，先生，”温克尔先生说，“可不可以请你指点一下——”

“哈！哈！哈！”用功的青年绅士纵声大笑起来，一边把手中的大书抛向空中，又在它快要把柜台上的瓶子砸得粉碎的时候非常敏捷地接住了它。“惊人啊！”

是惊人，毫无疑问的；因为温克尔先生看到这位医界绅士的突兀之举时大为惊讶，他不由自主地朝门口退去，被这种奇怪的待客方式弄得非常莫名其妙。

“怎么，你不认识我吗？”那位医界绅士问道。

温克尔嗫嚅地答话，说他没有这份荣幸。

“哎呀，”那位医界绅士说，“不过我还是有希望的；假如我运气好的话，布里斯托一半的老太太也许还是会来找我看病的。滚吧，你这老朽的恶棍，滚！”医界绅士的这句咒骂是针对那本大书的，他说着就非常敏捷地把它踢到了铺子的另一头，然后摘下绿眼镜，并且露齿一笑；原来他是原属鲍洛的盖伊医院，在兰特街租住私房的鲍勃·索耶先生。

“你不是想告诉我你不是来找我的碴儿的吧！”鲍勃·索耶先生说，一边热情友好地和温克尔先生握手。

“我的确不是的。”温克尔先生答道，用力握对方的手以示友好。

“我闹不懂你怎么没有看见那个名字。”鲍勃·索耶说，让他的朋友注意外面的大门，上面用同样的白漆写着这些字样：“索耶，原诺克莫夫记①。”

“它们根本没有引起我的注意。”温克尔先生答道。

“天哪，假如我知道是你，我准会冲出来，把你拥抱起来，”鲍勃·索耶说；“可是，以我这条命起誓，我满以为是收税的人来了。”

“不会吧！”温克尔先生说。

“我真的以为是，”鲍勃·索耶答道，“我刚好准备说我不在家，而你要是有什么口信要留的话，我保准把它转给我自己；因为他不认识我，电力公司和养路公司的人也不认识我。我想教堂的

---

① 意为“索耶诊所，原为诺克莫夫商店。”

募捐人猜得出我是谁,而且我知道自来水公司的人也认识我,因为我刚来这里时为他拔过一颗牙。不过进来吧,进来吧!”鲍勃·索耶先生这样唠叨着,把温克尔先生推进了后房,那里坐着一位绅士,正在用烧红的拨火棍往火炉架上钻洞消遣,此人不是别人,正是本杰明·艾伦先生。

“哇!”温克尔先生说,“真的是喜出望外呀。你们这个地方多好啊!”

“棒极了,棒极了,”鲍勃·索耶答道,“在那次可贵的聚会之后,我混过关了。我的朋友们拿来一些开业所必需的东西;于是我就穿上了一身黑衣服,戴上了一副眼镜,到这里来尽可能地装出一副庄重的模样。”

“你的生意蛮不错,无疑是这样吧?”温克尔先生说,一副心中有数的样子。

“很好,”鲍勃·索耶答道,“好得不得了呀,几年以后你可以把所有的赚头放进一个酒杯里,用一片醋栗叶子把它们全盖住。”

“你说的不是真话吧?”温克尔先生说,“这些个存货——”

“冒牌的,我亲爱的朋友,”鲍勃·索耶说,“一半的抽屉里什么也没有,另一半抽屉是空的。”

“胡扯嘛!”

“事实如此——以荣誉担保!”鲍勃·索耶答道,走到外面的铺子里,为证明他的话的真实性,用劲把那些装样子的抽屉上的镀金球形小把手拉了拉,“店里面除了水蛭[①]几乎没什么真东西,而且连它们都是二手货。”

“我真是意想不到呀!”温克尔先生非常惊讶地叫道。

“我也希望你想不到,”鲍勃·索耶答道,“不然的话,装样子

---

① 旧时西方人以水蛭吸败血治病。

还有什么用,呃？不过,你想喝点什么呢？和我们喝一样的吗？那就好。本,我的好兄弟,把手伸到碗橱里去,把专利消化剂拿出来。”

本杰明·艾伦先生微笑着表示马上照办,于是他从他臂肘边的碗橱里拿出一个装了半瓶白兰地的黑瓶子。

“你不对水吧,是吗？”鲍勃·索耶问道。

“谢谢你,”温克尔先生答道,“现在时间还很早。我想冲淡一点儿,假如你不反对的话。”

“毫不反对,只要你心安理得就行,”鲍勃·索耶答道;说着,他一口喝下一杯白兰地,一副非常津津有味的样子。“本,拿小壶来!”

本杰明·艾伦先生从同一个贮藏处拿出一把小小的铜壶来;鲍勃·索耶说为它而感到自豪,尤其是因为它特别有生意派头。然后,鲍勃·索耶先生从一个贴有“苏打水”标签的实用的窗座里铲出几小铲煤,不久那把有职业特色的铜壶里的水就烧开了,于是温克尔对好了他的白兰地。正当谈话广泛展开的时候,一个男孩突然闯进来把谈话打断了,他穿着朴素的灰色制服,戴着一顶金边帽子,臂弯里挎着一个有盖子的小篮子。鲍勃·索耶一见他就喊道:“汤姆,你这个游手好闲的家伙,上这儿来。”

男孩遵命走了过来。

“你东停西停的,把布里斯托的所有柱子都靠遍了吧,你这个懒惰的小无赖!”鲍勃·索耶先生说。

“不,先生,我没有。”男孩答道。

“你最好是没有!”鲍勃·索耶先生说,做出威吓的表情,“假如有人看见一个开业医生的伙计在沟里玩弹子,或者在马路上跳绳,那你设想还有谁会请他看病呢？你对你的职业一点儿感情都没有吗,你这个贱骨头？你把所有的药都送了吗？”

"送了,先生。"

"小孩吃的药粉,送到那座住了新人家的大房子里,每天吃四次的药丸送给那个腿害痛风病的脾气不好的老绅士,没有错吧?"

"没错,先生。"

"那就把门关上,照看铺子去。"

"喂,"在男孩走出去后温克尔先生说,"情况可不像你要我相信的那么糟。总还是有一些药送出去嘛。"

鲍勃·索耶先生朝店里面窥探了一下,看看有没有可以听得见他们说话的生人在场,然后俯身对温克尔先生说:

"他把所有的药都送错人家。"

温克尔先生一脸的困惑不解,鲍勃·索耶和他的朋友大笑起来。

"你不明白吗?"鲍勃说,"他走到一户人家,拉拉门铃,塞一包没有写姓名地址的药到仆人手里,扭头就走。仆人把药拿到餐厅里去;主人把药包打开,读到这样的医嘱:'药水睡前服用——药丸同前——洗剂照常——是药粉。现居原诺克莫夫商店的索耶医师按处方精心配制。'以及诸如此类的话。他把医嘱签条给妻子看——她会读签条;签条传到仆人们手里他们也看到了。第二天,男孩就上门去;说:'非常抱歉——是他的错——生意太好——有好多药要送——索耶先生致谢——现居原诺克莫夫商店。'这样名声就传开了,这就是吃医药饭的招数,我的朋友。天哪,老兄,它比世界上任何广告都更加管用。我们有一个四盎司的药瓶已到过布里斯托一半的家庭,而且还没有旅行完哩。"

"哎呀,我明白了,"温克尔先生说,"多妙的高招啊!"

"噢,本和我想出了一打这样的妙招,"鲍勃·索耶非常得意地答道,"点路灯的人夜巡时,每次走到这里都要拉十分钟的夜铃,为此他每星期得到十八便士的酬劳;我的伙计总是冲进教堂,脸带惊恐之色把我叫出去，刚好是在唱圣诗之前，那时候人们除了东张西望无事可做。‘哎呀，’每一个人都会说，‘有人得急病了！来请索耶大夫了。那个年轻人的生意真好啊！’”

在透露出医学界的若干奥秘之后，鲍勃·索耶先生和他的朋友本·艾伦往各自的椅子里一仰，纵声狂笑起来。在心满意足地笑够之后，谈话转到了使温克尔先生立即产生兴趣的话题上。

我们认为我们在别的某个地方已经暗示过，本杰明·艾伦在喝过白兰地之后有一种感伤的癖性。这并不是他所特有的情形，我们自己就能证实这一点，因为我们有时候也不得不去和一些患同样的病的人打交道。在他人生的这一时期，本杰明·艾伦先生也许比以往更容易陷入感伤；这一毛病的病因是很简单的。他已经在鲍勃·索耶这儿住了差不多三个礼拜；鲍勃·索耶先生并不以自我克制著称，而本杰明先生的心智又不够坚强；其结果是，在整个上述时段之中，本杰明·艾伦先生一直在似醉非醉和烂醉如泥之间摇摆不定。

“我亲爱的朋友，”趁鲍勃·索耶先生暂时退隐到柜台后面去施舍上面说过的几条二手货水蛭之机，本·艾伦说道，“我亲爱的朋友，我的处境怪可怜的。”

温克尔听后表示了由衷地难过，并恳请那位痛苦的学生告诉他是否能做点什么来缓解他的痛苦。

“你是爱莫能助的，我亲爱的朋友，爱莫能助啊，”本说道。“你还记得艾拉贝拉吗，温克尔？我的妹妹艾拉贝拉——一个小女孩，黑黑的眼睛——我们当时在华德尔家吧？我不知道你那时是否注意到了她，一个非常可爱的女孩子啊，温克尔。也许我的长相能够使你想起她来吧？”

温克尔先生不需要任何东西来帮助他记起迷人的艾拉贝拉；在这一点上他是很幸运的，因为对他的记忆来说她哥哥的长相无疑只是一种无关紧要的提神剂而已。他尽可能做出平静自若的样子，回答说他对所说的那位年轻女士记得很清楚，并且说他衷心地相信她身体健康。

“我的朋友鲍勃是一个快乐的家伙，温克尔。”艾伦仅仅以这句话作答。

“非常快乐。”温克尔先生说；不太喜欢听到把这两个名字紧密地联系在一起。

“我想把他俩撮合成一对；他们是生成的一对，天生的一对，命中注定的一对，温克尔。”本·艾伦说，一边使劲地放下杯子。“这件事有特别的命数，我亲爱的朋友，他们俩只相差五岁，而且两个人的生日都在八月份。”

温克尔先生心中实在太焦急了，因此他无心再听下文，也没有对这件不同寻常的偶然之事表示惊奇，尽管它的确很美妙；因此，本·艾伦在流了一两滴眼泪之后继续说，尽管他对他的这位朋友怀着莫大的敬意和推崇之情，艾拉贝拉却莫名其妙、忤逆不顺地对他表示出坚定不移的厌恶。

“我想，”本·艾伦先生下结论说，“我想人家一定是早已有意中人了。”

“你知道意中人是谁吗？”温克尔先生问道，心里非常惶恐。

本·艾伦先生抓起拨火棍，以战斗的姿态在头上方挥舞棍子，朝着想象中的一个头颅恶狠狠地打下去，然后摆着非常令人难忘的架势，说但愿他能猜到是谁；就是这么简单。

“我要让他明白在我看来他是什么东西。”本·艾伦说。拨火棍又挥舞起来，比先前更猛烈了。

所有这一切对温克尔先生的感情当然有抚慰作用；他沉默了几分钟；但最后他鼓足了勇气，探问艾伦小姐是不是在肯特郡。

“不，不在，”本·艾伦先生说，一边把拨火棍放到旁边，露出很狡猾的神气，“我认为华德尔家不是一个适合倔强的女孩子住下去的地方；因此，我作为她当然的保护人和监护人——我们的父亲早已去世——就把她带到了这边，在一个老姑妈的一个舒适而闭塞的地方住了几个月。我想那样能够治好她的鬼迷心窍，我的朋友。假如不行，我就带她到国外去住一段，看看效果如何。”

“噢，老姑妈在布里斯托，是吗？”温克尔先生支支吾吾地说。

“不，不，不在布里斯托，”本·爱伦先生答道，一边突然跷起大拇指指了指右肩上方，“在那边——那儿哩。不过，嘘，鲍勃来了。一个字也不要提，我亲爱的朋友，一个字也不要提。”

这场谈话虽然很短，但它却在温克尔先生心中唤起了极度的兴奋和焦虑。那推测中的‘早已有意中人’使他心痛。他是不是那个意中人呢？会不会是由于他，漂亮的艾拉贝拉才对活泼的鲍勃·索耶看不上眼呢，抑或是他碰上了一个已稳操胜券的情敌呢？他下定决心要去看她，不惜任何代价；但是他面临一个难以克服的困难，那就是，本·艾伦先生所谓“在那边”和“在那儿”，到底是三英里以外，还是三十英里以外，或是远隔三百英里之遥，他一点儿也猜不出来。

但是那会儿他根本没有机会去思索他的爱情，因为鲍勃·索耶回来了，紧接着要来的是从面包铺订购的一块肉饼，那位绅士坚决要求他留下来分享。桌布由一位临时女仆铺好了，她的职责是替鲍勃·索耶先生料理家务；第三副刀叉被从穿灰色制服的孩子的母亲那儿借了过来（因为鲍勃先生的家具的规模是很有限的），于是他们坐下来吃晚饭；啤酒，按索耶先生的说法，是“原装进口”的。

吃完晚饭后，鲍勃·索耶先生要来了铺子里最大的乳钵，着手在里面酿造一大杯热气腾腾的多味酒；他用乳钵槌搅和着那些配料，一副颇像药剂师的非常令人信服的派头。索耶先生作为单身汉，家里只有一个大酒杯，他把它让给了温克尔先生，以表示对客人的敬意；而本·艾伦先生用的是一个漏斗，它的尖嘴上塞了个软木塞子；鲍勃·索耶自己则有一个宽口的玻璃器皿就心满意足了，那器皿上刻着多种神秘字符，是药剂师配药时用来量液体药剂的。这些准备工作完成之后，他们开始喝酒，说它棒极了；按他们的约定，温克尔先生每喝一杯，鲍勃·索耶和本·艾伦可以随意两杯，于是他们就非常满意也非常友好地喝开了。

没有唱歌，因为鲍勃·索耶先生觉得那与他的职业不般配；为了弥补这一损失，便有了热火朝天的谈话与大笑，那声音之大很可能足以让街那一头的人都听得见。他们的谈话使那几个小时的时光过得轻松愉快，也使鲍勃·索耶先生的伙计的心智颇受启迪，他平常打发夜晚时光的方式是在柜台上写自己的名字，写了又擦，擦了又写，而今天却是透过玻璃门往内室里窥望，一边看一边听。

鲍勃·索耶先生的欢笑很快变成了狂笑；本·艾伦先生很快陷入了感伤，而多味酒也差不多一干二净了，这时那孩子急匆匆地跑进来，说刚才有一位年轻女士来请索耶医师马上出诊，去相隔两条街的人家看病。这事儿打断了他们的盛会。反复重复了二十次之后，鲍勃·索耶先生总算听懂了是怎么回事，他把一块湿毛巾扎在头上好让自己清醒一些，等到有了几分清醒之后，他就戴上那副绿色眼镜出诊去了。尽管鲍勃·索耶先生一再留客，请温克尔先生等他回来再走，但温克尔先生谢绝了所有这些盛情；由于发现根本不可能与本·艾伦先生进行任何可以理解的交谈，无论是他最关心的那个话题还是别的，因此温克尔先生也就告辞并返回了布什旅馆。

内心焦躁不安，艾拉贝拉又在他心中唤起万千思绪，这使得他所分享的乳钵中的那一份多味酒没有起到它在其他情况下应起的作用。因此，在吧台喝了一杯掺苏打水的白兰地之后，他又走进了咖啡间,为晚上发生的一切大感沮丧而不是精神振奋。

坐在火炉前面背对着他的是一位穿大衣的高个子绅士:惟一占据房间的人。就那个季节而言这个夜晚是相当冷的,因此那位绅士把椅子挪开了一点,好让新来者看得见火。当温克尔先生从那张脸和身材看出那人不是别人,正是报复心切、嗜杀成性的道勒时,他心里作何感想!

温克尔先生的第一个冲动便是猛拉一下离得最近的铃铛把手,但不幸的是那个把手恰好紧靠在道勒先生的脑袋后面。他往前走了一步,可马上又停住了。他这样做时,道勒先生急忙躲开了。

"温克尔先生,冷静点。不要打我。我不会忍受的。打!决不行!"道勒说道,显得比温克尔先生对他这么一位凶猛的绅士所料想的温和得多。

"打吗,先生?"温克尔先生吞吞吐吐地说。

"打,先生,"道勒答道,"镇静一点。坐下来吧。听我说。"

"先生,"温克尔先生说,从头到脚都在打抖,"要我同意坐到你旁边或对面,而没有一个侍者在场,必须保证先达成进一步的谅解才行。你昨天晚上对我进行了威胁,先生,很可怕的威胁,先生,"说到这里,温克尔先生的脸色变得的确很苍白,并且他突然打住了。

"是的,"道勒先生说,脸色和温克尔先生的一样苍白,"当时的情形可疑,可都解释清楚了。我尊敬你的勇气。你的本心是正直的。良心上是无辜的。我的手伸出来了。握握手吧。"

"是嘛,先生,"温克尔先生说,对自己是否该伸出手去犹豫不决,并且生怕这一要求可能是一个诡计,旨在趁机打他个措手不及,"是嘛,先生,我——"

"我明白你的意思,"道勒插话说,"你感到冤屈。非常自然。

换了我也会这样的。我错了。请你原谅。友好相处。原谅我。”说着,道勒正大光明地强行握住了温克尔先生的手,极其猛烈地摇了起来,说他是一个精神极为高尚的人,并说对他比以前更敬重了。

“好了,”道勒说,“坐下来吧。把整个经过告诉我吧。你怎么找到我的?你是什么时候开始跟着我的?坦白点。告诉我吧。”

“非常偶然,”温克尔先生说,被这次会面的奇怪而意外的性质弄得简直不知所措,“非常偶然。”

“这就好,”道勒说,“我今天早上醒来。完全忘记了我威胁你的话。我对那个意外事件置之一笑。我感到了友情。我当时这么说。”

“对谁说呀?”温克尔先生问道。

“对道勒太太。‘你发了誓。’她说。‘是发过誓。’我说。‘发得很轻率。’她说。‘是的,’我说,‘我要去道歉。他在哪儿?’”

“谁?”温克尔先生问道。

“你呀,”道勒答道,“我走下楼去。找不到你。匹克威克神情沮丧。他摇摇头。希望不要行凶。我全明白了。你感到受了侮辱。你走了,也许去找朋友了。也许是去找手枪。‘精神高尚,’我说,‘我佩服他。’”

温克尔先生咳了一声,由于已开始看清事态了,他露出不凡的派头来。

“我留了一个字条给你,”道勒继续说,“我说我很抱歉。我是这样啊。一件急事使我来到这里。你不心甘。追踪我。你要得到口头解释。你是正当的。现在一切都过去了。我的事办完了。我明天回去。和我一起回去吧。”

在道勒进行解释的过程中,温克尔先生的神情越来越显得尊贵。他们对话之初的那层神秘的迷雾被驱散了;道勒先生和他一样对决斗怀有莫大的反感;简而言之,这个爱说大话吓人的威风人物其实是世界上最胆小怕事的大懦夫之一,他怀着恐惧去揣度温克尔的出走,于是也采取了同样的步骤,小心翼翼地躲了起来,等所有的怒火熄灭后再说。

明白了事态真相之后,温克尔先生显出非常吓人的神情,说他完全满意了;但在这样说的同时,他的架势又使道勒先生别无选择地相信,假如他没有满意的话,那就会不可避免地引发某种极其可怕的毁灭性的事情。道勒先生显然对温克尔先生的大度与谦让留下了相当的印象,于是两位交战者分别就寝,说了很多友谊永存的诺言。

大约十二点半的时候,温克尔先生在他的第一阵睡眠中尽量享受了大约才二十分钟,就突然被响亮的敲门声惊醒了,那一声接一声的越来越猛烈,使得他在床上惊坐起来,问是谁在敲门,有什么事情。

"打扰了,先生,有一个年轻人说他要马上见你。"管客房的女侍说。

"一个年轻人!"温克尔先生叫道。

"一点儿没错,"另外一个声音从钥匙孔里回答说,"假如不开门让这位有趣的年轻人进房,那么很可能他的腿就比他的脸先进房了。"说完这句暗示的话之后,那个年轻人轻轻地在房门下部的门板上踢了一脚,仿佛以此来增强那句话的效力似的。

"是你吗,山姆?"温克尔先生问道,一边蹦下了床。

"没见着人,就想心满意足地认出一个绅士,完全不可能嘛,先生。"那个声音断然答道。

温克尔先生不怎么怀疑那个年轻人是谁,于是就开了门;他刚一把门打开,塞缪尔·威勒先生就非常莽撞地闯了进来,把门小心地从里面锁上,并把钥匙小心地装进了背心口袋;在从头到脚打量完温克尔先生之后，他说：

“你真是个非常滑稽的年轻绅士啊，真是，先生！”

“你这种行为是什么意思，山姆？”温克尔先生愤愤不平地问道，“出去，先生，马上。你什么意思，先生？”

“我什么意思，”山姆反唇相讥，“得了，先生，这未免也太腻味了吧，就像那位小姐和糕饼师傅争辩时说的那样，因为他卖给她的猪肉饼里面全是肥肉。我是什么意思！嗨，这话倒不赖嘛，不赖啊。”

“把门打开，马上离开房间，先生。”温克尔先生说。

“我离开房间的时刻，先生，也正好是你离开房间的时刻，”山姆答道，一边用强硬的口气说话，一边大模大样地坐了下来，“假如你觉得我有必要背你出去，那当然我可能要比你早一丁点儿离开；但是请允许我表达一个希望，不要逼我走极端，我这么说，只是引用一个贵族对一只乖张的玉黍螺①说的话，它不肯跟着一根针从螺壳里出来，结果他觉得恐怕不得不把它放在客厅的门缝里夹碎。”在讲完这一番对他来说已够冗长的话之后，威勒先生把双手支在膝盖上，直盯着温克尔先生的脸，露出他丝毫都不是在开玩笑的表情。

“你若是一个性情可爱的年轻人，先生，”威勒先生继续说，用晓以大义的语调责备着，“那就不要连累我们的宝贝老爷子吃尽苦头，在他下决心一切要按原则办的时候。你比道森还要糟糕，先生；至于福格嘛，我觉得和你相比，他简直是一个天生的天使了！”威勒先生在每个膝盖上拍了一下，以强调他最后的这一感慨，然后

---

① 玉黍螺，原文为 penny winkle（此词是 periwinkle 的方言异形词）。狄更斯在此玩了个文字游戏，因为 pennywinkle 不仅与 Winkle（温克尔）的读音很相近，而且拆成“penny”+“winkle”之后，可以望文（或听音）生义，理解为“不值几个小钱的温克尔”。

带着非常鄙夷的神情抱起双臂，往椅子后一靠，仿佛在等待罪犯的申辩似的。

“我的好兄弟，”温克尔先生说，一边伸出手去；在他说话的时候，他的牙齿一直在打架，因为在威勒先生大发高论的整个过程中他一直是穿睡衣站着的，“我的好兄弟，我对你对我的杰出朋友的忠心深表敬意，我对增加他的不安真的很抱歉。握握手吧，山姆，握一握吧。”

“哎，”山姆说，神情相当快乐，但与此同时他恭恭敬敬地握了握温克尔伸出的手，“哎，你本来就应该，我很高兴看到你这样；因为，只要我做得到，我不允许任何人把他不当回事，就这么简单。”

“当然不让，山姆，”温克尔先生说，“握握手！现在去睡吧，山姆，我们早上再进一步谈这件事。”

“非常抱歉，”山姆说，“但我不能去睡。”

“不去睡！”温克尔先生重复说。

“不去，”山姆说，一边摇摇头，“不行。”

“你不是说你今天晚上要回去吧，山姆？”温克尔先生非常惊讶地追问道。

“不是，除非你特别乐意这样，”山姆答道，“但我绝不能离开这间房。老爷子的命令是不容违抗的。”

“瞎说，山姆，”温克尔说，“我必须在这里逗留两三天；另外，山姆，你也必须留下来，帮助我设法去会一位年轻女士——艾伦小姐，山姆；你记得她吧——在离开布里斯托之前，我一定要见见她。”

但山姆对这些要求的答复是坚决地摇头，他铿锵有力地答道：“不行。”

然而，在温克尔先生大肆争辩和抗议一番并且讲述了与道勒相遇的详情之后，山姆开始动摇了；最后双方折中达成协议，其主

要条款如下:

山姆得离开房间,以便温克尔先生自享其房而不受干扰,但他要同意山姆从外面把房门反锁上,并且带走钥匙;带走钥匙旨在确保万一出现火警或其他危险意外,可以立即把门打开。第二天早上要写一封信给匹克威克先生,由道勒转交,请他同意山姆和温克尔留在布里斯托把说过的那件事情办好;并且请他马上复信托下一班车寄来;假如得到同意,这两位仁兄就留下来,假如不呢,他们一接到回信就马上返回巴斯。最后,温克尔先生要明确保证不跳窗户、爬壁炉或通过其他偷偷摸摸的方式逃走。在达成了这些条款之后,山姆就锁上门走了。

差不多要走到楼下了,他突然又停住了,从口袋里把钥匙拿了出来。

"我把'打翻在地'这层意思全忘了,"山姆说,身子转回了一半,"东家明明白白说要那么做的。我真是笨死了,笨蛋!不过没关系,"山姆说,又高兴起来,"无论如何,明天可以轻而易举地做到这点。"

显然是对这一想法大感宽慰,威勒先生再一次把钥匙放进口袋,什么也不再顾虑就走下了其余的楼梯,不久就和住在这屋子里的其他人一样进入了深深的睡乡。

第三十九章　塞缪尔·威勒先生受托去完成爱情使命,开始履行,至于结果如何,下文自见分晓

在接下来的一整天里,山姆牢牢地窥视着温克尔先生,铁心一刻也不把目光从他身上挪开,直到源头那边的指示快递过来。尽管山姆的严密监视和高度警惕令温克尔先生非常恼火,但是他觉得还是姑且忍一忍,胜过蛮干对抗而冒被以武力带走的风险——威勒先生已经不止一次强烈地暗示过,严厉的责任感可能会促使他采取那种行动。毫无疑问,要不是匹克威克先生很快注意到了道勒带去的信,因而前去阻止的话,山姆为了尽快消除自己的疑虑,准会把温克尔先生绑住手脚押回巴斯。简单地说吧,晚上八点钟的时候,匹克威克先生本人走进了布什旅馆的咖啡室,带着微笑告诉山姆,说他做得很对,还说他不必再当看守了,这令山姆大大地松了一口气。

"我觉得还是亲自来的好,"在山姆帮他脱大衣和旅行围巾的时候,匹克威克先生对温克尔说,"在我同意让山姆参与之前,我要弄清楚你对所说的那位小姐是不是非常诚挚和认真的。"

"是认真的,打心底里——从灵魂深处!"温克尔先生非常有力地答道。

"记住,"匹克威克先生说,目光炯炯,"我们是在我们的优秀而好客的朋友家里遇到她的,温克尔。若是举止轻浮、不知体恤地

玩弄那位小姐的感情,那可是一种坏的报答。我是不允许的,先生。我不允许。”

“我根本没有那种坏心眼,”温克尔先生热烈地叫道,“这事儿我已经好好地考虑了很久了,我觉得我的幸福是和她结合在一起的。”

“也就是我们所说的捆在一个小包里啰,先生。”威勒先生插嘴说,面带欢快宜人的微笑。

听了这句插嘴,温克尔先生看上去有点板脸,匹克威克先生则恼火地要求他的仆人不要拿我们的天性中最美好的情感之一来开玩笑,对此山姆答道:“他要是开窍的话,就不会啦;不过这类的东西是那么的多,他听说起它们的时候简直就弄不清哪些是最好的。”

温克尔先生接着就讲述了他本人和本·艾伦先生之间谈论的有关艾拉贝拉的事情;说他的目的是去拜访一下那位小姐,正式表白他的激情;还说根据本·艾伦的那些隐晦的暗示和自言自语,他相信她目前被幽禁着,准是在丘陵地附近。这就是他对这一问题所掌握的全部消息或所面临的疑惑。

既然有这一渺茫的线索引导,他们决定派威勒先生第二天就去四下打探;同时也为匹克威克先生和温克尔先生做了安排,既然他们对自己的能耐没那么有信心,那就到市里去逛逛吧,白天里他们可以附带去鲍勃·索耶那儿走走,希望耳闻目睹一些有关那位小姐的下落的情况。

因此,山姆第二天早上出门去搜寻了,虽然前景非常黯淡,但他却一点儿也不气馁;他走过一条街,又走上另一条街——我们本想说他上了一个坡又下了一个坡,但在克利夫顿全是上坡路——没有碰到任何可以给手头的难事儿投来一线亮光的人或事。山姆和很多人交谈了,其中既有在马路上遛马的马车夫,也有在巷子里带着孩子散步的保姆们;但无论从前者还是后者,他都无法套出任何与他巧妙地探问的对象有一丁点关系的情况。很多的人家都有年轻小姐,按男女仆人们精明的猜测,其中大部分都在深深地眷恋着某个人,或者随时准备堕入情网,只要有机会。但是这些小姐中却没有一个艾拉贝拉·艾伦小姐,这一信息使得山姆的智慧仍然停留在原来的水平线上。

山姆顶着强劲的风在丘陵地挣扎着前行,心里在纳闷是不是在这一带必须永远要用双手按着帽子;他来到一个树木成阴的偏僻地方,那里零星地点缀着一些看上去安静的小别墅。在一条无路可通的小巷尽头,有一个穿便服的马夫在马厩门外闲荡,而且显然还自以为是在用一把铲子和一辆手推车干活哩。在此我们不妨说一句,我们所见的在马厩边懒洋洋地消磨时光的马夫,简直没有哪一个不是或多或少地成了这种奇怪幻想的受害者的。

山姆觉得他也应该和这个马夫谈谈,就像和其他马夫一样,尤其是他已经走得很累了,而那辆手推车对面刚好又有一块大石头;因此他就沿小巷晃荡过去,在那块石头上坐了下来,以他所特有的自在与随意开了腔。

“早上好啊,老朋友。”山姆说。

“下午,你是说下午吧。”马夫答道,恼火地斜了山姆一眼。

“你说得很对,老朋友,”山姆说,“我是说下午。你好吗?”

“哎,见到你倒没觉得更好一些。”那个脾气乖张的马夫答道。

“这就怪了——真是,”山姆说,“因为你看上去那么欢快,不折不扣地生气勃勃,让人见了打心底里高兴啊。”

恼火的马夫听了这话更恼火了,但这还不足以影响到山姆,他立即带着急切的神情问马夫的东家是不是叫沃克尔。

“不,不是。”马夫说。

“也不是布朗,我想?”山姆说。

“不是。”

“也不是威尔逊?”

“不,不是。”马夫说。

“哎,”山姆答道,“那么是我弄错了,我还以为他有幸认得我哩,可他没有。不必为了恭维我而守在这里了,”在马夫把车推进去并准备关园门的时候,山姆说道,“用不着客套,老弟,我会原谅你的。”

“我会敲掉你的脑袋,给半个克朗就够了。”恼怒的马夫说,一边把园门的一半闩了起来。

“这样的条件可办不到,”山姆答道,“它至少值你一辈子的钱,够便宜你的啦。代我问候问候屋里的人。叫他们不要等我吃饭,告诉他们不要费心留饭菜,因为我还没来它就会冷掉的。”

马夫大为光火,作为答复,他咕哝说他有一种要伤害什么人的欲望;但是他没有付诸行动就走了——怒气冲冲地把门砰地关上,根本不理睬山姆要他在走之前留下一绺头发来的热情要求。

山姆继续坐在那个大石头上琢磨怎么办最好,一个计划在他心里萦绕不去:他要把布里斯托方圆五英里之内所有人家的大门都敲遍,每天敲一百五十或两百家,力争通过这一权宜之计找到艾拉贝拉小姐。好在突然之间,“偶然”让他获得他即使在那里坐上一年也无法自己获得的发现。

在他坐着的那条小巷里,敞开着分别属于三四户人家的三四个花园的门,这些个人家虽然是各立门户,不过彼此之间也只是隔着花园而已。由于花园又大又长,而且里面种了不少树,因此那些屋子不仅彼此相距很远,而且大部分隐在树木中难以看见。在马夫刚才进去的园门的下一个园门的外面有一个垃圾堆,坐在原地的山姆眼睛盯着它,心里却在苦心冥想他要完成眼下的任务的重重困难,这时候,那扇门打开了,一个女仆从里面走到了小路上,开始扑打几块卧室用的地毯上的灰尘。

山姆正在一门心思地想他的心事，因此他很可能不会太注意那个年轻女郎，也许只会抬起头来瞟上她一眼，说一句她的身材是何等漂亮也就了事了；好在他看见她没有人帮忙，而那些地毯看上去很重，她一个人难以胜任，于是他的豪侠情怀被强烈地激发起来了。威勒先生是一个具有自己独特的豪侠情怀的绅士，他一看见这一情景，就忙不迭地从大石头上站了起来，朝她走了过去。

“我亲爱的，”山姆一边说，一边带着非常尊敬的神态轻手轻脚地走过去，“你要是一个人抖这些地毯的话，你会把你这非常漂亮的身材弄得走样的。让我来帮帮你吧。”

那位年轻女士一直羞答答地装作不知道有一位绅士就在附近，一听到山姆说话她就转过身来——无疑是为了拒绝一个素昧平生的人的提议（她后来的确是这么说的）——可是她什么话也没有说，而是惊讶地后退了一步，发出一声被压抑住一半的尖叫。山姆也差不多是同样地惊讶，因为他一看到那个漂亮的女佣人的面孔，就发现她竟然是他在情人节选定的情人，纳普金斯先生家的漂亮女仆。

“啊，玛丽，我亲爱的。”山姆说。

“天哪，威勒先生，”玛丽说，“你吓死我了！”

山姆对这一句埋怨没有以言语作答，我们也没法确切地说他做了什么答复。我们只知道停了好一会儿之后玛丽才说：“哎呀，不要，威勒先生！”另外的说法是在此之前的另一个片刻他的帽子落到了地上——根据这两点迹象，我们情愿推断他们俩接了一个吻，或者不止一个。

“喂，你怎么到这儿来了？”玛丽说道，打断谈话的事由已终止，谈话又恢复了。

“当然是来找你啰，我的宝贝，”威勒先生答道；第一次允许他的感情压倒了他的诚实。

“你怎么知道我在这儿呢?”玛丽问道,“谁能告诉你我到伊普斯威奇帮另一户人家做事,而他们后来又搬到了这里呢?是谁告诉你的呀,威勒先生?”

“啊,真的,”山姆做了个狡猾的眼色,“这可是个问题。是谁告诉我的呢?”

“不会是马佐尔先生吧,是吗?”玛丽问道。

“噢,不是,”山姆答道,一本正经地摇了摇头,“不是他。”

“肯定是厨娘吧。”玛丽说。

“当然肯定啰。”山姆说。

“啊,我从没听说过有这种事!”玛丽说。

“我也没听说过,”山姆说,“不过玛丽,我亲爱的,”说到这里,山姆的态度变得多情到了极点,“玛丽,我亲爱的,我眼下还有一桩很紧急的事要去办。我的东家的朋友之一——温克尔先生,你还记得他吧。”

“穿绿衣服的那位吗?”玛丽说,“噢,是的,我还记得他。”

“哎,”山姆说,“他害了可怕的相思病;神魂颠倒得一塌糊涂,真是死去活来啊。”

“天哪!”玛丽插话说。

“是呀,”山姆说,“不过只要我们能找到那位小姐,就什么事也没有了。”说到这里,山姆一边不时岔开话题夸玛丽是如何如何漂亮,说自从上次见过她以来他遭受了多少多少难以言传的痛苦,一边忠实讲述了温克尔先生目前的境况。

“哎,”玛丽说,“从没见过这么痴心的人!”

“当然没有,”山姆说,“现在没谁见过,将来也不会;搞得我东奔西走,像个四处流浪的犹太人——这种疲于奔命的家伙你也许听说过吧,玛丽,我亲爱的,他始终在跟时间赛跑,从来不睡觉——

为的是找到那个艾拉贝拉小姐。”

“什么小姐?”玛丽说,大吃一惊。

“艾拉贝拉·艾伦小姐。”山姆说。

“天哪!”玛丽说,一边指了指先前那个恼火的马夫关上的花园门,“就是那一家;她已经在里面住了六个星期了。是那家的主管女仆告诉我的,她是主妇的贴身女仆,有一天早上,那一家子还没有起床,她在洗衣房那边告诉了我。”

“什么,就是你们旁边的那一家?”山姆说。

“就在旁边。”玛丽答道。

威勒先生得知这一消息后实在是太喜不自禁了,以至于绝对需要抱住他的情报员才能支持得住;在两人合演了几个小小的爱情段子之后,他才完全回过神来言归正题。

“可不是,”山姆终于说话了,“假如这不比斗鸡更有趣,那就没有什么是有趣的了,就像市长大人所说的——因为内阁大臣在饭后提议为他太太的健康干杯。就是旁边那家!嘿,我有个信要送给她,我这一整天都是在为这个奔波呀。”

“啊,”玛丽说,“但你现在没法送信给她,因为她只有黄昏时才在花园里散步,而且只是一小会儿;她从不出门,除非有那个老太太在身边。”

山姆琢磨了一会儿,最后想出了以下办法:他到黄昏的时候再来——那是艾拉贝拉固定的散步时间——由玛丽把他带到她东家的园子,他可以利用一棵大大的梨树的枝叶作掩护,从那些悬垂的树枝下面爬过墙去;把信送给艾拉贝拉,假如可能的话,还可以安排温克尔在第二天的同一时间和她会个面。很快做了这一决定之后,他开始帮助玛丽干那已耽搁了很久的拍打地毯的工作。

拍打那些小地毯可没有看上去那么单纯,一半都没有——至少是,尽管拍打地毯本身无大碍,但折叠地毯却是一件非常具有潜在危险的事情。只要还在拍打地毯上的灰,他们俩就相隔一毯之遥,这倒也不失为一桩要多单纯有多单纯的乐事;不过,一旦开始折叠地毯,他们俩之间的距离就逐渐缩短到原来的二分之一、四分之一、八分之一,甚至到十六分之一、三十二分之一——假如地毯够长的话——这时候危险就出现了。我们没法精确地弄清他们叠了多少块地毯,但我们可以冒失地说明一点,地毯有多少块,山姆就吻了那个漂亮的女仆多少次。

威勒先生在最近的一家酒馆里有节制地款待了自己一番,一直到黄昏临近的时候,才又返回到那条无路可通的小路。玛丽把他放进了花园,一再告诫他注意四肢和脖子的安全,他接受完告诫之后便爬进了那棵大梨树,躲在里面等待艾拉贝拉的到来。

他等了很长时间,可他焦急地盼望的事却没有发生,正当他开始觉得根本不会发生时,他突然听到石子路上传来轻微的脚步声,紧接着便看见艾拉贝拉忧思重重地走了过来。她一走到树下面,山姆便开始发出各种穷凶极恶的声音,算是温婉地表明他的存在;那种声音,对一个从婴儿期开始就患上了喉炎、哮喘和百日咳的中年人来说,也许还算得上是自然的。

听到这些声音后,那位小姐急忙朝发出这些可怕声音的地方看了一眼;当她看见树的枝叶间有一个男子时,她先前感到的惊恐一点儿也没有减少,幸好恐惧剥夺了她的行动能力,使她瘫坐到了幸好碰巧就在她旁边的一张花园椅里,不然的话,她肯定会惊慌而逃,把整个屋子的人都惊动起来。

“她晕过去了,”山姆大为惶恐地自言自语道,“这是什么事呀,这些个年轻女人啊,不该晕的时候偏偏要晕。喂,姑娘,锯骨头小姐,温克尔太太,别晕呀!”

不知是由于温克尔这个名字的魔力,还是由于露天里空气的清凉,或是由于模糊地记起了威勒先生的声音,艾拉贝拉苏醒过来了——因此苏醒的原因也就无关紧要了。她抬起头来，有气无力地问道："你是谁，要干什么？"

"嘘，"山姆说，一边利用树枝荡到墙上，尽可能小心地缩起身子蹲在那里，"是我呀，小姐，是我。"

"匹克威克先生的仆人。"艾拉贝拉诚挚地说。

"正是的，小姐，"山姆答道，"温克尔先生绝望透顶，简直不想活了，小姐。"

"啊！"艾拉贝拉说，一边走近墙壁。

"真的啊，"山姆说，"昨天晚上我们简直觉得有必要给他穿紧箍衣[①]了；他一整天都在发疯；还说假如在明天晚上过完之前见不着你，他不跳水自杀就不是人。"

"噢，不，不，威勒先生。"艾拉贝拉说，双手拧到了一起。

"他是那么说的，小姐，"山姆答道，"他是一个说话算数的人，我认为他会那么做的，小姐。他从四只眼睛的锯骨头的人那里听说了你的所有情况。"

"从我哥哥那里！"艾拉贝拉从山姆的描述里隐约猜出了一点端倪。

"我不太清楚哪一个是你哥哥，小姐。"山姆答道，"是那两个人中最脏的那个吗？"

"是的，是的，威勒先生，"艾拉贝拉答道，"往下说呀。请快点说。"

"好吧，小姐，"山姆说，"他从他那里听说了有关你的一切；依东家的看法，假如你不赶快见他的话，我们所说的那些锯骨头的人，会再弄些铅来放进他的脑袋，而那准会对那个器官的发展造成

① 紧箍衣，又称拘束衣，是一种用帆布之类材料制作的用以控制疯子等的行为的用具。

损害,假如以后还用得着它的话。”

“噢,我能做什么去阻止这些可怕的争吵呢?”艾拉贝拉叫道。

“导致这一切的是一种猜疑,说是你早已有了意中人,”山姆答道,“你最好还是见一见他,小姐。”

“可是怎么见呢?——在哪儿呢?”艾拉贝拉叫道,“我不敢独自离开这里。我哥哥是那么不和气,那么不通情理!我知道我这样跟你说话一定显得非常奇怪,威勒先生,不过我真是非常、非常不幸啊——”说到这里,可怜的艾拉贝拉痛苦地哭泣起来,致使山姆豪侠之气大增。

“跟我谈论这些事情看上去也许是挺奇怪的,小姐,”山姆慷慨激昂地说,“但我所能说的是,我随时准备而且情愿做任何事情,只要能把事情办好就成;假如有必要把那两个锯骨头的家伙中的随便哪一个丢出窗外,我都在所不辞。”山姆一边说一边开始挽袖子,以表示他马上就可以动手,对可能跌下墙头的危险全然不顾。

尽管这些好意的表白很叫人受用,艾拉贝拉却坚决拒绝利用它们(令山姆非常费解)。山姆非常令人感动地恳请她答应见温克尔先生一面,她一个劲儿地拒绝了好一阵子;但在最后,由于谈话面临被不请自来的不受欢迎的第三者打断的危险,她一边再三表示感谢,一边匆匆忙忙地告诉他说:明天傍晚比现在晚一个小时的时候,也许她有可能在花园里。山姆充分地理解了这一点;艾拉贝拉把最甜美的微笑赐给了他,然后就优雅地迈着款款细步走了,使得威勒先生沉浸在对她的风姿与神韵的无限倾慕之中。

安全地从墙上下来之后,山姆没有忘记花上几分钟做他自己分内的风情之事,然后就赶紧返回布什旅馆,在那里他的久久未归已引起很多猜测和些许惊恐。

“我们必须小心啊,”专心地听完山姆的故事后,匹克威克先生说，“不是为我们自己，而是为那位小姐着想。我们必须非常小心谨慎才是。”

“**我们**！”温克尔先生说，用的是明显的强调语气。

匹克威克先生听了这种语气，一时间露出愤慨之色，但紧接着它就消退了，取而代之的是他特有的仁慈表情，他说道：

“**我们**，先生。我要陪你去。”

“你！”温克尔先生说。

“我。”匹克威克先生温和地答道，“为了给你这次会面的机会，那位小姐采取了一种自然、但也许很不慎重的步骤。我作为你们双方共同的朋友，年龄之大足以做双方的父亲，我若是在场的话，以后就谁也说不了她的闲话了。”

说这些话的时候，匹克威克先生为自己的先见之明感到由衷的高兴，两眼闪闪发亮。从老先生对朋友所呵护的年轻女子所怀有的富于体恤心的敬意略窥一斑，温克尔先生被感动了，他怀着类似崇拜的敬仰之情握住了老先生的手。

“你**就**去吧。”温克尔先生说。

“我会去的，”匹克威克先生说，“山姆，把我的大衣和围巾准备好，叫一辆马车明天傍晚在门口等着，最好比实际需要的时间早一点，以便我们及时赶到。”

威勒举手行了个触帽礼，以示其毕恭毕敬服从命令，然后就出去为远行做必要的准备了。

马车在约定的时间准时赶到；在把匹克威克先生和温克尔先生好好安顿在车厢里之后，威勒先生就在驾驶座上挨着车夫坐好了。按照预先的约定，他们在离约会地点大约四分之一英里的地方下了车，叫车夫等在那里，他们自己步行过去。

到了这个阶段，匹克威克先生才带着满脸微笑和种种得意神态从口袋里掏出一个遮光灯来，这是他特别为此行准备的；他一路上都在对温克尔先生解释它的做工之精美,使得路上遇到的几个游荡者吃惊不小。

“我上回在花园里的时候,假如有这么个玩意儿就好办了,呃,山姆,对吧?”匹克威克先生说,一边得意地回过头去看那位跟在后面跋涉的追随者。

“是很不错的玩艺儿,假如能好好使用的话,先生,”威勒先生答道,“但假如你不想被人看见的话,我觉得它不点蜡烛时比点着蜡烛时更加有用。”

匹克威克先生看上去被山姆的话触动了,因为他把灯重新放进了口袋;大家一声不吭地向前走去。

“往这边走,先生,”山姆说,“我来带路。就是这条小路,先生。”

他们走进了小巷,那里真够黑的。在摸索前进的过程中,匹克威克先生把灯拿出来用过一两次,它在他们前面投射出一片很亮的光,直径大约有一英尺。那光非常漂亮,不过它好像使周围的东西显得比先前更黑了。

最后他们到达大石头那儿。山姆建议他的东家和温克尔先生在石头上坐一下,他自己则去侦察一番,弄清楚玛丽是不是还在等着。

离开了五到十分钟之后,山姆回来了,说花园门是开着的,一切都静悄悄的。匹克威克先生和温克尔先生蹑手蹑脚地跟在后面,不久他们就进了园子。在这里每个人都说了很多次“嘘!”;而在说完之后,好像谁都不太清楚下一步该怎么办。

“艾伦小姐还在园子里吗,玛丽?”温克尔先生问道,非常激动。

“不知道,先生,”那个漂亮的女仆答道,“最好的办法是,先生,让威勒先生托你一下让你爬到树上,也许还要烦劳匹克威克先生看着有没有人走进小弄来,我就到花园那一头守着。天哪,那是什么?”

“那盏该死的灯会要了我们大伙的命,”山姆抱怨地喊道。“当心你在做什么,先生,先生;你把一道光射进后客厅的窗户里去了。”

“哎呀!”匹克威克先生说着,赶紧转向旁边,“我不是有意的。”

“瞧,又照到第二家去了,先生。”山姆抗议说。

“哎哟。”匹克威克先生叫道。又转了转身子。

“瞧,照到马厩了,他们会以为那里起火了,”山姆说,“关掉,先生,好吗?”

“这真是我有生以来见过的最古怪的灯!”匹克威克先生叫道,被他无意中造成的结果弄得大感狼狈,“我从没见过这么厉害的反光镜。”

“假如你继续让它那么亮下去的话,那对我们就厉害过头了,先生,”山姆答道,这时匹克威克先生在经过几次失败的努力之后,总算把遮光板关起来了,“可以听见那位小姐的脚步了。喂,温克尔先生,上去吧。”

“慢着,慢着!”匹克威克先生说,“我必须先跟她说话。帮我爬上去,山姆。”

“轻点儿,先生,”山姆说,用头抵住墙,使背部形成一个平台,“踩住那个花盆,先生。好了,上来吧。”

“我真怕伤着你,山姆。”匹克威克先生说。

“千万别在意我,先生,”山姆答道,“扶他一把,温克尔先生。站稳,先生,站稳!好样的!”

在山姆说的时候,匹克威克先生经过一番对他那个年纪和体重的绅士来说几乎是超自然的努力,千方百计才爬上山姆背部;山姆慢慢地抬起身子,匹克威克先生牢牢地抓住墙头,同时温克尔先生紧紧地抱着他的腿,就这样他们好不容易才使他的眼镜高出了墙顶。

“我亲爱的,”匹克威克先生朝墙那边看过去,看见了艾拉贝拉,说道,“别害怕,我亲爱的,是我呀。”

“噢,请走开吧,匹克威克先生,”艾拉贝拉说,“叫他们全都走吧。我害怕得要命。亲爱的,亲爱的匹克威克先生,别待在那里。你会摔下去摔死的。我知道会的。”

“喂,请不要惊慌,我亲爱的,”匹克威克先生安抚地说,“丝毫没有害怕的理由,我向你保证。站稳啰,山姆,”匹克威克先生说着,朝下面看了看。

“好的,先生,”威勒先生答道,“最好是不要太久了,先生。你好重啊。”

“再过一会儿就行了,山姆,”匹克威克先生答道,“我只是希望你明白,我亲爱的,假如你所处的处境使我的年轻朋友还有别的选择的话,我是不会允许他以这种偷偷摸摸的方式见你的;为了避免此举的不妥给你造成的不安,我亲爱的,我也来了,也许知道我在场能叫你满意吧。就是这样,我亲爱的。”

“的确是的,匹克威克先生,非常感谢你的好意与体谅。”艾拉贝拉答道,一边用手绢擦眼泪。她本来也许还会说更多的,假如匹克威克先生的脑袋没有突然迅速从墙头消失的话——由于在山姆肩上踩空了一脚,他突然跌到了地上。不过他马上爬了起来,一边叫温克尔先生赶紧去完成约会,一边跑到小巷里望风去了,那份勇气与热情完全像个年轻人。在那种情势的激励之下,温克尔先生片刻之间就爬上了墙头,只稍停留一下告诉山姆照顾好东家。

“我会照顾他的,先生,”山姆答道,“把他交给我好了。”

“他在哪儿?在做什么,山姆?”温克尔先生问道。

“上帝保佑他的旧靴子，”山姆答道，朝花园门外望去，“他拿着遮光灯在胡同里望风，多像一个和蔼可亲的盖伊·弗克斯①呀。我这辈子都没见过这么好的人儿。见鬼，我真的相信他的心一定比他的身体晚出生二十五年，至少！”

温克尔先生没有停下来听对他的朋友的称赞。他已从墙上跳下去，臣服在艾拉贝拉脚下，这时正在信誓旦旦地诉说他的爱的诚挚，那种口若悬河的架势，丝毫不亚于匹克威克先生本人。

当这些事情在露天里进行的时候，在相隔两三家的屋子里，有一位上了年纪的有科学成就的绅士正坐在书房里写一篇哲学论文，一边不时从摆在他旁边的一个令人肃然起敬的酒瓶里倒出一杯红葡萄酒来滋润他的身体和劳作。在写作的痛苦之下，这位上年纪的绅士有时看看地毯，有时看看天花板，有时则看看墙壁；当地毯、天花板和墙壁都不能赋予他所需的灵感时，他就望一望窗外。

在这种创作的暂停状态中，科学老绅士有一次正迷茫地凝视着外面浓重的夜色，突然他非常惊讶地注意到一道极其明亮的光从离地面不远的空中滑过，并且几乎马上就消失了。过了一会儿，这一现象又重现了，不是一两次，而是好几次——最后，科学绅士放下了笔，开始琢磨导致这些现象的自然原因是什么。

它们不是流星；它们太低。它们不是萤火虫；它们太高。它们不是鬼火；不是流萤；不是烟花。那它们会是什么呢？或许是某种不同寻常的神奇的自然现象，以前从没有哪位哲学家见过吧；或许是某种专等他去发现的现象，说不定他会因这道光亮被后世名垂

① 盖伊·弗克斯，1605年英国未遂的“火药阴谋案”的主犯之一。当时一些罗马天主教徒企图在十一月五日英国议会开会时炸毁议会并炸死国王詹姆士一世。后来英国有盖伊·弗克斯节，在此节日人们要焚烧盖伊·弗克斯的肖像。

青史哩。科学绅士满脑子转着这些念头,再一次拿起笔来,手在纸上记录这一独一无二的现象,记下了看见这些现象的年、月、日、时,甚至精确到了秒;所有这一切都可以成为涉及高深学问与研究的洋洋大作的素材,论文一旦发表,想必会令活在这个文明的星球上任何一个地方的所有气象学巨匠大感震撼。

他往后一仰躺进安乐椅,沉浸在对他的未来的伟大畅想之中。那种神秘的光比先前更亮地再度出现,看上去像在胡同里上下起舞,从这边闪到那边,有如彗星沿着离心轨道在运动。

这位科学绅士是一个单身汉。他没有妻子可供他叫来并吃惊一场,于是他拉铃叫了他的仆人。

"普鲁夫尔,"科学绅士说,"今晚空中有一种非常特别的东西。你见到了吗?"科学绅士说,当光再次出现的时候,他指了指窗外。

"是的,我看到了,先生。"

"你觉得是怎么回事,普鲁夫尔?"

"我觉得,先生?"

"是的。你是在这里土生土长的。你认为造成那些光的原因是什么呢?"

科学绅士面带微笑地看着普鲁夫尔,预料他会回答说他根本不知道是什么原因。普鲁夫尔陷入了沉思。

"我想大概是小偷吧,先生。"普鲁夫尔终于说话了。

"你是个傻瓜,可以下楼去了。"科学绅士说。

"谢谢你,先生。"普鲁夫尔说。然后他就下楼去了。

但是,科学绅士一想到他所计划的独具天才的论文有可能胎死腹中,就坐卧不安起来;假如机灵的普鲁夫尔的猜想没有被扼杀在萌芽状态的话,那种结果必定是不可避免的。于是他戴上帽,迅速下楼进了花园,决心把事情查个水落石出。

话分两头，在科学绅士走进花园之前不久，匹克威克先生已尽可能快地从胡同那边跑回来，来传送一个假警报，说是那边有人来了；他一路上不时拉开遮光灯的遮光板来照路，以免自己跌进沟里。警报一发出，温克尔先生就迅速从墙那边翻了回来，艾拉贝拉则跑回了屋里；花园门关上了，三位冒险家急匆匆地往胡同外面赶，不料却被科学绅士开花园门的声音吓了一大跳。

"站住，"山姆耳语道，他当然是走在最前头的那位，"用灯照一秒钟，先生。"

匹克威克先生照办了，山姆看见在离他的脑袋半码远的地方有一个男人的脑袋在小心翼翼地朝外探望，于是他用紧握的拳头轻轻地给了它一下，使它在花园门上一撞，发出一阵空洞的声音。极其突然而又熟练地完成了这一技艺之后，威勒先生把匹克威克先生往背上一背，紧跟着温克尔先生跑出了胡同，考虑到他背负的重量，那种速度确实是非常惊人的。

"你透过气来了吗，先生？"到达胡同口的时候山姆问道。

"好了。现在好了。"匹克威克先生答道。

"那就下来走吧，先生，"山姆说，让他的主人重新站到了地上，"走在我们俩中间，先生。只有不到半英里路要跑。就当是赛跑夺奖好了，先生。现在开始吧。"

在这样的激励下，匹克威克先生尽最大努力撒开腿跑了起来。完全可以信心十足地说，从来没有哪双黑靴子在地上跑的模样能与匹克威克先生的这双在这一值得纪念的场合所显示的派头相比哩。

马车在等候，马儿生气勃勃，道路挺好的，车夫很卖命。匹克威克先生还没有缓过气来，大家已经安全地到达布什旅馆。

"马上进去吧，先生，"山姆说着，扶主人下了马车，"刚经过这番运动，一秒钟也不要在街上逗留了。对不起，先生，"山姆继续对下了车的温克尔先生说,一边触帽檐对他致敬,“但愿没有早已有意中人的事,先生?”

温克尔先生握住他的卑微的朋友的手,凑在他的耳边低声说:“一切很好,山姆,好极了。”听了这话,威勒先生在鼻子上清清楚楚地敲了三下,表示已心领神会;他微微一笑,眨眨眼睛,着手把马车踏板翻上去,脸上露出生动的满意表情。

至于那位科学绅士嘛,他在一篇杰出的论文里证明了那些神奇的光是电力作用使然。为证明这一点,他详尽地叙述了在他把头探出门外时一道闪光如何从他眼前掠过,而他又是如何遭到电击并且接着休克了一刻钟之久的;这一证明令所有的科学团体高兴得无法形容,也使他从此被公认为科学界的显赫人物。

第四十章　把匹克威克先生引入人生的伟大戏剧中全新却并不乏味的一幕

匹克威克先生在巴斯逗留的剩余时间过得很平淡,没有发生任何重大事情。三一开庭期①开始了。在它的第一周结束时,匹克威克先生和他的朋友们返回了伦敦;前一位绅士径直去了他在乔治与兀鹰旅馆的老住处,当然是由山姆侍候着去的。

在他们到达后的第三天,正好是城里所有的钟都在敲九点的时候——合起来大约敲了九百九十九下——这时候山姆正在乔治小广场散步,突然看见一辆新喷了油漆的古怪马车开了过来,车上的一位古怪绅士把缰绳丢给坐在他旁边的一个胖子,非常敏捷地从车上跳了下来——看上去这位古怪绅士是为那马车而生的,而那马车又是专为他而造的。

那马车不是双轮单马车,也不是四轮高座敞篷马车;既不是有两个背靠背的横座的双轮单马车,也不是需缴少量税的那种双轮轻便马车,也不是带车篷的那种双轮单马车,也不是行刑时用的那种小马车;但它好像兼具这些车辆的特点。车身漆的是浅黄色,车辕和轮子漆的是黑色;驾车者以正统的行家派头坐在叠得比扶手还高两英尺的垫子上。拉车的马是一匹栗色马,怪漂亮的牲口;不

① 三一开庭期,旧时英国高等法院的开庭期之一,在三一节之后,时间是6月9日至7月31日。

过它有点儿浮华和不可一世的架势，与马车及其主人真够般配的。

车主是一个四十来岁的男子，长着黑头发和经过细心梳理的络腮胡子。他穿戴非常华丽，戴满了珠宝饰物——每一件都比绅士们通常戴的大三倍左右——为这一切锦上添花的是一件质地很粗的大衣。他一下车就把左手伸进大衣的一个口袋，同时用右手从另一个口袋里掏出一条非常鲜艳耀眼的丝手绢，用它掸了掸靴子上的一两点灰尘，然后把它捏在手里，大摇大摆地走进了通往旅馆的短巷子。

在这个人下车的时候，山姆还注意到，有一个穿着已掉了几颗纽扣的棕色大衣的模样寒碜的男子，他本来是在街对面躲躲闪闪地走着的，这会儿却穿过马路，走到马车附近站住不动了。山姆对那位绅士光临的目的不仅只是怀疑而已，因此他赶在那人之前走到乔治与兀鹰旅馆，突然转过身来，在大门的中间站住了。

“喂，我的好伙计！”穿粗质地大衣的人用傲慢的口气说，同时企图推开山姆走进去。

“喂，先生，怎么回事！”山姆答道，同时变本加厉地回敬了对方的推搡。

“嘿，别来这套，伙计。这对我行不通，”粗大衣的所有者抬高声音说，脸变白了，“来，斯牟奇！”

“嘿，什么毛病？”那个穿棕色大衣的人咆哮道，他在这场短暂对话的过程中已偷偷溜进短巷。

“不过是这个小年轻的无理取闹而已。”那位长官说，又推了山姆一下。

“得啦，别瞎胡闹了。”斯牟奇咆哮地说，推了山姆一把，推得较猛。

这最后一推产生了老练的斯牟奇希望造成的效果；因为正当

急于回敬对方的山姆把那人的身体往门柱上顶之际，那位长官趁机溜进了旅馆，径直走到了吧台；山姆在与斯牟奇对骂了几句之后，也跟着走了进去。

“早上好，我亲爱的，”那位长官对吧台后面的那位年轻女士说，带着澳洲湾的安闲与新南威尔士的文雅①，“匹克威克先生的房间在哪里，我亲爱的？”

“带他上去。”吧台女士对一位招待说，答话的时候竟不屑再看那个衣着华贵的人一眼。

招待遵嘱带路，粗大衣男人跟在后头，而跟在他后面的则是山姆——他一边上楼一边尽情地做各种表示极度的鄙夷和挑衅的姿势，令仆役们及其他旁观者说不出的高兴。因咳嗽而嘶哑了嗓子的斯牟奇留在楼下，在过道里吐痰。

当那位未免来得太早的来宾由山姆跟着走进房间时，匹克威克先生还熟睡在床。他们进房的声音惊醒了他。

“刮脸水，山姆。”匹克威克先生在床帷里说。

“马上就刮你，匹克威克先生。”来客一边说，一边把床头的一块床帷拉开，“关于巴德尔的案子，我带来了针对你的强制执行令。——这是拘传票。——高等民事法院的。——这是我的名片。我想你会光临敝舍吧。”那位执行官——原来他是这样一个角色——在匹克威克先生肩上友好地拍了拍，把名片丢在床单上，从背心口袋里掏出一根金牙签来。

“姓南比，”当匹克威克先生从枕头下面摸出眼镜，戴起来准备看名片的时候，那位执行官的副手说，“南比，贝尔胡同，柯尔曼街。”

这时候，一直在盯着南比先生油亮亮的海狸皮帽子的山姆·威勒插话说：

① 澳洲湾和新南威尔士均为澳洲地名。此处的“文雅”是反语，因为在狄更斯创作本书的十九世纪三十年代，澳洲在欧洲人眼中仍是一块蛮鄙之地。

“你是颤抖教徒①吗？”山姆问道。

“在我和你了断之前，我会告诉你我是谁的，”那个愤愤不平的官员答道，“过不了几天，好家伙，我会教你懂点规矩的。”

“谢谢，”山姆说，“我也会教你的。脱帽吧。”说着，威勒先生以极其敏捷的身手把南比先生的帽子打到了房间的另一头，来势是那么猛烈，几乎使对方把那金牙签吞进了肚里。

“你看呀，匹克威克先生，”那位惊惶失措的官员说道，气喘吁吁的。“我在执行公务时在你的卧室遭到你的仆人殴打。我的人身受到威胁。我要你作见证。”

“什么证也甭作，先生，”山姆打断说，“闭上眼睛吧，先生。我要把他扔出窗去，只可惜他弹不出多远，因为外面是铅皮。”

“山姆，”匹克威克先生用愤怒的声音说道，与此同时他的仆人在做着各种敌意的表示，“你要是再说一句，或是对这个人有一丁点儿干涉，我马上就辞退你。”

“可是，先生！”山姆说。

“闭嘴，”匹克威克先生打断了他的话，“去把帽子捡起来。”

但这件事山姆却毅然决然地拒绝去做；在他遭到了主人的严厉呵斥之后，那位急不可耐的官员自己屈尊去把帽子捡了起来，同时向山姆发出了一大堆各种各样的威胁，但那位绅士对它泰然置之，只是说，假如南比先生赏脸再把帽子戴上，他还会把它打到九霄云外。南比先生呢，他也许觉得那样做或许会给自己带来麻烦，因此拒绝引诱对方，而且不久就叫来了斯牟奇。南比先生告诉他

---

① 即教友会会员，原文为 Quaker，该词由 Quake（颤抖）派生而来，可直译为“颤抖者”。教友会（Society of Friends）是十七世纪诞生于英国的一个基督教教派，为乔治·弗克斯所创。该派反对通过教会与上帝沟通，主张通过自我冥想获得启示。该派主张“对上帝之言颤抖”，其会友在宗教激情状态下常常浑身颤抖，故外人讥之为“颤抖教徒”。

逮捕已完成,说他只需等犯人穿好衣服就是了,说完就大摇大摆地离开房间,乘着车子走了。斯牟奇用傲慢无礼的态度要求匹克威克先生:“尽可能利索点,因为现在正是忙的时候。”说着就拉了一把椅子在门口坐了下来,等着他穿戴完毕。接着山姆被派去雇一辆出租马车,三人乘着它向柯尔曼街驶去。路程不远,这可真是一件幸事,因为斯牟奇不仅缺乏言谈方面的魅力,而且,由于我们在前面已提到的身体的虚弱,他在一个狭小的空间里绝不是一个令人喜欢的旅伴。

马车驶进一条很窄又很黑的街道,在一幢所有窗户都装有铁栏杆的屋子前停了下来;门柱上赫然写着名字与官衔:“南比,伦敦司法官属员”;一个可能被当成斯牟奇被遗弃的孪生兄弟模样的绅士打开了里面的门——他随身带着一把专用的大钥匙,于是匹克威克先生被引到了“咖啡室”。

那间咖啡室是一个前厅,其主要特点是新鲜沙土和腐臭的烟味。匹克威克进门时对坐在那里的三个人行了鞠躬礼;在打发山姆去找佩克尔之后,他退到一个阴暗的角落里,从那里带着几分好奇打量起他的新同伴来。

其中之一只是一个十九或二十岁的小伙子,虽然还没到十点钟,他却在喝对水杜松子酒了,而且还抽着雪茄——从他红肿的脸判断,他这两种娱乐都是他在过去的一两年里所热衷的。在他的对面,正在用右边靴子的鞋尖拨火的那一位,是一个大约三十岁的粗俗的年轻人,此公有一张病恹恹的脸和一副嘶哑的嗓子,显然是老于世故的,而且颇具狂放不羁的迷人派头——那是从酒馆和低级台球桌边获得的。房里第三位房客是一个中年人,穿着一身很旧的黑色套装,面容苍白而又憔悴,正在房间里不停地走来走去;他时不时地停下来朝窗户张望,好像在盼望什么人似的,然后又重新开始走动。

“你今天早上最好是借我的剃刀用用吧，阿瑞斯莱先生。”那个在拨火的男人说，一边朝他的朋友即那个小伙子丢了个眼色。

“谢谢你，不用啦，我不需要了；我想过个把钟头我就会出去了。”那一位匆匆答道。接着他走到窗边，再一次失望地返回来，深深地叹了一口气，然后离开了房间；见此情景，另外那两位发出一声大笑。

“嗨，我从没见过这么有趣的事儿，”贡献剃刀的那位绅士说，他的名字叫普莱斯，“从来没有！”普莱斯先生以一句赌咒来确定他的断言，然后再次大笑，而那个小伙子呢（他认为他的伙伴是世界上最出色的人物之一），当然也笑了。

“你简直想不到吧，”普莱斯转向匹克威克先生，说，“那家伙到昨天为止已经在这里待了一个星期了，却一次胡子都没有刮过，因为他觉得自己很有把握在半个钟头之内就出去，因此就认为回到家里再剃也无妨。”

“可怜的人！”匹克威克先生说，“他摆脱麻烦的机会真的那么大吗？”

“见鬼的机会，”普莱斯答道，“他连半点机会都没有。我看十年以后上街走走的机会都说不上哩。”说着，普莱斯先生轻蔑打了个响指，并且拉了铃叫人。

“给我一张纸，克鲁奇，”普莱斯先生对侍者说，从衣着和外表看，这个侍者像是一个介于破产的畜牧业主和破产的牛羊贩子之间的人物，“还要一杯对水白兰地，克鲁奇，听见没有！我要写信给我父亲，必须喝一点刺激的，不然我没法给老头子提神呀。”听了这句开玩笑的话，那个年轻小伙儿捧腹大笑，这几乎是不用说的。

“对呀，”普莱斯先生说，“决不要气馁。很有趣，不是吗？”

“太棒了！”那位年轻绅士说。

“你还真有种，有种，”普莱斯说，“你是见过点世面的。”

“我相信我是见过世面的！”那小伙子答道。他是透过酒馆门上污秽的窗玻璃见的世面啊。

对这场对话，以及两位对话者的神气与举止，匹克威克先生感到的可不是一丁点厌恶，他正准备问能否给他弄一个单间，这时突然走进来两三个具有上等人派头的陌生人，那小伙子一见到他们就把雪茄扔进火里，一边对普莱斯先生耳语说他们是来帮他“解决问题”的，然后就跟他们一道坐到房间另一头的一张桌子旁边去了。

不过，看起来事情并不像年轻绅士所预料的那样能够很快地办妥；因为接着是一场长时间的交谈，匹克威克先生免不了听到一些针对放荡行为的愤怒斥责，以及一再请求宽恕的求饶声。最后，那伙人中最老的那位绅士很清楚地提到一条什么白十字街，一听到这里，那位年轻绅士尽管是“好样的”、“有种”，而且还见过世面，却把头伏在了桌上，伤心地号啕大哭起来。

那个年轻人的勇气大崩溃，以及他的声调的有效降低，令匹克威克先生大感满意；他拉铃叫仆人，根据他本人的请求，他被领进一个单间，里面陈设有地毯、桌子、椅子、食品橱和沙发，还装饰着一面穿衣镜和多幅古旧版画。在这里，他有幸能听到南比太太在他头顶弹一台方形钢琴；他的早餐也正在准备之中；后来早餐进来时，佩克尔先生也来了。

“啊哈，我亲爱的先生，”那个小个子男人说，“终于被逮住了，呃？唉，唉，我倒是不为此难过呀，因为现在你就明白这种行为的荒唐了。我已经记下法庭开出的诉讼费和赔偿金的总额，我们最好是马上付清。我想，南比这时候已经回来了吧。您意下如何，我亲爱的先生？是我签发票还是您签呢？”小个子男人一边说，一边强作欢颜地搓着手，但是在看匹克威克先生的脸色的同时，他忍不住朝山姆·威勒投去了沮丧的目光。

“佩克尔，”匹克威克先生说，“请不要再让我听到这种话。我看在这里耗着没什么好处，因此我打算今天晚上就进监狱。”

“你不能上白十字街呀，我亲爱的先生，”佩克尔说，“不可能。一间牢房里安着六十张床；二十四个小时里有十六个小时是闩着牢门的呀。”

“要是能办到的话，我就到别的牢房去，”匹克威克先生说，“要是办不到，那我就只好在那里面尽可能地对付着过了。”

“假如你铁了心要到什么地方去坐牢的话，我亲爱的先生，你可以到弗里特去。”佩克尔说。

“行，”匹克威克先生说，“我吃完早餐就去那儿。”

“且慢，且慢，我亲爱的先生；根本犯不着这么迫不及待地进一个其他很多人巴不得早点出来的地方啊，”那个脾气很好的小个子代理人说，“我们必须获得人身保护令①。不到下午四点钟，法官不会到司法议事室去的。你得等到那个时候。”

“很好，”匹克威克先生说道，显出无动于衷的耐性，“那我们就在这里吃一顿牛排吧，两点钟。去办吧，山姆，告诉他们要准时弄好。”

尽管佩克尔不断地劝诫和争辩，但匹克威克先生始终不改初衷，牛排来了，接着又不见了；然后他被安置进另外一辆出租马车，向法院胡同驶去；在动身之前，他们等南比先生等了大约半个小时，因为他受特邀出席了一个午宴，那是无论如何不能打扰的。

在大律师院出庭的有两位法官——一个来自高等法院，一个

---

① 人身保护令，原为拉丁文 habeas corpus，意为“你可保全身体”。人身保护法是1679年由英王查理二世颁布实施的法令，旨在防止滥行拘捕与非法关押。它规定必须在不超过二十天之内把被扣押者提交法庭审讯，由十二人陪审团裁定其是否有罪。

来自高等民事法院——假如那些在进进出出奔忙的律师秘书们的数目可以作证的话,那么摆在两位法官面前等待处理的事情看来有很多。到达大律师院入口的矮拱门之后,佩克尔为与马车夫商议车费和找头而耽搁了一会儿,匹克威克先生则走到一边躲开出出进进的人潮,同时带着几分好奇观望四周。

最吸引他注意力的是三四个穷摆架子的男子,他们对经过的很多律师都触帽致敬,仿佛他们有什么事儿要在那儿做似的,不过匹克威克先生猜不出是什么事。他们怪模怪样的。一个很高瘦,腿有点瘸,穿着褪了色的黑衣服,系着一条白围巾;另一个肥硕粗大,穿着同样的衣服,脖子上围着一块黑里透红的大布;第三个呢,是一个矮小、皱缩、像醉了酒似的汉子,长着一张布满粉刺的脸。他们在那里晃来荡去,把双手背在后面,不时面带焦虑的神情同匆匆走过的夹着文件的绅士们耳语几句。匹克威克先生记得他路过的时候经常见他们在拱门下晃荡;他好奇心大发,很想知道这些脏兮兮的晃荡可能与什么行当有关。

他正打算就这一问题请教南比——后者紧跟在他身后,正在吮吸小指上的一个大大的金戒指,这时佩克尔匆匆赶来,说不能耽误时间了,于是就领路进院。当匹克威克先生跟上的时候,那个瘸腿的人走到他跟前,彬彬有礼地对他触帽致敬,递上一张写好的卡片;匹克威克先生不愿拒绝而伤害那人的感情,而是礼尚往来地接过了卡片并把它放进了背心口袋。

"喂,"佩克尔说,在即将走进一间办公室之际,他转过身来看他的伙伴是否紧跟在后面,"进来吧,我亲爱的先生。嘿,你想干什么?"

这最后的问话是对那个瘸子说的,他已在匹克威克先生没有注意的情况下混进了他们的队伍。作为答复,瘸子再次触了触帽子,极尽礼貌之能事,并且指了指匹克威克先生。

"不,不,"佩克尔微笑着说,"我们不需要你,我亲爱的朋友,我们不需要你。"

"对不起,先生,"瘸子说,"这位绅士接了我的名片。我希望你们雇用我。这位绅士对我点了头。我要这位绅士自己决定。你向我点了头的呀,先生?"

"呸,呸,胡说。你没向任何人点头吧,匹克威克?误会了,误会。"佩克尔说。

"这位绅士把他的卡片递给我,"匹克威克先生答道,一边从背心口袋里掏出卡片来,"我接下了,因为这位绅士好像乐意这样——事实上我有点好奇,想在有闲工夫的时候拿出来看看。我——"

矮小的代理人爆出一声大笑,把卡片还给瘸子,同时告诉他纯属误会,在那人怨气冲冲地走开时,他凑在匹克威克先生耳边说那只是一个保人。

"一个什么?"匹克威克先生说。

"一个保人!"佩克尔答道。

"一个保人!"

"是的,我亲爱的先生——这儿有半打这样的人哩。无论多大的数额都保你,而且只收你半克朗的费用;这买卖够古怪吧,是不是?"佩克尔说,一边以一撮鼻烟款待了自己一番。

"什么!竟有这种事,这些人的谋生之道就是等在这里,好到法官面前去作伪证,以一项罪换半克朗为代价!"匹克威克先生叫道,对了解到的底细大感惊骇。

"哎,是否作伪证我不太清楚,我亲爱的先生。"矮个子绅士答道,"难听的字眼呀,我亲爱的先生,真是很难听啊。那不过是一种法律上的假设,仅此而已。"说着,代理人耸了耸双肩,微笑一下,吸了第二撮鼻烟,然后就带头进了法官秘书的办公室。

这是一个看上去特别脏的房间,天花板低矮,墙壁镶板很旧;房内采光很糟,虽然外面是大白天,桌上却点着大大的牛油烛。在房间的一头,有一道门通往法官的私室,门边聚集着一群代理人和办事员,他们按照约定的顺序被叫进去。每一次开门让一组人出来,下一组就急匆匆冲进去;除了等着见法官的绅士们在喋喋不休地交谈之外,那些见过法官的人中的大多数也在进行各种个人间的争吵,因此嘈杂之声鼎沸,达到了那房间的有限空间所能承受的最大限度。

冲耳而来的不仅仅是这些绅士的谈话声。在房间另一端的一道木栅栏后面,有一位戴眼镜的书记员站在席上,正在“办理宣誓书”——成批的宣誓书时不时地被另一位秘书拿进私室去给法官签字。要办宣誓手续的律师秘书有很多,一下子让他们宣完誓是不可能的,这些绅士为接近那位戴眼镜的绅士而你拥我挤,那情形与国王陛下御驾光临戏院时芸芸子民在大门蜂拥而上的情形颇为相似。另一个公务员则在时不时地运动肺叶叫唤那些已宣过誓的人的名字,为的是把已由法官签字认可的宣誓书还给他们,这又引发了一阵混战;所有这一切都在同一时间内进行,所引起的喧嚣足以让最活跃和最容易兴奋的人都觉得够受的。然而此外还有另外一批人——他们在等待他们的雇主拿出去的传票以便出庭,而是否出席还取决于对方代理人的选择——他们的工作就是呼叫对方代理人的姓名,以便确定他并没有在他们不知道的情况下到庭。

举例说吧,倚靠在墙上且紧挨着匹克威克先生的座位的,是一个十四岁的办公室小差,他的嗓音是男高音;在他身边的,则是一个习惯法书记员,其嗓音是低声。

一个书记员拿着一束文件匆匆忙忙走了进来,朝四下里张望。

“斯尼格尔和布林克。”男高音喊道。

“波金和斯诺伯。”男低声吼道。

“斯坦皮和狄肯。”新来的人说。

没有人答应；下一个走进来，刚才这三个人全都对他呼叫；他转而又去叫别的人，然后又是另一个人在大声吼叫别的什么人，不一而足。

在这整段时间里，那个戴眼镜的人忙得不亦乐乎，在叫律师秘书们宣誓；宣誓的开场白是一成不变的老一套，没有任何标点停顿，不外乎以下措辞：

“把《圣经》拿在右手这是你的名字和手笔你宣誓你的陈述书内容是真实的上帝帮助你一个先令你应该有零钱我没有。”

“喂，山姆，”匹克威克先生说，“我想他们把人身保护法公文准备好了吧。”

“是吧，”山姆说，“我希望他们把那保命符拿出来。要我们等在这儿，真是很不舒服。要是我的话，到这时候半打保命符都准备了，一是一二是二。”

至于山姆把人身保护法公文想象成了一种什么样的累赘又难办的玩意儿，那可无从知晓了，因为这时候佩克尔走过来，带着匹克威克先生走了。

在办完通常的手续之后，塞缪尔·匹克威克的人身马上被交给带铁头杖的法警拘管起来，由他押往弗里特监狱去坐牢，一直要到巴德尔起诉匹克威克的案子所判的赔偿金和诉讼费全额给付完毕之后才能出来。

“那会是很长的时间，”匹克威克先生说，大笑起来，“山姆，再找一辆马车来。佩克尔，我亲爱的朋友，再见吧。”

“我要和你一起去，要看你在那里好好安顿下来，”佩克尔说。

“真的，”匹克威克先生答道，“我倒是愿意除了山姆不带别的随从去。我一安顿下来，就会写信通知你，希望你到时候马上来。到时候再见吧。”

匹克威克先生说着这句话，就上了刚好到达的马车，法警也跟着钻了进去。山姆在驾驶座上坐好之后，马车就轰隆轰隆地走了。

"这个人太不同寻常了！"佩克尔说道，一边停下来戴上手套。

"这样的破产者少见呀，先生，"站在一旁的劳顿先生说，"他会叫差佬们伤透脑筋！他们要是说起关押他的事，他会公然蔑视他们的，先生。"

代理人听了他的秘书对匹克威克先生的性格所作的内行的评估，看上去似乎并不高兴，因为他根本没有答话就走开了。

那辆出租马车沿弗里特街颠簸前进，就是出租马车通常那个样子。车夫说，如果前面有什么东西引路的话，马儿就"走得好些"（假如没有什么，他们准会以极不寻常的步伐走路），因此马车就跟在一辆大车后面；大车停下，它也停下；大车再走，它也照样。匹克威克先生在法警对面；法警把帽子夹在双膝间坐着，一边吹口哨，一边看马车窗外。

时间创造奇迹。在这位强有力的老绅士①的帮助下，连出租马车都跑完了半英里路。他们终于停了下来，匹克威克先生在弗里特监狱门口下了车。

法警扭过头来，见他所引渡的犯人紧跟在后面，便领着匹克威克先生进了监狱；进门之后他们拐向左边，从一扇敞开的门进入一条走廊；在正对着他们进去的门的那一头是一扇沉重的铁门。由一个手拿钥匙的胖狱卒看守着：这扇门直通监狱内部。

他们在铁门前停住，法警递交了他的公文；匹克威克先生被告知他要待在这里，以完成行内人士所谓的"坐着画像"的仪式。

"坐下来让人给我画像！"匹克威克先生说。

"把你的像画下来，先生，"胖狱卒答道，"我们这里全是画像

---

① 指时间老人。

能手。很快就可以画好,而且很像。进去吧,先生,不要拘谨。”

匹克威克先生接受了邀请,坐了下来;这时站在椅子后面的威勒先生对他耳语说,所谓坐下来画像,不过是让各位看守把他审视一番以便他们区分囚犯和来宾,只是换了个说法而已。

“唉,山姆,”匹克威克先生说,“那我倒是希望那些画家来哩。这是一个人多眼杂的地方。”

“他们耽搁不了多久的,先生,我相信,”山姆答道,“这儿有一个荷兰造的钟呢,先生。”

“我看见了。”匹克威克说。

“还有一个鸟笼子,先生,”山姆说,“轮子里又有轮子,监狱里面又有监狱。不是吗,先生?”

在威勒先生抒发这几句哲学味十足的见解的时候,匹克威克先生觉察到他的“坐着画像”仪式已经开始。那个已经交班的胖看守坐了下来,不时漫不经心地看看他,与此同时,接班的那个瘦看守把双手背在燕尾里,站在对面对他审视了很久。第三位是一个看上去怏怏不乐的绅士,他显然是被打扰了吃茶点的雅兴,因为进来的时候还在处理嘴角残留的面包屑和黄油哩;他在离匹克威克先生很近的地方站着,双手叉着腰,非常仔细地审视他。另外还有两位夹杂在他们中间,也在带着专注和深思的神情研究他的长相。匹克威克先生在这种举动之下畏缩了许多,看样子在椅子里坐得很不自在;但在审视进行的过程中,他没有对任何人说话,甚至包括山姆在内;而山姆呢,他正俯靠在椅背上想着心事,一方面是琢磨主人的处境,另一方面是在想,假如既合法又安稳的话,把聚在那里的所有看守一个接一个狠揍一顿定会快意无限。

最后画像仪式完毕了,匹克威克先生被告知他可以进牢里了。

“我今天晚上睡哪里?”匹克威克先生问道。

“唉,今天晚上我可不太清楚,”胖看守答道,“明天会安排你和某个人一起住,到那时候你会舒舒服服的。第一天晚上往往是难安排妥当的,但明天你就什么都安排好了。"

费了一番嘴舌之后,得知看守之一有一个床位出租,匹克威克先生可以租用它过夜。他高兴地同意了租那个床位。

"你跟我来吧,我可以马上让你看看,"那人说,"床不算大;不过睡上去可棒极了。这边走,先生。"

他们穿过里面的门,走下一小段台阶。钥匙在他们身后一旋就锁上了门;匹克威克先生有生以来第一次发现自己已置身于债务人监狱的四壁之间。

第四十一章　匹克威克先生进入弗里特后遭遇了什么；他看见些什么犯人；以及他如何度过第一夜

汤姆·洛克尔先生，陪伴匹克威克进牢房的那位绅士，在下了那一小段台阶之后突然右拐，领着他穿过一扇正开着的铁门，跨上另一段短短的台阶，进入一条又窄又长的过道，过道又脏又低，地面铺着石子，光线很暗，只有相距遥远的过道两端各有一个窗子透进微弱的亮光。

"这里，"那位绅士说，一边把双手插进口袋，扭过头来漠不关心地看看匹克威克先生，"这里是大厅组。"

"噢，"匹克威克先生答道，往下看了看阴暗肮脏的台阶，看样子是通往地下的一排潮湿阴暗的石牢的，"那些，我想是囚犯们贮藏他们的少量煤炭的小地窖吧。那种地方走下去很不舒服；不过倒是挺方便的，我相信。"

"是呀，说到它们方便，我一点儿不感到奇怪，"那位绅士答道，"因为有几个人就住在里头，挺舒适的。那里称作市场，是的。"

"我的朋友，"匹克威克先生说，"你不是真的说有人生活在那些糟糕的地牢里吧？"

"不是吗？"洛克尔先生答道，露出愤愤不平的惊讶表情，"为什么不呢？"

“生活！在那下面生活！”匹克威克先生叫道。

“在那下面生活！是的，还死在下面呢，常有的事儿！”洛克尔先生答道，“那有什么！谁说过什么闲话呢？在那里生活！是的，那是一个生活的好地方，不是吗？”

说这些的时候，洛克尔有点凶狠地转向匹克威克先生，进而又情绪化地咕哝了一连串涉及他自己的眼睛、四肢和体液循环的难听的咒语，使后一位绅士觉得还是不要再谈下去为妙。洛克尔先生接着又沿另一段台阶而上——像通往刚才谈及的地方的那段台阶一样脏——匹克威克先生和山姆则紧跟在他后面。

“瞧，”洛克尔说，一边喘气，这时他们已来到一条和下面那条大小一样的过道，“这是咖啡室组；往上是第三层，再往上是顶层；你今晚上要睡的是看守室，在这边——来吧。”洛克尔一口气说完了这些话，登上了另外一段台阶，匹克威克先生和山姆·威勒紧随其后。

这些台阶通过靠近地板的不同式样的窗户采光，窗外是一块用高高的砖墙围住的铺着石子的空地，墙头装着防盗铁刺。那块空地，从洛克尔先生所说的来看，是网球场；另外，根据这位绅士的说法，在最靠近法林顿街的那一部分监狱，有一块小一点的地方被称作“画场”，因为它的墙壁上一度展示过类似扬帆前进的各种战舰的绘画以及其他艺术作品，那是以前的一位在此坐牢的画家闲来无事时画上去的。

那位向导说明这一情况，与其说是为了开导匹克威克先生，还不如说是为了宣泄一桩郁积在心的要事，这是显而易见的。最后，他们来到另一条过道，向导把他们领到过道尽头的一条更小的过道，打开一扇门，敞开一个看上去无论如何不讨人喜欢的房间，里面摆着八九张铁床。

“瞧，”洛克尔先生说，一边用手撑住门让它开着，一边得意地回头看着匹克威克先生，“就是这间屋子！”

然而，面对自己的住处的那副模样，匹克威克先生露出的满意表情少得可怜，洛克尔先生只好到塞缪尔·威勒脸上去寻找感情的共鸣，后者到现在为止一直保持着威严的沉默。

“就是这间房，年轻人。”洛克尔先生说。

“看见了。”山姆答道，平静地点了一下头。

“你在法林顿旅馆都不会指望找到这样的房间吧，是吗？”洛克尔先生说，洋洋得意地微微一笑。

对这一说法，威勒先生只是随意而自在地闭上一只眼睛，算是作答，这可以解释为他认为是的也可以解释为他认为不是，还可以解释为他根本没想过那回事，观察他的举动的人随便怎么想都行。在露了这一绝活之后，威勒先生再次睁开那只眼睛，开始问洛克尔先生他所吹嘘的那张棒极了的床是哪一张。

“那就是，”洛克尔先生答道，一边指了指角落里锈蚀很厉害的一张床，“那张床呀，能使任何人入睡，不管他是不是想睡。”

“我倒是觉得，”山姆说，带着极度厌恶的表情看一眼所说的那件家具，“我倒是觉得跟它相比连鸦片都不算什么。”

“根本不算什么。”洛克尔先生说。

“而且我想呀，”山姆说，瞟了他的主人一眼，仿佛在察看是否有任何迹象表明他的决心已被所见所闻动摇了似的，“我想在这里睡的其他人也**都是**绅士吧。”

“那是没说的，”洛克尔先生说，“其中一位每天喝十二品脱啤酒，连吃饭的时候都是烟不离嘴的。”

“他准是一个一流人物啰。”山姆说。

“天字第一号。”洛克尔先生答道。

即使这一情况都没有使匹克威克先生畏惧半分，他微笑着宣布说他决定今晚领教一下那张催眠床的威力；洛克尔先生告诉他，说随便什么时候想睡都行,无需任何通知或办任何手续,说完就走了,抛下他和山姆站在过道里。

天快黑了;这就是说,有几个煤气灯喷嘴在这个永远暗无天日的地方点燃了,算是对室外已降临的夜色致敬吧。由于天气有点热,过道两边的众多小牢房里的一些房客让牢门半开着。匹克威克先生在走过的时候满怀好奇与兴致地朝里面张望。在一间牢房里,透过烟草的浓浓烟云,隐约可见四五个五大三粗的汉子,正俯在一堆半空的啤酒瓶上方闹哄哄地交谈着,或是用一副油腻腻的纸牌玩全四福①。在邻近的一间牢房里,可以看到一个形单影孤的人,他正就着牛油蜡烛的微光注视一札满是泥污的破旧的纸,它们因蒙尘而变成了黄色,因年岁久远而成了散页残片;他正在写申诉状什么的,第一百次啰嗦地唠叨他的苦情,准备呈送给某个大人物明察,虽然它永远到不了他眼前,或者永远打动不了他的心。在第三间牢房,可以看见一个带着妻子和一大群孩子的男人,他正在地上或在并到一起的两三张椅子上搭简陋的床给小点的孩子们睡觉。在第五、第六和第七间牢房里,人们喧闹、啤酒、烟雾、纸牌,那势头比先前的猛得多。

而在过道里,尤其是楼梯口上,有很多人在逗留着,他们之所以去那里,有的是因为自己的牢间又空洞又孤寂,有的是嫌自己的牢房太拥挤太闷热,而更多的人是因为内心焦躁、坐卧难安,并且对如何自处的秘诀一窍不通。这里汇集的人属于众多阶层,既有穿粗布衣的劳动者,也有穿披风式睡袍的破落的浪荡子——睡袍当然是破得露出了臂肘的;但是他们全都具有同一种神气——一种有气无力的囚犯的满不在乎的架势,一种流浪汉的天不怕地不怕的派头;那种派头完全不是语言可以描述的,但任何人只要抱着

① 西方人的一种纸牌游戏。

匹克威克先生那种兴致，踏进最邻近的一所负债人监狱，对他眼前的第一群囚犯看上一眼，假如愿意的话，他就会马上明白那种派头是怎么回事。

"我感到吃惊，山姆，"匹克威克先生说，倚在楼梯口的栏杆上，"我感到吃惊，山姆，因负债而坐牢简直不是什么处罚。"

"你觉得不是吗，先生？"威勒先生问道。

"你瞧这些人是怎么喝酒、抽烟和叫嚷的，"匹克威克先生答道，"要说他们如何在乎坐牢，那简直是不可能的。"

"啊，说到点子上了，先生，"山姆答道，"他们才不在乎呢；这对他们是例行休假——不过是喝喝啤酒和玩玩九柱球而已。倒是另外一些人吃不消这一套：那些沮丧的家伙既不能大口灌啤酒，也不会玩九柱球，要是出得起钱，他们就会一出了事，被关起来可叫他们受不了。我告诉你奥秘在哪里吧，先生；对那些总是在酒馆里混的人来说，根本就毫无损害，而对那些老是在工作的人来说，损害可就太大了。'这不公平，'就像我老爹在看到他的酒不是酒和水对半时常说的那样，'这不公平，问题就出在这里。'"

"我想你说得对，山姆，"匹克威克先生沉思片刻之后说，"非常对。"

"也许，间或会有几个诚实的人喜欢这种事情，"威勒先生说，用的是深思熟虑的语调，"不过我想不起听说过有哪一个会是这样，除了那个穿褐色衣服的脸脏兮兮的矮个子，而他还是靠习惯的力量。"

"他是谁？"匹克威克先生问道。

"哎，问题就在这里嘛，谁都不清楚他是谁。"山姆答道。

"可他做了什么呢？"

"嘿，他做了很多当时比他更有名的人都做过的事情，先生，"山姆答道，"他和警察赛跑，而且赢了。"

“换句话说，”匹克威克先生说，“我想他是负债了。”

“正是的，先生，”山姆答道，“最后他来了这里。欠的钱不多——不过是强制支付九镑，外加五倍的费用；但不管怎么说，他在这里坐了十七年牢。假如他脸上有皱纹的话，那也被尘垢填平了，因为到坐完牢的时候，他的脏脸和褐色衣服和刚坐牢时完全一样。他是一个非常和气温顺的小个儿，老是在帮别人忙这忙那，或是打打网球，但从来不赢；到后来看守们很喜欢他了，他每天晚上都去看守室和他们聊天，讲讲故事，等等。一天晚上，他又像往常一样去那里，和他聊天的是他很熟的老朋友之一，当时正在管锁值班，突然他对看守说：‘我好久没见外面的市场了，比尔，’他说（当时弗里特市场还在那儿）——‘我好久没见外面的市场了，’他说，‘有七年了。’‘我知道你好久没见了。’那个看守说，一边抽他的烟斗。‘我很想看它一会儿，比尔。’他说。‘很可能。’看守说，一边使劲地抽烟，假装不明白小个子想要求什么。‘比尔，’小个子男人比先前更冒失地说，‘我有一个心愿未了。让我在死之前再看一次大街吧；除非我患了中风，我会在五分钟之内赶回来。’‘假如你真的患了中风，那我怎么办？’看守说。‘哎，’小个子说，‘无论是谁发现我，都会把我送回来的，我口袋里有身份卡嘛，比尔，’他说，‘二十号，咖啡室组。’——这话倒是真的，千真万确，每当想结识新狱友时，他总是掏出一张软软的小卡片来，上面就写着那几个字，没有别的；鉴于这一点，他总是被称为二十号。那位看守盯着他看了一会儿，最后以严正的姿态对他说：‘二十号，’他说，‘我信得过你；你可不能给老朋友惹麻烦呀。’‘不会的，老兄；我希望我这里还有点更好的东西①。’小个子一边说，一边在他的小背心的胸襟处使劲一拍，然后每只眼睛流出一滴泪水——这是一件非同

① 指还有良心。

小可的事情,因为大家都认为水是永远不会触到他的脸的。他和看守握了握手,然后就出去了——”

“一去不复回了吧。”匹克威克先生说。

“这回你猜错了,先生,”威勒先生答道,“他回来了,还提前了两分钟,气得要命,说差点没被一辆出租马车压死,说他对外面的世界不习惯了,还说他要是不写信报告市长大人就不是人。他们好不容易才使他顺过气来;自那以后的五年里,他就再没有朝门岗的外面窥望过一眼。”

“我想,那段时间一结束他就死了吧。”匹克威克先生说。

“不,他没有死,先生,”山姆答道,“他好奇心大发,想到街那边的一家新开的酒馆去喝啤酒;那馆子可真够好的,他每天晚上都想去,他就那样干了很长时间,每一次总是在关大门之前一刻钟回来,一切都进行得舒服极了。最后,他开始变得有点得意忘形了,常常忘记时间,或者根本不在乎时间,因此他回来得越来越晚,以至于后来有一天晚上,他的老朋友正要关门——事实上已经把锁旋上了——他才回来。‘慢点儿,比尔。’他说。‘什么,你还没有回来,二十号?’看守说,‘我还以为你早就进来了哩。’‘不,没进来。’小个子微笑着说。‘那么,我要告诉你,我的朋友,’看守说,一边非常缓慢并且老大不高兴地打开门,‘我觉得你最近交上坏朋友了,我是不乐意看到这种情况的。可不嘛,我不想做任何苛刻的事情,’他说,‘但假如你不把握好只和好人交往的分寸,不能稳稳当当地按时回来,就像你站着这么稳当,那我就要不客气地把你关在外面了!’小个子男人吓得猛烈地哆嗦了好一阵子,自那以后就再也没有走出过监狱的围墙!”

山姆说完之后,匹克威克先生慢慢地返身走下台阶。由于天已黑,画场上几乎没什么人了,在那里思绪万千地兜了几圈之后,他对威勒先生说他认为他歇息过夜的时间到了;他叫威勒先生在附近的酒馆里找个床位睡一夜,明早上早一点来,以便把主人的衣物从乔治与兀鹰旅馆搬过来。塞缪尔·威勒先生对这一请求,尽量装出乐于服从的样子,却不免显得非常为难。他甚至千方百计却徒劳无功地暗示说,他躺在石子路面上过夜也挺方便的;但由于发现匹克威克先生对诸如此类的提议固执地不予理睬,最后只好退出了。

显而易见,匹克威克先生感到沮丧和不舒畅——并不是由于无人做伴,因为监狱里人很多,一瓶葡萄酒便足以换来一些精英分子的最高友谊,无需任何正式引荐的仪式;但他是独自置身于一群粗俗的人之中,想到自己身陷囹圄且不能指望获释,自然而然就感到精神沮丧心情沉重了。至于说通过迁就道森和福格的歹毒而获释,这种念头却一刻也没在他的心头闪现过。

在这种心境之下,他转身走回咖啡组的过道,在那里缓慢地走来走去。这个地方脏得令人难以忍受,烟草的烟味简直令人窒息。人们的进进出出使牢门不断地发出砰砰巨响;同时他们的说话声和脚步声也不断地在过道回荡又回荡。一个青年妇女,怀里抱着一个因瘦弱和贫困几乎还不会爬的婴儿,正在过道里和丈夫走来走去谈话,因为他没有别的地方可以接待她。他们从身旁走过的时候,匹克威克先生可以听到那个女子在哭泣;有一次她的悲伤爆发得过猛,迫使她不得不靠在墙上以免跌倒,而那个男人则把孩子抱入怀中,竭力地安慰她。

匹克威克先生心事实在太多,无法承受这一切,于是他就下楼睡觉去了。

虽然那个看守的房间非常不舒服——从装潢到设备,每一点都比郡立监狱的普通病房差几百倍——但眼下它有一个好处,那就是,里面除了匹克威克先生之外别无他人。因此,他在他的小铁床的床边坐了下来,开始琢磨那个看守每年利用这间脏屋子赚多少钱。他通过算数来满足了自己一会儿，得知这间房的年收入大约与伦敦郊外一条小街上的私房的年收入相当。然后，他又开始揣摩可能是什么样的诱惑促使那只肮脏的苍蝇在有很多空气清新的去处可选的情况下，偏偏钻进这封闭狭小的牢房里来，还要在他的裤子上爬来爬去——苦思冥想使他得出的不可避免的结论是，那只小虫子疯了。在解决了这一问题之后，他开始感受到自己已睡意蒙眬；于是他从口袋里拿出早上预先塞在里面的睡帽，不慌不忙地脱掉衣服，钻进被窝，睡了过去。

"太棒了！踮起脚尖跑步——切牌，洗牌——付钱，西风！歌剧院要不是你的地盘我就该死。继续干！好啊！"这些话是以极喧闹的腔调说出来的，与此相随的是一阵阵哄然大笑，把匹克威克先生从沉睡中惊醒了——他其实只睡了大约半个小时，可是他却觉得好像已睡了两个星期或一个月。

那声音刚刚静下来，房子却剧烈地摇晃起来，窗框里的玻璃震得嗡嗡直响，接着他的床也摇了起来。匹克威克先生惊坐起来，在哑然的惊恐中盯着自己眼前的情景愣了好几分钟。

在房间的地板上，有一个穿着下摆很宽的绿外衣、灯芯绒布短裤和灰色棉纱袜子的男子正在表演最流行的角笛舞舞步，那种粗俗和滑稽化的优雅与活泼，配上他那非常独特的服装，荒唐得无法形容。另一个显然已经烂醉的男人，可能是被同伴扔上床的，正坐在被单之间像鸟叫似的尽量回忆一首滑稽歌曲，带着极其强烈的感伤表情。第三位呢，则坐在一张床上，正带着一种老道的鉴赏家的派头在称赞那两位演员，刚刚把匹克威克先生从睡眠中惊醒的那种澎湃激情使他们很兴奋。

最后一位是某个阶层的可敬标本，除了在这种地方，在别处是永远看不到这种人的完整形态的——虽然在马厩的院子和酒馆里，偶尔也可以碰到这类人，但那都是处于不完整状态的，除非在这样的温床里，否则他们决不会得到全面发展，而这种温床几乎就是立法机关特意为培养他们而苦心设置的。

他是一个高个子，一张橄榄色的脸，长长的头发，还长着浓密的络腮胡子。他没有系领带，因为他整天都要打网球，他那敞开的衬衫领口露出浓密的胸毛。他头上戴着一顶价值十八便士的普通法式便帽，上面吊着一束俗艳的流苏，与一件普通麻纱布上衣还算相配。他的腿很大，却苦于虚弱，因而穿了一条紫蓝色裤子，以显示它们的匀称。不过，由于系得马虎，并且还掉了扣子，两条裤管不甚平整也不甚雅观地耷拉在一双后跟塌陷得很厉害的鞋子上，露出一双满是泥污的白袜子。这整个人身上，有一种放荡的、流浪汉派头的时髦和一种浮夸自大的流氓气，这可是一座价值连城的金矿呀。

正是这一位第一个发现匹克威克先生在观察；因为他对那个叫“西风”的眨了眨眼睛，用嘲弄的庄严神态请求他不要惊醒那位绅士。

“哎呀，保佑这位绅士的诚实的心和灵魂吧，”西风说，装出极其惊讶的样子转过身来，“这位绅士醒了。喂，莎士比亚！你好吗，先生？玛丽和莎拉好吗，先生？家里的老太太呢，先生？能否劳驾把我的问候随你要寄的第一个小邮包一同寄去，先生，就说我早就想奉寄问候了，只是担心它们在马车里给撞破啰，先生？”

“不要用通常的繁琐礼节来烦这位绅士了，你瞧他多么渴望喝点什么呀，”那个长络腮胡子的绅士以开玩笑的神气说，“为什么不问问这位绅士想喝点什么呢？”

“天哪，我全忘了，”另一位答道，“你想喝点什么，先生？喝红葡萄酒，还是白葡萄酒呢，先生？我倒是推荐你喝啤酒，先生；或者，也许你愿尝尝黑啤酒吧，先生？请赏脸让我替你把睡帽挂起来吧，先生。”

说着，说话者就从匹克威克先生头上一把夺走了那件服饰用品，转眼之间把它戴到了那个醉汉的头上，而醉汉呢，他坚信自己是在一个人数众多的集会上给听众制造快活，还在以无以复加的最忧郁的调子继续瞎哼那首滑稽歌曲。

用粗暴手段从一个人头上夺走睡帽，再把它戴到一个外表肮脏的陌生绅士的头上，不管这一做法本身多么具有天才的诙谐，它都无疑属于恶作剧之列。正是基于这样的认识，匹克威克先生丝毫没有透露其目的，便猛地跳下床，给西风当胸就是一拳，出手非常凶狠，使他当场丧失了很大一部分有时在他名下的物品①；然后，夺回了睡帽，勇敢地摆出一副自卫的架势。

"喂，"匹克威克先生说，由于激动更由于用力太多而喘着粗气，"来吧，你们两个——两个都上吧！"在发出这一大方的邀请的同时，这位可敬的绅士挥了挥他攥紧的双拳，旨在通过展示他的拳术而吓倒对手们。

也许是匹克威克先生那非常出人意料的勇敢，或者是他蹦下床一股脑扑向舞蹈家的复杂动作感动了对手们。他们是被感动了，因为他们没有像匹克威克先生暗中料想的那样当场大开杀戒，而是停止了动作，相互对视了一会儿，最后爆出一阵哄然大笑。

"好；你有种，因此我更喜欢你了，"西风说，"还是回床上去吧，不然你会得风湿病的。没有恶意吧，我希望？"那人说道，伸出一只手来，它就像有时挂在手套店的门把手上的一丛黄色手指那般大小。

"当然没有。"匹克威克先生非常敏捷地说；现在激动已经过去，他开始感到双腿有点冷了。

"请赏脸。"那个长络腮胡子的绅士说，一边伸出右手，他把

---

① 指空气；意为一拳打得对方瘪了许多气。

“赏”说成了“伤”。

“非常荣幸。”匹克威克先生说;在长久而又庄重地握了一阵手之后,他再次躺进了被窝。

“我叫斯门格尔,先生。”长络腮胡的人说。

“噢。”匹克威克先生说。

“我叫弥文斯。”穿长统袜的人说。

“很高兴知道大名,先生。”匹克威克先生说。

“哼。”斯门格尔先生咳嗽了一声。

“你说什么,先生?”匹克威克先生说。

“不,没说什么,先生。”斯门格尔先生说。

“我还以为你说了哩,先生。”匹克威克先生说。

所有这一切是非常文雅而又愉快的;为了使事情更加愉快,斯门格尔先生多次向匹克威克先生保证他对一位绅士的情感是抱有很高敬意的;这一观点的确给他获得了无限的信誉,因为假如他不表白出来,那无论如何都无法设想他是理解那些情感的。

“你要过庭吗,先生?”斯门格尔先生说。

“过什么?”匹克威克先生说。

“过庭——葡萄牙街①——就是解决那个——你知道的。”

“噢,不,”匹克威克先生答道,“不,我不是。”

“要出去了,也许是吧?”弥文斯试探说。

“恐怕不,”匹克威克先生答道,“我拒绝付赔偿金,结果就上这儿来了。”

“啊,”斯门格尔先生说,“是纸片毁了我。”

“做的是文具生意,我猜是吧,先生?”匹克威克先生天真地说。

---

① 指位于葡萄牙街的破产法庭。

"文具生意！不，不；那才见鬼哩！我可没那么低档。根本不做生意。我说纸片，是指账单。"

"噢，你的话是那个意思呀。我明白了。"匹克威克先生说。

"见鬼！一个绅士必须准备面对逆境，"斯门格尔先生说，"那算什么？现在我进了弗里特监狱。可不；挺好嘛。那又怎么样？我一点也没有因此而更糟糕呀，不是吗？"

"一点儿也没有。"弥文斯答道。他说得很对，因为斯门格尔不仅没有更糟糕，相反倒是好了一些，为了使自己适应这个地方，他无偿获得了几件珠宝，那是好久以前就进了典当铺的。

"得了，不过，"斯门格尔先生说，"这活儿怪枯燥的。让我们用一点热乎乎的白葡萄酒来漱漱口吧；新来的人请客，弥文斯去张罗，我帮忙喝。无论如何，这也许是公平而有绅士风度的分工吧。见鬼！"

匹克威克先生不愿冒再次争吵的风险，高兴地同意了这一提议，并把钱给了弥文斯先生，由于差不多十一点钟了，弥文斯先生赶紧跑到咖啡室履行使命去了。

"喂，"他的朋友一走出去，斯门格尔就低声问道，"你给了他多少钱呀！"

"半个金镑。"匹克威克先生说。

"他是一个滑稽得邪门的绅士样的家伙，"斯门格尔先生说——"滑稽得要死。我还从没见过比他更滑稽的人哩；但是——"说到这里，斯门格尔突然打住了，并且态度暧昧地摇了摇头。

"你不是觉得他有可能把钱擅自挪用吧？"匹克威克先生说。

"噢，不！注意，我可没那么说；我明明白白地说吧，他是一个绅士得邪门的家伙，"斯门格尔先生说，"不过我觉得，也许吧，假如派个把人下楼去看看倒也蛮好，免得他偶然把嘴伸到酒壶里去，或者是上楼的时候犯什么该死的错误而把钱弄丢。喂,你,先生,下楼去吧,去照看一下那位绅士,好吗?”

这一请求是向一位矮小、羞怯、神经质并且样子显得非常贫寒的男子说的,他一直蹲坐在他的床上,显然被他的新处所弄得不知所措了。

“你知道咖啡室在哪里吧,”斯门格尔先生说,“下楼去就是了,就告诉那位绅士你是下去帮助拿酒壶的。或者——等一等——我告诉你——我告诉你我们要他怎么办,”斯门格尔说,露出狡猾的神情。

“怎么办呢?”匹克威克先生说。

“告诉他必须把找的零钱用来买雪茄。好主意。跑去告诉他吧;听见了吗?零钱是不能浪费的,”斯门格尔继续说,一边转向匹克威克先生,“我来抽。”

这一手玩得极其巧妙,而且是在如此不动声色的泰然与冷静之中完成的,致使匹克威克先生简直不想去干涉,虽然他有这个权力。不一会儿弥文斯先生就拿着白葡萄酒回来了,斯门格尔先生把两个已有裂缝的小杯子倒满,用设身处地的体谅的口吻说,在那种环境下一个绅士是不能太讲究的,并说就他本人而言,他还没有高傲到不能将就着用酒壶喝酒的地步。为了表示他的诚意,他就着酒壶喝了一大口以取信于大家,这一口使酒壶空了一半。

通过这些手段很好地促进相互间的理解之后,斯门格尔先生开始以他从前不时经历的种种浪漫奇遇来款待他的听众,涉及很多有关一匹纯种马以及一个犹太女子的有趣的轶事,这两者都是美丽绝伦的,也是这些王国里的贵族和上流人士垂涎欲滴的。

在这些从一位绅士的传记中摘出的精华部分远远没有讲完之前,弥文斯先生已经上床,鼾声隆隆地睡了过去,留下那位羞怯的陌生人和匹克威克先生来充分享受斯门格尔先生的经历。

最后提到的这两位绅士，也没有从所叙述的那些动人的故事中充分地获取应有的启迪。匹克威克先生打了一阵瞌睡，后来他迷迷蒙蒙地感觉到那个醉汉又唱起了那首滑稽歌曲，而斯门格尔则以一把水壶作媒介给了他一个温和的暗示，表明他的听众并不喜欢音乐。然后匹克威克先生又睡着了，迷糊地感到斯门格尔先生仍然在讲一个长长的故事，其要点好像是在他特别作了说明的某个场合，他同时“解决了”一份账单和一位绅士。

第四十二章　本章像前章一样，说明了一句古谚：灾难使人结识共患难的陌生人；还包括匹克威克先生对塞缪尔·威勒先生的奇特而惊人的宣告

匹克威克先生第二天早上睁开眼睛，首先看到的便是山姆·威勒，他坐在一个小小的黑皮箱上，显然正在极其出神地密切注视着咋咋呼呼的斯门格尔先生那魁梧的身体；而斯门格尔先生呢，他已穿好一部分衣服，坐在床上，正在绝望地想狠狠地瞪威勒先生几眼，让他张皇失色，却又难以做到。我们之所以说又绝望又无可奈何，是因为山姆以一种同时把斯门格尔先生的帽子、双脚、脸庞、双腿和络腮胡子一网打尽的目光目不转睛地盯着他，整个儿一副踌躇满志的神气，而对斯门格尔先生本人的感情却毫不在乎，还不及观察一尊木头雕像或一个肚子里塞了稻草的盖伊·福克斯像来得更在意哩。

"得了吧；你以后还会认得我吗？"斯门格尔先生问道，皱了一下眉头。

"我发誓无论到哪里都认得，先生。"山姆答道，乐呵呵的。

"不要对一位绅士无礼，先生。"斯门格尔先生说。

"根本不是那么回事，"山姆答道，"假如你在他醒了之后这么对我说，我的礼貌会好得不得了的！"这句话隐隐约约地暗示斯门格尔先生根本不是绅士，这令他大为光火。

“弥文斯。”斯门格尔先生说，一副要跟人急的神气。

“什么事呀？”那位绅士从他的床上答道。

“这个鬼家伙到底是什么人？”

“嘿，”弥文斯先生说，一边懒洋洋地从被子下面往外看，“我该问你呀。你上这儿来有什么事吗？”

“没有。”斯门格尔先生说。

“那就把他打下楼去，对他说在我下去踢他之前不要妄图爬起来。”弥文斯先生答道；在说出这一煽动性的忠告之后，这位杰出的绅士又回头睡觉去了。

这些谈话显示出马上要打架的明显迹象，匹克威克先生觉得已到该插话的节骨眼上。

“山姆。”匹克威克先生说。

“先生。”那位绅士答道。

“昨晚以来有没有什么新鲜事儿发生呀？”

“没什么特别的，先生，”山姆答道，瞟了一眼斯门格尔先生的络腮胡子，“最近盛行的沉闷气氛对杂草的生长倒是蛮有利的，长得气势汹汹的样子；不过除了这一例外，一切都很平静。”

“我要起床了，”匹克威克先生说，“给我一些干净衣服。”

无论斯门格尔先生抱有怎样的敌意，他的心思很快就被打开皮箱的情景转移了方向；皮箱里的东西好像马上使他产生了莫大的好感，不仅对匹克威克先生，对山姆也是如此，而对山姆，他还不失时机地用大得足以让那个怪人听到的声音宣称他是不折不扣的真正的奇才，因而也正是他所中意的人。至于对匹克威克先生嘛，他对他所怀的挚爱之情是没有止境的。

“现在有什么事我可以效劳吗，我亲爱的先生？”斯门格尔先生说。

“我想还没有，多谢你啦。”匹克威克先生答道。

“你没有衬衫要送给洗衣妇去洗吗？我认识外面的一个讨人喜欢的洗衣妇，她每个星期来两次取我的衣服；天哪！——真是狗屎运呀！——今天刚好是她要来的日子。我把那些小东西和我的放在一起吧？不要说什么客套话了。真该死！假如一个绅士倒了霉，却不肯作一点牺牲去帮一帮另一位处境相同的绅士，那还有什么人性可言呢？”

斯门格尔一边这么说，一边尽可能地把身体挪近皮箱，显出一副充满极其热烈而又无私的友情的样子。

“你没有什么东西要拿去给仆人刷吗，我亲爱的老兄，有吗？”斯门格尔先生继续说。

“什么也没有，好心的老兄，”山姆抢着回答说，“假如我们中的一位自己去干，而不去麻烦仆人，那对大家都要好些，就像师爷在那个小少爷反对挨厨师的鞭子时说的那样。”

“没有什么东西要我装在我的小箱子里送给洗衣妇，是吗？”斯门格尔先生说，撇开山姆而转向匹克威克先生，有一点儿尴尬。

“什么也没有，先生，”山姆答道，“恐怕那小箱子要被你自己的东西塞满吧。”

山姆说这话时意味深长看了看斯门格尔先生的衬衫——其状况说明洗衣妇要面对的是一次广泛的技巧考验——致使他不得不转过身去，对打匹克威克先生的钱包和衣服的主意的想法，在目前无论如何只好放弃。于是他很恼火地走出房间去了网球场，在那里抽完了头天晚上弄到的那两支雪茄，算是享用了一顿清淡而有益健康的早餐。

弥文斯先生是个不抽烟的人，而他的零星杂货的账不仅记到了石板的底部，而且已经“转”到另一面去了①，因此他决定躺在床

① 指已经透支，欠账了。

上，用他自己的话说就是，“以睡代餐”。

匹克威克先生在附属于咖啡室的一个小间吃了午餐——这个小间被冠以“雅座”的动人称号；由于支付了一小笔额外费用，雅座的暂时占据者享有一种可以听到咖啡室里的所有谈话的说不出的好处。在委派威勒先生去办一些必要的差事之后，匹克威克先生走到看守值班室，和洛克尔先生商谈他未来的住处的事儿。

“住处，呃？”那位绅士说，一边查一本大大的簿子，“有的是，匹克威克先生，你的同房票是二十七号，在三楼。”

“噢，”匹克威克先生说，“我的什么，你说？”

“你的同房票，”洛克尔先生答道，“你懂了吗？”

“不太懂。”匹克威克先生答道，微微一笑。

“嗨，”洛克尔先生说，“明明白白的嘛。你有一张三楼二十七号的同房票，那里面的人就是你的同房。”

“人数多吗？”匹克威克先生疑虑地问道。

“三个。”洛克尔先生答道。

匹克威克先生咳嗽了一声。

“其中一个是牧师，”洛克尔先生说，一边在一小张纸上写什么，“另一个是屠夫。”

“啊？”匹克威克先生叫道。

“一个屠夫，”洛克尔先生重复道，一边把笔尖在桌子上敲了敲，以便治治它书写不畅的毛病，“他以前可真是一条十足的汉子呀！你还记得汤姆·马丁吗，内迪？”洛克尔先生对值班室里的另一个看守说，那人正在用一把开了二十五次刃的小刀削鞋子上的泥巴。

“我想是记得的。”被问的答道，他在人称代词上用了很强的重音。

“哎呀！”洛克尔先生说，一边慢慢地摇头，一边出神地凝视着面前装有铁栏的窗户的外面，仿佛在心驰神往地回忆青年时代的某一快乐情景似的，“他在码头附近的狐狸冈揍那个运煤夫的事简直就像在昨天啊。我觉得我现在还能看见他由两个守街人扶着走在斯特兰德街上哩，伤使他清醒了一点儿，在眼皮上敷了醋，贴了一张褐色的纸，还有后来咬了小男孩的那条恶狗跟在他后面。时间真是一种奇怪东西啊，不是吗，内迪？”

听他说这席话的那位绅士看来属于沉默寡言而且爱冥想的那种类型，他仅仅应了一声。洛克尔先生一边抖动身子摆脱他刚才无意中流露的诗意而忧郁的思绪，一边屈尊来处理生活中的平凡事务，重新拿起了笔。

“你知道第三位是什么人吗？”匹克威克先生问道，对以上关于他未来的房友的描述并不十分满意。

“那个辛普森是什么人，内迪？”洛克尔先生说，转向他的同伴。

“哪个辛普森？”内迪说。

“就是住在三楼的二十七号，这位绅士要去和他同住的那个呀。”

“噢，他呀！”内迪答道，“他根本什么都不是。他以前是一个欺诈的马贩子，现在是一条腿。”

“啊，我想起来了，”洛克尔先生答道，合上簿子，把那张小纸片递到匹克威克先生手里，“这是票子，先生。”

对他的人身作如何简便的处置令匹克威克先生颇感困惑，他走回牢房，心里盘算着怎样做才好。不过他相信，在他采取任何步骤之前，明智的做法是先去见一见人家提议与他同住的三位绅士，亲自和他们交谈一下，于是他就赶紧奔三楼而去。

他在过道里摸索了一阵子，企图借昏暗的光线辨认出各个房门上的号码，最后他终于问上了一个酒馆来的勤杂工，他刚好来这里干早上收拾酒具的活儿。

“二十七号在哪里，仁兄？”匹克威克先生说。

“再过去五个门，”那个勤杂工答道，“门上用粉笔画着一个人的像，被绞死了，还抽着烟斗哩。”

在这一指示之下，匹克威克先生沿过道慢慢往前走，直到发现那幅“绅士画像”；他用食指的关节在绅士的脸上敲了敲——先是轻轻的，然后更响亮一些。这样重复了几次却毫无效果，于是他就斗胆推开门往里面窥望。

房间里只有一个人，他把身子尽可能地伸出窗外，差点就要失去平衡翻下去了；他正在坚持不懈地努力朝他的一位在下面运动场上的知心朋友的帽子顶上吐口水。无论是说话、咳嗽、打喷嚏、敲门，还是其他用以引人注意的通常做法，都不足以让此人觉察到有人来访，因此匹克威克先生在迟疑片刻之后走到窗边，轻轻地拉了拉那人的上衣的燕尾。那人很迅速地缩回了头与肩膀，一边从头到脚打量匹克威克先生，一边用生气的语调问他有什么事——其中还夹杂了一个骂人的字眼。

“我相信，”匹克威克先生说，一边看看他的票，“我相信这就是三楼二十七号吧？”

“怎么着？”那位绅士问道。

“我是得到这个纸条才上这儿来的。”匹克威克先生答道。

“拿过来瞧瞧。”那位绅士说。

匹克威克先生照办了。

“我觉得洛克尔应该叫你到别处去住。”辛普森先生（因为他就是那个“一条腿”）在很不满意地停顿片刻之后说。

匹克威克先生也觉得是这样；但在目前形势下，他觉得保持沉默才是上策。

接下来辛普森先生默想了片刻，然后他把头探出窗外，打了一声刺耳的口哨,大声说出一个什么字眼,重复了好几次。至于那是什么字眼,匹克威克先生分辨不出;不过他推断那一定是马丁先生的绰号,他所依据的事实是,下面场子里的很多绅士当即开始大喊起"屠夫"来——所模仿的正是那个有用的社会阶层的人士每天在广场的栏杆边表明他们在场时惯用的那个腔调。

随后发生的事证明了匹克威克先生的印象的正确性;因为不出几秒钟,一位按年纪来说未免胖得过早的绅士——穿着职业化的蓝色斜纹布上衣和圆头的高统靴——几乎上气不接下气地进了房来,后面紧跟着另一位穿非常寒碜的黑衣服、戴一顶海豹皮便帽的绅士。后面这位绅士,上衣交替用纽扣和别针一直扣到下巴,长着一张很粗的红脸,看上去像一个喝醉的牧师;而他的确也是牧师。

这两位绅士轮流细看过匹克威克先生的住宿券之后,一位表示说这是"一个恶作剧",另一位则确信这是"阴错阳差"。用这些非常明白易懂的字眼表达了他们的感受之后,他们在难堪的沉默中看看匹克威克先生,又相互看看。

"真是气人,我们三个睡得好好的,"牧师说,看了看那三床用毯子卷起来的肮脏的床垫——它们白天里占据着房间的一角,形成一条类似搁板的东西,上面放着裂了缝的旧脸盆、大口水罐和肥皂盘,它们是常见的那种黄色陶器,上面各有一朵蓝花,"真是气人。"

马丁先生用一些语气更强烈的字眼表达了同样的观点;辛普森呢,用很多根本没有同实质名词搭配的咒骂性的形容词大泄其愤,然后就挽起袖子开始洗菜做饭了。

在所有这一切的进行过程中,匹克威克先生一直在观察那个污秽不堪、浊气刺鼻的房间。那里丝毫没有帷幕和窗帘的影子,甚至连壁橱都没有一个。即使有一个的话,无疑也没有多少东西可以放入其中，不过，虽然东西的种类和数量少，但面包渣、奶酪片、湿手巾、肉屑、衣物、残破的陶器、缺嘴的风箱和缺叉的烤叉还是有的，它们零乱地散布在三个懒惰的男人共同起居和睡觉的小房间里，呈现出一派让人看了很不舒服的景象。

“我想这是有办法解决的，”沉默了很久之后，屠夫说，“你准备破费点什么呢？”

“请原谅，”匹克威克先生答道，“你说什么？我不懂你的意思。”

“你愿破费一点吗？”屠夫说，“正规的同住费是两先令六便士。你愿出三先令吗？”

“——外加六便士。”做牧师的绅士说。

“好，那个我不在乎；不就每人多两个便士嘛。”马丁先生说。

“你说呢，呃？我们一个星期让你破费三先令六便士。来吧！”

“还要请一加仑啤酒，”辛普森先生附和说，“得！”

“要当场喝！”牧师说，“好！”

“我真的对这个地方的规矩一窍不通，”匹克威克先生回答说，“因此我还是不明白你们的意思。我能够住别的地方吗？我想是不能的吧。”

听到这一提问，马丁先生带着极其惊讶的神情看了看他的两位朋友，随后三位绅士都各自用右手的大拇指朝左肩膀上方指了指。这个动作的含义用语言是难以完全说清的，以惯用语“得了吧”一言以蔽之也非常勉强无力，不过它若是同时由几个惯于统一行动的女士或绅士做出，却能收到非常优雅而活泼的效果；这种表达法具有轻松和打趣的讽刺意味。

“能够！”马丁先生重复匹克威克先生的话，脸上带着怜悯的微笑。

“哎,我要是如此不懂人情世故,我会把我的帽子吃下去,还会把扣子吞下去。”做牧师的绅士说。

“我也是。”那个爱打闹的人庄严地补充说。

来了这么一个下马威之后,三位同房者一口气告诉匹克威克先生,金钱在弗里特和在外面一样神通广大;无论他想要什么,它几乎马上就可以让他得到;假如他有钱,而且不反对花钱,那么他只要表示愿意独住一间房,不出半个小时他就可以占有一间,而且还是带家具和有关设置的。

说完这些后,大家就分手了,大家都颇感满意;匹克威克先生重新返回看守值班室,那三位则去了咖啡室,以便花掉那个牧师凭其令人钦佩的精明与远见特意向他借的五先令。

“我早就知道嘛!”在匹克威克先生表明了他返回的目的之后,洛克尔先生说道,同时格格一笑,“我不是说过吗,内迪?”

那把万能小刀的哲学味十足的主人咆哮着作了肯定的答复。

“我早就知道你想独自住一个单间,祝贺你!”洛克尔先生说,“让我想想看。你需要些家具吧。你可以租我的,对吗?那好极了。”

“非常高兴。”匹克威克先生答道。

“楼上的咖啡室组那儿有一个很不错的房间,那是属于大法院的一个犯人的。它一个星期要破费你一镑。我想你不在乎吧?”

“一点儿也不。”匹克威克先生说。

“那就跟我走吧,”洛克尔先生说,一边非常敏捷地拿起帽子,“五分钟之内解决。天哪!你为什么开头不说你愿意爽爽快快拿钱来租房呢?”

事情很快办妥了,正如看守预言的那样,那个大法院的犯人已经在那里住了很久,久得失去了朋友、财富、家庭和幸福,因而也获得了独住一个牢房的权利。不过，由于他经常处在缺乏面包的麻烦状态，吃尽了苦头，因此他热切地倾听了匹克威克先生想租房的提议；为了每周二十先令的租金，他乐意签订契约转让独自享用那个房间的权利，让要住它的随便什么人去负担费用。

在达成买卖的过程中，匹克威克先生怀着痛苦的关切之情观察他。他是一个高大、枯瘦、脸色死白的男子，穿着一件旧大衣和一双拖鞋，两颊深陷，目光里流露出不安与渴望。他的嘴唇没有血色，骨骼既突出又瘦削。上帝保佑他吧！囚禁和贫困的铁齿已经慢慢蚕食了他二十年之久。

"那么你打算住在哪里呢，先生？"匹克威克先生说，一边把预付第一个星期的租金放在那张摇摇晃晃的桌子上。

那人用颤抖的手把钱收起来，回答说他还不知道；他得去看看可以把床挪到哪里去。

"恐怕，先生，"匹克威克先生说，把手轻轻地并且富于同情地放在他的手臂上。"恐怕你得到某个吵闹而又拥挤的地方去住了。那么，在你需要安静一下的时候，或者你的朋友们来看望你的时候，请你把这个房间当做你自己的吧。"

"朋友们！"那人打断说，声音在喉咙里格格作响。"假如我死了躺在世上最深的地洞底下，被螺丝钉钉住并焊死在我的棺材里，在这个监狱的地基下流着污水的黑暗而又污秽的阴沟里腐烂，我都不会比在这里更被人遗忘和无人理睬。我是一个已死去的人，对社会来说是死了，甚至没有得到他们给予那些灵魂要受到审判的人的怜悯。朋友们来看我！我的上帝呀！在这里我已从生命的黄金时代陷入衰老之境，当我在床上死去的时候，不会有人举起手来说一句：'他去了倒是一种福分。'"

他说话时很激动，这使他脸上蒙上一层罕见的光彩，而当他说完的时候，那种光彩也就消失了；他把枯萎的双手仓促而慌乱地合在一起拱了拱,然后就拖着脚步出了房间。

“蛮犟的,”洛克尔先生说,微微一笑,“啊!他们就像大象。它们随时心血来潮,野性发作。”

说完这句深表同情的话之后,洛克尔先生开始布置房间,他是那么利索,不一会儿房里就有了一块地毯、六把椅子、一张桌子、一张沙发床、一把茶壶和各种小物品,租金非常合理,每星期二十七先令六便士。

“现在,还有另外的什么事要我们代办吗?”洛克尔先生问道,一边非常满意地四面打量,一边快快活活地把第一周的租金握在手里,弄出丁丁当当的声音。

“噢,是的,”匹克威克先生说,他已经沉思了一会儿,“这里有没有什么可以帮跑跑腿做做事的人呢?”

“去监狱外面,你是这个意思吗?”洛克尔先生问道。

“是的。我是说可以去监狱外面的人。不是囚犯。”

“没错,有的,”洛克尔说,“有一个不幸的家伙,他有一个在穷人部的朋友,情愿干任何诸如此类的事。他一直在打零工,都两个月了。我去叫他来如何?”

“请吧,”匹克威克先生答道,“且慢;不。穷人部,你是这么说吗?我倒是想去看看。我要亲自去找他。”

债务人监狱穷人部,正如其名称所示,所关押的是负债人中最贫穷、最卑贱的阶层。一个被发配到穷人部的囚犯不用付租金或同房费。他的费用在入狱和出狱时要折减,他有权利得到一份少量的食物——这是利用少数慈善之士在遗嘱中捐赠的区区遗产提供的。我们的大多数读者想必还记得,直到最近几年之前,弗里特监狱的围墙之后还有一种铁笼子,其中站着一个饿相十足的男人,他时不时地摇一个钱箱,用令人悲伤的声音叫唤:“行行好吧,记住贫困的负债人;行行好吧,记住贫困的负债人。”这个钱箱假如有任何收入，就由那些贫困的囚犯分享；而这一下贱的募捐活儿则是由穷人部的人轮换分担的。

虽然这一习俗现已废除，现在笼子已用板子封死，但那些不幸的人的悲苦与穷困却依然如故。我们不再允许他们在监狱的大门口向过路人乞求慈善与同情；但为了赢得后代的尊崇和称赞，我们对我们的法律只字未改，这一公正和健全的法律规定了对强壮的重罪犯要给吃给穿，而不名一文的负债人却该任其饿死冻死。这不是凭空捏造的。要不是得到狱中难友的救济的话，在各个债务人监狱里，每个星期都必定有一些人会在贫困的缓慢痛苦中不可避免地死去。

匹克威克先生一边走上洛克尔先生把他带到其脚下的狭窄的楼梯，一边在心里琢磨这些事情，逐渐达到无比激奋的状态；他因对这一问题的思考而变得那么激奋，以至于当他冲进指派给他的房间时，他还弄不清他自己身在何处或为何而来。

房间的外观使他马上回过神来；但是当他把目光投向俯身在积满灰尘的火炉上方的一个男子时，他不知不觉让手中的帽子落到了地板上，立即因惊讶而在原地愣住了，根本动弹不得。

是的，衣服破烂，没有外衣，普通的白棉布衬衫已变黄而且破烂不堪，头发耷拉在脸上，因痛苦而扭曲了脸，因饥饿而缩成了一团，如此坐着的正是艾尔弗雷德·金格尔先生，他的头托在一只手上，目光滞留在炉火上，整个儿是一副贫困且落魄的潦倒样子！

他的旁边，无精打采地靠着墙站着的是一个身材壮实的乡下汉，正在用一根破损的猎鞭轻轻敲打装饰他的右脚的高统靴，而他的左脚呢（由于他是随随便便穿的），却伸在一只旧拖鞋里。马、狗和酒把他弄来了这里，糊里糊涂的。那只孤单的靴子上有一个生锈的马刺，他不时把靴子踢向空中，同时用靴子痛快地抽它一下，嘴里还咕哝出猎人催马的声音。这时候他正在想象他骑着马进行一场越野赛哩。可怜的家伙！他骑着他用昂贵价格买来的马群中最快的马参加马赛，其速度也从来不及他在以弗里特为终点的路上狂奔的速度的一半啊。

在房间的另一头，有一个老汉坐在一个木箱子上，他眼睛盯着地板，脸上呈现着最深重、最无奈的绝望表情。一个小女孩——他的小孙女——缠绕在他身旁，正以千百种孩子所用的方法努力吸引他的注意力；但老汉对她既不看也不听。那对他来说曾经是音乐的嗓音，那对他来说曾经是光明的眼睛，现在对他已引不起任何感觉。他的四肢因患病而在颤抖着，麻痹已攫住他的心。

房间里还有两三个人，聚成一小群，正在喧闹地交谈。还有一个瘦削而又憔悴的女人——一个囚犯的妻子，正在非常关切地给一株已枯萎的植物的残枝浇水，那东西显然是再也长不出一片绿叶了的——这也许是她去那里要尽的义务的一种非常实在的象征吧。

这些便是匹克威克先生环顾四周时呈现在他眼前的东西。一个人跌跌撞撞匆匆进屋的声音惊动了他。他把目光转向门口，看到了那个新来的人；尽管那人衣衫破烂，外表肮脏，他还是看出了所熟悉的约伯·特洛特尔先生的相貌。

"匹克威克先生！"约伯大声叫道。

"啊？"金格尔说，从座位上惊跳起来，"先生！——正是呀——怪地方——稀奇事——我活该——真活该。"金格尔先生把双手往他裤子的口袋原来所在的地方一插，下巴耷拉在胸口，颓然坐回椅子里。

匹克威克先生被感动了；那两个人看上去太可怜了。金格尔朝约伯带进来的一小块生的羊腰肉投去的不由自主的迫切目光，比两个小时的解释更能说明他们的落魄处境。

匹克威克先生温和地看着金格尔，说：

"我想单独和你谈谈。你能出来一会儿吗？"

"当然，"金格尔说，连忙站了起来，"不能走远——这里没有走累的危险——斯派克公园——园地漂亮——浪漫，但不大——对公众开放——家总在镇上——管家小心得要命——非常小心。"

"你忘记穿外套了。"随手关上门并走向楼梯口的时候，匹克威克先生说。

"呃？"金格尔说，"当铺——关系亲密——汤姆大叔——没办法——得吃呀，你知道。天生的欲望——等等。"

"你这是什么意思呢？"

"没了，我亲爱的先生——最后一件外衣——没办法。靠一双靴子活命——撑了两星期。绸布伞——象牙柄——一星期——事实——名誉担保——问约伯——知道的。"

"靠一双靴子和一把象牙柄绸布伞活三个星期！"匹克威克先生喊道，他只听说过海难中有这种事，或者只是在康斯特布尔①的画集里才看得到。

"真的，"金格尔说，一边点头，"当铺——当铺在这里——小数目——简直不算什么——全是流氓。"

"噢，"匹克威克先生说，听完这一解释后恍然大悟，"我明白了。你把自己的衣服当掉了。"

"所有东西——还有约伯的——所有衬衫都没了——没关系——省得洗。不久又分文全无——躺在床上——饿——死——验尸——小太平间——可怜的囚犯——日常必需品——不声张——陪审团的绅士们——看守的手艺人——弄得妥妥当当——自然死亡——验尸官的命令——贫民收容所的葬礼——活该——

---

① 约翰·康斯特布尔（1776—1837），英国风景画家，以真实表现乡村生活著称，代表作有《干草车》等。

彻底完蛋——落幕。”

金格尔以他惯常的滔滔不绝做完了这一对其人生前景的独特概括，脸部因强装微笑而抽搐了好几次。匹克威克先生很容易觉察出他的满不在乎是假装出来的，于是不无和蔼地正视他的脸，看见他的眼睛因泪水而湿润了。

“好心人，”金格尔说，用力握住他的手，把头扭向一边，“忘恩负义的狗东西——孩子气的哭——不由自主——发高烧——虚弱——得病——挨饿。都是活该——不过也苦够了——够苦了。”他再也无法维持脸面了，也许正是由于强行装模作样而使得结果适得其反吧，这个沮丧的江湖戏子颓然坐在楼梯上，用双手捂住脸，像个孩子似的抽泣起来。

“好了，好了，”匹克威克先生饱含感情地说，“等了解了全部情况之后，我们看看能够做些什么。喂，约伯。那家伙哪儿去了？”

“在这儿，先生。”约伯答道，出现在楼梯间。顺便说一句，我们早就描绘过，他在其鼎盛时期是双目深陷的，而在当前的穷困处境下，看上去他那些相貌特征已彻底达到了极致。

“在这儿，先生。”约伯叫道。

“过来吧，先生。”匹克威克先生说，尽管他努力装出严肃的神情，却还是有四颗大大的泪珠滚下了他的背心，“接受吧，先生。”

接受什么呢？按照通常对这句话的理解，应该是接受一顿打。按世俗的做法，应该是一记响亮、解恨的耳光；因为匹克威克先生曾饱受这个穷光蛋流浪汉的欺骗和虐待，而现在后者终于落到了他的手心里。我们必须说出真相吗？那不是别的什么，而是从匹克威克先生的背心口袋掏出来、交到约伯手里时丁当作响的某种东西啊——在给予这种东西的时候，不知怎的，我们的杰出的老朋友眼睛一亮，心头一热，然后就匆匆离去了。

匹克威克先生回到他的房间时山姆已经回来，正在查看为他的舒适而做的布置，脸上带一种看上去非常有趣的冷酷的满意表情。由于坚决反对主人坐牢，威勒先生好像感到自己有一种重大的道义责任，对所做、所说、所暗示或提议的一切都不要显得太高兴。

“哎，山姆。”匹克威克先生说。

“哎，先生。”威勒先生答道。

“现在很舒服了，呃，山姆？”

“很好，先生。”山姆答道，以蔑视的派头环顾一下四周。

“你见过图普曼先生和我们的其他朋友了吗？”

“是的，我见过了，先生，他们明天来，听说不要今天来他们非常吃惊。”山姆答道。

“我要的东西带来了吗？”

作为答复，威勒先生指了指他尽力在一个角落堆放好的各种包裹。

“很好，山姆，”迟疑片刻之后，匹克威克先生说，“听着，我有几句话要对你说，山姆。”

“好的，先生，”威勒先生答道，“说吧，先生。”

“我从一开始就觉得，山姆，”匹克威克先生非常庄严地说，“这里不是带一个年轻人来的地方。”

“也不是老年人来的地方呀，先生。”威勒先生说。

“你说得很对，山姆，”匹克威克先生说，“但老年人来这里可能是出于自己的大意和轻信；而年轻人来这里则可能是由他们所服侍的人的自私所致。对年轻人来说，无论从什么观点出发，最好是不要留在这里。你明白我的意思吗，山姆？”

“不，先生，我不明白。”威勒先生答道，很固执。

“想想看，山姆。”匹克威克先生说。

“好啦，先生，”停顿片刻之后山姆说，“我想我明白你的意思了;假如我真没弄错的话,我觉得真是够猛的,就像那个邮差对他所遭遇的暴风雪说的那样。”

“我知道你明白我的意思,山姆。”匹克威克先生说,“除了我不愿意你将来在这种地方厮混之外,我还觉得身陷弗里特监狱的债务人有男仆侍候,也是一件荒谬绝伦的事。山姆,”匹克威克先生说,“你必须离开我一段时间。”

“噢,一段时间,呃,先生?”威勒先生答道,有点语带讥讽。

“是的,在我待在这儿的这段时间。”匹克威克先生说,“你的薪水我会照给。我的三位朋友中的任何一位都会乐意用你的,哪怕只是出于对我的尊重。要是有朝一日我离开这个地方,山姆,”匹克威克先生强作欢颜,补充说,“要是真有那么一天,我向你保证,你可以立即回到我身边。”

“那么我告诉你吧,先生,”威勒先生以严肃庄重的口气说,“这种事情是行不通的,因此也就不用再谈它了。”

“我是认真的,而且主意已定,山姆。”匹克威克先生说。

“你是这样,是吗,先生?”威勒先生问道,一副坚决的神情,“很好,先生。那我也一样。”

这么说着,威勒先生非常讲究地把帽子戴在头上,突然走出了房间。

“山姆!”匹克威克先生叫道,要喊他回来,“山姆! 来呀!”

但长长的过廊里再也听不到脚步的回音了。山姆·威勒走了。

第四十三章　叙述塞缪尔·威勒先生如何自找麻烦

在葡萄牙街的林肯院，一个光线阴暗、通气更糟的高高的房间，几乎成年累月都坐着些戴假发的绅士，有时是一两个，有时是三四个，视情况而定；他们面前摆着一些小写字台，是根据法官通常用的那种式样制作的，上面用法国漆画着横线。他们的右手边是律师席；左手边是破产的债务人席；正面则是一片斜坡，挤满了一张张肮脏不堪的脸。这些绅士便是破产法庭的委员们，他们所坐的地方则是破产法庭。

这个法庭有一种不同寻常的命运——从远古时起已是如此，那就是，不知为什么，它被伦敦所有贫穷却死要面子的破落户们不约而同地视为共同去处和日常避难所。它总是人挤得满满的。啤酒和烈酒的蒸气不断升上天花板，经过热力的浓缩后，像下雨似的从墙壁上流下来；每一次开庭时那里汇集的旧套装，比十二个月内送去杭兹迪奇旧货店卖的还要多；那里的所有没洗过的皮肤和灰白的胡子，即使用从泰本到怀特查佩尔的所有水龙头和理发店来打理，从日出到日落也收拾不妥。

千万不要以为这些人中的任何一位在这个他们如此不知疲倦地光临的地方有一丁点儿事要办，或者与它有一丝一毫的联系。假如有的话，那就没什么可吃惊的了，而这件事也就平淡无奇了。他们有些人在庭审的大部分时间里都在打瞌睡；另一些人则带来了便于携带的食物——包在手绢里或突出在破口袋外面——他们一边嚼一边听，两者都做得同样有滋有味；但据了解，他们之中从没有任何人和庭审的任何案件有丝毫的个人利害关系。不管他们在那里做什么，他们都从开头坐到最后。在下大雨的日子，他们全都涌进来，浑身湿淋淋的；在这种时候法庭内的蒸气就像培养菌类的地窖里的一样。

一个偶然来访的访客可能会认为这个地方是供奉衣衫褴褛的神仙的神庙。这里没有一个穿着特制服装的传令官或司仪；除了一个白头发的、苹果脸的小个子法警，整座屋子里没有一个人的外表是可以勉强称为清爽和卫生的，而就连这个法警，也像是一颗泡在白兰地里的生长不良的樱桃，仿佛被人为地榨干了，皱缩成了蜜饯的样子，丝毫不再有天然本色。律师们的假发则没有把粉扑好，而且鬈发还缺少波纹。

不过，坐在审判委员会成员下方大大的空桌子边的律师们，怎么说都是最了不得的奇才。这些绅士中较富有的几位的职业装备，是一个蓝色公文包和一个助手——通常是一个犹太小伙子。他们没有固定的办公场所，他们的法律业务是在酒馆的厅堂或监狱的院子里进行的，他们成群结队地去那些地方揽生意，与公共马车的车夫无异。他们外表看去油腻腻的，还像发了霉似的；假如能够说他们有什么恶习的话，那么最显著的恐怕就是喝酒和欺骗了。他们的住处通常是在“监管区”的外围，主要是在距乔治广场的方尖塔一英里的方圆之内。他们的神情不讨人喜欢，他们的举止则稀奇古怪。

所罗门·佩尔，那个博学群体中的一员，是一个虚胖而苍白的人，穿着一件此时泛绿色彼刻是褐色的紧身长外套：外套的天鹅绒领子也是同样变幻不定的颜色。他额头狭窄，脸庞宽阔，脑袋很大，鼻子歪向一边——仿佛自然女神在他降生之初便已看出他没出息，于是就恼火地扯了鼻子一把，致使它再也没有复原过来。不过，由于他脖子短，患有哮喘病，他主要还是靠这一器官呼吸的；所以，或许可以说，装饰上的缺陷在实用方面得到了补偿吧。

“我保证让他安然过关。”佩尔先生说。

“真的吗？”那个听保证的人说。

“再真不过了，”佩尔先生答道，“但假如他去找什么非正式挂牌的律师，你可记住啰，那后果如何我是不负责的。”

“啊！”另一个说，嘴张得老大。

“不，那我是不负责的。”佩尔先生说；他噘噘嘴唇，皱皱眉头，神秘地摇了摇头。

进行这场谈话的地点是正对着破产法院的一家酒馆，而参与这场谈话的另一个人不是别人，正是老威勒先生，他此行是来安慰一位朋友的，那人请求依法免除债务的诉状今天过庭，而他此时所请教的正是那人的辩护律师。

“乔治在哪儿？”老绅士问道。

佩尔往后扭了一下头，表示在后房；威勒立刻走到那里，马上有大约半打同行兄弟对他致以最热烈、最殷勤的欢迎，表示他们为他的光临深感欣慰。而那位破产的绅士呢，看上去好到了极点，正在用小虾和啤酒缓解激动的心情哩；他因感染了投机取巧但不慎重的热情，老爱兼程赶路，因而落到了如今的尴尬境地。

威勒先生和他的朋友们之间的礼仪是严格按行规履行的，包括把右手腕猛地转一下，同时把小指往空中一挑。我们曾经认识两个著名的马车夫（现在已去世，可怜的人哪），他俩是双胞兄弟，彼此间有一种诚挚的衷心的依恋。他们每天都在通往多佛的路上打照面，长达二十四年之久，每次除了做这个手势致意，再没有打过别的招呼；不过，当其中一个去世之后，另一个也憔悴了，并且也跟着去了！

“喂，乔治，”老威勒先生说着，脱下上衣，以他惯常的庄严气度坐了下来,“怎么样?后面万事大吉,里面满满当当[①]吧?”

“万事大吉,老兄。”那个难为情的绅士回答说。

“那匹灰色母马转让给别人了吗?”威勒先生急切地问道。

乔治点头作了肯定的答复。

“唔,那太好了。”威勒先生说,“马车也有人照管了吧?”

“托付给了靠得住的人。”乔治答道,一边拧掉半打虾子的头,毫不费力地把小虾吞了下去。

“很好,很好。”威勒先生说,“走下坡路时永远得盯着刹车啊,路单已经搞清并送去了吧?”

“清单[②]呀,先生”佩尔先生说,在猜威勒先生的意思,“清单既清楚又令人满意,笔墨所能做的活儿没有比这更好的了。”

威勒先生点了点头,这一举动表明他对这些安排是从内心里感到赞许的;然后他转向佩尔先生,指着他的朋友乔治说:

“你什么时候脱掉他的衣服[③]?”

“嘿,”佩尔先生说,“他在被告名单上名列第三,我想大概半个小时之后就轮到他了。我已吩咐我的秘书到时间来通知我们。”

威勒先生很佩服地对那位代理人从头到脚打量了一番,强调地说:

“你喝点什么呢,先生?”

“嘿,真的,”佩尔先生答道,“你非常——说实话,我不习惯——现在还是大清早呀,真的,我几乎——好吧,你就不妨给我弄三便士的甜酒吧,亲爱的。”

---

① 车夫临开车前说的行话。

② 威勒先生所谓“路单”为行话,指乘客单或运货单;佩尔先生所说的:“清单”,应是指债务人的财产账目。

③ 估计是借用马夫替马脱掉马衣准备上路的说法。

负责上酒的那位少女在他们没有叫酒之前就预料到了，她把那杯酒放在佩尔的面前，然后就退下去了。

"先生们，"佩尔先生说，环顾在座各位，"祝你们的朋友成功！我不想吹牛，先生们；那不是我的做派；但我禁不住要说，假如你们的朋友不是幸好遇到——但我不想把我要说的话说出来。先生们，我敬你们一杯。"眨眼之间干完了杯，佩尔先生咂咂嘴唇，得意地环顾聚集在那里的马车夫们，他们显然已把他奉为神灵了。

"让我想想看，"那位法学权威说，"我刚才说什么来着，先生们？"

"我想你是说你不反对再来一杯，先生，"威勒先生说，带着一本正经的滑稽表情。

"哈，哈！"佩尔先生笑道，"不坏，不坏。也是行家里手呀！在早上这个时候，未免也太好了——噢，我不知道，亲爱的——你再来一杯也无妨吧，悉听尊便。哼！"

这最后的声音是一声庄严而尊贵的咳嗽，由于注意到他的听众里有人表现出发笑的非礼倾向，佩尔先生觉得应该这么咳一下。

"已故的大法官阁下，先生们，对我是很中意的。"佩尔先生说。

"而他还是非常令人钦佩的。"威勒先生插话说。

"说得好，说得好！"佩尔先生的当事人赞同说，"凭什么他不是呢？"

"啊！可不，确实呀！"一个脸庞很红的人说，他一直没有说话，而且看样子好像不会再说什么了，"他凭什么不是呢？"

一阵表示赞成的嘀咕声掠过全场。

"我记得，先生们，"佩尔先生说，"有一次和他一起吃饭——只有我们两个，但排场可大得很啦，好像准备请二十个人吃饭似的——一颗大官印放在他右手边的食品台上，一个头戴囊发①、身

① 假发的一种，其后部有囊套住，流行于十八世纪。

穿盔甲的卫士守护着权杖，手拿出鞘的宝剑，脚穿丝质长袜——永远是这副模样的，绅士们，无论白天还是黑夜；当时他说：‘佩尔。’他说，“不是假惺惺奉承你，佩尔。你是一个天才；你能让任何人过破产法庭这一关，佩尔；你的国家将为你自豪。’这一字一句都是他说的。‘大人，’我说，‘你在恭维我。’——‘佩尔，’他说，‘假如我是恭维你，那我不得好死。’”

“他那样说吗？”威勒先生问道。

“他是那么说的。”佩尔答道。

“喂，这么说呀，”威勒先生说，“我觉得议会应该让他如愿；假如他是一个穷人，他们早就把他给办了。[1]”

“但是，我亲爱的朋友，”佩尔先生说，“那都是在私下里说的呀。”

“在什么？”威勒先生说。

“在私下里。”

“噢，好极了，”威勒先生思索片刻之后答道。“假如他是在私下里咒自己不得好死，那就是另一码子事儿了。”

“当然是的，”佩尔先生说，“区别是显而易见的，你可以看得出来。”

“那就完全不同了，”威勒先生说，“往下说吧，先生。”

“不，我不说了，先生，”佩尔先生说，语调低沉而又严肃，“你提醒了我，先生，那次谈话是私人性质的——私人的而且是秘密的，先生们。先生们，我是专业人士。在我这个行当里，也许我深孚众望，也许并不是。大部分人都是知道的。我什么都不说了。在这个房里说的一些话有损我那位高贵的朋友的声誉。请原谅我，先生们，我太冒失了。我觉得未征得他的同意我是无权提那件

① 法官与律师过从甚密，有可能影响司法公正，故有此说。司法审判中的回避制度便是针对这种情形设立的。

事的。谢谢你,先生,谢谢你。”说完这些之后,佩尔先生把双手插进口袋,严厉地皱着眉头看看大家,怀着可怕的决心把三个半便士的硬币捏得嘎嘎直响。

他刚刚做完这种有德行的决定,他的助手本和蓝色公文包——两者是形影不离的伴侣——横冲直撞地闯进房来,说(至少助手是说了的,因为蓝色公文包没有参加发言)说案子马上要开庭了。一接到这一消息,大伙儿便赶紧走到对街,开始往法庭里面挤——这种预备仪式,按通常的案子的情况计算,要花费二十五分到三十分钟。

威勒先生因为体胖,一钻进人群之中,就开始拚命地挣扎,巴不得最后能找到一个合适他容身的地方。他的成就与他的期望可不太合拍;他因一时疏忽而忘了摘下帽子,结果它被一个没看清脸的人打得蒙到了他的眼睛上,起因是他重重地踩了这个人的脚趾。显然,这个人马上就为自己的孟浪之举后悔了;因为他一边咕哝出一声含混不清的惊叫,一边把老头子拉到了走廊里,经过一阵猛烈的挣扎之后,解脱了他的头和脸。

“塞缪尔。”因获救而看清了救星是谁,威勒先生大声喊道。

山姆点了点头。

“你是一个孝顺的尽心尽意的孩子,是不是?”威勒先生说,“要使你老不死的爹用帽子作眼罩呀?”

“我怎么知道你是谁呢?”儿子回答说,“你认为我凭你的脚的重量就能认出你来吗?”

“噢,这倒是大实话,山米,”威勒先生说,马上心软了,“不过你在这儿干什么呢?你的老板上这儿来可没什么好事,山米。他们不会通过那种判决书的,他们通不过的,山米。”威勒先生摇了摇头,带着一脸法庭上的严肃。

“真是个固执的老滑头啊!”山姆叫道,“老是唠叨判决书呀,不在场证明呀,等等。谁说到判决书什么的呢?”

威勒先生没有答话,但再一次非常胸有成竹地摇了摇头。

“别再折腾你那脑袋瓜子了,假如你不想让它的发条全散架的话,”山姆不耐烦地说,“还是明智点行事吧。昨天晚上,我去格兰比侯爵那里找过你。”

“你见着格兰比侯爵夫人①了吗,山米?”威勒先生问道,叹了一口气。

“是的,见着了。”山姆答道。

“那个可爱的人儿看上去怎么样?”

“非常古怪,”山姆说,“我觉得她正在大肆利用菠萝甜酒和一些类似性质的药力很猛的药物搞慢性自杀。”

“你这话不当真吧,山姆?”老头子说,非常认真。

“当真,真的。”儿子答道。

威勒先生抓住儿子的手,紧紧一握,然后又放下了。这样做的时候他的脸上露出一种表情——不是忧郁或恐惧,倒更像是怀有某种希望的甜蜜而又温和的表情。一丝听天由命甚至是感到欢快的容光掠过他的脸庞,他慢慢地说:“我不十分有把握,山米;我不想说我十分肯定,以免将来失望,但我的确觉得,我的孩子,我的确觉得,那个牧师得了肝病!”

“他是不是气色很糟呀?”山姆问道。

“苍白得出奇,”父亲回答说,“除了鼻子比以前更红了。他的胃口本来是很平常的,可是喝起来却了不得。”

在威勒先生说这些话的时候,想喝甜酒的念头好像闯进了威勒先生的心中,因为他显出一副抑郁不乐并且心事重重的样子;但

---

① 指山姆的继母。上句所说的格兰比侯爵是她所开的酒吧的名称,称她为格兰比侯爵夫人有戏谑意味。

他很快就恢复过来了，足以证明这一点的是他连续眨了眨眼睛，因为这是他只有在特别高兴的时候才有的举动。

“好了，”山姆说，“还是说说我自己的事吧。你留神听着就是了，在我说完之前不要插话。”在作了这一简短的开场白之后，山姆尽可能简洁地叙述了他和匹克威克先生之间的最后一次令人难忘的谈话。

“一个人待在那里，可怜的人！”老威勒先生叫道，“没有任何人陪护！这是不行的，山米，不行啊！”

“当然不行，”山姆断言说，“在我来找你之前，我就知道这一点。”

“唉，他们会把他活活吃掉的，山米。”威勒先生叫道。

山姆点头表示同意。

“他进去时是生的，山姆，”威勒先生用比喻说，“出来的时候，可就焦黄透了，连他最熟悉的朋友都认不出他来了。烤鸽子都比不上啊，山米。”

山姆再一次点头。

“不应该那样，塞缪尔。”威勒先生说，神情严肃。

“不应该。”山姆说。

“当然不。”威勒先生说。

“好了，”山姆说，“你做了很好的预言，就像六便士一本的图画书上的红脸尼克松似的。”

“他是什么人呢，山米。”威勒先生问道。

“别管他是什么人，”山姆驳斥说，“反正他不是马车夫；这点对你就够了。”

“我知道有个旅馆马夫叫这个名字。”威勒先生一边说一边思索。

“不是他，”山姆说，“这位绅士是一个预言家。”

“什么是预言家?”威勒先生问道,严肃地看着儿子。

“嘿,就是能把将要发生的事情说出来的人呗。”

“我希望我认得这个人,山米。”威勒先生说,“也许他能对我们刚才说的肝病说点什么哩。不过,假如他死了,又没有把这种技艺传授给任何人,那就完了。说下去吧,山姆,”威勒先生说,叹了一口气。

“好吧,”山姆说,“你自己就预言过东家要是单独留在那里会怎么样。那你觉得可以用什么办法照顾他呢?”

“不,我没办法,山米。”威勒先生说,一副沉思的神情。

“一点办法都没有吗?”山姆问道。

“毫无办法,”威勒先生说,“除非——”一道开窍的亮光照亮了他的脸庞,他压低了声音,把嘴凑到他儿子的耳边,“除非把他藏在一张翻转过来的床里抬出来,不让看守知道,山姆,或者让他化装成一个戴着绿色面纱的老太婆混出来。”

山姆·威勒以出乎意料的轻蔑态度对待这两个提议,然后又提出他的问题。

“不,”老绅士说,“假如他不让你留在那里,那我就毫无办法了。这可不是大路朝天,山米,无路可走呀。”

“那么,好了,我告诉你怎么办吧,”山姆说,“麻烦你借给我二十五镑钱。”

“那管什么用呢?”威勒先生问道。

“别管这个,”山姆答道,“也许五分钟之后你就可以讨债了;也许我会说我不还,还大吵大闹。你不会想到为那点钱而把自己的儿子抓起来,送进弗里特监狱吧,会不会呀,你这个不顾天伦常理的流浪汉?”

听了山姆的这一回答,父子俩交换了一连串由点头和手势组成的密电码,然后,老威勒先生在一级石阶上坐了下来,笑得脸都发紫了。

“好一副老掉牙的德行!”山姆叫道,为如此浪费时间而感到气愤,“有那么多事要做,而你却坐在那里,让你的脸变成敲门的铜环。钱在哪儿呀?”

“在靴子里,山米,在靴子里!”威勒先生说,使神色镇定下来,“帮我拿好帽子,山米。”

解除这一累赘之后,威勒先生把身子突然朝一边一歪,身手敏捷地一扭,设法把右手伸进一个极为宽大的口袋,经过好一番折腾之后,从那里抽出一本用一条大大的皮带子扎住的大八开的皮夹来。从这本总账簿里,他拿出两根鞭梢、三四颗扣子、一小袋玉米样品,最后是一小卷很脏的钞票。——他从其中抽出所需的数目,交给了山姆。

“那么,山姆,”老绅士说道,这时鞭梢、扣子和玉米样品已放回原处,皮包也重新放回了原来的口袋,“那么,山姆,我知道这里有一位绅士,他会马上为我们把其余的事办妥——他是法律的爪牙,山米,他的脑神经就像青蛙的一样,散布在全身上下,一直到达指尖哩;他是大法官的朋友,山米,只需告诉他怎么做,他就能把你关上一辈子。”

“喂,”山姆说,“可别那样?”

“别怎么样?”威勒先生问道。

“喂,可别用违反宪法的方法,”山姆驳斥说,“全尸法令①,仅次于永恒运动定律,那是有史以来好透了的发明之一。我经常在报纸上读到它。”

“可那与这事儿有什么关系呢?”威勒先生问道。

“是这么回事,”山姆说,“我要保护这一发明,进去,这边走。

---

① 指人身保护法令。

不要跟大法官说悄悄话——我不喜欢那个主意。事关再出来的问题,那样做也许不完全稳妥。"

威勒先生听从了儿子对这事的意见,然后马上找到那个博学的所罗门·佩尔,告诉他希望马上签发一张传票,责令一个叫塞缪尔·威勒的人立即偿付二十五镑,外加诉讼费用;至于所罗门·佩尔的代理费嘛,可以预先支付。

那位代理人正在兴头上,高兴得不得了,因为那位吃官司的马车夫已被奉命当庭释放。他高度赞扬山姆对主人的忠心;还说此事有力地唤醒了他本人对他的朋友大法官的忠诚之情;然后他马上带领老威勒先生走上法庭,宣誓呈递了追债的诉状——这是他的助手在蓝色公文包的协助下当场拟就的。

与此同时,山姆作为贝尔-塞维奇的威勒先生的儿子,被正式介绍给了那位已获得清白的绅士和他的朋友们,受到了特别的款待,应邀和他们一同畅饮来庆祝这次幸会——对这种邀请,他无论如何都是毫不迟疑地接受的。

这个阶层的绅士们的作乐,通常都是带有严肃而沉静的性质的;不过眼下的场合具有特别的喜庆意义,因此他们也就相应地放纵起来。在闹哄哄地向主任委员和那天表现了卓越才干的所罗门·佩尔先生敬过酒之后,一个披蓝色围巾的脸上有雀斑的绅士提议说应该有个什么人来唱一首歌。有人明明白白地表示,既然长雀斑的绅士急于听歌,那就该由他自己来唱一首;但雀斑脸绅士执意地并且是有点令人不快地拒绝了这一提议。因此,就像在这种情况下常见的那样,接下来是一番有点恼火的对话。

"绅士们,"那位马车夫说,"为了避免破坏这次欢快聚会的和谐气氛,或许塞缪尔·威勒先生乐意让大伙一饱耳福吧。"

"说实话,绅士们,"山姆说,"没有乐器,我是不太习惯唱歌的;不过平安无事比什么都好,就像那个人在灯塔上就位时所说的。”

说了这个引子之后，塞缪尔·威勒先生马上放声唱出了下面这个粗野而美丽的传说故事，由于我们觉得这一故事并非众所周知，因此就冒昧地引述如下。我们请求诸君特别留意第二行和第四行末尾的单音节词，因为它们不仅使歌唱者能在那些地方换气，而且还大大有助于加强歌曲的音韵。

浪漫故事

一

勇敢的图宾在杭斯洛草原上
有一次骑着他勇敢的母马贝斯在游荡——噢；
这时候他看见了主教的车子
正沿着大路朝前奔驰——噢。
于是他飞驰向前冲到马的腿边，
一把就揪住了里面的脑袋；
主教说："像蛋就是蛋那样确定，
这一定是那勇敢的图宾！"

合唱

主教说："像蛋就是蛋那样确定，
这一定是那勇敢的图宾！"

二

图宾说："你向来说话不算话，
来一颗铅弹作食言的佐餐吧。"
于是他把手枪顶进他的嘴巴，
把子弹射进了他的喉咙；

主教的车夫可不喜欢这一套，
他拼命催马全速奔逃，
但狄克把两颗弹丸放进他的脑袋，
这才说服他停了下来。

合唱（讽刺地）
但狄克把两颗弹丸放进他的脑袋，
这才说服他停了下来。

“我认为那首歌对我们这一行当是人身攻击，”那个雀斑脸的绅士这时候插嘴说，“我倒要问问那个马车夫的名字。”

“谁也不知道，”山姆说，“他口袋里没有带名片。”

“我反对涉及政治，”长雀斑的绅士说，“我认为，就眼下的情况而言，那首歌是有政治意味的；再说嘛，它根本不真实。我要说那个马车夫没有逃跑；他是英勇战死的——像野鸡一般英勇；与此相反的说法我一概不听。”

雀斑脸绅士在慷慨陈词，语气坚决有力，而大伙儿在这个问题上的意见好像分成了两派，颇有引发一场新的口角的危险，非常幸运的是，威勒先生和佩尔先生在这一节骨眼上赶到了。

“办妥了，山米。”威勒先生说。

“警官四点钟来这儿，”佩尔先生说，“我想这段时间你不会溜掉吧，呃？哈！哈！”

“也许我的狠心老爹没到那时候就心软了。”山姆答道，爽朗地露齿一笑。

“我不会的。”老威勒先生说。

“求你啦。”山姆说。

“决不心软。”那个坚定不移的债权人说。

“我还债，每月六便士。”山姆说。

“我不接受。”威勒先生说。

“哈，哈，哈！太好了，太好了，”所罗门·佩尔先生一边开出手续费账单，一边说，“真是一场很有趣的变故啊。本杰明，把这个抄出来。”他再次微笑，一边叫威勒先生看总数。

“多谢，多谢。”这位专业绅士一边说，一边收下威勒先生从那个皮夹子里头掏出的另一张油腻腻的钞票，“三镑十先令加一镑十先令等于五镑。非常感谢，威勒先生。你儿子是一个极其难得的年轻人，的确是非常难得啊，先生。年轻人有如此品性实在是可喜可贺，的确可喜可贺啊，”佩尔先生补充道，一边圆滑地对大伙笑笑，一边把钞票扣进口袋里。

“多滑稽！”老威勒先生说，发出一阵格格的笑声，“真是个浪荡儿子呀！”

“浪荡，浪荡子，先生。”佩尔先生温婉地提醒说。

“没关系，先生，”威勒先生说道，派头十足，“我了如指掌，先生。不知道的时候，我会问你的，先生。”

在警官到达之前，山姆已使自己如此深得人心，以至于与会的绅士们决定全体送他进监狱。于是，他们出发了；原告和被告手挽着手前行；警官在前头开路，八个强壮的马车夫殿后。到达大律师院的咖啡室时，大伙停下来喝了点东西提神；在办完法律手续之后，大家又继续前进。

八位绅士坚持四人一排在两边并肩前进，他们的诙谐在弗里特街引起一场小小的骚乱；另外，他们还发现有必要让雀斑脸绅士留在后头，好与一个执证营业的脚夫一决雌雄——按约定，朋友们返回时再来喊他。一路上除了这些小插曲没有发生别的事情。到达弗里特监狱的大门时，他们又请求原告通融片刻，为被告热烈地欢呼了三次，然后才一一和他握手告别。

山姆被正式交托到了看守的看管之下，这令洛克尔大为惊讶，连漠然的内迪都显然为之动容了。山姆马上就往监狱里头走去，径直奔向他的主人的房间，在房门上敲了敲。

“进来。”匹克威克先生说。

山姆出现了，他脱下帽子，脸带微笑。

“啊，山姆，我的好小伙儿！”匹克威克先生说道，他显然很高兴再次见到他这位卑微的朋友，“我昨天说那些话，我的忠心的朋友，并没有要伤害你的意思呀。把帽子放下吧，山姆，让我来解释一下我的意思吧，稍微几句就行了。”

“犯不着现在解释吧，先生。”山姆说道。

“当然，”匹克威克先生说，“不过为什么现在不呢？”

“我倒是宁愿现在不说，先生。”山姆答道。

“为什么呢？”匹克威克先生问道。

“因为——”山姆说道，犹豫不决。

“因为什么？”匹克威克先生询问说，随从的态度令他警惕起来，“说吧，山姆。”

“因为，”山姆答道，“因为我有一点小事情要办。”

“什么事呀？”匹克威克先生问道，对山姆那种惶惑的态度感到有点吃惊。

“没什么了不得的，先生。”山姆答道。

“噢，假如不是什么了不得的事儿，”匹克威克先生微笑着说，“那你就先跟我说说吧。”

“我觉得我还是马上去办的好。”山姆说，还在犹豫着。

匹克威克先生显出惊愕之态，但他什么也没说。

“事实是——”山姆说，突然又打住了。

“嗨！”匹克威克先生说，“说出来吧，山姆。”

“哎，事实是，”山姆很无奈地挣扎着说，“或许我最好是先去看好我的床铺，然后再做别的事情。”

“你的床铺！”匹克威克叫道，大感震惊。

“是的，我的床铺，先生，”山姆答道，“我现在是个囚犯了。我被捕了，就在今天下午，因为负债。”

“你因为负债被捕了！”匹克威克先生叫道，一屁股坐进了一张椅子里。

“是的，因为负债，先生，”山姆答道，“那个叫我坐牢的人，是绝不会放我出去的，除非到你出去的那个时候。”

“保佑我的心和灵魂！”匹克威克先生脱口说道，“你这话是什么意思？”

“就是说的那个意思，先生，”山姆答道，“即使我要坐上四十年牢，我也是很乐意的；就算是在新门监狱，我也照样是如此。现在总算说出来了，见鬼的，有个了断！”

山姆说完这些话，并且狂暴而有力地把它们重复了一遍，接着异常激动地把帽子扔到了地板上；然后，他交叉起双臂，以毅然决然的目光凝视着他的主人的脸庞。

第四十四章　讲述弗里特监狱里发生的各种小事，以及温克尔先生的神秘行为；并说明那个可怜的高等法院囚犯如何最终获得解脱

匹克威克先生被山姆的忠诚感动得无以复加，他心头热乎乎的，因此对山姆自愿无限期地自投债务人监狱的冒失之举，根本无力做出任何生气或不高兴的表示。他惟一坚决要求山姆说明的一点是拘留山姆的债权人的姓名；但对这一点山姆却同样坚决地缄口不谈。

"那是没用的，先生。"山姆一次又一次地说，"他是一个凶狠歹毒、性情乖张、心态庸俗、爱怨恨、爱报复的家伙，他的铁石心肠是绝不会软化的。那个好德行的牧师就是这样评价那个得水肿病的老绅士的——因为老绅士说，总的来说他觉得与其把他的财产拿去修一座小教堂，还不如把它留给他妻子。"

"但是你想想看，山姆，"匹克威克先生规劝道，"欠款数额那么小，轻而易举就可以还掉的；虽然我已决定你可以留在我身边，但是你该想一想，假如你能到监狱外面去的话，你所能起的作用会大得多呀。"

"非常感谢你，先生，"山姆严肃地回答说，"但我情愿不那样。"

"情愿不怎样，山姆？"

“唉,先生,我情愿不去低三下四地向这一个狠心的仇敌求情。”

“但是叫他接收他的钱根本不是什么求情,山姆。”匹克威克先生辩驳说。

“请原谅,先生,”山姆答道,“但是把钱还给他,给的情面未免也太大了,而他根本就不配;就是这个缘故,先生。”

到这个时候,匹克威克先生开始带着有点恼火的神情擦起鼻子来,威勒先生觉得还是谨慎一点,改变一下话题为妙。

“我是按自己的原则做决定的,先生,”山姆说,“你也是基于同样的立场做决定的;这倒使我想起那个按自己的原则自杀的人,这个人你是理所当然听说过的,先生。”威勒先生在这里就打住了,从眼角对他的主人使了一个滑稽的眼色。

“这里没有‘理所当然’可说,先生。”匹克威克先生说道,尽管山姆的固执令他不安,他还是渐渐地绽出一丝微笑来,“刚才说到的那位绅士的大名,我可是从来没听说啊。”

“没有,先生!”威勒先生叫道,“你真叫我吃惊呀,先生,他是政府机关的一个文书,先生。”

“是吗?”匹克威克先生说。

“是的,他是的,先生,”威勒先生说,“而且是一个非常快活的绅士——属于既严谨又整洁的那种,这种人一到阴雨天就会把双脚塞进用印度橡胶做的消防桶里,而且除了野兔皮之外绝无别的贴心朋友;他按原则省钱,按原则每天穿一件干净的衬衫;按原则从不跟他的任何亲戚说话,生怕他们向他借钱;他的确是一个不折不扣地与众不同又讨人喜欢的人物。他按原则两个星期剪一次头发,还按经济的原则定做衣服——一年三套,把旧的送回去换新的。作为一个非常刻板的绅士,他每天都是在一个地方吃饭——在那里割一块腱子肉只要一先令九便士,而他每次割的腱子肉总是物超所值、再好不过的，致使老板常常一说到这一点就眼泪直流；更不用说冬天的时候他把炉火拨得旺而又旺的那副德行了，那可是每天四个半便士的死亏啊——老板一看见他那样做就痛苦万分，这根本就是不言而喻的。而且他还架子大得了不得哩！'赶紧侍候。'他每天进来时就这么拿腔拿调的。'把《泰晤士报》找来，托马斯；看看《先锋晨报》，别人一看完就拿来；别忘了替我预约《纪事报》；把《报知》[①]拿来就是了，照办吧。'然后他就会坐下来，眼睛死死地盯在钟上，在一定时刻到来之前提前四分之一分钟冲出去，截住那个送晚报来的报童，把那份报纸看得那么兴致盎然而且爱不释手，急得其他的顾客简直绝望到要疯的地步，尤其是其中一位容易动火的老绅士，致使招待员在这种时候总是不得不多多留神，生怕他忍不住要用切肉刀做出什么莽撞举动。好了，先生，反正他在那里耗着，把一个最好的位置占了三个钟头，而且吃完正餐后就不再点任何东西了，只是在那里打瞌睡，然后就跑去相距几条街的一家咖啡店，来上一壶咖啡和四个烤饼，完了就走回肯辛顿的家里上床睡觉。有一天晚上，他病得很厉害，让人去请大夫，大夫坐了一辆绿色的轻便马车来了，车子配有一副鲁滨孙·克鲁索式的踏脚梯[②]，——他下车时可以把它放下，上车时又可以把它拉上去，这就使得马车夫不必下车了，同时也避免了让大家看见他只穿了一件制服上衣，却没有制服裤子来与上衣匹配。'怎么回事呀？'大夫说。'好不舒服。'病人说。'你吃了什么呀？'大夫说。'烧烤小牛肉。'病人说。'你最后吞下去的是什么呢？'大夫说。'烤饼。'病人说。'这就是病根所在！'大夫说，'我会马上给

---

① 《报知》，原文为"the' Tizer"（从蒋天佐译文）。

② 鲁滨孙·克鲁索是笛福的名著《鲁滨孙漂流记》的主角，他在海滩后流落荒岛，在岛上独自生活了二十八年，其间几乎一切生活用品都靠自己动手种植或制作。此处称踏脚楼为"鲁滨孙·克鲁索式的"，言其为"自制的、简陋的"。

你一盒药丸子,你再也不要吃了。'他说。'再也不要吃什么?'病人说——'药丸子吗?''不,烤饼。'大夫说。'什么?'病人说,从床上蹦了起来,'我每天晚上吃四个烤饼,已经十五年了,按原则做的。''那么,您最好是放弃它们,也是按原则啊。'大夫说。'烤饼有益于健康,先生。'病人说。'烤饼无益于健康,先生。'大夫狠狠地说。'但它们很便宜,'病人说,做了点让步,'而且按价格来说够实惠的。''再怎么便宜,对你来说也是贵的;你只要买来吃就得付出昂贵代价,'大夫说,'每天晚上吃四个烤饼,不出六个月你就会完蛋!'病人目不转睛地盯着他的脸,在心里琢磨了好一阵子,最后他说:'你这话有把握吗,先生?''我敢以我的职业声誉打赌。'大夫说。'你觉得一次吃多少个烤饼可以使我马上完蛋呢?'病人说。'我不知道。'大夫说。'你觉得花半个克朗买烤饼就够了吗?'病人说。'我想是吧。'大夫说。"我想也许花三个先令就够了吧,对吗?'病人说。'当然。'大夫说。'很好,'病人说,'晚安。'第二天早上他从床上爬起来,生了一个火,买来三先令的烤饼,把它们全都烤了,全都吃了下去,然后就自己了断了一切。"

"他为什么要那样做呢?"匹克威克先生突兀地问道,因为他对这个故事的悲惨结局大感震惊。

"他为什么要那样做,先生?"山姆重复他的话说,"唉,为了维护他的烤饼有益于健康的伟大原则呗,而且还为了表明他不愿被任何人改变生活方式!"

威勒先生正是利用诸如此类拐弯抹角、变来换去的谈话,在他第一夜到弗里特监狱住时应付了他主人的询问。由于发现所有温和的劝导都是徒劳的,匹克威克先生最后勉强同意了他按周计费租了一个住处,那是一个秃头皮匠在上面一层承租的一个斜顶的小间。威勒先生把从洛克尔先生那里租来的床铺搬进了这个简陋的房间里;还没到晚上上床睡觉的时候,他已经在新的住所里自得其乐了，俨然好像他从小便是在监狱里长大，而且他的整个家族已经在那里生息了三代。

“你上床之后是不是总要抽烟呀，老公鸡?”与房东两人都上床之后，威勒先生问道。

“是的，小矮脚鸡。”皮匠答道。

“请允许我问一句，你为什么把床铺安在那张松木板桌子下面呢?”山姆说。

“因为在来这里之前我睡惯了有四根床柱的床铺，我发现用桌子的四条腿来代替还真行。”皮匠答道。

“你可是一个奇人啊。先生。”山姆说。

“我身上可没有任何出奇之处，”皮匠一边回答，一边摇头，“假如你想结识一个货真价实的奇人，恐怕你会发现，在这个号子里要找到一个中意的是很难的。”

在上述简短的谈话进行过程中，威勒躺在房间一头他的床垫上，皮匠则躺在另一头他自己的垫子上；照亮房间的是一盏灯草灯和皮匠的烟斗——它在桌子下面像一小块通红的煤似的亮着。这段谈话虽然简短，但却强有力地使得威勒先生对他的房东产生了好感；因此他一边用手肘支起身子，一边开始久久地打量他的外貌，此前他是没有时间或雅兴这样做的。

他病恹恹的——所有的皮匠都是的；有一部既硬又密的胡子——所有的皮匠都有。他的脸是一件古怪、和蔼、五官不正的工艺品，上面点缀着一双一度有过欢快表情的眼睛，因为它们现在还在闪光。他的年龄是六十五岁，天知道他的年龄是多少，因此，他脸上居然还有类似欢快或满足的表情，实在也够奇的。他个子矮小，由于是缩着身子躺在床上，因此看上去只有他没有腿时那么高。他嘴里含着一根大大的红色的烟斗，正在抽烟，盯着那盏灯草灯，一副令人羡慕的平静模样。

“你在这儿很久了吗?”山姆问道,打破了已持续一阵子的沉寂。

“十二年了。”皮匠答道,说话时还咬着大烟斗的烟嘴哩。

“藐视罪①吗?”山姆问道。

皮匠点了点头。

“唉,那么,”山姆带着几分严肃说,“你为什么非要这么固执,致使自己要在这么个加大号的兽栏里浪费你宝贵的生命呢?你干吗不让点步,告诉大法官说你为藐视法庭感到抱歉,并且不再犯了呢?”

皮匠把烟嘴塞在嘴角,同时微微一笑,然后又把烟嘴放回老地方,但什么都没有说。

“你干吗不呢?”山姆毫不懈怠地追问说。

“啊,”皮匠说,“你不太了解这些事情的。那么,你认为是什么事情毁了我呢?”

“唉,”山姆说,一边剪着灯花,“我想开头你是欠了债吧,呃?”

“分文没欠,”皮匠说,“再猜一次。”

“那么,也许,”山姆说,“你买了些房产吧,这一微妙的英国说法表示你发了疯,或者说你去盖房子了,这句医业行话说的是你无可救药了。”

皮匠摇了摇头,说:“再猜猜看。”

“你没有打官司吧,我希望?”山姆说,一副怀疑的表情。

“这辈子都没打过,”皮匠答道,“事实是,我是因为得了遗产被毁的。”

“是嘛,是嘛,”山姆说,“不会吧。我倒希望有那么一个发了财的仇敌来把我毁一下哩。我会让他干的。”

---

① 藐视法令罪,即拒不执行法庭判决。匹克威克先生也是因此罪名入狱的。

“噢，我敢说你不会相信的，”皮匠说，一边平静地抽着烟斗，“我要是你，也不会相信的，但那完全是真的。”

“那是怎么回事？”山姆问道，皮匠的眼神已经诱使他有点半信半疑了。

“就是这样，”皮匠答道，“有一个老绅士住在乡下，我替他做工，还娶了他的一个卑微的亲戚作老婆——她去世了，上帝保佑她，也感谢上帝把她给了我，老绅士害了一场病并且就离开了。”

“上哪儿去了？”山姆问道，经历了白天的诸多事情之后，他现在已经睡意蒙眬了。

“我怎么知道他去了哪里？”皮匠一边通过鼻子说话，一边尽情地享受他的烟斗，“他死了呗。”

“噢，原来如此，”山姆说，“然后呢？”

“唉，”皮匠说，“他留下了五千镑的遗产。”

“他这么做可真够大方的。”山姆说。

“他把遗产给了我一部分，”皮匠说，“因为我娶了他的亲戚，你知道的。”

“很好。”山姆咕哝道。

“由于有一大堆侄儿侄女包围着他，这些人老是为那笔财产争来吵去的，因此他委托我做他的遗嘱执行人，以遗产信托的方式交给我保管，由我来按照遗嘱分给他们。”

“你说的遗产信托保管是什么意思呢？”山姆问道，比先前稍微清醒一点了，“假如不是现金，保管从何谈起呢？”

“那是一个法律术语，就那么回事。”皮匠说。

“我才不信哩，”山姆说，摇了摇头，“那家铺子是没有多少信用可言的①。不过也没关系，往下说吧。”

---

① 此句影射法院（那家铺子）不讲信用。

“唉，”皮匠说，“在我去取遗嘱认证书的时候，那些侄儿和侄女们因没有得到全部遗产而失望得要命，递交了一份请愿警示状①表示反对。”

“那是一种什么东西?”山姆问道。

“一种法律手段，意思是说:不行。”皮匠答道。

“我明白了，”山姆说，“是全尸法令的小舅子之类的东西吧。得。”

“但是，”皮匠继续说，“他们发现他们之间没法达成共识，其结果是无法成立反对遗嘱的案子，所以他们取消了请愿警示状，而我支付了所有的诉讼费用。我刚刚付完钱，一个侄子递上了一纸诉状，请求取消遗嘱。几个月之后，在保罗教堂附近的一间后房里，这个案子由一个耳聋的老绅士主持开审了;此后有四个法律顾问每天有规律地轮流去麻烦他，他考虑了一两个星期，翻阅了六大卷证据材料，然后得出结论说:立遗嘱者脑子有问题，我必须返还所有的钱，并且支付全部的费用。我上诉了;案子在三四个睡意蒙眬的绅士面前过了堂，他们在别的法庭上已对本案有所耳闻，在那里他们身为律师却无事可做——惟一的区别是，在那里他们被称为博士，在别处叫作代表，或许你还不明白吧;他们尽职尽责地证实了老绅士的结论。在那之后，我们就上了高等法院，现在我们还在里面，而且我还将在里面永远待下去。我的律师很久以前就把我的一千镑拿走了;从‘财产’——他们是这么称呼的——到诉讼费，我要付一万镑才成，所以我就来了这里，而且以后还要待下去，直到我死去那天，在牢里为人补鞋子。有些绅士提议告到国会去，

① 原文为 caveat，法律术语，大意为:在未通知做警告的人之前不得采取任何有关行动。就遗产纠纷案而言，自称有遗产继承权的人可以在遗嘱认证处提出警示，该警示使任何人如不与警示人协商便无法执行遗嘱，除非有反证推翻警告人的请求。

我本来是可以那么做的，只是他们没有时间来找我，而我又没有权力上他们那儿去，他们看烦了我的长信，因此就把这事儿搁一边去了。上帝作证，这一切全是真的，没有缩小一点，也没有夸大半句，无论这里还是外面，有五十个人对这件事一清二楚。”

皮匠停顿下来，看他的故事对山姆产生了什么样的效果；但由于发现后者已经入睡，他敲掉烟斗里的烟灰，叹了一口气，放下烟斗，把被单拉过来蒙住头，也睡了过去。

第二天早上，匹克威克先生独自一人坐在房里吃早餐（此时山姆正在皮匠的房间里忙着给主人的鞋子擦油并清刷他的黑色绑脚），突然传来一声敲门的声音，匹克威克先生还来不及说“请进”，紧接着出现了一个毛茸茸的头和一顶棉质天鹅绒便帽，对这两件东西，他轻而易举就认出了它们是斯门格尔先生的个人私产。

“你好吗？”那位尊贵人物说，附带点了一二十下头，“我说呀——你今天早上约了什么人没有？有三位先生——三个呱呱叫的绅士气十足的伙计——一直在楼下找你，在大厅组的每一扇门上都敲；因此他们还被那些嫌开门麻烦的大学生①骂得狗血淋头。”

“天哪！他真够笨的，”匹克威克先生说，站起身来，“对了；我相信一定是我的几个朋友，我还以为他们昨天会来哩。”

“你的朋友！”斯门格尔喊道，一边握住匹克威克先生的手。“不再多说了。我真该死，从这一刻起他们就是我的朋友了，而且也是弥文斯的朋友。弥文斯是一个有趣得要死的家伙，绅士派头十足，对不对？”斯门格尔说，表情丰富极了。

“我对这位绅士不太了解，”匹克威克先生说，犹豫不决，“因此我——”

---

① 英国俚语戏称监狱为高等学校，大学生即指其中的囚犯。

“我知道你了解，”斯门格尔打岔说，一边抱住匹克威克先生的双肩，“你将来会更了解他的。你会喜欢他的。这个人呀，先生，”斯门格尔脸带几分庄严地说，“有多种滑稽才能，足以让德杜里胡同剧院引以为荣啊。”

“他真这样吗？”匹克威克先生说。

“噢，我发誓是真的！”斯门格尔答道，“听一听他变成手推车里的四只猫就知道了——彼此不同的四只猫呀，先生，我以荣誉向你保证。现在你就明白了，他灵机得要命呀！真见鬼，你要是看见了他的这些特点，你由不得不喜欢他的。他只是有惟一的一个缺点——我对你说过的那点儿小毛病，你知道的。”

由于说到这里时斯门格尔以一种推心置腹、表示同情的姿态摇了摇头，匹克威克觉得人家在期待他说点什么，于是他就说了声“啊！”并且不安地看着门口。

“啊！”斯门格尔回应道，还发出一声长叹，“他是一个讨人喜欢的伙伴，是的，先生。我不知道哪里还有比他更好的伙伴；不过他就是有那么一点美中不足。假如这个时候他祖父的鬼魂出现在他眼前的话，先生，他准会向他讨那笔借去买十八便士的邮票的债的。”

“天哪！”匹克威克先生叫道。

“是的，”斯门格尔补充说，“假如他有力量使他复活的话，他不出两个月零三天又会重新算账！”

“这些都是非常特别的特点啊，”匹克威克先生说，“不过我担心我们在这里谈话的时候，我的朋友们恐怕由于找不到我急得要死了。”

“我去带他们来，”斯门格尔说，朝门口走去，“日安。他们在这儿的时候，我不会来打扰你，你知道的。顺便说一句——”

说完最后几个字之后，斯门格尔突然打住了，他把已经打开的门重新关上，轻轻地走向匹克威克先生，踮着脚尖凑近他，用非常轻柔的耳语对他说：

“你可不可以借给我半克朗，下个礼拜末还你，可以吗？”

匹克威克先生简直忍不住微笑，但勉强保住了严肃的神情，他拿出钱来，把它放在斯门格尔先生的手里；一接到钱，那位绅士点了很多下头，眨了很多次眼睛，暗含着深奥莫测的神秘，然后就出门找那三位客人去了，而且不久就带着他们返回了；他咳嗽了三声，点了三下头，算是向匹克威克先生保证他不会忘记还钱，然后他以一种令人喜欢的姿态和大家一一握手，最后总算离开了房间。

“我亲爱的朋友们，”匹克威克先生说，一边轮流和图普曼先生、温克尔先生、斯诺格拉斯先生握手，所谓三位客人正是他们，“很高兴见到你们。”

这三位大为感动。图普曼先生悲哀地摇头；斯诺格拉斯先生带着毫不掩饰的感情掏出了手绢；温克尔先生则退到了窗边，在大声地吸鼻子。

“早上好，先生们，”山姆说，他刚好在这个时候拿着鞋子和绑脚进来了，“别忧郁了，就像那个小男孩在他的女老师死去后说的。欢迎光临敝校，先生。”

“这个傻瓜，”在山姆跪下来替主人系绑腿的时候，匹克威克先生拍拍他的头，说，“这个傻瓜让自己被捕了，为的是靠近我。”

“什么！”那三位朋友大叫道。

“是的，绅士们，”山姆说，“我是——请站稳，先生——我是一个囚犯，绅士们。在‘坐月子’①哩，就像那个女士说的。”

“囚犯！”温克尔先生叫道，激昂之状难以名状。

“喂，先生！”山姆回应道，一边抬头往上看，“怎么回事

① 坐牢，原文是 confined，该词既有“被监禁”之义，又可解为“坐月子”。

呀,先生?"

"我本来希望,山姆,希望——没什么,没什么。"温克尔先生慌忙地说。

温克尔先生的举止中有某种非常突兀而又不安的东西,使得匹克威克先生不由自主地看了看他的两位朋友,要求他们解释一下。

"我们不清楚,"图普曼先生说,以很大的声音回复那无言的询问,"在过去的两天里他都很激动,整个模样和往常大不一样。我们担心准是出了什么事,但他坚决否认这点。"

"没有,没有啊,"温克尔先生说,在匹克威克先生的注视下脸红起来,"真的没什么。我向你保证没什么事,我亲爱的先生。我得离开伦敦几天,去办点私事,我本来是希望能说服您允许山姆陪我去的。"

匹克威克先生比先前更惊讶了。

"我认为,"温克尔先生结结巴巴地说,"山姆是不会反对这么做的;但是,当然啰,既然他现在是这里的囚犯,那就不可能了。因此我就只好一个人去了。"

在温克尔先生说这些话的时候,匹克威克先生有点吃惊地感觉到山姆的手指在绑腿上打抖,仿佛他也很吃惊或惊慌似的。温克尔先生话一说完,山姆也抬起头来看着他;虽然他们交换眼色只是瞬间的事,但他们好像是彼此心领神会的。

"你知不知这事儿呀,山姆?"匹克威克先生严厉地问道。

"不,不知道,先生。"威勒先生说,开始非常勤勉地扣扣子。

"你肯定吗,山姆?"匹克威克先生说。

"唉,先生,"威勒先生答道,"我完全肯定,在这之前我从没听说过这件事。假如让我来猜猜的话,"山姆补充说,一边看着温克尔先生,"我没有任何权利来说那是件什么事,恐怕会猜错。"

“我没有任何权利对一位朋友的私事刨根问底,不管是多亲密的朋友,”沉默片刻之后,匹克威克先生说,“现在我只能冒昧地说一句,我对这事儿根本不懂。得啦。我们对这事谈得也够多了。”

做了这一自我表白之后,匹克威克先生把谈话转到了别的话题上,于是温克尔先生也渐渐显得比较安心了,虽然离完全心安理得还差得远。他们可谈的东西太多了,因此上午很快就过去了;下午三点的时候,威勒先生在那张小餐桌上摆好了一条烤羊腿和一个大大的肉馅饼;另外还有一碟碟蔬菜、几壶黑啤酒,有的放在椅子上,有的放在沙发床上,还有的放在别的可放之处;每个人都乐意饱餐一顿,虽然买肉和烤肉以及做饼和烤饼都是在附近的牢厨里完成。

接着是一两瓶很好的葡萄酒,这是匹克威克先生派人到民法博士会的号角咖啡屋买的。所谓一两瓶,说实话,还不如说一到六瓶更恰当,因为等到酒喝光、茶喝光的时候,通知探牢者们离开的铃声响起来了。

不过,假如说温克尔先生上午的举止不可思议的话,那么,在分享了一瓶或六瓶葡萄酒、准备和他的朋友告别的时候,由于受自己的情绪的影响,他的举动已变得非常怪异而又严肃了。他滞留在后面,等到图普曼先生和斯诺格拉斯先生走出去后,他热烈地抓住匹克威克先生的一只手,脸上的表情非同寻常,其中既有深沉而又强有力的坚决,又有与之可怕地混合在一起的非常浓重的忧郁。

“晚安,我亲爱的先生。”温克尔先生从紧咬的牙齿的缝隙间说。

“保佑你,我亲爱的朋友。”热心肠的匹克威克先生一边回答,一边紧握他年轻朋友的手作为回应。

“走吧!”图普曼先生在过道里喊道。

"好了,好了,马上就走,"温克尔先生答道,"晚安!"

"晚安。"匹克威克先生说。

又说了一次晚安,再说了一次,再说了五六次,可是温克尔先生仍然死死地抓住他的朋友的手不放,并且带着先前那种奇怪表情盯着他的脸。

"有什么不对劲吗?"匹克威克终于说,他的手臂因握手而变得很酸痛了。

"没什么。"温克尔先生说。

"那就好,晚安。"匹克威克先生说,一边设法把手挣脱出来。

"我的朋友,我的恩人,我的光荣伴侣,"温克尔先生咕哝道,一边抓住他的手腕,"不要以苛刻的眼光看待我;不要那样啊,当你得知我被无可奈何的障碍逼到极点的时候,我——"

"走吧,"图普曼先生说,他又在门口出现了,"你走呢,还是愿意让我们关在里面?"

"好了,好了,我就走。"温克尔先生答道。他费了很大的劲才扭头走出了房间。

匹克威克在无言的惊讶中目送他们走过过道,这时山姆·威勒突然出现在楼梯口,并且还凑在温克尔先生的耳边嘀咕了一小会儿。

"噢,当然,包在我身上。"那位绅士大声说道。

"谢谢你,先生。你不会忘记吧,先生?"山姆说。

"当然不会。"温克尔先生说。

"祝你好运,先生。"山姆说,一边触帽致礼,"我是很乐意跟你去的,先生。但是东家自然是最重要的。"

"你留在这里是非常光荣的。"温克尔先生说。说完这些话,他们就在楼梯下面消失了。

"太奇怪了,"匹克威克先生说着,返回房里,思虑重重地在桌子边坐了下来,“那个年轻人究竟要干什么呢?”

他坐在那里对这事苦思冥想了一会儿,突然听见看守洛克尔的声音在问他是否可以进来。

“当然可以。”匹克威克先生说。

“我给您带来一个更软和的枕头,先生,”洛克尔说,“换掉你昨晚用的临时枕头吧。”

“谢谢。”匹克威克先生说,“想来一杯葡萄酒吗?”

“您真好,先生,”洛克尔先生说,接过了递给他的酒杯,“敬您一杯,先生。”

“谢谢。”匹克威克先生说。

“我很抱歉地告诉你,先生,你的房东今晚上糟得很呀。”洛克尔说着,放下酒杯,一边察看他的帽子的衬里,准备再次把帽子戴上。

“什么! 那个高等法院犯人!”匹克威克先生叫道。

“他做高等法院犯人的日子不会很多了,先生。”洛克尔答道,把帽子翻转过来,让制帽商的名字正面朝上,同时还盯着帽子里面。

“你这话令我毛骨悚然呀,”匹克威克先生说,“你说的是什么意思?”

“他害痨病很久了,”洛克尔先生说,“今天晚上他呼吸很糟糕。六个月以前,医生就说了,除非换换空气,否则他就没救了。”

“天哪!”匹克威克先生大叫道,“这个人岂不是被法律慢性谋杀了六个月?”

“对这个我可不懂,”洛克尔答道,一边用双手捏着帽边掂量帽子的重量,“我想无论在哪里,他都是一样的。他今天早上进了医务室;狱医说他体力衰竭,要尽可能维持住才行;看守从自己家里替他送去了葡萄酒和肉汤。那不是看守的错,你知道的，先生。”

“当然不是。”匹克威克先生连忙回答说。

“不过，”洛克尔说，摇了摇头，“恐怕他是全完了。刚才我还为这事和内迪打赌哩，我赢他就给一枚六便士，他赢我就给两枚六便士，但他是拿不到的，肯定的。谢谢，先生。晚安，先生。”

“且慢，”匹克威克先生热切地说，“医务室在哪里呢？”

“就在你睡过的那间房上头，先生，”洛克尔答道，“你要是想去的话，我可以带路。”匹克威克先生一言不发地抓起帽子，立即跟他去了。

看守一声不吭地带路；他轻轻拉开一扇门的插销，示意匹克威克先生进去。那是一个空荡、清冷的大房间，摆着几张没有床柱的铁床，其中一张床上直挺挺地躺着一个单薄如影子的人：瘦弱、苍白、面无人色。他呼吸艰难而急促，一呼一吸都要痛苦地呻吟。床边坐着一个系着皮匠裙的矮个子老头，他借助于一副角质镜架的眼镜，正在大声朗读《圣经》。这就是那位遗产受赠人。

病人把手放在陪护者的手臂上，示意他停下来。他合上书，把它放在床上。

“把窗户打开吧。”病人说。

他照办了，客运马车和货运马车的嘈杂声、车轮的吱嘎声、男人们和孩子们的吆喝声、充满生机并忙于生计的芸芸众生的所有忙碌声，混合成一种深沉的喧嚣，涌进了房间。在这粗重而响亮的嗡嗡声之上，不时会响起一声狂笑；或者是由轻狂众生中的一员发出的断断续续的悦耳歌声，它此刻进入人的耳朵，紧接着又在人们的喧嚷声和脚步声中消失了；永无安宁的生命之海就在窗外，它巨浪翻滚地滔滔向前。在一个默默的倾听者听来，它任何时候都是忧郁；而对一个在死亡之床边守候的人来说它更是何等的忧郁！

“这里没有空气，”病人有气无力地说，“这个地方弄脏了空气。我多年前在外面走的时候，外面的空气是新鲜的；但它穿过这些墙壁就变热变沉了。我不能呼吸它。”

“我们一起呼吸它，有好长时间了，”那个老头说，“别，别那样。”

一阵短暂的沉默，其间两个旁观者走到了病床边。病人把他的狱中老难友的一只手拉向他，深情地把它紧握在自己的双手之间，久久握住不放。

“我希望，”他喘息了一会儿，然后上气不接下气地说——声音是那么微弱，致使他们需把耳朵凑到床上才能听见他苍白的双唇发出的若有若无的声音——“我希望我的仁慈的审判者[①]能记住我在尘世所受的重罚。二十年啦，我的朋友，在这个可恶坟墓里熬了二十年！我孩子死的时候我的心就碎了，我连在他的小棺材里吻他一下都办不到。在这一切的喧闹和骚嚷之中，我从那时以来的孤独是多么可怕啊！愿上帝原谅我！他已经看到我这拖得很久的凄凉的死亡。”

他合起双手，还喃喃地说了一些他们听不清的话，然后就入睡了——开始只是睡过去，因为他们看见他微笑。

他们互相低语了一会儿，看守俯身凑近枕头，接着又赶紧缩了回来。“他得到解脱了，天哪！”看守说。

他获得了解脱。不过由于他活着时已经那么像死人，因此他们不知道他是什么时候死的。

---

① 仁慈的审判者，指上帝。

第四十五章　描写塞缪尔·威勒先生和家人的感人会见。匹克威克先生在他所住的小世界巡游一番，并决定将来要尽量少和它混为一体

在入狱几天后的一个早上，塞缪尔·威勒先生尽可能细心地收拾好了主人的房间，并看见主人舒心地坐下来开始整理书籍和文件了，于是他便忙里偷闲，退出来把随后的一两个钟头用来自己尽情享受一下。那是一个晴朗的早晨，山姆想到，在露天喝上一品脱黑啤酒准能让他轻松愉快一两刻钟，决不亚于他所能沉迷其中的其他小娱乐。

得出这一结论之后，他便去了酒吧。他买了黑啤酒，弄到了“不过是昨天的前一天的”报纸，然后走到九柱戏场子上，在一条板凳上坐了下来，开始以非常安详并且有条不紊的姿态自娱自乐起来。

首先，他喝了一口啤酒提神，然后抬头望了望一扇窗户，朝正在那里剥土豆皮的一位年轻女士使了一个柏拉图式[①]的眼色。接着他打开报纸，为了使警局报道露在外面而把报纸叠了一番；由于

---

① 柏拉图(公元前427—公元前347)，古希腊哲学家。后世有“柏拉图式的恋爱”之说，指精神恋爱。

在刮风的时候这是一件烦心的难事,因此在大功告成之后他又喝了一口啤酒。接着,他看了两行报纸,突然又停了下来,把目光转向了快要打完一局板球的人,在这一局结束时他以赞许的口吻喊了一声"太好了",同时环顾了一下其他的旁观者,看他们的感觉是否和他的一致。这当然也包括了抬头再看看那扇窗户的必要;由于那位年轻女士还在那里,再向她使一个眼色,喝上一口啤酒并用哑剧姿势祝她健康,也是通常的礼貌之举,所有这些山姆都做了。有一个小男孩注意到了他后面的这一举动,把眼睛睁得大大的,因此他朝小孩恶狠狠地横了横眉头,然后他把一条腿架到另一条腿上面,双手捧住报纸,开始真心实意地读了起来。

他刚刚使自己平心静气到必需的出神状态,突然他觉得好像听到一条老远的过道里有人在喊他的名字。他没有弄错,因为那个名字很快从一张嘴巴传到另一张嘴巴,不出几秒钟工夫空中就四处回荡起了"威勒!"的叫唤。

"在这儿!"山姆用洪亮的声音吼叫道,"什么事?谁找他?是不是有专差来报告他乡下的家失火了?"

"大厅那儿有人找你。"站在附近的一条汉子说。

"当心那报纸和酒壶,老兄,好吗?"山姆说,"我就来。真见鬼,就算是他们喊我上酒馆,也没有像这样大喊大叫的。"

山姆说完这些话,附带在一个不知道要找的人近在眼前、还在拼命尖叫"威勒!"的年轻绅士头上轻轻拍了一下,然后就赶紧穿过场子,沿台阶朝大厅奔去。在大厅,首先闯进他眼帘的东西是他亲爱的父亲。老夫子坐在楼梯最下面的一级上,手里拿着帽子,正在用最大的嗓门高喊"威勒!",每隔半分钟喊一次。

"你叫什么?"山姆暴躁地说,此时老绅士刚好又喊完了一声,"弄得自己一身滚热,像一个憋了一肚子恶气的吹玻璃瓶子的家伙似的。出什么事了?"

“啊哈!”老绅士答道,“我开始担心你去摄政公园一带散步去了哩,山姆。”

“得啦,”山姆说,“别再拿贪婪的牺牲品开玩笑了,离开那楼梯吧。你坐在那里干什么?我又不住在那里。”

“我有一件很开心的事要告诉你,山米。”老威勒先生说,一边站起来。

“等会儿,”山姆说,“你背后全是白灰。”

“这倒是对的,山米,擦掉它吧,”威勒先生说,同时他儿子在替他掸灰尘,“假如一个人衣服上带着白灰①在这里走来走去,那是会招来人身攻击的,呃,山姆?”

说到这里,威勒先生露出了马上要爆笑起来的确定无疑的征兆,因此山姆就插话进行阻止。

“安静点,千万别闹,”山姆说,“世上从来没有过像你这样的老花牌②。你在乐什么呀?”

“山米,”威勒先生说,一边擦擦前额,“我担心这些个日子我会笑出中风病来,我的孩子。”

“是嘛,那么,你为什么要那样呢?”山姆说,“喂,你有什么话要说呢?”

“你想想看,谁和我一块儿来了,塞缪尔?”威勒先生说,一边后退一两步,噘起嘴唇,舒展开双眉。

“佩尔吗?”山姆说。

威勒先生摇了摇头,他红红的脸蛋因那一直在找出路的笑意胀得鼓鼓的。

---

① 白灰,原文为 whitewash,原意为“石灰水”,后引申为“粉饰”、“开脱罪责”,在英国俚语中它还表示“免除破产者的债务”,正因为这一点才有威勒先生的借题发挥。

② 纸牌中画有人像的牌,即四种花色的 J、Q、K。

“也许是脸上长雀斑的那个家伙吧?”山姆猜测道。

威勒先生再一次摇头。

“那么是谁呢?”山姆问道。

“是你后妈。”威勒先生说。幸好他说了出来,不然他的脸蛋会由于那种极其不自然的鼓胀而不可避免地开裂的。

“你的后妈,山米,”威勒先生说,“还有那个红鼻子男人,我的孩子,还有那个红鼻子啊。嗬!嗬!嗬!”

说着,威勒先生捧腹大笑起来,山姆带着开朗的露齿微笑看着他,渐渐地这种笑容扩散到了他的整个脸庞。

“他们来和你做一次严肃的交谈,塞缪尔,”威勒先生说,一边擦了擦双眼,“不要透露半点儿有关那个反常的债务人的事,山姆。”

“什么,他不知道是谁吗?”山姆问道。

“一点儿都不知道。”他父亲回答说。

“他们在哪儿?”山姆说,一边回报着老绅士所有的露齿微笑。

“在酒吧间,”威勒先生答道,“找红鼻子的人可不要到有酒的地方去;他是不会去的啊——塞缪尔,他可不会啊。今天我们从‘侯爵’来,一路上车子坐得开心极了,山米,”威勒先生说,这时他觉得自己可以胜任用口齿清楚的姿态说话的重任了,“我赶的是那匹杂色马,套上了原属于你后妈的亲妈的小双轮马车,在车上放了一张扶手椅给那个牧师坐;我才不会瞎说哩,”威勒先生带着轻蔑的神情说,“我才不会瞎说,他们搬了一副轻便踏脚板放在我们门口的路上,好供他用来上下马车。”

“不会吧?”山姆说。

“真的,山姆,”父亲答道,“我真希望你看见他爬上车时双手紧握扶手的狼狈相,好像他生怕自己从六英尺高的地方猛地栽下去,被摔碎成几百万个原子似的。不过,他总算摇摇晃晃爬上了车子，于是我们就上路了。我真觉得，塞缪尔，我说我真觉得，在我们拐弯的时候，他不发现颠簸得要命才怪哩。”

“可不是嘛，我想你恰巧撞上了街上的一根柱子吧？”山姆说。

“恐怕是的，”威勒先生答道，一边欢快地眨了眨眼睛，“恐怕是撞了一两根，山姆；反正他一路上老是从扶手椅里飞出去。”

说到这里老绅士把头摇来晃去，一阵粗嘎的咕噜声开始在他体内发作，与此相随的是他的脸部猛烈地膨胀起来，五官的宽度也突然剧增了——这些迹象令他的儿子吃惊不小。

“别害怕，山姆，别害怕，”老绅士说，通过一番苦苦挣扎和抽筋似的在地上频频跺脚，他恢复了说话的能力，“那不过是我试图发出的一声温和的笑而已，山姆。”

“噢，假如是那么回事，”山姆说，“你最好是不要再发什么笑声了。你会发现这可是一种危险的发明。”

“你不喜欢吗，山姆？”老绅士问道。

“一点儿都不喜欢。”山姆回答说。

“得啦，”威勒先生说，泪水还在沿着脸颊往下流，“我要是这么发作一下的话，那对我是一种天大的益处，而且有时候它还可以使你后妈和我之间省去很多口舌；不过恐怕你说得对，山姆，它非常像中风什么的——太像了，塞缪尔。”

这场谈话把他们带到了酒吧间，山姆在门口停了片刻，扭头对他那位还在后面格格笑的可敬长辈狡黠地瞟了一眼，随即就带头走了进去。

“后妈，”山姆说，有礼貌地向那位女士致敬，“非常感谢你来这里探望我。牧羊人①你好吗？”

“噢，塞缪尔，”威勒太太说，“这真可怕。”

---

① 牧羊人，即牧师。基督教认为，世人为迷途的羔羊，需要神父的看护与引导。

“一点儿也不,妈,”山姆答道,“是吗,牧师?”

斯狄金斯先生举起双手,往上翻着双眼睛,直到只能让人看见眼白——或者不如说是眼黄——但他没有答话。

“这位绅士是不是害了什么痛苦的病呀?”山姆说,看着他的后妈要求解释。

“这个好人看见你在这里感到痛心,塞缪尔。”威勒太太说。

“噢,是这样,是吗?”山姆说,“从他的样子来看,我还担心是吃最后一根黄瓜时忘了撒胡椒①哩。责骂吧,先生;骂人是不需要额外花钱的,就像那个国王在责骂他的大臣们时所说的。”

“年轻人,”斯狄金斯先生煞有介事地说,“恐怕坐牢还没有使你变软吧。”

“对不起,先生,”山姆答道,“请问您刚才是什么高见?”

“我担心啊,年轻人,你的本性并没有因为受到这一惩戒而软化半点儿呀。”斯狄金斯说,声音很大。

“先生,”山姆答道,“您这话可是抬举我呀。我希望我的本性不是软的。非常感谢您的高见与好意,先生。”

谈话进行到这个时候,一种不合礼节、近于笑声的声音从老威勒先生所坐的椅子那里传了过来;威勒太太听见后,匆匆考虑了一下眼下场合各方面的利害关系,觉得慢慢来一通歇斯底里的发作是她义不容辞的义务。

“威勒,”威勒太太说(老绅士坐在一个角落里),“威勒!过来。”

“非常感谢你,我亲爱的,”威勒先生答道,“不过我坐在这里很舒服。”

听了这话,威勒太太哇地哭了起来。

---

① 按英国人口味,吃黄瓜不撒胡椒,味道不佳,因此吃者吃时可能做鬼脸。

“有什么不对劲,妈?”山姆说。

“噢,塞缪尔!”威勒太太说,“你父亲让我难堪。难道什么东西都对他没有益处吗?”

“你听见没有?”山姆说,“太太问你,是不是什么都对你没有益处?”

“万分感激威勒太太这么客气的探问,山米,”那位老绅士说,“我想一斗烟会对我是大有好处的。能行个方便吗,山姆?”

这时候威勒太太又流了一些眼泪,斯狄金斯先生则发出呻吟之声。

“喂!这位不幸的绅士又发病了,”山姆说,环顾四周,“哪儿不舒服呀,先生?”

“老地方,年轻人,”斯狄金斯先生答道,“老地方。”

“那又是哪里呢,先生?”山姆说,外表看去一副单纯无知的样子。

“在心里,年轻人。”斯狄金斯先生答道,把他的雨伞压在马甲上。

听了这句动人的回答,完全不能控制自己情绪的威勒太太大声地哭泣起来,并且说她深信那个红鼻子男人是一个圣人。听她这么一说,老威勒先生斗胆以低低的声音说,他外表像圣西门,内心像圣沃克①,是这两者的联合教区的代表人物。

“我担心,妈,”山姆说,“由于眼前这一位的忧郁神情,这位脸上抽筋的绅士看来口渴得厉害,是这样吗,妈?”

那位可敬的女士看看斯狄金斯先生,希望得到答复;那位绅士

---

① 圣西门,即圣彼得,又称圣西门·彼得,是基督的十二使徒之一;圣沃克(Saint Walker)是老威勒捏造的人物。单就 Walker 一词而言,它既有“走动的人”之义,又可指一种杂交猎犬,另外在俚语中还有“胡扯”之义,老威勒用此词的讥讽之意是显而易见的。

呢,把眼睛翻来翻去好多次,用右手掐了掐喉咙,模仿着吞咽的动作,表示他的确渴了。

“恐怕,山姆,他真是伤心到了这种地步。”威勒太太悲伤地说。

“你通常爱喝什么酒,先生?”山姆答话说。

“噢,我亲爱的年轻朋友,”斯狄金斯先生答道,“无论什么酒都是乏味的东西!”

“太对了,真是太对了。”威勒太太说,一边哼哼唧唧地发出一声呻吟,一边深有同感地摇摇头。

“唔,”山姆说,“我看也许是那么回事,先生;那么哪种乏味的东西是你看中的呢,你最喜欢哪种乏味的东西的口味呢,先生?”

“噢,我亲爱的年轻朋友,”斯狄金斯先生答道,“我对它们全都瞧不起,”斯狄金斯先生说,“假如它们之中有那么一种和其他的相比不那么令人讨厌的话,那是就叫作甜酒的那种液体——热的,我亲爱的年轻朋友,还要放三块糖在大玻璃杯里。”

“说起来真是抱歉,先生,”山姆说,“他们恰巧不允许在这里卖那种特别乏味的东西。”

“噢,这些恶习难改的人心肠好狠哪!”斯狄金斯先生脱口叫道,“噢,这些不人道的迫害者的该死的残酷到了何等地步!”

说着这些话,斯狄金斯先生再次翻起眼皮,并且用雨伞敲打胸口。假如我们说他的愤慨看上去非常真实而且毫不做作,那对这位可敬的绅士是完全公正的。

威勒太太和红鼻子绅士以非常激烈的态度对这种不人道的习俗进行了抨击,并且对其始作俑者们发泄了一连串虔诚而神圣的咒骂,然后后者提议来一瓶红葡萄酒,跟水、香料和糖混在一起温热一下,这样既有助于养胃,尝起来又不至于像别的混合物那么乏味。于是就吩咐侍者准备去了。在等酒的过程中,红鼻子男人和威勒太太都看着老威勒先生并且叹息不已。

“喂，山姆，”那位绅士说，“我希望这次热烈的会见让你感到精神大振。非常欢快而有教益的谈话啊，是不是，山姆？”

“你这个堕落分子，”山姆答道，“我希望你不要再跟我说那些没有脸面的话。”

威勒先生非但没有从这一非常正当的回答中领受任何教益，反而立刻龇牙咧嘴大笑起来；他这种无动于衷的顽固行为使得那位女士和斯狄金斯先生闭起了眼睛，难堪地在他们的椅子里摇来晃去；而他呢，竟然还乘兴做了好些个哑剧动作，暗示他很想对斯狄金斯的鼻子来上一拳或狠拧一把——做这么一些手势看来给他带来了莫大的心理抚慰。有一次老绅士差一点露了马脚，因为在尼加斯酒①上来的时候斯狄金斯先生刚好动了一下，使他的脑袋和威勒先生紧握的拳头来了个对撞，后者的拳头在离他的耳朵不到两寸的地方模仿想象中的爆竹在空中炸开的情景，已经有好一会儿了。

“你干吗这么野蛮地伸出手接酒杯呢？”山姆非常机敏地说，“你不知道你打着这位绅士了吗？”

“我没有有意打他，山米。”威勒先生说，因这件完全意外的小事的发生而不免有点不好意思。

“试一试内服剂吧，先生，”在红鼻子绅士带着悲惨的脸相揉脑袋的时候，山姆说，“你觉得来一杯热乎乎的乏味的东西怎么样，先生？”

斯狄金斯先生没有用言语作答，但他的态度可谓无声胜有声。他尝了一口山姆放到他手里的杯子中的东西；把雨伞放到地板上，又尝了一口——一边用手平静抚摸了两三次肚子；然后他一口气

---

① 尼加斯酒，以葡萄酒、开水、糖、豆蔻和柠檬汁等调和而成。

把杯中物喝了个一干二净，咂了咂嘴唇，伸出平底大酒杯还要添一点。

威勒太太在畅饮这种混合剂方面也毫不落后。这位好女士开头是坚决表明她一滴也不能沾——然后是啜了一小口——接着是喝了一大口——再往后是喝了很多口。由于她的感情属于容易受强烈的饮料影响的那种类型，因此她每喝一口尼加斯酒就掉一滴眼泪，这样一来，就越来越唏嘘感伤，最后竟达到一种非常引人怜惜又令人肃然起敬的悲惨境地。

老威勒先生旁观着这些情景，以众多方式表示着他的厌恶之情。当第二壶同样的东西被喝干的时候，斯狄金斯先生开始忧郁地叹气，明确表示他不赞同这整个行为，他说了很多杂乱无章的话，能让人听清楚的只有被愤怒地一再重复的"胡闹"二字。

"我告诉你吧，塞缪尔，我的孩子，"在对他太太和斯狄金斯先生做了长时间目不转睛的审视之后，那位老绅士凑在儿子的耳边低声地说，"我想你后妈的肚子里一定有什么毛病，红鼻子的人也一样。"

"你这是什么意思？"山姆说。

"我的意思是这样的，山米，"老绅士答道，"他们喝下去的东西，好像对他们毫无营养可言；它马上就变成热水了，从他们的眼睛里涌出来。相信好了，山米，这是体虚的表现啊。"

在发表这一科学见解的时候，威勒先生做了很多表示肯定的皱眉和点头的动作；威勒太太对这一切看在眼里，她认为那是在说她或斯狄金斯先生或他们俩的坏话，因此准备变本加厉地大大发作一通，幸好这时候斯狄金斯先生勉为其难地挣扎着站了起来，开始发表富于教益的演说供大家领教，特别是供塞缪尔先生——他用动人的言辞严厉地要求山姆在其所陷身的罪恶深渊里提高警惕；戒绝一切虚伪和傲慢；凡事均以他（斯狄金斯）为楷模，如此这般,他才可能指望迟早有一天达到足以自慰的境地,即像他一样,变成一个无可指责的非常可敬的人,而他的所有熟人和朋友则不过是一些毫无希望的被上帝抛弃的放荡的可怜虫;这种想法,他说,不免让他感到莫大的满足。

他还进一步要求山姆首先要做到避免醉酒的罪恶,他把那比做猪猡的污秽习惯,说那些含在嘴里的有毒的害人的麻醉药是会偷走人的记忆的。演讲进行到这里,这位可敬的红鼻子的绅士变得异常的语无伦次了,他在雄辩的亢奋状态中摇来晃去,只好抓住椅子的靠背来保持直立的姿势。

斯狄金斯先生倒是没有要求他的听众警惕那些假先知和无耻的宗教嘲讽者——这些人既没有阐释它的首要教义的见识,也没有感受它的首要原则的心胸,是比一般罪犯更危险的人渣——他们总要干的勾当是,欺骗那些软弱和最不明智的人,轻视和鄙薄本该被奉为至尊至圣的事物,并且使很多优秀教派的大量品德好、行为正的人的名誉部分遭到玷污。但是由于他在椅子靠背上倚了很久,闭着一只眼睛,另一只眼睛眨来眨去没个完,因此只能假设他想到了所有这一切,只不过没有说出来而已。

在演讲过程中,威勒太太每听完一段就要呜咽和哭泣一番;而山姆呢,他跨坐在一张椅子上,双臂搁在椅背上,以和蔼而又殷勤的态度看着演说者;偶尔他也朝那位老绅士投去赏识的目光,后者在开头倒也还蛮高兴,但演说大约进行到一半时他睡着了。

"棒极了,妙极了!"山姆说,这时红鼻子男人已经演说完毕,戴上了他的破手套,因此他的手指穿过破洞,指关节赫然露在洞外,"妙极了。"

"我希望这对你有好处,塞缪尔。"威勒太太庄严地说。

"我想会的,妈。"山姆答道。

"但愿我能指望这对你父亲也有好处。"威勒太太说。

“谢谢你，我亲爱的，”老威勒先生说，“你觉得对你自己怎么样呢，我心爱的人？”

“嘲弄者！”威勒太太喊道。

“堕入黑暗的人啊！”可敬的斯狄金斯先生说。

“假如我找不到比你的目光更明亮的光，我可敬的人呀，”老威勒先生说，“那么很可能我还得继续赶夜车，直到整个儿偏离大路，好了，威勒太太，假如花斑马老在马房里挺着的话，我们回去的时候它恐怕什么都挺不住了，而且说不定那张安乐椅，连同坐在里面的牧师，也要撞翻在树篱之类上面了。”

一听到这种假设，可敬的斯狄金斯先生显然大为惊恐，他连忙拿起帽子和雨伞，提议马上出发，对此威勒太太表示了同意。山姆陪他们一直走到看守室门口，尽职尽责地告了别。

“别了，塞缪尔。”老绅士说。

“什么是别了？”山米问道。

“那么，就说再会好了。”老绅士说。

“噢，原来你是这个意思，是吗？”山姆说，“再会！”

“山米，”威勒先生低声说，一边小心地环顾四周，“代我向你东家问好，告诉他，假如他对这里的事儿有更好的打算，就通知我好了。我和一个家具想出了一个把他弄出去的办法。一架钢琴，塞缪尔，一架钢琴！”威勒先生说，一边用手背打了打儿子的胸膛，并且往后退了一两步。

“你这是什么意思呢？”山姆说。

“一架钢琴呀，塞缪尔，”威勒先生答道，表情更加神秘了，“他可以租一架来；一架不能弹的，山米。”

“那有什么用呢？”山姆说。

“让他派人去找我的家具匠朋友，去把钢琴弄回来，山米，”威勒先生答道，“现在你明白了吧？”

“不明白。”山姆答道。

“琴里头没有机件呀，”父亲低声说，“装下他绰绰有余，连帽子和鞋子都不用脱，他可以在琴腿之间呼吸自如，那里是空空的。准备好去美国的船票就是了。美国政府是绝不会不接纳他的，只要他们发现他有钱可花，山米。让你的东家留在那里，一直等到巴德尔太太死掉，或者道森和福格两位先生上了绞架（我认为后面这件事是极有可能发生的，山米），然后再让他回来，写上一部有关美国的书什么的，赚到的钱恐怕比现在花掉的还要多哩，只要他把美国佬骂个够就行了。”

威勒先生以耳语所能容纳的莫大的热切之情讲述了他匆匆概括的计划要点；然后，仿佛担心多费嘴舌会削弱那惊心动魄的交流效果似的，他行了一个马车夫的礼之后就走了。

可敬的长辈传达的秘密信息大大地扰乱了山姆的心境，他刚刚恢复他脸部通常的镇静表情，匹克威克先生就在招呼他了。

“山姆。”那位绅士说。

“先生。”威勒先生答道。

“我要在监狱四处走走，我希望你跟着。我看见我们认识的一个犯人走过来，山姆。”匹克威克说道，微微一笑。

“哪一个，先生，”威勒先生问道，“是戴假发的那位绅士，还是穿长统袜的那个有趣的俘虏？”

“都不是。”匹克威克先生答道，“是你的一位更老的朋友，山姆。”

“我的吗，先生？”威勒先生叫道。

“那位绅士你是记得很清楚的，我敢说，山姆，”匹克威克先生答道，“否则你对待老相识就比我所想象的更不关心了。嘘！别出声，山姆；一个字也别说。他来了。”

在匹克威克先生说话的时候，金格尔出现了。他看上去没有先前那么寒碜了，穿着一身半新半旧的衣服，那是在匹克威克先生的资助下从当铺里赎出来的。他还穿上了干净的衬衫，头发也剪了。不过，他非常苍白而又瘦削；当他拄着手杖像爬行似的慢慢走过来时，很容易看出他饱受了疾病和贫困的熬煎，而且现在仍然还很虚弱。在匹克威克先生向他致意的时候，他脱下了帽子，而且他看见山姆·威勒时好像颇感卑贱和羞愧。

接踵而至的是约伯·特洛特尔先生，在他的罪恶目录里，无论如何都是找不到对他的伙伴缺乏忠诚与依恋这一项的。他仍然是那副衣衫褴褛、肮脏不堪的模样，不过他的脸庞已经不像几天前匹克威克先生第一次遇到他时那么塌陷了。他对我们那位仁慈的老年朋友脱帽致意，含混不清地说了一些不连贯的感谢话，咕哝说多谢相救使他免于饿死什么的。

"得啦，得啦，"匹克威克先生说，不耐烦地打断了他的话，"你可以和山姆一起跟在后头。我有话跟你说，金格尔先生。没有他扶着你能走吗？"

"当然，先生——没有问题——不要太快——腿发抖——头晕——旋来旋去——像地震的感觉——非常像。"

"喂，伸手臂给我吧。"匹克威克先生说。

"不，不，"金格尔答道，"真的不可以——还是不那样好。"

"瞎说，"匹克威克先生说，"倚靠着我吧，我请求你这样，先生。"

见对方既惶惑又激动，不知如何是好，匹克威克先生干脆一切从简，直截了当地用自己的手臂挽起了那个患病的江湖戏子的手臂，二话没说就扶着他向前走去。

在这整段时间里。塞缪尔·威勒先生的脸部所展现的是想象力所能描绘的最势不可当也最撩动人心的惊讶表情。他在深深的沉默之中从约伯看到金格尔，又从金格尔看到约伯，然后轻声地脱口说道:“哇,我真是见鬼啦!”这句话他重复了至少二十遍,完了就好像完全丧失了说话的能力,只是重新开始看看这个又看看那个,整个儿笼罩在哑然无声的茫然与迷惑之中。

“喂,山姆。”匹克威克先生说,一边回头看看。

“来了,先生。”威勒先生答道,机械地跟着他的主人;不过他仍然没有把目光从约伯·特洛特尔先生身上挪开,后者走在他身旁,一声不吭。

约伯把目光盯在地上好一阵子;山姆呢,由于目光始终盯着约伯,因此他不是撞着走在周围的人,就是碰着小孩子,被台阶和栏杆绊得踉踉跄跄却似乎毫无知觉,直到约伯偷偷抬起头来,说:

“你好吗,威勒先生?”

“真的是他!”山姆大叫道,在确定无疑地验明了约伯的正身之后,他猛地一拍大腿,打了一声又长又刺耳的唿哨来宣泄他的感情。

“我的情形已经改变了,先生。”约伯说。

“我想也是的吧,”威勒先生叫道,以毫不掩饰的惊讶表情打量着他的伴侣的破衣服,“不如说是变得糟了吧,特洛托特先生,就像那位绅士把半个好好的克朗换成靠不住的两先令六便士的吉利钱①时所说的。”

“的确如此,”约伯答道,一边摇了摇头,“现在再也不行骗了,威勒先生。眼泪。”约伯说,闪过瞬间的狡黠神情,“眼泪既不是困苦的惟一证据,也不是它最好的证据。”

“对,不是的。”山姆富于表情地回答说。

“它们也许是假装出来的,威勒先生。”约伯说。

“我知道可以假装,”山姆说,“有些人,真的,有些人总是预先

---

① 吉利钱,藏在口袋中不用的压袋币。

把它们贮备好了，无论什么时候愿意就可以把塞子打开。”

“是的，”约伯答道，“不过这类事也不是很容易假装的，威勒先生，而且要假装起来也是一件蛮痛苦的事情。”说着，他指了指他那病容十足的凹陷的脸颊，捋起衣袖露出一条好像碰一下骨头就会断的手臂——那骨头在单薄的皮肉的掩盖下显得多么嶙峋而又脆弱啊。

“你对自己做了些什么呀？”山姆说，一边往后退缩。

“没什么。”约伯答道。

“没什么！”山姆回应道。

“过去的好几个星期里我什么也没做，”约伯说，“吃喝也几乎没有。”

山姆对特洛特尔先生的瘦脸和破旧行头总体打量了一眼，然后就抓住他的手臂，用蛮力拖着他往别的地方走。

“你要去哪里，威勒先生？”约伯说，在他的老敌手强有力的掌握之下徒劳地挣扎。

“来呀，”山姆说，“来呀！”他不做任何解释，直到他们来到酒吧间；然后他叫了一瓶黑啤酒，酒很快就上来了。

“喂，”山姆说，“全喝下去，一滴不要留，然后把酒瓶翻过来，让我看看你喝过药了。”

“但是，我亲爱的威勒先生。”约伯抗辩说。

“喝下去！”山姆不由分说地说。

在这样的训诫之下，特洛特尔先生把酒瓶举到了唇边，并且轻轻地、几乎难以察觉地使它向空中斜过去。他暂停了一次，也只有一次，为的是喘一口长气，但其间没有从酒瓶下抬起脸来；随后不久，他就把酒瓶伸到了前面，瓶底朝上。没有什么倒在地上，只有少许泡沫慢慢离开瓶口，懒洋洋落下去。

“好样的！”山姆说，“这会儿你觉得怎么样了？”

“好些了,先生。我想是好些了。”约伯答道。

“当然嘛,”山姆说,一副要大发高论的架势,“就像往气球里打气一样。我用肉眼都可以看得出你这么一来就胖些了。你觉得再来这么一下怎么样?”

“我想不用啦,非常感谢你,先生,”约伯答道,“真的不用啦。”

“好吧,那么,你说来点吃的怎么样?”山姆问道。

“多谢你那可敬的东家,先生,”特洛特尔先生说,“我们在三点差一刻的时候吃过半只羊腿了,是烤的,下面烧的是马铃薯,省得煮。”

“什么!他一直在养着你们吗?”山姆以强调的语气问道。

“是的,先生,”约伯答道,“还不止这些哩,威勒先生;我的主人病得很厉害,他替我们弄了一间房——以前我们是住在一个狗窝一样的地方——帮我们出房钱,先生;晚上来看我们,在谁也不知道的时候。威勒先生,”约伯说,这一次他眼里含满了货真价实的眼泪,“我情愿服侍这位绅士,直到我倒在他脚边死掉。”

“喂!”山姆说,“劳驾你,我的朋友!别说那种话!”

约伯·特洛特尔显得很吃惊。

“别说那种话,我告诉你,年轻人,”山姆语气坚定地重复说,“除了我谁也服侍不了他。既然我们说到这事儿,我就告诉你一个别的秘密吧。”山姆一边说一边付酒钱。“你注意,我从来没有听说过,也没有在小说里读到过,也没有在画上面见到过任何一个穿紧身裤、打绑腿的天使——就连戴眼镜也没有,据我所记得的,虽然与天使相反的人物也许倒是有那样打扮的——不过,你记住我的话,约伯·特洛特尔,尽管如此,他却是一个真真正正、彻头彻尾的天使;我倒要看看有谁敢告诉我说他认识一个更好的。”说着这句挑战的话,威勒先生把零钱放进旁边的口袋里扣好,顺便频频点头和做手势表示坚信不疑,然后就寻找谈话中说到的那个人去了。

他们发现匹克威克先生和金格尔在一起,两人正在诚恳地交谈,对聚集在板球场上的一群又一群人连看都不看一眼;那一群又一群人是三教九流混杂,很值得一看的,假如有那份懒散的好奇心的话。

“好了,”匹克威克先生说,这时山姆和他的同伴走过来,“你要看看你的健康状况变得怎样,同时可以想一想这件事,在你觉得自己胜任这项工作时,写一个报告给我,我考虑过之后会和你讨论讨论的。现在,你回房去吧。你累了,身体还弱,不能在外面待得太久了。”

阿尔弗德·金格尔先生,丝毫没有昔日的那种活泼劲儿了——就连匹克威克先生第一次无意间碰见他处于困境中时装出来的那点儿忧郁的穷开心都没有了——他一言不发地深深鞠了一躬,示意约伯不必马上跟他走,然后就像爬行似的慢慢离开了。

“奇怪的场面,对不对,山姆?”匹克威克先生说,心情舒畅地四周看看。

“真够奇怪的,先生,”山姆答道,“奇迹永不断啊!”山姆自言自语地补了一句,“假如那个金格尔不是在干洒水车之类的事情,那我就真是错到家啦!”

匹克威克先生站于其中的那个区域,也就是弗里特监狱中用围墙围住的那一部分,其宽度恰好足够做一个好好的板球场;它的一边当然就是围墙本身,另一边则是监狱朝向圣保罗大教堂的那一部分(或者不如说,要是没有围墙的话是正对着大教堂的)。以各种可能的没精打采的懒散态度在这里闲荡或坐着的,是为数众多的负债者,其中多数人是在牢里等待他们去破产法庭被宣告“破产”的那一天到来;而另一些人则已经在这里被羁押了一期又一期,都是对付着懒散地混过来的。有些穿得破破烂烂,有些穿得漂漂亮亮，肮脏者居多，干净者少见；但他们全都像动物园里的野兽一样，没精打采或漫无目的，在那里懒洋洋地闲荡、瞎混合偷偷摸摸地走动。

有很多人懒洋洋地靠在那些俯瞰这个运动场的窗口边，有些在跟下面的熟人闹哄哄地交谈，有些在和下面的一些莽撞的投球手玩球，还有一些则在看别人玩板球，或是注意那些在大呼小叫为玩球者助兴的孩子们。邋里邋遢、拖着拖鞋的女人们在通往位于场子一角的厨房的路上来来去去；在场子的另一个角落，孩子们在尖叫、打斗或玩耍；球柱的翻滚和玩球者们的叫嚷永不间断地和这些及成百种别的声音混在一起；到处是一片喧嚷与骚乱——除了几码之外一个可怜的小棚子，那里寂静而可怕地躺着昨天夜里死去的那个高等法院犯人的尸体，正在等待验尸的作弄哩。尸体！这个词由法律行家用作专业术语，指的是构成活人的所有永无休止地回旋的挂念、焦虑、深情、希望和痛苦的集合啊。法律拥有他的尸体；它躺在那里，裹着尸衣，是法律的大慈大悲的庄严见证。

"你想去看看打口哨店吗，先生？"约伯·特洛特尔问道。

"你说的是什么？"匹克威克先生反问道。

"打口哨店呀，先生。"威勒先生插话说。

"那是什么呀，山姆？鸟店吗？"匹克威克先生问道。

"上帝保佑你，不是的，先生，"约伯答道，"所谓打口哨店，就是卖烧酒的地方。"说到这里，约伯·特洛特尔简单地解释说，任何人都不能把烧酒带进债务人监狱，违者将遭到重罚，而这类商品却又是被拘禁在监狱中的女士们和先生们极为看重的，因此，出于赚钱考虑，某一个投机的看守便默许那么两三个犯人零售杜松子酒这种紧俏货，为的是使他们自己得点好处。

"这个办法，你知道吧，先生，已经逐渐推广到了所有的债务人监狱。"特洛特尔先生说。

"而且这样大有好处,"山姆说,"看守们非常注意防范,除了送钱给他们的人之外,任何人想做这种坏事,他们都严厉查处,报纸在报导这种事时都称赞他们的机警;因此这样做是一举两得——既可吓住其他人不做这种买卖,又可以抬高他们自己的品格。"

"千真万确,威勒先生。"约伯说。

"那么,难道这些房间就从来没被搜查过,好弄清里面是不是藏着烧酒吗?"匹克威克先生说。

"当然查过,先生,"山姆答道,"不过看守早就知道,提前给口哨佬报了信,那么你去查的时候很可能也就是不查白不查,查了也白查了。"

这时候约伯已经敲了一扇门,一位头发蓬乱的绅士开了门,他们走进去之后,他又把门闩上,并且龇牙咧嘴地一笑;约伯报以同样的笑,山姆也是;匹克威克先生呢,由于他觉得人家也许希望他也那样,因此一直微笑到会晤结束。

蓬头绅士看来对这种无言的买卖宣告颇为满意,他从床底下拿出一个扁平的石头罐子,里面大约装了两夸脱杜松子酒,他从里面倒出三杯来,约伯·特洛特尔和山姆以非常熟练的姿态喝了下去。

"还要吗?"那位打口哨的绅士说。

"不要了。"约伯·特洛特尔答道。

匹克威克先生付了钱,门闩拉开了,他们走了出去;洛克尔先生刚好经过,蓬头绅士向他友好地点了点头。

从这里走出去之后,匹克威克先生游遍了所有的过道,上下了所有的楼梯,然后又再次在院子里四处转悠了一圈,监狱里的主要居民看来就是弥文斯、斯门格尔、牧师、屠夫和"一条腿"之类的重复,重复再重复。每一个角落,都是同样的污秽、同样的骚乱和喧嚷,具有同样的总体特征;在最好的方面和最糟的方面,都是一样的。这整个地方好像都处在纷扰与骚乱之中,人们在来来回回涌动、掠过,犹如不安的睡梦中的影子。

“我看够了,”随意地坐进他的小房间的一张椅子里时,匹克威克先生说,“这些景象叫我头痛,也心痛。从今以后我要做自己房间里的囚犯了。”

匹克威克先生坚定不移地坚守了这个决定,在长长的三个月里,他整天关在房里;只有在晚上,当同狱的大部分难友已经上床睡觉或正在房间里纵酒的时候,他才偷偷地出去呼吸一点新鲜空气。他的健康已经开始受到严厉的禁闭的损害,但无论是佩克尔先生和他的三位朋友的一再请求,还是塞缪尔·威勒先生的更经常地提出的警告和劝诫,都不能说服他把坚定的决定改变分毫。

第四十六章　记叙微妙感情的动人的一幕，同时涉及道森和福格两位先生所做的趣事

七月最后一周的一天，一辆车号不明的单马双轮马车在高斯威尔街上奔驰；除了坐在车一边的专用驾驶座的车夫之外，还有三个人挤在马车里；帷幕上方挂着两条披肩，显然是属于坐在帷幕下方的两个瘦小的泼妇似的女士的；她们之间夹着一位绅士，被挤得小而又小，简直就被压得看不见了。他神态迟钝而又驯顺，每一次斗胆开口说话，总是被前面所说的两个泼妇似的女士之一打断。这会儿，那两个泼妇似的女士和那个迟钝的绅士正在向车夫发出相互矛盾的指示，大家都要他把车停在巴德尔太太的门口，可是那个迟钝的绅士公然反对和违抗那两个泼妇似的女士的意见，硬说那扇门是绿色的而不是黄色的。

"停在绿门的房子前面，赶车的。"迟钝的绅士说。

"噢，你这个固执的家伙！"泼妇似的女士之一叫道，"停在黄色大门的屋子前面，赶车的。"

车夫本来在绿门的房子前面已突然使劲勒马，把它往后拉得高到了几乎使它跌进车里的地步，但听那女士一说，他让那牲口的前蹄再次着地，按缰不动。

"我到底在哪里停？"车夫问道，"你们自己弄清楚再说。我要问的就是，哪里？"

这时争执又更加剧烈地开始了；由于马儿正受着一只在它鼻

子上的苍蝇的困扰，车夫便根据刺激转移法[1]的原则，仁慈地偷闲用鞭子抽它的头。

"多数压倒少数！"泼妇似的女士之一最后说，"黄色大门的屋子，车夫。"

马车雄赳赳地冲到黄色大门的屋子前面——那一路上威风正如泼妇似的女人之一得意洋洋地说的："真比坐自家马车来声势浩大得多啊！"——然后马车夫下车来扶两位太太下车，但是刚好在这个时候，托马斯·巴德尔少爷的小小的圆脑袋，却从几家以外的一座房子的惟一的窗户伸了出来，而屋子的大门是红色的。

"真烦！"最后提到的那位泼妇似的女士说，一边朝那个迟钝的男人恶狠狠地横了一眼。

"我亲爱的，这不是我的错呀。"那位绅士说。

"别跟我说话，你这家伙，别跟我说话。"那位女士斥责说，"红色大门的屋子，车夫。噢！假如世上有哪个女人在遭受一个无赖汉的折磨——这家伙以利用一切机会在陌生人面前羞辱他的妻子为乐事和能事，假如世上有这么个女人的话，那女人就是我啊！"

"你应该为自己害臊啊，拉德尔。"另外那个小个子女人说道。她不是别人，正是克拉平斯太太。

"我做了什么呀？"拉德尔先生说。

"别跟我说话，闭嘴，你这畜生，不要惹我发火，免得我忘记教规揍你一顿！"拉德尔太太说。

在这段对话进行的过程中，车夫极其丢人地抓着缰绳牵着马儿走到了红色大门的屋子前，巴德尔少爷已经把门打开了。如此这般地去造访朋友，实在是卑微寒碜，有何派头可言！没有马儿风风火火地冲到门前，没有车夫纵身下马；没有响当当的敲门；没有

---

① 即刺激一处以缓解另一处的痛苦的办法。

到最后一刻才唰地一声拉开帷幕——免得让太太们招风受凉——车夫紧接着呈上披肩，仿佛他是私家车车夫！这种派头完全被取消了——简直比走路来还要平淡乏味。

“喂，汤米①，”克拉平斯太太说，“你那可怜的好妈妈怎么样了？”

“噢，她挺好的，”巴德尔少爷说，“她在前客厅里，准备好了。我也准备好了，是的。”说到这里，巴德尔少爷把双手插进口袋，从门口的最低一级台阶上跳下来又跳上去。

“还有别的人去吗，宝贝？”克拉平斯太太说，一边整理她的长披肩。

“山德斯太太也去，她要去的。”汤米答道，“还有我，我也去。”

“讨厌，这孩子，”矮小的克拉平斯太太说，“他想到的只有他自己。好了，汤米，宝贝。”

“得啦。”巴德尔少爷说。

“还有谁去呀，小宝贝？”克拉平斯太太用笼络的态度说。

“噢！罗杰斯太太要去。”巴德尔少爷答道，在通报这一情报时他把眼睛睁得大大的。

“什么！租房子的那位太太！”克拉平斯太太脱口叫道。

巴德尔少爷双手插到口袋更深处，不多不少点了三十五次头，表示正是那位女房客，不是别人。

“天哪，”克拉平斯太太说，“今天的聚会可好啦！”

“啊，你要是知道壁橱里有什么东西，你会这么说的，”巴德尔少爷答道。

“什么东西呀，汤米？”克拉平斯太太以哄骗的口吻说道，“你会告诉我的，汤米，我知道。”

① 汤米，这是对汤姆的昵称。

“不，不告诉你。”巴德尔少爷答道，一边摇头，一边跳上最后一级台阶。

“讨厌，这孩子！”克拉平斯太太咕哝道，“真是一个惹人生气的小淘气！来吧，汤米，告诉你亲爱的克拉琵吧。”

“妈妈说不能说，”巴德尔少爷答道，“我要去吃上一点了，我。”在如此大好前景的激励下，这位早熟的孩子鼓起了更大的劲头，继续玩起他那孩子气的踏水车游戏来。

在对这位幼年小儿进行以上盘问的过程中，拉德尔先生和夫人则在为车费和马车夫讨价还价，由于结果对马车夫有利，拉德尔太太气得够呛，走过来时摇摇晃晃的，都快站不稳了。

“喂，玛丽·安！怎么回事呀？”克拉平斯太太问道。

“真是叫我浑身不舒服，贝特西。”拉德尔太太答道，“拉德尔不像个男子汉；他什么事都要我管。”

对不幸的拉德尔先生来说，这简直就是不公平，争吵刚一开始他的好太太就把他推到了一边，并且横蛮地命令他闭上了嘴。而他根本就没有机会为自己辩护，因为拉德尔太太露出了显然要晕倒过去的迹象；这一迹象被客厅里的人从窗口看见了，于是巴德尔太太、山德斯太太、女房客以及女房客的女仆都急忙冲了出来，把她抬进屋去——与此同时，她们全都在异口同声地说各种怜惜和抚慰的话，仿佛她是尘世中苦难最深重的人之一。抬进客厅之后，她被安置在一张沙发上；从二楼下来的那位太太又跑上二楼，拿来一瓶挥发盐，然后紧紧抱住拉德尔太太的脖子，以女人特有的全部的温存与怜惜把挥发盐凑到她的鼻子下面，直到那位夫人挣扎了很多次，最后甘愿宣告她确实好多了才罢手。

“啊，可怜的人！”罗杰斯太太说，“我知道她的心情，太了解了。”

“啊，可怜的人！我也知道。”山德斯太太说。接着所有的女士都异口同声地叹息，说她们知道那是一种什么心情，而且她们的确从心底里怜惜她。就连女房客的女仆，都喃喃道出了她的同情，尽管她只有十三岁，三英尺高。

“可这到底是怎么回事呀？”巴德尔太太说。

“唉，是什么事惹你这么烦嘛？”罗杰斯太太问道。

“我被弄得心乱如麻，”拉德尔太太以谴责的态度答道。于是太太们纷纷向拉德尔先生投去气愤的目光。

“唉，事实是这样的，”那位不幸的绅士走上前来，说道，“我们在门口下车的时候，和那单马双轮马车的车夫发生了一点口角——”一说起单马双轮马车，他的妻子便发出一声响亮的尖叫，①使进一步的解释都化为乌有，听不见了。

“你最好还是让我们来给她顺顺气吧，拉德尔。”克拉平斯太太说，“你在这里她是永远不会好的。”

所有的太太们都赞同这一看法，因此拉德尔先生被推出房间，奉命到后院呼吸新鲜空气去了。他那么做了一刻钟左右，然后巴德尔太太来了，神情肃穆地向他宣告，他可以进屋去了，不过他对他太太得十分小心。她知道他并不是存心不良；不过玛丽·安远远说不上强健，假如他不当心点的话，他会措手不及地失去她，以后是追悔莫及，太可怕了，等等。拉德尔先生非常恭顺地听完这一切，随即带着极其像绵羊的神态回到了客厅。

“啊，罗杰斯太太，”巴德尔太太说，“还没给你们作介绍呢，夫人！这是拉德尔先生，夫人；这是克拉平斯太太，夫人；这是拉德尔太太，夫人。”

“——她和克拉平斯太太是姊妹，”山德斯太太提示说。

“噢，是嘛！”罗杰斯太太庄重地说；由于她就是那位房客，有

① 单马双轮车是一种较简陋的马车，毫无派头可言，故其妻忌讳提及。

女仆在一旁侍候着,因此她是庄重多于亲近,这才符合她的地位,“噢,是嘛!”

拉德尔太太甜甜地微笑,拉德尔先生鞠躬致敬,而克拉平斯太太则说:“她确实非常高兴,有机会拜识她早已久仰大名的罗杰斯夫人。”——对这一恭维,最后提及的那位女士优雅地屈尊表示了接受。

“喂,拉德尔先生,”巴德尔太太说,“我相信你应该感到非常荣幸,因为你和汤米是一路护送这么多女士去罕普斯台德的西班牙花园去的仅有的两位绅士。你不觉得他应该感到荣幸吗,罗杰斯夫人?”

“噢,那当然,夫人。”罗杰斯太太答道。她说完之后,所有其他的太太都响应说:“噢,那当然。”

“我当然感到荣幸,夫人,”拉德尔先生说,一边搓双手,露出一点有点儿振奋的倾向,“真的,说实话,我早就说过,我们乘单马双轮马车来——”

又听到这个唤醒很多痛苦记忆的字眼,拉德尔太太再次把手绢捂到了眼睛上,并发出一声被压抑住一半的尖叫,因此巴德尔太太朝拉德尔先生皱了皱眉头,示意他最好是什么也不要再说,并且装腔作势地叫罗杰斯太太的女仆“上酒”。

这是展示藏在壁橱里的财宝的信号,其中包括很多盘橘子和饼干,还有一瓶陈得泛渣的红葡萄酒——是花一先令九便士买来的——以及另一瓶十四便士的有名的东印度牌白葡萄酒,所有这一切都以款待女房客的名义被送上,使在场的每一个人都感到无限满意。克拉平斯太太的心头一度被激起一阵巨大的惊恐,因为汤米企图讲述先前针对此时正要拿出来的美味而对他进行的盘问——幸好这一企图在萌芽状态就被扼杀掉了,因为他“方法不当地”喝了半杯陈得泛渣的红葡萄酒,因而使他的生命有几秒钟陷入了危险之中——然后,大伙儿动身出门,去雇一辆到罕普斯台德去的驿马车。马车很快就雇到了,不出两个钟头大伙儿已安然无恙地到达西班牙花园茶庄。在那里,不幸的拉德尔先生的第一个举动就差点儿使他的太太旧病复发:不是因为别的,就因为他点了七客茶,而实际上(正如女士们一致赞同的),让汤米从任何一位或每一位的杯子里喝茶是再容易不过的事儿,只要不让服务员看见就成,这样可以省掉一客茶的钱,而茶却照样喝得舒舒服服。

不过,也没办法了,茶盘已经上来了,有七套茶杯和茶托,面包和黄油也是这个数。巴德尔太太被一致推举为主席,罗杰斯太太坐在她右边,拉德尔太太在左边,于是茶会非常愉快而又成功地进行起来。

“乡下多可爱啊,真的!”罗杰斯太太感叹道,“我真希望我永远住在乡下。”

“噢,你不会喜欢那样的,夫人,”巴德尔太太连忙接茬说,因为从出租房屋考虑,鼓励这样的念头是不明智的,“你不会喜欢的,夫人。”

“噢,我想你太有活力,人缘又那么好,你不会满足于乡下的,夫人。”矮小的克拉平斯太太说。

“也许是吧,夫人。也许是的。”那位二楼的女房客叹道。

“无人在意或无人关照的孤独的人,或者是有精神创伤的,或者诸如此类的人,”拉德尔先生说,他提起了一些兴致,一边说一边看看大家,“对他们来说乡村的确是非常好的。人们常说,乡村属于受伤的心灵啊。”

唉,这个不幸的男子,他无论说别的什么,都要比这样一句话中听啊。可不,巴德尔太太一听见这话,就当然地哭了起来,并且当即要求带她离席,而那个注重亲情的小孩子一见此情景,也开始极其伤心地号啕大哭起来。

“有谁会相信呢，夫人，”拉德尔太太大叫道，猛然转向二楼的女房客，“谁会相信一个女人会嫁给像他这样的时刻在玩弄女人的感情的、根本不像个男子汉的东西呢，夫人？”

“亲爱的，”拉德尔先生抗辩说，“我根本就没什么用意，我亲爱的。”

“没什么用意！”拉德尔太太重复道，带着极大的轻蔑与不屑，“滚。看见你我就受不了，你这畜生！”

“你可不要气坏了身子，玛丽·安，”克拉平斯太太插话说，“你可真得为自己着想，我亲爱的，你从来不顾自己的身体啊。走呀，拉德尔，乖点吧，不然你只能惹她生气。”

“你最好是自个儿喝茶去，先生。”罗杰斯太太说，又开始用那挥发盐瓶子了。

按习惯正在为吃面包和黄油忙得不亦乐乎的山德斯太太也表示了同样的看法，于是拉德尔先生就一声不吭地走开了。

在这之后，那位抱起来已经太大的巴德尔少爷很不像样地闹腾了一阵，他在往他母亲怀里钻的过程中把靴子伸到了茶桌上，在茶杯和茶托中间制造了一些混乱。不过，那种在女士们之间具有传染性的昏厥性的发作，通常是难得持续很久的；因此，在好好地吻了吻他，对他稍微哭了几声之后，巴德尔太太恢复了平静，她把他放到地上，纳闷自己刚才怎么那么傻，然后又添了一点茶。

正是在这个时候，车轮声由远而近传将过来，女士们抬头望去，见一辆出租马车在花园门口停下。

“又有朋友来了！”山德斯太太说。

“是一位绅士。”拉德尔太太说。

“哇，是杰克逊先生，道森和福格事务所的那个年轻人，不是他才怪！”巴德尔太太叫道，“唉，天哪！匹克威克先生肯定不愿付赔偿费。”

“或者求婚!”克拉平斯太太说。

“哎呀,那位绅士怎么这么慢腾腾的,”罗杰斯太太说,“他干吗不快点呢?”

在这位女士说这些话的时候,杰克逊先生正从车里出来,朝手里拿着一根粗大的白杨木棍子的缠着黑色绑腿的衣衫褴褛的人说了一点什么,然后就转身离开马车,朝女士们坐的地方走了过来;他一边走一边把他的头发沿帽子的边缘盘好。

“有什么问题吗? 发生了什么事吗,杰克逊先生?”巴德尔太太急切地说。

“什么也没有,夫人。”杰克逊先生答道,“都好吗,女士们? 请原谅,女士们,冒昧打扰了——不过,是为了法律事务,女士们——法律。”杰克逊先生在道歉的同时微微一笑,朝大家鞠了一躬,还掠了掠头发。罗杰斯太太对拉德尔太太耳语说他真是一个优雅的小伙子。

“我去高斯威尔街拜访,”杰克逊接着说,“听女仆们说您在这儿,于是就雇了马车来了。我们的先生们想请您马上进城去,巴德尔太太。”

“天哪!”那位女士脱口叫道,对这突如其来的消息大感吃惊。

“是这样,”杰克逊说,一边咬了咬嘴唇,“是很急的要紧事儿,无论如何都不能耽搁。真的,道森清清楚楚这么对我说的,福格也这么说了。我特意叫马车留了下来,好让你坐着回去。”

“真是奇怪!”巴德尔太太叫道。

女士们都承认这事儿的确奇怪,不过她们又一致认为那准是非常要紧的事儿,不然道森和福格不会派人来。再说,既然是要紧事儿,她就应该马上到道森和福格那儿去,一刻也不耽搁。

被自己的律师如此急得要命地苦找,足以让人产生好儿分骄傲与得意之感,这一点对巴德尔太太来说无论如何都不能不说是一件快事，尤其是一想到可以合情合理地推测此事能提高她在二楼的房客心目中的地位，她就更感到惬意了。她假惺惺地笑了笑，装出极其心烦和犹豫的神情，到最后才得出结论，说她想应该去一趟。

“不过你这么大老远赶来，要吃点什么提提神吗，杰克逊先生？”巴德尔太太用劝说的口吻说。

“唉，的确是没有多少时间可耽误了，”杰克逊先生说，“再说我还有一位朋友哩，”他接着说，一边望了望那边那个拿着白杨木棍子的人。

“噢，叫你的朋友也过来吧，先生，”巴德尔太太说，“请叫你的朋友过来吧，先生。”

“噢，多谢了，我想还是不啦，”杰克逊先生说，露出几分尴尬的神情，“他不太习惯于和太太们交往，那会使他难为情的。假如你叫招待员拿点不对水的酒给他，他不会马上就喝的，不会的！——不信就试试！”说这些话的时候，杰克逊先生把手指戏谑性地绕着鼻子转来转去，以提醒他的听众他说的是反话。

招待马上被派到那位害羞的绅士面前，于是害羞的绅士喝了点什么；杰克逊先生也喝了点，太太们出于好客也喝了点。然后杰克逊先生说恐怕是动身的时候了；听了这话，山德斯太太、克拉平斯太太和汤米都上了马车（他们是被安排好陪伴巴德尔太太的；其他的人都留给拉德尔先生呵护了）。

“艾萨克。”巴德尔太太准备上车的时候，杰克逊先生说道，一边抬头看了看那个拿白杨木棍子的人，他坐在驾驶座上，正在抽雪茄。

“什么事？”

“**这位**是巴德尔太太。”

“噢，我知道，早就知道了。”那人说。

巴德尔太太上了车，杰克逊先生跟着上了车，然后他们就上路了。巴德尔太太禁不住对杰克逊先生的朋友所说的话细细琢磨了一番。多精明的家伙啊，这些吃法律饭的人。天哪，他们多会认人啊！

“我们的先生们的诉讼费的事儿真叫人不愉快啊，不是吗？”杰克逊先生说，此时克拉平斯太太和山德斯太太已经睡着了，“我是说你的诉讼费账单。”

“很抱歉他们拿不到它们。”巴德尔太太答道，“不过，假如你们这些搞法律的人把这些事情当投机生意做，那你们肯定会不时蒙受损失，我知道。”

“我听说，在审判结束后，你曾给过他们一张确认你的诉讼费数额的字据①吧？”

“是的。那不过是一种形式而已。”巴德尔太太答道。

“当然，”杰克逊干巴巴地答道，“完全是一种形式。完全是。”

他们的车继续前行，巴德尔太太睡了过去。过了一些时候，马车的停顿使她惊醒过来。

“天哪！”这位女士说，“我们到弗里曼法庭了吗？”

“我们没有走那么远。”杰克逊答道，“请下车吧。”

巴德尔太太还没有完全清醒，就遵嘱下了车。眼前是一个奇怪的地方：一堵高高的墙，中间有一扇门，里面点着一盏煤气灯。

“喂，女士们，”拿白杨树棍子的人叫道，一边探头看看马车里头，把山德斯太太摇醒，“来吧！”山德斯太太唤醒她的朋友，下了马车。巴德尔太太倚着杰克逊的手臂，拉着汤米的手，已经走进大

---

① 字据，原文为cognovit，源自拉丁文的法律术语，意为“被告或债务人承认原告的诉讼请求为正当时出具的被告的承认书”。在此它暗示巴德尔太太已因欠诉讼费而成为被告，但由于这是一个专业术语，巴德尔太太不明其弦外之音，因而对自己的处境仍然蒙在鼓里。

门口。她们也跟着走了进去。

他们拐进去的那个房间样子比大门还要古怪。那么多男人站在那里！他们眼睛瞪得那么大！

“这是什么地方呀?”巴德尔太太问道,停住了脚步。

“不过是我们的一个公共事务所而已。”杰克逊答道,一边催促她穿过一道门,同时回头看看别的太太们是否跟上了,“当心点,艾萨克!”

“万无一失。”拿白杨树木棍子的男人答道。那道门在她们身后沉重地关上,他们走下一小段台阶。

“我们到了,终于到了。万事大吉,巴德尔太太!”杰克逊说道,一边神采飞扬地看看四周。

“你这是什么意思啊?”巴德尔太太问道,心里有了几分忐忑不安。

“是这样,”杰克逊答道,把她拉到旁边,“不要害怕,巴德尔太太。天底下再没有比道森更善解人意的了,太太,也再没有比福格更仁慈宽厚的了。强制你支付诉讼费是他们的职责,他们是公事公办啊;但是他们都为你着想,千方百计想使你免受感情刺激。回想一下这事儿办得多么巧妙,你一定会感到莫大的安慰！这里是弗里特监狱,夫人。祝你晚安,巴德尔太太。夜安,汤米!”

杰克逊在那个拿白杨木棍子的人的陪同下匆匆地离去了,另一个一直在旁观的手里拿着钥匙的男人领着那位张皇失措的女性走上另一小段通往另一道门的台阶。巴德尔太太猛烈地发出尖叫;汤米也吼叫起来;克拉平斯太太缩成了一团;山德斯太太则拔腿就跑。因为,那里刚好站着受到损害的匹克威克先生,他每天夜里都要出来透透气;他旁边倚着塞缪尔·威勒。威勒一看见巴德尔太太,就脱帽致敬以示挖苦,而他的主人则当即愤然转身而去。

“不要为难那个女人,”看守对威勒说,“她是刚进来的。”

"是犯人呀!"山姆说,迅速戴好帽子,"原告是谁?为了什么?说呀,老兄。"

"道森和福格,"看守说,"强制执行诉讼费。"

"喂,约伯,约伯!"山姆叫道,冲进了过道里,"快去佩克尔先生那儿,约伯。我要他马上来。我看是有招啦。有戏啰。好啊!东家上哪儿去了?"

但是对这一问话无人答复,原来约伯一接到任务就发疯似的跑开了,而巴德尔太太也已不折不扣地昏厥过去。

第四十七章　主要是关于公务，以及道森和福格的暂时获利。温克尔先生在非同寻常的情形下重新出现。事实证明匹克威克先生的仁慈强于他的固执

约伯·特洛特尔朝霍尔本一路狂奔，绝不减速；他有时跑在路中间，有时跑在人行道上，有时是在沟渠里，完全根据大道每一段上的男人、女人、孩子和马车的拥挤情况而变化；他不顾一切障碍，一刻不停地狂奔，一直跑到了格雷院的大门口。然而，尽管他一路狂跑，他到达的时候大门已关上足足半个钟头了，而当他找到佩克尔先生的洗衣妇时，离监狱关门过夜的时间只有十五分钟了——这位洗衣妇和已结婚的女儿住在一起，她女儿嫁给了一个不住店的招待员，他在与格雷院胡同后面某个地方的某家酒厂紧紧毗邻的某条街上的某一号房子的二楼租了房子。找到洗衣妇之后，还得把劳顿先生从喜鹊与树桩旅馆的后厅里搜索出来。约伯刚刚实现这一目标并传达了山姆·威勒的口信，时钟已经敲响了十点钟。

“瞧，”劳顿说，“现在太晚了。你今晚是进不去了；你得有大门钥匙才成，我的朋友。”

“不要管我，”约伯答道，“我是哪儿都可以睡觉的。不过今晚拜见佩克尔先生不是更好吗？那么明天一大早我们可以到那边去了。”

“唉，”劳顿在稍作考虑之后回答说，“假如是为了别的什么人，佩克尔先生是不大乐意我上他家去的；但既然是为匹克威克先生的事儿，我想我不妨就自作主张，叫一辆马车去，记事务所的账。”决定了这么办之后，劳顿先生拿起帽子，要求在场的同事们在他暂时离岗期间选定一位代理主席，然后就带路去到最近的马车站，叫了一辆最漂亮的马车，要车夫把车赶到拉塞尔广场的蒙塔格街。

佩克尔先生那天晚上正在大宴宾客，足以证明这一点的是：客厅的窗户透出的灯光、一台校正过音的大钢琴的声音、一台有待矫音的竖式小钢琴的声音以及弥漫在台阶和门口的一股难以抗拒的浓烈肉香。事实是这样的，有两位相当好的乡村代理人恰好同时来到了城里，于是就召集了一个愉快的小小晚会来欢迎他们，来客中包括人寿保险所的秘书斯尼克斯、杰出的法律顾问普罗西先生、三位律师、一位破产委员会委员、一位来自法律学院的特别律师以及他的学生——一个小眼睛的专横的年轻绅士，写过一本有关转让法的书，书中有大量的脚注与引证；另外还有几位杰出的非凡人物。小个子的佩克尔先生听到低声通报他的书记员求见，便从宾客们中脱身出来。他走到餐厅，看见劳顿先生和特洛特尔先生站在那里，他们的轮廓在一支厨房蜡烛的光线下显得非常暗淡模糊——那支蜡烛是由一位屈尊穿上厚布绒短裤和棉袜子出来当差、按季度拿工钱的绅士带着对书记员以及一切与“写字间”有关的事物的分寸得当的轻蔑放到桌上的。

“喂，劳顿，”矮小的佩克尔先生说，一边关上房门，“什么事啊？该不是有什么重要信件吧？”

“不是，先生。”劳顿答道，“这位是从匹克威克先生那儿来的人，先生。”

“从匹克威克那儿来的，呃？”矮个子说，迅速转向约伯，“好，什么事呀?”

“道森和福格已经为付诉讼费的事儿对巴德尔太太采取了强制措施,先生。”约伯说。

“不会吧!”佩克尔叫道,把双手插进口袋,倚靠在碗橱上。

“是的。”约伯说,“看样子审判一结束他们就从她那里搞到了一张诉讼费的承认字据。”

“天哪!”佩克尔说,他把双手从口袋里抽出来,用右手的指关节击打左掌心,加重语气说,“他们可真是我打过交道的人之中最老到的无赖啊!”

“我所见识的最毒辣的律师,先生。”劳顿评论道。

“毒辣!”佩克尔响应说,“还真不知道该怎么对付他们哩。”

“真是的,先生,真是不知道。”劳顿答道。然后,师徒俩沉思了片刻,脸上带着某种生动的表情,仿佛他们是在思考人类的心智所获得的最美丽、最巧妙的发现中的一项似的。等他们从佩服的出神状态中稍稍回过神来的时候,约伯·特洛特尔就把他的任务的其余部分也都说了出来。佩克尔深思熟虑地点点头,掏出表来。

“明天十点正,我会去那儿。”矮个子说,“山姆是很对的。告诉他好了。你要来一杯葡萄酒吗,劳顿?”

“不啦,谢谢你,先生。”

“我想你的意思是来一杯。”矮个子说,一边转身到碗橱里找酒瓶和酒杯。

由于劳顿的意思的确是来一杯,因此他也就不再提这一话题了,而是用一种可以听得见的低语问约伯挂在壁炉对面的佩克尔的画像是不是惟妙惟肖,约伯当然回答说是的。这时葡萄酒倒出来了,劳顿举杯祝佩克尔太太和孩子们健康,约伯则向佩克尔表示了美好祝愿。由于那位穿厚绒布短裤和棉袜子的绅士认为送他们出去不在其职责范围之内,因而表里如一地拒绝应铃,他们也就只好自己送自己了。律师重新回到客厅,书记员去了喜鹊与树桩旅馆,约伯则上修道院花园菜市找一个菜筐子过夜去了。

第二天早上在约定的时间,那位心情愉快的矮个子律师准时敲响了匹克威克先生的房门,山姆·威勒非常敏捷地开了门。

“佩克尔先生来了,先生。”山姆向匹克威克先生通报说,后者正若有所思地坐在窗边,“很高兴你能偶然来看一看,先生。我想东家会有那么一句半句的要和你谈谈吧,先生。”

佩克尔会意地看了山姆一眼,暗示他明白不要说他是被请来的,并且示意山姆过来,凑在他的耳边简短地低语了几句。

“不会吧,先生?”山姆说,非常惊讶地后退了一步。

佩克尔点点头并且微笑起来。

塞缪尔·威勒先生先是看看矮个子律师,然后看看匹克威克先生,然后看看天花板,然后再看看佩克尔;咧开嘴巴一笑,然后是放声大笑,而最后,他从地毯上捡起帽子,不作任何解释,就扬长而去了。

“这是什么意思?”匹克威克先生问道,惊讶地看着佩克尔先生,“是什么事儿使山姆进入如此奇怪的状态呀?”

“噢,没什么,没什么。”佩克尔答道,“来吧,我亲爱的先生,把您的椅子搬到桌子边来吧。我有好多话要对您说哩。”

“那些是什么文件呀?”当矮个子把一小叠用红带子扎着的文件放在桌上时,匹克威克先生问道。

“巴德尔诉讼匹克威克一案的文件。”佩克尔答道,开始用牙齿咬带子的结。

匹克威克先生把他的椅子用力一拉,椅子腿在地上磨得吱吱直响,然后他一屁股坐进椅子里,合起双手,严厉地——假如匹克威克先生真能严厉的话——看着他那位法律界的朋友。

“你不乐意听到说起这个案子吗?”矮个子说,还在忙着解那个结。

“是的,的确不乐意。”匹克威克先生答道。

“真抱歉,”佩克尔接着说,“因为这就要成为我们交谈的话题了。”

“我真情愿我们之间永远不再提这个话题,佩克尔。”匹克威克先生连忙插话。

“啐,啐,我亲爱的先生,”矮个子男人说,他一边解开一扎文件,一边斜着眼睛热切地看着匹克威克先生,“这事儿必须提。我是特意为它来的。好了,你准备好听我说我要说的话了吗,我亲爱的先生? 不用急;你要是没准备好,我可以等。我这儿有今天的晨报。我可以好好等你。瞧!”说到这儿,矮个子男人把一条腿往另一条腿上一架,做出一副开始读报的模样,看上去非常镇静而又专注。

“得啦,得啦,”匹克威克先生说,随着一声叹息心软下来,同时露出了微笑,“说一说你非说不可的事吧;我想,还是老一套吧?”

“有点不一样了,我亲爱的先生,有点不一样了,”佩克尔答道,一边从容不迫地把那份报纸折好,再放进口袋,“巴德尔太太,本案的原告,进这牢子里了,先生。”

“我知道了。”匹克威克先生答道。

“很好,”佩克尔反驳说,“我想,你知道她是怎么进来的吧?我的意思是,是根据什么事由,是谁指控的。”

“知道,至少我已经听山姆说过了。”匹克威克先生说,假装出若无其事的样子。

“山姆所说的,”佩克尔答,“我敢说是完全正确的。而现在嘛,我亲爱的先生,我要问的第一个问题是,那个女人是否会留在这里?”

“留在这里!”匹克威克回应道。

“留在这里,我亲爱的先生。”佩克尔答道,他靠在椅子背上,目不转睛在看着他的当事人。

“你怎么能问我呢?”那位绅士说,“那取决于道森和福格,你是清楚的,一清二楚。”

“我什么都不清楚。”佩克尔坚决地反驳说。“那不取决于道森和福格。你是了解那些人的,我亲爱的先生,跟我一样了解。那完全彻底、不折不扣地取决于你一个人。”

“取决于我!”匹克威克先生脱口叫道,神经质地从椅子上站了起来,然后又马上坐了回去。

矮个子在他的鼻烟盒盖子上敲了两下,打开盖子,捏了一大撮,然后又盖上,重复道:“取决于你。”

“我说呀,我亲爱的先生,”矮个子男人继续说,仿佛从鼻烟里获取了信心似的。“我说呀,她要么马上获释,要么永远关在这里,一切取决于你,而且只取决于你。听我说完,我亲爱的先生,请听着,而且不要这么激动,因为那只会让你出一身大汗,没什么好处的。我说呀,”佩克尔继续说,每说一个字就换一个手指在桌面上点一下。“我说呀,除了你,没有任何人能把她从这个悲惨的洞窟里救出去;你要是救她,惟一的办法就是交纳那个案子的诉讼费——原告和被告双方的诉讼费——把它们交到弗里曼法庭的那些诉棍手里。哎,请安静,我亲爱的先生。”

在这一席讲话的过程中,匹克威克先生的脸色发生了极其惊人的变化,他显然快要大发脾气了,但他还是尽可能地遏制住了愤怒。而佩克尔呢,又吸了一撮鼻烟来加强他的论辩力,接着往下说:

“今天早上,我见过那个女人了。付了诉讼费,您就可以完全免予清偿赔偿金了;另外——我知道,这一点是更值得您好好考虑的，我亲爱的先生——以写信给我的形式，发表一份出自她之手的自愿声明书，声明整个案子从一开始就是由道森和福格这两个家伙煽动、怂恿和操办的；表明她深感后悔，做了骚扰和伤害您的工具；还表明她恳请我出面调解，请求您的原谅。”

“条件就是我替她付诉讼费吧，”匹克威克先生气冲冲地说，“多么有价值的文件啊，真的！”

“这事儿是无条件可讲的，我亲爱的先生，”佩克尔得意地说，“我所说的那封信就在这里。是今天早上九点钟由另一个女人送到我的办公室的，在我来到这儿或者和巴德尔太太沟通之前就送到了，我以我的荣誉保证这点。”矮个子律师从那一叠文件里拣出那封信，把它放在匹克威克先生的手肘边，并且一连吸了两分钟的鼻烟，连眼睛都没有眨一下。

“你要对我说的全说完了吗？”匹克威克先生温和地问道。

“没全说完哩。”佩克尔答道，“现在我还不能说，那份被告承认书的措辞、以巴德尔太太名义发表的那封信的性质以及我们能收集的有关整个诉讼的证据，已足以证明那是一项暗中串通的诬告。我恐怕还不能说，我亲爱的先生；他们太狡猾了，我怀疑不见得能治得住他们。不过，我想说的是，无论如何，所有这些事实联系在一起，足以在明事理的人心目中证明你的清白了。好了，我亲爱的先生，现在我要听你的了。这一百五十镑，或者这个数左右——算个整数吧——对你来说算不了什么。陪审团已做出对你不利的裁决；对，他们的裁决是错的，但他们仍然自以为是地做出了判决，而且结果是不利于你的。你现在有了一个机会，只需轻易的条件，就可以使你的处境远远优于留在这儿；你若是留在这儿，那么不了解你的人只会归咎于你，认为你纯粹是一个顽固不化、执迷不悟、残忍固执的家伙，别无其他，我亲爱的先生，相信我好了。这个机会可以使你重新回到朋友们身边，可以恢复你往日的追求，恢复你的健康和娱乐；还可以解放你忠心耿耿的仆人，否则他是会陪您坐牢坐到你死去的，既然是这么好的一个机会，你能够犹犹豫豫、轻易错过吗？尤为重要的是，借此你可以以德报怨——我知道，我亲爱的先生，这是合乎你的本心的——把这个女人从悲惨处境与道德堕落中拯救出来。按我的心愿，即便是男人都不该落到这步田地，更何况受此劫难的是一个女人，那就更加可怕而残忍了。现在我问你，我亲爱的先生，不仅以你的法律顾问的身份，而且是作为你非常忠实的朋友问你，你是否只是出于无谓的顾虑，生怕那为数不多的几镑钱落入那两个恶棍的口袋，因此就放弃实现以上所有目标并完成如此大的善事的机会？其实，那么一点钱对他们来说不算什么，只会使他们越来越贪心，所得越多就贪图越多，最后必定因多行不义而自毙。我把这些值得考虑的情况向你提出来，我亲爱的先生，虽然说得既无力也不充分，但我还是恳请你想一想。你要是乐意就好好想一想吧。我在这儿非常耐心地等你的答复。”

匹克威克先生还来不及答复，佩克尔先生还来不及把在发表了如此长篇大论之后必定需要的鼻烟吸掉二十分之一，门外已传来一阵喃喃的低语，紧接着是一声犹豫的敲门。

“哎呀，哎呀，”已经被他朋友的请求弄得显然激动起来的匹克威克先生叫道，“那扇门真烦人！谁呀？”

“是我，先生。”山姆·威勒答道，把头探了进来。

“我现在不能跟你谈，山姆，”匹克威克先生说，“我这会正有事儿，山姆。”

“对不起，先生，”威勒先生答道，“不过这里有一位女士，先生，她说有非常特别的事要跟您说。”

“我不能见任何女士。”匹克威克先生答道，他脑子里充斥的全是巴德尔太太的形象。

“我不太相信,先生。”威勒先生鼓动说,一边摇摇头,“假如您知道是谁在附近,先生,我相信您的口气就会变的;就像老鹰听见知更鸟在角落附近歌唱时,大笑着自言自语那样。”

“是谁呀?”匹克威克先生问道。

“您愿见她吗,先生?”威勒先生问道,同时用手把住门,仿佛他在门的那一边藏着一头什么奇怪的生猛动物似的。

“我想我是非见不可了。”匹克威克先生说,一边看了看佩克尔。

“那么,就开始吧,”山姆叫道,“鸣锣,开幕,两个阴谋家登场。”

山姆·威勒说着,把门敞开,纳撒尼尔·温克尔慌慌张张地冲进门来,被他拉着手跟在后面的是一位年轻女士,正是在丁格莱谷穿着靴口镶有毛皮的靴子的那一位;她这会儿脸带非常可爱的娇羞与惶惑,穿着紫丁香颜色的丝绸衣服,戴着时髦的女帽和华丽的面纱,模样比先前更加漂亮了。

“艾拉贝拉·艾伦小姐!”匹克威克先生喊道,从椅子中站了起来。

“不对,”温克尔先生答道,跪了下来,“应该叫温克尔太太。冒昧,我亲爱的朋友,请原谅!”

假如没有佩克尔的笑脸以及背景中山姆和那位漂亮女仆的身影作为确凿无疑的佐证的话,匹克威克先生几乎不相信自己的所见所闻,或许他简直就无法相信那一切。大家都饶有兴味地注视着这一切活动,颇感满意。

“噢,匹克威克先生!”艾拉贝拉说道,声音很低,好像因沉寂而警觉起来似的,“你能原谅我的冒失吗?”

匹克威克先生对这一请求没有用言语答复,而是很匆忙地摘下眼镜,抓住那位女士的双手,接连吻了很多次——或许比绝对需要的次数多得多哩——然后，仍然握着她的一只手，对温克尔先生说他是一个胆大包天的家伙，并且叫他站起来。温克尔先生遵嘱站了起来，此前他已经以一种悔罪的姿态用帽檐蹭鼻子蹭了好几秒钟了；于是匹克威克先生在他背上轻轻拍了几下，然后又热心地和佩克尔握手。而佩克尔呢，在表示恭喜方面丝毫也不落后，他对新娘和漂亮的女仆表示了美好的祝愿，又热情洋溢地使劲握住温克尔先生的手，然后是以吸鼻烟表示他的欢乐，他吸得那么多，多得足以叫六七个只长着普通鼻子的汉子打一辈子喷嚏。

"哎，我亲爱的姑娘，"匹克威克先生说，"这一切是怎么发生的？来，坐下来，让我饱饱耳福吧。她多好看呀，不是吗，佩克尔？"

匹克威克先生补充说，一边端详艾拉贝拉的脸庞，目光中充满了骄傲与欣悦，仿佛她是他女儿似的。

"赏心悦目啊，我亲爱的先生，"矮个子男人答道，"假如我还没结婚的话，我准会嫉妒你的，你这家伙。"在这样表白的同时，矮个子律师对温克尔先生的胸膛戳了一下，而那位绅士也回敬了一下，然后他们俩都放声大笑起来。但他们的笑声都不及塞缪尔·威勒先生的响亮——因为他刚刚在碗橱门的掩护下吻了那个漂亮女仆，感情得到了宣泄。

"我对你永远感激不尽啊，山姆，真的。"艾拉贝拉说，露出再甜蜜不过的微笑，"我永远忘不了你在克里夫顿花园所尽的力。"

"别再提那事儿了，夫人，"山姆答道，"我不过是顺其自然而已，夫人，就像那个大夫给孩子放血使他死掉时对他母亲说的那样。"

"玛丽，我亲爱的，坐下来吧，"匹克威克先生说，打断了以上的客套话，"好了，现在说说吧。你们结婚多久了，呃？"

艾拉贝拉羞涩地看了看夫君，他答道："才三天。"

“才三天，呃？”匹克威克先生说，“那么这三个月以来你们在干什么呀？”

“噢，真是的！”佩克尔答道，“说吧，说一说干吗拖这么久。你们看匹克威克先生惟一感到吃惊的是，这一切怎么没有在几个月以前办好。”

“哎，是这样的，”温克尔先生答道，一边看着他那位羞红了脸的年轻妻子，“我好久都不能说服贝拉逃出来；等我说服了她之后，又过了好久才找到机会。再说，玛丽也得提前一个月预告，才能辞掉工作离开隔壁那户人家，而没有她的帮助我们是不可能办成事的。”

“言之有理，”匹克威克先生叫道，这时他已重新戴上眼镜，从艾拉贝拉看到温克尔，又从温克尔看到艾拉贝拉，脸上洋溢着热心与温情所能带给人类的脸庞的最大的欢乐，“言之有理啊！看来你们的行动是非常有步骤的，你哥哥对这一切都知道吗，我亲爱的？”

“噢，不，不，”艾拉贝拉答道，脸色变了样，“亲爱的匹克威克先生，他只能从你这里——只能从你嘴里知道这一切啊。他是那么粗暴，那么有成见，而且那么——那么偏心，一心只为他的朋友索耶先生着想，”艾拉贝拉补充说，低下了头，“所以我对结果非常害怕。”

“啊，可不是嘛。”佩克尔严肃地说，“你可得为他们处理这件事，我亲爱的先生。这些年轻人尽管对别的人不听不理，对你却是尊敬的。你可得阻止过火行为，我亲爱的先生。血气太旺，血气太旺。”矮个子吸了一撮有警示意味的鼻烟，颇有疑虑地摇了摇头。

“你忘了，我亲爱的，”匹克威克先生温和地说，“你忘了我眼下是个囚犯。”

“不，我的确没有忘记，我亲爱的先生。”艾拉贝拉答道，“我从来没有忘记。我不停地在想您在这么可怕的地方要受多大的苦。但是我希望,您为自身考虑绝不会去做的事情,或许为我们的幸福着想会去做。假如我哥哥先是从您这里听说这一切,我觉得我们肯定能和好。他是我在这个世界上惟一的亲属,匹克威克先生,除非您为我说说情,不然我恐怕连他也要失去了。我做错了,大错特错,我知道。”说到这里,可怜的艾拉贝拉把脸埋在手绢里痛哭起来。

这些眼泪对匹克威克先生的天性产生了巨大影响;而当温克尔先生一边为她擦眼泪,一边用非常甜蜜的声音所能形成的最甜蜜的语调来哄她和恳求她时,老先生变得非常不安起来,显然有点不知所措,他在自己的眼镜、鼻子、紧身裤、头和绑腿摩来擦去的种种神经质的动作便是明证。

佩克尔先生利用了这些犹豫不决的迹象(看来那对年轻夫妻早上已经去找过他了),凭其精明和对法律的熟悉,他鼓动说:老温克尔先生对他儿子在人生历程中迈出的这重要的一步还一无所知;这位儿子的前途完全取决于老温克尔先生继续以他那迄今丝毫未减的爱子之情对待儿子,而假如这件大事长时间瞒着他的话,那么他就不见得会那样了;匹克威克先生上布里斯托尔去找艾伦先生的时候,不妨以同样的理由去伯明翰拜访一下老温克尔先生;最后,老温克尔先生有充分的理由和权利把匹克威克先生在某种程度上视为他儿子的监护人和忠告者,而且,由于匹克威克先生的个人性格的关系,他理应亲自去拜会老温克尔先生,亲口说明事情的全部情况以及他参与此事的情况。

申辩进行到这一阶段时,图普曼先生和斯诺格拉斯先生赶到了,由于要把所发生的一切告诉他们,包括赞同和反对的各种理由,因此全部论点被重述了一遍,接着每个人又以自己的方式就自己的论点进行了自认为长度合适的论述。最后,匹克威克被辩驳或规劝得完全放弃了他所有的决定，而且被弄到了几乎要陷入神志不清的危险的境地，因此他把艾拉贝拉抱在怀里，宣称她是一个非常可爱的人儿，说不知怎的，他打从一开始就一直非常喜欢她，还说他绝没有心思去妨碍年轻人的幸福，他们爱怎么差遣他就怎么差遣好了。

一听到这一让步，威勒先生的第一个行动就是派约伯·特洛特尔到那位著名的佩尔先生那儿去，请他按法定手续签发正式的释放文件，那是他的谨慎的父亲出于先见之明留在那位博学之士手里以备万一急用的。他的第二个行动是，用他的全部现金买了二十五加仑非烈性的黑啤酒；他本人亲自在板球场上为参与分享的每个人斟酒；分享完之后，他在那个建筑物各个地方大声欢呼，直到喊哑嗓子，然后就安安静静地进入了他通常那种镇静而颇具哲学家风范的状态。

当天下午三点钟，匹克威克先生对他的小牢房看了最后一眼，好不容易从热切地拥来和他握手的那群债务人中挤出去，走到了看守室的台阶上。在这里他回过头去看看周围，这样做时他的眼睛发亮了。在挤在那里的脸庞苍白、憔悴的人之中，他发现没有哪一个不是因他的同情与仁慈而更加快乐的。

"佩克尔，"匹克威克先生说，一边招呼一个年轻人过来，"这位是金格尔先生，我以前说起过的人。"

"很好，我亲爱的先生，"佩克尔答道，盯着金格尔，"你会再见到我的，年轻人，明天。我希望我带给你的消息，会让你永远铭记在心并且深深感动，先生。"

金格尔毕恭毕敬地鞠了一躬，抖得很厉害地握了一下匹克威克先生伸出的手，然后就走开了。

"约伯你是认识的吧，我想?"匹克威克先生说，介绍了这位绅士。

“我认得这个恶棍，”佩克尔心情愉快地答道，“照顾一下你的朋友，明天下午一点钟不要走开。听见了吗？那么，还有别的事吗？”

“没有了，”匹克威克先生答道，“你把我要你送去的小包裹给了你的房东了吗，山姆？”

“给了，先生，”山姆答道，“他忍不住哭了，先生，说你非常慷慨而且周到，还说但愿你能让他害上一场急性肺痨病，因为他那位在这里住了很久的老朋友死了，无论在哪里他都找不到第二位了。”

“可怜的人，可怜的人！”匹克威克先生说，“上帝保佑你们，我的朋友们！”

在匹克威克说这句告别话的时候，那群人发出大声的呼唤，其中有很多人要上来再次和他握手，这时他挽起佩克尔的手，匆匆忙忙出了监狱，此刻他的心情比他当初进来时悲哀、忧郁很多。哎！有多少悲哀而又不幸的人被他抛在了身后啊！

那天晚上是快乐的，至少对乔治与兀鹰旅馆那一方来说是如此；第二天早上从它那好客的大门里出来的两颗心是轻松、欢快的。这两颗心的拥有者是匹克威克先生和山姆·威勒，前者很快被安置进一辆舒适的驿马车，车的后部有一个小小的尾座，后者非常敏捷地登了上去。

“先生。”威勒先生对他的主人叫道。

“哎，山姆。”匹克威克先生答道，把头从车窗里伸了出来。

“我希望这些马也在弗里特监狱里待过三个月，先生。”

“为什么，山姆？”匹克威克先生问道。

“哎，先生，”威勒先生大声说道，一边搓搓双手，“要是在牢里呆过的话，它们跑起来会有多欢快啊！”

第四十八章　叙述匹克威克先生如何在塞缪尔·威勒的帮助下试图软化本杰明·艾伦的心，并缓解罗伯特·索耶先生的愤怒

本·艾伦先生和鲍勃·索耶先生一起坐在店铺后面的小手术室里，正在讨论剁牛肉和未来的前途，这时，他们并非不自然地把话转到了鲍勃的业务状况，以及他目前从他所献身的体面的职业中获得充分的经济独立的可能性。

"——这个，我想，"鲍勃·索耶先生顺着原来的话题往下说，"这个，我想，本，很没有把握啊。"

"什么很没把握？"本·艾伦先生问道，同时喝了一口啤酒来增强心智的敏锐度，"什么很没把握呀？"

"唉，可能性呗。"鲍勃·索耶先生答道。

"我忘了，"本·艾伦先生说，"啤酒提醒我我忘了，鲍勃——是的，是没把握。"

"真是奇怪，穷人们对我真是关爱有加啊！"鲍勃·索耶说，带着思索的神情，"他们整个晚上没有哪个钟头不叫醒我的；他们用的药多得超出我的想象；他们用起泡膏和用水蛭的那种坚韧，真值得用来干大事业；他们给家里增添人口的架势真够吓人的。最后这一项中有六单预约，都是在同一天，本，全部委托了我。"

"很爽心嘛，不是吗？"本·艾伦先生说，一边拿起他的盘子添

了一点剁牛肉。

“噢,很爽心,”鲍勃答道,“不过,与病人为能省一两个先令而信任你时感到的惬意相比,也不算什么。这个生意在广告里是说得很妙的,本。这是一种业务,一种很大的业务——就是这样。”

“鲍勃,”本·艾伦先生说,一边放下餐刀和餐叉,盯着他的朋友的脸庞,“鲍勃,我要告诉你。”

“告诉什么?”鲍勃·索耶先生问道。

“你应该尽快使自己成为艾拉贝拉的一千镑的主人,尽可能别耽误了。”

“年息百分之三的联合银行年金,现在用她的名义存在英格兰银行。”鲍伯·索耶用法律术语补充说。

“一点没错,”本补充说,“这笔钱在她成年或结婚时就归她所有了。她再过一年就成年了,而假如你鼓足勇气的话,她不出一个月就会结婚的。”

“她是一个非常迷人又可爱的女孩,”罗伯特·索耶答道,“据我所知,她只有一个缺点,本。很不幸呀,她惟一的缺点就是缺乏眼光啊——她不喜欢我。”

“我的看法是,她连自己喜欢什么都不知道。”本·艾伦先生轻蔑地说。

“也许吧。”鲍勃·索耶先生答道,“不过据我看,她知道她不喜欢什么,这一点更重要啊。”

“但愿,”本·艾伦先生咬牙切齿地说,瞧那模样,与其说像用刀叉吃剁牛肉的温和年轻绅士,不如说更像用手撕吃生狼肉的野蛮武士,“但愿我知道是不是有哪个恶棍在勾引她,企图获得她的爱情。我想我该把那家伙干掉,鲍勃。”

“假如我发现了,我要让他吃一粒子弹,”索耶先生说,在喝一大口啤酒的过程中停了下来,从啤酒壶上方射出凶狠的目光,“假如那样还要不了他的命的话,我接下来就为他开刀取子弹,这样要了他的命。”

本杰明·艾伦先生心不在焉地对他的朋友默默注视了几分钟,然后说:

“你从来没有直截了当地向她求过婚吧,鲍勃?”

“没有。因为我看得出那是没用的。”鲍勃·索耶先生答道。

“你该求婚,在二十四个小时内一定要提出来。”本反驳说,一副极度平静的表情,“她会接受你的,否则我就要弄清原因了。我会尽力运用我的权威的。”

“唉,”鲍勃·索耶先生说,“我们走着瞧吧。”

“我们是要瞧瞧,我的朋友,”本·艾伦先生答道,恶狠狠的。他停顿了一会儿,然后用因激动而哽噎的声音说,“你从小就爱上了她,我的朋友。在我们小时候一起在学校里读书的时候你就爱上了她,甚至在那个时候,她就很任性了,忽略了你小时候的感情。记得一天,你出于一个孩子的爱的渴望,用一张写字本的纸把两块茳茴香小饼干和一个甜苹果整整齐齐地包成一个圆形的小包裹,坚持要她接受,你还记得吗?”

“记得。”鲍勃·索耶答道。

“她把那不当一回事,对吧?”本·艾伦说。

“是的。”鲍勃答道,“她说她把那包东西放在灯芯绒裤子的口袋里放了很久,苹果热得叫人讨厌。”

“我记得,”艾伦先生阴沉地说,“我们就自己把它吃了,一人一口轮流吃。”

鲍勃·索耶忧郁地皱了皱眉头,表示他在回想最后提到的那件往事;两位朋友都出神了一段时间,沉浸在各自的沉思默想之中。

在鲍勃·索耶先生和本杰明·艾伦先生进行这些交谈的过程

中,那个穿灰色制服的孩子对这顿饭吃得异常拖拉感到惊讶,不时向玻璃门内投去焦急的目光,忧心忡忡地盘算到底能剩下多少剁牛肉可供他个人满足口腹之欲,被这种内心忧惧搅得神不守舍。与此同时,有一辆漆成暗绿色的私家轻便马车在布里斯托尔的街道上沉稳地行驶;车子由一匹膘肥的棕色马拉着,驾车的是一个上身穿车夫的衣服、下身却是马夫打扮的脾气不好的仆人。这种外形是在惯于精打细算的老太太们所拥有和保持的很多车之中是很常见的;在这辆马车里坐的是一位老太太,她便是车的主人和所有者。

"马丁!"老太太从车的前窗喊那个脾气不好的仆人。

"啊?"马丁说。

"去索耶先生那儿。"老太太说。

"我是去那里。"坏脾气的仆人说。

老太太点头表示满意,这是坏脾气的仆人的先见之明给她的感受;坏脾气的仆人对那匹膘肥的马啪地抽了一鞭,于是他们就奔鲍勃·索耶那儿去了。

"马丁!"轻便马车在罗伯特·索耶先生门口(以前的牌号是"诺克莫夫记")停下的时候,老太太说道。

"啊?"马丁说。

"叫那个小伙计出来,照看一下马。"

"我打算自己照看。"马丁说,一边把鞭子放在马车顶上。

"我不允许这样,无论如何不允许,"老太太说,"你的证言是很重要的,我必须带你一起进屋去。在整个会见过程中你都不能离开我身边。听见了吗?"

"听见了。"马丁说。

"那好,你干吗还站着?"

"没干什么。"马丁答道。说着,这位用右脚尖踩着车轮平衡身体的仆人,慢慢地把脚从车轮上挪了下来,喊出那个穿黑色制服的孩子,打开马车门,放下踏板,伸进一只戴着黑色软皮手套的手,把老太太从车里拉了出来——他的动作是那么不在意,仿佛她是一个硬纸盒似的。

"天哪!"老太太叫道,"到了这里我就这么慌张,马丁,我浑身都在发抖。"

马丁先用黑色软皮手套掩着嘴咳嗽了一声,但没有表示同情;因此老太太就自作镇定,小跑步上了鲍勃·索耶先生门前的台阶,马丁先生紧随其后。此时,本杰明·艾伦先生和鲍勃·索耶先生已经把对水的烧酒喝光,并且为祛除烟味而打翻了一些令人恶心的药水,他们一看见老太太走进店铺,就急忙从里间走了出来,满脸洋溢着快乐与敬意。

"亲爱的姑妈,"本·艾伦先生叫道,"你多好啊,来看我们!这是索耶先生,姑妈;我的朋友,鲍勃·索耶先生,我对你说起过的,关于——你知道的,姑妈。"说到这里,当时还不算特别清醒的本·艾伦先生又说出了"艾拉贝拉"这个名字,他本来是想用耳语说的,而实际上却说得特别清晰可闻,任何人即使不想听见都无法避免。

"我亲爱的本杰明,"老太太说道,在上气不接下气中挣扎着,从头到脚都在发抖,"别惊慌,我亲爱的,不过我觉得我最好是和索耶先生单独谈一会儿。只谈一会儿。"

"鲍勃,"本·艾伦先生说,"你带我姑妈到外科手术室去好吗?"

"当然,"鲍勃用极其职业化的口气回答说,"请到这边来,我亲爱的夫人。不要害怕,夫人。我们在很短的时间内就可以使您一切正常的,毫无疑问,夫人。这里,亲爱的夫人。现在开始吧!"说着,鲍勃·索耶把老太太搀扶到了一张椅子上,关上了房门,拉了另一张椅子在她旁边坐了下来，等着她把什么病症详细说出来，他从其中看到了一连串可望得到的利益和好处。

老太太所做的第一件事是摇了好多次头，然后开始哭泣。

"精神紧张，"鲍勃·索耶得意地说，"樟脑精对水，每天喝三次，夜里吃点安神药。"

"我不知道该怎么开口，索耶先生，"老太太说，"这太叫人痛苦和难过了。"

"你不用开口了，夫人，"鲍勃·索耶先生答道，"我能料到你要说的一切。头出了点儿毛病吧。"

"很抱歉，我倒认为是心病。"老太太说，轻轻地呻吟了一声。

"一点儿危险都没有，夫人。"鲍勃·索耶答道，"胃是症结所在。"

"索耶先生！"老太太叫道，惊惶不安。

"毫无疑问，夫人。"鲍勃答道，显出一副不可思议的聪明相，"药，按时吃，我亲爱的夫人，就可以防治了。"

"索耶先生，"老太太说，比先前更慌张了，"这种举止要么是对处于我这种困境的人的无礼，要么就是由于你不了解我来这里的目的。假如有什么药的作用，或者任何我能利用的预见，能够阻止已经发生的事情的话，我当然早就用上了。我最好还是马上见我侄子。"老太太说着，气冲冲旋着她的手提包，一边站了起来。

"慢一点儿，夫人，"鲍勃·索耶说，"恐怕我不明白你的意思。是怎么回事呀，夫人？"

"我的侄女，索耶先生，"老太太说，"你朋友的妹妹。"

"是的，夫人，"鲍勃说，完全不耐烦了；因为老太太虽然很激动，可说起话来却慢得要命，像老太太通常表现的那样，"是的，夫人。"

"她三天前离开了我家，索耶先生，借口去看望我的妹妹，她的另一个姑姑——她办了一所很大的寄宿学校,就在第三个里程碑附近,那儿有一棵很大的金链花树和一扇橡木大门。”老太太说,一边停下来揩眼泪。

“噢,该死的金链花树,夫人!”鲍勃说道,因焦急而完全忘记了他这一行当的尊严,“说快点儿吧;再加一点蒸汽吧,夫人,请快点儿。”

“今天早上,”老太太说,慢吞吞地,“今天早上,她——”

“她回来了,夫人,我想是的,”鲍勃说,精神大振起来,“她回来了吗?”

“不,没回来;她写了一封信。”老太太答道。

“她说了什么?”鲍勃急切地问道。

“她说,索耶先生,”老太太答道,“正是为了这件事,我才来要你让本杰明做好心理准备,一步一步慢慢地告诉他;她说她——我把信放在口袋里,索耶先生,但我的眼镜在马车上,要是没有眼镜,我就是想给你指出在信的哪一段,那也只会浪费你的时间;她说,简单一句,索耶先生,她说她结婚了。”

“什么!”鲍勃·索耶先生说——或者不如说是大叫起来。

“结婚了。”老太太重复说。

鲍勃·索耶再也不往下听了,而是从外科手术室冲到了外面的铺面,以洪亮的声音喊道:“本,老兄,她逃走了。”

本·艾伦先生一直在柜台后面打瞌睡,脑袋垂在膝盖以下半英尺左右的位置,他一听到这个惊人的消息,马上朝马丁先生莽撞地扑了过去,一把揪住了那位沉默寡言的仆人的领巾,表示出要当场把他勒死的意愿。出于常常因绝望而产生的敏捷,他当即以巨大的勇气和外科手术的技巧把这一意愿付诸实施。

马丁先生是一个话不多的人,缺乏雄辩和说服的能力,所以他带着非常镇静而又坦然的表情忍受了这一举动,忍了那么几秒钟;

不过,后来发现它很快就变成了一种严重威胁,将导致他往后永远无力去挣工钱、食宿等的后果,于是他咕哝出一阵含混不清的抗议,把本杰明·艾伦先生打倒在地。由于那位绅士的双手纠缠着他的领巾,他别无选择,只好也跟着倒在地上。当他俩躺在地上挣扎时,店铺门突然开了,两位非常意想不到的客人来访,增加了在场的人数;来客便是匹克威克先生和塞缪尔·威勒先生。

眼前所见的情景立刻使威勒先生产生了这样的印象:马丁先生是索耶先生的诊所雇来专吃烈性药或者特意弄出病来以便做医学实验的;或者是不时吞上一点毒药,以便检验某些新的解毒剂的效力;或者是做些别的什么来促进伟大的医药科学的发展,以满足两位年轻的药剂师胸中燃烧的探索的激情。因此,山姆不想去干涉,而是一动不动地站在那里观看,仿佛他对悬而未决的实验结果颇感兴趣似的。匹克威克先生可不是这样。他马上扑了过去,以他特有的力量拉扯那两个惊讶的打斗者,并且大声呼唤旁观者们进行干预。

这唤醒了鲍勃·索耶先生,他到此刻为止一直被他朋友的疯狂吓得瘫住了。在这位先生的协助下,匹克威克先生把本·艾伦拉了起来。马丁先生发现只有他一个人在地板上了,于是也爬了起来,朝四周看看。

“艾伦先生,”匹克威克先生说,“怎么回事,先生?”

“别管,先生!”艾伦先生说,露出一副傲慢不服气的样子。

“怎么啦?”匹克威克先生问道,看着鲍勃·索耶,“他不舒服吗?”

鲍勃·索耶还来不及回答,本·艾伦先生已抓住匹克威克先生的手,用悲伤的语调喃喃地说:“我的妹妹,亲爱的先生;我的妹妹啊。”

“噢,是这回事儿!”匹克威克先生说,“这事儿我们很容易解决，希望如此。你妹妹安然无恙，我亲爱的先生，我来这里就是——”

“很抱歉打断了如此有趣的行动，就像国王解散议会时说的。”一直在朝玻璃门里面窥望的威勒先生插话说，“不过，这儿还有一个实验哩，先生。有一个可敬的老太太躺在地毯上，在等待解剖或者电疗，或是别的什么起死回生的科学发明吧。”

“我忘了，”本·艾伦先生叫道，“是我姑妈。”

“天哪！”匹克威克先生说，“可怜的老太太！轻点，山姆，轻点。”

“奇怪的处境，难为家人呀，”山姆说着，把老太太抱进椅子里，“喂，锯骨头的助理，拿那挥发的玩意儿来！”

后一句是对那个穿灰衣服的孩子说，他刚把马车交给守街的人照看，听见吵嚷声后赶忙回来看看是怎么回事。穿灰衣服的孩子、鲍勃·索耶先生和本杰明·艾伦先生（他把姑妈吓得昏了过去，现在却很孝顺地渴望她苏醒过来）齐心协力，最后总算使老太太恢复了意识；然后，本·艾伦先生脸带迷惑的神情转向匹克威克先生，问他刚才正想说却被惊心动魄地打断了的话是什么。

“我想，我们这里全都是朋友吧？”匹克威克先生说，一边清嗓子，一边看了看那个脸色阴沉、沉默寡言的人，也就是驾驶由那匹肥马拉的轻便马车的车夫。

这句话提醒了鲍勃·索耶先生，他发现那个穿灰衣服的孩子正睁着大大的眼睛、竖着贪婪的耳朵在旁观。在这位刚入道的学徒药剂师被揪住并丢到门外之后，鲍勃·索耶要匹克威克先生放心，说他可以毫无保留地说出来了。

“你的妹妹，我亲爱的先生，”匹克威克先生说，转向本杰明·艾伦，“在伦敦，健康而又快乐。”

“她的快乐不是我的目标，先生。”本杰明·艾伦先生说，挥了一下手。

“她的丈夫是我的目标，先生，”鲍勃·索耶说，“他将是我的目标，先生，距离十二步的目标[①]，而且我会使他成为一个很好的目标的，先生——那个卑鄙的恶棍！”这原本是一句非常高明的恐吓，而且也是心地高尚的；但是鲍勃·索耶情愿减弱它的效果，于是接着又冷冷地说了一些砸烂脑袋、挖出眼睛之类的话，可这些话难免落入了俗套，相比之下就显得很普通了。

“且慢，先生，”匹克威克先生说，“在你对所说的那位绅士讲那些恶毒话之前，请你心平气和地想一想，他的过错有多大，而更重要的是，请你记住他是我的一个朋友。”

“什么！”鲍勃·索耶说。

“他的姓名！”本·艾伦喊道，“他的姓名！”

“纳撒尼尔·温克尔先生。”匹克威克先生说。

本杰明·艾伦先生从容不迫地把他的眼镜用他的靴子的后跟踏碎，把碎片捡起后将它们放进三个不同的口袋，然后叉起手臂，咬着嘴唇，以威胁的态度盯着匹克威克先生那张和蔼的脸。

“那么，是你，先生，是你鼓励和撮合了这一婚姻吗？”最后，本·艾伦先生问道。

“我想，准是这位绅士的仆人干的好事，”老太太插话说，“他在我的房子周围鬼鬼祟祟地游荡，企图引诱我的仆人们联合起来反对女主人，马丁！”

“什么？”坏脾气的仆人说，走上前来。

“你对我说你今天早上在弄堂里见过的那个年轻的男子，是他吗？”

前面我们已看出，马丁先生是一个话很少的人，这会儿他看着

---

① 暗示要进行决斗。

山姆·威勒,点了点头,粗声粗气地吼了一声:“就是他!”威勒先生向来不是傲慢之辈,在目光与坏脾气的马夫相遇时,他友好地微笑致意,并且用有礼貌的字眼说曾经“幸会过”。

“这就是那个死心塌地的家伙,”本·艾伦叫道,“我差点儿没把他勒死!匹克威克先生,你怎么敢纵容你那个家伙参与诱拐我妹妹的勾当呢?我要求你解释清楚,先生。”

“解释清楚,先生。”鲍勃·索耶气势汹汹地叫道。

“这是个阴谋。”本·艾伦说道。

“地道的欺骗。”鲍勃·索耶补充说。

“可耻的欺诈。”老太太说。

“纯属骗局。”马丁评论说。

“请听我说,”匹克威克先生强烈要求说,这会儿本·艾伦先生倒进了用来给病人放血的椅子里,并开始用手绢擦脸,“在这件事情上我没有帮过任何忙,只是在那对年轻人约会时到场作过一回见证,那约会是我无法阻止的,而且我觉得我在场更有利,可以清除任何若不在场有可能带有的不得体的色彩;这便是我在整个事件中所参与的全部活动,而且我丝毫没想到甚至在当时他们就已在考虑马上结婚的事儿了。不过,请注意,”匹克威克先生补充说,同时克制了一下自己,“请注意,我并不是说,假如我当初知道他们有意结婚我就应该阻止。”

“你们都听到了吧,各位,你们都听到了吗?”本杰明·艾伦先生说。

“但愿他们听到了,”匹克威克先生温和地说,一边看看四周,“而且,”这位绅士补充说,越说脸越红了,“我希望他们也听见这一点,先生。从我所听到的来看,先生,我坚决认为,你企图强迫你的妹妹改变自己的喜好,无论如何都是不正当的,而且我还要说,你倒应该努力以你的慈爱与宽厚对她倍加呵护,就好像她幼小时丧失的、从不熟悉的双亲犹在人间一般。而关于我那位年轻的朋友,我必须补充一句,在世俗利益的每一点上,他至少和你可以平起平坐,假如不是更胜一筹的话,而且除非我们以适当的温和与节制谈论这一问题,否则我拒绝听任何有关这一话题的讲话。”

“我愿意说上一两句话,算是对刚才发火的那位可敬的绅士的话的补充说明,”威勒先生说着,走上前来,“那就是,有一个人刚才把我称作‘家伙’。”

“那跟这件事一点关系都没有,山姆,”匹克威克先生插话说,“请你住嘴。”

“那我就不说那件事了。”山姆答道,“但我只说一点,也许那位绅士相信存在什么有优先权的爱情;但根本就没那回事,因为那位女士说过,打从刚刚交往的时候起,她就受不了他。没有谁排挤过他,就算那位小姐没有遇到温克尔先生,那对他也是一样的。这就是我想说的话,先生,我希望我现在使那位绅士能感到心安理得一些。”

继威勒先生的这一番带有抚慰性的话之后,是一阵短暂的沉默。然后本·艾伦从椅子中起身,声明说从今往后他再也不愿见到艾拉贝拉,而鲍勃·索耶先生呢,尽管山姆说了那席抚慰性的话,还是狠狠地发誓他要对那位幸福的新娘进行报复。

但是,当事态发展到一定程度且会悬而未决地耗下去面临危险的时候,匹克威克先生发现老太太倒是一个得力助手,她显然被他为她侄女的事业辩护的方式深深感动了,因此她冒险走近本杰明·艾伦先生,说了一些宽心的话,其中主要有:毕竟,也许,不更糟就算好了;张扬得越少,弥补就越好,而且说实话,她并不觉得有多糟;已经过去的事没法重来,没法挽救的事就得忍耐;另外还说了一些与此类似的新奇而能激励人的宽心语。对所有这一切,本杰明·艾伦先生回答说:他并不想对姑妈或在场的任何人不敬,但假如对他们也没什么区别，而且他们又允许他自行其是的话，那么他更乐意恨他的妹妹，一直恨到死那一天，甚至死后也一样恨。

这一决心被宣告了五十次之多，最后，老太太突然仰起头来，露出非常威严的神情，说她想弄明白她到底做了什么，以至于她的年纪或地位得不到应有的尊重，以至于她为那么一点尊重不得不乞求她的亲侄儿——这个亲侄儿，在二十五年前他还没出生的时候她就记得了，在他还没长一颗牙的时候她就熟悉了；更不用说，在他第一次剃头的时候，她就在场照料过，而且在他儿时的很多大事小事上，她都是无数次帮过大忙的啊，所有这一切都足以让他永远对她怀着敬爱、恭顺和同情，可现在她却不得不求他！

在好老太太把这一番斥责说给本·艾伦先生听的过程中，鲍勃·索耶和匹克威克先生到里间密谈去了，在那里还可以看到威勒先生好几次把嘴巴凑到一个黑瓶子上，在它的影响之下，他的脸上渐渐露出了开朗甚至快活的表情。最后他从里间走了出来，手里拿着酒瓶，嘴里唠叨说他很抱歉他一直在自己犯傻，并求着要为温克尔先生和夫人的健康与幸福干一杯——对他们的幸福，他不但不嫉妒，相反他要第一个对他们表示祝贺。一听这话，本·艾伦先生突然从椅子中起身，抓住黑色瓶子，开心地畅饮起来，由于酒性很烈，他的脸变得几乎和瓶子一样黑了。最后，黑瓶子在众人手里转来转去，直到被喝得一干二净，大家纷纷握手致意，祝贺之声不绝于耳，就连铁面的马丁先生都屈尊露出了微笑。

“那么，”鲍勃·索耶说，一边搓着双手，“我们要好好快活一个晚上。”

“对不起，”匹克威克先生说，“我必须返回旅馆。我最近不太习惯于疲劳，我的旅行已让我劳累过度了。”

“您喝点茶吗，匹克威克先生？”老太太带着难以抗拒的甜蜜口气说。

“谢谢您，我想还是不喝了。”这位绅士说。而事实是，促使匹克威克先生要离去的主要动因是，老太太对他的仰慕显然在逐渐增长。他想起了巴德尔太太；老太太的每一个眼色都足以使他出一身冷汗。

由于无论如何都没法说服匹克威克先生留下来，因此只好当即按照他的提议另做安排，决定由本杰明·艾伦先生陪他去拜访老温克尔先生，马车第二天早上九点钟到旅馆门口等他。于是他起身告辞，由塞缪尔·威勒先生跟着，返回布什旅馆。值得一提的是，马丁先生在与山姆握手道别时脸庞抽搐得可怕，而且他还露出了微笑，同时咒骂了一声，根据最了解这位绅士的特点的那些人推断，这些迹象表示他很乐意与威勒先生相处，而且希望进一步与其深交。

“要不要我去订一个专用休息室，先生？”到达布什旅馆时山姆问道。

“哎，不用了，山姆，”匹克威克先生答道，“反正我在咖啡间吃饭，不久就要去睡了，所以用不着。去旅馆休息室看看有没有人在吧，山姆。”

威勒先生遵命而去，很快又回来了，说那里只有一位独眼绅士，正在和店主一起喝一碗香甜葡萄酒饮料。

“那我去会会他们好了。”匹克威克先生说。

“那个独眼是一个奇怪的旅客，先生。”威勒先生在带路去的时候说，“他正在跟店主胡侃，先生，不着天不着地的，连他自己都不知道自己是站在靴子底上还是帽子顶上哩。”

当匹克威克先生进去的时候，刚才说的那个人物正坐在房间靠里的那一头，在抽一根很大的荷兰烟斗，同时用独眼紧盯着店主的圆脸。店主是一个看上去很快乐的老头，他显然刚刚听完一个令人惊奇的故事，足以验证这一点的是，他正在发出各种不连贯的惊叫："哇，我简直没法相信！从没听说过这么奇怪的事！简直没法想象会有这种事！"另外还自发地爆出其他的惊叹声，一面回应那独眼人的凝视。

"乐意效劳，先生，"独眼人对匹克威克先生说，"多好的夜晚呀，先生。"

"的确是好啊。"匹克威克先生说，与此同时，招待放了一小瓶白兰地和一点温开水在他面前。

当匹克威克先生在对水调制白兰地时，独眼人时不时地扭过头来认真打量他，最后说道：

"我想我以前见过你。"

"我记不起了。"匹克威克先生答道。

"我敢说是的，"独眼人说，"你不认识我，但我认识你的两个朋友，当时住在伊坦斯维尔的孔雀旅馆，大选举的时候。"

"噢，没错！"匹克威克先生叫道。

"是呀。"独眼人接着说，"我当时跟他们讲了一个小故事，说的是我的一个叫汤姆·司马特的朋友的事儿。或许你听他们说起过吧。"

"经常说起。"匹克威克先生答道，露出了微笑，"他是你的伯父吧，我想？"

"不，不；只是我伯父的朋友。"独眼人答道。

"不过，他可是一个奇人啊，你的那位伯父。"店主说，一边摇摇头。

"噢，我想是的，我想我可以那么说。"独眼人答道，"我可以跟你们讲一个有关这位伯父的故事，先生们，它说不定会让你们大感惊奇哩。"

"是吗？"匹克威克先生说，"说来听听吧，无论如何都要说一说。"

独眼的行脚商从大碗里舀出一杯尼加斯酒[1],喝了起来;一边从荷兰烟斗里吸了一大口烟;然后他呼唤在门口徘徊的山姆·威勒,告诉他不必走开,除非他想走开,因为要说的故事不是什么秘密。于是他用独眼盯着店主的眼睛,开始讲下一章的故事。

---

① 尼加斯酒,即前文所说的香甜葡萄酒饮料,由葡萄酒、开水、糖、豆蔻和柠檬汁调制而成。

第四十九章　行脚商的伯父的故事

“我的伯父，先生们，”行脚商说，“是世界上最愉快、最可爱、最聪明的人之一。我真希望你们认识他，先生们。但另一方面，先生们，我又不希望你们认识他，因为假如你们认识他的话，按照自然进程，到现在你们即使没有死，怎么说离死也不远了，因而也就只好待在家里并放弃交际了——那么，我此时此刻和你们说话的难以估量的快乐恐怕就要被剥夺掉了。先生们，但愿你们的父亲和母亲们认识我的伯父。他们会非常喜欢他的，尤其是你们的可敬的母亲们；我知道她们会的。如果说在装饰他的性格的众多美好德行中有两项尤其突出的话，那么我要说，那便是他调制的多味酒和他的餐后吟唱。请原谅我不厌其烦地说这些有关一个已去世的有价值的人的忧郁的回忆；像我伯父那样的人可不是每天都能见到的啊！

“有一点我始终认为是我伯父在为人处世上的一件大事，先生们，那就是，他是伦敦市卡提顿街的比尔逊-斯拉姆大厦的汤姆·司马特的亲密朋友和伴侣。我伯父曾为提金-威尔普斯公司收款，不过有很长一段时间他几乎走了和汤姆完全一样的路；他们俩初次相识的那个晚上，我伯父喜欢上了汤姆，汤姆也喜欢上了我伯父。两人相识还不到半个钟头就为一顶新呢帽打了一个赌，每人做一夸脱多味酒，看谁做得最好，喝得最快。裁判的结果是，我伯父在酒的调制上获胜，而汤姆·司马特则在喝方面以大约半调羹的优势领先。然后他们又各喝了一夸脱来互祝健康，而且从此成了忠诚的朋友。这类的事情都是命中注定的,先生们;我们拿它们毫无办法。

“就外貌来说,我伯父比中等个子稍微矮一丁点,比普通人稍微胖一两分,而且或许他的脸也更红一点点。他长着一张你们所见过的最快乐的脸,先生们,有点像笨伯潘奇①,鼻子和下巴长得更英俊一点儿;他的眼睛总是欢快地眨个不停,而且闪闪发亮;他的脸上永远挂着一丝微笑——可不是你们那种没有内涵的木头木脑的狞笑,而是一种真正的、欢快的、发自内心的、和颜悦色的微笑。有一次他被从双轮单马车里摔了出来,头朝前,撞在一块里程碑上。他躺在那里昏了过去,脸被堆在那里的碎石子划得整个儿变了形,用我伯父本人的激烈的说法来讲,即使是他母亲从地底下复活过去,她恐怕也认不出他来了。的确,当我琢磨这件事的时候,先生们,我确实深信她是认不出来的,因为在我伯父才两岁零几个月大的时候她就去世了,另外我还觉得,即使没有碎石子划破他的脸也没有区别,光是他那双高统靴子就足以让老太太大感莫名其妙,更不用说他那张快活的脸了。总之,他躺在那里,据我多次听我伯父说的,那个把他救起的人说他当时在开心地微笑,就好像他滚下车正要去参加一个宴会似的;而在他们为他放了血之后,他恢复活力的第一线微弱的亮光就是,他从床上跳了起来,爆发出一阵响亮的大笑,吻了吻那个端盆子的年轻女子,还要求上一份羊肉排骨和一个醋泡胡桃。他很喜欢吃醋泡胡桃,先生们。他说他发现要是不带醋吃,单吃胡桃有啤酒的味道。

“我伯父的伟大旅行一般在落叶季节进行,也就是去北方收账和接生意:从伦敦到爱丁堡,从爱丁堡到格拉斯哥,又从格拉斯

① 潘奇,原文为 Punch,是英国木偶戏《潘奇和朱迪》的男主角,是一个驼子,鼻长而钩,朱迪是他妻子,时常与他吵架。另外,英国有一份幽默画刊也叫“Punch”,通常译为《笨拙画报》。

哥回到爱丁堡，再坐渔船返回伦敦。你们要明白，他返回爱丁堡是为了寻欢作乐。他常常是回去一个星期，就为看看他的老朋友们；往往是跟这个吃早饭，跟那个吃点心，跟第三个吃午饭，再跟另一个吃晚饭，这样他的一个星期就可以安排得满满的了。我不知道，先生们，你们之中是否有人有过这样的经历：先用一顿真正的、实惠的、丰盛的苏格兰式早餐，然后出去小餐一蒲式耳的牡蛎，外加十来瓶啤酒，最后以一两小杯威士忌收场。假如你们有过这种经历的话，你们就会同意我的看法：在进行了上述小餐之后，要再出去吃午饭和晚饭的话，那是需要相当强健的头脑的。

“不过，上帝保佑你们，所有这类事情对我伯父根本不算什么！他早已饱经考验，这对他简直是儿戏。我听他说过，任何一天他都可以把丹第人灌醉，然后连晃都不晃一下自己走回家；丹第人有的是强健的头脑和同样强健的多味酒，在这个世界上你们再也找不到更好的了，先生们。我听说过一个格拉斯哥人和一个丹第人斗酒，两人一连喝了十五个钟头。可以确定的是，他们俩同时咽了气，不过，除了这一微不足道的意外，先生们，他们可真是不错的酒中豪杰呀。

“有一天晚上，就在坐船回伦敦之前二十四小时之内，我伯父在他的一个交往已久的老朋友家吃晚饭，那人叫做市参议员麦克什么的（名字中有四个音节省略掉了），住在爱丁堡的旧城区。一同进餐的还有参议员的妻子、他的三个女儿、已成年的儿子以及三四个身材肥胖、眉毛浓密、举止文雅的苏格兰老先生，参议员请后几位赴宴，一是为我伯父的面子，二是为助兴。那是一顿丰盛的晚餐。有鲑鱼干、熏鳕鱼、一个羔羊头和一个哈吉斯①——一道苏格

① 哈吉斯，肉馅羊肚，一种苏格兰名菜，以羊杂碎与麦片作馅塞进羊肚，然后煮制而成。

兰名菜，先生们，我伯父常说，每次看到这道美味上桌，他就觉得它很像一个小爱神的肚子——另外还有很多别的东西，不过我已忘记名称，反正都是些好东西。几位小姐漂亮而又可爱；参议员夫人是世界上最好的女人之一；我伯父的兴致高得不能再高了。结果，在那整段难得的时光里，小姐们哧哧地、格格地笑，老太太大声地笑，参议员和其他老头子们则纵声狂笑，笑得满脸通红。我已记得不清晚餐后每个男人喝了多少杯柠檬威士忌酒；但有一点我是清楚的，在凌晨一点钟的时候，参议员的已成年的儿子正想唱《威利酿造一配克①麦芽》第一段，却不胜酒力晕过去了；而在此前的半个小时之内，他是除我伯父之外惟一还露在桃花心木桌面上方的人，因此我伯父觉得差不多是该想到告辞的时候了，尤其是酒宴在傍晚七点就开始了，为的是让他能在合适的时间回到家呀。但是，考虑到说走就走，不辞而别，未免有失礼貌，于是我伯父就自选为主席，调了另一杯酒，起身祝自己身体健康，对自己发表了一篇简洁的恭维性的祝酒词，然后极其热情洋溢地把酒一饮而尽。可还是没有人醒来；于是我伯父又喝了一点儿——这回是纯酒，以免混合酒叫他难受——然后，他猛地抓起帽子，毅然走出门去。

“那是一个狂风大作的夜晚，我伯父关上参议员家的门，把帽子牢牢地扣在头上免得被风吹走，把双手插进口袋，抬头简略地打量了一眼天气状况。只见乌云以其最令人眼花缭乱的速度掠过月亮，此刻把她整个儿遮蔽，彼刻又让她露出其全部光华并把周围的一切照亮；不久，乌云又以更猛烈的速度向她冲去，使万物再次被黑暗笼罩。“真的，这可不行。”我伯父针对天气自言自语道，仿佛他感到自己受了人身侵犯似的。“这根本不是我的旅行所要的天气。不行，无论如何都不行。”我伯父非常令人难忘地说。在把这

---

① 配克，英美一容量单位，一配克相当于四分之一蒲式耳或八夸脱。

话重复了多遍之后，他费了些劲才维持住平衡——由于仰头看天看了那么久，他的确相当头晕——然后又快快乐乐地向前走去。

“市参议员的房子在凯农盖特，而我伯父要到莱斯路的那一头去，要走大约一英里多路。在他的两边，以天空为背景耸立着一座座高大、萧瑟而又零落的房屋，门面因岁月沧桑而污损了，窗户似乎也分担了凡人的眼睛的命运，因年事已高而变得凹陷无光了。那些房屋从六层、七层到八层不等；一层叠压一层，很像孩子们用纸牌叠的纸屋——它们把黑影投射在铺得凹凸不平的石子路上，使黑夜更显黑暗。有那么一些零散的油灯，彼此相距很远，它们的作用只不过是标示一下某些狭窄小路的肮脏的入口，或者表示某处有一道普普通通的楼梯经过一系列陡峭而复杂的拐弯后可以通向上面的各层。我伯父很不屑地瞟着所有这一切，那派头仿佛在说这一切他早已多见不怪，觉得眼下根本不值得去注意。他就这样趾高气扬地走在大街中央，两个大拇指插在两边的口袋里，嘴里不时自得其乐地哼唱着一些歌曲的片段，唱得那么兴致盎然且精神振奋，致使街坊上那些安静而又诚实的市民们从晚上的第一觉中惊醒过来，被吓得躺在床上直发抖，直到那声音在远方消失；在确认了只不过是一个一无是处的醉鬼深夜回家之后，他们又暖暖地盖起被子，睡了过去。

“我之所以特别描述我伯父把大拇指插在背心口袋里走在大街上的情形，是因为，正如他本人经常（且很有道理地）说的，是因为这个故事里没有任何特别的东西，除非你一开始就清楚地知道他无论如何都不是一个不可思议或浪漫成性的人物。

“先生们，我伯父把大拇指插在背心口袋里走着，在大街中间边走边唱，有时是一节情歌，有时是一节酒歌，在对两者都感到厌倦时，则又吹起曲调优美的口哨来，直到他走到连接爱丁堡新旧城区的北桥。在这里他停留了一会儿，看看那些一层叠一层的既奇怪又杂乱无章的团团灯光，它们在那么远又那么高的地方闪亮，看上去像天上的星星；它们要么在这边城堡的高墙上闪烁，要么在另一边的卡尔登山上发光，仿佛它们照亮的是一座座实实在在的空中楼阁；与此同时，那座古老如画的城市就在下面的朦胧与黑暗中沉睡着——它那在圣路上的由古老的亚瑟王宝座岗哨守卫着的宫殿和教堂高高耸立，正如我伯父的一个朋友所说，像一个性情乖张的守护神似的，黑着脸，阴沉地俯视着他已守护了如此之久的这座古城。是呀，绅士们，我伯父在这里停留了一会儿，东瞅瞅，西望望；虽然月亮在下沉，但天气已变得稍稍开朗了一点，于是他对天气的好转恭维了几句，然后又继续往前走，跟先前一样派头十足；他很神气地专走大街中央，那就好像他倒想看看有谁胆敢和他争这个权利似的。事实上根本就没有人要和他争；因此他继续往前走，大拇指插在背心口袋里，温和得像一只羔羊。

“走到莱斯路尽头后，我伯父必须走一大片荒地，然后穿过小街才能到达他住的地方。在这一片荒地上，当时有一个圈好的属于一个车匠的场子，这家伙与邮局签了合同，买那些破旧报废的邮车；由于我伯父也很喜欢车子，无论新的、旧的还是半新的，因此他立即决定离开原来的路，目的没有别的，就为了从栅栏的间隙窥视一下那些邮车——他记得看见了大约一打车子，被杂乱无章地丢在那里，挤成一堆。我伯父属于那种非常热情而又任性的人，先生们；因此，在发现他没法从栅栏的间隙好好窥视里面时，他索性就翻过栅栏，安安静静地坐到了一根旧的车轴上，开始神色凝重地注视那些旧邮车。

“车子有一打之多，或者也许更多——我伯父对这一点始终没有十足的把握，由于他是一个对数字的精确性非常看重的一丝不苟的人，因此他不愿把话说死——不过它们全都被丢在那儿，乱七八糟地搅和在一起，零乱之状不堪想象。车门都已从铰链上卸下来并搬走了;衬里已经被撕扯掉了,只是零零散散的有些地方被生锈的钉子挂住一小片;车灯没有了,辕杆早失踪了,铁部件生锈了,油漆剥蚀了;风在光秃秃的木板的裂缝间瑟瑟作响;积在车顶上的雨水一滴接一滴地滴进车里,发出空洞而忧郁的声音。它们是死去的邮车的正在腐烂的遗骨,而且在那样一个荒凉的地方,在深夜的那个时候,它们看上去多么凄凉和悲哀。

"我伯父用双手托着头,在想多年前乘坐老邮车的人们,他们当时四处飞奔,忙忙碌碌,而今却全都沉默了,改变了;他在想有多少人曾接受过邮车的服务啊;多少年来,夜复一夜,风雨无阻,这些破烂发霉的马车之一为无数人递送了焦急等待的消息、热切盼望的汇款、如约兑现的人寿保险金以及突然通报的疾病或死亡的宣告。商人、恋人、妻子、寡妇、母亲、小学生以及一听见邮差的敲门就摇摇晃晃走向大门的儿童——他们所有人曾经多么热切地盼望邮车的来到啊!可如今他们都在哪儿呢?

"先生们,我伯父经常说当时他想到了所有这一切,不过我倒是怀疑这些是他后来从什么书上看到的,因为他曾明明白白地声明说,他坐在车轴上看着那些腐烂的邮车时打起了瞌睡,还说是什么敲两点钟的深沉的教堂钟声把他惊醒过来。是呀,我伯父从来就不是一个思维敏捷的人,假如他真想了所有这一切,那么我敢肯定,他至少要整整折腾到两点半以后才成。因此,先生们,我肯定地认为,我伯父是瞌睡过去了,但他根本就什么都没有想。

"就算是那么回事吧,教堂的钟敲响了两点。我伯父醒过来,揉了揉眼睛,惊讶地跳了起来。

"钟一敲过两点,那整个荒凉而寂静的场所顷刻之间呈现出一派极其不同寻常的生动活泼的景象。邮车的门安在铰链上,衬里也换上了,铁部件像新的一样好,油漆恢复了,车灯点亮了,坐垫和大衣放在每一个车厢里,脚夫们在把包裹塞进每一个行李车箱,管车人在藏放邮包，马夫们在用一桶又一桶的水冲洗那些刚修补好的车轮；众多杂役跑来跑去，在为每一辆车装辕杆；乘客们来了，手提箱被递了上去，马被套到了车上；简单地说，很显然那里的每一辆邮车马上就要出发了。先生们，我伯父看着这一切时眼睛睁得那么大，直到他生命的最后一刻，他都不时纳闷他怎么居然能把它们再闭起来。

“‘喂！’一个声音说，同时我伯父感到有一只手放到了他肩上，‘你订了里面的座位。你最好是进去。’

“‘我订了！’我伯父说，转过身来。

“‘是呀，当然嘛。’

“我伯父，先生们，什么也说不出来；他大感惊讶。最奇怪的是，虽然有那么一大堆人，而且每时每刻都有新面孔涌现，但都说不清他们是从哪里来的。他们好像是以某种奇怪的方式从地下或空中蹦出来的，消失的时候也一样。一个脚夫把行李放进马车，拿了搬运费之后，一转过身子就不见了；我伯父还来不及去想他出了什么事，半打新的脚夫已经蹦了出来，在那些看来好像要压碎他们的包裹的重压下踉踉跄跄地走着。旅客们全都穿戴得非常稀奇古怪——又大又宽的有滚花边的大衣，带有宽大的硬袖，却没有领子；还有假发，先生们——非常正式的假发，后面有一个结。我伯父被弄得莫名其妙。

“‘喂，你到底进不进去？’先前对我伯父说过话的那个人说。他的打扮像个管邮车的人，头上戴着假发，上衣有大得要命的硬袖，一只手提着灯笼，另一只手拿着一支很大的大口径手枪——他正打算把枪藏进他的小手提箱。‘你到底进不进去，杰克·马丁？’那个管车人说，一边用灯笼照着我伯父的脸。

“‘哈啰！’我伯父说，同时后退一两步，‘别这么随随便便的！’

“‘乘客表上是这么写的呀。’管车人答道。

“‘上面没有写“先生”二字吗?’我伯父说。因为他觉得,先生们觉得一个不认识的管车人就那么喊他杰克·马丁,无异于放肆,邮局方面要是知道这种行为的话,是不会许可的。

“‘不,没有。’管车人冷冰冰地答道。

“‘车费付过了吗?’我伯父问道。

“‘当然付过了。’管车人答道。

“‘付了,是吗?’我伯父说,‘那就走吧!哪辆车?’

“‘这辆,’管车人说,指着一辆爱丁堡至伦敦的老式邮车,车子的踏板已放下,门也开着,‘且慢!其他客人来了。让他们先进去。’

“管车人刚说完,我伯父的眼前立刻出现了一位年轻绅士,他戴着扑了粉的假发,穿着一件镶了银边的天蓝色上衣,衣裾非常饱满而又宽大,里面附有硬麻布衬里。印花布和背心上印有‘提金—威尔普斯’字样,因此我伯父马上知道了所有那些料子是怎么回事。那人穿着短裤,在丝裤和带扣的鞋子上方缠着绑腿之类的;他的手腕处打着褶边,头上戴着一顶三角帽,身边挂着一把细细的长剑。他的背心的垂边一直垂到了大腿一半的地方,领巾的两端伸到了腰间。他庄严地阔步走到车门边,摘下帽子,伸直手臂把它举在头上方,同时把小指翘向天空,就像有些装模作样的人拿起茶杯时所做的那样;然后他把双脚并拢,深深地鞠了庄严的一躬,接着伸出了左手。我伯父正准备走上前去,热烈地握住那只手,却突然发现这些不是冲他而来,而是献给那时刚好出现在踏板前面的一位年轻女士的,她穿着老式的绿色天鹅绒衣服,上面罩着长长的三角背心兼胸衣。她头上没有戴软帽,先生们,而是罩着一块黑色的丝质头巾,不过在准备上车的时候她回头看了一下,露出了她那美丽的脸;那张脸实在美,我伯父从来没有见过——哪怕是在图画里。她用一只手提了提衣服,上了马车;我伯父在讲故事的时候,总是要大声赌咒一声,说要不是他亲眼所见,他决不会相信腿和脚能达到那么完美的地步。

"但是,在那张美丽的脸的这一瞥中,我伯父看出那位年轻女士向他投来了恳求的目光,而且她显得既恐惧又惶惑。另外他还发现,那个戴扑粉的假发的青年虽然颇为得体而又气派地显示了他的殷勤,但在她上车时他紧紧地掐着她的手腕,而且紧跟着钻进了车里。另外还有一个面目非常可憎的家伙,戴着短短的棕色假发,穿着李子颜色的衣服,佩着一把大剑,穿着高到屁股的靴子,也是属于他们一伙的;当他在那位女士旁边坐下时,她慌忙朝一个角落缩去,这使我伯父更加确信了他最初的印象,感到一个既黑暗又神秘的勾当正在进行之中,或者用他自己常说的话来形容,'准是哪颗螺钉松了'。令人吃惊的是,他那么快就下定了决心:只要那位女士需要帮助,他赴汤蹈火都在所不惜。

"'死亡与闪电!'当我伯父进马车时,那位年轻绅士手按佩剑,大声叫道。

"'血与雷!'另一位绅士吼叫道。说着他拔出剑来,二话没说就向我伯父刺去。我伯父没有带武器,但是他异常敏捷地摘下了那个恶狠狠的绅士的帽子,在让剑从帽子顶刺穿的同时,猛抓帽边而紧握住了剑身。

"'从后面刺他!'面目可憎的绅士对他的同伴喊道,一边挣扎着夺剑。

"'他最好别那样,'我伯父喊道,一边用威胁的态度亮了亮他的鞋后跟,'不然我会踢出他的脑子来,假如他有脑子的话,要是他没有脑子,我就踩烂他的脑壳。'同时我伯父使出全部力气把面目可憎的绅士手中的剑夺了过来,并且把它扔出了车窗;见此情景,更年轻的那位绅士再吼了一声'死亡与闪电!',以极为凶暴的姿态把手放到了剑柄上,但却没有拔剑。也许吧,先生们,正如我伯父经常微笑着说的,也许他是担心吓着那位小姐吧。

"'喂,绅士们,'我伯父说,从容不迫地坐了下来,'当着一位女士的面,我不希望发生任何死亡,无论有没有闪电,再说我们这次旅行的血与雷也够多了;因此,假如你们乐意的话,我们不妨都有点儿内座乘客的样儿,安安静静坐着。喂,管车的,把这位绅士的餐刀捡起来。'

"我伯父刚刚说完,管车人就在邮车的窗边出现了,手里拿着那位绅士的剑。他举起灯笼,在把剑递进车里时热切地看着我伯父的脸;我伯父大感惊讶,因为借助于灯光,他看见车窗边拥着一大群邮车管车人,他们每个人都在热切地盯着他。有生以来,他还从没见过这样一片由苍白的脸、红色的身子和热切的眼睛组成的海洋啊。

"'这是我所碰到的最奇怪的事呀,'我伯父在心里嘀咕说,'请允许我把帽子还给你吧。'

"面目可憎的那位绅士一声不吭地接过三角帽,带着探究的神气看了看中间那个洞,最后庄严地把它戴到了假发上,只可惜那庄严肃穆的效果受到了轻微的损害,因为他恰好在这一刻猛地打了一个喷嚏,又把帽子震落下来。

"'好了!'拿灯的管车人喊道,爬进了车后面属于他的小座位。于是他们出发了。驶离车场的时候,我伯父从车窗往外窥望,看见其他的邮车连同所有的车夫、车管、马儿和旅客正在兜圈子,赶车的速度很慢,大约是每小时五英里。我伯父大感气愤,先生们。作为一个生意人,他觉得邮包是不能那么漫不经心地运送的,他决定一到达伦敦就马上给邮局写投诉信。

"不过,此刻他的心思集中在那位年轻女士身上,她坐在车子最里面的角落,脸儿紧紧地蒙在头巾里;穿天蓝色外衣的绅士坐在她对面;穿李子色衣服的绅士坐在她旁边,两人都在紧紧地监视着她。她要是把头巾的皱褶弄出声来，他能听见那个面目可憎的家伙伸手抓剑的声音，从另一个家伙的呼吸声他可以感觉出（由于黑暗，他看不清他的脸），那家伙像一个虎视眈眈的巨人似的，恨不得一口把她吞下去。这一情况使我伯父越来越激动，他决定不管发生什么事，都要把事情弄个水落石出。他对明亮的眼睛、甜蜜的脸蛋和漂亮的腿和脚无比仰慕；简而言之，他喜欢所有的女性。这是我们这个家族的遗传，先生们——我也一个样。

“为吸引那位女士的注意，或者无论如何要让那两个神秘绅士开口说话，我伯父使用了很多招数。它们全都是白搭；那两位绅士不愿说话，那位女士则不敢说。他间或把脑袋伸出车窗，大声发问为什么车不能赶得更快些。他叫嚷着，把嗓子都喊哑了；但却没有谁注意他。他倚靠在车壁上，心里在想那张美丽的脸，以及那双手和两条腿。这样倒更好一些；不仅可以打发时光，而且可以阻止他去想他是去哪里，到底是怎么着他陷进了如此古怪的处境。并不是说这使他心烦意躁，无论如何不至于如此——我伯父是一个自由自在、无拘无束、毫无所谓的人，先生们。

“突然邮车停了下来。‘喂！’我伯父说，‘怎么回事？’

“‘在这里下车。’管车人说，放下了踏板。

“‘这里！’我伯父喊道。

“‘是这里。’管车人说。

“‘我才不干哩。’我伯父说。

“‘那好。原地呆着吧。’管车人说。

“‘我会的。’我伯父说。

“‘得。’管车人说。

“其他乘客对这段对话非常注意，在发现我伯父决心不下车时，那个年轻一些的男子从他身边挤了过去，以便扶那位女士下车。这个时候，那个面目可憎的男子则在查看他的三角帽顶上的洞。年轻女士擦身而过的时候,把她的一只手套丢进了我伯父手里,并轻声对他耳语——她的嘴唇和他的脸靠得那么近,他的鼻子都感觉到她的呼吸了——她只简简单单说了句:'救命!'绅士们,我伯父立即纵身跃出了马车,由于用力过猛,致使车子在弹簧上摇晃起来。

"'噢!你改变主意了,是吗?'管车人见我伯父站到了地上,就说道。

"我伯父对管车人看了几秒钟,在犹豫是不是该把他的大口径手枪抢过来,对准那个拿大剑的人的脸开上一枪,再用枪柄在另一个头上狠敲一下,然后趁着硝烟把那位年轻女士劫走。不过,转而一想,他放弃了这一计划,因为它实施起来太戏剧化;于是他就跟在那两位神秘男子后面——他们把那位女士看守在中间,正在走进一座古老的房屋,马车就停在这座老屋前面。他们转进了过道,我伯父也跟了过去。

"在我伯父所见过的所有破败荒凉的场所中,这里是最为突出的。看起来它好像曾经是一家很大的娱乐场所;不过屋顶的好几处地方已经塌陷下去,楼梯陡峭、崎岖而又破烂。他们走进去的那间房里有一个很大的火炉。烟囱被烟熏得黑而又黑,不过现在没有温暖的火焰照亮它了。白色羽毛一般的柴灰仍然散布在火炉边,但火炉是冷的,一切既黑暗又阴沉。

"'嘿,'我伯父一边看四周,一边说,'邮车一小时才走六点五英里,还要无期限地停在这样一个洞里,这事儿也太离谱了,我觉得是的。这种事儿必须曝光。我要写信给报社。'

"我伯父以很大的声音和毫无保留的公开态度说出了这番话,希望能借此引那两个陌生人说话。但是他们谁都不理会他,而只是彼此耳语了几句,同时对他怒目相向。那位女士坐在房间的那一头,她有一次冒险挥了一下手,好像在恳求我伯父的帮助似的。

“最后那两个陌生人稍微走近了一些，谈话于是认认真真地开始了。

“‘我想，你不知道这是私人包间吧，你这家伙？’穿天蓝色衣服的绅士说。

“‘不，我不知道，伙计。’我伯父答道，‘假如这是一个特意订的私人包间的话，那我想公共房间一定无比舒服啰。’说着，我伯父就在一张高靠背的椅子上坐了下来，开始凝神打量那位绅士的精确尺寸；那种精确度是没说的，假如提金-威尔普斯按这一尺寸给他提供印花布做一套衣服的话，决不会大一英寸，也不会小一英寸。

“‘离开这个房间。’那两个男人齐声说，同时都以手按剑。

“‘呃？’我伯父说，看样子根本就不理解他们的意思。

“‘离开这个房间，否则你就是找死。’那佩带大剑的面目可憎的人说，一边拔出剑在空中挥舞了一下。

“‘打翻他！’穿天蓝色衣服的绅士喊道，一边拔出剑来，后退了两三码，‘打翻他！’那位女士发出一声大大的尖叫。

“可不，我伯父向来是以异常勇敢和镇静著称的。看上去他对正在发生的事情一直漠然以待，而其实他一直在暗中四处查看，寻找可以用做防身的武器或用来投掷的东西；就在对方拔出剑的那一刻，他瞥见烟囱的角落放着一把古旧的细剑，它的剑柄上绕着藤条，剑鞘已经生锈。随着纵身一跳，我伯父已操剑在手，他拔出剑来，英勇地在头上方挥舞，大声叫那位女士走开，把高靠背椅摔向穿天蓝色衣服的汉子，把剑鞘投向穿李子色衣服的汉子，趁他们手忙脚乱之机扑了过去，与他们混战起来。

“先生们，有一个古老的故事——是真实的，但并不因此逊色——说的是一个又好又年轻的爱尔兰绅士，有人问他会不会拉小提琴，他回答说无疑他是会的，但是他又说不定，因为他从来没有拉过。用这来形容我伯父和他的剑术也并无不可。他以前从来没有拿过剑，除了有一次在一个私人剧院扮演理查三世：在那场戏中，根据与里士满的约定，里士满被从背后刺穿，根本不需要表演剑术。可是在这里，他与两位经验丰富的剑客厮杀，进攻，防守，直刺、斜削，以极度的男子汉气魄和极尽敏捷的身手拼杀着，虽然在此刻之前他从来没有意识到他对这一技艺一点儿概念都没有。绅士们，这只是表明古话说得有多好：在亲自试过之前，一个人决不知道自己能够做什么。

“搏斗的声音很可怕，三个搏斗者都破口大骂，他们的剑撞击得那么厉害，声音之大仿佛新港市场的所有刀斧在同时敲击。当搏斗达到高潮时，那位女士（很可能是为了鼓励我伯父）完全扯掉了面纱，露出了令人炫目的美丽面孔，使我伯父情愿为博她一笑而与五十个人决一死战。他先前创造了奇迹，而现在更是勇猛无比，像个极度疯狂的巨人。

“就在这一时刻，穿天蓝色衣服的绅士转过身来，看见那位年轻女士暴露了她的脸，因此发出一声激怒与嫉妒的喊叫，同时把他的剑转向她美丽的胸膛，对准心口刺了过去，使我伯父发出一声使房子震颤起来的痛苦的大叫。那位女士轻捷地闪开，从那青年汉子手里夺过宝剑，趁他还没站稳，把他逼到墙边，一剑刺穿了他以及后面的贴墙板，一直刺到了剑柄，把他牢牢实实地钉在了那里。这是一个棒极了的榜样。我伯父发出一声胜利的高呼，以不可阻挡的力量逼着他的敌手退到了相同的方向，把那把古剑刺进了他的背心上那个大大的红花图案的中心，把他钉在了他朋友的旁边；他们俩站在那里，绅士们，痛苦地抽动着手和腿，就像玩具店里用粗线操纵的玩偶似的。我伯父后来老是说，这是他所知的处置敌手的最佳方法之一；但是它就所花代价而言未免有一点瑕疵，那就是,每处置掉一个敌手就要损失一把剑。

“‘邮车,邮车!’那位女士喊道,一边跑向我伯父,张开双臂抱住他的脖子,‘我们可以逃走了。’

“‘可以!’我伯父叫道,‘嗨,我亲爱的,没有别的人要杀了,是吗?’我伯父有点儿失望,先生们,因为他觉得在屠杀之后安静地谈谈情说说爱是妙不可言的,哪怕仅仅是换个玩法。

“‘我们一刻也不能在这儿耽搁,’年轻女士说,‘他(指了指那个穿天蓝色衣服的年轻绅士)是有权有势的费勒托维尔侯爵的独生子。’

“‘那好呀,我亲爱的,不过恐怕他再也无法领受这个爵号了。’我伯父说,一边看了看那个年轻绅士,他站在那里,被钉在墙上,正如我所描述的,那样子像被钉住的金龟子标本,‘你毁了人家的传宗接代呀,我亲爱的。’

“‘我是被这些恶棍从家人和朋友身边强抢来的。’年轻女士说,她的脸因愤怒而涨红了,‘本来那个坏蛋是打算再过一个小时就强行娶我的。’

“‘厚颜无耻的东西!’我伯父说,对费勒托维尔侯爵的垂死的继承人投去非常鄙夷的目光。

“‘从你所见的情况你可以猜得出,’年轻女士说,‘他们早已有预谋,假如我向任何人求救,他们就要谋杀我。要是他们的同伙发现我们在这里,那我们就完了。再耽误两分钟就太晚了。邮车!’由于过于激动,加之刺杀小费勒托维尔侯爵时用力过度,她一说完这些话就倒在了我伯父怀里。我伯父抱起她,一直走到了门口。邮车就停在那里,早已套好四匹尾巴修长、鬃毛飘垂的黑马;但是马头边没有车夫,也没有车管,甚至连马夫都没有。

“绅士们,我希望在我表述以下有关我伯父的看法时,我没有对他有什么不公:虽然他是一个单身汉,但他在这次之前已经抱过一些女人了;我真的相信,他有吻酒吧女招待的习惯;我还知道,有那么一两次,他被可靠的证人撞见在用很明显的方式拥抱一位老板娘。我提到这些,旨在说明那位小姐准是一个非同寻常的人,因此才对我伯父产生了那么大的影响;他常常说,当她长长的黑发撒在他手臂上时,当她苏醒后用美丽的黑眼睛盯着他的脸时,他感到是那么奇怪而又紧张,以至于他的两条腿都在打抖。但是,谁能注视一双柔情蜜意的黑眼睛却又没有异样的感觉呢?我办不到,先生们。我害怕注视我熟悉的一些眼睛,道理也就在其中啊。

"'永远不要离开我。'年轻小姐喃喃地说。

"'永远不。'我伯父说。这是他的心里话。

"'我亲爱的救命恩人!'年轻小姐叫道,'我亲爱的、好心的、英勇的救命恩人!'

"'别说了。'我伯父说,打断了她的话。

"'为什么?'年轻小姐问道。

"'因为你说话时嘴唇太漂亮了,我伯父回答说,'我担心我会禁不住莽撞而亲吻它们。'

"那小姐抬起手来,仿佛要警告我伯父别那样,并说——不,她什么都没有说——她微微一笑。当你面对世界上最甜蜜的两片嘴唇,并看见它们轻轻地咧成淘气的微笑时——假如你离它们很近,而且旁边没有别的人——你除了立即亲吻它们,再没有更好的方法证明你对它们的美丽形状和色泽的爱慕了。我伯父就是那么做的,我因此很推崇他啊。

"'听!'年轻小姐叫道,惊了一下,'车轮和马的声音!'

"'是呀。'我伯父说,一边侧耳倾听。我伯父特别擅长辨别车轮声和马蹄践踏声;但由于从远处向他们奔来的马儿和马车似乎很多,因此不可能猜出确切的数目。从声音来判断,好像足足有五十辆四轮大马车,每辆车有六匹纯种骏马。

“‘有人追我们!’年轻小姐叫道,双手捏到了一块儿,‘有人追我们。除了你我没有别的希望了!’

“她美丽的脸上露出那么恐惧的表情,致使我伯父当即下了决心。他把她抱进马车,告诉她不要害怕,再次把他的双唇压到她的双唇上,还建议她拉好窗帘挡住冷风,然后就爬上了驾驶座。

“‘且慢,爱人。’年轻女士叫道。

“‘什么事呀?’我伯父从驾驶座上说。

“‘除了我,你谁都不爱,谁都不娶吗?’年轻小姐说道。

“我伯父发了一个大誓,说他决不会娶别的任何人,于是年轻小姐把头缩进车内,并拉上了车窗。然后他跳上驾驶座,舒展一下双肘,调整好缰绳,抓起放在车顶的马鞭,抽了领头马一鞭,于是四匹尾巴修长、鬃毛飘垂的黑马开始奔跑,拉着它们后面的老邮车向前冲去,每小时的速度足有十五英里。哟!它们奔跑得多快呀!

“后面的嘈杂声更大了。老邮车跑得越快,追击者也越快——人、马和狗在追击中采取了联合行动。那种嘈杂挺可怕的,不过,盖过它的是那位小姐的尖声叫喊,她催促我伯父说:‘快点儿!快点儿!’

“他们掠过黑暗的树林,像狂风驱使下的羽毛。他们掠过房屋、大门、教堂、干草堆以及其他各种东西,其势头之猛和噪音之大,有如突然决堤的咆哮的洪水。追击者的喧嚷仍然有增无减,我伯父仍然能听见那位年轻小姐在疯狂地尖叫:‘再快点儿!再快点儿!’

“我伯父连连挥鞭和抖缰绳,马儿们飞速前进,直至马身因汗沫而开始泛白;而后面追击的嘈杂声却有增无减;可那位年轻小姐仍然在叫唤:‘快点儿!快点儿!’我伯父以危急时刻特有的猛劲很响地跺了一下靴子,并且——发现已经到了天光灰白的早晨,而他正在车匠的场子里,坐在一辆破旧的爱丁堡邮车的驾驶座上,因又冷又湿而浑身发抖,正在跺着脚取暖哩!他跳下驾驶座,热切地向车子里寻找那位美丽的小姐。唉!邮车既没有门,也没有座位。——只是一个空壳。

“当然,我伯父知道这件事里有某种神秘,也知道一切都如他常说的那样的确是发生过的。他一直坚定地信守他对那位美丽小姐发的大誓:因她的缘故拒绝了好几位合适的老板娘,一直到死都是独身。他老是说:那真是件够奇怪的事儿,他是偶然翻过栅栏去的,不料却发现邮车、马、车管、车夫和旅客们的鬼魂都有每天晚上有规律地夜游的习惯。他还常常补充说,他相信他是惟一曾被当成游魂受邀参加过其中一次夜游的活人。我相信他说的是对的,先生们——至少我从没听说别的人参加过。”

“我真不知道这些邮车的鬼魂在它们的邮包里装了什么。”旅馆老板说,他极其专心地听完了整个故事。

“死人的信呗,当然嘛。”行脚商人说。

“噢,啊!没错,”老板说,“我居然根本没想到这一点。”

第五十章　匹克威克先生如何加速完成其使命，以及他如何一开头就得到一位极其意外的助手的增援

第二天早上九点差一刻，马匹已准时套上马车，匹克威克先生和山姆·威勒一里一外各自就座，左马骑手①按照命令先把车赶往鲍勃·索耶先生家，以便接本杰明·艾伦先生。

马车到达挂着一盏红灯并且有“索耶大夫”几个醒目的字样的大门口时，匹克威克先生把头探出车窗，看见那个穿灰色制服的孩子正在忙着关百叶窗，因此大感惊讶——在早上的那个时候关百叶窗，是一种违反商业惯例的不同寻常的举动，这马上使他在心里产生两种推断：一是鲍勃·索耶先生的某位好友兼病人死了；二是鲍勃·索耶先生本人破产了。

“出什么事了？”匹克威克先生对那孩子说。

“没什么，先生。”那孩子答道，把嘴巴咧得简直有他的脸那么宽。

“太好了！太好了！”鲍勃·索耶先生叫道，他突然出现在门口，手里提着一个小小的皱巴巴、脏兮兮的皮质旅行包，右臂上搭着一件粗糙的大衣和一条围巾，“我要去，老朋友。”

“你！”匹克威克先生叫道。

---

① 左马骑手，四马以上马车的前排左马骑手，又称左马驭者。

“是呀,”鲍勃·索耶答道,“我们要做一次正儿八经的远游。喂,山姆!当心!”在这么简洁地唤起山姆的注意的同时,鲍勃·索耶先生把那个皮旅行包丢进了马车的后部。山姆一直在佩服地注意发生的一切,因此他马上就把旅行包藏到了座位底下。于是,鲍勃·索耶先生在那孩子的帮助下,勉强把那件小几码的粗糙外衣穿到了身上,然后走到马车窗边,伸进头去,并且狂笑起来。

“这样上路多好啊,不是吗?”鲍勃·索耶叫道,用粗外套的一个衣袖揩掉眼中的泪水。

“我亲爱的先生,”匹克威克先生有点尴尬地说,“我根本想不到你会陪我们去。”

“可不嘛,正是那么回事,”鲍勃答道,一边抓住匹克威克先生翻领,“开个玩笑。”

“噢,是个玩笑?”匹克威克先生说。

“当然。”鲍勃答道,“这是事情的全部要点,你知道吧——就让生意自己照料自己好了,反正它好像已下定决心不再照顾我了。”在对百叶窗现象做这一解释的同时,鲍勃·索耶先生指了指店铺,又陷入了狂笑。

“天哪,你肯定还没有疯到想要抛开病人而使他们落到无人照管的地步吧!”匹克威克先生用非常严肃的语调劝诫说。

“为什么不呢?”鲍勃回答说,“我要借此救人呀,你知道吧。他们没有一个人付过钱。另外,”鲍勃说,把声音变成了推心置腹的耳语,“这样对他们更好些;因此,由于我几乎没有药了,眼下又无力添药,因此我势必要拿甘汞给他们大家吃,而这对他们中的有些人肯定是不合适的。所以呢,现在这么做最好了。”

这一回答中有某种哲学道理以及推理的力量,这是出乎匹克威克先生预料的。他暂停了片刻,然后以不及先前坚决的口吻补充说:

“可是这辆马车，我亲爱的朋友，只能坐两个人呀；我和艾伦先生早就约定了的。”

“你根本不用管我，”鲍勃答道，“我全都安排好了；山姆和我一起坐尾座。瞧，这个字条儿是准备贴在店门上的：‘欲找索耶大夫，请询问街对面的克里普斯太太。’克里普斯太太是我那位学徒的母亲。‘索耶先生很抱歉，’克里普斯太太会说，‘没办法呀——一大早就被请走了，参加国内一流的外科医师的会诊去了——没有他不行呀——无论花多少钱都要请他——做的可是大手术啊。’事实上，”鲍勃下结论说，“这对我再好不过了，但愿。要是本地的什么报纸把这话登出来，那可真要成全我了。本到了；喂，钻进去吧。”

说完这些匆忙的话，鲍勃·索耶先生推开左马骑手，把朋友推进车里，砰地一声关上门，拉上踏板，把字条儿贴在店门上，把钥匙装进口袋，纵身跳进车尾，发出了出发的指令——这一切完成得那么匆促，匹克威克先生还来不及考虑鲍勃·索耶先生是否应该去，马车已经开始滚动向前，鲍勃先生于是彻底确立了他类似于马车的附件或包裹的地位。

在他们的旅程还没有超出布里斯托的街道的范围的时候，这个诙谐的鲍勃一直戴着他工作时戴的绿色眼镜，得体地保持着稳重与庄严的姿态，仅仅逞口舌之快，说了很多俏皮话，让山姆·威勒先生独饱耳福。而当他们到达旷野的大路时，他便把眼镜和庄严全抛开了，表演了很多恶作剧，存心要引起路人的注意，也使马车及其乘客成为众人瞩目的对象，引起了远非一般的好奇；在这些表演中，最不引人注目的是极其响亮地模仿一个有键的喇叭，以及招摇地炫耀一块系在手杖上的深红色丝手绢——它被不时在空中挥动，做着各种表示尊贵和挑战的姿势。

“我真不明白，”匹克威克先生说，他本来是在非常安详地和本·艾伦谈论温克尔先生和他妹妹的各种优良品质的，这会儿却在中途停了下来，说，“我真不明白我们有什么好看的，竟使路过的所有人都那么盯着我们。”

“派头不小嘛，”本·艾伦答道，语调中有几分自豪，“我敢说，他们可不是每天都能看到这种场面的。”

“可能吧，”匹克威克先生答道，“没准是的。也许吧。”

匹克威克先生是很可能推出自己信以为真的结论的，假如他当时没有碰巧看了看车窗外面的话；他看见行人们脸上所表明的绝不是满怀敬意的惊讶，而且他们好像正与车厢外面的什么人交换着种种电报式的信息，因此他马上想到这些迹象在某种程度上可能与鲍勃·索耶先生的幽默行为有关。

“但愿，”匹克威克先生说，“我们的活泼的朋友在车尾没做什么荒唐事儿。”

“噢，亲爱的，不会，”本·艾伦答道，“除非受到什么刺激而亢奋起来，不然鲍勃是世界上最安静的人。”

这时候，一个模仿带键的喇叭的被拉长的声音冲耳而来，紧接着是欢呼和尖叫声，它们显然都是从世界上最安静的人——或者说得更明白点，是从鲍勃·索耶先生的喉咙和肺部发出来的。

匹克威克先生和本·艾伦先生意味深长地互相看了看，前一位绅士摘下帽子，把身子探出车窗，差不多使整个背心都露到车外了，这样他终于才得以瞥见他那位滑稽的朋友。

鲍勃·索耶先生不是坐在尾座，而是在马车顶上，他两腿随随便便地张开，把塞缪尔·威勒先生的帽子歪戴着，一只手拿着一块大极了的三明治，另一只手拿着一个带瓶套的大瓶子，两者他都在津津有味地享用；为避免独自快乐的单调，他还不时地放声叫嚷，或者与任何路过的陌生人开活泼的玩笑。那面深红色的旗帜被小心地扎在尾座扶手的垂直位置上；塞缪尔·威勒先生则戴着鲍勃·索耶的帽子，坐在尾座的中央，正在品味一块双层三明治，一脸神采飞扬的神情，这一神情表明他对上述安排是完全彻底地赞同的。

这本来已足够让匹克威克先生这种注重礼貌的绅士气恼了，然而气人的还不止这一点，因为有一辆里里外外都装得满而又满的驿车这时刚好和他们会车，乘客们的惊讶神情表露得非常明显。还有一大家子爱尔兰人一直跟在他们车后一边向他们乞讨，一边喧喧嚷嚷地说恭维话；这一家子中那个男人的声音尤其聒噪不堪，他似乎把这种招摇过市当成了政治游行或凯旋游行什么的。

"索耶先生，"匹克威克先生喊道，处在极度的激动之中，"索耶先生，先生！"

"哈啰！"那位绅士答道，以他有生以来的全部镇静看了看马车的旁边。

"你疯了吗，先生？"匹克威克先生问道。

"一点儿也不，"鲍勃答道，"只是高兴罢了。"

"高兴，先生！"匹克威克先生脱口喊道，"把那块丢脸的红手绢拿下来，我请求你。我要你拿下来，先生。山姆，拿下来。"

山姆还没来得及插手，鲍勃·索耶先生已优雅地摘下他的旗帜，把它放进口袋，并彬彬有礼地朝匹克威克先生点了点头，然后擦了擦酒瓶的嘴，把它凑到自己的嘴上；借此他不费任何口舌就表明了，他喝那一大口是旨在祝老先生快乐和发达。在做了这事儿之后，鲍勃非常小心地塞好瓶塞，亲切地往下看了看匹克威克先生，在三明治上咬了一大口，并且微笑起来。

"好了，"匹克威克先生说，他一时间的气愤毕竟不太敌得过鲍勃那坚定不移的泰然自若，"请不要再让我们领教这种荒唐行为。"

"不，不会，"鲍勃答道，与威勒先生再次交换了帽子，"我不是有意捣蛋，只不过是坐车太快乐了，忍不住呀。”

“想一想搞成什么样子，”匹克威克先生劝诫说，“要顾一点面子嘛。”

“噢，当然，”鲍勃说，“根本不是那么回事。全过去了，老人家。”

因对这一保证感到满意，匹克威克先生再一次把头缩进车里，拉上了窗玻璃；但他几乎还没有接上被鲍勃·索耶打断的谈话，就被一个突然显形的东西吓了一跳，那是一个黑色的小东西，椭圆形的，就在车窗外面，在窗玻璃上敲来撞去的，好像迫不及待地要进车子里来似的。

“这是什么？”匹克威克先生叫道。

“看上去像一个带套的瓶子，”本·艾伦说，有点感兴趣地透过眼镜看了看所说的那个东西，“我想那是鲍勃的东西。”

这一印象完全正确；因为鲍勃·索耶先生把那个带套的瓶子系到了手杖柄上，在用它敲击窗户，表示他希望车内的朋友也品尝一下瓶里的东西，以见证美好的友谊与融洽。

“怎么办呢？”匹克威克先生说，看着那个瓶子，“这一行为比先前的更荒唐了。”

“我想最好是把它拿进来，”本·艾伦先生答道，“拿进来扣着，是他活该，不是吗？”

“是的，”匹克威克先生说，“不过我该不该呢？”

“我觉得这是我们所能采取的最得当的措施。”本答道。

这一忠告刚好合他的心意，因此匹克威克先生轻轻地拉下窗玻璃，把瓶子从手杖上解下；接着手杖被收了上去，而且听见鲍勃·索耶先生在开心大笑。

“多快活的家伙啊！”匹克威克先生说，扭过头来看看朋友，手里拿着瓶子。

"可不是嘛。"艾伦先生说。

"你简直不可能对他生气。"匹克威克先生说。

"完全不可能。"本杰明·艾伦说。

在进行这一简短的感想交流的过程中,匹克威克已经在心不在焉的心境下拔开了瓶塞。

"里面是什么?"本·艾伦问道,一副漫不经心的样子。

"我不知道,"匹克威克先生答道,同样地漫不经心,"从气味看,我想,像是牛奶多味酒吧。"

"噢,是嘛!"本说。

"我想是的,"匹克威克先生答道,进而非常得体地谨防自己判断失实的可能性,"注意,没有尝过,我是不敢肯定的。"

"你最好是尝一口,"本说,"那我们就可以知道是什么了。"

"你这么想吗?"匹克威克先生答道,"好吧;既然你有好奇心想知道,我当然也不反对。"

永远乐意为朋友的愿望牺牲自己的感情的匹克威克先生马上尝了一大口。

"是什么?"本·艾伦问道,有点迫不及待地打断了他的品尝。

"好奇怪,"匹克威克先生说,一边咂嘴唇,"我居然还没尝出味道。噢,对啦!"在尝了第二口之后,匹克威克先生说,"是多味酒。"

本·艾伦先生看着匹克威克先生;匹克威克先生看着本·艾伦先生;本·艾伦先生微微一笑,匹克威克先生却没有。

"这是应得的报应,"后一位绅士带着几分严厉说,"这是他应得的报应,全给他喝光。"

"我也正是这么想的。"本·艾伦说。

"真的吗?"匹克威克先生说,"那么就祝他健康吧!"说着,这位杰出人物从瓶子里极其有力喝了好大一口,然后把瓶子递给本·艾伦,后者毫不迟疑地学了他的样。然后微笑变成了相互的,于是多味酒就被渐渐地、快快乐乐地解决掉了。

“无论如何,”匹克威克先生喝干最后一滴的时候说,“他的恶作剧真的还蛮讨人喜欢;真的非常叫人开心。”

“可以这么说。”本·艾伦先生说。为证明鲍勃·索耶是世界上最诙谐的人物之一,也为让匹克威克先生一乐,他连篇累牍、一五一十地叙述起了那位绅士有一次喝酒喝到发烧并让人把他的头发剃掉的轶事;一直到马车到达贝克莱灌木荒地的贝尔并在那里换马的时候,对这一欢快而有趣的故事的叙述才中断。

“喂!我们要在这儿正正经经吃一顿吧,对吗?”鲍伯说,从窗外往车里探望。

“吃一顿!”匹克威克先生说,“唉,我们才走了十九英里,还有八十七英里半要走哩。”

“正是由于这一缘故,我们才应该吃点什么来克服车马劳顿呀。”鲍勃·索耶先生抗辩说。

“噢,十一点半就吃一顿,这是完全不可能的。”匹克威克先生答,一边看了看表。

“没错,”鲍勃答道,“吃点便饭才是正事。喂,朋友!三客便饭,马上来,把马儿牵去歇上刻把钟。叫他们上所有的冷盘,弄点瓶装啤酒来,还得让我们尝尝你们最好的马德拉白葡萄酒。”在匆匆忙忙、架子十足地发布完这些命令之后,鲍勃·索耶先生就立刻奔进屋里监办去了;不出五分钟他又跑了回来,宣告东西棒极了。

便饭的质量充分证明鲍勃的称赞恰如其分,因此,不仅这位绅士,连本·艾伦先生和匹克威克先生都好好地享用了一顿;由于这三位的垂爱,瓶装的啤酒和马德拉葡萄酒也很快被解决了;然后(马匹已重新套好)他们重新上车入座,带套的瓶子又装满了当场能叫到的牛奶多味酒的最佳替代品,那只带键的喇叭又吹响了,红旗又舞了起来，匹克威克先生不再有丝毫的抗议了。

在图克斯贝理的霍普-普尔，他们停下来用正餐；这回上了更多的瓶装啤酒、更多的马德拉白葡萄酒，另外还有了一些红葡萄酒；带套子的瓶子在这里第四次被灌满了。在这些混在一起的刺激物的影响之下，匹克威克先生和本·艾伦先生沉睡了三十英里，同时鲍勃和威勒先生一直在尾座进行二重唱。

当匹克威克先生清醒到能够张望窗外的时候，天已经很黑了。路边七零八落的茅屋，勉强可见的各种东西的晦暗色泽，阴暗滞重的气氛，用煤屑和砖灰铺成的小路，远处的高炉的深红色火光，从摇摇欲坠的高大烟囱里沉沉地喷出并染黑和湮没周围一切的股股浓烟，远方闪闪烁烁的万家灯火，载着铿锵作响的铁条或堆满其他沉重的货物在马路上艰难行进的笨重的货车——所有这一切都表明他们很快就要抵达伟大的工业城市伯明翰了。

他们车辚辚马萧萧地穿过一条条的狭窄道路，辛勤劳作的景象和声音更加强有力地作用于他们的感官。大街小巷挤满了做工的人。劳动的嗡嗡声在每一座屋子里回荡，灯火从顶楼的门式窗射出微光，机轮的旋转和机器的嘈杂声在震撼颤抖的墙壁。从几里之外就能看到一团团惨淡骇人的火光，那是炉火在这座都市的大工厂和作坊里熊熊燃烧。铁锤的丁当声、蒸汽的喷射声、引擎的滞重的铿锵声，便是从四面八方涌来的刺耳音乐。

左马骑手轻快地把马车赶过空旷的街道，又驶过介于市郊和老皇家旅馆之间那些灯火通明的漂亮店铺，匹克威克先生这才开始考虑到使他来到这里的任务是何等困难和棘手。

这一任务的棘手，以及以满意的方式执行它的困难，并没有因鲍勃·索耶先生自告奋勇来陪伴而减去半分。说实话，匹克威克先生觉得，索耶在这种事情上出面，不管他是多么善解人意和令人快慰，他都不愿领那个情；事实上他更愿意适当花点钱，只要能马上把鲍勃·索耶先生打发到至少五十英里以外的任何地方就成。

匹克威克先生从来没有和老温克尔先生面对面交流过,虽然和他通过一两封信,有关他儿子的品行问题给过他满意的答复。他惴惴不安地感觉到,让有点醉醺醺的鲍勃·索耶和本·艾伦陪着他去作第一次登门拜访,确实不是获取对方好感的最聪明、最得当的方式。

"不过,"匹克威克先生说,努力使自己恢复信心,"我必须尽力而为。我必须今晚和他见面,因为我诚心诚意答应过的。假如他们坚持要随行,我就尽可能使会见简短一些,但愿他们能为自己着想,不露出马脚来,这样就心满意足了。"

在他用这些想法使自己宽心的时候,马车在老皇家旅馆门口停了下来。本·艾伦从沉睡中稍稍醒了几分,被塞缪尔·威勒先生抓着衣领拉出了马车,这样匹克威克才能够下车。他们被领进一个舒服的房间,匹克威克先生马上就向侍者打探温克尔先生的住宅在哪里。

"很近,先生,"侍者说,"不超过五百码,先生。温克尔先生是一个码头老板,先生,运河上的,先生。私人住宅嘛——噢,先生,不超过五百码远,先生。"说到这儿,侍者吹熄一支蜡烛,接着又装出准备再点燃的样子,以便给匹克威克先生进一步提问的机会,假如他有心要问的话。

"现在要吃点儿什么吗,先生?"侍者说,由于匹克威克先生的沉默而绝望地重新点燃了蜡烛,"喝茶还是咖啡,先生?要吃正餐吗,先生?"

"现在不要。"

"很好,先生。想要点夜宵吗,先生?"

"现在还不需要。"

"很好,先生。"说完,他轻轻地走到门口,接着又突然站住,转

过身来,非常殷勤地说:

“要我叫侍女来吗,绅士们?”

“你乐意就叫吧。”匹克威克先生答道。

“要您乐意呀,先生。”

“拿点苏打水来。”鲍勃·索耶说。

“苏打水,先生?好的,先生。”由于终于得到了要点什么的吩咐,侍者显然放下了一个沉重不堪的心理包袱,于是也就悄然消失了。侍者们是从来不走也不跑的。他们具有一种溜出房间的特殊而又神秘的本领,那是别的人所没有的。

苏打水在本·艾伦先生身上唤起了些许活力的迹象,因为他接受了叫他洗脸和洗手的劝告,而且还听任山姆为他刷了刷身上。匹克威克先生和鲍勃·索耶也收拾了一下旅行给自己的衣着造成的紊乱,然后三人手挽手踏上了去温克尔先生家的路;鲍勃·索耶一路上都在用烟草的烟为空气丰富成分。

大约四分之一英里以外,在一条看样子住着富裕人家的宁静的街上,有一座古旧的红砖房子,门前有三级台阶,门上有一块铜牌,上面用粗大的罗马字体写着“温克尔先生”几个字。台阶非常白,砖非常红,房子非常干净。匹克威克先生、本杰明·艾伦先生和鲍勃·索耶先生站到这里时,钟刚好敲了十点。

一个漂亮的女仆出来应门,因看见三个陌生人而吃了一惊。

“温克尔先生在家吗,亲爱的?”匹克威克先生问道。

“他正在吃晚饭,先生。”女仆答道。

“请把这张名片拿给他。”匹克威克先生说,“就说我很抱歉这么晚来打扰他;但是我急于在今晚上见他,我刚刚才到。”

女仆胆怯地看着鲍勃·索耶先生,他正用一系列绝妙的鬼脸表示对她的美貌的倾慕;她瞟了一眼挂在过道里的那些帽子和大衣,叫另一个女仆在她上楼去通报的时候看好大门。不过门卫很快就被撤掉了，因为女仆马上又回来了，并请绅士们原谅她让他们留在街上等待；然后她把他们领到一间铺了地毯的后客厅——这里是办公室兼起居室，其中具有实用性和装饰性的主要家具是一个写字台、一个脸带刮脸镜的洗脸架、一套靴架和脱靴器、一张高凳子、四把椅子、一张桌子和一座古老的八日钟。壁炉台上方是一个铁保险箱的凹陷的门，另外还有两个悬空的书架、一个日历和几叠蒙尘的纸装饰着墙壁。

"非常抱歉，让你们在门口站着，先生。"女仆一边点灯，一边带着迷人的微笑对匹克威克先生说，"不过我根本不认识你们；我们这儿经常有流浪汉光顾，他们专门来看有什么可以顺手牵羊，那真是——"

"根本没有必要道歉，我亲爱的。"匹克威克先生和颜悦色地说。

"丝毫用不着，我的爱。"鲍勃·索耶说，一边闹着玩地张开双臂，跳过来又跳过去，仿佛要阻止那个女郎离开房间。

那个女郎根本没有被这些引诱软化，因为她马上表示自己的看法，说鲍勃·索耶先生是一个"讨厌鬼"；而且，在他更咄咄逼人地表示关爱的时候，她用玉手在他的脸上留下了印迹，在说了很多表示厌恶和鄙视的话之后跳出了房间。

失去了那位小姐的陪伴之后，鲍勃·索耶无以为乐，便开始窥视写字台，看遍了桌子的所有抽屉，假装要撬开铁保险箱的门，把日历翻过来面对墙壁，企图把老温克尔先生的靴子套在自己的靴子上，另外还用家具做了好几种其他的滑稽实验，所有这一切给匹克威克先生造成了说不出的恐惧与痛苦，却使鲍勃·索耶先生获得了莫大的快乐。

最后门开了，一个穿鼻烟色套装的矮个子老绅士快步走进房间，一只手里拿着匹克威克先生的名片，另一只手里拿着一个银烛台,他的头和脸长得简直就是小温克尔先生的复本,惟一不同的是他有点秃顶了。

“匹克威克先生,您好吗,先生?”老温克尔先生说,放下烛台并伸出手,“但愿您一切都好,先生。见到您很高兴。请坐吧,匹克威克先生,请坐,先生。这位绅士是——”

“我的朋友,索耶先生,”匹克威克先生插话,“也是您儿子的朋友。”

“噢,”老温克尔先生说,有点严厉地看着鲍勃,“我希望您很好,先生。”

“好端端的,先生。”鲍勃·索耶答道。

“另外这一位绅士嘛,”匹克威克先生叫道,“您读完托我转交的信就会明白的,他是您儿子的一位至亲,或者说一位特别的朋友。他的姓氏是艾伦。”

“是那位绅士吗?”温克尔先生问道,用名片指了指本·艾伦——他已瞌睡过去,姿势让人只能看见他的背脊和衣领。

匹克威克先生正要作答并详细介绍本杰明·艾伦先生的全名以及他的可嘉优点,突然,生性活泼的鲍勃·索耶先生为了让朋友明白自己的处境,就在他手臂的肉上狠狠地揪了一把,使他尖叫一声蹦了起来。突然发现自己面对着一个陌生人,本·艾伦先生立即走上前去,极其热情地握住温克尔先生的双手,握了大约五分钟之久,一边咕哝着一些让人半懂不懂的片言只语,大概是说他为幸会而感到高兴,还好客地问对方散完步后要不要吃点什么,还是乐意等到“正餐时间”再吃;做完这些之后,他坐了下来,用一种呆滞的目光盯着对方,仿佛他根本不知道自己身在何处,事实上他也的确不知道。

这一切对匹克威克先生来说是极其尴尬的,尤其在老温克尔先生对他的两位伙伴的反常行为——不是说特别行为——表示了

明显的惊讶的时候。为使事情马上有个了断,他从口袋里掏出了那封信,把它递给温克尔先生,说:

“这封信,先生,是你的儿子写的,从信的内容可以看出,他未来的幸福与安乐,完全取决于您作为父亲的关爱和支持。能否请您以最平和最冷静的态度读完它,然后以惟一应该采取的语气和精神跟我讨论这件事呢?果真如此,我感激不尽。我事先没有任何通知,在这么晚的时候赶来拜见您,”匹克威克先生稍稍瞟了一眼他的两位伙伴,补充说,“而且是在如此不利情形之下的,凭这些情况您可以判断您的决定对您的儿子是何等重要,而他为这事又是何等地焦急。”

做了这一开场白之后,匹克威克先生把那封密密麻麻写在四张特别优良的上等信纸上的悔过信放到惊讶的老温克尔先生的手里,然后坐回椅子里,注视着他的神情与态度——他很着急,这倒是真的,不过同时又怀着某种坦然,也就是觉得自己没做什么需要请求原谅或需要掩饰的亏心事的绅士所具有的那种坦然。

老码头老板把信翻过来,看了正面、背面和两边,仔细地察看封缄处的胖小孩形象,抬起眼睛看看匹克威克先生的脸,然后,坐上他的高凳子,把灯拉近,拆开封蜡,展开信件,准备开始阅读。

刚好在这个时候,小聪明已潜伏了好几分钟的鲍勃·索耶先生把双手放在膝盖上,做起已故的小丑格瑞莫狄先生的那种鬼脸来。恰巧这时老温克尔先生并不像鲍勃·索耶先生所猜想的那样在专心致志地读信,他偶然抬头把目光移到信的上方,结果正好看到鲍勃·索耶先生;他很正当地推测那副嘴脸是做出来嘲笑和愚弄他的,因此他带着一脸的严厉盯着鲍勃,使得那副已故的格瑞莫狄先生的鬼脸渐渐蜕变成了交融着羞愧与惶惑的很微妙的表情。

“你说什么,先生?”在一阵可怕的沉默之后,老温克尔先生问道。

“没说,先生。”鲍勃答道,丑角的脸相已荡然无存,惟有两个脸颊涨得通红。

“你肯定你没有说吗,先生?”老温克尔先生说。

“哎呀,先生,我肯定,根本没有。”鲍勃答道。

“我认为你说了,先生。”老绅士说,用的是气愤的强调语气,“也许你瞪了我一眼吧,先生?”

“噢,没有!先生,根本没有。”鲍勃极其有礼貌地答道。

“听见这话我很高兴,先生。”老温克尔先生说。在十分庄严地朝羞愧的鲍勃皱了皱眉头之后,老绅士再一次把信凑到灯光下,开始严肃认真地看了起来。

匹克威克先生紧张地看着他从第一页的末尾转到第二页的开头,又从第二页的末尾转到第三页的开头,再从第三页的末尾转到第四页;但是他的脸部表情始终如一,让人丝毫看不出他得知儿子已结婚时的感情变化的迹象——匹克威克先生知道,结婚的事儿在开头的六行内就已说到了。

他把信看到最后一个字,又以一个生意人的细心与精确把它折叠好;然后,在匹克威克先生满以为会有一场大发作时,他却把一支笔放在一个墨水瓶里蘸了蘸,像谈账房里最平常的话题一般平平静静地说:

“纳撒尼尔的地址是什么,匹克威克先生?”

“乔治与兀鹰旅馆。目前是这里。”那位绅士答道。

“乔治与兀鹰旅馆。在什么地方?”

“乔治场,伦巴德街。”

“在伦敦?”

“是的。”

老绅士一板一眼地把地址记在信封背面;然后把它放进写字台锁好,一边离开高凳,把钥匙串放进口袋,一边说:

“我想没有别的事情让我们再耗下去了吧，匹克威克先生？”

“没有别的，亲爱的先生！”那个热心人在愤慨的惊讶之中说道，“没有别的！对事关我们的年轻朋友一生的这件重大事情，你就一点儿意见都不表示吗？连一句托我转告他你仍然爱他和保护他的宽心话都没有吗？连一句可以鼓舞和支持他以及那个从他那里寻找慰藉和寄托的焦急的女孩的话都不愿说吗？我亲爱的先生，考虑考虑吧。”

“我会考虑的，”老绅士答道，“不过现在我没什么要说的。我是一个生意人，匹克威克先生。我从不草率地去做任何事，就我对这件事儿的所见而言，我对它的情形可一点儿也不喜欢。一千英镑算不了什么大钱啊，匹克威克先生。”

“你说得很对，先生。”本·艾伦插话说，他已经有了几分清醒，足以明白他毫不费力就花掉了他那一千镑的事实了，“你是一个明白人。鲍勃，这个人好聪明呀。”

“莫大的荣幸啊，能得到您这样一位绅士的夸奖，先生。”老温克尔先生说，一边轻蔑地看着正在意味无穷地摇晃脑袋的本·艾伦，“说实话，匹克威克先生，我当初允许儿子漫游一年把时间，让他去见识一下人情世故（他已在您的保护下这么做了），为的是免得他进入社会时还是一个只在寄宿学校见过世面的人人可欺的窝囊废，当初我可根本没料到会这样啊。他知道这一点，非常清楚，因此假如我为此而跟他翻脸的话，他没有任何理由吃惊。他等着接我的信吧，匹克威克先生。晚安，先生。玛格利特，开门。”

在这整个过程中，鲍勃·索耶一直在用手肘撞本·艾伦先生，催他说点公道话；于是本就在毫无预示的情况下爆发出以下简短而激烈的话。

“先生，”本·艾伦先生说，用一双非常呆滞无神的眼睛瞪着那位老绅士，一边剧烈地上下舞动右手，“你——你该为自己害臊!”

“作为那位小姐的哥哥,你在这个问题上当然是最好的判官啰,”老温克尔先生反唇相讥,“得了,够了。请不要再说了,匹克威克先生。晚安,绅士们!”

说着,那位老绅士拿起烛台,打开房门,有礼貌地向他们指示过道。

“你会后悔的,先生。”匹克威克先生说,他为遏制怒气把牙齿咬得紧紧的;因为他感觉到这对他那位年轻朋友会产生多么重大的影响。

“目前我可不这么看。”老温克尔先生平静地说,“再说一遍,绅士们,祝你们晚安。”

匹克威克先生迈着愤怒的步子朝大街走去。鲍勃·索耶先生完全被老先生态度的坚决镇住了,也采取了同样的行动。紧接着,本·艾伦先生的帽子滚下了台阶,鲍勃·索耶先生的身体也紧随其后。大伙儿一声不吭地离去,没有吃晚饭就上了床。在入睡之前,匹克威克先生心想,假如他早知道老温克尔先生如此市侩,很可能他是决不会为这么一件事去拜访他的。

第五十一章　匹克威克先生与一个老相识不期而遇。主要是由于这次偶遇，读者才能有幸读到本章记载的有关两位有权势的大名人的激动人心的趣事

八点钟时跃入匹克威克先生眼帘的早晨，根本不能振奋他的精神，或者减轻他的使命的意外结果带给他的沮丧。天空黑暗而阴沉，空气潮湿而阴冷，街上则是又湿又滑，烟团懒洋洋地滞留在烟囱顶部，仿佛没有勇气上升似的，雨缓慢而又顽固地下着，俨然连倾泻的精神都打不起了。马厩里的一只斗鸡，完全被剥夺了平常的精神抖擞，沮丧地用一只脚爪平衡着身体站在一个角落；一头驴子耷拉着脑袋，在一间偏屋的狭窄的屋顶下没精打采地闲荡，它那沉思的、悲哀的脸部表情好像表明它想自杀。在街上，能看见的只有雨伞，能听见的只有木屐的咔哒声和雨水的溅落声。

吃早餐时大家交谈很少；就连鲍勃·索耶先生都感受到了气候以及前一天的激动的影响。用他自己的意味深长的话说，他"栽了"。本·艾伦先生是如此。匹克威克先生也是如此。

在那被拉长的对天气转晴的期盼中，从伦敦送来的昨天的晚报被看了一遍又一遍，那么强烈的兴趣是只有在穷极无聊的时候才有的；地毯的每一寸都被以同样的坚忍踩遍了；窗外被张望了一次又一次，其频繁程度简直到了可以强征一项附加税的地步；所有

类型的话题都试过了，但都是不了了之；之后，当中午来临的时候，匹克威克先生无心等天气好转了，他果断地拉响了铃，叫人把马车备好。

尽管一路都是泥泞，尽管蒙蒙细雨越下越大，尽管泥水不时溅进敞开的车窗，弄得车里的那对乘客几乎和车外的那对一样不舒服，但这种行进中却有某种东西，以及一种振作并行动起来的感觉，它远远胜过被幽禁在沉闷的房间里，看着沉闷的雨点落在沉闷的街上，因此，一出发他们就一致公认这一变动是一项巨大的改进，而且纳闷他们先前为什么不早点这样做，居然耽误了那么久。

当他们在考文垂停下来换马的时候，从那些马身上冒出来的热气形成阵阵水雾，把马夫的整个身影都笼罩住了，不过可以听到他的声音从水雾里传来，说由于替左马骑手脱下了帽子，他希望能获得慈善协会下次颁发的第一个金质奖章；这位看不见的绅士还声称，要不是他极其费心地迅速把帽子从左马骑手的头上扯下来，并用一把干草擦干那个气喘吁吁的人的脸的话，从帽檐上流下来的水必定会不可避免地淹死他（指左马骑手）。

“真有趣。”鲍勃·索耶说，一边翻起外衣领子，拉起围巾捂住嘴巴，以便集中刚吞下去的一杯白兰地的酒香。

“非常有趣。”山姆答道，镇定自若。

“你好像并不在乎嘛。”鲍勃说。

“唉，我倒真看不出我在乎有什么好处，先生。”山姆答道。

“这可是一个无法答辩的理由啊，无论如何。”鲍勃说。

“是的，先生。”威勒先生答道，“凡是存在的，就是合理的，就像那个年轻绅士甜蜜蜜地说的，当时人们把他登记在领年金的名单上，而这又是因为他老妈的叔叔的老婆的爷爷有一次曾用轻便火绒匣为国王陛下点过烟斗。”

“这个想法倒不赖，山姆。”鲍勃·索耶称赞地说。

"那位青年绅士在往后的岁月里每逢季度结账就是这么说的。"威勒先生答道。

"你以前是不是,"山姆问道,瞟了一眼车夫,在稍作停顿之后,把声音压低成一种神秘的耳语,"在你跟锯骨头的当学徒时,你是不是曾被叫去访问过什么左马骑手呀?"

"我记不起去拜访谁。"鲍勃·索耶答道。

"在你**显形**(用他们说鬼魂的讲法吧)的那个医院里,你就从没见过马车夫吗?"

"没有。"鲍勃·索耶答道,"我想我没见过。"

"从不知道有哪一个教堂墓地有一个马车夫的墓碑,或是从没见过一个死去的马车夫,是吗?"山姆以进行教理问答的口气问道。

"不,"鲍勃答道,"我从来没有。"

"没有!"山姆得意洋洋地说,"以后也决不会见到;还有一样东西是从来都没人见过的,那就是死去的驴子,从来没有谁见过死去的驴子,除了那位认识那个养山羊的少女的穿黑绸短裤的绅士以外;而且那是一头法兰西驴子,因此它很可能不是纯种的。"

"嘿,那与马车夫有什么关系呢?"鲍勃·索耶问道。

"关系就在这点上啊,"山姆答道,"犯不着像一些敏感的人那样过火,一定要说马车夫和驴子都是不死的,我想说的就是这一点;说无论什么时候他们觉得身子骨僵了,完成了自己的工作,他们就会一块儿走掉,通常是一个马车夫带两头驴子;他们结果怎样谁都不知道,但很可能他们是到别的什么世界享乐去了吧,因为还没有哪个活人见过驴子或者马车夫在这个世界享乐的哩!"

通过阐释这一博学而又杰出的理论,并引证很多奇怪的统计数据及其他事实,山姆·威勒消磨掉了他们到达丹屈奇之前的那段时光,在那里他们又换上了浑身干爽的左马骑手和新的马匹;下一站是达文垂，再下一站是陶塞斯特，每到一个站的终点雨就下得比出发时更大。

“我说呀，”当他们在陶塞斯特的撒拉逊酋长旅馆前停车，鲍勃·索耶朝车窗里张望并提出异议，“不行啦，你们知道吧。”

“哎呀！”匹克威克先生说，他刚从瞌睡中苏醒过来，“恐怕你们都湿了吧。”

“噢，恐怕，是吗？”鲍勃回应说，“是呀，没错，是有点儿那个。湿得难受，也许吧。”

鲍勃的确看上去水淋淋的，因为雨水正顺着他的脖子、手肘、袖口、衣裾和膝盖往下流；他全身的衣服因沾满雨水显得光亮亮的，足以让人误以为是一整套油布雨衣。

“我是有点湿了。”鲍勃说着，抖了抖身子，洒下一阵飞旋的小雨，像一条刚从水里蹿出来的纽芬兰狗似的。

“我想今晚完全不可能继续往前走了。”本插嘴说。

“完全不可能了，先生，”山姆·威勒说，他跑来协助谈判了，“硬是要走的话，对牲口也是残忍的。这儿有床位，先生，”山姆对他主人说，“所有东西都又干净又舒服。非常好的小晚餐，先生，他们半个钟头就可以弄好——公鸡母鸡都有，先生，还有烧烤牛肉片；法兰西豆、马铃薯、馅饼，应有尽有。你最好歇在这儿，先生，假如我可以推荐的话。忠言逆耳，良药苦口，先生，就像医生说的。”

撒拉逊酋长旅馆的老板恰好在这时出现了，他就旅馆的食宿情况证实了威勒先生的说法，还做了很多悲观的推测来支持他请他们留宿的邀请，诸如马路的状况如何糟糕啦，下一站是否能换到新马还有疑问啦，雨肯定会下一整个晚上啦，明天早上天气铁定会转晴啦，等等。另外，他还说一些旅馆老板们都熟悉的其他招徕客人的话。

“那好吧，”匹克威克先生说，“但我必须通过什么法子送一封信到伦敦去，确保明天早上就能送到，否则我就得不顾一切往前赶。”

老板开心地微笑了。这再容易不过了。老先生只需用一张牛皮纸把信封好，交给伯明翰来的邮车或夜班客车送出去就成了。假如老先生特别着急，希望尽快把它送走，他可以在信封上写上“立即送达”字样，那肯定是会有人照办的；要不就写上“快速送达即赏半个银币”，这样更靠得住。

“非常好，”匹克威克先生说，“那我们就在这里歇下吧。”

“艳阳厅亮灯，约翰。把火烧旺点，绅士们淋湿了！”老板叫道，“这边走，绅士们；现在不用为车夫操心，先生。您拉铃唤他时我会叫他来的，先生。喂，约翰，拿蜡烛来！”

蜡烛拿来了，炉火拨旺了，另外还丢进去一大块木柴。不出十分钟，侍者已在铺晚餐的台布，窗帘放下来了，炉火在熊熊燃烧，一切看上去像是水到渠成（在英格兰所有体面的旅馆里，一切总是这样的），仿佛几天前就盼着旅客们来了，几天前就为他们的舒适做好了准备。

匹克威克先生在旁边的一张桌子边坐了下来，匆匆给温克尔先生写了一封短信，只通报说他被坏天气耽误了，但第二天肯定能到伦敦，到那时他再面谈出面调解的情况。这封信很快被包成邮件，由塞缪尔·威勒先生送到了前台。

山姆把它交给老板娘，就着厨房的火烘干了衣服，正要返回去替主人脱靴子，这时他偶然朝一扇半开的门里瞟了一眼，顿时被一位绅士的形象吸引住了；那人有一头浅茶色的头发，面前的桌子上放着一大扎报纸，他正带着一丝凝滞不变的冷笑在研读其中一份报纸的社论，那冷笑使他的鼻子和脸上的其他器官蜷缩出一种威严的傲慢表情。

“啊！”山姆说，“我应该是认得那个脑袋和那张脸的；那副眼镜，还有那顶宽边的高礼帽！他要不是伊坦斯维尔人，我就该是罗马人了。”

山姆立即费劲地咳嗽起来，目的是引起那位绅士的注意；那位绅士被咳嗽声惊动了，他抬起头和眼镜来，露出一张深沉而又多虑的脸，原来是《伊坦斯维尔新闻报》的波特先生的尊容。

“请原谅，先生，”山姆说，鞠躬走上前去，“我的主人在这里，波特先生。”

“嘘，嘘！”波特叫道，把山姆拉进房间，关上门，脸上露出既恐惧又痛苦的神秘的表情。

“怎么啦，先生？”山姆问道，莫名其妙地看看四周。

“我的名字悄悄说都不行，”波特答道，“这一带是浅黄党的势力范围。假如那些容易动肝火的过敏的居民知道我在这城里，我不被撕成碎片才怪哩。”

“不会吧！真的吗，先生？”山姆问道。

“我准会成为他们的愤怒的牺牲品。”波特答道，“喂，年轻人，你主人怎么啦？”

“他要去首都，中途在这里歇一夜，还有两个朋友跟着。”

“温克尔先生在其中吗？”波特问道，稍微皱了皱眉头。

“不，先生。温克尔先生现在在家里，”山姆答道，“他结婚了。”

“结婚了！”波特大叫道，情绪激烈而又可怕。他停顿了一会儿，恶毒地微微一笑，用低沉的报复的语气补充说，“好报应，他活该！”

在对已失败的敌手恶狠狠地发泄了一通刻骨的恶意和冷血的胜利感之后，波特先生问匹克威克先生的两位朋友是不是“蓝党”；山姆对这一点和波特本人一样一无所知，但却给了后者一个满意的肯定答复，因此波特同意跟着去匹克威克房间，在那里他受到了热烈欢迎，而且随后他“批准”了共进晚餐的提议。

“伊坦斯维尔的情况怎么样？”匹克威克先生问道，这时波特已经在炉火边的座位入座，大伙儿也都脱了湿靴子，换上了干拖鞋，“《独立报》还在办吗？”

“《独立报》呀，先生，”波特答道，“还在要死不活地苟延残喘哩，就连承认它可悲又可耻的存在的那小部分人都厌恶和蔑视它了；它快要被自己大肆散布的污言秽语闷死了；被它自己吐出的令人作呕的肮脏东西熏得眼瞎耳聋了；这份污秽的报纸，因意识不到自己何等堕落而陶然自乐，其实它正在迅速陷进欺诈的泥潭，而这一污秽的泥潭，看上去好像使它依靠社会的下等阶层获得了坚实的基础，其实它却正在朝着它可恶的脑袋猛涨，很快就会把它永远吞没。”

以激烈的语气发表了这一宣言（它构成他上个星期发表的社论的一部分）之后，编辑先生停下来喘气，威严地看着鲍勃·索耶先生。

“你还年轻啊，先生。”波特说。

鲍勃·索耶先生点了点头。

“你也是啊，先生。”波特对本·艾伦先生说。

本接受了这一温和的指摘。

“都深受过蓝党信条的影响吧？我本人是向王国的民众发过誓的，只要我还活着，我就要支持和维护蓝党主义。”波特提醒他们说。

“唉，我对它不太清楚。”鲍勃·索耶说，“我是——”

“不是浅黄党吧，匹克威克先生，”波特打断说，同时把椅子拉开一点，“你的朋友不是浅黄党吧，先生？”

“不是，不是，”鲍勃又接过了话头，“我目前是一种格子花呢；

各种颜色的混合。"

"一个动摇分子,"波特肃穆地说,"一个动摇分子。我愿给你们看八篇系列社论,是登在《伊坦斯维尔新闻报》上的。我想,我敢说你不久准会以坚实而巩固的蓝色信念为基础确立你的观点。"

"我敢说,远远还未读完它们,我恐怕早就垂头丧气了。"鲍勃回答说。

波特先生疑惑地看了鲍勃·索耶几秒钟,然后转向匹克威克先生,说:

"在过去的三个月里陆陆续续发表在《伊坦斯维尔新闻报》,并且引起了很广泛——我不妨说是很普遍——的注意和钦佩的那些文学评论文章,你读过了吧?"

"唉,"匹克威克先生答道,被这个问题弄得有点尴尬,"事实是,我杂务缠身太多,因此真是没有机会拜读它们啊。"

"你应该读一读,先生。"波特说,一脸的严肃表情。

"我会的。"匹克威克先生说。

"它们是论一本中国玄学著作的系列书评,先生。"波特说。

"噢,"匹克威克先生说,"是你的手笔吧,我希望?"

"出自我的一个批评家之手,先生。"波特颇有尊严地说。

"我想这是一个很深奥的课题。"匹克威克先生说。

"非常深奥,先生。"波特答道,显出一副聪明绝顶的模样,"不妨用一个专业而又富于意味的术语来说吧,他是临时抱佛脚呀;按照我的要求,他从《大英百科全书》里弄到了这一课题。"

"是嘛!"匹克威克先生说,"我可没注意到那部宝贵著作里有任何涉及中国玄学的材料。"

"他呀,先生,"波特接着说,一边把手放到匹克威克先生的膝盖上,一边带着一种显示心智优越感的微笑看看大家,“他读了 M 部有关玄学的内容,又读了 C 部有关中国的内容①,然后把材料作了综合,先生!”

一想到上述博学的阐述所包含的学术功力与研究,波特先生的脸上额外又增添了许多庄严伟大的派头,吓得匹克威克先生过了好几分钟还没有勇气重新开始谈话;最后,随着编辑先生的脸容逐渐放松,恢复其流露出道德优越感的惯常表情,他才斗胆以发问来重续谈话:

“可不可以问一问,是什么伟大目标使你大老远从家里来到这儿呢?”

“在我所有艰巨的工作中,推动和激励我的目标,先生,”波特答道,平静地微微一笑,“是我的祖国的利益啊。”

“我想是某项有关公益的使命吧。”匹克威克先生说。

“是的,先生,”波特接着说,“没错。”说到这里,他俯向匹克威克先生,用深沉而空洞的声音低声说道,“先生,明天晚上浅黄党要在伯明翰举行舞会。”

“上帝保佑!”匹克威克先生叫道。

“没错,先生,还要有晚宴。”波特补充说。

“不会吧!”匹克威克先生脱口喊道。

波特不祥地点了点头。

虽然匹克威克先生对这一消息假装出大为惊恐的样子,但由于对地方政治太缺乏了解,他对所提到的可怕阴谋的重要性无法形成确切的理解;见此情景,波特拿出了最近一期的《伊坦斯维尔新闻报》,挑出下面的这段文字并亲自念了出来。

---

① “玄学”和“中国”的英文是 Metaphysics 和 China,两者在词典或百科全书中分别在 M 部和 C 部。

偷偷摸摸的浅黄党

一个爬虫般的同代人最近热昏了头，竟滥喷其黑色的毒液，徒劳而无望地企图玷污我们的杰出、卓越的代表斯拉姆基大人的荣名——这个斯拉姆基，远在他获得现有的尊贵而崇高的地位之前，我们就曾预言，将来某一天他会成为他家乡最光彩夺目的荣耀，以及她最引以为傲的英豪，就像他现在这样；他既是她的英勇的卫士，又是她的诚实的骄傲。我们要说，那个爬虫般的同代人别有用心，居然利用一个刻有精工花样的镀金煤斗来含沙射影，其实那是欣喜万分的选民们赠给那位光荣人物的礼物；那个没有名字的可怜虫还暗示说，为了得到那个煤斗，斯拉姆基大人本人通过他的管家的一个心腹朋友，交纳了全部募捐款的四分之三还多。唉，那个爬行的东西，难道没有看出来吗？——就算那是事实，斯拉姆基大人也只会因而显得比以前更加和蔼可亲，更加风采宜人；假如还有“更加”的可能的话。难道不是吗？——甚至他愚笨的脑袋都理应感觉到，这一实现全体选民愿望的可亲的感人的想法，必将使斯拉姆基大人永远受到乡亲们的衷心拥护和爱戴，他们可不比猪猡们坏，或者换句话说，他们可不像我们这位同代人本人那样卑鄙下流。然而这些正是偷偷摸摸的浅黄党的把戏！这些却不是他们仅有的诡计。背信弃义在大行其道。我们要勇敢地宣告——我们是受到刺激而站出来揭露真相的，而且我们要投身于国家及其警察门前寻求保护——我们要勇敢地宣告，此时此刻，一个浅黄党的舞会正在秘密准备之中；它将在一个浅黄党市镇举行，在浅黄党分子最集中的市中心举行；它将由一个浅黄党司仪主持；将有四名极端的浅黄党国会议员参加，而且必须凭浅黄党入场券入场！我们那个恶魔般的同代人畏缩了吗？让他在阳痿的怨恨中蠕动吧，当我们写下这些字眼：**我们要去捧场！**

“唉，先生，”波特说，非常精疲力竭地折起报纸，“就是这样一种情形。”

就在这当儿，店老板和侍者送晚餐进房来了，致使波特先生赶紧把一个手指压在嘴唇上，表示他把身家性命托付给了匹克威克先生，全仰仗他保密了。在朗读以上摘自《伊坦斯维尔新闻报》的段落以及随后对其进行讨论的过程中，鲍勃·索耶和本杰明·艾伦两位先生早已失礼地瞌睡过去，而这会儿一听到悄悄说出的具有符咒般奇效的“晚餐”二字，他们就马上被唤醒了。于是他们开始进餐，有好的消化功能伺候好胃口，又有健康伺候这两者，更有一位侍者伺候所有前三者。

在吃饭以及饭后闲坐的过程中，有那么几分钟，波特先生屈尊谈起了家常，告诉匹克威克先生说伊坦斯维尔的空气不合适他太太，因此她就到一些温泉胜地作逍遥游去了，旨在恢复她以往的健康与精神。其实，这不过是一个巧妙的幌子，事实是，波特太太按照其经常挂在嘴边的分居的威胁，根据由其当陆军中尉的哥哥出面谈判、由波特先生最后签订的一纸协议，每年从《伊坦斯维尔新闻报》的编辑和发行工作所得的收入和利益中拿走一半，带着她的贴身侍卫永久地退休了。

了不起的波特在谈论诸如此类的事情，不时从他本人的苦心杰作中摘引精彩文字来为谈话增色，与此同时，有一辆驿马车停在旅馆门口卸包裹，一个脸色严厉的陌生人从车窗里往外面叫唤，问假如他下车在那里歇息，是否能给他提供必需的床位。

“当然，先生。”店老板答道。

“是吗，是吗？”陌生人问道，从长相和态度看，他生性好怀疑。

“毫无疑问，先生。”店主说。

“好。”陌生人说，“车夫，我在这里下。车管，我的毡呢旅行包！”

在有点尖刻地向其他乘客道过晚安之后，陌生人下了车。这是一位矮个子绅士，黑头发剪得很短，又硬又直地全竖在头上，发型有如刺猬或鞋刷子；他的外表浮华而骇人；他的态度是那么专横；他的目光锐利而不安；他的整个架势流露出强烈的自信，以及自以为无限优越于他人的意识。

这位先生被带进了原本是分给拥有爱国热肠的波特先生的那个房间；侍者被所见的无独有偶的奇异巧合惊得目瞪口呆，说他刚刚把蜡烛点亮，那位绅士就把手伸进了帽子，掏出一张报纸开始阅读起来，脸上带着愤愤然的轻蔑表情，它恰好与一个小时以前的波特先生威严的脸上所显示的那种简直使他瘫痪的轻蔑的表情完全一样。侍者还说，波特先生的轻蔑是由一份叫作《伊坦斯维尔独立报》的报纸引起的，而这位绅士的那种冷酷的鄙夷则是由一份名叫《伊坦斯维尔新闻报》的报纸唤起的。

“叫老板来。”陌生人说。

“好的，先生。”侍者答道。

有人被派去叫老板，而且老板来了。

“你是老板吗？”那位绅士问道。

“我是，先生。”老板答道。

“你认识我吗？”那位绅士问道。

“还没有那份荣幸，先生。”老板答道。

“我叫斯勒克。”那位绅士说。

老板把头稍微低了一点。

“斯勒克，先生。”那位绅士傲慢地重复说，“现在你认识我了吧，伙计！”

老板搔搔脑袋，望望天花板，又看看客人，微微一笑。

“你认识我吗,伙计?”陌生人生气地问道。

老板费了好大的劲,最后答道:“唉,先生,我不认识你。”

“天哪!”陌生人说,用握紧的拳头捶着桌子,“这就是声望!”

老板向门口退了一两步;陌生人死死地盯着他,继续往下说。

“这,”陌生人说,“这就是多年来为大众操劳和研究所得的回报啊。我湿漉漉而且是困倦地下车;没有热情的群众拥上来迎接他们的斗士;教堂的钟寂然无声;盖世英名无法在他们麻木的胸中引起任何反应。”激动的斯勒克先生说,“这足以让你笔中的墨水凝固,足以使你永远放弃他们的事业啊。”

“你说过要点对水白兰地吧,先生?”老板说,斗胆做了一下暗示。

“朗姆酒,”斯勒克先生说,同时凶狠地转向他,“你这儿有什么地方有火吗?”

“我们可以马上生一个,先生。”老板说。

“那要等到睡觉时才烤得上。”斯勒克先生打断说,“厨房里有人吗?”

一个人都没有。那里有一个美滋滋的火。所有的人都离开了,房门已关上以便过夜。

“我要靠着厨房的火喝对水朗姆酒。”斯勒克先生说。于是,他收拾起帽子和报纸,庄严地高视阔步,跟在老板后面走进那间卑微的屋子,在火炉边的一张有靠背的长椅上坐了下来,重新摆出轻蔑的表情,带着沉默的威严开始一边喝酒一边看报。

正好在这个时刻,某个爱搬弄是非的魔鬼刚好从撒拉逊酋长旅馆上方飞过,他完全出于懒散无聊的好奇心往下看了一眼,看见斯勒克先生舒舒服服地坐在厨房的炉火边,而波特则在另一间房里喝酒喝得有点醉了;见此情景,这个恶毒的魔鬼便以无法想象的快速俯冲进后面提到的那间房里,并且马上钻进了鲍勃·索耶先生的脑袋，促使他为了他（魔鬼）自己的邪恶目的说出了下面的话：

“喂，我们让火熄掉。下雨之后冷得要命啊，不是吗？”

“真是好冷呀。”匹克威克先生说，打着寒颤。

“到厨房的炉火抽上支把雪茄倒是一个不坏的主意，是吧？”鲍勃·索耶说，他仍然受着上面所说的那个魔鬼的怂恿。

“那一定格外舒服，我想。”匹克威克先生答道，“波特先生，你觉得怎样？”

波特先生当即表示同意，于是四个旅行者各人拿着自己的杯子，立即向厨房走去，由山姆·威勒走在前头领路。

那个陌生人仍然在读报；他抬头一看，大吃一惊。波特先生也大吃一惊。

“怎么回事？”匹克威克先生低语道。

“那个爬虫！”波特答道。

“什么爬虫？”匹克威克先生说，一边看看四周，生怕踩着什么长得过大的黑甲虫，或是像患了水肿病似的蜘蛛。

“那个爬虫，”波特低声说，抓住匹克威克先生的手臂，指了指那个陌生人，“那个爬虫——斯勒克，《独立报》的！”

“也许我们最好是避一避。”匹克威克先生低声说。

“决不，先生，”波特答道，显示出变本加厉意义上的酒后的胆气，“决不。”说着这些话，波特先生在对面的一张靠背长椅上坐了下来，从一小卷报纸里选出一张来开始阅读，以便与敌手对抗。

波特先生看的当然是《独立报》，斯勒克先生看的当然是《新闻报》；两位绅士都用挖苦的大笑和嘲弄的鼻息明确地表示对对方作品的鄙弃；然后他们开始用更公开的表达方式泄愤，于是，“荒谬”、“卑鄙”、“凶恶”、“骗子”、“无赖”、“肮脏”、“龌龊”、“烂污”、“阴沟水”以及诸如此类的批评字眼开始你来我往。

鲍勃·索耶和本·艾伦两位先生都怀着某种程度的欢快看着这些敌对与憎恨的表现，这为他们正在猛抽着的雪茄额外添加了莫大的滋味。在他们感到乏味的时候，爱恶作剧的鲍勃·索耶先生极其有礼貌地对斯勒克先生说：

“在你看够了的时候，先生，劳驾您让我也看看您的报纸！”

“你会发现费神去看这种可鄙的东西真是得不偿失啊，先生。”斯勒克答道，朝波特投去魔鬼式的睥睨。

“这张你马上可以拿去看了，”波特说，抬起头来，脸色因愤怒而发白，声音也因同样的原因颤抖起来，“哈！哈！这家伙的厚颜无耻会让你大感开心的。”

“东西”和“家伙”都是用可怕的强调语气说出来的，两位编辑的脸开始因挑衅而发烧了。

“这个可怜家伙的下流真是卑劣和够恶心呀。”波特说，他表面上装作在跟鲍勃·索耶说话，其实却在对斯勒克侧目蔑视。

这时，斯勒克非常开心地大笑起来，把报纸折成便于读新的栏目的样子，说那个蠢东西叫他感到有趣。

“这个傻蛋真是不要脸啊。”波特说，脸色从粉红变成了深红。

“你读过这个人的什么蠢话吗，先生？”斯勒克对鲍勃·索耶问道。

“从来没有。”鲍勃·索耶答道；“很糟吗？”

“噢，糟透了！糟透了！”

“真是的！天哪，这也太恶劣了！”在这当儿波特大叫起来，同时仍然假装在专心看报。

“你要是能硬着头皮读完几个满是恶毒、卑鄙、谬误、伪证、欺诈和虚伪的句子，”斯勒克说着，把报纸递给鲍勃，“或许你可以得到一点回报，那就是，这个不懂文法、胡说八道的家伙的文笔会让你开怀大笑一场。”

“你说什么，先生？”波特先生问道，抬起头来，因激动而浑身颤抖。

“那与你有什么相干，先生？”斯勒克答道。

“不懂文法、胡说八道的家伙，是吗？先生？”波特说。

“是的，先生，没错。”斯勒克答道，“还是蓝色的讨厌鬼，先生，假如你更喜欢这一说法的话，哈，哈！”

波特先生对这一油腔滑调的侮辱连一句都没有回敬，只是从容不迫地叠起他那份《独立报》，小心地把它压平，放到靴子底下踩烂，还郑重其事地在上面吐了一口唾沫，然后把它丢进了火里。

“瞧，先生，”波特说，从火炉边撤开，“这就是我对付炮制这种东西的毒蛇的办法，假如我不是受制于国家的法律的话——算他走运。”

“就这么对付他好了，先生！”斯勒克喊道，跳了起来，“在这种情形下，他是决不会诉诸法律的，先生。就这么对付他吧，先生！”

“听！听！”鲍勃·索耶说。

“没有比这更公平的了。”本·艾伦先生说。

“就这么对付他吧，先生。”斯勒克又重复了一遍，声音很大。

波特先生投去极度蔑视的目光，那目光足以使一只铁锚畏缩。

“就这么对付他吧，先生。”斯勒克以比先前更大的声音又说了一遍。

“我不，先生。”波特答道。

“噢，你不，你不吗，先生？”斯勒克先生用揶揄的语气说，“你们听听，绅士们！他不；说不是由于害怕吧；噢，不是！他可不。哈！哈！”

“我把你，先生，”波特说，他被那种嘲弄触动了，“我把你当成一条毒蛇。我认为你，先生，是一个因最无耻、丢脸和可恶的招摇行为而为世人所不齿的家伙。无论从私人角度还是政治角度，我都把你看成是独一无二、不折不扣的一条毒蛇。”

那个气愤的“独立者”不等听完这种人身攻击，就趁着波特转身之机，拎起他那个满装零碎用品的毡呢旅行包，把它挥舞起来，朝着波特的头部横扫过去，击中波特的刚好是放着一把很硬的梳子的那个包角，顿时引起整个厨房都听得见的刺耳的碰撞声，使波特当即倒在地上。

“先生们，”当波特跳起来并操起一把火铲的时候，匹克威克先生叫道，“绅士们，考虑考虑，看在老天的分上——帮一把——山姆——来——请你们——来拉拉架，来个把人呀。”

这样不连贯地叫唤着，匹克威克先生冲到两个疯狂的打斗者之间，恰好赶上挨打，身体的这一边遭到了旅行包打击，另一边挨了一火铲。不知是由于伊坦斯维尔的公众情绪的代表们因怨恨而变盲目了，还是由于他们发现了有第三者夹在他们中间代为挨揍的好处，总之他们对匹克威克先生丝毫不加顾惜，只管拼命激战，毫不畏惧地频频使用旅行包和火铲。要不是由于威勒先生及时救驾的话，匹克威克先生毫无疑问会因他的仁慈干涉而结结实实挨一顿好打。威勒先生听见了主人的叫唤，立即冲进了房间，随即又抓起了一个面粉袋，把强有力的波特连头带肩套住，并紧紧抓住了他的双肩，从而有效地阻止了混战。

“把那个疯子的包抢下来，”山姆对本·艾伦和鲍勃·索耶说，后两位一直什么都没做，只是在周围东闪西躲，每人手里都拿着一根用乌龟壳做的刺血针，随时准备给第一个被打昏的人放血，“把它丢下，你这卑鄙的矮子，不然我就把你闷死在里面。”

“独立者”被这些威胁吓住了，加之由于喘不过气来，因此就让人缴了械；威勒先生把那个“熄火罩”从波特身上摘下，在对他做了警告后让他恢复了自由。

“你们安安静静去睡吧，”山姆说，“不然我就把你放到一张床上，捆住你们的嘴巴，让你们在床上见个高下，就算有一打人玩这些把戏，我也照样这么做。你呢，先生，请你这边走。”

对主人这么说完后，山姆搀着主人的手臂，领他走了。与此同时，那两位敌对的编辑先生在鲍勃·索耶先生和本杰明·艾伦先生的监视下，分别由老板带往各自的铺位；他们一路走，一边吐出很多血腥十足的威胁，只含糊地约定第二天拼个你死我活。然而，在仔细琢磨过之后，他们觉得在印刷品上一决雌雄更好，于是就毫不拖延地重新开始了势不两立的敌对行为；于是整个伊坦斯维尔因他们的英勇而喧闹起来——在纸上。

第二天一大早，别的旅客还没有动身，他们就各自乘马车走了；现在天气已放晴，轻便马车上的伙伴们再一次把脸转向了伦敦方向。

第五十二章　涉及威勒家的严重变故，以及红鼻子斯狄金斯先生过早的垮台

匹克威克先生觉得，在那对伉俪充分做好会见的准备之前，贸然地领鲍勃·索耶或本·艾伦去见他们是不妥的；为了尽可能不让艾拉贝拉遭受尴尬之苦，也为了控制眼下的微妙局面，匹克威克先生提议他和山姆在乔治与兀鹰旅馆附近下车，而那两位年轻人则暂时另觅歇宿之地。他们非常乐意地接受了提议，并且相应地采取了实际行动：本·艾伦先生和鲍勃·索耶先生去了鲍洛那边最偏远的一家小旅馆；在过去的日子里，这家旅馆的酒吧间的门后面是经常出现他们俩的大名的——名字后面是用粉笔写的一长串复杂的账目。

"哎呀，威勒先生。"漂亮的女仆在门口迎接山姆时说。

"爱我呀，我巴不得，我亲爱的。"山姆答道，故意落在后面，以免被主人听见，"你好漂亮啊，玛丽。"

"天哪，威勒先生，尽胡说八道！"玛丽说，"噢，不要，威勒先生。"

"不要什么呀，我亲爱的。"山姆说。

"噢，那个。"漂亮女仆答道，"喂，忙你的去吧。"漂亮女仆一边这样提醒，一边把山姆推到墙上，说他把她的帽子弄掉了，把她的鬈发弄乱了。

"另外，还妨碍了我要对你说的话。"玛丽补充说，"有一封信在这里等你四天了；你走了还不到半个小时，信就来了。还有，信

封上还写着是急信哩。”

“信在哪里呀,我的爱人?”山姆问道。

“我替你收好了,要不呀,我敢说它早就丢了。”玛丽答道,“好了,给你吧;这个人情你受不起啊。”

说了这些话,又表示了很多可爱的有点卖弄风情的怀疑和担心,说希望没有把它弄丢,然后,玛丽才从她那无比精致小巧的棉布褶领里掏出那封信来并递给山姆,他立即非常殷勤而热忱地把它吻了吻。

“我的天哪!”玛丽说,一边调整褶领,假装出漫不经心的样子,“你好像一下子变得好喜欢它似的。”

威勒先生听了这话只是眨了眨眼睛,这一眼所蕴含的强烈情感是任何描述都无法表达其万一的。他挨着玛丽在窗边坐了下来,打开信并瞟了一眼内容。

“哇!”山姆喊道,“这都是些什么呀?”

“没什么麻烦吧,我希望?”玛丽说,从他肩膀上方探望过去。

“保佑你的眼睛!”山姆说,抬起头来。

“别管我的眼睛;你最好还是读信吧。”漂亮女仆说;这么说的时候,她的眼睛一眏一眏的,眼神中包含的狡猾和美丽是那么迷人,简直叫人无法拒绝。

山姆通过一个吻提了提神,然后读起下面的信来。

寄自格兰候嚼①

多尔金

星期三日

我亲爱的山姆儿:

我很难过有这快乐带给你坏肖息你后妈伤风感帽因为不

① 原文错字连篇,译文在尽量做到读懂的前提下也保留了一些错别字。

小心久坐在湿草林雨听牧司讲道到三根半夜因他灌保了对水白兰地打不住话头几个钟头后才清醒一点医生说假如她事先喝了对温开水的白兰地而不是事后她就不会有那么遭高她的轮子立克会加好油能想到的一切办法全用上了你老爸希王她跟以钱一样没事但她转上拐角我的儿走错了路冲下了坡那冲劲你从来没见过有那么大医生立克用了药旦中究没有用因为她昨晚傍晚六点差二十分付了最后的关卡税提前很多就走到了尽头也许不分是由于她行李大少的元故吧你老爸说假如你来看我山米他会无比感洞因为我非常孤单塞米尔这名字他说那样写我说不对而且由于有好多事要处里他相信你老板不会反对的当然他不会山米因为我狠了解他所以他表示敬意我还礼是的塞米尔你的倒梅的

托尼·威勒

“多么难懂的信啊，”山姆说，“通篇这样你我不分，谁能读懂！这不是我老爸写的，除了大写的签名；那是他的笔迹。”

“也许他找了个人帮他写，然后他自己签名吧。”漂亮女仆说。

“等等，”山姆答道，又快速把信浏览一遍，其间不时停下来想一想，“你说得对。写信的那个绅士把不幸的消息写出来时做得挺好的，然后我老爸来看写得怎么样，由于他的搅和，信就写成了乱糟糟的。他就爱干这种好事。你说得对，玛丽，我亲爱的。”

弄清这点之后，山姆又把信通读了一遍，好像这时才第一次对信的内容有了清楚的概念，把信折起来的时候，他若有所思地脱口说道：

“这么说那个可怜的人死了！我真难过。她倒不是一个生性很坏的女人，假如那些牧师不纠缠她的话。我很难过。”

威勒先生说这些话时态度那么严肃，致使漂亮女仆垂下了眼帘，露出一脸的肃穆。

“不过呢，”山姆说，把信放进口袋，轻轻叹了一口气，“事已如此——也只好如此了，生米煮成了熟饭，该怎样就怎样吧，就像那个老太太嫁给一个随从时说的。没有办法的事儿，不是吗，玛丽？”

玛丽摇摇头，也叹了一口气。

“我得拿去跟皇上请假了。”山姆说。

玛丽再一次叹气。那封信太感人了。

“再见！”山姆说。

“再见！”漂亮女仆说，转过头去。

“喂，握握手吧，好吗？”山姆说。

漂亮女仆伸出一只手来——虽然是女仆的手，它却非常小巧，然后就起身准备离去。

“我不会去很久的。”山姆说。

“你老是要走，”玛丽说，极其轻俏地把头往空中扬了一下，“你总是刚刚才到，威勒先生，马上又要走。”

威勒先生把那个仆人中的美女拉过来紧靠着自己，开始跟她说悄悄话，没有说多久，她就把头转开了，然后她又转过头来，赏脸地看着他。当他们分手的时候，一种不可避免的必要使她不得不先回自己的房间，整理一下帽子和鬈发，然后才能在女主人面前露面；去完成这一准备仪式的时候，她一边步履轻盈地走上楼梯，一边连连从扶手上方朝山姆点头和微笑。

“我最多只离开一两天，先生。”把老爹丧妻的消息告诉匹克威克先生之后，山姆说。

“需要去多久就去多久吧。”匹克威克先生说，“我完全允许你停留。”

山姆鞠躬致谢。

“你告诉你父亲，山姆，在他当前的处境下，假如我能帮他任何忙，我都非常情愿且随时准备尽力帮他一把。”匹克威克先生说。

“多谢，先生。”山姆答道，“我会跟他说的，先生。”

于是，在相互说了些表达好意的话之后，主仆两人就分手了。

正好是在七点钟的时候，塞缪尔·威勒从一辆路过道金的驿马车的驭者座上跳了下来，站到了离格兰比侯爵旅馆只有几百码的地方。那是一个寒冷阴沉的夜晚，小街显得忧郁而凄凉；那高贵而英勇的侯爵的桃花心木脸庞，好像带着比平常更悲哀和更忧郁的神情，在寒风中摇来晃去，伤心地发出吱吱的声音。窗帘拉下来了，百叶窗也关了一部分，平时经常在门口游荡的那些人现在也一个不见了；这个地方现在寂静而又荒凉。

由于见不到任何可以先问些问题的人，山姆轻轻地进了屋。朝四周环顾了一下，他很快就远远地看到了他父亲。

那个鳏夫正坐在吧台后面一个小房间里的一张圆桌旁，在抽着烟，眼睛紧盯着炉火。葬礼显然在那天已举行了；因为在他仍然戴在头上的帽子上，还缀着一根一码半长的黑色飘带，它从椅子靠背上随随便便地往下耷拉着。威勒先生处在非常出神和深思的状态之下，尽管山姆喊了他的名字好几次，但他都保持着原有的凝神而平静的神色，仍然在继续抽烟，直到儿子把手掌放到他的肩膀上，他才被唤醒过来。

“山米，”威勒先生说，“欢迎你。”

“我喊了你五六次，”山姆说，把帽子挂在一个木钉上，“你都没听见。”

“没听到，山姆，”威勒先生答道，再次若有所思地看着炉火，“我在幻想，山姆。”

“什么？”山姆问道，把椅子移近火炉。

“在幻想，山米，”老威勒先生答道，“有关她的，塞缪尔。”说到这里，威勒先生把头朝道金墓地的方向扭了一下，无言地表示他所指的是已故的威勒夫人。

“我在想，山米，”威勒先生说，非常情真意切地从烟斗上方瞟了瞟他的儿子，仿佛要使他相信，即将做的宣告无论多么离奇和难以置信，都是冷静而又审慎地说出来的，“我在想啊，山米，我整体来说，对她的去世是很伤心的。”

“唉，是应该这样啊。”山姆答道。

威勒先生点点头表示他默许这一看法，然后再次盯住炉火，喷出一阵阵浓烟来笼罩住自己，深深地思考起来。

“她说的那些话是非常在理的，山姆。”在沉默了好久之后，威勒先生用手拨开烟雾，说道。

“什么话？”山姆问道。

“是她病了以后说的。”老绅士答道。

“说的什么呀？”

“大概是这样说的：‘威勒，’她说，‘我恐怕没有为你做我本该做到的事；你是一个心肠好的男人。我本来是应该使你的家庭更舒服的。我现在才开始明白，’她说，‘可惜太晚了，我现在才明白，一个已婚妇女假如信奉宗教，就应该从履行家庭义务做起，使她周围的人欢快和幸福，假如她要在适当的时候去教堂、小礼拜堂或别的什么地方，她千万要当心不要把这类事情当作懒惰或自我放纵的借口。我就是这么做的啊。’她说，‘这为那些比我更痴迷的人浪费了时间和财产；但我希望在我死后，威勒，你能回忆起我在认识他们之前的模样，我天生的真正样子。’‘苏珊，’我说——我马上被这些话抓住了，塞缪尔；我不否认这点，我的孩子——‘苏珊，’我说，‘你是我的好老婆，不折不扣的；不要再说那些话了；不要泄气啊，我的爱；你会活下来看我捶那斯狄金斯的头的。’她听了这话微微一笑，塞缪尔，”老绅士说，用烟斗止住了一声叹息，“可她终究还是死了。”

“唉，”过了三四分钟——在这段时间里，老绅士慢悠悠地左右摇头，同时在神情肃穆地抽烟——山姆开了腔，想表示一点家常的安慰，“唉，老爷子，我们谁都会走到那一步的，迟早会的。”

“我们都会的，山米。”老威勒先生说。

“是天意呀。”山姆说。

“当然是，”他父亲回答说，严肃地点头表示赞同，“不然的话，那些办丧事的人怎么活嘛，山姆？”

老威勒先生把烟斗放在桌上，带着一脸幽思拨了拨炉火，沉迷进了刚才这席话所打开的广大的臆想空间里。

在老绅士想入非非的时候，一个身着丧服、体态丰满的厨娘原本是在酒吧间忙碌的，这会儿她轻轻走进了房间，勉为其难地笑了很多次，表示对山姆的招呼，然后静静地站到了他父亲的椅子靠背后面，用轻轻的一声咳嗽宣布了她的到来——由于这声咳嗽没有得到搭理，她又来了一声更大的。

“喂，”老威勒先生说，他扭头看的时候拨火棒跌落到了地上，他连忙把椅子挪开一点，“怎么回事呀？”

“喝杯茶吧，这才是好样的。”丰满女人回答说，像在哄孩子似的。

“我不喝，”威勒先生答道，态度有点暴躁，“我要见你——”威勒先生连忙克制住自己，低声补充说，“走开吧。”

“噢，天哪！不幸的事多么能改变人啊！”那位女士说，抬头向上仰望。

“那是在这件事和医生之间惟一能改变我的状况的东西。”威勒先生咕哝道。

“我真是从没见过这么淘气的人啊。”丰满女人说。

“别往心里去。全是为了我自己好，这话是那个悔过的小学生在挨了鞭子时自我安慰说的话。”老绅士说。

丰满女人带着怜惜和同情的神情摇了摇头，然后又向山姆发问，问他父亲是不是真的应该努力振作起来，而不应该就这么消沉下去。

“你瞧，塞缪尔先生，”丰满女人说，“我昨天还在跟他说，他会感到孤单的，除了该想的他不能够东想西想，先生，但是他要鼓起勇气，不能灰心，因为，唉，我敢说我们所有人都惋惜他的损失，而且随时愿意为他做任何事；人生在世没有比这种事更伤心了，塞缪尔，这种损失是无法弥补的。这些话是我丈夫去世时一个很有地位的人对我说的。”说到这里，她用手捂住嘴巴，又咳嗽了一声，情真意切地看着老威勒先生。

“我现在不想听你说这些，太太，请你先出去好吗？”威勒先生用严肃而坚定的声音说。

“唉，威勒先生，”丰满女人说，“我敢说，我跟你说话纯粹出于好意。”

“很像是这样，太太，”威勒先生答道，“塞缪尔，带这位太太出去，然后把门关上。”

这一提示对丰满女人并不是不管用；因为她马上就离开了房间，砰的一声关上了门，这一举动使老威勒先生气得够呛，他往椅背上一仰，靠在那里浑身冒汗，他说：

“山米，假如我独自在这里待上一个礼拜——只一个礼拜，我的孩子——不出一个礼拜那个女人准会用武力强行嫁给我。”

“什么？她那么对你有情有义吗？”山姆问道。

“有情有义！”他父亲答道，“我简直无法使她离远点。哪怕我躲进一个有专利的布拉明防火保险箱，她都有办法把我找出来呀，山米。”

“多好啊，有人这么追求你！”山姆说，脸带微笑。

“我可一点自豪不起来,山米,”威勒先生答道,一面猛烈地拨火,“这种处境好可怕。它真是使我有家难归啊。你可怜的后妈还没有咽气,就有一个老太婆给我送了一罐果浆,另一个送了一罐果冻,还有一个泡了一大壶该死的甘菊茶,而且还亲自送了过来。”威勒先生带着极其厌恶的神情打住,看看四周,低声补充说,“她们全都是寡妇,山米,都是的,除了那个泡甘菊茶的,她是一个独身的五十三岁的小姐。”

山姆做了一个鬼脸表示回答,而老绅士呢,他弄碎一块顽固的煤块,脸上露出认真和恶意的表情,好像它是上面所说的寡妇之一的脑袋似的,他说:

“简单点说吧,山米,除了在驾驶座上,我觉得我在哪儿都不安全。”

“为什么那里比别的地方更安全呢?”山姆打断说。

“因为马车夫是有特权的人,”威勒先生答道,紧盯着他的儿子,“因为马车夫做事不会引起怀疑,别的人却不行;因为马车夫可以和方圆八十英里以内的好多女人相好,却又没有谁会以为他有意娶她们中的任何一个。别的人还有谁能这样呢,山姆?”

“噢,那倒是有点儿道理。”山姆说。

“假如你的老板是一个马车夫,”威勒先生推论说,“你就算事态发展到了极端地步,你觉得陪审团会判他的罪吗?他们肯定不会嘛。”

“为什么不会?”山姆说,有点不以为然。

“为什么不会!”威勒先生答道,“因为那是违背他们的良知的。一个正儿八经的车夫是介于独身和婚姻之间的一种纽带,每一个务实的人都是明白这点的。”

“什么!也许你的意思是,他们深受大家喜爱,却又没有谁会打他们的主意,对吗?”山姆说。

他父亲点了点头。

“至于是怎么弄成那样，”威勒老爹继续说，“我也说不清。长途马车夫为什么有那样招人喜欢的本领，每经过一个市镇都受到所有年轻女子的仰视——可以说是仰慕——对这点我也不知道。我只知道情况就这样。这是一种自然法则——一种指数，就像你后妈常说的。”

“是定数①。”山姆说道，纠正老绅士的说法。

“很好，塞缪尔，你爱叫它定数，就叫好了。我可管它叫指数，总是这样叫的，酒瓶里都没什么东西了，他们还老是公布同一个指数；就这么回事。”

说着，威勒先生又把烟斗装满并点上，再一次露出沉思的表情，继续说：

“所以，我的孩子，不管我愿不愿结婚，由于我看不出留在这里结婚的好处，同时我又不愿跟社会上那些有趣的人物完全隔绝开来，因此我已打定了主意去赶安全号马车，再回到贝尔-塞维奇去住，那儿才是我天生合适的地方啊，山米。”

“那么这里的生意怎么办？”山姆问道。

“生意嘛，塞缪尔，”老绅士答道，“字号、存货和设备，全部签约卖掉；所得的钱呢，根据你后妈在临死前对我的要求，从里面拿出两百镑来，拨到你的名下，投资到——那些玩艺儿你们叫什么来着？”

“什么玩意儿？”山姆问道。

“就是那些在首都老是上上下下的东西呀。”

---

① 定数，原文为 dispensation，该词有“分配”、“配方”、“天命”等众多含义，山姆及其后妈取的是“天命”之意，而老威勒取的却是“分配”之意；他不仅把它与物价增长指数混为一谈，而且还误用了另一词：dispensary（配药处；酒类配给处；诊疗所）。

“是公共马车吗？”山姆提示说。

“胡说。”威勒先生答道，“那些老是跌跌涨涨的、与国债和支票有关的玩意儿呀。”

“噢！是基金。”山姆说。

“啊！”威勒先生答道，“基金；拿出两百镑给你，塞缪尔，投资到基金里头；利息四分半的优惠公债，山米。”

“老太太真好，还想着我，”山姆说，“我非常感激她。”

“其余的钱存在我的名下，”老威勒先生继续说，“当我走到路的尽头的时候，它就归你了。因此你要当心，别把它一下子花光，我的孩子，还要当心不要让任何一个寡妇知道你的家产，不然你就死定了。”

在做完这番告诫之后，威勒先生又抽起烟斗来，脸色比先前安详了很多，对这些情况的透露好像使他心安理得多了。

“有人在敲门哩。”山姆说。

“让他们敲好了。”他父亲颇有尊严地答道。

山姆遵嘱行事。门上又敲了一下，然后是第三声，接着是一长串敲门声；于是山姆问为什么不让敲门人进来。

“嘘，”威勒先生低声说，脸泛忧虑之色，“别去理它们，没准是寡妇中的哪一个哩。”

由于无人理会敲门，在稍停片刻之后，那位看不见的访客冒昧地推开了门并往里面张望。从半开半掩的门里探进来的根本不是女人的头，而是斯狄金斯先生的长长的黑头发和红红的脸盘。威勒先生的烟斗从手上滑落下来。

这位值得尊敬的绅士以几乎难以察觉的进度渐渐地推开门，直到开出的门缝刚好够他那瘦长的身体通过，然后溜进房里，非常小心而又谦恭地把门关上。他转向山姆，抬起双手和双眼，以表达他对这家人遭遇灾难所感到的无法言传的悲伤，然后他把高靠背椅子拉到炉火边他惯常坐的地方，在椅子的边缘坐下，掏出一块褐色的手绢，把它用到了他的视觉器官上。

当这一切在进行的时候，老威勒先生在椅子里往后一退，双眼睁得大大的，双手撑住膝盖，整张脸都露出凝神而又慑人的惊讶表情。山姆一声不吭地坐在他对面，怀着热切的好奇心等着看这一情景如何收场。

斯狄金斯先生把那块褐色手绢在眼睛前放了几分钟，同时颇为得体地呻吟，然后他竭力控制住自己的感情，把手绢放回口袋，并且扣好袋扣。此后，他拨了拨炉火，再往后，他搓了搓双手并看着山姆。

“噢，我年轻的朋友，”斯狄金斯先生用很低的声音打破沉寂，说，“好叫人伤心的灾祸啊！”

山姆微微点了一下头。

“对那个该遭天谴的人也一样！”斯狄金斯补充说，“它足以让一个人的心流血啊！”

山姆听见他老爹咕哝着说要让一个人的鼻子流血；但斯狄金斯先生没听见。

“你知道吗，年轻人，”斯狄金斯先生说，把椅子拉得靠近山姆，“她有没有遗留什么给艾曼纽呢？”

“他是谁啊？”山姆问道。

“小礼拜堂呀，”斯狄金斯先生答道，“我们的小礼拜堂；我们的羊栏①，塞缪尔先生。”

“她没有给羊栏留任何东西，没有给牧羊人留任何东西，也没给羊群留什么，”山姆断然地说，“连给狗都没留。”

---

① 羊栏，这是一个极富基督教色彩的比喻，喻指教堂，就像神甫被喻为牧羊人、教徒被喻为羊群一样。

斯狄金斯先生怯生生地看了看山姆,又瞟了瞟那位老绅士,后者闭着双眼坐在那里,好像已入睡;于是把椅子拉得更加靠近,说:

“没给我留什么吗,塞缪尔先生?”

山姆摇了摇头。

“我想总该有一点吧,”斯狄金斯先生说,脸色变得要多苍白有多苍白,“想想看,塞缪尔先生;小小纪念品都没有吗?”

“连价值相当于你那把旧雨伞的东西都没有。”山姆答道。

“也许,”在沉思片刻之后,斯狄金斯先生有些犹豫地说,“也许她把我推荐给那个该遭天谴的人照应吧,塞缪尔先生?”

“从他的话来看,我认为这很有可能,”山姆答道,“刚才他还说到你哩。”

“他,是吗?”斯狄金斯叫道,振奋起来,“啊!他变了,我敢说。我们现在可以非常舒服地一起生活了,塞缪尔先生,呃?你不在的时候我可以照料他的财产——照料得好好的,你知道吧。”

斯狄金斯先生长长地叹了一口气,停顿下来等待对方的反应。山姆点了点头,而老威勒先生则发出一种奇特的声音,它既不是呻吟,也不是咕哝,既不是喘息,也不是咆哮,而是在某种程度上兼具四者的特点。

斯狄金斯先生把这一声音理解为懊悔或忏悔的表示,因此他勇气大增,搓搓双手,哭了又笑,笑了又哭,然后轻轻地穿过房间,走到房角常记不忘的一个架子边,取下一个平底玻璃杯,非常从容地往里面放了四块方糖。进展到这一步时,他再一次看看四周,伤心地叹了叹气;随即,他轻轻地走进酒吧间,很快就端了半杯菠萝朗姆酒回来,又走到正在炉架上欢唱的水壶边,往酒里对了点水,搅和了一下,尝了一口,坐了下来,然后又痛痛快快地把那对水朗姆酒喝了一大口,再停下来喘气。

在这一切进行的过程中,老威勒先生用各种奇怪而不雅的招数假装自己睡着了，一句话都没有说；但当斯狄金斯先生停下来喘气时，他就朝他扑了过去，从他手里夺过酒杯，把剩余的对水朗姆酒泼到他的脸上，把酒杯则扔进了火炉。然后，他紧紧抓住那位可敬的绅士的衣领，突然穷凶极恶地乱踢起来，每一次在斯狄金斯先生的身上动用长统靴，都要发出种种针对他的四肢、眼睛和身体的粗暴而又不连贯的咒骂。

“山姆，”威勒先生说，“替我把帽子戴紧些。”

山姆孝顺地替父亲把那顶别着长长的黑带子的帽子更紧地戴好，于是老绅士再次以比先前更敏捷的身手使劲踢了起来，和斯狄金斯先生跌跌撞撞地出了酒吧间，穿过过道到达前门，然后到了街上；一路踢个不停，长统靴每一次踢起，其猛劲非但没有减弱，相反倒是越来越强。

真是一派让人看了感到振奋的漂亮景象啊！那个红鼻子的人在威勒先生的摆布下扭来扭去，他的全身随着一脚接一脚的快速打击而痛苦地抖个不停；而尤其好看的是，在一阵强有力的打斗之后，威勒先生把斯狄金斯先生的脑袋按在一个装满水的马槽里，死死地按着不放，直到他被闷得半死才放手。

“滚吧！”在终于允许斯狄金斯先生把脑袋从马槽里退回来的时候，威勒先生又使出其全身力气完成了一次极其复杂的踢打，说道，“随便叫哪个好吃懒做的牧羊人来吧，我先把他揍瘪，然后再淹死他！山米，扶我进去，给我倒一小杯白兰地。我喘不过气来了，我的孩子。”

第五十三章　包括金格尔先生和约伯·特洛特尔的最后退场；还有一大早在格雷院广场所忙的正事；以佩克尔先生家门口的两声敲门结束本章

经过一番循序渐进的准备，并再三保证丝毫没有灰心丧气的理由，匹克威克先生把他的伯明翰之行的不满意的结果告诉了艾拉贝拉，她顿时眼泪汪汪，大声抽泣起来，并且用感人的词句伤心地说，她一定成了造成那对父子疏远的罪魁祸首。

"我亲爱的女孩子，"匹克威克先生友善地说，"这不是你的错。不可能预见到那位老绅士对他儿子的婚事有这么强的成见，这你是知道的。我相信，"匹克威克先生补充说，瞟了瞟她那张美丽的脸，"他是丝毫没有意识到他摒弃了何等的快乐啊。"

"噢，我亲爱的匹克威克先生，"艾拉贝拉说，"假如他继续这么生我们的气，我们该怎么办呢？"

"唉，耐心地等等吧，我亲爱的，等到他回心转意就好了。"匹克威克先生答道，一副乐呵呵的样子。

"可是，亲爱的匹克威克先生，假如他父亲不再资助他，纳撒尼尔可怎么办呀？"艾拉贝拉反问道。

"要是那样的话，我亲爱的，"匹克威克先生回答说，"我敢预言，他一定会发现别的朋友会毫不退缩地帮助他在世上安身立命的。"

匹克威克先生没有很好地掩盖这一回答的意义,艾拉贝拉是明白人。因此,她抱住他的脖子,亲切地吻他,抽泣得比先前更厉害了。

“别难过,别难过,”匹克威克先生说,一边握住她的手,“我们在这里再等几天,看他是不是写信来或理不理你丈夫的信。即使没有,我也已经想好了半打办法,其中任何一个都会让你立即快活起来。好了,我亲爱的,好了!”

说着,匹克威克先生轻轻拍了拍艾拉贝拉的手,要她把眼泪擦干,免得使她丈夫伤心。艾拉贝拉原本是世界上最可爱的人儿之一,她一听这话就把手绢放进了手提包,等到温克尔来与他们会合时,她早已露出一脸的粲然微笑,双眼盼顾流光,整个儿与她当初使他堕入情态时的风采完全一样。

“对这对年轻人来说,这是一种艰难处境啊,”第二天早上穿衣服的时候,匹克威克在心里想,“我要上佩克尔家去,就这事儿跟他商量商量。”

另外,由于匹克威克先生还有一个迫切的愿望,那就是赶紧去格雷院广场和那个好心的矮个子律师把已拖欠的账结清,因此他匆匆吃完早餐,那么迅速地把他的想法付诸行动,结果当他赶到格雷院时,十点的钟声都还没有敲响。

当他走上佩克尔的事务所所在楼层的楼梯间时,离办公时间还有十分钟,于是他就通过朝楼梯间的窗户外面张望来消磨时间。

晴朗的十月之晨那有益健康的阳光甚至使那些昏暗的老房子都亮堂了一点,有些蒙尘的窗户在阳光的照耀下的确看上去几乎让人感到欢快。书记员们一个接一个从不同的入口匆匆走进广场,一边抬头看房子上的大钟,并根据各自的办公室名义上规定的办公时间增减走路的速度;九点半上班的人们突然变得非常快捷,十点上班的人们则改成了颇具贵族派头的慢悠悠的步态。十点钟一敲响，文书们便更快地涌了进来，每个人都比先于他到达的人流的汗更多。开锁和开门的声音在四面八方回荡又回荡；人头像变魔术般地出现在每一个窗户里；勤杂工们走上了他们白天的岗位；随随便便的洗衣妇们匆匆地离去；邮差从这个屋子走到那个屋子；整个法律的蜂巢忙碌起来了。

“你早啊，匹克威克先生。”一个声音在他背后说。

“啊，洛顿先生。”那位绅士扭头一看，认出了老相识，说道。

“走走路好暖和呀，不是吗？”洛顿说，从口袋里掏出一把布拉马牌钥匙，上面还带着一个防尘的小塞子。

“你看上去是够感到暖和的。”匹克威克先生答道，朝那个实在是热得发红的书记员微笑着。

“告诉你吧，我是一路赶来的。”洛顿说，“穿过那个‘多边形’就花了半个钟头。不过，我在他前头到达这里，因此我放心了。”

在用这一想法自我安慰的同时，洛顿先生拔掉钥匙上的塞子，打开了门，把他的布拉马钥匙重新塞好又重新放进口袋，拾起邮差从信箱口塞进的信件，然后请匹克威克先生进了办公室。在这里，一眨眼的工夫他就脱掉了外衣，从一张书桌里拿出一件已磨得露线的衣服换上，挂好他的帽子，然后从不同的抽屉里拿出几张劣质图画纸和吸墨纸，把一支鹅毛笔夹在耳朵后面，带着非常满意的神气搓搓双手。

“你瞧，匹克威克先生，”他说，“现在我武装完备了。穿上了工作服，拿出了便条本，他爱早点来就来好了。你身上带了鼻烟吧，带了吗？”

“不，没带。”匹克威克先生答道。

“遗憾啦，”洛顿说，“没关系。我马上跑出去，去弄瓶苏打水来。我的眼睛是不是看上去有点怪呀，匹克威克先生？”

被问的那一位远远地打量了一下洛顿先生的眼睛，发表看法说那两个器官看不出有什么不寻常的毛病。

“对这点我感到高兴，”洛顿说，“我们昨天晚上在树桩旅馆熬得也够久的，我到今天早上都还不舒服。顺便告诉你一声，佩克尔在为你那一桩事忙哩。”

“什么事？”匹克威克先生问道，“巴德尔太太的诉讼费吗？”

“不，我不是指那个。”洛顿先生答道，“就是按你的意思我们为他每镑付十先令结清贴现支票的那个当事人——为的是把他弄出弗里特，你知道的——把他弄到德墨拉拉去。”

“噢！金格尔先生！”匹克威克先生连忙说，“没错，怎么啦？”

“噢，一切都安排好了。”洛顿说，一边修他的笔，“利物浦的那个代理人说，和你合作时他曾多次领受过你的人情，他很感激，因此乐意根据你的推荐接受他。”

“很好，”匹克威克先生说，“我很高兴听到这点。”

“不过我说呀，”洛顿继续说，一边刮他的鹅毛笔的背面，准备再弄出个新的口子来，“另外那个性格多温和啊！”

“另外哪个？”

“嗨，那个仆人或朋友呗，管他是什么哩，你知道的，特洛特尔。”

“啊？”匹克威克先生说，微微一笑，“我历来以为他刚好相反。”

“可不，从我对他的点滴了解来看，我的看法也一样，”洛顿答道，“这只表明一个人多么容易受蒙蔽。你觉得他也去德墨拉拉怎么样？”

“什么！放弃这里给他的一切！”匹克威克先生喊道。

“佩克尔先生答应每个礼拜给一个先令，表现好还可以加薪，但他对此根本不放在眼里。”洛顿答道，“他说他必须和另一个一块儿去，于是他们说服了佩克尔重新写介绍信，为他在同一个庄园找了一份活儿；佩克尔说，那几乎还没有一个囚犯在新南威尔士找到的活儿好，假如他在审判日是穿着一身新套装出庭受审的话。”

“愚蠢的家伙。”匹克威克先生说，眼睛闪着泪光，“愚蠢的家伙。”

“噢，比愚蠢还要糟糕哩，是彻头彻尾的心怀鬼胎，你知道吧。”洛顿答道，一边带着轻蔑的神情削那支鹅毛笔，“他说他是他这辈子惟一的朋友，跟他难分难舍离不开，等等。友谊本身是一种很好的东西，比如说，我们在树桩旅馆喝酒作乐，每个人都自己付自己的酒钱，大家都很友好而又舒畅；但你知道，为别人而损害自己，真是荒唐！男人活在世上，无非依恋两种东西——首先是一号老大①，其次是女人；我就是这么看的——哈！哈！”洛顿先生以一声半是玩笑半是挖苦的大笑结束他的讲话，但笑声过早地被佩克尔上楼的脚步声打断了：一听见那脚步声，他就以极其出众的矫健身手跳到板凳上坐好，紧张地抄写起来。

匹克威克先生和他的法律顾问之间的招呼是热烈而又诚挚的。这位当事人刚刚在代理律师的扶手椅里安坐好，突然门外传来一声敲门，一个声音问佩克尔先生是否在里面。

“听！”佩克尔说，“是我们的浪人朋友之一——金格尔本人，我亲爱的先生。你要不要见见他？”

“你觉得呢？”匹克威克先生问道，有点犹豫。

“是的，你最好是见一见。喂，先生，是谁呀，进来吧，好吗？”

遵从这一随随便便的邀请，金格尔和约伯进了房间，但一见到匹克威克先生，他们就有点窘迫地停住了脚步。

“喂，”佩克尔说，“你们不认识这位绅士吗？”

“不认识才怪哩。”金格尔先生答道，走上前去，“匹克威克先

① 指自己。

生——最深的感激——救命恩人——使我真正做人——您决不会后悔的，先生。”

“听你这么说我很高兴，”匹克威克先生说，“你气色好多了。”

“谢谢您，先生——巨大改变——国王陛下的弗里特——不卫生的地方——非常不卫生。”金格尔说，一边摇头。他穿得体面而又整洁，约伯也是，后者笔直地站在他背后，面容如铁板一般地凝视着匹克威克先生。

“他们什么时候去利物浦？”匹克威克先生半侧过身子，对佩克尔说。

“今天晚上，先生，七点钟。”约伯说，走上前一步，“搭从伦敦来的大马车，先生。”

“买票了吗？”

“买了，先生。”约伯答道。

“你们完全打定主意去了吗？”

“是的，先生。”约伯答道。

“关于对金格尔来说必不可少的这笔盘缠，”佩克尔大声地对匹克威克先生说，“我已自作主张做了安排，每个季度从他的薪水里扣一小笔，只需扣一年时间，定期汇寄，就可以还清了。我完全不赞同你再为他破费了，我亲爱的先生，因为那完全不是凭他自己的努力和好品行赢得的。”

“当然如此。”金格尔插话说，一副非常坚定的模样，“清醒的头脑——见多识广——非常正确——对极了。”

“促成他与债主的和解，从典当铺赎他的衣服，保释他出监狱，还有付他的路费，”佩克尔不理会金格尔的话，继续说，“这一切已经使你损失五十多镑了。”

“不是损失。”金格尔连忙说，“全部要还——拼命做事——攒钱——每一个铜板。黄热病，也许——无可奈何——否则的话——”说到这里，金格尔暂停下来，猛烈地扇了一下帽顶，用手擦了擦双眼，坐了下来。

“他的意思是，”约伯走上前一两步，说道，“假如他没有害黄热病死掉的话，他会把钱还回来的。只要他活着，他就会的，匹克威克先生。我会督促他兑现的。我知道他会的，先生，”约伯使劲地说，“我可以对此发誓。”

“得啦，得啦，”匹克威克先生说，此前他已经向佩克尔皱眉几十次，阻止他罗列所施予的恩惠，但那个矮个子代理人就是固执地不予理睬，“你得当心，金格尔先生，别再玩那无望的板球了，也不要再和托马斯·布拉佐爵士重温旧好，我相信你能维护好自己的健康的。”

金格尔先生对这句俏皮话微微一笑，然而却显得有点愚蠢；因此匹克威克先生改变了话题，说：

“你知不知道你的另一位朋友怎么样了，知道吗——就是我在罗彻斯特见过的比较谦卑的那个呀？”

“忧郁的杰米吗？”金格尔问道。

“是的。”

金格尔摇了摇头。

“聪明的流氓——古怪的家伙，欺诈的天才——约伯的兄弟。”

“约伯的兄弟！”匹克威克先生叫道，“唔，现在我仔细看看，还**真是**相像。”

“人们总是说我们俩很像，先生，”约伯说，眼角隐蔽着一丝狡黠的神情，“只是我确实是生性严肃，而他却从来不是。他移民去了美国，因为在这里被追捕得太紧了，没法安心过日子；他走后就再也没有音信了。”

“我想这就是我没有收到‘真实生活的浪漫一页’的原因吧，

那是他答应过要寄给我的，当时他一大早去了罗彻斯特桥上，看上去像在思考自杀的事，”匹克威克先生微笑着说，“我没有必要问他的忧郁行为是自然的还是假装的。”

“他什么都能假装，先生，”约伯说，“您应该庆幸自己这么容易就摆脱了他。要是来往密切的话，他的危险性可大啦，超过——”约伯看了一眼金格尔，犹豫片刻，最后补充说，“超过——超过——甚至超过我本人哩。”

“你们这个家族大有前途啊，特洛特尔先生，”佩克尔先生说，一边封好他刚写完的一封信。

“是的，先生，”约伯说，“的确如此。”

“得了。”矮个子笑着说，“我希望你们能引以为耻。一到利物浦，你们就把这封信交给那个代理人。不妨让我忠告你们几句，绅士们，在西印度群岛可不要太自作聪明。你们要是丢掉这个机会的话，你们俩真的该上绞架，我真诚地相信你们会的。现在你们最好是让匹克威克先生和我单独待着，因为我们还有别的事情要谈，而且时间是宝贵的。”说这话的时候，佩克尔看了看门，显然是希望他们应尽快告辞。

金格尔先生这一方面是够快的。他以言简意赅的寥寥数语感谢矮个子代理人的友善以及提供帮助之迅速，然后他转向他的恩人，默默地站了几秒钟，好像拿不准该说什么或做什么似的。好在约伯·特洛特尔帮他摆脱了窘境；因为后者谦恭而又感激地朝匹克威克先生鞠了一躬，然后轻轻地抓住他朋友的手臂把他带走了。

“多好的一对搭档啊！”他们把门关上时，佩克尔说道。

“我希望他们变好。”匹克威克先生说，“你的看法怎样？他们有可能永远改好吗？”

佩克尔怀疑地耸了耸双肩，但一看匹克威克先生那焦虑而又失望的表情，他又说道：

“当然有可能。我希望事实证明确实如此。他们现在无疑是悔过了;再说嘛,你是知道的,他们对最近的痛苦还记忆犹新哩。至于等到记忆淡化的时候,他们是不是会好了伤疤忘了痛,那可就不是你我所能解决的问题了。不过,我亲爱的先生,”佩克尔补充说,一边把手放在匹克威克先生肩上,“不管结果怎样,你的目标是同样光荣的。这一类的善行,其实是多么需要谨慎和远见,通常是很少有人去做的,以免受骗上当或自尊心受伤;这一类的善行,到底是一种真正的仁慈,还是一种世俗的虚伪,我想还是让比我更聪明的人去判断吧。但就算那两个家伙明天就去偷东西,这一善举在我看来仍然是同等高尚的。”

佩克尔以其神采飞扬、热情洋溢的态度说完了这一席话,与法律界人士通常的态度是截然不同的;然后他把他的椅子拉到书桌边,开始听匹克威克先生复述老温克尔先生的固执表现。

“给他一个礼拜。”佩克尔说,像预言家一般地点了点头。

“你觉得他会回心转意吗?”匹克威克先生问道。

“我想他会的。”佩克尔答道,“假如没有,我们就得试一试那位小姐的说服力了;这一招呀,除你之外,其他人是首先应该想到用一用的。”

佩克尔先生吸了一撮鼻烟,同时做出种种滑稽的鬼脸,表示对年轻女士的说服力的赞扬。突然,外面的办公室传来喃喃的问答声,接着是劳顿在轻轻地敲门。

“进来!”矮个子叫道。

书记员走进房,随手关上了门,一脸非常神秘的神情。

“什么事呀?”佩克尔问道。

“有人找你,先生。”

“谁找我?”

洛顿看了看匹克威克先生,咳嗽了一下。

“谁找我？你不会说话吗，洛顿先生？”

“哎，先生，”洛顿答道，“是道森，还有福格跟他在一起。”

“天哪！”矮个子说，一边看看手表，“我约了他们来这里，十一点半，处理你的事情，匹克威克先生。我给了他们许诺，因此他们答应撤掉你的案子；非常尴尬，我亲爱的先生？你打算做什么？想进隔壁房间吗？”

由于隔壁房间也就是道森和福格两位先生所在的房间，匹克威克先生回答说他就待在原地——因为与其说是他对见到他们感到难为情，不如说是他们无脸见他；他带着热辣辣的脸色和很多愤怒的表示请求佩克尔先生注意后一种情形。

“很好，我亲爱的先生，很好。”佩克尔答道，“我只能说，假如您期望道森或福格在不得不面对你或其他任何人时会露出任何羞愧或惶惑的迹象的话，那你可就是我所遇到的最心存奢望的乐天派了。叫他们进来吧，洛顿先生。”

洛顿先生咧嘴一笑离开了，紧接着就领着那两位进来了，按那铁定的、应有的顺序：道森在前，福格在后。

“我相信，你们见过匹克威克先生吧？”佩克尔对道森说，用笔斜着指了指那位绅士所在的方向。

“你好吗，匹克威克先生？”道森大声地说。

“天哪，”福格说，“你好吗，匹克威克先生？我希望你很好，先生。我想是很面熟。”福格说，拉过一张椅子，同时微笑着看看四周。

匹克威克先生非常轻微地点了一下头，算是对问候的搭理，接着见福格从大衣口袋里掏出一摞文件，他就起身走到了窗边。

“匹克威克先生没有必要回避，”福格说，一边解开捆着那一小摞文件的红带子，同时露出比先前更甜的微笑，“匹克威克先生对这一套是很熟悉的。我想，我们之间是没有秘密的。

嘿！嘿！嘿！”

“我想，是没有多少。”道森说，“哈！哈！哈！”然后搭档俩一起大笑起来——笑得那么开心和畅快，就是人们要得到钱时常有的那副德行。

“我们得叫匹克威克先生付偷看费，”在打开文件的时候，福格带着毫不做作的幽默感说，“损失赔偿金是一百三十镑六先令四便士，佩克尔先生。”

在申报了损益之后，福格和佩克尔比较和翻阅好了一阵文件。与此同时，道森用殷勤的态度对匹克威克先生说：

“我觉得与我上次荣幸地见到你时相比，你现在没有以前壮实了。”

“可能没有，先生，”匹克威克先生答道，此前他一直在闪射凶狠的愤怒的目光，但那对这两位精明的执业律师中的任何一位都没有发生丝毫作用，“我想是差了些，先生。我最近一直在受恶棍们的迫害和骚扰，先生。”

佩克尔剧烈地咳嗽了一声，问匹克威克先生是否要看看早报；对这一询问，匹克威克先生毅然决然地给予了否定的回答。

“真的，”道森说，“我敢说你是在弗里特受到了骚扰；那里真有些古怪人物啊。你的套间在哪里呢，匹克威克先生？”

“我的单间，”那位深受伤害的绅士答道，“在咖啡厅组。”

“噢，是嘛！”道森说，“我相信那是那里非常可爱的一部分。”

“非常可爱。”匹克威克先生干巴巴地说。

所有这一切都包含着一种冷漠，但在当时的情形下，对一个生性容易激动的绅士来说，它却具有惹人动肝火的倾向。匹克威克先生本来一直在竭力抑制他的愤怒，但是，一看到佩克尔开出一张总额支票，福格把它放进一个小小的皮夹，同时长满粉刺的脸上露出胜利的微笑，而且那得意的笑又传播到了道森那严厉的脸上，他感到两边脸颊因愤怒而热血涌动，涨得有点发痛。

“好了，道森先生，”福格说，一边收起皮夹并戴上了手套，“现在我听你吩咐了。”

“很好，”道森说，站起身来，“我完全准备好了。”

“我很高兴，”被支票赋予了几份温情的福格说，“能够荣幸地结识匹克威克先生。我希望，匹克威克先生，您不要把我们想象得像我们最初有幸见到您时那么坏。”

“我也不希望那样。”道森用那种蒙冤者的理直气壮的语调说，“我相信，匹克威克先生现在更了解我们了。不管您对我们这一行当的绅士们的看法怎样，我恳求您相信，虽然在我的搭档所提到的那一次，也就是在我们那位于康希尔的弗里曼胡里的办公室里，您自以为是地表达了那些观点，但我并不因此对你有什么恶意或报复心。”

“噢，没有，没有；我也没有。”福格以极其宽容的态度说。

“我们的行为，先生，”道森说，“会为自己说话的，而且我们希望，在任何场合，它都能证明自己的正当性。我们从事这个行当多年了，匹克威克先生，而且荣幸地深受很多杰出的当事人的信任。祝您早安，先生。”

“早安，匹克威克先生。”福格说。说着，他把雨伞夹到胳膊下面，脱下右手的手套，向那位非常气愤的绅士伸出和解之手，但后者却把双手插到了外套的燕尾下面，带着饱含轻蔑的惊讶表情看着这位代理律师。

“洛顿！”佩克尔这时候叫道，“开门。”

“等一等，”匹克威克先生说，“佩克尔，我有话要说。”

“我亲爱的先生，就让事情这么了掉吧，”矮个子代理律师说，整个会见过程他都处在忧心忡忡的难受之中，“匹克威克先生，我恳求你！”

“我不能忍声吞气，先生，”匹克威克先生急躁地答道，“道森先生，你刚才让我领教了高见。”

道森先生转过身来，温和地点了点头，并且微微一笑。

“让我领教了高见，”匹克威克先生说，气不打一处来，“你的搭档还向我伸出了手，你们俩都煞有介事地装出宽恕和高尚的口气，厚颜无耻得可以嘛，真出乎我的意料，哪怕是对你们这种货色。”

“什么，先生！”道森大叫道。

“什么，先生！”福格重复说。

“你们知道我成了你们的阴谋诡计的牺牲品吗？”匹克威克先生继续说，“你们知道我就是那个被你们囚禁和掠夺过的人吗？你们知道你们就是巴德尔诉匹克威克案的原告代理人吗？”

“是的，先生，我们知道。”道森答道。

“我们当然知道，先生。”福格答道，同时拍了一下口袋——也许是偶然的巧合。

“我知道你们回想起来很得意，”匹克威克先生说，企图露出他有生以来的第一次冷笑，但显然失败了，“尽管我老早就盼着能直言不讳地告诉你们我对你们的看法，但是为了尊重我的朋友佩克尔的意愿，我本来是连这次机会都可以放弃的，却不料你们竟如此不当地拿腔拿调，如此傲慢地放肆无礼——我说的是放肆无礼，先生。”匹克威克说，在转向福格的同时做了一个猛烈的手势，吓得那家伙急忙退到了门边。

“当心点，先生，”道森说，虽然他是在场的人中块头最大的，但他却小心地躲到了福格的背后，脸色苍白地越过后者的头说道，“让他打你好了，福格先生，无论如何不要还手。”

“对，对，我不会还手。”福格说，说的同时又后退了一点点；这显然令他的搭档安了心——因为借此他可以逐渐退到外间办公室去了。

“你们是，”匹克威克先生接上话头，继续说，“你们是臭味相投的一对卑鄙下流的讼棍式的强盗。”

“好啦，”佩克尔插话说，“说完了吧？”

“这句话可以概括一切了，”匹克威克先生说，“你们是一对卑鄙下流的讼棍式的强盗。”

“得了！”佩克尔以息事宁人的语气说，“我亲爱的先生们，他要说的已经说完了。现在请走吧。洛顿，门打开了吗？”

洛顿先生远远地格格一笑，作了肯定的回答。

“得了，得了——早安，早安——请吧，我亲爱的先生们——洛顿，开门！”矮个子喊道，一边推道森和福格离开办公室——他们巴不得快点离开，“这边走，我亲爱的先生们——现在请别拖延下去了——天哪——洛顿先生——门，先生——你为什么不侍候着？”

“假如英国还有法律的话，”道森说，一边戴帽子，一边看着匹克威克先生，“你会为此吃苦头的。”

“你们是一对卑鄙——”

“记住，先生，你要为此付出昂贵代价的。”福格说。

“——下流的讼棍式的强盗！”匹克威克先生继续说，丝毫不理那些针对他的威胁。

“强盗！”在那两个代理人下楼时，匹克威克先生又冲到楼梯口大喊道。

“强盗！”匹克威克先生挣脱洛顿和佩克尔的阻拦，把头伸到楼梯间的窗外又喊了一声。

把头缩回来时，匹克威克先生的脸上又洋溢起了微笑，显得温和而安详；他平静地返回办公室，宣告他已卸掉了心里的一个大包袱，还说他感到非常舒服和快乐。

佩克尔一言不发，直到把鼻烟盒里的烟吸完，并且叫洛顿出去把它装满，他才突然爆出一阵大笑，笑了五分钟之久；笑完之后，他说他觉得他应该非常气愤，但眼下他还无法严肃地对待这件事情——在他能做到的时候，他会的。

"好了，"匹克威克先生说，"现在让我和你来算算账吧。"

"像刚才一样吗？"佩克尔问道，又大笑起来。

"完全不是，"匹克威克先生回答说，掏出他的记事本，同时诚挚热忱地和矮个子握手，"我只是想结一下钱方面的账。你帮了我很多忙，那是我无法报答的，我也不想报答，而宁愿继续欠你的情。"

说完这些开场白后，两位朋友埋头进一些非常复杂的账目和单据里，在佩克尔一五一十地把它们清点和算好之后，匹克威克先生立即作了清偿，同时还说了很多表示敬意和友情的话。

他们刚进行到这一步，突然听见门上传来极其猛烈而又惊人的敲门声；那不是通常那种连响两下的轻敲，而是由一连串重重的单敲构成的大得不能再大的敲击声，仿佛门环被赋予了永久的动力，或者门外那个人忘了歇手。

"天哪，怎么回事！"佩克尔大叫道，惊跳起来。

"我想是敲门声吧。"匹克威克先生说，好像还可能有丝毫疑问似的！

门环做了一个比话语所能做的更强有力的回答，因为它以惊人的力量和喧闹继续响着，一刻也不停歇。

"天哪！"佩克尔说，拉了拉铃，"我们不把全院的人都惊动才怪。洛顿先生，你没听见敲门声吗？"

"我马上去应门。"书记员答道。

敲门人好像听到了里面的反应，而且似乎在表明要他等那么久是完全不可能的。敲门声变成巨大的喧闹。

“太可怕了。”匹克威克先生说，一边堵住耳朵。

“快点，洛顿先生，”佩克尔喊道，“门板都要给敲破了。”

正在一个黑暗的小间里洗手的洛顿先生匆匆赶到门口，一扭把手打开门，看到了下一章所描述的情景。

第五十四章　包括与敲门声有关的一些详细情况及其他一些事情，其中某些关于斯诺格拉斯和一位年轻女士的有趣的介绍绝不是与这部传记毫不相干的

呈现在那位吃惊的书记员眼前的东西是一个孩子——一个胖得相当可观的孩子——一身仆人装束，笔直地站在擦鞋垫上，像正在睡觉似的闭着双眼。他从没见过这么胖的孩子，无论是在马戏班子里面还是外面；除了这一点，胖孩子那平静而又安详的外表，与按情理推断的那个狂敲大门的人的模样可谓大相径庭，这种反差令他惊奇不已。

"怎么回事？"书记员问道。

那个不同寻常的孩子一声不吭；但他点了一下头，按书记员的想象，看上去好像在轻轻地打鼾。

"你是从哪里来的？"书记员问道。

那孩子没有任何表示。他沉沉地呼吸，而在其他方面则全然一动不动。

书记员把那个问题重复了三次，由于没有得到答复，正准备关门；这时，那孩子突然睁开双眼，眨了好几次眼，还打了一次喷嚏，并且又举起手来，好像准备再敲门。由于发现门是开着的，他惊讶地瞪大眼睛看看四周，最后把目光盯在洛顿先生脸上。

“你到底为什么要那样敲门?”书记员愤怒地问道。

“哪样?”那孩子用迟滞而且充满睡意的声音说。

“哎,就像四十个马车夫在敲啊。”书记员答道。

“因为东家说了,我一定要不断地敲,一直敲到有人开门为止,免得我瞌睡过去。”那孩子说。

“那么,”书记员说,“你带来什么信呢?”

“他在楼下。”孩子说。

“谁呀?”

“东家。他想知道你们在不在家。”

洛顿先生这时才想到看看窗外。那里停着一辆敞篷马车,里面坐着一位健壮的绅士,正非常焦急地仰望着楼上,于是他就冒昧地打了个招呼;那位老绅士一见招呼,就马上跳下了马车。

“马车里那位是你的主人吧,我想?”洛顿说。

那孩子点了点头。

老华德尔的出现取消了所有进一步的询问,他跑上楼梯,和洛顿只打了一下招呼,就马上进了佩克尔先生的房间。

“匹克威克!”这位老绅士说,“握个手吧,老伙计! 怎么一直到前天才得知你让自己被人关进了监狱? 你为什么允许他那么做呢,佩克尔?”

“我没办法呀,我亲爱的先生,”佩克尔答道,微微一笑,吸了一撮鼻烟,“你知道他有多固执的。”

“我当然知道,当然知道,”老绅士答道,“尽管如此,见到他我还是很高兴。我再也不会轻易让他从我眼前溜掉了。”

说着这些话,华德尔再一次握住匹克威克先生的手,又和佩克尔握了手,然后坐进一张扶手椅,他欢快的脸再一次焕发出微笑和健康的风采。

“啊!”华德尔说,“这年月事儿可真多啊——给我一撮鼻烟吧，佩克尔，老伙计——从没有过这样的时光吧，呃？”

“你这是什么意思呢？”匹克威克先生问道。

“什么意思？”华德尔答道，“嗨，我想如今的女孩子们都疯了；这没什么稀奇的，你会这么说吧？也许是不稀奇，但这是真的，千真万确啊。”

“世界上好地方那么多，你偏偏跑到伦敦来，就为了告诉我这个是吗，我亲爱的先生？”佩克尔问道。

“不，完全不是，”华德尔答道，“尽管那是我来这里的主要原因。艾拉贝拉怎么样啦？”

“很好，”匹克威克先生答道，“而且我相信，她见到你会很高兴的。”

“黑眼睛的小妖精！”华德尔答道，“我本来还希望有那么一天娶她哩。不过我还是很高兴，非常高兴。”

“你是怎么知道这消息的？”匹克威克先生问道。

“噢，当然是从我女儿那里知道的。”华德尔答道，“艾拉贝拉前天来了一封信，说她偷偷结婚了，事先没有征得她丈夫的父亲的同意，你为这事儿去了一趟，因为他不同意并不能阻止这场婚姻，等等。我觉得，这是跟我的女儿们谈点严肃话题的好机会；因此我就说了，儿女们没有得到父母的同意就擅自婚嫁是一件多么可怕的事情，等等；但是，保佑你们，我丝毫都不能影响她们。她们倒是觉得没有女傧相的婚礼要可怕得多，还说我该对乔去宣讲一番才是。”

说到这里，老绅士停下来大笑；在尽情笑够之后，马上又接着说：

“不过，看来这还不是最精彩的。这只是一直在进行的恋爱和密谋的一半。在过去的六个月里我们一直在走地雷阵，它们终于炸开了。”

“什么意思！”匹克威克先生大叫道，脸色一下子变白了，“没有别的私奔的事吧，我希望？”

“不，不，”华德尔答，“还没那么糟糕；没有。”

“那是什么呢？”匹克威克先生问道，“跟我有没有关系呢？”

“我要不要回答这个问题呢，佩克尔？”华德尔说。

“假如你这么做不会自找麻烦的话，我亲爱的先生。”

“那我就说啰，跟你有关系。”

“怎么有关系？”匹克威克先生焦急地问道，“在哪方面呢？”

“的确，”华德尔答道，“你是一个性子火暴的年轻人，我几乎害怕告诉你；不过嘛，假如佩克尔能坐在我们之间防止过激行为，那我就壮着胆说说。”

关上房门，并用佩克尔的鼻烟盒提了提神之后，老绅士开始用以下的话进行他的重大宣告：

“事情是这样的，我的女儿贝拉——贝拉，嫁给特伦多尔的那一个，你们是知道的。”

“没错，没错，我们知道。”匹克威克先生不耐烦地说。

“不要刚一开头就打扰我。那天晚上，艾米莉在给我读了艾拉贝拉的信之后，由于头痛就睡觉去了，我女儿贝拉坐到我身边，开始跟我谈起那桩婚事。‘哎，爸，’她说，‘您对这事儿怎么看？’‘唉，我亲爱的，’我说，‘我想是挺好的；我希望是最好的。’我这样回答，因为当时我正坐在火炉边喝多味酒，思绪万千，而且我知道假如我不时来上不肯定的一句，那会诱惑她继续说个没完。我的两个女儿都是她们亲爱的母亲的翻版，我晚年只喜欢她们来陪我坐坐；因为她们的声音和长相能把我带回我有生以来最幸福的那段日子，尽管心情没有当年那么轻松。‘那的确是一桩情投意合的婚姻啊，爸。”在沉默片刻之后，贝拉说。‘是的，我亲爱的，’我说，‘但这类婚姻并不总是最幸福的。’”

“我对这点有疑问,注意!”匹克威克先生热情地插话说。

“很好,”华德尔说,“轮到你说的时候任何疑问都可以,但现在不要打断我的话。”

“请原谅。”匹克威克先生说。

“不客气。”华德尔说,“‘听了你反对情投意合的婚姻的看法,我很难过,爸。’贝拉说,脸稍微有点儿红了。‘我错了;我真不该那么说,我亲爱的。’我说,一边尽我这个粗老头的所能温情地拍了拍她的脸蛋,“你妈妈的婚姻就是这样,你的也是。’‘我的意思不是指这个,爸,’贝拉说。‘事实是,我想跟你谈谈艾米莉的事儿。”

匹克威克先生吃了一惊。

“又怎么啦?”华德尔问道,停止了叙述。

“没什么。”匹克威克先生答道,“请往下说。”

“我从来不会绕弯子,”华德尔突兀地说,“迟早会有个结局的,假如开门见山地说出来,可以给我们大家节省很多时间。反正,贝拉终于鼓足了勇气,告诉我艾米莉过得很不快乐;自从上次圣诞节以来,她和你的年轻朋友斯诺格拉斯不断有书信往来;她已经很忠实地下定了决心要跟他私奔,以实际行动表示赞同她的老朋友兼老同学的做法。但她对这事儿良心上有点儿过意不去,因为我历来对她们俩很慈爱,所以她们觉得最好是先给我点面子,问问我是不是反对她们以平常的务实方式结婚。喂,匹克威克先生,假如你能行个方便,把你的眼睛缩成平时那么大,并且告诉我你觉得我们该怎么办,那我会对你感激不尽!”

那位热心的老绅士说后一句话的那种暴躁态度,并不是完全没有道理的;因为匹克威克先生的脸整个儿露出一副惊讶与迷惑相交的愣愣的表情,看上去怪模怪样的。

“斯诺格拉斯!自上次圣诞节以来!”首先从那位犯迷糊的绅

士口里蹦出的就是这样不连贯的字句。

“自上次圣诞节以来，”华德尔答道，“那是够明显的，而我们以前居然没有发现，准是我们戴的眼镜太糟糕了。”

“我不懂，”匹克威克先生说，一边沉思，“我真的不懂。”

“这很容易懂嘛，”那位性急的老绅士答道，“你要是更年轻点的话，早就知道这个秘密了，另外，”华德尔犹豫片刻之后补充说，“事实是，由于对这件事一无所知，在过去的四五个月里，我曾力劝艾米莉好心地接受我们邻居的一位年轻绅士的求婚（假如她能接受的话；我决不想勉强一个女孩子）。我深信，她孩子气十足，为了抬高自己的身价并增加斯诺格拉斯先生的热情，对这件事大肆渲染了一番，而且他们俩都得出结论：他们是受到可怕迫害的不幸的一对儿，除了秘密结婚或被激情烧死之外，别无出路。现在的问题是，该怎么办？”

“你已经办了什么？”匹克威克先生问道。

“我！”

“我的意思是，在你那已婚的女儿把这事儿告诉你之后，你做了些什么？”

“噢，我出了一回洋相，当然是的。”华德尔答道。

“原来如此，”佩克尔插话说，在以上对话过程中，他把自己的表链扯了又扯，像报复似的把鼻子擦了又擦，另外还表露了其他不耐烦的迹象，“那是非常自然的；不过是怎么回事呢？”

“我大发了一通脾气，吓得我母亲病都发作了。”

“真是明智呀，”佩克尔说，“还有呢？”

“第二天我一整天都在发火生气，搞得乌烟瘴气的。”老绅士说，“最后这种自找烦恼同时也让每个人难受的事，连我自己都厌烦了；因此我到玛格尔顿租了一辆车，套上我自己的马，上首都来了，号称是带艾米莉来看艾拉贝拉。”

“这么说华德尔小姐跟你来了?”匹克威克先生说。

“的确是的。”华德尔答道,“她这会儿待在艾德尔菲的奥斯本旅馆,除非在我清早出来之后你那位冒险的朋友带着她私奔了。”

“那么,你们和好了?”佩克尔说。

“根本没有。”华德尔答道,“她一直在哭哭啼啼,闷闷不乐,除了昨天晚上,在茶点和晚餐之间,她装腔作势地大写其信,我假装根本没注意。”

“我想,在这件事上你需要我的忠告吧?”佩克尔说,依次打量匹克威克先生那张沉思的脸和华德尔那张期盼的脸,接连把他最喜爱的刺激品吸了好几撮。

“我想是的。”华德尔说,同时看着匹克威克先生。

“当然。”那位绅士回答说。

“那么,”佩克尔说,站起来把椅子往后一推,“我的忠告是你们俩一起走开,或者步行,或者坐车,要不就用别的办法,因为我对你们厌烦了,你们自己去谈这事吧。要是我下次见到你们时你们还没有解决问题,我再告诉你们怎么办。”

“真令人满意呀。”华德尔说,真不知是笑好还是生气好。

“啐,啐,我亲爱的先生,”佩克尔回应道,“我了解你们俩远胜过你们了解自己。实际上,你们已经解决了。”

在这样自我表白的同时,矮个子用他的鼻烟壶先戳了一下匹克威克先生的胸膛,然后戳了一下华德尔先生的背心,因此他们三人都大笑起来,后面提到的两位绅士笑得尤其厉害,而且还立即无缘无故地再一次握起手来。

“你今天和我一起吃晚饭吧。”华德尔在佩克尔送他们出门的时候对他说。

“没法说定,我亲爱的先生,没法说定,”佩克尔答道,“无论如何,我晚上会来看望你的。”

“我五点钟等你。”华德尔说，“喂，乔！”乔终于醒过来了，两位绅士乘华德尔先生的马车离去，车后部通情达理地设有一个供胖孩子坐的尾座——假如那只是一块脚踏板的话，胖孩子准会一打瞌睡就滚下去摔死。

车子到达乔治与兀鹰旅馆后，他们发现艾拉贝拉和她的女仆一接到艾米莉通知她已到伦敦的便条，就马上租了一辆出租马车赶往艾德尔菲去了。由于华德尔在城里有事要办，因此他们就叫马车和胖孩子先回旅馆，并通报他和匹克威克先生五点钟一起回去吃晚饭。

胖孩子肩负着送信的使命返回，他一路都在尾座里酣睡，虽然车子在石头上不停地颠簸，但他却像是睡在羽绒弹簧床上一般安宁。马车停下来的时候，由于某种不同寻常的奇迹，他竟然自己醒了过来，使劲摇了摇身子好使精神抖擞起来，然后他就上楼复命去了。

那一摇晃原本是为了抖擞精神的，但其结果不知是抖乱了胖孩子的神志，还是在他心里唤起了一连串使他忘记通常礼数的新念头，或是证明了要想阻止他一边上楼一边打瞌睡（有这种可能）是徒劳无功的，反正毫无疑问的事实是，他事先没有敲门就闯进了起居室；因此，他看见一位绅士用双臂搂着他心仪的那位小姐的腰，非常亲热地拥着她坐在沙发上，而艾拉贝拉和她的漂亮女仆则站在房间的另一头，假装在全神贯注地看着窗外。见此情景，胖孩子发出一声惊叫，女士们一声尖叫，绅士一声咒骂，三者几乎同时响起。

“可恶的家伙，你来这里干什么？”绅士说道，不用说，他就是斯诺格拉斯先生。

听到这一问话，被吓了一大跳的胖孩子只简短地答了一声：“小姐。”

“找我干什么?”艾米莉问道,把头扭向一边,“你这蠢货!”

“东家和匹克威克先生五点钟来吃饭。”胖孩子答道。

“出去!”斯诺格拉斯先生说,对那个惶惑不安的孩子瞪着眼睛。

“不,不,不,”艾米莉连忙补充道,“贝拉,我亲爱的,给我出出主意吧。”

于是,艾米莉和斯诺格拉斯先生、艾拉贝拉和玛丽,全都拥到一个角落,认认真真耳语了几分钟,其间胖孩子则在打瞌睡。

“乔,”最后,艾拉贝拉带着极其迷人的微笑扭过头来说道,“你好吗,乔?”

“乔,”艾米莉说,“你是一个很好的孩子;我不会忘记你的,乔。”

“乔,”斯诺格拉斯先生说,一边走到那个受惊的孩子面前,握住他的手,“我先前不知道是你。这五先令是给你的,乔!”

“我也要给你五先令,乔,”艾拉贝拉说,“因为我们是老相识呀,你知道的。”又向那个肥胖的骚扰者投去一个极其迷人的微笑。

由于感觉迟钝,胖孩子开头对突然降临于他的恩宠莫名其妙,只是用非常惊异的目光愣愣地左顾右看。最后,他那张大大的肥脸开始显出了要咧嘴大笑的迹象,笑的幅度看来与脸的宽度恰好成比例;接下来,他把两枚半克朗的银币放进口袋,一只手和手腕也跟着进去,然后就粗声粗气大笑起来——这样的笑是他有生以来第一次,也是惟一的一次。

“他是理解我们的,我觉得。”艾拉贝拉说。

“他最好是马上吃点什么。”艾米莉说。

胖孩子听到这一提议几乎再一次大笑起来。在又进行了一阵耳语之后,玛丽从他们那伙人中走了出来,说道:

“我今天陪你吃饭,先生,假如你不反对的话。”

“这边走,”胖孩子充满渴望地说,“那里有一个好极了的肉馅饼啊。”

说着,胖孩子就领路向楼下走去;跟着他走进餐厅的时候,他那位漂亮女伴迷住了所有的男仆,激怒了所有的女仆。

除了胖孩子一往情深地说到的肉馅饼之外,那里还有一碟牛排、一盘土豆和一壶黑啤酒。

“坐呀。”胖孩子说,“噢,天哪,太棒了! 我好饿啊。”

在狂喜中天啦天啦地赞叹了五六次之后,胖孩子在小餐桌的上首坐了下来,玛丽则坐在下首。

“你吃一点这个吗?”胖孩子说道,把餐刀的刀身和餐叉的齿儿完全埋进了肉饼。

“来一点儿吧,要是你乐意的话。”玛丽答道。

胖孩子给了玛丽一小块,给自己弄了一大块,正准备开始大吃,却突然让刀叉降了下来,在椅子里俯身向前,把仍然握着刀叉的双手放到膝盖上,非常缓慢地说:

“哇! 你好漂亮啊!”

这句话是用倾慕的态度说出来的,而且就这点而言,是令人满意的;但那位小绅士的眼神中还有足够多的食人生番的表情,这就使得上面那句恭维话变得晦涩难懂了。

“哎呀,约瑟夫,”玛丽说,装出羞涩的样子,“你这是什么意思嘛?”

胖孩子逐渐恢复了先前的姿势,沉重地叹息一声作为回答,若有所思地愣了一阵子,然后喝了一大口黑啤酒。完成这一壮举后他又叹了一口气,然后就十分投入吃起肉饼来。

“艾米莉小姐多漂亮呀!”沉默了好一阵子之后,玛丽说。

胖孩子这时候已吃完馅饼。他把目光盯在玛丽身上,答道:

"我知道有一个人更漂亮。"

"是嘛!"玛丽说。

"是的,没错!"胖孩子答道,表现出平时少有的活力。

"她叫什么名字呢?"

"你叫什么名字呢?"

"玛丽。"

"她也叫玛丽。"胖孩子说,"她就是你。"为增加这一恭维的分量,胖孩子露齿一笑,眼睛做出介于眯眼和斜视之间的姿态,有理由相信他是打算眉目传情。

"你不能那样跟我说话,"玛丽说,"你不是那个意思。"

"我不是吗?"胖孩子答道;"哪里!"

"好啦。"

"你以后常来这里吗?"

"不,"玛丽答道,一边摇头,"我今天晚上就要走。为什么问这个呢?"

"噢!"胖孩子饱含深情地说,"你要是在这里的话,我们吃饭的时候多开心啊!"

"我也许有时会来,来看看你。"玛丽说,装出害羞的表情,一边在摆弄餐桌布,"假如你能帮我一个忙的话。"

胖孩子把目光从肉饼碟移向牛排,仿佛他觉得所谓"帮忙"准是跟吃的东西有关似的;然后他掏出两枚半克朗银币中的一枚,并且紧张地瞟了瞟它。

"你不懂我的意思吗?"玛丽说,狡猾地盯着他的胖脸。

他又看了看那半个克朗,怯生生地说:"不懂。"

"小姐们要你不要跟老绅士说那位绅士在楼上的任何事情;我也要你这样。"

"就这点吗?"胖孩子说,把那半克朗再次放进口袋时他显然大大地松了一口气，“我当然不会说。”

“你知道，”玛丽说，“斯诺格拉斯先生很喜欢艾米莉小姐，艾米莉小姐也很喜欢他，假如你把这点说出去，老绅士会把你送到乡下老远的地方去，在那里你一个人都见不到呀。”

“不，不，我不会说出去的。”胖孩子有力地说。

“真是好样儿的，”玛丽说，“现在我得上楼去了，要帮小姐做吃饭的准备。”

“不要走嘛。”胖孩子恳求道。

“我必须走，”玛丽回答说，“再见，暂时的。”

胖孩子以大象般笨拙的玩笑态度，伸出双臂想强求一吻；不过由于要躲开他并不需要多么敏捷，在他把双臂合抱起来之前，他那位漂亮的征服者已经一溜烟不见影了；因此，这位感觉迟钝的年轻人带着感伤的神情吃了一磅左右的牛排，然后就沉睡过去了。

在楼上，要说的话有那么多，要商量的计划有那么多——假如老华德尔还是那么冷酷无情的话，就得商量好私奔和秘密结婚的法子了——因此，当斯诺格拉斯先生最后告别时，离吃饭的时间只有半个小时了。小姐们到艾米莉的房间里梳妆打扮去了，那位情人则拿起帽子走出房间。他刚出房门，就听见华德尔的声音在大声说话，从楼梯的栏杆上方往下面一看，他看见华德尔径直踏上了楼梯，后面跟着其他的绅士。由于对房子的情况毫不熟悉，斯诺格拉斯先生在慌乱中赶紧退回他刚刚离开的那个房间，又从那里进了里面的一间（华德尔先生的卧室），并且轻轻地把房门关上；也正是在这同一时刻，那些他只瞥见一眼的人也进了起居室。那些人是华德尔先生、匹克威克先生、纳撒尼尔·温克尔先生和本杰明·艾伦先生，他可以毫不费力地从声音辨别出他们来。

“我有心计避开他们真是太幸运了，”斯诺格拉斯先生微笑着这样想，一边踮着脚走到靠床的另一扇门旁边，“这扇门通往同一条过道，我可以一声不响、舒舒服服地走掉。”

阻止他一声不响、舒舒服服地走掉的障碍只有一个，那就是：门是锁着的而且钥匙不在。

“今天让我们喝喝你们最好的酒吧，招待。”老华德尔说，一边搓着双手。

“去告诉女士们我们来了。”

“好的，先生。”

斯诺格拉斯先生虔诚而急切地希望女士们知道他也来了。他有一次冒险对着钥匙孔低一声喊了一句：“招待！”但他突然想到招来的可能是一个他不认识的侍者，同时又感到自己的处境多么像最近在附近的一家旅馆里被人发现的另一位绅士的处境（关于他的不幸处境的记载已出现在那天的晨报的“警务栏”里），因此，他一屁股坐在一个旅行皮箱上，剧烈地打起抖来。

“我们一分钟都不用等佩克尔，”华德尔说，看了看表，“他总是准时的。他假如来的话，到时候准会出现；假如他不打算来，等也是白等。哈！艾拉贝拉！”

“妹妹！”本杰明·艾伦先生喊道，极其浪漫地把她抱在怀里。

“噢，本，亲爱的，你身上的烟味好熏人啊。”艾拉贝拉说，颇有被那亲情表示压倒了的样子。

“是吗？”本杰明·艾伦先生说，“是吗，贝拉？唉，也许是吧。”

也许是的；因为他刚离开一个烧着旺旺的火炉的小小的后客厅——在那里他和十二位医科学生刚刚举行完一次畅快的小型抽烟聚会。

“但见到你我很高兴，”本·艾伦先生说，“保佑你，贝拉！”

“好了，”艾拉贝拉说，凑上前去吻了吻她的哥哥，“不要再抱着我了，亲爱的本，你把我弄得很不成样子了。”

兄妹和好到了这一步，本·艾伦先生就任由他的感情和雪茄以及黑啤酒征服自己了，他戴着湿漉漉的眼镜把旁观者打量来又打量去。

“没有什么要跟我说说吗？”华德尔张开双臂叫道。

“要说的可多啦，”在接受老绅士诚挚的抚爱和祝贺时，艾拉贝拉低声说，“你是一个铁石心肠、感情冷漠、残酷无情的怪物！”

“你是一个小叛逆，”华德尔用同样的语调答道，“恐怕我不得不禁止你登我家的门才行。像你这种擅自结婚、不管任何人的看法的人，真不应该放任你在社会上为所欲为啊。不过，来吧！”老绅士大声补充说，“该吃饭了，你就坐在我旁边。乔；噢，该死的孩子，他居然醒着！”

令主人大感恼火的是，胖孩子的确是处在相当警醒的状态中；他的双眼睁得大大的，而且看来似乎打算继续睁下去。另外他的神态中还有某种活泼，这同样也是不可思议的；每一次他的双眼碰到艾米莉或艾拉贝拉的目光，他都会傻笑或龇牙咧嘴；有一次，华德尔可以发誓说他看见了他挤眉弄眼。

胖孩子的这种举止上的变化，起源于他那已得到增强的自认为重要的感觉，以及他那因受到小姐们的信赖而获得的尊贵感；那些傻笑、龇牙咧嘴和挤眉弄眼，便是他屈尊降贵的众多保证，旨在表明她们可以信赖他的忠诚。但这些表示与其说是如愿地消除了猜疑，不如说是引起了猜疑，而且还有点叫人尴尬，因此艾拉贝拉不时用皱眉或摇头来回应，可胖孩子却误以为那是在暗示他保持警觉，为了表示他的充分理解，他开始进一步傻笑，龇牙咧嘴，挤眉弄眼，其卖力程度是先前的两倍。

“乔，”在所有口袋里徒劳地摸索了一阵之后，华德尔说，“我的鼻烟盒在沙发上吗？”

“不在，先生。”胖孩子答道。

“噢，我想起来了，我今天早上把它放在梳妆台上了。”华德尔说,“快去隔壁房把它拿来。”

胖孩子进了隔壁房间;过了片刻,他带着鼻烟盒和任何一个胖孩子都不曾有过的最苍白的脸色回来了。

“这孩子怎么了!”华德尔喊道。

“我没怎么。”乔答道,一脸紧张。

“你是不是见到什么鬼魂了?”老绅士问道。

“或是喝了什么迷魂剂[①]?”本·艾伦补充说。

“我想你说对了,”华德尔隔着桌子低声说,“我相信他是醉了。”

本·艾伦回答说他认为是的;由于这位绅士见过很多这样的病例,华德尔确认了那已在他脑子里萦绕半个小时的印象,立即得出了结论:胖孩子喝醉了。

“注意盯着他一会儿,”华德尔咕哝说,“我们不久就可以看出他是不是醉了。”

那个不幸的孩子其实只不过是和斯诺格拉斯先生交谈了几句:那位绅士请求他秘密地请一位朋友来解围,然后就把他连同鼻烟盒推到了门外,生怕他耽误太久会导致败露。胖孩子带着极其心慌意乱的神情琢磨了一会儿,然后就离开房间找玛丽去了。

但玛丽替她的女主人梳妆好之后就回家去了,因此胖孩子又折了回来,比先前更惶恐不安了。

华德尔和本·艾伦先生交换了一下眼光。

“乔!”华德尔说。

“哎,先生。”

“你刚才出去干什么?”

---

① 原文为spirits,该词既有“鬼魂”之意,又有“酒精”之意。结合上下文,译为“迷魂剂”。

胖孩子绝望地看了看在座的每一个人的脸，结结巴巴地说他不知道。

“噢，”华德尔说，“你不知道，呃？把奶酪拿给匹克威克先生。”

匹克威克先生的健康和精神均处在最佳状态，整个就餐时间都一直非常开心，这会儿他正在跟艾米莉和温克尔先生大谈特谈：说到来劲处就优雅地点头来加重语气，同时轻轻地挥动左手以增加他的言辞的分量，而且他的整张脸都洋溢着安详的微笑。他从盘子里拿了一块奶酪，正准备回头重新谈话，这时胖孩子弯下腰来，把脑袋凑到与匹克威克先生的头一样高的地方，用大拇指指了指肩膀后面，做了一个无比可憎而又可恶的鬼脸，即使是圣诞节哑剧里的扮相也不过如此。

“天哪！”匹克威克先生说，吓了一大跳，“多么——，呃？”他打住了话头，因为胖孩子已经挺直身子，而且已经睡着了，或者是假装睡着了。

“怎么回事？”华德尔问道。

“真是一个古怪透顶的小子！”匹克威克先生答道，一边不安地看了看那孩子，“说起来好像有点古怪，不过我敢说，恐怕他有时候精神有点儿毛病。”

“噢！匹克威克先生，请别这么说。”艾米莉和艾拉贝拉两人同时异口同声地叫道。

“我拿不准，当然，”匹克威克先生说，处在深深的沉寂和全场的沮丧神情的笼罩下，“不过他刚才对我的态度实在是惊人。噢！”匹克威克先生发出一声短促的尖叫，跳了起来。“请你们原谅，女士们，不过刚才他又用一个什么尖东西扎了一下我的腿。他的确有点不安全啊。”

“他醉了。”老华德尔火气很旺地吼道，“拉铃！叫侍者来！他醉了。”

“我没醉，”胖孩子说，当他的主人过来抓住他的衣领时，他跪了下来，“我没有醉。”

“那你就是疯了，那更糟糕。叫侍者来。”老绅士说。

“我没有疯，我神志清醒。”胖孩子答道，开始哭了起来。

“那么，你用尖东西扎匹克威克先生的腿，到底是为什么呢？”华德尔怒气冲冲地问道。

“他不看我，”那孩子答道，“我要跟他说话。”

“你想说什么呀？”半打声音同时问道。

胖孩子喘了一口气，看了看卧室，又喘了一口气，用两只手的食指的关节揩掉两滴眼泪。

“你想说什么？”华德尔问道，开始摇晃他。

“且慢！”匹克威克先生说，“让我来吧。你想跟我说些什么呢，我可怜的孩子？”

“我要在你耳朵边说。”胖孩子说。

“我想，你是要咬掉他的耳朵吧。”华德尔说，“不要靠近他，他是邪了门了；拉铃，让人把他带下楼去。”

正好华德尔先生把铃绳抓到手里的时候，一阵掠过全场的惊讶表情阻止了他；那位脱身无门的情人，窘得满脸通红，突然从卧室里走了出来，向全体在场的人鞠了一躬。

“喂！”华德尔叫道，一边松开那孩子的衣领，踉跄地往后一退，“这是怎么回事！”

“你回来的时候，先生，我就藏进了隔壁的房间。”斯诺格拉斯先生解释说。

“艾米莉，我的女儿，”华德尔责备说，“我憎恨卑鄙和欺骗；这是最不正当、最不成体统的行径。你不该这样对待我，艾米莉，真的不该！”

“亲爱的爸爸，”艾米莉说，“艾拉贝拉知道——这里的每个人都知道——乔知道——我和他的躲藏没有关系。奥古斯都，看在上帝分上，解释一下吧。”

斯诺格拉斯先生就等着别人听他说话，于是他就马上叙述了他当时如何陷入了窘境；生怕引起家庭不和的担心如何使他在华德尔先生进门时避而不见；他如何只想从另一道门走掉，却发现门锁着，于是迫不得已留在了房里。他说那是一种令人痛苦的处境；但是他现在一点儿都不后悔，因为它给了他一个机会，让他可以当着大家共同的朋友的面承认他深深地、诚挚地爱上了华德尔先生的女儿；他颇感自豪地承认这种爱是相互的；说即使相隔千里万里，或有浩瀚汹涌的海洋把两人分开，他也决不会有片刻忘记那些幸福的日子，也就是他们当初——等等。

这样自我表白完毕后，斯诺格拉斯先生又鞠了一躬，看了看他手里的帽子的帽顶，然后向门口走去。

“且慢，”华德尔叫道，“嗨，以一切的名义——”

“火气太旺了吧。”匹克威克先生温和地提示说，他以为更糟的事情要发生了。

“得——就算是火气太旺吧，”华德尔说，接受了那个字眼，“难道你不能在当初就把这一切告诉我吗？”

“跟我说知心话不行吗？”匹克威克先生补充说。

“哎呀，哎呀，”艾拉贝拉说，开始出手帮忙，“现在问这些有什么用嘛，尤其是，你知道你在用你那贪财的老心整一个更富有的女婿，而且又是那么凶狠，弄得人人都怕你，除我以外。跟他握握手吧，再替他叫点饭菜来，看在老天分上，因为他看上去饿得半死了；请你马上叫些酒来，因为你至少要喝上两瓶，才不会叫人难以忍受。”

那位可敬的绅士扯了扯艾拉贝拉的耳朵，毫无顾忌地吻了她，又非常慈爱地吻了他的女儿,然后热情地和斯诺格拉斯先生握了握手。

“无论如何,她在一点上是对的,”老绅士兴高采烈地说,“她说得对,叫酒!”

酒来了,佩克尔也同时上了楼。斯诺格拉斯在旁边的一张桌子上吃饭,吃完之后,把椅子拉到艾米莉旁边坐下,那位老绅士丝毫没有反对。

这个夜晚棒极了。矮个子佩克尔表现出众,讲了很多滑稽故事,唱了一支一本正经的歌,它几乎也和那些逸事一样有趣。艾拉贝拉非常迷人,华德尔先生非常欢快,匹克威克先生非常随和,本·艾伦先生非常喧闹,情人们非常沉默,温克尔先生非常话多,而且他们大家都非常快乐。

第五十五章　所罗门·佩尔先生在一个马车夫特别委员会的协助下，安排老威勒先生的事务

“塞缪尔，”在葬礼后第二天的早上，威勒先生招呼他的儿子说，“我找到了，山米。我原来就想到它是在那里的。”

“你想到什么东西在哪里呀？”山姆问道。

“你后妈的遗嘱，山姆，”威勒先生答道，“有了它，我昨天跟你说过的有关钱的安排，就可以兑现了。”

“什么，她没跟你说遗嘱放在哪儿吗？”山姆问道。

“一点也没有，山米，”威勒先生答道，“我们在协调一些彼此不同的小意见，我在努力让她宽心，鼓励她振作一些，因此我忘了问有关的任何情况。就算我没有忘记，我也不知道我会不会真的问她，”威勒先生补充说，“因为山米，你一边在服侍病人，一边又在打他们的钱财的主意，这种事怪别扭的。这就像一个坐外座的乘客被从车上颠了下去，你一边把他拉起来，叹着气问他感觉怎么一样，一边却又把手伸进他的口袋，山米。”

用这种比喻说明了他的意思之后，威勒先生打开他的皮夹子，拿出一张脏兮兮的信纸，上面乱七八糟地写着一些字。

“这就是那份遗嘱，山米，”威勒先生说，“我在酒吧间的壁橱最上面那一层的那把小小的黑色茶壶里找到的。在结婚之前，她常常把钞票藏在那里，塞缪尔。好多好多次，我见她打开盖子拿钱付账。可怜的人儿，她就是把家里所有的茶壶都装满遗嘱，都不会

给她自己造成什么不便的，因为她最近很少去碰茶壶拿钱，除了在禁酒晚会的时候——他们以茶为本，减少喝酒。”

“上面说了什么？”山姆问道。

“就是我跟你说的那些，我的孩子，”他父亲说，“两百镑的优惠公债给我的继子，塞缪尔，我其余的所有财产，无论什么种类和性质，都给我的丈夫，即托尼·威勒先生，我指定他为我惟一的遗嘱执行人。”

“就这些，对吗？”山姆问道。

“就这些。”威勒先生答道，“有利益关系的人只有你和我两个，这真是太好了，太满意了，我想把这张纸烧掉也无所谓。”

“你干什么呀，你这个傻瓜？”山姆说，把遗嘱抢了过来，因为他父亲懵懵懂懂的，已经在拨火，准备把所说的话付诸行动，“你可真是一个好执行人啊，真是的。”

“干吗不烧？”威勒先生问道，声色俱厉地扭过头来，手里拿着拨火棍。

“干吗不烧！”山姆叫道，“因为它还得经过证明、认证和宣誓，还有好多手续要办呀。”

“你这话当真？”威勒先生说着，放下了拨火棍。

山姆小心地把遗嘱放进旁边的口袋，扣好扣子，同时使了一个眼色，表明他是当真的，而且非常认真。

“那么我告诉你吧，”威勒先生沉思片刻之后说，“这事儿得大法官大人的那个知心朋友来办。一定要请佩尔，山米。他擅长解决法律难题。我们马上把这事儿提交到债务法院吧，塞缪尔。”

“我真是从没见过这么昏头昏脑的老家伙，”山姆恼火地喊道，“中央刑事法庭呀，债务法院呀，不在场证明呀，脑子里转的尽是各种胡说八道的东西！你最好是穿上出门的衣服，进城去正经办一下这件事，而不是站在那里讲一些你一窍不通的大道理。”

“很好，山米，”威勒先生说，“只要是有利于办事，我什么都赞成，山米。不过你给我记住，我的孩子，只有佩尔——只有佩尔能做法律顾问。”

“我不找别人。”山姆答道，“那么你可以走了吗？”

“等一会儿，山米。”威勒先生答道，借助于挂在窗户上的一面小镜子，他已经系好围巾，这会儿正凭借其惊人的努力使劲往他的上衣里钻，“等一会儿，山米；你到老爹这一大把年纪的时候，就没有你现在那么容易钻进背心了，我的孩子。”

“假如我没有那么容易钻进去的话，我他妈的根本就不穿背心。”儿子答道。

“你现在是这么看。”威勒先生带着老年人的持重说道，“不过到时候你会发现，当你越是长胖，就越明事理。肥胖和明智，山米，总是一起增长的。”

威勒先生发表着这一绝对没错的格言——这是多年的个人经历与观察的结果——同时费劲地穿衣，通过灵巧地扭动身子，总算把衣服扯到了下面，让最低的那个纽扣到了该到的岗位。歇了几秒钟缓过气来之后，他用手肘擦了擦帽子，宣布他已准备就绪。

“四个脑袋胜过两个脑袋，山米，”坐双轮轻便马车赶往伦敦的路上，威勒先生说，“由于这笔财产对一个搞法律的人来说是一个巨大诱惑，我们还是带上我的两个朋友一起去吧，假如他要花招的话，马上就可以揍他；就叫那天送你去弗里特的那两个好了。他们是最好的鉴赏家，”威勒先生用接近耳语的声音补充说，“是你所能见识的最会鉴赏马儿的人。”

“对律师的也这样吗？”山姆问道。

“一个人能准确地鉴别一头牲口，就能准确地鉴别任何东西。”他父亲答道，显得那么固执，致使山姆根本不想辩驳了。

为实施这一重要决定，邀请了那位脸上长着雀斑的绅士以及另外两位非常胖的车夫——都是威勒先生挑选的，或许是着眼于他们的肥胖和由此而生的明智吧；这事儿落实之后，大伙儿就进了葡萄牙街的一家酒店，从那里派了一个人去街对面的破产法院，请所罗门·佩尔先生马上来。

信使幸运地发现所罗门·佩尔先生刚好在法庭，由于生意清淡之故，他正在吃由一块阿伯内西饼干和一根干腊肠组成的冷便餐。一听到那凑在他耳边低声说出的消息，他马上就把食物塞进了口袋里的各种业务文件之间，非常敏捷地赶到街的对面，他走进酒店前厅的时候，那位信使甚至还没有从法院里脱身出来哩。

"绅士们，"佩尔先生说，一边触帽致礼，"我愿为各位效劳。我不是想要奉承你们，先生们，不过除了你们几位，世界上任何其他的五个人今天都是没法叫我从法庭里出来的。"

"这么忙吗，呃？"山姆说。

"忙！"佩尔答道，"我简直忙得脚朝天，就像我的朋友已故的大法官大人很多次在上议院听完上诉后跟我说的那样。可怜人！他太容易疲劳了；他常常感到那些上诉让他吃不消。我的确不止一次料想他会被它们压垮；我的确是那么想的。"

说到这里摇了摇头，打住了话头；老威勒先生听了他的话，暗中用手肘撞了撞邻座的伙伴，请他注意那位代理人与上层人物的关系，然后他询问代理人上述繁重的职责是不是给他那位高贵的朋友的体格造成了永久的不良后果。

"我觉得他从来没有完全康复过来，"佩尔说，"事实上，我确信他从来没有康复过。'佩尔，'他曾经多次对我说，'你到底是怎样挺得住你所做的那些脑力活的，这对我真是一个谜。''唔，'我经常这样回答，'我简直也不知道我是怎样挺住的，以我的生命起誓。'——'佩尔，'他接着又会说，一边叹一口气，用有点嫉妒的目光看着我——友善的嫉妒，你们知道吧，绅士们，纯粹是友善的嫉妒;我从来就不在乎——'佩尔,你是一个奇人;奇人呀。'啊,你们要是认识他,绅士们,你们会非常喜欢他的。给我上三便士的朗姆酒,我亲爱的。"

用一种强忍着悲痛的口气对女侍者说了最后那句话以后,佩尔先生叹了一口气,看看他的鞋子,又看看天花板;这时朗姆酒来了,他把它全喝了下去。

"不过,"佩尔说,拉了一张椅子到桌子边坐下,"在有人需要法律帮助的时候,一个从事法律行当的人是无权考虑个人友谊的。顺便说一句,绅士们,自从我上次在这里和你们会面以来,我们都已经禁不住为一件非常伤心的事哭泣过了。"

说到哭泣这个词时,佩尔先生掏出一条手绢来,不过他只是用它擦了擦沾在他上唇上的一点儿朗姆酒,而没有把它派上进一步的用场。

"我是在《广告报》上看到的,威勒先生,"佩尔继续说,"天哪!还不到五十二岁啊! 唉——想想看。"

这种倡议好好想的话是对那位长雀斑的绅士说的,他的目光恰巧和佩尔先生的碰到了一起;雀斑脸的绅士对事物的理解力总的来说是迟钝的,他一听见那句话,就不安地在座位上挪动,并且发表看法说,从已发生的事来看,的确是人算不如天算,根本没法料定事态会怎么样;这一论断涉及难以辩驳的微妙的定理,因此没有人对它表示异议。

"我听说她是一个非常好的女人,威勒先生。"佩尔以同情的口吻说。

"是的,先生,她是很好,"老威勒先生答道,不太喜欢用这样的方式谈论那个话题,不过他觉得既然代理人与已故的大法官大人有那么久的密切交往,那么料想他对所有的社交礼仪必定是很精通的,"她是一个很好的女人,先生,在我当初认识她的时候。

那时候，先生，她是一个寡妇。”

“哇，好奇怪呀，”佩尔说，带着忧伤的微笑看看周围，“佩尔太太那时也是寡妇。”

“真是非同寻常。”雀斑脸的男人说。

“唉，这不过是一个离奇的巧合。”佩尔说。

“根本不是，”老威勒先生粗声粗气地说，“寡妇结婚的比单身女人结婚的多。”

“很好，很好，”佩尔说，“你讲得很对，威勒先生。佩尔太太是一个非常优雅而又有才气的女人；她的风度是我们的邻居普遍称颂的主题。看她跳舞我很自豪；她举手投足之间有某种坚定、尊严却又自然的东西。她的举止，绅士们，简直就是天真烂漫的代名词。啊！得了，得了！对不起，我问一句，塞缪尔先生，”代理人降低声音继续说，“你的后妈个子高吗？”

“不很高。”山姆答道。

“佩尔太太个子蛮高的，”佩尔说，“是一个相当出众的女人，有高贵的身材，还有那鼻子，绅士们，生来就具有支配力和威严。她非常依恋我——非比寻常——而且还很关心。她的舅舅，绅士们，是一个法律出版商，因八百镑债务破了产。”

“喂，”威勒先生说，在上述谈话过程中他已变得烦躁不安了，“还是谈正事吧。”

这句话在佩尔听来如同音乐。他本来一直都在心里琢磨是有业务可做，还是纯粹请他出来喝一杯对水白兰地，或一碗多味酒，或是诸如此类职业上的客套，而现在疑问已经澄清，他也犯不着表现出迫切想弄清的样子了。他把帽子放在桌上，双眼发亮，说道：

“是什么事呢——嗯？是不是这两位绅士有一位要去法庭走一趟？我们要是需要拘捕的话；友善的拘捕就行了，你们知道的。我想，我们这里都是朋友吧？”

"把文件给我,山米。"威勒先生说,从儿子那里拿过遗嘱,后者看上去好像觉得这次会见非常好玩,"我们所要办的,先生,就是检验这份文件。"

"验证,我亲爱的先生,验证。"佩尔说。

"嗨,先生,"威勒先生恼火地说,"检验和验证完全是一码事嘛;你要是不明白我的意思,先生,我敢说我能找到明白的人。"

"别生气,我希望,威勒先生,"佩尔温顺地说,"你是遗嘱执行人,我明白。"他补充说,瞟了瞟那份文件。

"是的,先生。"威勒先生答道。

"其他几位绅士,我猜是遗产继承人吧,是吗?"佩尔带着祝贺的微笑问道。

"山米是逸(遗)产继承人,其他几位绅士是我的朋友,是来监督的;算是作公证人吧。"

"噢!"佩尔说,"很好。我不反对。肯定的。在我开始办事之前,我要请你先交五镑,哈!哈!哈!"

委员会认定那五镑钱可以先交,于是威勒先生就交了;然后是一场持续好久的泛泛的咨询,其间佩尔先生令那两位任监事的绅士大感满意,他使他们深信,这件事除非是委托他来处理,不然整个儿会乱套——至于理由嘛,他没有明说,但无疑是充分的。这一要点得到迅速落实之后,佩尔先生就破费了那笔预付金,买了三块排骨和一些啤酒和烈酒的混合物来给自己提神;然后他们就全体上民法博士会去了。

第二天,又去了一趟民法博士会,一位当证人的马车夫造成了不小的麻烦,他由于喝醉了酒,除了发毒誓骂人之外不愿说任何话,令一位代理人兼遗嘱鉴定人大为反感。接下来的那个星期,又去了好多次民法博士院,另外还去了一次遗产税局,为租赁权和营业权的处理进行了多次协商并获得了批准,制作了那么多清单,吃了那么多份便饭当中餐，吃了那么多顿大餐，做了那么多有利可图的事，整理了那么多的文件，致使所罗门·佩尔先生和那个学徒，以及那个蓝色公文包，全都变得肥胖了许多，几乎谁都认不出他们就是几天以前在葡萄牙街晃荡的那个男人、那个孩子和那个公文包了。

最后，所有这些繁重事务都办妥了，于是就定了一天办理出卖和转让股份的事宜，为此又要去拜见威尔金斯·弗莱舍尔老爷，他是股票经纪人，住在英格兰银行附近某个地方，是所罗门·佩尔先生特意推荐的。

那是一个节日般的场合，因此大家都精心打扮了一番。威勒先生的高统靴是新擦好的，他的衣服经过了特别的料理；雀斑脸的绅士在衣襟的扣眼上戴了一朵有几片叶子的大大的天竺牡丹；他的两位朋友的外衣上则装饰着用桂枝和其他常青树叶扎成的花球。三个人都严格地穿着假日的服装；也就是说，他们都一直裹到了下巴，能穿多少衣服就穿了多少，无论现在还是过去，自从驿马车发明以来，这都是驿马车车夫心目中的全副盛装。

佩尔先生在约定的时间在碰头的老地方等着了；就连他都戴上了一副手套，穿上了一件干净的衬衫——它因为经常洗的缘故，领子和袖口都磨得很破了。

“现在是两点差一刻，”佩尔说，看了看酒店大堂的钟，“要是我们能在两点十五分赶到弗莱舍尔先生那里，那是最合适的时间。”

“来一点儿啤酒，你们觉得怎么样，绅士们？”雀斑脸汉子说。

“再来一点儿冷牛肉吧。”第二个马车夫说。

“或者是牡蛎。”第三个说，他是一位嗓音粗哑的绅士，由两条圆圆的粗腿支撑着身体。

“听呀，听呀！”佩尔说，“祝贺威勒先生获得他的财产，呃？

哈！哈！”

“我非常赞同，绅士们，”威勒先生答道，“山米，拉铃。”

山姆照办了；黑啤酒、冷牛肉和牡蛎很快就端上来了，这顿午餐马上就被大快人心地吃掉了。由于每个人都非常积极地参与了，因此要在他们之间分一个高下几乎是不公平的；不过，假如要说有某个人表现得比别人更出色的话，那就是非那个嗓子粗哑的马车夫莫属了，他吃下了一钦定品脱的醋和牡蛎，而且一点儿都不动声色。

“佩尔先生，”老威勒先生说，搅和着一杯对水白兰地，在牡蛎壳被收拾干净后，每个绅士面前都摆了一杯，“佩尔先生，我本来是有心提议借这个场合喝点酒乐一乐的，但是塞缪尔对我耳语说——”

这时，已面带安然的微笑静静地吃完他那份牡蛎的塞缪尔·威勒先生用很大的声音喊了一声：“听！”

“——对我耳语说，”他父亲继续说，“最好是敬你一杯，祝你成功和发达，并且感谢你把这件事处理得这么顺当。祝你健康，先生。”

“慢点，”雀斑脸的绅士插话说，他突然兴致勃发了，“你们都看着我，绅士们！”

说着，雀斑脸的绅士站了起来，其他绅士也站了起来。雀斑脸的绅士看了看大伙儿，慢慢地抬起手来，于是，每一个人（包括雀斑脸的人自己在内）都大大地吸了一口气，把各自的平底杯举到了嘴边。片刻之间，雀斑脸的绅士把手再次放了下来，每一只杯子都放了下来，都喝干了。要想描述这一激动人心的仪式所产生的动人心弦的效果是不可能的。它既高贵庄严，又感人肺腑，融合了堂皇的各种因素。

“哎，绅士们，”佩尔先生说，“我所能说的是，凡此种种信任的表示,对一个搞法律的人来说一定是非常足以自慰的了。我不想说任何可能显得妄自尊大的话,绅士们,但是我很高兴,你们为自己的缘故,来找了我;就是这样。假如你们找了这个行当里的任何一个低能的人,我坚决相信,而且我保证事实如此,你们早就陷入困境了。我多么希望我那位高贵的朋友还活着,能看到我办理这个案子啊。我说这话不是出于自负,但是我认为——不过嘛,绅士们,我不想就这一点麻烦你们了。一般都能在这里找到我,绅士们,假如我不在这里,或者街对面,那么按这个地址找我好了。你们会发现我提的条件非常实惠而又合理,没有人比我更照顾当事人的了,而且我想我对这一行还是懂一点儿的。假如你们有机会把我推荐给你们的朋友,那么,绅士们,我会万分感激你们的,而他们结识了我之后,也会对你们万分感激的。祝**你们**健康,绅士们。”

这样表达完自己的感情后,所罗门·佩尔先生把三张写了字的小卡片放到了威勒先生的朋友面前,然后他看了看钟,说恐怕是动身的时候了。听了这一暗示,威勒先生付了账,于是遗嘱执行人、遗产继承人、代理人和公证人一行就动身进城去了。

股票交易所的威尔金斯·弗莱舍尔老爷的办公室在英格兰银行后面一条胡同内的一座房子的二楼;威尔金斯·弗莱舍尔老爷的住宅在萨里郡的布里克斯顿;威尔金斯·弗莱舍尔老爷的马和马车在邻近的一个马车出租行的马厩里;威尔金斯·弗莱舍尔老爷的男仆到西头送野味去了;威尔金斯·弗莱舍尔老爷的书记员则吃饭去了;因此当佩尔先生和他的朋友们敲账房的门时,威尔金斯·弗莱舍尔老爷本人喊了一声:“进来。”

“早上好,先生,”佩尔说,谄媚地鞠了一个躬,“劳驾您,我们想转让一点股份。”

“噢,进来,好吗?”弗莱舍尔先生说,“先坐一下;我马上来奉陪。”

“谢谢,先生,”佩尔说,“不用急。在椅子上坐吧,威勒先生。”

威勒先生坐了一把椅子,山姆坐了一个箱子,公证人们则能弄到什么就坐什么,并且带着张口结舌的敬意看了看日历和贴在墙上的一两张纸,俨然那是古代大师们的杰作。

“喂,我要跟你赌半打红葡萄酒;来!”威尔金斯·弗莱舍尔老爷说,恢复了被佩尔先生的到来暂时打断的谈话。

这话题是对一位非常时髦的年轻绅士说的,他的帽子歪戴在右边的络腮胡子上,正懒散地倚坐在书桌边,在用一把尺子打苍蝇。威尔金斯·弗莱舍尔老爷正用办公板凳的两条腿维持着身体的平衡,用一把铅笔刀戳一个装封缄纸的盒子,时常极其熟练地正中贴在盒子外面的一张小小的红色封缄纸的正中心。两位绅士都有非常宽松的背心和非常大的翻领,非常小的靴子和非常大的戒指、非常小的表和非常大的表链,此外还有匀称的裤子和洒了香水的手绢。

“我从来不赌半打,”另一位绅士说,“我赌一打。”

“成,西默瑞,成!”威尔金斯·弗莱舍尔老爷说。

“上好的红葡萄酒,注意。”另一位说。

“当然。”威尔金斯·弗莱舍尔老爷答道。威尔金斯·弗莱舍尔老爷用一支带金套子的铅笔把它记在一个小本子里,另一位绅士则用另一支带金套子的铅笔把它记在了另一个小本子里。

“我今天早上看到一个有关鲍弗尔的告示,”西默瑞先生说,“可怜的家伙,他被赶出了屋子!”

“我以十金币对你五金币,和你赌他割自己的喉咙。”威尔金斯·弗莱舍尔老爷说。

“成。”西默瑞先生答道。

“且慢!我不干,”威尔金斯·弗莱舍尔老爷思虑重重地说,

“说不定他会上吊哩。”

“很好，”西默瑞先生说，再一次掏出带金套子的铅笔，“我不反对接受你的新说法。反正，他是自己了断的。”

“自杀了，事实是。”威尔金斯·弗莱舍尔老爷说。

“就这样，”西默瑞答道，记了下来，“‘弗莱舍尔——十金币对五金币，赌鲍弗尔自杀。’我们说定在多长时间之内呢？”

“两个礼拜吧。”威尔金斯·弗莱舍尔老爷提议说。

“去你的，不行！”西默瑞先生说，为用尺子消灭一个苍蝇而停留了片刻，“就说一个礼拜吧。”

“折中一下，”威尔金斯·弗莱舍尔说，“就定十天吧。”

“好，十天。”西默瑞先生答道。

于是，以下赌注被记载下来：鲍弗尔将于十天之内自杀，不然威尔金斯·弗莱舍尔老爷将输给弗兰克·西默瑞老爷十个金币；若鲍弗尔真的在讲定的时间内自杀了，那么弗兰克·西默瑞老爷将付给威尔金斯·弗莱舍尔老爷五个金币。

“我很难过他破产了。”威尔金斯·弗莱舍尔老爷说，“他请吃的大餐挺棒的。”

“他的红葡萄酒也很好。”西默瑞先生说，“我们要派我们的管家明天到拍卖场去，买点那种标价六十四的。”

“见你的鬼吧，”威尔金斯·弗莱舍尔老爷说，“我的人也要去。五个金币赌我的人压倒你的人。”

“成。”

两个小本上又用带金套子的铅笔各记了一项；这时，西默瑞先生已杀死所有的苍蝇并接受了打赌，然后他就漫不经心地离开，上股票交易所看有什么事情发生去了。

威尔金斯·弗莱舍尔老爷现在屈尊听取了所罗门·佩尔的指教，在填好一些印制的表格之后，他要求大家跟他一起到银行去，于是他们就去了;在那里,威勒先生和他的三位朋友无比惊讶地瞪着大眼睛见识了所看到的一切,而山姆则以一种任何东西都无法搅扰的冷静对一切漠然以待。

穿过一个嘈杂而又忙碌的院子,又经过两个衣着好像专门要与已滚到一个角落的消防车匹配似的勤杂工,然后他们进了要办理他们的事务的办公地点,佩尔和弗莱舍尔让他们在那里站了一会儿,而他们俩则到楼上的遗嘱科去了。

“这是什么地方呀?”雀斑脸绅士对老威勒先生耳语说。

“公债事务所吧。”遗嘱执行人用耳语回答说。

“那些坐在柜台后面的绅士是些什么人呢?”嗓音嘶哑的车夫问道。

“我想,是优惠公债吧,”威勒先生答道,“他们是不是‘优惠公债’呀,塞缪尔?”

“唉,难道你以为‘优惠公债’是活人不成?”山姆问道,有几分不屑一答的意味。

“我怎么知道呢?”威勒先生反诘道,“我觉得他们倒是很像。那么,他们是什么人呢?”

“办事员呗。”山姆答道。

“为什么他们都在吃火腿三明治呢?”他父亲问道。

“因为那是他们的职责,我想,”山姆答道,“那是制度的一部分;他们在这里总是这么做的,整天都是!”

威勒先生和他的三位朋友几乎还来不及去想这条与这个国家的金融制度有关的奇怪规矩,佩尔和威尔金斯·弗莱舍尔已重新加入他们的行列,并把他们带到柜台的一个地方,那上面有一块圆形的黑牌子,牌子上写着一个大大的W字母。

“那代表什么呀,先生?”威勒先生答道,示意佩尔注意牌子上的字母。

“那是死者姓氏的第一个字母。”佩尔答道。

“我说呀，”威勒先生说，一边转向那几个公证人，“有点儿不对劲吧。我们的第一个字母是V①——这不行啊。”

公证人们立即发表他们的定论，认为事情在W字母名下进行是不合法的，而且那完全可能会拖延至少一天，幸亏山姆及时采取了行动，尽管那乍一看有不孝之嫌：他抓住父亲的衣裾，把他拖到柜台边，把他按在那里，直到他在两份法律文件上签完字才罢手；依照威勒先生的书写习惯，那可真是一项既费劲又费时的苦差事，等到它被完成的时候，那位经办此事的办事员已经削好并吃完三个里普斯顿苹果。

由于老威勒先生坚持要马上卖掉他的份额，他们又从银行走到股票交易所的门口，威尔金斯·弗莱舍尔进去了一小会儿，然后带回一张史密斯-培恩-史密斯签发的支票；支票的面额为五百三十镑，是第二任威勒太太的公债储蓄的结余，是按当天的市价折算给威勒先生的。山姆的二百镑转到了他的名下；威尔金斯·弗莱舍尔老爷得到付给他的佣金之后，不在乎地把它丢进上衣口袋，然后就逍遥自在地回办公室去了。

威勒先生开头非常固执，决心非把支票兑现为金镑不可；但是公证人们告诉他，假如那样的话，那他就得破费一点钱买一个小口袋把钱装回家才行，因此他同意并接受了面值五镑的钞票。

“我的儿子，”他们从银行出来时，威勒先生说，“我儿子和我今天下午有一个很特别的约会，我希望马上把这事了断，因此我们这就去找个地方，把账算一算吧。”

不久就找到了一个安静的房间，账目全拿出来并且算好了。

---

① 牌子上的W其实是Will(遗嘱)的第一个字母，佩尔却开玩笑说是Weller(威勒)的第一个字母，威勒先生因文化低而信以为真，而且他认为自己的姓是Veller，因而认定牌子上的字母写错了。

佩尔先生的账单由山姆支付,有些费用没有得到公证人的认可;尽管佩尔先生一再信誓旦旦地宣称他们对他实在太小气,但与他以前经办的生意相比,这一单不知要好多少倍,因为它为他解决了往后六个月的吃饭、住宿乃至洗衣的费用。

公证人们在享用了一杯酒之后,就握手告别了,因为他们当晚得赶车出城。所罗门·佩尔呢,由于发现无论是吃还是喝都不会再有什么进展,因此也就友好地告辞了,结果只留下山姆和他父亲为伴了。

“好啦!”威勒先生说,把他的皮夹子揣进旁边的口袋,“加上租赁权的款子,总共是一千一百八十镑。喂,塞缪尔,我的孩子,掉转马头,上乔治与兀鹰旅馆去!”

第五十六章　匹克威克先生和塞缪尔·威勒之间进行了一次重要会谈，后者的父亲参与其中。一位穿鼻烟色衣服的老绅士意外地光临

匹克威克先生一人独坐，正在沉思很多事情，包括考虑他怎样才能最好地帮助那对年轻夫妇维持生计——他们目前不安定的处境一直令他感到惋惜和焦急，这时玛丽轻轻地进了房，走到桌边，相当匆忙地说：

“噢，对不起，先生，塞缪尔在楼下，他问可不可以让他父亲来见你?”

“当然可以。”匹克威克先生说。

“谢谢您，先生。”玛丽说，轻快地朝门口走去。

“山姆回来没多久吧，是吗?”匹克威克先生问道。

“噢，不久，先生，”玛丽急切地说，“他刚回来。他说，他不再请假了，先生。”

说完之后，玛丽或许已意识到报告最后一点时所表现的热情好像超过了实际需要，或者她也许已观察到匹克威克先生看她时的那种开心的微笑。反正她确实是低下了头，察看起她那条小巧漂亮的围裙的一个角来，其仔细程度高得完全没有道理。

“无论如何，叫他们马上上来。”匹克威克先生说。

玛丽显然大大松了一口气，赶紧报信去了。

匹克威克先生在房间里踱步走了两三个来回，一边用左手揉着下巴，仿佛是在出神地思考。

"唉，唉，"匹克威克终于说，语调和善而略带感伤，"这是我奖赏他的依恋与忠诚的最佳办法；就这么办吧，以天堂的名义。孤独的老汉的命运就是这样的，他周围的人们会产生新的不同的依恋而离开他。我没有权利希望对我有所不同。不，不行，"匹克威克先生补充说，稍稍比先前宽心一些，"那是自私的、忘恩负义的。能有机会为他安排得更好一些，我应该感到高兴。我是幸福的。当然是的。"

匹克威克先生如此深地沉浸在这些想法中，以至于敲门声重复了三四次他才听到。他赶忙坐好，露出通常那一脸的欢快表情。向敲门人发出了进门的许可，于是山姆·威勒进了房，跟在后面的是他父亲。

"很高兴你回来了，山姆，"匹克威克先生说，"你好吗，威勒先生？"

"很开心，谢谢你，先生，"那位鳏夫说，"希望你也好，先生。"

"很好，谢谢你。"匹克威克先生答道。

"我有几句话要跟你说说，先生，"威勒先生说，"假如你能让我占用五六分钟的话，先生。"

"当然可以，"匹克威克先生答道，"山姆，给你老爸拿一张椅子。"

"谢谢，塞缪尔，我这儿有了，"威勒先生说，拉过一张椅子，"这么好的天气难得呀，"老绅士补充说，坐下的时候把帽子放在了地板上。

"的确如此，"匹克威克答道，"非常合时宜。"

"从没见过这么合时宜的天气，先生。"威勒先生答道。说到这儿，老绅士突然剧烈地咳嗽起来，咳完之后，他点点头，眨眨眼，还对儿子做了几个恳求和威胁的手势，但山姆对这一切坚决地视而不见。

匹克威克先生感觉到老绅士有一点儿尴尬，便假装在埋头裁开放在他旁边的一本书页，耐心地等着威勒先生说明此次拜访的目的。

“从没见过你这么淘气的孩子，塞缪尔，”威勒先生说，气愤地看着儿子，“我这辈子都没见过。”

“他做什么了，威勒先生？”匹克威克先生问道。

“他不愿开口，先生，”威勒先生答道，“他明明知道在有要紧事时我不怎么会说话，可他却站在那里，看着我坐在这儿耗费你的宝贵时间，并让我自己出洋相，而他就是不帮我吭一声。这不是孝顺的行为，塞缪尔，”威勒先生说，一边擦前额，“差得远哪。”

“你说过你来说的，”山姆答道，“我怎么知道你刚一开头就卡壳了呢？”

“你本来该料到我说不上来的。”他父亲答道，“我走错了路的一边，后退到了栅栏里，狼狈到了极点，而你却不伸出手来帮我一把。我为你害臊呀，塞缪尔。”

“事实是，先生，”山姆说，微微鞠了一躬，“老头子提取了他的钱。”

“很好，塞缪尔，很好，”威勒先生说，带着满意的神气点了点头，“我并不是有意要责怪你，山米。很好。正是这样开头。马上说要紧的吧。真的很好，塞缪尔。”

在极度满意之中，威勒先生点了很多次头，然后以洗耳恭听的姿态等着山姆继续往下说。

“你坐呀，山姆。”匹克威克先生说，他感到这次会见可能会比他预计的要长得多。

山姆再次鞠躬并坐了下来；他父亲看看左右，他继续说：

“先生,老爷子提到了五百三十镑。”

“优惠公债。”老威勒先生低声插话说。

“是不是优惠公债都没有关系,”山姆说,“金额是五百三十镑,对吗?”

“对,塞缪尔。”威勒先生答道。

“除这个数目,还有房子和生意——”

“地租、字、货物和设备。”威勒先生插话说。

“——所有弄到的钱加起来,”山姆继续说,“总共是一千一百八十镑。”

“是嘛!”匹克威克先生说,“听到这点我很高兴。恭喜你,威勒先生,办得这么好。”

“等一等,先生,”威勒先生说,以不赞同的姿态举起一只手,“往下说,塞缪尔。”

“这笔钱呢,”山姆有点儿犹豫,“他急着要放在一个他认为安全的地方,我也很着急,因为,假如由他自己保管,他可能会借给什么人,或是拿去投资买马,也有可能弄丢皮夹子,或是东花西花,也有可能把自己弄成一个埃及木乃伊。”

“很好,塞缪尔。”威勒先生说,一副颇得意的姿态,仿佛山姆是在对他的审慎与远见予以无以复加的高度赞扬似的,“很好。”

“由于以上原因,”山姆继续说,心神不宁地扯了一下帽边,“由于这些原因,他今天拿着钱和我来到这里,说无论如何要交钱,或者换句话说——”

“——就这么说吧,”老威勒先生说,有点儿等不及了,“它对我没什么用。我还要照常去赶马车,没有地方保管,除非我花钱请车管帮忙,或是放在马车的袋子里,而那对车厢里的乘客是一种诱惑呀。假如你能帮我保管它,我会感激不尽。也许呢,”威勒先生说,走向匹克威克先生,凑在他耳朵边低语说,“也许它对那个案子的花费倒还有一点儿用。反正一句话,请你保管它,我问你要时你再给我。”说着,威勒先生把那个皮夹子塞进匹克威克先生手里,抓起他的帽子,迅速离开了房间,其敏捷程度对一个如此胖的人来说是难得一见、出人意外的。

“拦住他,山姆!”匹克威克急切地喊道,“去追他;马上带他回来! 威勒先生——喂——回来!”

山姆知道主人的命令是不能违抗的;在父亲下楼的时候他追上并抓住了父亲的手臂,使劲把他拖了回来。

“我的好朋友,”匹克威克先生说,一边握住那位老人的手,“你真诚的信任令我不胜感激。”

“什么感激不感激的,我觉得没有必要,先生。”威勒先生固执地回答说。

“实话告诉你,我的好朋友,就我这点需要来说,我的钱根本就花不完;像我这把年纪了,活到死都花不完的。”匹克威克先生说。

“谁都不知道自己能用多少钱,用起来才知道。”威勒先生说。

“也许是不知道,”匹克威克先生答道,“但是我不想去试一试,因此我不太可能落到手头紧的地步。我请求你一定把钱拿回去,威勒先生。”

“很好,”威勒先生说,露出不满的表情,“注意我的话,山米。我要拿这笔钱去没指望地乱干一气;没什么指望!”

“你最好是不要那样。”山姆答道。

威勒先生思索了片刻,然后,毅然决然地扣大衣的扣子,一边说:

“我要去管卡子。”

“什么!”山姆喊道。

“卡子,”威勒先生咬着牙说,“我要去管卡子。跟你老爸说再见吧,塞缪尔。我剩余的日子就要在卡子里度过了。”

这一威胁是那么可怕,威勒先生一方面对匹克威克先生的拒绝深感难受,另一方面看上去又已完全打定主意要把威胁付诸实践,因此匹克威克先生思索片刻之后说:

“好了,好了,威勒先生,我收下钱就是了。也许,我用它比你用它更好,能做更有益的事哩。”

“这就对啦,没错的,”威勒先生说,高兴起来了,“你当然能够,先生。”

“这点就不多说了,”匹克威克先生说,一边把那个皮夹子锁进书桌,“我打心底里感谢你,我的好朋友。再坐下来吧,我想问你有什么忠告。”

这次拜访的胜利成功使威勒先生在内心里大笑起来,当皮夹子被锁起来时,它不仅使他的脸搐动起来,而且连他的双臂、双腿和整个身体都是如此,但当他听见最后这席话时,它又突然被极其庄严持重的神情取代了。

“到外面等几分钟,山姆,好吗?”匹克威克先生说。

山姆马上就退出了。

当匹克威克先生以下面的话作为开场白时,威勒先生显得异常的睿智和非常地惊讶:“我想你是不赞成婚姻的吧,威勒先生?”

威勒先生摇了摇头。他整个儿说不出话来,他迷蒙地感到某个心术不正的寡妇打匹克威克先生的主意得手了,这种想法噎住了他的话头。

“你刚才和儿子上楼的时候,是不是刚好在楼下看到一个年轻姑娘呢?”匹克威克先生问道。

“是的,我看见一个年轻女孩。”威勒先生简要地答道。

“那么,你觉得她怎么样?直言不讳地说吧,威勒先生,你觉得她怎么样?”

“我觉得她很丰满，长得很结实。”威勒先生说，露出挑剔的神气。

“没错，”匹克威克先生说，“她是这样。从你所见的来看，你觉得她的举止风度怎么样？”

“很可爱，”威勒先生答道，“很可爱，很得体。”

威勒先生用最后一个形容词表达的确切意思并不清楚，但从他的语气来看它显然表达了某种好感，因此匹克威克先生也感到满意，好像他在这一点上已大获启迪似的。

“我对她很关心，威勒先生。”匹克威克先生说。

威勒先生咳嗽了一声。

“我的意思是关心她的幸福，”匹克威克先生继续说，“一种心愿，希望她过得舒适，过得向上。你明白吗？”

“非常明白。”威勒先生答道，其实他根本不明白是怎么回事。

“这个年轻女孩，”匹克威克先生说，“爱上了你儿子。”

“塞缪尔·威勒！”做父亲的叫道。

“是的。”匹克威克先生说。

“这是自然的，”考虑片刻之后，威勒先生说，“很自然，但也让人警惕。山姆必须当心才是。”

“你这是什么意思呢？”匹克威克先生问道。

“要非常当心，不要跟她乱说什么，”威勒先生答道，“要非常当心，不要被迷昏了头，无意之中说错话，落得个被定上毁弃婚约的罪名的下场。一旦她们打起你的主意，匹克威克先生，你和她们相处就决没有安全可言了；你根本不知道去哪里找她们，但只要你一想那种事，她们就套住你了。我本人第一次就是那样结的婚，先生，而山姆就是这种诡计的结果。”

“你没有给我多大鼓励让我说完我不得不说的话，”匹克威克先生说，“但我最好还是马上说出来。不仅这个年轻女子爱上了你儿子,威勒先生,而且你儿子也爱上了她。”

“唔,这在一个做父亲的听来倒是蛮顺耳,这倒是的!”

“我观察过他们好几次,”匹克威克先生说,没有对威勒先生的最后一句话作任何评价,“对这一点没有任何疑问。假如我想为他们安身立命作点打算,让他们作为夫妻做点小生意什么的,以便日后过上舒适体面日子,你觉得怎么样呢,威勒先生?”

开头,威勒先生做了好多个鬼脸,对与他有关的任何人的结婚提议他都是这样的;但是,由于匹克威克先生据理力争,尤其是强调了玛丽不是寡妇的事实,因此他逐渐变得好说话了。匹克威克先生对他有很大影响,而玛丽的长相也深深地打动了他——事实上,此前他已经向她使了好几个很不合为父身份的眼色。最后他说,他是不会违背匹克威克先生的心愿的,他很乐意接受他的忠告;因此匹克威克先生欢快地相信了他的话,并且叫山姆回到房里来。

“山姆,”匹克威克先生说,一边清了清嗓子,“你父亲和我刚刚谈了谈你的事。”

“关于你的,塞缪尔。”威勒先生说,用的是监护人的、感人的语调。

“我还没有瞎到什么都看不见,山姆,很久以前我已注意到,你对温克尔先生的女仆怀有一种超过友情的感情。”匹克威克先生说。

“你听见了吗,塞缪尔?”威勒先生用先前那种裁判的口吻说。

“我希望,先生,”山姆对他的主人说,“我希望,一个青年男子注意一个无可否认地长得好、品行好的青年女子不会有什么妨害。”

“当然没有。”匹克威克先生答道。

“根本没有。”威勒先生表示赞同,口气和蔼却颇具家长风范。

“对如此自然的行为,我非但不觉得有什么不对,相反我倒希望能助你一臂之力,帮你了却心愿。为此,我和你父亲谈了几句,而且发现他同意我的看法——”

“那位女士不是寡妇。”威勒先生插嘴解释说。

“那位女士不是寡妇。”匹克威克先生微笑着说,“我想让你从目前这种职责的束缚中解放出来,为表示对你的忠诚和众多优点的看重,我要使你能够马上和她结婚,能够维持小家庭的独立生活。我会感到自豪的,山姆,”匹克威克先生说,他的声音开头有点颤抖,随后又恢复了惯常的语调,“能对你未来的生活进行表示谢意的特别的照顾,我会感到自豪而又快乐的。”

深深的沉默持续了片刻,随后山姆说话了,声音低沉,有点沙哑,但却很坚决:

“我非常感激您的好意,先生,就像感激您本人一样;但那样做不行的。”

“不行!”匹克威克先生惊讶地脱口叫道。

“塞缪尔!”威勒先生威严地说。

“我说那样做不行,”山姆用更大的声音重复说,“那您怎么办,先生?”

“我的好朋友,”匹克威克先生答道,“我的朋友们最近的状况变化,会使我未来的生活模式完全改变;再说,我也变老了,需要休息和宁静。我的漫游结束了,山姆。”

“我怎么知道呢,先生?”山姆争辩说,“你现在这么想!假如你改变了主意——这并不是不可能的,因为你还有二十五岁的年轻人的精神——那没有我你怎么行呢?那是不行的,先生,不行的。”

“很好,塞缪尔,你的话很有道理。”威勒先生鼓励说。

“我是经过长时间的深思熟虑才说的,山姆,而且我肯定是要说到做到的，”匹克威克先生说，一边摇摇头，“新的前景已经向我展开；我的漫游要结束了。”

“很好，”山姆答道，“那么，正因为如此，您还是像往常一样需要一个了解您的人在身边，由他来服侍您，让您过得舒服一点。假如您需要一个更好的人，那很好，用他就是了；但是，不管有工钱还是没工钱，不管您要还是不要，也不管提不提供食宿，您从鲍洛那个老旅馆弄到的山姆总是不会离开您的，不管发生什么事情；任凭人情世故如何多变，如何险恶，这一点是什么都无法改变的。”

山姆激情洋溢地说出这番表白之后，老威勒先生从椅子里站了起来，他忘记了时间、地点和礼仪，一边挥舞他的帽子，一边热烈地欢呼了三声。

“我的好朋友，”匹克威克先生说，这时威勒先生已重新坐下来，为自己的激情冲动感到有点不好意思，“你也应该替那个年轻女孩想一想吧。”

“我是为她着想的，先生。”山姆说，“我是为她着想的。我已经跟她说过了。我把我的处境告诉了她；她准备等到我条件成熟，我相信她会等的。假如她不等我，那她就不是我所认为的那种女人，那我随时都乐于放弃她。你以前了解我的脾气，先生。我已经打定主意，那是什么都改变不了的。”

谁能反对这种决心呢？匹克威克先生是不能的。在那一时刻，匹克威克先生从他的谦卑的朋友们对他的无私爱戴感到了莫大的自豪和精神享受，它远远胜过在世的最伟大的人们的千万句信誓旦旦的郑重声明。

当这次会谈在匹克威克先生的房间里进行的时候，一个穿鼻烟色套装的小个子老绅士出现在楼下，后面跟着一个提着小旅行箱的脚夫；在订了一个过夜的床位后，他问侍者是否有一位温克尔夫人住在那里，侍者对这一问题当然做了肯定的回答。

"她是独自一人吗?"小个子老绅士问道。

"我相信是的,先生,"侍者答道,"我可以叫她的女仆来,先生,假如您——"

"不,我不想找她。"老绅士很快地说,"带我上她的房间去,预先不要通报。"

"呃,先生?"侍者说。

"你聋了吗?"老绅士问道。

"没有,先生。"

"那么,请你听着。你现在能听见我的话了吗?"

"能够,先生。"

"那好。带我到温克尔夫人的房间去,预先不通报。"

小个子老绅士在发出这一命令时,塞了五先令到那个侍者手里,同时盯着那个侍者。

"真的,先生,"那位侍者说,"我不知道,先生,是否——"

"啊! 你会这么做的,我知道,"小个子老绅士说,"你最好是马上照办。这样可以省时间。"

这位绅士的姿态里有某种极其冷静和镇定的东西,因此侍者把那五先令放进了口袋,没有再说什么就领他上楼去了。

"就是这间,对吗?"那位绅士说,"你可以走了。"

侍者照办了,心里很纳闷这位绅士是谁,想干什么;那位小个子绅士一直等到他从视野中消失,然后才敲门。

"进来。"艾拉贝拉说。

"嗯,无论如何声音倒蛮好听,"小个子绅士喃喃地说,"但这不算什么。"说着,他推开门走了进去。艾拉贝拉原本在坐着干活儿,一见来了陌生人就站了起来——有一点莫名其妙,却决无张皇失态的样子。

"请别站起来,夫人,"那个不知姓甚名谁的人说着,走进了房间，随手把门关上，“我相信，是温克尔太太吧？”

艾拉贝拉点了一下头。

“就是和伯明翰的一个老头的儿子结婚的纳撒尼尔·温克尔夫人吧？”陌生人说，带着显而易见的好奇打量着艾拉贝拉。

艾拉贝拉再一次点头，不安地看看周围，仿佛拿不准是不是要喊人求助似的。

“我让你吃惊了，看得出来，夫人。”那位老绅士说。

“有点儿，说实话。”艾拉贝拉答道，越来越纳闷了。

“我要坐一坐，假如你允许的话，夫人。”陌生人说。

他在一张椅子上坐下，从口袋里掏出一个眼镜盒，悠闲地拿出一副眼镜并戴到鼻子上。

“你不认识我吧，夫人？”他说，由于他紧紧地盯着艾拉贝拉看，她开始警觉起来。

“不认识，先生。”她怯生生地回答说。

“不。”老绅士说，一边抱起左腿，“我不知道你怎么会认识我。不过你知道我姓什么，夫人。”

“我知道吗？”艾拉贝拉说，发起抖来，虽然她几乎不知道那是为什么，“我可以问问姓什么吗？”

“马上告诉你，夫人，马上。”陌生人说，还没有把目光从她脸上移开，“你是最近结婚的吧，夫人？”

“是的。”艾拉贝拉用简直听不见的声音回答说，一边把手头的活计放开，变得十分激动，因为刚才闪现过的一个念头这会儿更加强有力地袭向了她的心头。

“你没有建议你丈夫事先征求他所依靠的父亲的意见吧，我想？”陌生人说。

艾拉贝拉用手绢擦了擦眼睛。

“甚至没有作一下间接的努力，去弄清老头子对这件他自然觉得跟自己密切相关的事情的感想,是吧?”陌生人说。

“我不能否认,先生。”艾拉贝拉说。

“而且你没有足够的财产为自己的丈夫提供长久的帮助,以替代他的世俗利益;而这一利益,你知道,他假如是顺从他父亲的意思结婚的话是可以得到的,对吧?”老绅士说,“这就是男孩们和女孩们所谓的无私的父母之爱,一直要等到他们有了他们自己的儿女之后,他们才会用更粗俗的完全不同的眼光去看待它!”

艾拉贝拉的泪水滚滚而下,她倾诉说都怪自己太年轻而且没有经验;她说完全是爱情诱使她做了所做的一切;还说她几乎是从婴儿时代起就被剥夺了父母的忠告和引导。

“那是不对的,”老绅士说,语气变得温和一些了,“很不对。那是愚蠢的、耽于幻想的、不切实际的。”

“那是我的错;全是我的错,先生。”可怜的艾拉贝拉说,哭泣起来。

“瞎说,”老绅士说,“我想,他爱上你总不是你的错吧?不过,说起来他也没错。”老绅士说,一边带着几分狡黠看着艾拉贝拉,“是你的错。他情不自禁啊。”

这一小小的恭维,或老绅士表达它的古怪方式,或他那改变了的态度——比开头时友善多了——或者是所有这三者,使眼泪汪汪的艾拉贝拉不由得露出了微笑。

“你丈夫在哪儿?”老绅士突然问道,收起了刚刚出现在脸上的微笑。

“我时刻盼着他回来,先生。”艾拉贝拉说,“我今天早上劝他出去散散步。他情绪低落,非常苦恼,因为没有收到父亲的信。”

“情绪低落,是吗?”老绅士说,“他活该!”

“恐怕他是为了我,”艾拉贝拉说,“而且真的,先生,我也为了他而深感苦恼。我是使他陷入目前困境的惟一的原因呀。”

“不要为他操心，我亲爱的。”老绅士说，“那是他活该。我很高兴——我实在很高兴，既然涉及的是他。”

这些话刚刚从老绅士嘴里说出来，突然听到上楼的脚步声，老绅士和艾拉贝拉两人好像同时听了出来。小个子绅士脸色变白了，他努力强作镇定，站了起来，而温克尔先生刚好走进了房间。

“爸爸！”温克尔先生叫道，一边惊讶地往后退。

“是的，先生。”小个子老绅士答道，“喂，先生，你对我有什么话可说？”

温克尔先生保持沉默。

“你为自己害臊，还是不害臊呢，先生？”老绅士问道。

“不，先生，”温克尔先生说，一边挽起艾拉贝拉的手臂，“我既不为我自己害臊，也不为我妻子害臊。”

“说话算话啊！”老绅士语带嘲讽地叫道。

“我很难过我的所作所为使您减少了对我的爱，”温克尔先生说，“但与此同时，我要说，我没有任何理由为娶这位女士为妻而害臊，你也没有理由为有她这么个媳妇而害臊。”

“和我握握手吧，纳特①，”老绅士说，语气已大大转变，“吻我吧，我的爱。她确实是一个非常迷人的小媳妇呀，无论如何都是！”

几分钟以后温克尔先生就找匹克威克先生去了，带着那位先生回来后，他把他介绍给了自己的父亲，两位老先生不间断地握了五分钟的手。

“匹克威克先生，极其衷心地感谢你对我儿子的所有好意。”老温克尔先生非常坦率地说，“我是一个急性子的人，上次见到你时，我吃惊得人都糊涂了，气恼得不行。现在我已自己做出了判

---

① 纳特，对纳撒尼尔的爱称。

断，我何止是感到满意呀！我还要道歉吗，匹克威克先生？”

“不需要了，”那位绅士答道，“你已经做了惟一能使我的幸福得以圆满的事情。”

于是又握了五分钟的手，说了很多赞扬的话，它们除了具有恭维成分之外，另外还多了一点新颖的东西——诚恳。

山姆孝顺地送他父亲到贝勒-索维奇，回来的时候，他在胡同里碰到了那个胖孩子，他是奉命来送艾米莉·华德尔写的一封短信的。

“我说呀，”乔说，异乎寻常地显得话多，“玛丽好漂亮呀，不是吗？我好喜欢她哟，我好喜欢。”

威勒先生没有以言语作答；而是盯了胖孩子一会儿，被他的放肆惊得目瞪口呆，然后抓住他的领子把他拉到一个角落，以没什么伤害却属礼尚往来的踢一脚打发了他。然后他就吹着口哨回家了。

第五十七章　匹克威克俱乐部终于解散，诸事如愿且皆大欢喜

温克尔先生从伯明翰来访是一件快乐的事情，此后的一整个礼拜，匹克威克先生和山姆·威勒成天往外跑，总是要到刚好吃晚餐时才回来，脸上带着与他们的天性很不相符的神秘而重要的表情。显然有些重大的事情正在进行之中；不过，对那到底是些什么事，却有种种不同的猜测。有些人（其中包括图普曼先生）倾向于认为匹克威克先生在打算结婚；但对这一猜测，女士们极其坚决地进行了驳斥。另一些人呢，更倾向于相信他在计划做一次远游，目前正忙于做基本的准备工作；但这又被山姆本人断然否认掉了，因为在被玛丽盘问时他已经明确地声明不会再有新的旅行了。最后，在大伙儿的脑筋被徒劳的瞎猜折磨了长长的六天之后，大家一致决定要请匹克威克先生解释他的行为，要他好好说明他对崇敬他的朋友们如此疏离是为什么。

鉴于这一点，华德尔先生邀请大伙儿到艾德尔菲共用晚餐；酒过两巡之后，大家开始言归正传。

"我们全都渴望知道，"老绅士说，"我们到底什么地方冒犯了你，使得你疏远我们，而独自一人以散步为乐。"

"你们这么想吗？"匹克威克先生说，"我正好是想在今天这个日子自愿向大家说个明白哩，真是无巧不出书啊；所以呢，假如你们能让我再喝一杯葡萄酒的话，我就满足你们的好奇心。"

一个个酒瓶以不同寻常的快速从一只手传到另一只手，匹克

威克先生环顾一下他的朋友们的脸,带着欢快的微笑说:

“我们中间发生的所有变化,”匹克威克先生说,“我是指已经举行的婚礼,和即将举行的婚礼,连同它们所造成的变化,使得我必须马上清醒地考虑我未来的计划。我已决定在伦敦附近找一个安宁舒适的地方隐退;我发现了一所刚好符合我的喜好的房子;我把它购置下了,并做好了布置。一切都已经准备好了,我打算马上搬进去,相信我还能在那里过上多年隐居的安宁日子,活着时能从与朋友们的相处中获得欢乐,死后能获得他们深情的怀念。”

说到这里匹克威克先生停顿下来,桌边响起一片喃喃的低语。

“我要下的那所房子,”匹克威克先生说,“是在达尔维奇。它有一个大花园,坐落在伦敦附近最可爱的区域。为舒适起见,一切都悉心布置过了;除舒适之外,或许还有一点雅致;但还是你们自己去判断吧。山姆在那里陪伴我。由于佩克尔的引荐,我已聘请了一个管家——一个很老的女管家,还请了她认为我需要的其他仆人。为了使这个小小的隐居地更有神圣的意义,我建议把一个我很感兴趣的典礼放到那里去举行。我希望,假如我的朋友华德尔不反对的话,在我住进去的那一天,让他的女儿在我的新屋里举行婚礼。年轻人的幸福,”匹克威克先生有点儿激动地说,“历来都是我人生的主要快乐。能在我自己的屋顶下见证我最亲爱的朋友们的幸福,那会让我的心感到热乎乎的。”

匹克威克先生又停了一下,因为艾米莉和艾拉贝拉的抽泣声已经听得见了。

“我已经亲自去俱乐部说过,也写信跟俱乐部说过了,”匹克威克先生继续说,“把我的心愿告诉了他们。在我们长期离开的期间,俱乐部发生了很多内部纠纷;由于撤回了我的名字,加上其他这样或那样的情况,它其实已经解体。匹克威克俱乐部已不复存在。”

"我决不后悔,"匹克威克先生用低沉的声音说,"我决不后悔花费了两年中的大部分光阴与智愚贤不肖各色人等为伍,尽管我对新奇事物的追求在很多人看来也许没什么意义。我以前的生活几乎全部投入到了对生意和对财富的追求上,其中有无数的情形我以前是毫无概念的,而现在我总算明白了——我希望这有助于增长我的见识和加深我的理解。假如我所做的好事很少,我相信我做过的坏事更少;我的所有冒险经历,无一不是我晚年有趣而又愉快的回忆的源泉。愿上帝保佑大家!"

说完这些话,匹克威克先生用颤抖的手倒了满满一大杯酒并把它一饮而尽,而当他的朋友们全体起立,由衷地向他祝酒时,他的眼睛湿润了。

斯诺格拉斯先生的婚礼没有多少准备工作要做。他既没有父亲,也没有母亲,从小就是匹克威克先生的被监护人,因此那位绅士对他的财产状况和前途了如指掌。他把这两方面的情况告诉了华德尔,华德尔感到很满意——即使告诉他的情况有所不同,他也几乎是一样满意的,因为这位好心的老绅士生来就充满了欢乐与仁爱——他给了艾米莉一笔相当可观的嫁妆,婚礼定在那天之后的第四天举行:由于准备工作来得突然,把三个女装裁缝和一个男装裁缝急得简直都要发疯了。

第二天,在把驿马套上马车之后,老华德尔就乘车走了,为的是去把他母亲接到城里来。他以其富于个性的急躁向老太太通报了情况,老太太当即昏了过去;但在很快被救醒过来之后,她下令马上把那件锦缎袍子打好包,然后开始叙述参加已故的托林格洛尔夫人的大女儿的婚礼时的一些类似情形,叙述持续了三个小时,而最后连一半都还没有讲完。

在伦敦大张旗鼓进行的准备工作,应该通知特伦德尔太太才是,由于她有孕在身,于是就拜托特伦德尔了,以免她受不住惊喜;

但是她并没有受不住,因为她马上往玛格尔顿写了封信,要求定做一顶新帽子和一件黑色的缎袍,此外她还宣布她决定亲自参加婚礼。因此,特伦德尔先生请来一位大夫,大夫说特伦德尔太太应该是最清楚自己的感觉如何的,特伦德尔太太回答说她自我感觉良好,并说她已打定主意去参加婚礼;大夫是一个明智而又谨慎的人,既知道什么对自己有好处,也知道什么对别人有好处,因此,听特伦德尔太太那么一说,他就说特伦德尔太太闷在家里对自己不好,还不如出去走走,因此也许还是去的好。她真的就去了;医生事先送来半打药,让她在路上吃。

除了这些分心的事之外,还托付华德尔转交了两封小小的信给准备做女傧相的两位小小的小姐;一接到信,那两个小姐急得要命,因为没有任何现成的"东西"可供在如此重大的场合穿戴,而且又没有时间赶做出来——这种情况让小姐们的两位可敬的爸爸除了感到满意之外,别无其他。不过,旧的外衣还是修饰好了,新的软帽也做好了,两位小姐打扮得要多漂亮有多漂亮。在后来的典礼上,她们在该哭的地方就哭,在该抖的时间就抖,一切恰到好处,博得了旁观者们的交口称赞。

至于那两位穷亲戚是怎么到伦敦的——到底是走去的,还是坐驿马车去的,是搭货车去的,还是彼此轮流背着去的,那就不得而知了;但他们的确到了伦敦,到了华德尔面前;在举行婚礼的那天早晨,最先敲匹克威克先生的门的人,就是那两位穷亲戚,他们都佩着衬衫硬领,都笑盈盈的。

他们仍然受到了热烈欢迎,因为贫富对匹克威克先生是毫无影响的;新的仆人们活跃而又勤快;山姆的兴高采烈简直无人可比;玛丽系着漂亮的丝带,同样是光彩照人。

新郎先在家里待了两三天,然后就仪表堂堂地前往达尔维奇教堂接新娘去了,陪同前去的有匹克威克先生、本·艾伦、鲍勃·

索耶和图普曼先生;山姆·威勒也去了,他坐在车子的外座,穿着一身特意为这桩喜事制作的崭新、漂亮的仆人服,衣襟的扣眼里插着一朵白花,那是他的心上人的礼物。在教堂那儿迎接他们的有华德尔家人、温克尔家人、新娘和女傧相们以及特伦德尔家人。仪式举行完毕后,他们又分乘几辆马车,嗒嗒嗒地开往匹克威克家吃早饭,小个子佩克尔早就在那里等候了。

至此,婚礼中比较庄严的部分就像轻云一般掠过去了;每一张脸都焕发着快乐的容光;凡能听到的全都是恭贺和赞美的声音。一切都那么美好!前面的草地、后面的花园、小小的温室、餐厅、客厅、卧室、吸烟室,多么美丽;尤其是那间书房,里面有绘画和安乐椅,有别致的小橱、古怪的桌子和无数的书籍,还有一个很畅快的大大的窗户,开向一片迷人的草地,将一派大好风光尽收眼底:一幢幢房屋散布在原野上,它们几乎被绿树掩盖,与绿树相映成趣;再就是那些窗帘、地毯、椅子和沙发!每个人都说,一切是那么美丽、那么紧凑、那么整洁、那么富于品位,的确很难说定哪一样最值得赞美。

在所有这一切中间站着的,是匹克威克先生;他容光焕发,满脸洋溢着微笑,那是任何一个男人、女人或孩子的心都无法拒不喜爱的;在大伙之中,他是最快乐的那一个,他同一个人一次又一次地握手,双手闲着的时候,就自己乐呵呵地把双手搓来搓去;每当有人做出满意或好奇的表示,他都要转过身去接应,真是乐得团团转呀;而他那兴高采烈的样子,又在每个人心中激起更大的快乐。

早餐宣布开始了,匹克威克先生领老太太(她一直在滔滔不绝地讲述托林格洛尔夫人的旧事)到长餐桌的上首坐下;华德尔坐在下首;朋友们在两边就座;山姆站在主人的椅子后面;笑声和谈话声停止了;匹克威克先生致辞完毕后,稍稍停顿了一下,朝四周看了看。他这样做的时候非常快乐,泪水滚下了他的双颊。

让我们把我们的老朋友留在这真正的幸福的时刻吧,假如我们去寻求的话,的确有一些幸福的时刻,它们足以让我们在这尘世的短暂存在变得欢快。虽然大地上有黑暗的阴影,可相比之下光明要强大得多。有些人像蝙蝠或猫头鹰一样,对黑暗比对光明更有眼力。我们呢,没有那样的眼力,却更乐意去看看那些陪伴我们度过很多孤独时光的想象中的伴侣,在这个世界的短暂的阳光把他们照得亮堂堂之际,向他们投去告别前的最后一瞥。

对大多数混迹于世界的人来说,即便达到了人生的辉煌境界,他们都逃脱不了这样的命运:交到很多真正的朋友,却又要在生活的进程中失去他们。所有的作家或编年史家的命运亦与此同:他们创造了很多想象中的朋友,却又要在艺术的历程中失去他们。对作家和编年史家来说,这还不是其全部的不幸哩;因为除此之外,他们得按要求对那些朋友的结局做一个交代。

为了顺应这一习俗——无疑是一种坏习俗——我们还得补充一点传记文字,说一说聚在匹克威克先生府上的各位后来的情况。

温克尔先生和夫人,完全得到了那位老绅士的宠爱,不久就搬进了一幢新修的房子,离匹克威克先生家不到半英里。温克尔先生被委任为他父亲在伦敦的经纪人或联络员,换掉了他以前的行头而穿上了普通英国男子的服装,从此以后他的整个外表都显出了一副文明的基督徒的模样。

斯诺格拉斯先生和夫人,在丁格莱谷安了家,买了一小片地产经营,与其说是为了赚钱,不如说是为了有事可忙。斯诺格拉斯先生偶尔还会出神和忧郁,时至今日仍然在朋友和熟人中间享有大诗人的美名,虽然我们没有发现他写过任何东西来助长这种信念。很多赫赫有名的人物,无论文学领域、哲学领域还是其他方面的,都是在类似情形下享有盛名的。

图普曼先生呢,在他的朋友们结了婚,匹克威克安顿下来之后,也在里士满住了下来,一直住到如今。夏季他常常在高台街一带散步,一副朝气蓬勃、意气风发的派头,博得了住在附近的无数单身老女士的仰慕。他再也没有求过婚。

鲍勃·索耶先生先是在报纸里游历了一番,然后去了孟加拉,陪伴他去的还有本杰明·艾伦;这两位绅士都就任了东印度公司的外科大夫的职位。他们俩每人都生过十四次黄热病,于是就决定戒掉烟酒;从此以后,他们都过上了好日子。

巴德尔太太把房子租给过很多谈得来的单身绅士,获利甚丰,但没有再打任何有关毁弃婚约的官司。她的代理人,道森和福格两位先生,继续从事法律业务,不仅从中大获其利,而且被普遍公认为精明透顶的角色中的角色。

山姆·威勒信守了他的诺言,一直不结婚达两年之久。在这一期间终结时那个年迈的女管家去世了,匹克威克先生把玛丽提拔到管家的位置,条件是她立即与威勒先生结婚,对此她二话没说就接受了。在后花园的门口常常可以看到两个胖墩墩的小男孩,从这一情形来看,有理由断定山姆是成家了。

老威勒先生赶了十二个月的马车,但由于受到痛风病的折磨,后来被迫退了休。不过,他那个皮夹子里的东西被匹克威克先生拿去投资,运作得相当好,因此他退休后仍然有一笔相当可观的收入。他凭借他在射击者山附近的一家棒极了的酒店照样过得好好的,而且在那里还被当作圣贤受到相当的尊敬:他常常大谈他和匹克威克先生如何亲近,并且保持着一种非常难以改变的对寡妇的憎恶之情。

匹克威克先生则继续住在他的新居里,闲来无事时就整理他的备忘录,也就是后来他交给那个一度声名远扬的俱乐部的秘书的那一份;或者是听山姆·威勒大声念点儿什么,山姆在念的时候总是即兴发挥，想到什么就说什么，没有哪一次不让匹克威克先生听得津津有味。斯诺格拉斯先生、温克尔先生和特伦德尔先生曾无数次地恳请他担任他们的孩子的教父，开头他感到非常麻烦，但是现在已经习惯了，把它当作理所当然的职责予以履行。他从来没有为自己对金格尔先生的宽大慷慨而后悔过；因为那位先生和约伯·特洛特尔两个人后来都成了社会上的可敬人物，尽管他们总是坚持反对回到以前他们常去而且也经常诱惑他们的那些地方。匹克威克先生现在有点不大健壮了；但是他仍然保留着他以前的全部少壮精神，还经常可以看到他在达尔威奇画廊品画，或者晴天的时候在附近风景怡人的地方散步。附近的所有穷人都认识他，每当他走过时，他们都会满怀敬意地对他脱帽致敬。孩子们把他当作偶像崇拜，而且邻里的所有人都这么对待他。每一年他都要到华德尔先生府上去参加一次盛大的家庭联欢；在这种情况下，就像在其他所有场合一样，他总是由忠心耿耿的山姆侍候着——在他们主仆之间，存在一种牢不可破的相互的依恋，这是除死亡之外的任何东西都无法终止的。